Vor dem Hintergrund der weltbekannten Glashüttenzentren Venedig, Böhmen und Lothringen erzählt Theresa Révay in ihrem neuen Roman eine große Familiengeschichte: Livia Grandi entstammt einer traditionsreichen Glasbläserdynastie im venezianischen Murano. Ihr Großvater vertraut ihr auf dem Sterbebett ein Buch an, das seit dem 16. Jahrhundert von Generation zu Generation weitergegeben wird. Es enthält das in der Branche verschollen geglaubte geheime Rezept des berühmten »Chiaroscuro«-Glases. Livia wird jedoch von ihrem Bruder aus der Geschäftsleitung verdrängt. In Metz heiratet sie den Erben einer bekannten Lothringer Glashütte. Dort begegnet ihr auch Andreas, ein Glasgraveur aus Böhmen. Die gefährliche amour fou bedroht schließlich nicht nur Livias Ehe, sondern auch das Überleben des Familienbetriebs in Murano.

Theresa Révay wurde 1965 in Paris geboren. Sie arbeitet als freie Schriftstellerin und Übersetzerin und lebt in Paris. Im Fischer Taschenbuch Verlag erschien ihr Roman ›Das Erbe der Fonteroys‹ (Band 16621).

Unsere Adresse im Internet: www.fischerverlage.de

Theresa Révay

Das Glas der *Grandi*

Roman

Aus dem Französischen von
Doris Heinemann

Fischer Taschenbuch Verlag

Veröffentlicht im Fischer Taschenbuch Verlag,
einem Unternehmen der S. Fischer Verlag GmbH,
Frankfurt am Main, September 2008

Die französische Originalausgabe erschien
unter dem Titel ›Livia Grandi ou le souffle du destin‹
bei Éditions Belfond, Paris.

Satz: Pinkuin Satz und Datentechnik, Berlin
Druck und Bindung: Clausen & Bosse, Leck
Printed in Germany
ISBN 978-3-596-17304-4

für Dich, Arnould

in memoriam

Nur an den Schwächen des Gegners
ermisst man die eigene Stärke.

Aber dazu müsste man sie erst kennen, dachte Livia, leicht verärgert über die Selbstgenügsamkeit geflügelter Worte. Wo waren denn die Schwächen eines arroganten, wortkargen, aufbrausenden, überaus selbstsicheren, missgünstigen Sechsundzwanzigjährigen, der überdies ein schlechter Verlierer war – und ansonsten ein von den Damen angehimmelter Kriegsheld?

Livia fand ein boshaftes Vergnügen daran, sich Schritt für Schritt die Fehler ihres Bruders herzubeten, bis sie an ihrem Ziel angelangt war. Sie blieb vor den Auslagen des Geschäfts stehen und verbannte Flavio resolut aus ihren Gedanken. Sie musste erst ihre Fassung wiedergewinnen, denn der alte Gorzi war immer schon ein gerissener Fuchs gewesen, und die geschäftlichen Rückschläge der letzten Zeit hatten ihn noch finsterer gestimmt. Das sorgsam verschnürte Paket in ihrer Hand erschien ihr mit einem Mal sehr schwer.

Durch die schmutzigen Scheiben waren die Karaffen, Vasen und Gläser auf den Regalen nur zu erahnen. Die Prismen der Kronleuchter an der Decke reflektierten schon lange kein Licht mehr. Der Krieg war aus, doch immer noch lag ein Schleier von Ärmlichkeit, fast Gram über der Stadt.

Sie zupfte die Jacke mit dem eng geschnürten Gürtel zurecht und sah nach, ob der geflickte Riss am Ärmel nicht allzu sehr ins Auge fiel. Dann erst stieß sie die Tür auf. Über ihr ertönte eine Klingel. Sofort erschien wie ein Geist aus einer Flasche ein alter Mann vor ihr, bleich und mit Hakennase. Sie schrak zusammen; Gorzi brachte es fertig, sie bei jedem ihrer Besuche zu erschrecken.

»Ach, du bist's!«, knurrte er, und sein düsterer, nur vorübergehend von der Hoffnung auf eine Kundin erhellter Blick wurde wieder dunkel und undurchdringlich wie gewöhnlich.

»*Buon giorno,* Signor Gorzi, wie geht es Ihnen an diesem herrlichen Tag?«, gab sie mit geheuchelter Fröhlichkeit zurück.

Sein Gesichtsausdruck wurde noch mürrischer, mit einer Handbewegung wies er auf den leeren Ladentisch.

»Erspar mir deine gute Laune. Der Vormittag war auch so schon schlimm genug. Lass uns lieber mal schauen, was du mir heute mitgebracht hast.«

Vorsichtig legte Livia das Päckchen auf den Tisch, dann kämpften ihre zittrigen Hände mit der Verschnürung. In ihrem Rücken meinte sie zu spüren, wie der Händler ihre Nervosität erriet, und genau diese Freude wollte sie ihm nicht machen. Reiß dich zusammen, du dumme Gans!, herrschte sie sich innerlich an und schlug das dicke Packpapier auseinander.

Sie nahm den Deckel von der Schachtel und zog einige vergilbte Blätter der *Voce di Murano* heraus, die den Inhalt schützten. Und dann, wie durch einen Zauber, wurden ihre Bewegungen ruhiger. Ganz langsam, wie eine sich öffnende Faust, fühlte sie eine gelassene Klarheit in sich aufsteigen gleich einer Woge des Sommers, tröstlich und unbedingt wie eine erfüllte Hoffnung. Ihre Züge entspannten sich, ihre hellen Augen verloren den strengen Glanz. Der mürrische Mann mit der Grämlichkeit eines gescheiterten Alten existierte nicht mehr, genauso wenig wie der Laden, in dessen Ecken sich die unterschiedlichsten Glaswaren türmten, als wollten sie von einem Windstoß des *bora*, der das Adriatische Meer so gern heimsuchte, hinweggefegt werden. Für Livia Grandi existierte in diesem Augenblick überhaupt nichts mehr außer den drei Gläsern. Ihr Großvater hatte sie geblasen, und man erkannte sie an ihrer irisierenden Transparenz und an den zierlich mit einem Phönix, einer Seeschlange oder einer Sirene verzierten Stielen, die einen zarten Kelch trugen.

Als sie das Erste ergriff, das aus dem Zeitungspapier auftauchte, zitterten ihre Hände nicht mehr. Sie war nicht mehr das junge Mädchen in den Fängen eines durchtriebenen Händlers, der versuchen würde sie einzuschüchtern, um ihr die Schöpfungen ihres Großvaters zu einem Spottpreis abzuhandeln, sondern ein Abkömmling der Grandi, deren Stammbaum sich bis ans Ende des 15. Jahrhunderts zurückverfolgen ließ – genauer gesagt, bis 1482, als Giovanni Grandi seine mit drei Häfen ausgestatteten Öfen auf der Insel Murano zum ersten Mal angeheizt und sein Spiel mit Feuer und Licht und mit dem *cristallo* – um nicht zu sagen, seinen Wettstreit mit Gott – begonnen hatte.

Sie reihte die Gläser, immer einige Zentimeter Zwischenraum lassend, auf dem Ladentisch auf und betrachtete sie mit einer tiefen Ruhe, im sicheren Bewusstsein der in ihnen verkörperten zeitlosen Schönheit. Ihr Großvater gehörte zu den Glasmachern, deren Namen diese Kunst und dieses Handwerk adelten. Obwohl Livia mit ihren zwanzig Jahren eigentlich im Alter der Gewissheiten hätte sein sollen, gab es für sie nur eine einzige Gewissheit, doch diese eine war unerschütterlich und bestimmte ihr Leben: Im Schweiße ihres Angesichts und im Licht ihrer Schmelzöfen, deren Flammen ihre Augen versengten, würden die Grandi das Wunder des Kristallglases in alle Zukunft bewahren.

Ein Schatten glitt über ihr Gesicht. Und doch … In letzter Zeit, nachdem ihr Großvater bettlägerig geworden war, wurde die *fornace* nur noch auf Sparflamme betrieben, um nicht zu sagen, fast gar nicht mehr. Andere hatten ihre Manufakturen während des Krieges sogar schließen müssen. Und dieser rücksichtslose Flavio redete allerlei wirres Zeug und sprach sogar vom Verkauf … vom *Verkauf* … Wie konnte er es wagen?

Die Wut machte sie blind, sie ballte die Hände zu Fäusten. Man würde über ihre Leiche gehen müssen, um die Glashütte Grandi zu veräußern. Sie dachte an das in den Stein über der Eingangstür gemeißelte Familienwappen, an den Phönix, diesen Vogel, der der Sage nach aus seiner Asche wiederersteht, um nie zu sterben, so wie auch die Gläser der Grandi aus einer schlichten Mischung aus Sand, Soda und Kalk immer wieder neu entstanden.

»Und was soll ich damit?«, murmelte Gorzi.

Livia sah den Händler an, der sie mit spöttisch verzogenem Mund betrachtete. Er rückte den Kneifer zurecht, um eins der Gläser genauer zu beäugen.

»An der wie immer bemerkenswerten Arbeit des lieben Alvise habe ich natürlich nichts auszusetzen, aber mal ehrlich, ist sich dein Großvater der Tatsache bewusst, dass sich heutzutage niemand mehr für solche … solche …« – er wandte den Blick zur Decke, wohl auf der Suche nach dem passenden Begriff – »solche überladenen Gläser interessiert?«

»Überladen?« Livia fragte sich ernsthaft, ob Gorzi den Verstand verloren habe.

»Unnütze Kringel, überflüssiger Zierrat, kleine Fehler am Flügel … Mangelnde Strenge der Komposition … Insgesamt viel zu manieriert«, befand der Geschäftsmann unter leisem Zungenschnalzen und schloss mit einem: »Für solche Gläser werde ich nie einen Käufer finden«, um ihr dann das Glas mit den Fingerspitzen zuzuschieben.

Das war eine faule Ausrede, denn es gab in der Stadt ohnehin kaum Käufer, wofür auch immer, aber jeder Venezianer, der diesen Namen verdiente, wusste, dass es lediglich eine Frage von Monaten, vielleicht auch nur Wochen war, bis die Touristen zurückkehrten. Venedig war unwiderstehlich, das war sicher, es war sogar schon ein Gemeinplatz. Die Bürger der *Serenissima* waren darauf noch nicht einmal mehr stolz, eher empfanden sie so etwas wie eine geduldige, manchmal auch verächtliche Nachsicht. Wie sollte man am Verführungspotenzial einer Stadt zweifeln, die schon im 13. Jahrhundert Beamte für die Überprüfung der Sauberkeit und Bequemlichkeit in den Herbergen ernannt hatte?

Gorzi hatte die Daumen in die Westentaschen gestemmt und stellte seine vergoldete Uhrkette zur Schau. Mit zusammengekniffenen Augen, die ihn fast orientalisch wirken ließen, wartete er auf Livias Antwort. Der Venezianer ist vor allem Händler, er kennt den Preis der Dinge, besonders der flüchtigen Dinge. Denn jede Illusion hat ihren Preis. Und niemand weiß das besser als die Söhne und Töchter einer Stadt aus Schatten und Lichtspiegelungen, einer Fata Morgana, verborgen hinter einem schimmernden Schleier, den nur die Kanten der weißen istrischen Steine, die scharf sein können wie eine Dolchklinge, einzureißen vermögen.

Livia hatte seit je Umgang mit diesen Händlern gehabt. Manchmal hatte sie den Eindruck, sie schon vor ihrer Geburt gekannt zu haben. Gehörten sie nicht zu einer ihrer ersten Erinnerungen? Sie sah sich wieder im Salon ihres Muraneser Elternhauses, sie saß auf einem mit rotem Seidensamt bezogenen Sofa, hin und wieder zur Balkendecke aufblickend, eine Wange von einem dicken Bonbon geschwellt, und wartete darauf, dass ihr Vater endlich mit den drei wild diskutierenden und gestikulierenden Herren fertig würde. Ihr war heiß. Wenn sie die Beine anhob, klebte der Samt an ihrer nackten Haut. Ihr Vater hatte versprochen, sie auf eine Bootsfahrt über die Lagune mitzunehmen, sie hatte solche Lust zu spüren, wie der leichte Wind ihr Haar wehen ließ und ihren Nacken streichelte. Doch die Kunden redeten immer weiter, und die Sonne funkelte in den geschliffenen Grappagläsern. Sie wagte das Gespräch nicht zu unterbrechen, denn es waren wichtige Leute, und in Sachen Höflichkeit verstand ihr Vater keinen Spaß. Also schob sie das Bonbon von einer Backe in die andere und ließ den Karamell auf der Zunge schmelzen.

Manche kamen von weit her, zum Beispiel dieser rundliche Franzose in seinem engen, dreiteiligen Anzug und mit der schräg sitzenden »Kreissäge«, dem flachen Hut, auf dem Kopf. Nie vergaß er, ihr etwas mitzubringen: ein Band für ihr Haar, Murmeln und sogar – zu ihrem fünften Geburtstag – einen niedlichen Handspiegel mit ihren Initialen. Den hatte ihre Mutter unter dem Vorwand, Livia sei nicht achtsam genug und er könne ihr leicht zerbrechen, sofort beschlagnahmt. Und ein zerbrochener Spiegel, nicht wahr, das sei doch allgemein bekannt, bedeute sieben Jahre Unglück für die Familie. Die Kleine durfte sich nur darin bewundern, wenn ihre Mutter dabei war. Sie mochte ihn gern, diesen Monsieur Nagel, dessen blonder Schnurrbart ihr die Wange kitzelte, wenn er ihr einen Kuss gab. Wenn es gar zu drückend und heiß wurde, zog er ein nach Eau de Cologne duftendes Taschentuch aus der Tasche und betupfte sich damit die Stirn. Von all den wichtigen Herren, die regelmäßig in der Glashütte Grandi auftauchten, mochte sie ihn ganz sicher am liebsten.

Oft hörte sie zu, wenn ihr Vater die Bestellungen entgegennahm, sich die Wünsche seiner Kunden anhörte und erfüllte, wenn es irgend möglich war (dabei liebt ein Glasbläser nichts mehr als das Unmögliche), und in den Gesprächen immer liebenswürdig, allerdings auch fest blieb. Sie bewunderte ihn dafür, dass er nie in Zorn geriet, obwohl er manchmal, wie sie deutlich sah, gern gesagt hätte, was er dachte. So viel Geduld hätte ihre Mutter niemals aufgebracht.

Die schöne Bianca Maria Grandi mit den schweren Lidern und dem zu einem Knoten aufgesteckten rebellischen blonden Haar war die Tochter eines venezianischen Patriziers und hatte aus Liebe einen Muraneser Glasmacher geheiratet. Die Wertschätzung, deren sich die Glasbläser seit jeher erfreuten, ermöglichte solche Ehen, die im Falle eines anderen Handwerks eher Empörung geweckt hätten. Livias Mutter wechselte mit atemberaubendem Tempo von stürmischen Wutausbrüchen zu ebenso stürmischen Zuneigungsbekundungen. Sie bewegte sich wie eine Tänzerin, und ihr tief aus der Kehle kommendes Lachen ließ einen von Kopf bis Fuß erzittern. Livia gestand es sich nie ein, aber in Wahrheit hatte sie ein bisschen Angst vor ihrer Mutter.

Und doch war es eine ganz andere Angst von bislang ganz unbekanntem Ausmaß, die sie einige Jahre später, kurz vor ihrem zwölften Geburtstag, erfassen sollte, als die untergehende Sonne die sanften Steine des Rio dei Vetrai erwärmte und sie am Rand des Kanals saß und die Beine baumeln ließ. Ihr Großvater war sie holen gekommen. Schon dass er sich neben sie setzte, hatte sie befremdet. Dann hatte ihr Herz zu pochen begonnen. Woher kommen diese Vorahnungen, woher dieser Schrecken, der einem die Kehle abschnürt, während doch alles ringsum ruhig ist, eine Fischerbarke übers Wasser gleitet und die Schuppen der Sardinen in den im Bug aufgestapelten Kisten glänzen, eine Mutter ihrem Kind scheltend die Ohren lang zieht und die Glocke von San Pietro durch die stille Luft tönt und das Ende des Tages einläutet?

Als er ihre Hand genommen hatte, hatte sie die Schwielen an seinen Fingerspitzen und die von den Brandwunden zurückgebliebenen Schrunden gespürt. Seine bleichen Züge waren wie zu einer Karnevalsmaske erstarrt. Sie war hin- und hergerissen zwischen dem Wunsch, ihn zu bitten, er möge schweigen, denn sie ahnte schon, dass ihre Welt einzustürzen drohte, und dem Verlangen, dieser unerträglichen Angst ein Ende zu machen. Dann hatte er stockend zu sprechen begonnen, von einem Unfall, einem zersplitterten Boot … Damals hatte sie ihn nicht recht verstanden. Übrigens hatte sie nach all den Jahren immer noch nicht verstanden, wie es dazu gekommen war, dass sie, ihre Hand immer noch in der ihres Großvaters, vor dem Familiengrab im Schatten der Zypressen von San Michele gestanden und auf die Särge ihrer Eltern geblickt hatte.

Livia legte beide Handflächen auf den Ladentisch.

»Signor Gorzi«, begann sie so leise, dass sich der alte Herr zu ihr neigen musste. »Bei allem Respekt, den ich Ihnen schulde, muss ich Ihnen leider sagen, dass Sie sich irren. Was Sie hier sehen, ist in keiner Weise ›überladen‹.« Sie stellte die Gläser demonstrativ wieder in eine Reihe. »Sie wissen genauso gut wie ich, dass venezianisches Glas seiner Bestimmung nach luftig ist, phantasievoll, lyrisch … Die feinen Verzierungen meines Großvaters sind nicht ›unnütz‹, sondern mutig. Es geht hier nicht um Funktion, sondern um Zeitlosigkeit. Wer ein Glas von Grandi besitzt, schenkt sich ein Stückchen Traum, und träumen ist nach all den Schrecken der letzten Jahre kein Luxus mehr, Signor Gorzi, sondern eine Notwendigkeit.«

Sie holte Luft.

»Deshalb werden die ersten Kunden, die Ihr illustres Geschäft betreten, auf der Suche nach einem Traum sein. Und Sie wollen ihnen diesen Traum verweigern?«

Den Blick immer noch fest auf ihn gerichtet, schüttelte sie langsam den Kopf.

»Natürlich nicht. Sie werden ihnen die Phönixe zeigen, die Einhörner, die Sirenen und Drachen, denen die Firma Grandi ihren Ruf verdankt, und Ihre amerikanischen Kunden werden nicht widerstehen können. Niemand hat je widerstehen können. Es ist kein Zufall, dass meine Familie seit 1605 auf den Pergamentseiten des Goldenen Buches der Bürger Muranos geführt wird. Habe ich etwa nicht recht, Signor Gorzi?«

Sie war so angespannt, dass sie spürte, wie sich ihre Nackenhaare aufrichteten. Sie bluffte: Gorzi kam auch ohne das Glas der Grandi wunderbar zurecht. Zumal selbst Flavio ihrem Großvater vorgeworfen hatte, er sei zu konservativ. Es gab noch andere Namen, die sich die Kenner auf diesem Gebiet genüsslich auf der Zunge zergehen ließen: Barovier, Venini, Seguso … Und deren Erfindungsgabe und Talent waren kaum zu übertreffen. Auf den Weltausstellungen, die für die Glasbläser überaus wichtig waren, um sich Bekanntheit und einen Ruf zu erwerben, heimsten sie unzählige Goldmedaillen und Auszeichnungen ein. Und genau wie sie hätten auch die Grandi in den kostbaren alten Büchern nach den eifersüchtig gehüteten Herstellungsgeheimnissen aus der Vergangenheit forschen und sie an die neuen Anforderungen anpassen müssen, man hätte mit anderen, ebenso ehrgeizigen künstlerischen Direktoren wetteifern und sich immer wieder neu erfinden müssen. Doch seit einigen Jahren schien das Haus des Phönix in einen gefährlichen Schlummer versunken zu sein, einen steinernen Schlaf. Livia wusste es. Und sie hatte Angst.

Nach langem Schweigen deutete der Händler ein Lächeln an, das ebenso rasch wieder verflog, wie es aufgeschienen war.

»Schicken Sie mir die Rechnung, Signorina Grandi. Ich werde dafür sorgen, dass sie nach unseren üblichen Bedingungen bezahlt wird.«

Sie erschauerte, sie hatte gewonnen.

»Ich danke Ihnen«, sagte sie. Ihr Hals war trocken, als wäre sie gerannt. »Mein Großvater hat mir beste Grüße an Sie aufgetragen.«

»Und Flavio? Wie geht es unserem Helden? Ich habe ihn, glaube ich, neulich auf der Straße gesehen. Seinem verletzten Bein scheint es besser zu gehen.«

»Er ist ganz der Alte«, seufzte Livia, die aufbrechen wollte, bevor Gorzi es sich anders überlegte. »Mein Bruder ist immer ganz er selbst.«

Dann lächelte sie ihn ein wenig verlogen an, das Glöckchen ertönte, und sie schloss die Ladentür hinter sich.

Livias Absätze hämmerten aufs Pflaster, mit gesenktem Kopf eilte sie über die glänzenden Stufen der Brücke – und prallte heftig mit jemandem zusammen. Eine Hand griff erschrocken und Halt suchend nach ihrer Schulter.

»Mi scusi!«, rief sie, es war ihr peinlich, dass sie eins der ungeschriebenen Gesetze der Lebensart ihrer Heimatstadt gebrochen hatte.

Die Venezianer rempelten sich nicht an. Sie streiften sich, berührten sich leicht und wichen einander in den engen *calli* und auf den unzähligen Brücken über den Kanälen mit der Anmut von Florettfechtern aus. Dabei schien dieses ungewöhnliche, sinnliche und musikalische Ballett so gar nicht zu ihrem raschen Schritt zu passen. Doch Livia dachte mit einem Anflug von Angst, die ihr das Herz abdrückte, wieder an ihren Bruder.

Nur an den Schwächen des Gegners ermisst man die eigene Stärke. War Flavio wirklich zu einem Feind geworden? Wie war das möglich? Noch vor wenigen Tagen hätte sie es sich in ihren schlimmsten Träumen nicht vorstellen können, wieder in einem Kriegszustand zu leben. Zwei Monate zuvor war der große, der echte Krieg mit seinen Millionen Toten, mit seinen unvorstellbaren Gräueln zu Ende gegangen, unter Tränen und Freudenschreien hatte ganz Europa ihn zu Grabe getragen.

Aus zufällig aufgefangenen sorgenvollen Blicken und mitgehörten Gesprächsfetzen hatte Livia geschlossen, dass der Friede nicht so einfach war, wie man hätte denken können. Und nun brach auch noch mitten in ihrer eigenen Familie eine Schlacht los.

Sie hätte gern genau gewusst, wann ihr die ersten Zweifel an Flavio gekommen waren. Vielleicht an dem Tag, an dem er den Marschbefehl erhalten hatte. Er hatte am Fenster seines Schlafzimmers gestanden. Auf dem Bett, neben der rosafarbenen Karte, auf der man ihn aufforderte, sich bei der nächstgelegenen Bezirksstelle zu melden, lag, noch leer, das aufgeklappte Lederköfferchen. Von draußen hörte man das Geschrei ballspielender Kinder. Er hielt eine erloschene Zigarette in der Hand und beobachtete die Kinder so intensiv, dass sich seine Nasenflügel wölbten und die Kiefer hervortraten.

»Weißt du, eigentlich will ihn niemand.«

»Wen?«, hatte sie vom Türrahmen aus, an dem sie mit der Unbeholfenheit einer Heranwachsenden lehnte, leise gefragt.

»Diesen Krieg. Niemand will ihn hier in Italien. Sogar einige der Faschisten wollen ihn nicht. Denk an Ciano, der hat ihn zu verhindern versucht. Aber das ist dem anderen egal. Er ist viel zu verliebt in seinen berühmten Balkon. Er kann nicht anders, er muss einfach vor einer in Ekstase geratenen Menge reden. Wirklich verrückt, wie gern er sich reden hört. Nur zu … Wir erklären Großbritannien und Frankreich den Krieg, weil uns auf keinen Fall etwas vom großen Kuchen entgehen darf. Aber nicht er wird sich die Löcher in den Pelz brennen lassen. Wäre doch zu schrecklich, wenn sein schönes schwarzes Hemd und die gewienerten Stiefel schmutzig würden, oder? Nein, diese hübsche Aufgabe bleibt uns anderen vorbehalten.«

Von draußen hörte man lauten Jubel. Wahrscheinlich reckte eins der Kinder den Arm zum Zeichen des Sieges in die Luft. Flavio zündete die Zigarette an, zog daran und genoss den Rauch dann einige Sekunden lang, den Kopf in den Nacken gelegt.

»Hoffentlich ist dieser Blödsinn wenigstens vorbei, bevor sie alt genug sind, um mitmachen zu müssen«, sagte er fast aggressiv.

»Das meinst du doch nicht ernst!«, rief Livia. »Der Krieg wird nicht lange dauern. Wenn man bedenkt, wie leicht die Deutschen Polen und Frankreich besetzen konnten, dann kann es doch nur eine Frage von Wochen sein. Ich bin sicher, es ist vorbei, bevor du an der Front angelangt bist.«

Livia hatte ihn nur beruhigen wollen, doch sie sah ihm an, dass er sie für eine dumme Gans hielt.

Sie hatte sich inzwischen in einem Sessel zusammengerollt. Als er sich vorbeugte, um eine Kommodenschublade herauszuziehen, sah sie seinen Nacken, er wirkte so verletzlich über dem weißen Hemdkragen. Dann hatte sie seine Handgelenke betrachtet. Wenn sich ein Kind in der *fornace* um eine Lehrstelle bewarb, dann besah man sich zuerst seine Handgelenke, um sicherzugehen, dass sie kräftig genug waren für den Beruf des Glasbläsers. Flavio hatte schmale Handgelenke, und wenn man sie für zu schwach für die Glasbläserei hielt, wie sollten sie dann ein Maschinengewehr halten? Mit einem Mal war ihr das Ganze absurd vorgekommen. Sie hatte es ihm zu erklären versucht, doch Flavio hatte sich geweigert, mit ihr zu sprechen, und stattdessen eine nervtötende kleine Melodie vor sich hingepfiffen.

Ein wenig später war sie mit einer gemurmelten Entschuldigung weggegangen, sie ertrug seine Distanziertheit nicht länger, schließlich wusste sie sehr gut, dass man nicht ohne böse Folgen in den Krieg zog. Es lag etwas Bedeutsames, Unumkehrbares in den gelassenen Bewegungen Flavios, als er seine Toilettengegenstände einpackte, als ginge es nur um einen Ausflug nach Rom, wo er, wie sie vermutete, eine Freundin hatte. Genau das war es, was sie an ihrem Bruder zur Verzweiflung trieb: Nie konnte man ihm etwas an den Augen ablesen, weder Freude noch Schmerz, noch Sorge. Und doch hatten sie beide denselben klaren Blick geerbt, dieselben blauen und grünen und manchmal sogar seltsam grauen Pupillen, »launenhaft wie die Lagune«, wie ihr Großvater gern scherzte. Doch aus Livias Augen las man alles, viel zu viel.

Am nächsten Tag hatte Flavio nicht gewollt, dass sie ihn zum Bahnhof begleitete. Sie hatte sich zugleich erleichtert und beschämt gefühlt. War es nicht ihre Pflicht? Er war ihr einziger Bruder, ihr großer Bruder, er gehörte zu denen, die ganz Italien von seinem Mut, seiner Hartnäckigkeit und seinem inneren Wert überzeugen würden, wie der Duce lauthals vom Balkon des Palazzo Venezia verkündet hatte. Doch Flavio glaubte nicht daran. Er betrachtete das Leben mit einer Ironie, die zwar die Mädchen faszinierte, ihm jedoch das vorbehaltlose Vertrauen seiner Schwester entzog. Wie sollte man es jemandem schenken können, dessen

Lieblingsbeschäftigung darin bestand, sich über alles lustig zu machen?

Im Salon hatte Flavio eine Feldflasche mit Grappa gefüllt, ganz wie an einem beliebigen Herbsttag, wenn er mit seinen Freunden auf Wildentenjagd gehen wollte. Er hatte sie in die Tasche gesteckt und nach seinem Koffer gegriffen. Wortlos hatte er noch einen letzten Blick auf seine Umgebung geworfen. Die Einrichtung des Zimmers war seit dem Tod ihrer Mutter nicht verändert worden, doch Livia war zumute gewesen, als sähe sie den Salon zum ersten Mal.

Als Kind hatte sie ihren Großvater mütterlicherseits oft besucht. Sie hatte ihn als einen schlanken, eleganten Herrn in Erinnerung behalten, der winters wie sommers eine Blume im Knopfloch trug, sich durch eine besonders sanfte Aussprache des Venezianischen auszeichnete und eine leicht verrückte Leidenschaft für Mandolinen hegte.

Man hätte meinen können, die junge Bianca Maria habe es nach ihrer Hochzeit bedauert, das in einer Seitenstraße hinter dem Opernhaus La Fenice gelegene Palais ihrer Kindheit verlassen zu müssen, seine galanten Fresken, die Stuckdecken und die Spiegel, die die tanzenden Wellen der Kanäle reflektierten. Doch die herrliche Bleibe ihrer Vorfahren mit den Arkadengängen und den von der Zeit verschont gebliebenen Obstgärten hüllte sich früh in die Verstocktheit einer eigensinnigen und bornierten alten Provinzdame. Und schließlich hatten sich ihre Vorväter schon vor Jahrhunderten in Murano umgesehen und dort stattliche Häuser bauen lassen, in deren Gärten exotische Pflanzen aus Afrika und dem Orient wuchsen. Als Bianca Maria nach Murano gekommen war, hatte sie nicht nur Koffer und Truhen voller schimmernder Stoffe und zierlich bestickter und spitzenbesetzter Leinenwäsche mitgebracht, sondern auch lackierte Kommoden, geschnitzte Stühle, ihre Fächersammlung und den *terrazzo* ihrer Jugend, diesen mit bunten Marmorstückchen durchsetzten Kalkzement, der die Böden des Hauses bedeckte.

Am Tag, als Flavio in den Krieg zog, hatte er den Kopf gehoben, als wolle er sich noch einmal von dieser schwebenden Harmonie aus Gelb- und Rottönen durchtränken lassen, die den Hintergrund ihrer Kindheit gebildet hatte. Livia hatte gespürt, dass er seine Gefühle im Zaume hielt. Nervös hatte sie ihm seinen Hut gereicht und war ihm dann gefolgt wie ein Schatten. Schweigend waren sie zur Glasmanufaktur gegangen.

Als sie die große Werkstatt betraten, wandten sich ihnen die Arbeiter einer nach dem anderen zu. Ihr Großvater übergab seine Pfeife dem *servente* und ging auf Flavio zu. In der konzentrierten Stille hörte man nur das Brausen der Öfen. Er hatte Flavio die schwieligen Hände auf die Schultern gelegt und ihn betrachtet, als wolle er sich jede Linie seines Gesichts für alle Zeiten einprägen, dann hatte er flüchtig das Kreuz über der Stirn seines Enkels geschlagen.

»Für deine Mutter«, hatte er heiser gemurmelt.

Zu Livias großer Überraschung hatte Flavio nicht protestiert, obwohl er alles, was auch nur im Entferntesten rührselig wirkte, verachtete. Danach hatten sich die Arbeiter von ihm verabschiedet und dabei wie zu ihrem eigenen Schutz ihre Werkzeuge an die Brust gepresst, ihre Zangen, Scheren und Pfeifen, diese uralten Instrumente ihres Handwerks, die ihnen fast zu Gliedmaßen geworden waren.

Später war sie lange auf dem Kai stehen geblieben und hatte der Schaumspur des Dampfschiffs nachgesehen, das sich Richtung Venedig entfernte und ihren Bruder zum Bahnhof Santa Lucia brachte. Dann hatte sie mit der Hand ihre Wange berührt, wo der Kuss ihres Bruders ein seltsam sanftes Gefühl hinterlassen hatte.

Livia bog in eine *calle* ein, ihr war, als würden die dichtgedrängten Häuser mit ihrem feuchtigkeitsfleckigen Putz untereinander tuscheln. In den Fenstern, deren Lack überall abblätterte, trocknete Wäsche. In der Ferne sah man durch einen schmalen Spalt die verheißungsvoll funkelnde Lagune. Plötzlich wurden über ihr Fensterflügel aufgestoßen, und sie hörte Frauenstimmen.

Flavio war ihr immer ein Rätsel gewesen. Sie hatten nie die

innige Verschworenheit anderer Geschwister erlebt, diese aus jahrelangen Streitereien und unzähligen gemeinsamen Streichen erwachsene Komplizenschaft, das verständnisinnige Lachen über die unverständliche Welt der Erwachsenen, den unter Geschwistern üblichen Zank, der in wütende Anschuldigungen, manchmal unter Tränen, ausarten kann, wenn ein Kind sich verraten fühlt. Es war, als hätten die sechs Jahre Altersunterschied einen unüberwindlichen Graben zwischen ihnen aufgerissen. Flavio hatte keinerlei Beschützerinstinkte gegenüber seiner kleinen Schwester entwickelt, und sie wiederum hatte ihn nie angehimmelt. In seiner Jugend hatte er sogar einige Zeit bei seinem Großvater mütterlicherseits gewohnt – damit der alte Herr nach dem Tod seiner Frau nicht so allein sei in seinem Palais, hieß es. Wenn Livia ihn mit ihren Eltern zu einem sonntäglichen Mittagessen besucht hatte, war ihr Flavio vorgekommen wie ein entfernter Cousin. Zwar wies er einige der körperlichen Attribute der Familie auf, aber er schien einer anderen Welt mit anderen Gebräuchen und einem nur schwer entzifferbaren Zeichensystem anzugehören.

Daher konnte sie nicht behaupten, Flavio sei ihr fremd geworden, denn sie hatte ihn nie wirklich gekannt, doch seit seiner Rückkehr empfand sie ihn als noch ungreifbarer. Der spöttische, einst gutgelaunt leuchtende Blick eines Menschen, der davon überzeugt ist, dass einem das Schicksal bisweilen seltsame Streiche spielt, dass es aber eleganter ist, darüber zu lachen, war grämlich geworden. Um den Mund lag jetzt ein bitterer Zug. Manchmal, wenn ihm nicht bewusst war, dass seine Schwester ihn beobachtete, verlor sich sein Blick ins Leere, und seine Züge verhärteten sich bis zu Unerbittlichkeit. Sie hatte ihn nur ein einziges Mal nach Russland gefragt, und sein Gesicht war voller Hass gewesen, als er antwortete: »Es war die Hölle, und die Hölle lässt sich nicht erzählen.« Dann war er so jäh aufgestanden, dass er ins Schwanken geraten war und sich nur mit Hilfe seines Stocks vor einem Sturz hatte bewahren können. Von seinen Kriegserlebnissen wusste sie nur, dass er an der russischen Front in Gefangenschaft geraten und bei einer Gegenoffensive wieder befreit worden war. Wegen der Verwundung war er nach Italien zurückgeholt worden, wo er sich den Partisanen in den Bergen im Norden Venetiens angeschlossen hatte. Sie hatte sich schuldig gefühlt, weil sie ihn nicht hatte verstehen können, und nie wieder zu fragen gewagt.

Sie tauchte aus dem Halbschatten der Gasse auf und trat auf die im gleißenden Sonnenschein liegende Fondamenta Nuove. Den Einkaufskorb über dem Arm, standen einige Frauen mit ihren Lebensmittelkarten vor einer Bäckerei an. Als Livia sah, dass das *vaporetto* gleich ablegen würde, begann sie zu rennen und scheuchte dabei einen Schwarm Möwen auf, die ärgerlich zum blauen Himmel aufflatterten.

Der Bootsmann wartete, bis sie an Deck war, bevor er das Seil aufrollte und den Befehl zum Ablegen gab. Atemlos dankte sie ihm mit einem Nicken und ging zum Bug. Ihr Gang stellte sich sofort auf das Wiegen des Schiffes ein. Wie alle Venezianerinnen war sie daran gewöhnt, unablässig und ohne je zu zögern, vom festen Boden auf schwankende Decks zu wechseln. Sie setzte sich in die erste Reihe, als brächten sie diese wenigen Meter der Insel Murano näher.

Murano, wo der Fels in der Brandung ihres Lebens, ihr Großvater, der sie aufgezogen hatte, nicht mehr imstande war, sein Bett zu verlassen. Murano, wo sie die eingebildeten oder tatsächlichen Schwächen ihres Bruders nutzen und daraus selbst Kraft schöpfen musste, wenn sie ihr Erbe retten wollte.

Als sie an den Pontons der Glashütte ankam, sah Livia nach, ob dort irgendein fremdes Schiff vertäut war. Doch leider wiegte sich nur Flavios *s'ciopon* auf den Wellen. Nicht ohne Bitterkeit vermerkte sie, dass der grüne Anstrich des Bootsrumpfs über der Wasserlinie frisch zu sein schien. Seit seiner Rückkehr beschäftigte sich ihr Bruder fast ausschließlich mit seinem Boot, verhätschelte es wie ein kleines Kind und verschwand mit ihm manchmal für ganze Tage auf den trägen Wassern der Lagune.

Wenn er sich wenigstens auch noch um etwas anderes kümmern würde! Aber nein, und die wenigen Male, die er in der Werkstatt aufzutauchen geruhte, sparte er nicht mit scharfer Kritik. Es stimmte ja, die Geschäfte liefen nicht gerade glänzend … Aber bei wem taten sie das schon? Was man jetzt brauchte, war ein wenig Geduld und Durchhaltevermögen. Wie während der Krise in den dreißiger Jahren. Damals hatten mehrere Glashütten Konkurs angemeldet. Doch Ercole Barovier hatte ein neues Glas erfunden, ein von feinem Craquelé überzogenes durchscheinendes Material, ganz zauberhaft und geheimnisvoll, und er hatte es noch mit schwarzen Rändern zur Geltung gebracht; seine Kollektion »Primavera« hatte enormen Erfolg gehabt. Livia bewunderte solchen Wagemut, er war ihr viel lieber als der Defätismus ihres Bruders.

Sie stieß das schmiedeeiserne Tor auf, das mit einem hässlichen Quietschen protestierte. In dem großen Hof der Werkstatt wucherte in den Spalten zwischen den Pflastersteinen Unkraut. Dicht neben einem kleinen Kohlehaufen trocknete in der Sonne Holz für die Befeuerung der Öfen. Eine Bougainvillea rankte an der Wand des Lagerhauses und verdeckte mit ihren violetten Blüten die Risse in der Mauer, davor umringten einige

Stühle einen wackeligen Tisch, auf dem noch einige leere Gläser standen.

Sie bemerkte, dass die Anzahl der in der Nähe des Brunnens gestapelten Kartons nicht zugenommen hatte. Auf dem obersten Karton thronte die graue Hauskatze und sonnte sich. Livia runzelte die Stirn. Die Glashütte Grandi sollte gegen Abend fünfhundert Glühbirnen für ein Unternehmen in Marghera abholbereit haben. Niemand stellte gern Glühbirnen her, aber schließlich musste man die Arbeiter entlohnen und konnte sich daher keine Allüren leisten, wenn man überhaupt das Glück hatte und einen Auftrag bekam.

Als ihr Großvater einige Wochen zuvor seinen Anfall erlitten hatte, hatte Livia sofort eine gefährliche Stimmungsschwankung bei den Angestellten gespürt. Und da kein Schiff lange ohne Kapitän auskommt und Flavio zu unberechenbar schien, hatte sie das Ruder in die Hand genommen.

Dieser Staatsstreich war nicht ohne Schwierigkeiten vonstatten gegangen, obwohl talentierte Frauen in den Werkstätten von Murano immer schon anerkannt worden waren. Bereits im 15. Jahrhundert hatte ein staatliches Privileg die Arbeit einer Glasbläsertochter erleichtert, die eine besondere Vorliebe für lebhaft gefärbte Glasstäbe und Sternmotive gehabt hatte. Ein Jahrhundert später hatte der Senat Armenia Vivarini das exklusive Recht zur Herstellung von Schiffsmodellen zuerkannt. Doch wenngleich die Glasbläser daran gewöhnt waren, mit Frauen zusammenzuarbeiten, hatten sie wenig Lust, sich von ihnen befehligen zu lassen. Zumal ein Verbot nach wie vor unerschütterlichen Bestand hatte: Keine Frau hatte das Recht, Glas zu blasen. Sie durfte die Giftkammer überwachen, in der die Ausgangsmaterialien gelagert wurden, und auch die Zusammenstellung des Gemenges, die Bemalung oder Emaillierung übernehmen, Blattgold auftragen, ungewöhnliche Formen und völlig neue Kreationen ersinnen – aber selbst ein Glas blasen: das niemals! Es gehe hier ausschließlich um die körperliche Konstitution der Frau, wurde behauptet, doch Livia war davon überzeugt, dass es im Wesentlichen um männlichen

Stolz ging. Sie sprach nie davon, aber dieses Verdikt schmerzte sie wie eine Wunde.

Ärgerlich und zum Kampf entschlossen marschierte sie in die Werkstatt, um den Faulpelzen die Leviten zu lesen. Ihr Blick wich den erloschenen Öfen aus, die sie an sich schon als Beleidigung empfand, doch sie blieb stehen, als sie Tino Tomasini, den Glasbläsermeister, der schon seit mehr als zwanzig Jahren an der Seite ihres Großvaters arbeitete, breitbeinig auf seinem Glasmacherstuhl sitzen sah.

Sie setzte sich auf einen Hocker und umschlang ihre Knie. Der Vormittag war anstrengend gewesen, umso lieber überließ sie sich den tröstlichen Gefühlen, die ihr die Werkstatt jedes Mal aufs Neue vermittelte, mit dem beruhigenden Tosen der Öfen, den Scheren und Zangen, die der Größe nach an ihren Haken hingen, den in einer Ecke gestapelten Holzformen und den wie mittelalterliche Lanzen aufgereihten Pfeifen und Hefteisen. Hier war sie zu Hause, und diese tief in ihr ruhende Empfindung erfüllte sie mit einem umfassenden Wohlgefühl. Nur hier verschwamm der rotglühende Kummer, der ständig an ihr nagte, so sehr, dass man ihn für verschwunden halten konnte.

Damals hatte die Nachricht vom plötzlichen Tod ihrer Eltern sich so verheerend auf das kleine Mädchen ausgewirkt, dass es darüber verstummt war. Drei Tage lang hatte sie nicht einmal weinen können. Sie wusste, sie hatte den anderen Angst eingejagt mit ihrem bleichen Gesicht, in dem die Haut über den Wangenknochen spannte, mit ihren durchscheinenden, fast flüssigen Augen und den schwarzen Wimpern, die sich wie Schatten auf die Wangen legten, wenn man sie überreden konnte, sich hinzulegen, um zu schlafen. Oder wenigstens so zu tun. Aber nicht allein in ihrem Schlafzimmer, nein, bei den anderen, auf dem Sofa im Salon, im Bett ihres Großvaters oder auf irgendwelchen Kissen, die man hastig in einer Ecke der Werkstatt angehäuft hatte.

Als braves Kind hatte sie gehorcht, wenn man sie zum Essen aufforderte. In der Küche dampfte immer etwas in den Töpfen.

Die Frauen lösten einander ab, sie hackten Zwiebeln, Auberginen, Tomaten, die scharfen Klingen schnitten in das saftige Fleisch der Gemüse, während eine Knoblauchzehe im heißen Öl brutzelte. Unablässig setzten sie das kleine Mädchen an den Tisch und versuchten es zu füttern: »Iss, mein Schatz, iss doch ein wenig, mein Täubchen …« Als könnten solche Köstlichkeiten das Furchtbare mildern … Die Polenta hatte nach Asche geschmeckt, und von den sahnigen Desserts war ihr schlecht geworden.

Ihre Tränen waren in einem Schweigen geflossen, das ihre Angehörigen lähmte, während die lange Reihe der Gondeln der Beisetzungsbarke folgte, deren Barockengel mit den ausgebreiteten Flügeln feierlich und unerbittlich auf die rosafarbenen Mauern von San Michele zuglitten.

Der Hausarzt hatte mit den Achseln gezuckt und hilflos die Hände ausgebreitet. »Es ist der Schock. Vielleicht braucht sie noch einen Schock, damit sie wieder spricht. Sonst bleibt sie stumm.« Ihr Großvater war wütend aufgesprungen in der kleinen, mit Büchern vollgestopften Praxis. »Noch einen Schock … Willst du sie etwa umbringen?«, hatte er geschrien. Sein graues Haar hatte sich gesträubt, die Zornesröte war ihm in die Wangen gestiegen. »Aber Alvise, beruhige dich doch«, hatte der Arzt gemurmelt. »Wenn meine Enkelin beschlossen hat, nichts zu sagen, dann hat sie uns eben im Augenblick nichts mitzuteilen. Und damit ist sie mehr wert als solche Schwätzer wie du!«, hatte ihr Großvater geschimpft, Livias Hand gepackt und sie weit weggebracht von diesen vor Hilfsbereitschaft triefenden Menschen, die sich ständig über sie beugten und deren verzerrte Gesichter sie in ihren Albträumen wiedersah.

Von jenem Tag an hatte man sie in Ruhe gelassen, die kleine Stumme. Die anderen Kinder wollten nicht mehr mit ihr spielen, und die Lehrer wagten sie im Unterricht nicht anzusprechen, als wäre das Unglück eine ansteckende Krankheit. Sie hatte ihre Tage in der Werkstatt zugebracht und ihrem Großvater bei der Arbeit zugesehen. Damit das Schweigen nicht zu lastend wurde, hatte er angefangen, für zwei zu sprechen, hatte laut nachgedacht und jede noch so kleine Handbewegung und den Gebrauch sämtlicher Werkzeuge erläutert. Das kleine Mädchen hatte stocksteif und mit undurchdringlichem Gesicht dagesessen und mit ganzer Seele zugehört. Die Worte ihres Großvaters hatten um ihre Einsamkeit ein Netz gesponnen, ähnlich dem Netz miteinander verknüpfter Linien auf den Gläsern *a reticello* – einem Muster, bei dem Luftblasen in den Rauten der sich überkreuzenden Bleifäden eingefangen waren. Auch Livia war eine Gefangene ihres Schmerzes, und sie ließ sich wiegen von dem melodiösen Venezianisch, in dem die Konsonanten kaum ausgesprochen werden, von dieser Stimme, die ihr von guten Einfällen erzählte, von Krümmungen und feinen Linien, von Leidenschaft und Willenskraft, vom Zusammenklang ungewöhnlicher Farben, von Drachen und Wundern.

Dann, eines Tages, nach Monaten völligen Schweigens, hatte sie eine *paletta* genommen und war auf ihren Großvater zugegangen. »Und jetzt ich«, hatte sie heiser gesagt und mit sicheren Bewegungen und ohne das geringste Zögern begonnen, die Oberfläche der Vase, an der er gerade arbeitete, zu glätten.

Obwohl ihr alles so vertraut war, empfand Livia jedes Mal aufs Neue Respekt vor dieser mythischen Begegnung von Feuer, Materie und Licht.

Tino war der Dirigent. Seine Assistenten ringsum ließen ihn nicht aus den Augen. Ein bloßes Heben seiner Braue, ein Knurren oder eine Anweisung, und schon beeilten sich der *serventin* oder der *garzone*, ihm zu gehorchen. Doch das meiste geschah, ohne dass er etwas hätte sagen müssen. Zwischen den Musikern der *piazza* herrschte eine vollkommene Osmose, in langen Jahren inniger Verschworenheit erarbeitet. Bei den Dienern des Feuers wurde keine überflüssige Bewegung, keine Unsicherheit geduldet.

Tinos ältester Sohn, Aldo, arbeitete ihm als *servente* zu. Er hatte die gleiche imposante Statur wie sein Vater, einen kräftigen Nacken und ebensolche Muskeln, die unter der Haut seiner Arme spielten. Aldo kannte nicht seinesgleichen, wenn es um die schweren Stücke ging. Er griff nach einer Pfeife und ging auf den Hafen zu. Er verhielt kurz, wie zu innerer Sammlung, dann gab er mit einer Kinnbewegung zu erkennen, dass er bereit war.

Wer auf den Ofen ging, um das geschmolzene Glas mit der Spitze der Pfeife aufzunehmen, forderte die Götter heraus, und das Feuer strafte ihn, indem es sein Gesicht und seinen Körper für einen Augenblick in blutrotes Licht tauchte. Doch dafür wurde er belohnt, wenn er seinem Meister die weißglühende, leuchtende Kugel präsentierte. Und von diesem Augenblick an fand die flüssige Masse keine Ruhe mehr.

Sie war gefangen in einer beständigen Bewegung, ohne Hast oder Überstürzung und in sanften Bögen, aber von unerbittlicher Präzision. Sie wurde weitergereicht vom einen zum anderen und durchlief eine Metamorphose, bestimmt von der Phantasie der Männer, die sie bliesen, in die Länge zogen, geschickt formten und sie dabei unablässig drehten mit ihren Handgelenken und Schultern, ohne sie je aus den Augen zu lassen. Rein intuitiv errieten sie aus ihrer Textur, ihrer Farbe, ihrem Gewicht, ob sie schneller oder langsamer drehen mussten, ob man ihr einen Atemzug lang Zeit geben musste, um sie dann desto besser modellieren zu können, damit die Frucht ihrer Phantasie und ihres Begehrens sichtbar würde. Denn waren diese Diebe des Lichts je etwas anderes gewesen als glühend begehrende Verführer? Die Sinnlichkeit ihrer Gesten, ihr wachsamer, aber zärtlicher Blick, die Faszination und die Achtung, die man in ihren vom Licht der Flammen modellierten Gesichtern las, waren die von Liebenden auf der Suche nach dem Absoluten.

Tino legte die Pfeife auf die zu beiden Seiten des Glasmacherstuhls angebrachten Stützen. Während er das Hohleisen immer weiter um die eigene Achse drehte, führte er das Glas in eine Holzform ein, um eine kompakte Kugel zu erhalten. Er blies ein erstes Mal, um sie zu öffnen, dann richtete er sich auf und blies noch einmal, um dem Stück eine erste Form zu geben. Dann zog er die Glasmasse mit seiner abgerundeten Schere in die Länge und modellierte sie mit den Zangen. Schließlich überprüfte er mit einem Zirkel den Durchmesser des Kelchs. Befriedigt setzte er ihn auf ein Hefteisen und löste das andere Ende von der Pfeife. Der *garzone*, ein Rotschopf voller Sommersprossen, reichte ihm eine andere Pfeife. Tinos Wangen blähten sich leicht, als er noch einmal in das Glas blies, um die Dicke der Kelchwände auszugleichen.

Seine Assistenten umstanden ihn geduldig, gaben ihm die Werkzeuge, sobald er die Hand ausstreckte und brachten das bearbeitete Glas mit großen Schritten zur Arbeitsöffnung des Ofens, wenn es wieder gewärmt werden musste. Der Schweiß lief ihnen über die Stirn, doch ihre Bewegungen waren harmonisch und von heiterem Gleichmut. Als der Kelch fertig war, schöpfte Tino noch einmal *cristallo* für den Stiel aus dem Hafen und formte ihn wie eine Kordel.

Das Klappern der kleinen Türen vor den Ofenöffnungen wurde vom Klappern der Scheren untermalt. Tino stand in den stiebenden Funken, das graue Hemd voller Schweißflecken, und schien immer imposanter zu werden, je weiter das Werk unter seinen Händen und Augen gedieh. Das Crescendo dieser Symphonie verlieh ihm die Haltung eines feurigen Imperators im Kreise seiner treuen Offiziere.

Der Fuß entstand aus einer *goccia*, die, erst mit dem Hohleisen aufgenommen, liebevoll geblasen wurde, bevor sie zu einer Scheibenform verarbeitet wurde. Endlich wurden Stiel und Fuß mit Hilfe von Glastropfen miteinander verbunden, und dann brachte der Meister Verzierungen aus winzigen Glasmengen an, die ihm seine Gehilfen anreichten wie Tropfen von Ambrosia.

Die Kreation musste eine weitere Feuertaufe über sich ergehen lassen, dann befahl Tino mit Stentorstimme, man möge ihm den Kelch bringen. Er befestigte ihn auf dem gedrehten Stiel und verlieh ihm mit der Zange den Ritterschlag.

Tino »Lupo« Tomasini straffte die Schultern und richtete sich wieder auf, dann gab er seine Werkzeuge einem Gehilfen. Das Glas wurde zum Kühlofen gebracht, ein letztes Aufwärmen war unerlässlich, damit das *cristallo* beim Abkühlen nicht zersprang. Wieder einmal hatte sich das Wunder ereignet.

Die Hände in die Hüften gestemmt, wandte Tino sich zu Livia um. Wie alle Glasbläsermeister in Murano hatte er einen Spitznamen, und seiner stand ihm wirklich bestens zu Gesicht. Unter den buschigen Augenbrauen, die wie schwarze Striche auf seiner Stirn standen, lagen scharf blickende schmale Augen. Auch die helle, gelblich funkelnde Iris hatte Tomasini vom Wolf geerbt. Er behauptete, in seiner Jugend habe er tiefblaue Augen gehabt, »blau wie der Mantel der Muttergottes von Tizian«, aber die Schönheit seiner Augäpfel dem Feuer geopfert. In ganz Murano hätte ihm niemand zu widersprechen gewagt.

Livia streckte die Beine und stand auf.

»Und die Glühbirnen?«, fragte sie wütend.

»Ich schenke dir ein Wunder, und du wagst es, mir von Glühbirnen zu sprechen?«, grollte Tino.

»Draußen fehlen noch zehn Kisten. Ich weiß es, ich habe sie gezählt. Die Lieferung muss um fünf Uhr fertig sein, und wenn ich sie nicht bezahlt bekomme, kann ich dir am Ende der Woche keinen Lohn geben. Also los«, befahl sie und hob beschwörend die Hände. »An die Arbeit!«

»Dawai, dawai …«, ließ sich eine ironische Stimme hinter ihr vernehmen. »Wie bei den Sowjets. Das einzige Wort, das man ständig aus ihrem Munde hörte.«

Livia wandte sich um. Flavio lehnte an der Tür, er hatte die Arme verschränkt, ein spöttisches Lächeln umspielte seine Lippen.

»Was verschafft uns das Vergnügen deines Besuches?«, gab sie zurück.

»Ich möchte mit dir reden. Komm und trink eine *ombra* mit mir. Es ist Zeit für den Aperitif.«

Er wartete ihre Antwort gar nicht erst ab, sondern machte schon kehrt. Sie zögerte kurz. Eigentlich wollte sie möglichst bald zu ihrem Großvater, um ihm die gute Nachricht von den an Gorzi verkauften Gläsern zu erzählen und bei der Gelegenheit das alte und schon recht enge Kostüm auszuziehen, in dem sie sich regelrecht eingezwängt fühlte, aber Unangenehmes brachte man am besten schnell hinter sich.

Seufzend folgte sie der schmalen Gestalt, die sich auf einen Stock mit Silberknauf stützte.

Als sie in das Weinlokal trat, wurde Livia von den an der Theke stehenden Muranesern gegrüßt. Sie nickte gezwungen lächelnd zurück und hielt nach Flavio Ausschau.

»Er sitzt an seinem Tisch«, sagte der Wirt und zeigte mit dem Kinn in die Richtung, während er mit seinem karierten Tuch ein Glas blank rieb.

Livia ging in das kleine Hinterzimmerchen und setzte sich ihrem Bruder gegenüber. Weinflaschen mit verblichenen Etiketten standen brav in ihren Fächern, und die Frauen auf den Jahrhundertwende-Fotos an der Wand trugen lange Röcke und schwarze Umschlagtücher mit Fransen.

Der Wirt brachte ihnen zwei Gläser Weißwein und einige *cicchetti*. Flavio musterte die hauchdünnen Brotscheiben mit Stockfischpaste und die Fleischklößchen ernst, bevor er sie entschlossen und mit hartnäckig auf den Teller gerichtetem Blick in Angriff nahm. Er kaute sorgfältig, eine Hand lag geballt auf dem Tisch, die andere führte mechanisch das Essen zum Mund, bis der Teller leer war. Dann erst entspannten sich seine Züge, als kehre er aus einer anderen Welt zurück.

»Also gut, wie viel willst du?«, fragte Livia.

Flavio hob die Brauen.

»Warum bist du immer so aggressiv, Livia? Und wenn ich einfach Lust gehabt hätte, ein Glas Wein mit meiner kleinen Schwester zu trinken, die übrigens heute besonders hübsch aussieht in ihrem eleganten Kostüm? Hattest du ein Rendezvous in Venedig?«

Sie verdrehte die Augen zur Decke.

»Für solche Kindereien hab ich keine Zeit. Ich war bei Gorzi und hab ihn mit Müh und Not überreden können, einige Gläser zu kaufen, aber ich fürchte, das nächste Mal wird er noch weniger bereitwillig sein. Wirklich, die Dinge kommen einfach nicht ins Lot. Keine Bestellungen, keine Touristen. Und dazu noch Tino, der keine Glühbirnen herstellen mag, und unser *nonno*, der immer noch so hinfällig ist …«

Als sie nach ihrem Glas griff, bemerkte sie, dass ihre Hand zitterte. Sofort ballte sie sie zur Faust. Sie hatte dem alten Gorzi ihre Nervosität nicht zeigen wollen, und Flavio durfte sie erst recht nicht sehen.

»Also, was willst du?«, fragte sie schneidend.

»Gestern Abend habe ich Marco getroffen. Es ging ihm prächtig. Er platzte vor Enthusiasmus, sehr in Vorkriegslaune, könnte man sagen … Weißt du noch, mit welchem Feuereifer junge Leute wie er sich damals am Lido hervortaten? Als wollten sie unablässig die Olympischen Spiele vorbereiten. Ich weiß noch, wie ermüdend ich es fand … Kurzum, der gute Marco hatte eine frohe Botschaft für mich: Er übernimmt die Leitung des Familienunternehmens. Er hat mich mit sämtlichen Einzelheiten beglückt, aber ich habe nur mit halbem Ohr zugehört. Du kennst mich ja. Ich bin so konzentrationsfähig wie ein Sperling. Das jedenfalls wirfst du mir doch vor, oder?«

Livia war zumute, als legte man ihr ein Seil um den Brustkorb. Marco Zanier … Wie hatte sie seine Rückkehr verpassen können? Hätte sie nicht irgendetwas spüren müssen, eine Veränderung des Luftdrucks wie vor einem Gewitter, wenn die Vögel verstummen und eine schwefelige Atmosphäre in der Luft liegt? Sie hätte seine Rückkehr erahnen, geradezu wittern müssen, aber die Sorge um die Gesundheit ihres Großvaters hatte sie blind und taub für alles Übrige gemacht.

Andere würden nicht zurückkehren, aber Marco, der war natürlich heil und gesund. Flavio redete immer noch mit ihr, aber sie sah nur seine Lippenbewegungen, sie erfasste nicht, was er sagte. An seinem vom Olivenöl glänzenden Mund klebte eine Brotkrume. Er wischte sie mit dem Handrücken weg.

»Wie bitte?«, fragte sie unvermittelt.

»Marco hat mich gefragt, wie es dir geht. Er freut sich schon darauf, dich wiederzusehen.«

Marco wiedersehen … Ob er sich in den zwei Jahren verändert

hatte? Wahrscheinlich. Der Krieg veränderte einen Mann. Sah sie das nicht täglich an Flavio? Er formte eine Seele, wie ein Glasbläser ein Glas formte, nur gönnte er den Menschen keine harmonischen Umrisse. Er verhärtete sie, verschaffte ihnen schneidende Kanten, ein aggressives Lachen, bittere Augen.

Manchmal gab er sie auch nur noch gebrochen wieder her, körperlich oder geistig gebrochen. Das hatte sie im Krankenhaus gesehen, als sie ihren Großvater dort besucht hatte. Ein Mann war die ganze Zeit durch die Flure geirrt. Die Krankenschwestern schimpften liebevoll mit ihm, wenn er sie bei der Arbeit störte, aber sie ließen ihn gewähren, weil seine alte Mutter gebrechlich war und er nicht zu Hause bleiben wollte. Eines Nachts hatte man ihn halb nackt auf dem Campo Santa Marina herumlaufen sehen. Ein mitleidiger Mensch hatte ihn am Ellbogen genommen und ins Krankenhaus zurückgebracht. Er war groß und mager und bewegte sich mit einer seltsam raubtierhaften Anmut, ähnlich den in der Stadt streunenden Katzen, die sich vor nichts fürchteten, weil sie sich überall zu Hause fühlten.

Aber Marco? Was wusste er vom Krieg? Er war ganz der Sohn seines Vaters und hatte sich aus dubiosen Gründen vom Militärdienst befreien lassen, um eine Stelle in irgendeinem Ministerium in Rom anzunehmen. Sie konnte sich noch erinnern, ihn an einem kalten Märztag in der Menge gesehen zu haben, zwischen all den Fahnen und Uniformen, die man bei einer Militärparade auf der Piazza zur Schau gestellt hatte, er hatte sich in die Brust geworfen in seinem schwarzen Hemd und seinen Kiefern eine männliche Entschlossenheit aufzuzwingen versucht, die ihnen die Natur versagt hatte.

»Marco möchte dich sehen, weil er uns einen interessanten Vorschlag unterbreiten will.«

Das Seil um ihren Brustkorb wurde immer enger, sie konnte kaum noch atmen.

»Einen interessanten Vorschlag?«, spottete sie. »Der wäre der Erste von einem Zanier.«

Ich habe Lust auf dich, Livia.

An jenem Tag hatte die unter der drückenden Hitze flach und eben daliegende Lagune den Atem angehalten. Livia döste, einen Arm unter dem Kopf, mit geschlossenen Augen im Kahn. Die Sonne brannte auf ihren Lidern, das Salz auf ihren Lippen.

Sie kannte Marco seit je. Sie hatten dieselbe Schule besucht und waren sich auf den *campi* mit der besonderen Sorgfalt aus dem Wege gegangen, mit der Kinder alles Kompromittierende vermeiden. Die Jahre waren vergangen, sie waren beide herangewachsen. Manchmal begegnete sie unvermutet seinem fest auf sie gerichteten Blick und suchte im Gesicht des jungen Mannes mit den schwarzen Locken und der Adlernase nach den Zügen des angehenden Erwachsenen. Als Erbe einer der bedeutendsten Glashütten der Insel zeigte er die Selbstsicherheit eines Menschen, der keinen Widerspruch gewohnt war. Er hielt sich immer sehr aufrecht, als wollte er die in seinen Augen zu geringe Körpergröße ausgleichen, und wenn er bei einem Gespräch hitzig wurde, stellte er sich manchmal auf die Zehenspitzen.

Als diese Worte von Marco in ihr Bewusstsein gedrungen waren, hatte sie sie im ersten Moment für ein Trugbild der sengenden Hitze gehalten, eine akustische Fata Morgana. Ihr ganzes sonnengetränktes Selbst hatte diesen Satz einfach widersinnig gefunden. Wie konnte er noch nach irgendetwas Verlangen haben, wo sie sich doch völlig wunschlos glücklich fühlte?

»Hörst du mir überhaupt zu, Livia?« Seine Stimme war jetzt drängender geworden, belästigend wie das Summen einer Mücke im nächtlichen Schlafzimmer. Sie spürte seine an Zorn grenzende Ungeduld. Er hatte sie aus einer angenehmen Benommenheit gerissen, in der sich die Einschränkungen durch den Krieg, die Geldsorgen und das unangenehme Gefühl, von weit entfernten Entscheidungsträgern abhängig zu sein, völlig verwischt hatten. Aufgebracht über so viel Rücksichtslosigkeit, schlug sie die Augen auf und zwinkerte im grellen Sonnenlicht. Sie richtete sich halb auf. »Ich werde so tun, als hätte ich nichts gehört, das erspart uns einen Streit«, sagte sie. »Und jetzt wollen wir nach Hause«, setzte sie noch resolut hinzu und rammte sich ihren Strohhut auf den Kopf.

Marco blickte starr Richtung Murano und vollführte dabei eine heftige Kreisbewegung mit dem Ruder. Sie erriet, dass es ihre Gleichgültigkeit war, die ihn so verärgerte. Die anderen Mädchen erröteten unter seinem Blick und wurden linkisch. Jetzt bereute sie, dass sie sich zwei- oder dreimal von ihm hatte küssen lassen, getrieben von einem unbestimmbaren, aus Einsamkeit und Neugier gemischten Gefühl.

Am selben Abend feierten sie Marcos Geburtstag, ein wenig verfrüht zwar, aber er musste am nächsten Morgen nach Rom zurück. Es wurde viel getrunken an diesem Abend. Wie damals üblich, waren mehr junge Mädchen als junge Männer anwesend, aber Marco ließ sie nicht aus den Augen. Als sie miteinander tanzten, presste er sie mit einer Kraft an sich, die sie bislang noch nicht erlebt hatte. Seine Hartnäckigkeit wurde ihr zu viel. Sie hielt ihm eine kurze Strafpredigt, damit er sich ruhig verhielt, und verdrückte sich dann.

Einige Gassen weiter holte Marco sie ein. Sie versuchte, ihn zurückzustoßen und drehte den Kopf zur Seite, um seinem Mund auszuweichen. Halb empört, halb geschmeichelt musste sie sich sogar ein Lachen verkneifen. Doch dann trat ein seltsamer Glanz in seine Augen, so hatte sie Marco nie zuvor erlebt. Mit einem Mal bekam sie Angst. Sie wehrte sich heftiger, unbekümmert darum, ob sie ihm wehtat. Er presste seinen Mund auf ihren und erstickte ihre Proteste. Kräftige Hände und gierige Lippen nahmen ihr Gesicht, ihren Nacken, ihre Kehle in Besitz, ihr war, als bekäme sie keine Luft mehr.

Dann konnte sie plötzlich wieder atmen. Marco stand gebeugt vor einer Mauer und stützte sich mit beiden Händen ab, er keuchte kurz, bevor er sich die Seele aus dem Leib spuckte. Ein säuerlicher Geruch trieb durch die Gasse.

Livia standen die Tränen in den Augen, sie raffte die Bluse über der Brust zusammen. Voller Zorn darüber, dass sie sich von einem betrunkenen jungen Mann, der den im Übermaß genossenen Wein in einer ebenso lächerlichen wie abstoßenden Szene aufs Pflaster erbrach, so hatte behandeln lassen, hatte sie ihm einen

Fußtritt versetzt. »Wie kannst du es wagen? Geh weg, ich will dich nie wiedersehen!«

Und jetzt wollte Marco Zanier sie wiedersehen, natürlich.

»Was will denn der?«, erkundigte sie sich. »Es ist doch allgemein bekannt, was das Wort eines Zaniers wert ist.«

»Immer noch die alte Geschichte«, spottete Flavio und blickte zur Decke. »Meinst du nicht, es wäre an der Zeit, sie endlich zu vergessen? Diese uralten Streitereien zwischen den Familien Zanier und Grandi … Wer dich hört, fühlt sich ja nach Verona versetzt, zu den Capulet und Montague.«

Livia wandte den Kopf ab. Seit dem hässlichen Auftritt mit Marco damals erinnerte sie sich gern an die seit jeher bestehenden Konflikte zwischen den beiden Familien, über deren Ursache im Laufe der Jahrzehnte immer neue Geschichten erzählt wurden. Je nach Laune und Hintergrund des Erzählenden war von einer schlecht ausgegangenen Liebesgeschichte die Rede, wobei nicht mehr recht klar war, ob eine junge Zanier die Avancen eines Grandi zurückgewiesen hatte oder umgekehrt. Die Gesichter wurden verschlossen, sobald eine düstere Geschichte über ein mit Diamantgravuren verziertes Reliquiar aus dem 15. Jahrhundert erwähnt wurde, dessen Herkunft ungewiss blieb, das sich die Zanier und die Grandi jedoch bis in die Gegenwart streitig machten.

»Er hat erfahren, dass wir, wie soll ich sagen, zur Zeit in Schwierigkeiten stecken«, fuhr Flavio lässig fort. »Wenn wir wollten, würde er uns die Glashütte zu einem anständigen Preis abkaufen …«

»Niemals!«, schrie Livia und schlug mit der flachen Hand so heftig auf den Tisch, dass ihr Glas umkippte, auf den Tellerrand fiel und in Scherben ging. »Niemals werde ich dir erlauben, so etwas zu tun! Die Glashütte ist das Blut und die Berufung unserer Familie. Es wäre schändlich und unendlich feige, sie zu verkaufen …«

»Beruhige dich doch«, sagte Flavio und versuchte, den verschütteten Wein aufzutupfen. »Mist! Siehst du, jetzt hab ich mich geschnitten! Das fehlte gerade noch.«

Wütend zückte er ein Taschentuch und wickelte es um den verletzten Finger. Eine Falte erschien zwischen seinen Brauen, sein Blick wurde hart.

»Du gerätst wegen jeder Kleinigkeit in Wallung, Livia. Wann, zum Teufel, wirst du endlich erwachsen? Ich hab doch gar nicht gesagt, dass ich ihm irgendwas verkaufen will.«

»Jedenfalls kannst du es nicht. Sie gehört unserem Großvater, den du noch nicht einmal besuchst, obwohl er krank ist. Man könnte meinen, du wartest nur darauf, dass er krepiert, damit du das Familienunternehmen verschleudern kannst!«

Sofort verschloss sich Flavios Gesicht, als hätte man einen Vorhang vorgezogen. Seine Lippen wurden schmal, sein heller Blick verlor sich in einem Nirgendwo oberhalb der rechten Schulter seiner Schwester. Sie hielt den Atem an; sie hasste es, wenn Flavio ihr so entglitt. In dem scharf geschnittenen Gesicht zuckte nur ein Nerv in der Nähe des Augenlids.

Als die verschleierten grauen Augen sich wieder auf Livia richteten, hatte sie das Gefühl, durchbohrt zu werden.

»Manchmal glaube ich, stumm warst du mir lieber.«

»Genau das sagen die Männer immer über die Frauen«, gab sie frech zurück.

»Dein Starrsinn geht mir auf die Nerven, Livia. Manche mögen es ja mit deiner Jugend entschuldigen, aber bitte verzeih mir, wenn ich da nicht so nachsichtig bin. Dass ich nicht so in Feuer und Überschwang gerate wie du, heißt nicht, dass mir nichts an der Glashütte läge. Aber mir wird klar, dass du noch ein Kind bist und die anderen immer mit der Elle deiner Ängste misst. Ich muss also noch abwarten, bis du ein wenig reifer bist und ich mich vernünftig mit dir unterhalten kann.«

Livia ballte ihre Hände, bis sich die Fingernägel in die Handflächen gruben.

»Für wen hältst du dich, Flavio? Ich für meinen Teil ertrage deine Herablassung nicht. Dass du in den russischen Steppen Schlimmes erlebt hast, gibt dir nicht das Recht, andere unter deinen Launen leiden zu lassen. Ich werde dir ein Geheimnis verraten …«, zischte sie hochmütig. »Du bist nicht der Einzige, der diesen Krieg erdulden musste. Und wenn du dich immer weiter in deinem Ruhm sonnst, wirst du vor der Zeit alt.«

Er beugte sich plötzlich nach vorn, griff nach ihrer Hand und presste sie schmerzhaft.

»Begreifst du denn nicht, dass ich nicht alt werden will, weil ich schon tot bin?«

Sie entriss ihm ihre Hand und sprang auf, ihr Stuhl schrammte rückwärts über den Boden.

»Aber ich lebe, ob du willst oder nicht! Und du kannst Marco Zanier bestellen, ich hätte ihm nichts zu sagen und er soll sich bloß nicht einfallen lassen, in meine Nähe zu kommen.«

Sie machte auf dem Absatz kehrt und ging zur Glastür. Die Blicke der übrigen Gäste folgten ihr. Sie hatten sich kein Wort ihres Streits mit Flavio entgehen lassen. In weniger als einer Stunde würde ganz Murano wissen, dass sich die Erben der Grandi stritten wie die Kesselflicker.

Die Steppdecke auf dem Bett ihres Großvaters war blau, ein zartes, durchscheinendes Kindheitsblau, das Blau eines venezianischen Frühlingshimmels, der sich über einen zerbrechlichen Greisenkörper gelegt hatte, dessen Umrisse sich kaum darunter abhoben. An der Wand über dem Kopfende des Betts hing ein Kruzifix in einem Samtrahmen.

Auf Zehenspitzen ging Livia zum Bett und setzte sich auf den schon daneben stehenden Stuhl mit dem geflochtenen Strohsitz. Zärtlich nahm sie die Hand des Großvaters in ihre, gerührt über die zu weit gewordene Haut, mit der sein Körper nichts mehr anzufangen wusste. Durch das halb offene Fenster drang abendliches Vogelgezwitscher, eine Brise blähte die weiße Spitzengardine. Im Krankenzimmer roch es leicht nach Alkohol und Bienenwachs.

Sie betrachtete das Gesicht des Schlafenden, die eingefallenen Wangen, das weiße Haar, das noch kein Kamm zu bändigen vermocht hatte, die bleichen Lippen, über die ein leichter Luftstrom strich. Zu ihrer Beruhigung hob und senkte sich die Brust regelmäßig. In den ersten Nächten, die sie nach seinem Anfall bei ihm gewacht hatte, hatte sie den Blick nicht von seinem Oberkörper lösen können, als könne sie ihn durch pure Willenskraft mit Leben beatmen. Wenn sie momentweise eingedöst war, hatte sie jedes Mal gleich wieder der Gedanke aufgeschreckt, diese Aufgabe nicht zu erfüllen. Doch die scheinbare Gebrechlichkeit ihres Großvaters verbarg eine Lebenskraft, die ihn noch an ihrer Seite hielt.

Die pergamentenen Lider zuckten.

»Ich bin's, *nonno*«, murmelte sie und streichelte weiter seine Hand. »Ich bin da. Es war ein guter Tag. Der alte Gorzi war von deinen Gläsern begeistert. Heute Morgen hat er mir drei abgekauft, und er wartet ungeduldig auf die nächsten, die ich ihm bringe. Weißt du, langsam kommen die Geschäfte wieder in Gang … Es dauert noch ein bisschen, aber wir sind alle zuversichtlich. Wenn es dir besser geht und du wieder in die Stadt kommst, wirst du schon sehen.«

Während dieser Lügen hielt sie den Kopf gesenkt. Als sie ihn wieder hob, begegnete sie dem intensiven Blick ihres Großvaters. Lange schon war er nicht mehr so klar gewesen. Eine Woge des Glücks erfasste sie. Mit einem Mal wurde alles wieder möglich. Die Hoffnung ist nicht anspruchsvoll, sie begnügt sich mit einer Winzigkeit.

»Wie fühlst du dich? Möchtest du einen Schluck Wasser?«, fragte sie strahlend lächelnd.

»Livia, ich sterbe.«

Ein eiskalter Schauer lief ihr über den Rücken, ihr Lächeln wurde unsicher.

»Wie kannst du so etwas sagen, *nonno*?«

»Vielleicht nicht gleich, aber bald. Ich bin dir gegenüber immer ehrlich gewesen, und ich werde jetzt nicht anfangen, dich zu belügen.«

Seine Stimme war brüchig geworden, aber er hatte keinerlei Schwierigkeiten, die Wörter zu artikulieren. Sie erkannte den willensstarken Charakter wieder, der damals die Bedenken der Ärzte und Freunde, die ängstlich und ratlos vor der Verzweiflung eines

Kindes gestanden hatten, hinweggewischt hatte. Damals hatte er den Mut aufgebracht zuzusehen, wie sie sich ihrem Schmerz stellte, und ihn weder zu beschönigen noch zu vertuschen versucht. Ganz anders als andere Menschen verachtete er die Worte, die man für angebracht hält, um die Realität zu verbergen, und die zuallermeist doch nur ungeschickt sind. »Der Schmerz duldet keine Künsteleien. Er existiert, und damit basta«, hatte er eines Tages gesagt, der Schweiß perlte ihm von der Stirn, er legte gerade letzte Hand an ein gläsernes Blatt mit Amethyst-Staubfäden. An diese Wahrheit hatte sie sich geklammert, sie hatte sie als das einzig Greifbare in einer absurd gewordenen Welt empfunden.

Die sorgsam über seinen Oberkörper gezogene Decke verbarg den gelähmten linken Arm. Wie festgespießt von seinem bedingungslosen Blick wand sie sich auf ihrem Stuhl.

»Ich habe sehr viel nachgedacht. Ich weiß nicht, ob ich einen Fehler mache, und es tut mir leid, dir etwas aufzubürden, was sich als schwere Last erweisen kann, aber ich weiß, du bist ihrer würdig.«

Er wirkte sehr ernst. Beklommen fragte sich Livia, ob sein Geist vielleicht zu wandern begänne.

»Zu Flavio habe ich kein Vertrauen.«

Nun war sie wieder beruhigt: Der *nonno* hatte nichts von seiner Hellsicht verloren.

»Es ist schrecklich, wenn ein Großvater so etwas über seinen einzigen Enkel sagen muss, aber diese Ehrlichkeit bin ich mir schuldig. Wenn man dem Tod gegenübersteht, werden die Dinge einfacher. Flavio hat nicht das Herz eines Glasmachers. Das ist kein Vorwurf, nur eine Feststellung. Er zieht die Strenge der Gesetze vor und misstraut der Phantasie. Von wem er diesen Blödsinn geerbt hat, weiß ich nicht. Niemand aus meiner Familie ist je darauf verfallen, Jura zu studieren, aber vielleicht gab es jemanden in der Familie eurer Mutter …«

Er seufzte und schloss die Augen, um wieder zu Atem zu kommen.

»Nein, lass mich ausreden, mein Mädchen«, sagte er, als sie zu einer Antwort ansetzte. »All das ist sehr anstrengend für mich, aber ich bin in den letzten Tagen wieder etwas zu Kräften gekommen und habe daher beschlossen, dass ich jetzt entscheide, wem von euch beiden ich das rote Büchlein übergeben werde.«

»Das rote Büchlein?«, wiederholte Livia fragend.

»Steh auf, räum die Schubladen meiner Kommode aus und schieb sie zur Seite.«

»Jetzt?«

»Nein, im nächsten Jahr!«, gab er ärgerlich zurück.

Sie wollte ihn nicht noch mehr aufbringen, doch sie fühlte sich ein wenig unbehaglich, als sie die Schubladen der kleinen Lackkommode öffnete. Ihr Großvater sah ihr schweigend zu, während sie die Kleidungsstücke auf die beiden Sessel verteilte. Die gebügelten Hemden dufteten zart nach frischer Wäsche und Vetiveröl. Unauffällig streichelte sie über die miteinander verschlungenen Buchstaben A und G, die in die Ecken der weißen Taschentücher eingestickt waren. Endlich schob sie die Kommode zur Seite.

»Gut«, sagte er. »In der Fußleiste wirst du eine etwa daumengroße leichte Einbuchtung finden.«

Sie strich mit der Hand über die Fußleiste.

»Hier ist nichts.«

»Natürlich ist da was. Du musst dich nur konzentrieren!«

Livia strich wieder mit den Fingerspitzen über das Holz, und tatsächlich erspürte ihr Zeigefinger plötzlich eine Art Kerbe.

»Ich hab's.«

»Du musst gleichzeitig drücken und nach oben schieben.«

Sie gehorchte, und zu ihrer Linken hob sich eine Latte des Holzfußbodens.

»In dem Versteck liegt ein Heft. Bring es mir.«

Die verrückte Vorstellung, eine Maus könne ihr in die Hand beißen, ließ sie kurz zögern, doch dann schob sie die Hand zwischen die Holzdielen. Sie fürchtete jedoch nicht nur die Begegnung mit einer Spinne oder einem verirrten Nagetier, sondern auch, dass die bevorstehende Enthüllung eines Geheimnisses ihr ein für alle Mal eine gewisse Sorglosigkeit rauben würde.

Ihre Finger schlossen sich um einen in Stoff gewickelten Gegenstand, vorsichtig zog sie ihn heraus. Sie schlug den staubigen Stoff auseinander. Tatsächlich, sie hielt ein heftartiges Büchlein in Händen, der rote Ledereinband war brüchig und von dunklen, vom Gebrauch oder von Feuchtigkeit herrührenden Flecken übersät. Einen Augenblick lang betrachtete sie es, noch auf dem Fußboden hockend. Ihre wilden Locken fielen ihr wie ein Vorhang vors Gesicht. Ich will nicht, dachte sie.

»Livia, bring es mir.«

Widerstrebend richtete sie sich auf, setzte sich wieder neben ihren Großvater und schob das Büchlein in seine gesunde Hand. Er legte es sich mit einer beschützenden Geste auf die Brust, und in seine Wangen stieg ein wenig Farbe.

»Die Familienarchive kennst du ja.«

Livia dachte an die großen Schachteln und Mappen, in denen seit dem 16. Jahrhundert die Unterlagen der Familie Grandi aufbewahrt wurden. Viele Stunden hatte sie in ihnen geblättert, die Zeichnungen von Bechergläsern, von Kelch- und Flötengläsern auf hohen Stielen bewundert, die technischen Hinweise studiert, die chemischen Zusammensetzungen, die Behandlung der Farbstoffe, die Feinheiten, die bei der Nachahmung von Edelsteinen zu beachten waren.

»Aber dort fehlt ein wesentliches Kapitel unserer Geschichte«, fuhr ihr Großvater fort, und Livia fühlte, wie sich ihr Herzschlag beschleunigte. »In diesem Heft steht das Herstellungsgeheimnis für das *chiaroscuro*-Glas.«

Sie glaubte sich verhört zu haben. Wie war das möglich? Das *chiaroscuro* war von allerlei Legenden umwoben, und doch hatte es wirklich einmal existiert. Bei seinen wissenschaftlichen Versuchen hatte einer ihrer Vorfahren ein Material mit erstaunlichen Lichtbrechungseigenschaften entwickelt, das eine dominierende Farbe auffing und selbst noch im Halbschatten weiter reflektierte. Die subtile Schönheit dieses Glases hatte viele in ihren Bann geschlagen und bei den Bewunderern die unterschiedlichsten Kommentare hervorgerufen. Da man den Glasbläsern immer schon

Alchemistentalente nachgesagt hatte, war nun die Rede von Drachenblut, von einer Träne des Phönix … Diese Neuschöpfung hatte sogar die Sendboten der französischen und österreichischen Herrscherhäuser überzeugt, die sich gegenseitig überboten hatten, um die zwölf Kelche zu erwerben. Denn tatsächlich gab es keine weiteren Gegenstände aus diesem Material, ihr Schöpfer hatte die Wunderformel nie wieder zustandegebracht, die dem puren Zufall zu verdanken gewesen war. Das jedenfalls hat er behauptet, dachte Livia. Der Kauf der zwölf Kelche durch den Sonnenkönig hatte ein halbes Jahrhundert lang den Reichtum der Familie Grandi gesichert.

»Mein Gott, ich dachte immer, die Zusammensetzung sei zufällig entstanden und niemand habe sie je wieder rekonstruieren können!«, hauchte sie verblüfft.

»Seit sieben Generationen wird das Geheimnis vom Vater an den Sohn weitergegeben. Es darf nur in allerhöchster Not enthüllt werden, wenn die Kreativität und die Phantasie der Familie ernsthaft versagen. Seit zweihundert Jahren hat unsere Familie alle Schicksalsstürme ohne diesen Notanker gemeistert und damit die Zukunft der Nachkommen gesichert.«

Trauer lag auf seinem Gesicht.

»Der Tradition nach hätte ich dieses Heft deinem Bruder übergeben müssen, aber seit er aus dem Krieg zurückgekehrt ist, erkenne ich meinen Enkel nicht wieder. Es ist, als hätte er die Lust an der Zerstörung mitgebracht«, fügte er halblaut hinzu. »Schrecklich. Wie ein Geschwür. Aus einem mir nicht bekannten Grund will Flavio sich selbst vernichten, und er würde womöglich die Glasmanufaktur Grandi mit in den Abgrund ziehen.«

»Das würde ich ihm nicht erlauben!«

»Wenn das alles so einfach wäre, mein Liebes«, flüsterte der Großvater mit nachsichtigem Lächeln. »Aber auf jeden Fall wird er in den ersten beiden Jahren nach meinem Tod nichts tun können. Eine Klausel in meinem Testament wird ihn daran hindern. Mein alter Freund Giorgio Crespo hat sich diese wunderbare Finte für mich ausgedacht. Und dann …«

Er unterbrach sich, sein Atem ging pfeifender.

»Ich habe es mir gut überlegt, Livia. Im Bestehen einer Familie wie der unsrigen gibt es Augenblicke, in denen man bereit sein muss, mit der Tradition zu brechen. In unserer Zunft waren die Geheimnisse immer den Männern vorbehalten. Nie hat jemand diese Art der Weitergabe von Wissen in Frage zu stellen gewagt. Doch heute ist vielleicht der richtige Zeitpunkt, diese Herausforderung anzunehmen.«

Livia merkte, dass er Durst hatte, schenkte ein Glas Wasser ein und führte es ihm an die Lippen. Er dankte ihr mit einem Nicken.

»Du bist die erste Grandi, die das rote Heft erbt. Es wird deine Pflicht sein, es, wenn die Zeit gekommen ist, an denjenigen weiterzureichen, den du seiner würdig erachtest. Diese Verantwortung hätte ich dir gern erspart, aber mein Gewissen und mein Herz sagen mir, dass ich nicht anders handeln darf. Und jetzt gib mir deine Hand.«

Ich will nicht!, dachte Livia wieder und mit einer Intensität, die sie selbst überraschte. Sie sah ihn schweigend an, ihr Körper war schwer, die Hände reglos. Sie war wieder das stumme kleine Mädchen, erstarrt in Schmerz und Ungewissheit, nachts von Albträumen heimgesucht, in denen sie die Leichname ihrer Eltern auf dem Grunde der Lagune liegen sah, mit leeren Höhlen statt der Augen, und überall Krebse, die an ihnen nagten.

Als hätte er ihre Angst erraten, nahm ihr Großvater wieder diese wächserne Färbung an, die sie fürchten gelernt hatte. Offensichtlich glaubte er, seine Entscheidung sei falsch gewesen. Sie bereute ihre Schwäche. Entschlossen legte sie beide Hände auf das Büchlein.

»Keine Angst, *nonno*, bitte ... Du weißt, dass du mir vertrauen kannst.«

Der Greis lockerte den Griff seiner Hand, doch er wirkte nicht erleichtert, vielmehr noch beunruhigter.

»Ich danke dir im Namen unserer Familie, doch vor allem bete ich zum Himmel, dass du niemals auf dieses Geheimnis zurückgreifen musst.«

Er stockte und benetzte sich die Lippen. Eine im Zimmer eingeschlossene Biene stieß gegen die Fensterscheibe.

»Vielleicht ist es Unrecht von mir, dir diese Verantwortung aufzubürden, aber was hätte ich sonst tun sollen? *Dio*, ich weiß auch nicht mehr weiter …«

Seine Augen glänzten jetzt fiebrig. Jäh packte er Livias Handgelenk, sie war erstaunt, dass er noch so viel Kraft hatte.

»Versprich mir, dass du vorsichtig sein wirst, Livia. All das ist ernster, als du denkst … Die Rivalitäten zwischen den Glasbläserfamilien waren in der Vergangenheit durchaus gefährlich, das weißt du genauso gut wie ich. Die *Serenissima* schickt keine Mörder mehr aus, um einen Glasmacher zu töten, der unsere Geheimnisse verraten könnte, aber der Neid ist immer noch in der Welt, vor allem in bewegten Zeiten wie den unsrigen.«

Er keuchte, nur mühsam kam er wieder zu Atem.

»Vergiss nie, dass einer unserer Vorväter sein Leben gegeben hat, um dieses Geheimnis zu schützen … Die Flecken auf dem Einband sind keine Gebrauchsspuren, es sind Blutflecke.«

Wahrstein, August 1945

Der Geruch verfolgte sie. Er war einfach nicht abzuschütteln. Ein animalischer Gestank nach Schweiß, Schmutz und schlechtem Atem, der sie manchmal völlig unerwartet überfiel und ihr Übelkeit verursachte. Ob es an der Hitze lag? Sie ertrug die erbarmungslose Sonne nicht mehr, den unverschämt blauen Himmel, die schwarzen Ränder unter ihren Nägeln, ihren Schweiß, der ihr unförmiges Kleid tränkte und demütigende Flecken unter ihre Achseln und über ihre Taille zeichnete.

Zum ersten Mal in ihrem Leben hatte sie Hass auf die Apfel- und Birnbäume entwickelt, deren Äste sich unter dem Gewicht der saftigen Früchte bogen, auf das Heu, das gemäht werden musste, auf die tiefgrünen Wälder, auf diese ganze insektensummende Natur.

Dabei war der Sommer immer ihre Lieblingsjahreszeit gewesen. Sie hatte es geliebt, barfuß durch den Fluss zu laufen, obwohl Andreas dann schimpfte, weil sie die Fische verjagte. Sie hatte das kühle Bier zum Mittagessen gemocht und den wilden Wein, der an ihrem Elternhaus rankte. Wenn sie gegen Abend von einer Bergwanderung zurückkam, dann erschien ihr der in goldenes Licht getauchte Zwiebelturm der Kirche wie das Versprechen, dass ihr nie etwas zustoßen könne. Man hörte die Bienen summen und die Tauben im Geäst der Bäume gurren. Die Tage waren voller Verheißungen gewesen. Doch nun hatten diese Verheißungen den säuerlichen Beigeschmack der Lüge. Auf den Feldern erstickte das Unkraut die Ähren, Stille herrschte in den Textil- und Glasschmuckmanufakturen, und niemand ersetzte die gesprungenen Scheiben in den Fenstern.

Sie fühlte sich schmutzig, sie wusch sich unablässig, und da es keine Seife mehr gab, musste sie sich mit Wasser und einer harten Bürste begnügen. Sie wusch sich die Brüste, die Schenkel, den Bauch und jenen geheimen Teil ihres Körpers zwischen den Beinen, den sie ihrer Erziehung und Religion wegen nicht benennen durfte, sie musste so tun, als gäbe es ihn gar nicht. Sie fand keine Worte für ihre Verzweiflung, auch nicht, wenn sie allein mit sich war, und ihre Haut rötete sich unter dem erbarmungslosen Scheuern, während sie vor Schmerz die Zähne zusammenbiss. Manchmal hörte sie erst auf, wenn Blutstropfen in das Wasser der Waschschüssel fielen.

Weiter … Reiben, bürsten, scheuern … Und jedes Mal, wenn sie sich erleichterte, tat es weh, ihr Urin stank, er brannte auf ihr, und sie weinte still vor Schmerz und Scham. Danach reinigte sie sich aufs Gründlichste, um endlich diesen abstoßenden Geruch loszuwerden, der sie verfolgte, ihr in die Nase stieg, sogar ins Gehirn, und sie verrückt machte. Manchmal fragte sie sich, ob sie sich überhaupt je von diesem beißenden Geruch, den ihre Poren absonderten, würde befreien können oder ob sie für alle Zeiten damit durchtränkt war, gezeichnet, wie früher die Ehebrecherinnen mit einem glühenden Eisen gezeichnet wurden.

Die Tage vergingen, und nichts vermochte diese Pestilenz zu vertreiben, die zu ihr gehörte, zu ihrem Körper, und sie unablässig, mitten in der Nacht wie am helllichten Tage, an den Gestank der Männer erinnerte, die sie vergewaltigt hatten.

Hanna Wolf schob die Gardine vorsichtig beiseite und wagte einen Blick nach draußen. Über dem Bäckerschild am gegenüberliegenden Haus hing die rot-weiß-blaue tschechische Fahne. Wie an allen übrigen deutschen Häusern war auch hier ein Schild an der Tür befestigt, das es zu »nationalem Eigentum« erklärte. Und da hier, in Nordböhmen, im Isergebirge rund um die Städte Reichenberg, Gablonz und Friedland, neun von zehn Häusern Deutschen gehörten, sah man sehr viele solcher Schilder.

Einige Frauen standen Schlange. Schon seit Stunden warteten sie in der Hoffnung, ein Stück von dem schwärzlichen Brot zu ergattern, das man kaum beißen konnte, das aber das erste seit Wochen sein würde. Sie tuschelten untereinander wie junge Mädchen, die man bei einer Dummheit ertappt hatte, und Hanna wusste, dass auch sie selbst, sobald sie einen Fuß vor die Tür setzte, so scheu um sich blickte, denn der Feind war überall: Marodeure, tschechische Partisanen und die Revolutionsgarden mit ihren zusammengestückelten Uniformen, den roten Armbinden und den dreifarbigen Kokarden an den Helmen.

Die Angst kroch ihr kalt über den Rücken.

»Wasser …«, rief eine schwache Stimme.

»Ja, Mutti, sofort.«

Sie schenkte ein Glas Wasser ein und brachte es ihrer Mutter. Die alte Dame dankte ihr mit einem Lächeln, sie lag im Bett. Der Kragen ihres Nachthemds war mit einer Kamee geschlossen. Einige weiße Haarsträhnen umspielten die von feinen blauen Äderchen durchzogenen Schläfen. Ihre Mutter hatte immer einen durchscheinenden Teint gehabt, doch jetzt konnte man das Blut förmlich unter der Haut fließen sehen. Trotzdem fand Hanna, dass sie ein wenig besser aussah. Zum Glück … Denn was sollte sie jetzt, wo die Deutschen nicht mehr in die Krankenhäuser durften, tun, falls sich ihr Zustand verschlechterte? Wenn sie wenigstens die Herzmedikamente hätte auftreiben können, es war nun schon Wochen her, dass sie ihr die letzten Tropfen gegeben hatte. Der Medizinschrank war leer, und es gab ohnehin keinen Arzt mehr im Dorf. Der alte Dr. Görlitz hatte sich unter dem mit einem schwarzen Kreppband verzierten Porträt des Führers eine Kugel in den Kopf geschossen.

Sie half ihrer Mutter, sich aufzusetzen, und schüttelte das Kopfkissen auf.

»Ich gehe gleich kurz weg.«

»Nein, mein Liebes, bitte, bleib hier bei mir!«, flehte ihre Mutter und klammerte sich an ihr Handgelenk.

»Das kann ich nicht, Mutti!« Hanna wurde ärgerlich. »Ich muss ein paar Lebensmittel besorgen. Wir haben nichts mehr zu essen im Haus.«

»Aber da draußen sind die Russen. Hier bist du in Sicherheit.

Bitte doch Lina, das zu übernehmen. Dieses Mädchen ist stinkfaul.«

Für einen Augenblick wurde Hanna von einer Wut gepackt, die sie selbst überraschte. Sie schloss kurz die Augen. Die Russen … Der ärgste Albtraum, der namenlose Schrecken der Deutschen. Dabei hätte damals, als die deutsche Wehrmacht die Steppen überrollte, niemand in Hannas Umgebung am Sieg gezweifelt. Auf den regelmäßig stattfindenden Versammlungen hatten alle ohne jedes Zögern die Arme in die Höhe gereckt und mit demselben Eifer »Sieg heil!« gerufen wie damals, als die Sudetendeutschen sich dem Deutschen Reich angeschlossen hatten.

Doch dann waren die Monate vergangen. Die Feldbriefe kamen trotz der Siegesmeldungen im Radio nur noch vereinzelt in der Heimat an, und die Frauen hatten gelernt, zwischen den Zeilen zu lesen.

Der russische Winter kannte kein Erbarmen. Hanna und ihre Freundinnen begriffen, dass ihre Brüder, ihre Verlobten und Ehemänner nicht nur froren, sondern auch hungerten. Im Verlauf der immer wieder verschobenen Fronturlaube hatte der versprochene Sieg an Kontur verloren, bis man schließlich gar nicht mehr an diese Fata Morgana glaubte.

Und dann geschah das Unvorstellbare … Eine unendlich ängstliche Klage hatte zwischen den Seen und fruchtbaren Ebenen Ostpreußens und Pommerns ihren Anfang genommen und war von den ersten Flüchtlingen, die auf den Plätzen und unter den Bahnhofsvordächern ihr Lager aufgeschlagen hatten, verbreitet worden. Die Klage hatte Gablonz und das Nachbardorf Wahrstein erreicht, wo Hanna beim Nachrichtenhören das Ohr an den Volksempfänger drückte, um ihrer kranken Mutter die schlechten Nachrichten zu ersparen.

»Die Russen kommen …« Man hatte Greise und Kinder zum Ausheben der Schützengräben mobilisiert; Mütter hatten die feldgrauen Uniformen angezogen und sich mit Maschinengewehren und Panzerfäusten bewaffnet. Dreizehnjährige Jungs waren in den Soldatenmänteln, die ihnen um die Waden schlugen, förmlich ertrunken und hatten die Helme mit Stroh ausgestopft, damit sie ihnen nicht über die Augen rutschten.

Wie alle anderen auch dachte Hanna mit Schrecken an die Horden, die über Deutschland herfallen würden. Doch was sie betraf, es war kein sowjetischer Soldat gewesen, der sie gepackt hatte. Kein Russe hatte sie beleidigt und als »schmutzige Nazi-Hure« oder »deutsches Dreckstück« beschimpft. Und doch war der Schmerz so schrecklich gewesen, dass sie nicht begriff, warum man nicht auf der Stelle starb, wenn man so in Stücke gerissen wurde, wenn der Körper zerbarst, wenn man die Eingeweide reißen spürte und doch bei Bewusstsein blieb und, mit geschwollenem Gesicht und blutend auf dem Boden liegend, Stiefeltritte abbekam, verächtliche Tritte, wie man sie einem streunenden Hund gibt.

Ehrlich gesagt, sie bedauerte manchmal sogar, dass die russischen Offiziere nicht häufiger ins Dorf kamen und für Ordnung sorgten.

Was Lina anging, so wusste der Himmel, was aus ihr geworden war. Als im Rundfunk über die Kapitulation berichtet wurde, hatte die Polin den Teller, den sie gerade abwusch, in den Spülstein zurückgelegt. Sie hatte die Schürze abgebunden und zu Boden fallen lassen, bevor sie sich zu Hanna umdrehte. Ihr Blick unter den dichten Brauen war seltsam starr gewesen. Sie kannten sich schon seit sechs Jahren, so lange war es her, dass Lina ihnen als Dienstmädchen zugeteilt worden war, und doch hatte Hanna an jenem Tag gesehen, dass sie sich nicht kannten.

Die Küchenuhr hatte die immer länger werdenden Minuten gezählt. Hanna hatte wie gelähmt und mit klopfendem Herzen am Ofen gelehnt. Lina war um den langen Holztisch herumgekommen, ihr kleiner Körper hatte sich so steif bewegt wie ein Automat. Die knochige, alterslose Frau mit den roten Händen hatte eine seltsame Bewegung mit den Lippen gemacht, bevor sie Hanna ins Gesicht spuckte.

Mit zitternder Hand hatte Hanna den Speichel von ihrer Wange gewischt. Dann hatte Lina einige Kartoffeln in ein Küchentuch gewickelt und war gegangen. Hanna hatte nichts gesagt. Nach einigen Minuten hatte sie die Kraft gefunden, durch die Küche zur Haustür zu gehen und den Schlüssel im Schloss zweimal herumzudrehen.

Sie hatte sich eine Ausrede einfallen lassen, um ihrer Mutter das Verschwinden des polnischen Dienstmädchens zu erklären, doch die alte Dame verlor ohnehin langsam die Orientierung. Manchmal wachte sie aus einem komaähnlichen Mittagsschlaf auf und verlangte nach Andreas. Immer wieder beklagte sie sich über den stets abwesenden Sohn, der sie im Stich gelassen habe. Die Glashütte konnte doch nicht so wichtig sein, dass er sich Tag und Nacht dort aufhielt? Ein Graveur seines Talents konnte doch nicht nach Belieben ausgenutzt werden! Brachte er nicht einmal mehr den Anstand auf, sie am Tag des Herrn zu besuchen? Hanna warf einen düsteren Blick auf das Bord, wo der mit dem Rad gravierte Pokal stand, den Andreas als Abschlussarbeit an der Glasmacherschule Steinschönau angefertigt hatte, und auch die Vase, für die ihm 1937 auf der Weltausstellung in Paris ein Preis zuerkannt worden war. Es gab Hanna immer einen Stich, wenn sie diese zarte, gefühlvoll gestaltete Vase mit dem Titel *Junges Mädchen im Mondschein* betrachtete.

Sie versuchte ihre Mutter dann jedes Mal zu beruhigen, erinnerte sie daran, dass Andreas nicht mehr in der Glashütte arbeitete, seit er eingezogen worden war, dass er Soldat war wie die anderen und schon seit Jahren nicht mehr frei über seine Zeit verfügen konnte. Meistens wandte die alte Dame dann das Gesicht ab, als wolle ihre Tochter sie nur ärgern. Und dann fingen die endlosen Nörgeleien an, an der Suppe fehlte das Salz, das Essen war ungenießbar, das Bett unbequem, das Zimmer drückend heiß oder eiskalt … Seit Kriegsende verbrachte Hanna ihre Tage damit, sie zu trösten, doch die Lage wurde immer dramatischer, und sie fragte sich, wie lange sie wohl noch die Kraft zum Lügen aufbringen würde.

»Ach, Mutti, mach dir keine Sorgen. Ich schaue mal, was ich für unsere Karten bekommen kann. Ich beeile mich auch.«

»Sei vorsichtig, Kind, trödle unterwegs nicht herum«, sagte ihre Mutter leise und tätschelte ihr die Hand.

Hanna lächelte freudlos. Diese Ermahnungen gehörten zu einer anderen Zeit, der Zeit, als das Leben noch strengen Regeln unterlag, als man allen Gehorsam schuldete, den Eltern, den Lehrern, den Jugendorganisationen, dem Reich und dem Führer.

Jetzt war es zu spät. Es nutzte nichts mehr, sich auf dem Speicher zu verstecken, um dem Schlimmsten zu entgehen. Die Apothekerin war mehrmals vergewaltigt worden. Es war bekannt, dass die Bolschewiken weder vor zehnjährigen Mädchen noch vor Großmüttern Halt machten und dass viele an ihren Verletzungen starben. Nach seiner Rückkehr aus dem Lazarett hatte ein Nachbar seine Frau und seine beiden Kinder getötet und danach Selbstmord verübt. Sie konnte sich noch an die beiden Kinder erinnern, wie sie fröhlich über die Straße hüpften, doch Hanna würde unterwegs nicht trödeln, nein, natürlich nicht, sie würde auch keine fremden Menschen ansprechen, denn sie war ja ein wohlerzogenes Mädchen, nicht wahr?

Unten an der Treppe standen wie zu einer Parade aufgereiht vier abgewetzte, mit Riemen verschlossene Lederkoffer. Sie hatte die in roten Großbuchstaben überall auf der Straße angeschlagenen Anweisungen befolgt: Die deutsche Bevölkerung hatte sich am nächsten Tag um fünf Uhr morgens für eine Evakuierung bereitzuhalten. Die Behörden erlaubten nur fünfundzwanzig Kilo Gepäck pro Person. Die Hausschlüssel mussten aus dem Schloss gezogen und mit Bindfaden an der versiegelten Haustür befestigt werden. Dass angesichts der Millionen über die Straßen irrenden Flüchtlinge derart detaillierte Anweisungen gegeben wurden, hatte Hanna zu der Überzeugung gebracht, der Mensch an sich habe ganz entschieden eine Bürokratenseele und sei ebenso borniert wie verrückt.

Plötzlich wurde ihr übel, sie lief zum Spülstein in der Küche. Ihr Magen wand sich in Krämpfen, doch sie konnte nichts erbrechen, obwohl ihr die Galle in der Kehle brannte. Es wunderte sie nicht weiter, schließlich hatte sie seit Tagen praktisch nichts gegessen. Mit gesenktem Kopf und auf beide Hände gestützt, wartete sie ab, bis der Anfall vorüber war. Dann tupfte sie sich das Gesicht mit einem Handtuch trocken.

Aus dem Spiegel in der Diele blickte ihr eine misstrauische bleiche Fremde mit verkniffenem Mund und blanker Angst in den blauen Augen entgegen. Sie hob die Hand und strich über den ins Gelbliche spielenden blauen Schatten am Augenwinkel. Die schärfer gewordenen Züge verrieten Furcht und Unterwürfigkeit. Schlimmer noch, eine Art Resignation. Sie fragte sich, ob sie sich je an das Gesicht würde gewöhnen können, das jetzt ihr Gesicht war.

Sie überprüfte, ob sich auch keine Strähne aus den straff geflochtenen Zöpfen an ihrem Hinterkopf gelöst hatte. Sie wusste, sie hätte ihr weißblondes Haar schneiden müssen. Es war zu dicht und zu leuchtend, sie schaffte es nicht einmal mehr, es sauber zu halten, doch zum Abschneiden hatte sie sich nicht überwinden können. Es wäre ein weiteres Zugeständnis gewesen, eins zu viel. Jahre zuvor, wenn nicht Jahrhunderte, es sei denn, all das war nur ein Traum gewesen, hatte ein ernster und verliebter junger Mann seine Hand durch ihr Haar gleiten lassen und gesagt, noch nie habe er etwas so Schönes gesehen.

Ach Gott, Friedl … Er war bei den ersten Kämpfen in Russland gefallen. Er war zwanzig Jahre alt gewesen, genau wie sie. Von ihrem Verlobten waren ihr nur einige Briefe mit verschämten Geständnissen und ein Foto geblieben, das ihn in Wehrmachtsuniform zeigte, die Feldmütze in die Stirn gezogen. Sie hatte das eselsohrige Foto sorgfältig versteckt, sie hatte es nicht übers Herz gebracht, es zu verbrennen, wie sie alles verbrannt hatten, was ans Dritte Reich erinnerte, das Hitlerporträt und die Hakenkreuzfähnchen. Halb furchtsam, halb erleichtert hatte sie ihre Abzeichen ins Feuer geworfen, das Liederbuch und ihre Uniform vom Bund deutscher Mädel.

Sie griff nach dem neben der Tür stehenden Einkaufskorb und schob die weiße Armbinde über den linken Arm, dabei achtete sie darauf, dass sie die vorgeschriebene Breite von fünfzehn Zentimetern genau einhielt. Einige Tage zuvor hatten zwei Mitglieder der tschechischen Befreiungsarmee einen Mann mit Knüppeln geschlagen, bis er blutend und mit abgerissenem Ohr zusammenbrach, bloß weil seine Armbinde nicht die vorgeschriebene Größe gehabt hatte.

Draußen rief sie sich ins Gedächtnis, dass sie auf der Straße gehen musste. Deutsche durften jetzt nicht mehr auf den Bürgersteigen gehen. Tags zuvor hatte sie ihr Fahrrad und den Volksempfänger zum Rathaus bringen müssen. Sie waren konfisziert worden. Ihre Schultern waren verspannt, als sie rasch vorwärts ging und die weißen Stofffetzen zu ignorieren versuchte, die aus den Fenstern hingen. In den ersten Tagen nach der Niederlage hatten die neuen Machthaber den Einwohnern zur weißen Beflaggung geraten, und jetzt konnten die Plünderer die deutschen Häuser noch leichter erkennen.

Sie bog um eine Ecke, sie wollte möglichst schnell zu Lilli, dem einzigen Menschen, dem sie noch vertraute, obwohl ihre Cousine noch hilfloser war als sie. Aber immerhin hatte sie versprochen, einen Handkarren zu besorgen, um Hannas Mutter zu transportieren.

Vier Koffer, dachte sie besorgt, das ist verrückt ... Das schaffe ich nie. Ich dumme Gans! Zwei hätten genügt! Aber woher sollte man wissen, was man brauchte? Ich habe warme Sachen und eine Decke für den Winter eingepackt. Weiß der Himmel, wo wir dann sind. Und Lebensmittel für mehrere Tage. Und das Fotoalbum, weil ich manchmal Angst habe, ich könnte vergessen, wie Papa ausgesehen hat ... Aber vielleicht kann ich die Koffer zu Mutti in den Handwagen legen. Mutti ist ja nicht schwer. Mit weniger kann man schließlich nicht weggehen. Wir müssen ja ohnehin alles dalassen, die Möbel, die Bilder und allen übrigen Zierrat ... Wir dürfen nichts Wertvolles mitnehmen, keinen Erinnerungsgegenstand, keine Besitzurkunde ... Und Mutti weiß immer noch nichts. Aber wie soll ich es ihr beibringen? Der Schock könnte sie umbringen. Aber trotzdem muss ich nachher mit ihr reden ... Vielleicht kommt ja Lilli mit zu uns nach Hause und hilft mir?

So in ihre Gedanken vertieft, gelangte sie auf den Rathausplatz. Eine Menschenansammlung hinderte sie am Weitergehen. Fünf Männer, drei davon in Uniform, und eine Frau in einem hellen Kleid saßen hinter einem Holztisch, auf dem eine Offiziersmütze und eine Ledertasche lagen. Zu ihren Füßen stand das offizielle Hitlerporträt. In einigen Metern Entfernung kniete ein Mann, unter dem zerrissenen Hemd sah man seine magere Brust. Auf seiner Armbinde stand das »N«, das ihn als *němec* auswies, als Deutschen. Eine kleine runde Nickelbrille, die schief auf seiner Nase saß, verlieh ihm trotz seines schon etwas angegrauten Haars das Aussehen eines Studenten. Zwei Partisanen standen, eine Zigarette im Mundwinkel, daneben und hielten lässig ihre Maschinengewehre im Arm.

»Was ist hier los?«, fragte Hanna die Frau neben ihr.

»Das ist ein Volksgericht«, antwortete die Unbekannte leise. »Sie haben gerade angefangen.«

»Angefangen? Womit? Das verstehe ich nicht.«

»Die Deutschen abzuurteilen natürlich«, spottete die Frau heiser. »Sie wissen doch, dass wir alle schuldig sind, alle bis zum Letzten. Das hat Beneš doch gesagt, oder? Er sagt, wir sind daran schuld, dass es das Münchner Abkommen gegeben hat und dann den Krieg. Das werden sie uns teuer bezahlen lassen, Sie werden schon sehen. Bis zum letzten Blutstropfen. Sie werden uns vertreiben, uns unsere Häuser wegnehmen, unsere Bauernhöfe und Fabriken ... Die Kinder sind ja schon tot, hören Sie? Meine beiden Söhne, tot ... Mein Mann, tot ... Und meine Tochter – sie wäre besser tot!«

Sie packte Hanna am Arm und schob ihr Gesicht so nah an Hannas heran, dass Hanna die Speicheltröpfchen spürte.

»Sie werden uns bis zum letzten Mann massakrieren. Wir sind alle schuldig. Niemand wird uns helfen ... Nicht einmal die Amerikaner. Stalin hat gesagt, wir stünden außerhalb des Gesetzes. Das Leben eines Deutschen ist heutzutage nicht mehr wert als ein Hundeleben. Wenn man einen Hund liebt, beerdigt man ihn sogar. Aber wir werden alle krepieren, ich sage es Ihnen ...«

Hanna war erschrocken über die schrill werdende Stimme, die Frau wurde tatsächlich hysterisch. Sie wollte ihren Arm aus dem eisernen Griff lösen, doch vergebens.

»Na los, komm her, du Nazischwein! Gib deinem Führer einen Kuss!«

Der kniende Mann bekam einen Gewehrkolbenschlag auf den Hinterkopf und fiel nach vorn. Erst tastete er nach seiner Brille, dann richtete er sich auf und rutschte auf Knien nach vorn. Er stöhnte auf vor Schmerz.

»Schnauze! Weiter!«, schrie eine der Wachen.

Hanna fragte sich, warum er so lange brauchte. Sie an seiner Stelle hätte sich beeilt, um das Ganze möglichst schnell hinter sich zu bringen. Dann erst bemerkte sie das Blitzen – der Boden war mit Glasscherben bedeckt. Die Hose über den Knien und seine Hände waren bald voller Blut. Ihr Atem stockte, sie fürchtete, ohnmächtig zu werden. Nur der feste Klammergriff der verrückten Alten hinderte sie daran.

Der Mann schaffte es bis zum Hitlerporträt, das die Wachen bespuckten, dann befahlen sie ihm, es abzulecken. Er tat es unter dem Gelächter der Umstehenden.

»Fünfzig Peitschenhiebe!«, verkündete der Uniformierte, der dem Gericht vorsaß.

Das Urteil wurde mit Kreide auf den Rücken des Verurteilten geschrieben, dann schleiften ihn die Wachen zu zwei auf dem Platz aufgestellten Pfählen.

Hanna hielt es nicht mehr aus. Sie riss sich aus den Klauen der alten Frau. Tränen standen ihr in den Augen, als sie die Schaulustigen zur Seite stieß und wegrannte.

Sie stolperte auf dem schadhaften Pflaster und wich einem Steinhaufen aus. Einige verirrte Bomben waren aufs Dorf gefallen, denn die Alliierten hatten die sudetendeutschen Städte bombardiert, das Innere Böhmens jedoch ausgespart. Obwohl Gablonz und Umgebung wenig zerstört waren, haftete einigen Ruinen immer noch hartnäckiger Brandgeruch an. Sie erkannte das Dorf, in dem sie aufgewachsen war, nicht mehr wieder, die ruhigen Straßen mit den ordentlichen Häusern hatten sich in ein böses Labyrinth verwandelt, in dem auf Schritt und Tritt Gefahr drohte.

Wie sollte sie überleben? Wie würde sie ihre Mutter retten, die sich kaum auf den Beinen halten konnte? Die Sudetendeutschen sollten weggehen, aber wohin?

Jeden Tag verließen Kolonnen von Frauen, Kindern und Alten zu Fuß ihre Dörfer und zogen unter den spöttischen Blicken der bewaffneten Wachen ihre wenige, in Decken verschnürte oder in fast aufplatzende Koffer gepresste Habe hinter sich her. Die Leichen von Alten und Kranken, die der Anstrengung nicht mehr gewachsen gewesen waren, lagen an den Straßenrändern, bis man sie einsammelte und irgendwo im Wald verscharrte. Es war die Rede von einer Umsiedlung nach Deutschland, nach Bayern und Hessen, aber auch Russland und Sibirien wurden erwähnt.

Da die Zeitungen verboten und die Rundfunkempfänger konfisziert worden waren, lebte die Bevölkerung in ständiger Sorge, die noch verschlimmert wurde durch die Tatsache, dass die Regierungsbefehle in Tschechisch verfasst waren, einer Sprache, die nur wenige Deutsche wirklich beherrschten. Man glaubte, was man sah: willkürliche Verhaftungen, Familien, die bei Morgengrauen aus ihren Häusern vertrieben wurden und nur mitnehmen konnten, was sie gerade anhatten. Alle wurden zur Zwangsarbeit verurteilt, aber manche wurden auch noch ins Landesinnere deportiert. Und dann wurde man die Angst nicht los, man könne in Erwartung einer ungewissen Zukunft in ein Lager wie Theresienstadt gesperrt werden.

Nach all den scheinbaren Gewissheiten war das Kartenhaus in sich zusammengebrochen. Die Besiegten wankten mit hängenden Armen und leeren Gesichtern umher. Ihre Überzeugungen waren vernichtet, ihre Träume zerbrochen, sie hatten ihre Uniformen, ihre Titel und Rechte abgeben müssen, sie waren nackt und bloß. Sie glichen den gespenstischen Fassaden, die wie durch ein Wunder stehen blieben, obwohl die Bomben die Etagen dahinter zerstört hatten.

Hanna war zumute, als erwache sie aus einem schweren Schlaf, aus einer langen, von Albträumen und Wetterleuchten begleiteten Hypnose. Die Tschechoslowakei existierte wieder, und ihr Präsident war derselbe wie vor dem Krieg, es war, als wäre der Anschluss des Sudetenlandes ans Reich nur eine Illusion gewesen.

Dabei konnte sie sich noch gut an den Jubel der Menge erinnern, die sich zum Empfang der deutschen Truppen am Straßenrand versammelt hatte und Banner schwenkte, auf denen in altdeutscher Schrift »Unserem Führer sei Dank!« stand. An den Balkonen hingen rote Hakenkreuzfahnen und flatterten im kühlen Herbstwind. Wie stolz sie gewesen war in ihrer schön bestickten roten Tracht und der weißen Bluse mit Puffärmeln, den passenden Strümpfen und blank geputzten Schuhen! Damals war sie noch ein sehr junges Mädchen gewesen, aber wie die anderen hatte auch sie ihre Fahne geschwenkt, voller Freude über die lächelnden Gesichter ihres Vaters und ihrer Angehörigen. Die Männer hatten vor Freude geweint. »Endlich bekommen wir Arbeit ... Endlich können wir in Frieden leben und werden nicht von der Prager Regierung mit Hass verfolgt ... Endlich werden die Ungerechtigkeiten der Verträge von Saint-Germain und Versailles wiedergutgemacht ...«

In den Gastwirtschaften und unter den Lüstern im Festsaal des Rathauses hatte man auf das Münchner Abkommen angestoßen und Loblieder auf Konrad Henlein gesungen, der sie in den Schoß der Deutschen zurückgeführt hatte. Ihm war zu verdanken, dass das berühmte »Selbstbestimmungsrecht der Völker«, das Präsident Wilson am Ende des Ersten Weltkriegs verkündet hatte, nun endlich auch für sie galt, für die etwa dreieinhalb Millionen Deutschen, die seit dem 12. Jahrhundert in den Gebirgsmassiven rund um Böhmen, Mähren und Südschlesien lebten. Und hatte nicht übrigens dieser wunderbare Henlein in Gablonz die Handelsschule besucht und anschließend dort in einer Bank gearbeitet?

Doch die nationalsozialistische Machtübernahme erfolgte ebenso umgehend wie unaufhaltsam. In Berlin hatte man der

Partei Henleins mit all diesen Sozialdemokraten und Liberalen ohnehin misstraut. Die Straßen wurden umgetauft, die Kruzifixe aus den Klassenzimmern entfernt, Tschechen, Juden und Regimegegner in die Flucht getrieben.

Dann war Hitler in die Tschechoslowakei einmarschiert, und mit dem Krieg begann der Albtraum. Das Protektorat Böhmen und Mähren wurde eingerichtet, die unerbittliche Diktatur Reinhard Heydrichs begann mit ihren Deportationen, Repressalien, den Briefen des Oberkommandos, die vom Heldentod der Angehörigen an der Front berichteten. Doch die Fahnen flatterten immer noch im Wind, die Jungs der Hitlerjugend schwenkten Fackeln und träumten davon, dem Führer ein Heldenleben zu weihen, während die Mädchen in dicht geschlossenen Reihen ihre Lieder sangen.

Im Juni 1941 hatte Hitler den deutsch-sowjetischen Nichtangriffspakt gebrochen, und Friedl und Andreas waren an die Ostfront geschickt worden. Hanna hatte die beiden getreu der Order, die Soldaten moralisch zu unterstützen, zum Bahnhof begleitet und ihnen zum Abschied Blumensträuße überreicht. Sie spürte noch den Druck von Friedls Händen, als er sich aus dem Abteilfenster lehnte. Wie hätte sie vermuten können, dass er nicht zurückkehren würde? Hatte Andreas, der zehn Jahre Ältere, ihr nicht versprochen, auf ihn aufzupassen? Der Blick ihres Bruders war so zuversichtlich gewesen, seine Umarmung so tröstlich, dass sie ihm vertraut hatte, wie sie ihm seit jeher vertraut hatte, und dieser Gedanke hatte sie in den schlaflosen Nächten getröstet. Niemals hätte sie sich vorstellen können, dass Andreas einfach so verschwinden und keine Nachricht mehr geben könnte.

Die ersten Dekrete des Präsidenten der Republik, Edvard Beneš, waren eingeschlagen wie Fallbeile. Die Deutschen verloren ihre Bürgerrechte, sie wurden ohne Entschädigungen enteignet. Sie durften nur das Lebensnotwendige behalten: Kleidung, Nahrung, einige Küchenutensilien. Die Frauen mussten auf den Bauernhöfen oder als Bedienstete in den Häusern, die sie zuvor selbst bewohnt hatten, für die Tschechen arbeiten. Alle waren schuldig, weil sie deutsch waren, ob sie nun ein Verbrechen begangen hatten oder nicht.

Schuldig die Männer, denen man befahl, auf der Straße das Hemd auszuziehen und die Arme zu heben, damit man sehen konnte, ob ihre Blutgruppe unter der Achsel eintätowiert war, was sie als ehemalige SS-Angehörige entlarvt hätte; schuldig die Beamten, die Lehrer, die SA-Mitglieder, die Nonnen, die Fotografen, die Flötisten, die Schuster, die Krankenschwestern, die Dorfbürgermeister, die Folterknechte der Gestapo, die Bäcker, die Ingenieure, die Glasmacher, die Textilarbeiter, die Mechaniker, die Volksschullehrerinnen; schuldig auch die Mütter, die Kinder und die Greise.

Präsident Beneš hatte die gesamte Macht, und niemand machte sich Illusionen über diesen Mann, der die Deutschen zutiefst hasste und für sich allein genommen schon den Racheschrei der Tschechen verkörperte: *»Smrt Němcum!«* … »Tod den Deutschen!«

Noch nie war Hanna so verzweifelt gewesen. Und wenn Andreas zurückkäme? Wie würde er sie finden? An den Haustüren, an den Baumständen und Plakatwänden: Überall hingen Zettel. Mütter suchten ihre Kinder, geflohene Kriegsgefangene, deren Häuser in Schutt und Asche lagen, ihre Familie. Aber sie musste ja ohnehin verrückt sein, wenn sie auch nur einen Augenblick lang glaubte, ihr Bruder könne den Russlandfeldzug überlebt haben.

Seitenstechen zwang sie zum Stehenbleiben. Sie beugte den Oberkörper nach vorn und versuchte, wieder zu Atem zu kommen. Ein erstickter Schrei stieg in ihrer Kehle auf. Ich bin hier geboren! Mein Vater, meine Großeltern, alle meine Verwandten liegen hier auf dem Friedhof! Die Wolfs leben seit mehr als dreihundert Jahren hier. Das ist mein Land, mein Vaterland … Hier bin ich zu Hause. Ihr dürft mich nicht vertreiben. Ich kann nirgendwo hingehen. Ich kenne nur diese Berge und Wälder, diese Gebirgsbäche und diese Flüsse, die Glashütte, in der die Wolfs, Väter und Söhne, seit Generationen das Glas gravieren …

Sie blickte auf und bemerkte, dass sie vor der Kirche stand, in der sie so oft gebetet hatte. Die Sonne schwankte am Himmel. Ein furchtbares Gefühl von Einsamkeit überfiel sie, ein Gefühl, das kennenlernt, wer voller Hoffnung war und an einem Tag des Zorns oder der Verzweiflung feststellen muss, dass die Kinderträume nur Lügen waren, und dann an gar nichts mehr glaubt, weder ans Glück noch an eine Zukunft, noch an Gott.

Eine erstickte, aber drängende Stimme drang von sehr weit her, vom Ende eines schwarzen Tunnels, zu ihr. Sie meinte sie zu kennen.

»Hanna … Bitte … Wach auf!«

Rücksichtslos rüttelte jemand an ihrer Schulter. Sie schlug die Augen auf. Ein junges Mädchen beugte sich über sie, ihr Haar war abrasiert. Sie fragte sich, warum sie es so kurz geschnitten hatte, es stand ihr gar nicht. Wie ein Junge sah sie aus, mit riesigen ängstlichen Augen und hervorstehenden Wangenknochen, die wie Einschnitte wirkten in ihrem Gesicht.

»Mein Gott, ein Glück, dass du nicht tot bist … Du hast mir vielleicht eine Angst eingejagt!«

»Lilli«, flüsterte Hanna heiser. »Aber was ist denn mit dir passiert?«

Das junge Mädchen brach in Tränen aus.

»Schrecklich, nicht wahr?«, schluchzte sie und fuhr sich mit zitternder Hand über den Kopf. »Ich bin nach der Arbeit nach Hause gegangen. Sie kamen zu mehreren. Sie haben mich hinaus auf die Straße gezerrt, mich und noch zwei Mädchen, die ich nicht kannte. Ich dachte, ich würde sterben vor Scham. Sie haben mir meine Bluse heruntergerissen, und dann haben sie geschnitten … und geschnitten …«

»Nur ruhig, beruhige dich doch«, sagte Hanna und richtete sich auf.

Sie schloss die Augen, denn in ihrem Kopf drehte sich alles, wahrscheinlich war sie ohnmächtig geworden.

»Dabei hatte ich alles so gemacht, wie du es mir gesagt hast, ich schwöre es. Ich hatte den langen Rock an und ein Umschlagtuch, damit man mich für eine alte Frau hält. Aber es hat nichts genützt. Sie haben mich als Hure beschimpft ... Es war schrecklich! Und die Leute haben zugesehen und nichts getan. Ich hatte solche Angst, dass sie mich genauso vergewaltigen würden wie dich ...«

»Aber das haben sie doch hoffentlich nicht getan?«

Lilli schüttelte heftig den Kopf.

»Nein ... Zum Glück nicht. Frau Dvoracek hat mich gerettet. Sie hat geschrien, ich hätte niemandem etwas getan. Ich glaube, sie hat ihnen Angst gemacht. Wahrscheinlich haben sie sie für eine Hexe gehalten. Sie hat mich mit nach Hause genommen. Und sie hat genauso viel geweint wie ich.«

Lillis Nase lief, sie wischte sie mit dem Handrücken ab.

Hanna dachte, dass ihnen ihre Klavierlehrerin immer schon Glück gebracht hatte. Mit dem schwarzen Dutt, den Granatgehängen, die ihre Ohrläppchen in die Länge zogen, und ihren Spitzenröcken war die tschechische alte Dame die Zauberfee ihrer Kindheit gewesen. In ihrem mit Polstermöbeln und Porzellanfiguren vollgestopften Salon thronte auf einem Ehrenplatz ein Stich mit dem Bildnis des Kaisers Franz Joseph. »Dieser Anschluss ans Reich ist ein Fehler! Wir hier in Böhmen waren überhaupt nur im Mittelalter echte Deutsche. Nur die Habsburger hätten uns alle retten können«, predigte sie immer. »Die Politiker, die 1918 so blind waren, die Monarchie abzuschaffen, waren im Grunde Verbrecher!« Wenn sie in Rage geriet, blitzten ihre schwarzen Augen, und all ihre Fältchen, in denen sich die Schminke absetzte, zogen sich vor Zorn zusammen. Und es gab noch viele Tschechen, Slowaken und Sudetendeutsche, die genauso dachten wie sie.

»So schlimm ist das doch alles nicht, mein Liebes«, sagte Hanna geheuchelt fröhlich. »Haare wachsen wieder nach. Und außerdem bist du so vor den Läusen sicher!«

Sie zwang sich ein Lächeln ab, denn Lillis große Augen waren fest auf sie gerichtet. Hanna war immer die allwissende große Cousine gewesen. Die Lilli in allem voraus war, vor ihr Schuhe mit Absätzen trug, auf einem Ball tanzte, sich verlobte ... Lilli war nur zwei Jahre jünger, doch sie musste unablässig beruhigt und bestätigt werden.

Hanna griff nach der Hand, die Lilli ihr hinstreckte, und stand auf. Am Bein hatte sie eine blutende Schürfwunde. Die beiden machten sich untergehakt auf den Weg zu Lillis Elternhaus.

»Ich wollte gerade zu dir kommen. Hast du einen Handkarren auftreiben können?«

»Ja, aber groß ist er nicht. Weißt du, wo sie uns hinbringen?«

»Keine Ahnung. Ich vermute, sie werden uns einige Zeit internieren, bevor sie uns nach Deutschland schicken.«

»Aber warum lassen sie uns nicht in unseren Häusern?«

»Weil sie die schon anderweitig vergeben haben«, gab Hanna gereizt zurück. »Du hast doch all die Leute mit ihren Masaryk- und Beneš-Porträts unter dem Arm aus Böhmen anrücken sehen. Und bei den Riedners steht Stalin mitten im Wohnzimmer. Wenn sie Gefallen an einem Haus oder einem Bauernhof finden, ziehen sie ein. So einfach ist das!«

»Aber wir sind doch hier zu Hause«, beharrte Lilli, ihre Stimme zitterte. »Wir wohnen doch schon seit Jahrhunderten hier. Deutsche haben die Berge ringsum urbar gemacht. Wir haben auf Anordnung der slawischen Fürsten die Glashütten gegründet. Wir haben die Städte und die Fabriken gebaut … Wir haben doch hier alles gemacht!«, rief sie mit einer so weit ausholenden Armbewegung, als wollte sie nicht nur das Dorf Wahrstein, sondern den ganzen Landkreis Gablonz erfassen.

»Ich weiß«, seufzte Hanna, »aber ich bin jetzt zu müde zum Diskutieren. Wir müssen unsere Abreise planen. Wir haben noch Glück. Anderswo hatten die Leute nur zwei Stunden zum Packen. Und andere wurden zu Fuß zur polnischen Grenze getrieben und durften überhaupt nichts mitnehmen. Die Polen haben sie nicht durchgelassen, und sie mussten mehrere Tage ohne Obdach und Nahrung im Wald ausharren.«

Vergeblich versuchte sie ihre Furcht zu unterdrücken.

»Ich habe Angst«, flüsterte Lilli, und sie wirkte so verzweifelt, dass Hanna stehen blieb und sie fest in die Arme nahm.

Ein verkohlter Kastanienbaum ragte wie ein lächerlich überdimensionierter Zeigefinger in den Himmel, auf seinen Ästen saßen nervös zitternde Schwalben. Unter dem dünnen Stoff des Sommerkleids fühlte sie die Schulterblätter ihrer Cousine. Mit ihrem geschorenen Kopf erinnerte sie Hanna an einen aus dem Nest gefallenen Vogel.

Und ich erst, dachte sie mit fest zusammengepressten Lippen, wenn du nur wüsstest. Wenn du nur wüsstest, was für eine Angst ich habe, ich könnte das Kind eines Ungeheuers, das mich vergewaltigt hat, in mir tragen.

Venedig, Januar 1946

François Nagel blies in seine Hände, um sie zu wärmen, doch es nutzte nichts. Wie dumm von ihm, dass er die Handschuhe im Hotel vergessen hatte. Gereizt schlug er den Kragen der Lammfelljacke hoch und vergrub die Hände in den Taschen. Würde dieses verdammte *vaporetto* denn nie auftauchen?

Seit Tagesanbruch lag Venedig in dichtem Nebel. Ein träges, regloses Grau erstickte die Geräusche, verschluckte das Gold und den Porphyr der Paläste, verschleierte die Campanile, verschmolz mit dem Wasser der Kanäle, schob sich zwischen die alten Steine und in die leprösen Mauern und glitt über die Kais. Die feuchte Kälte drang unter die Kleidung und kühlte einen aus bis ins Mark. Aber da war noch etwas anderes, das einen anrührte: Es lag etwas wie Verzweiflung und Verzicht in all dem Grau.

François merkte, dass er völlig allein war. Ringsum keine Menschenseele. Das kleine Häuschen, in dem der Kontrolleur auf seinem Stühlchen hocken sollte, war leer. Eine zerknitterte Ausgabe von *Il Gazzettino*, der städtischen Tageszeitung, lag noch aufgeschlagen auf dem Tischchen. Der Mann war wohl nur für einige Minuten weggegangen. Über dem Anleger brannte wie ein vage bedrohliches Auge das rote Licht der Positionslaterne. Nicht weit von diesem *pontile*, wo er das Boot erwartete, das ihn nach Murano bringen sollte, schwankte eine Gondel auf dem Wasser und schlug mit der Regelmäßigkeit eines Metronoms gegen die Pfosten, deren Anstrich kaum noch zu erkennen war. Der dumpfe Zusammenklang von Holz auf Holz erinnerte ihn an ein Totengeläut.

Er versuchte, diese düsteren Gedanken zu verscheuchen. Wahrscheinlich wäre er doch besser Élise' Rat gefolgt und hätte die Venedigreise auf den Frühling verschoben, aber er hatte die letzten ruhigen Tage nutzen wollen, bevor das auf Glasmalerei spezialisierte Familienunternehmen wieder eröffnet wurde und seine ganze Aufmerksamkeit beanspruchen würde.

Diese Eskapade hatte er ganz allein beschlossen. Er hatte noch einmal von zu Hause fortgemusst, weil er sich dort zunehmend beengt fühlte. Mit Schlafstörungen hatte es begonnen. Ein unruhiges Kribbeln in den Beinen hatte ihn mitten in der Nacht aus dem Bett auf Wanderschaft durchs ganze Haus getrieben. Zwar hatte er am Ende des Krieges nur den einen Wunsch gehabt, nach Hause zurückzukehren und sich nie wieder von dort wegzurühren, doch war ihm bald klar geworden, dass die Anspannung der dunklen Kämpfe Spuren hinterlassen hatte. Die Routine eines ruhigen Lebens mit all seinen Bequemlichkeiten hatte sich angesichts der Ungewissheit, ob man den nächsten Tag noch erleben werde, als trügerisch erwiesen. Er hatte den Krieg keineswegs geliebt, dennoch erschien ihm auch der Frieden nicht unproblematisch.

Sein Großvater und nach ihm sein Vater waren alljährlich nach Venedig gepilgert. Er erinnerte sich noch, wie er als kleiner Junge auf dem großen Koffer in der Diele gesessen hatte, die Hände auf dem Knauf des Gehstocks verschränkt. »Und wohin soll die Reise gehen, Monsieur?«, hatte sein Vater dann immer lachend gefragt. »An einen überaus fernen Ort, Monsieur«, hatte er geantwortet, sehr aufrecht und würdevoll, damit ihm der flache Strohhut nicht auf die Nase rutschte. Zu diesem Ritual zwischen Vater und Sohn gehörte, dass er sich ein besonders exotisches Ziel ausdachte, und sein Erdkundebuch lieferte ihm so aufregende Namen wie Antananarivo, Valparaiso oder Ulan-Bator. Sein Vater lachte noch einmal herzlich, bevor er Koffer, Kreissäge und Gehstock wieder in Besitz nahm.

So weit hatte er es bislang nicht gebracht. Er hatte sich nach Venedig begeben, wie man sich dem Selbstverständlichen fügt, getrieben von dem vagen Wunsch, eingedenk der freudig glänzenden Augen, die sein Großvater und Vater bekamen, wenn sie von den Muraneser Glasbläsermeistern erzählten, an diese Tradition anzuknüpfen, denn auch die Familie Nagel war als Glasmalerfamilie dem Licht verfallen.

Endlich hörte er ein ersticktes Keuchen, das die Ankunft eines Meeresungeheuers anzukündigen schien. Aber es war tatsächlich das *vaporetto*, das beruhigend solide aus dem Nebel auftauchte. Wassertropfen liefen an den beschlagenen Scheiben herunter. Der von der Kälte rotgesichtige Bootsmann, der mit dem Tau in der Hand an Deck stand, schien sich zu wundern, dass jemand auf ihn wartete. Er vertäute das Boot, und François ging an Bord.

Einziger Fahrgast war eine alte Frau mit schmalem Gesicht. Ihr Haar war unter einem Hut hochgesteckt, und sie hielt einen Chrysanthemenstrauß im Schoß. Die gelben Blüten leuchteten durch die Kabine. Nachdem die alte Dame das Boot an der Toteninsel verlassen hatte, setzte François seine Reise allein fort in diesem schwimmenden und nach feuchter Wolle riechenden Aquarium.

Seine erste Venedigreise war ausgefallen, weil ein gewisser österreichischer Gefreiter eines Frühlingsmorgens beschlossen hatte, seine Truppen in Frankreich einmarschieren zu lassen. Fünf lange Jahre hatte es gedauert, bis man wieder an etwas anderes denken konnte als an Krieg, Entbehrungen, Elend und Tod. Die Erinnerungen ließen einen nicht so leicht los. Ein feuchter Tag wie dieser weckte manchmal den brennenden Schmerz einer Verwundung, doch am schlimmsten waren ganz sicher die Albträume. Die auf immer entschwundenen Gesichter, die man noch unter den Lidern trug. Wenn man aus dem Schlaf schreckte, nass geschwitzt, mit wild schlagendem Herzen, die Trommelfelle zerrissen von den Schreien der Gefolterten.

In Murano stieg er aus. Vor den Lagerhäusern, von denen die Firmennamen abblätterten, waren Boote festgemacht und warteten auf Ladung. Flüchtige Gestalten durchschnitten den Nebel, um desto tiefer darin zu verschwinden. Er überlegte kurz. Der Portier im Hotel hatte ihm einen Plan gezeichnet und ihm erklärt, wo sich die Verwaltung der Glashütte Grandi befand, aber da es noch zu früh war, beschloss er, sich erst einmal bei einem Glas Wein aufzuwärmen.

Er machte sich also auf die Suche nach einem Weinlokal. Er

passierte einige mit Ketten gesicherte Gittertore und geschlossene Läden und wich einem Haufen Bretter aus, der den Durchgang versperrte. Eine Katze kam ihm entgegen. Sie trottete dicht an der Wand entlang, deren Putz fast dieselbe Farbe hatte wie ihr Fell. Den Schwanz steil in die Luft gereckt, ignorierte sie ihn hochmütig. Er ging schneller. Irgendetwas machte ihn beklommen. Er fühlte sich enttäuscht, fast sogar getäuscht. Diese Reise verschaffte ihm nicht den Trost, den er sich vage erhofft hatte.

Welchen Trost denn auch?, fragte er sich, voller Zorn auf sich selbst. War er etwa auf das idealisierte Bild des phantasievollen, mutwilligen Venedig hereingefallen, das sich so sehr von seiner Heimatstadt, der Festung Metz, unterschied, die als ernst und verschlossen galt, wie es ja oft das Schicksal von Garnisonsstädten war, in denen die militärische Strenge auch die Hausfassaden und die Anordnung der Plätze und Avenuen bestimmte. Metz, das an der Schwelle zu einem Land errichtet worden war, das die Stadt als Geisel genommen hatte und nun selbst nur noch ein Trümmerhaufen war?

War er so naiv gewesen zu glauben, er werde bei der *Serenissima* Trost finden? War das der wahre Grund für diese überstürzte Reise, die eher einer Flucht nach vorn glich? Er dachte an den Blick seiner Schwester, als sie seinen Koffer packte. Élise hatte sich nicht täuschen lassen. Sie hatte nichts gesagt, sondern die Lippen zusammengepresst und ihm lediglich zur Vorsicht geraten, denn den Italienern könne man trotz allem nicht trauen.

Er fragte sich, ob er nicht denselben Weg zurückgehen sollte. Seit einigen Minuten hatte er den Eindruck, die Orientierung zu verlieren. Nichts wies auf die Nähe einer Weinstube oder Gastwirtschaft hin. Auf den Wellen trieben leere Kähne. Überall tropfte es, das Wasser lief an den Wänden entlang. Wie eine Wache ragte eine einsame Straßenlaterne vor ihm auf.

Er blieb vor einem imposanten schmiedeeisernen Tor stehen, auf dem sich unentzifferbare Initialen ineinanderschlangen. Auf den Pfeilern, die den Zugang zu einem großen Hof flankierten, war ein adlerähnlicher Vogel mit ausgebreiteten Flügeln dargestellt. Seltsamerweise war das Tor angelehnt. Er beschloss, hier nach dem Weg zu fragen. Als er es aufstieß, schrammte es mit einem Quietschen, das ihm Zahnweh verursachte, über den Boden.

Ein Baum ließ seine kahlen Äste herunterhängen. Auf dem Rand eines Brunnens stand ein rostiger Eimer. Vorsichtig ging er weiter, er fragte sich, wie er sich bemerkbar machen könne und ob es nicht unhöflich sei, einfach so unangemeldet bei den Leuten einzutreten. Rötliches Leuchten hinter einem Fenster zog seinen Blick auf sich. Neugierig ging er darauf zu.

Sie trug ein dunkelblaues Männerhemd mit aufgekrempelten Ärmeln, eine schwarze Hose und schwere Schuhe. Sie saß auf einem Glasmacherstuhl, ließ mit der linken Hand eine Pfeife rotieren und glättete mit einer Holzpalette eine Feuerkugel. Sie bewegte sich mit verhaltener Anmut, ihr angespannter Körper wiegte sich leicht. Dann stand sie auf, wobei sie die Pfeife immer noch rotieren ließ, als würde die Rotation das Glas am Herabfallen hindern, und ging auf einen Ofen zu. Ein korpulenter junger Mann, dessen knotige Muskeln sich unter einem Unterhemd abzeichneten, öffnete mit einem Haken eine Tür an der Seitenwand. Der Oberkörper der jungen Frau neigte sich nach vorn, als sie den Gegenstand in den Ofen einführte. Im selben Augenblick wurde sie von Licht umflossen, von einem purpurroten Schein, und ihr zu einem unordentlichen Zopf geflochtenes rotblondes Haar schien Feuer zu fangen.

Sie ging zurück zu ihrem Platz und modellierte weiter an dem glühenden Gegenstand, erst mit Zangen, dann mit der Schere, die ihr Handlanger ihr reichte. Rings um sie stoben Funken, doch sie ließ die leuchtende Masse, die sie nach ihrem Willen formte, nicht aus den Augen.

Ihre Hände arbeiteten unablässig, ihre Unterarme spannten sich unter der Anstrengung. Der Mann entfernte sich für einige Augenblicke und kehrte dann mit einer hellrot schmelzenden Masse zurück. Mit unerwarteter Finesse ließ er einen Tropfen davon auf das Werk der jungen Frau fallen.

Das Hemd der Unbekannten hatte große Schweißflecke, ihr

gerötetes Gesicht verriet ihre Konzentration und körperliche Anspannung. So viel Entschlossenheit rief unwillkürliche Bewunderung hervor. Ihre Gesten waren flüssig und präzise. Nie zögerte sie auch nur einen Moment. Wenn man sie so kühn, mit so glühendem Eifer agieren sah, bekam sie fast etwas Erschreckendes, als wäre sie von einer sie übersteigenden Kraft beseelt und von unendlicher Hingabe an ihr Werk.

Dann, als sie sich vorbeugte, um mit dem Zirkel ein Detail an ihrer Figur abzumessen, sah François Nagel den blassen, zarten Hals im Hemdenausschnitt, und er lehnte mit wild klopfendem Herzen die Stirn gegen das Fenster der Werkstatt, während seine Hände ein Eisengeländer so fest umklammerten, dass seine Knöchel weiß wurden. Er fragte sich, ob diese Frau sich wohl bei der Liebe mit der gleichen Inbrunst hingebe und ob man das überleben könne.

Er hatte das Zeitgefühl verloren. Der Mann, der der jungen Frau geholfen hatte, war verschwunden. Jetzt war sie allein. Müde zog sie sich die Haarnadeln aus dem Haar, fuhr einige Male mit den Händen hindurch und zog unbarmherzig an den störrischen Locken. Mit einem Mal schämte er sich, dass er sie ohne ihr Wissen beobachtete. Er trat einen Schritt zurück und ging zur Eingangstür der Werkstatt.

Er klopfte, und eine helle Stimme forderte ihn zum Eintreten auf. Als er in die Werkstatt trat, schlug ihm eine Hitzewelle entgegen. Sie trank in großen Schlucken aus einer Flasche. Wassertropfen glitten über ihre Lippen.

»Si Signore?«, fragte sie verlegen und wischte sich den Mund mit der Hand ab.

Er dachte, er habe nie etwas so Sinnliches gesehen wie dieses Geschöpf, das gerade das Feuer bezwungen hatte und ihm kaum bis an die Schulter reichte.

Er nahm seine Kappe ab.

»*Scusi, Signorina. Parla francese?* Verzeihen Sie, aber ich spreche kein Italienisch.«

»*Bien sûr,* Monsieur. Wie kann ich Ihnen helfen?«, antwortete sie in leicht boshaftem Tonfall.

Sie hatte eine hohe Stirn, eine kräftige Nase, die ihr Charakter verlieh, und einen vollen, genussbereiten Mund. Unter den gebogenen Brauen blickten helle, durchdringende Augen François an. Plötzlich, als wäre ihr ihr Aufzug peinlich, wandte sie sich ab und knöpfte das Hemd bis oben hin zu. Er hatte das absurde Gefühl, sie im Negligé ertappt zu haben.

»Es … Es tut mir leid, dass ich so ohne Vorwarnung eingetreten bin, aber ich habe mich verlaufen, und dann habe ich Sie gesehen, und es war so … Ich suchte irgendein Lokal, wo ich etwas zu mir nehmen könnte, um mich vor meiner Verabredung aufzuwärmen. Das Wetter ist so unangenehm …«

Er sagte quer durcheinander alles, was ihm in den Sinn kam, und fühlte sich dabei sehr dumm.

Sie stützte die Hände in die Hüften, warf den Kopf in den Nacken und brach in schallendes Gelächter aus. François' Herz machte einen Satz.

»Auf jeden Fall sind Sie jetzt am richtigen Ort, um sich aufzuwärmen. Sie dampfen wie ein Rennpferd bei der Rückkehr in den Stall!«

Und in der Tat hatte sich die Feuchtigkeit in seinen Kleidern in Dampfschwaden verwandelt. François lächelte verlegen.

»Ich kann Ihnen einen Kaffee anbieten, mögen Sie?«, sagte sie jetzt freundlich, vielleicht um sich dafür zu entschuldigen, dass sie ihn geneckt hatte. »Lassen Sie sich also nieder. Bei uns riskieren Sie keine Lungenentzündung, während Sie auf Ihren Termin warten.«

Sie ging zu einem Tischchen, auf dem eine zinnerne Kaffeekanne stand. Sie spülte zwei Tassen aus, trocknete sie ab und füllte sie dann mit Kaffee.

»Er ist noch heiß«, sagte sie. »Da, setzen Sie sich auf den Stuhl.«

Er gehorchte, während sie sich auf einen Schemel hockte. Der Kaffee war sehr aromatisch und außergewöhnlich bitter. Zu seiner großen Überraschung setzte sie das Gespräch nicht fort, sie schien ihn sogar zu vergessen. Sie hatte die Knie vor die Brust gezogen und hielt mit beiden Händen die Tasse aus zartem Porzellan, die gar nicht in diese Werkstatt passte. Ihr Blick ging ins Leere, das Gesicht war verschlossen. Ein wenig aus der Fassung gebracht, vermied er es, sie in ihren Gedanken zu stören. In seinen fünfundzwanzig Lebensjahren hatte er trotz einiger schöner Begegnungen nie eine derart rätselhafte junge Frau getroffen wie diese, glaubte er.

Draußen liefen die Tropfen über die Scheiben. In der Halle herrschte ein seltsamer Frieden, die Zeit schien stillzustehen. Man hörte nur das brausende Feuer in den Öfen und den gurgelnden Regen, der den Hof in einer Wolke aus Dunst und Wasser ertränkte. Er trank das starke Gebräu in kleinen Schlucken und versuchte dabei nicht das Gesicht zu verziehen.

»Möchten Sie noch welchen?«

»Nein, danke.«

»Er ist Ihnen zu stark, nicht wahr? Aber so mag ich ihn. Wenn sich das Herz seinetwegen ängstigt. Kann man das so sagen?«

Er zögerte.

»Ich weiß nicht. Vielleicht nicht. Aber ich weiß, was Sie mit dem ›sich ängstigenden Herzen‹ meinen, Mademoiselle.«

Und als sie ihn anlächelte, empfand François ein solches Glück, dass er sich fragte, ob der Kaffee auf ihn nicht gewirkt habe wie ein unbekannter Schnaps, der ihm zu Kopf gestiegen sei. Wie war das möglich? Wie konnte einem eine Frau unverzichtbar werden, obwohl man nichts über sie wusste?

»Ich heiße Livia«, sagte sie mit blassem Lächeln.

»François Nagel. Ich habe gleich eine Verabredung mit Monsieur Alvise Grandi. Können Sie mir vielleicht sagen, wo ich ihn finde?«

Die junge Frau wurde bleich. Sie stand vom Hocker auf und schwankte. Er streckte die Hand aus, um sie zu stützen, doch sie wehrte ab.

»Auf San Michele«, sagte sie heiser.

»San Michele?«, wiederholte er verwundert. »Ist das nicht der Friedhof?«

»Sie scheinen Venedig gut zu kennen, Monsieur. Kompliment.«

Ihr spöttischer Ton verursachte ihm Unbehagen. Die Bedrücktheit, die ihn schon seit seiner Ankunft quälte, befiel ihn nun noch heftiger.

»Es tut mir leid, wenn ich Sie verstimmt habe …«

Sie hob eine Hand, um ihn zum Schweigen zu bringen.

»Verzeihen Sie, ich bin ungerecht. Wie hätten Sie es wissen sollen? Mein Großvater ist vor drei Tagen gestorben. Heute Vormittag haben wir ihn beerdigt.«

Sie zuckte die Achseln. Sie versuchte, weiterhin jeden Ausdruck aus ihrem Gesicht zu verbannen, doch ihre Augen waren glänzend geworden, und sie biss sich auf die Lippen. Er erriet, dass sie ihre Tränen niederkämpfte. Nichts mehr war zu spüren von all der Kraft, mit der sie ihre Skulptur geschaffen hatte, die er noch nicht einmal angesehen hatte, weil er von Anfang an so besessen gewesen war von dieser Frau. Das geradezu herausfordernd schöne und energiegeladene Geschöpf war verschwunden. Vor ihm stand nur noch eine verletzliche und einsame junge Frau in zu großen Männerkleidern, eine Frau, deren Verzweiflung man an den leicht gekrümmten Schultern, dem steifen Nacken und dem fast unmerklichen Zittern ihres Körpers erkennen konnte.

Und er verstand diese Frau, denn sie gehörte zur selben Welt wie er. Kannte nicht auch er Augenblicke, in denen er vom Schwindel ergriffen wurde und das Gleichgewicht verlor?

Ohne nachzudenken, trat er vor und öffnete die Arme. Schweigend und voller Vorsicht umarmte er sie, denn er hatte Angst, sie in tausend Stücke zu zerbrechen, sie und ihren Kummer. Er versuchte nicht zu erklären, wie ihm geschah. Eine solche Sicherheit hatte er schon viele Jahre nicht mehr empfunden, seit jenem brütend heißen Sommertag nicht mehr, als er sich unter dem blauen Moselhimmel für Frankreich und gegen Deutschland entschieden hatte. Damit hatte er nicht nur sein eigenes Leben, sondern auch das seiner Familie aufs Spiel gesetzt, der deshalb die Deportation in ein Lager drohte.

Diese Momente innerer Sicherheit stoßen einem im Leben häufig völlig unvermutet und nicht unbedingt zur eigenen Freude zu. Manche weichen ihnen aus, andere stellen sich ihnen, aus Neugier oder weil sie sie als Herausforderung empfinden. François wusste es jetzt, weiter nichts. Und deshalb erstaunte es ihn nicht, dass Livia es sich ohne Proteste gefallen ließ. Dennoch fühlte er, wie ihr Körper in seinen Armen starr wurde und ihm einen winzigen Widerstand entgegensetzte, für die Dauer eines Seufzers vielleicht, oder eines Bedauerns. Und als sie dann endlich die Wange an seine Schulter lehnte, wusste er, dass er verloren war.

Livia schloss die Augen. Der Mann war groß genug, um eine tröstende Schulter zu bieten. Sie atmete einen frischen Duft nach Regen und Eau de Cologne ein. Er hatte ihr die Arme um die Taille gelegt. Durch den Hemdenstoff hindurch spürte sie die Wärme seiner Handflächen auf ihrem Rücken, doch sie empörte sich nicht. So selbstgewiss seine Umarmung war, er würde sie sofort losgelassen haben, wenn sie es gewollt hätte, das ahnte sie.

Drei Tage lang hatte sie gekämpft. Deiche aufgeschüttet, Gräben des Schweigens ausgehoben und ihr Herz getäuscht. Sie kannte jede Nuance des Fehlens eines Menschen, doch das hatte den grausamen Schmerz nicht gemildert. Sollte man nicht aus den Verlusten der Vergangenheit Lehren ziehen, um besser für die gegenwärtigen Toten gerüstet zu sein? Doch Leid ist ein schlechter Ratgeber, es lehrt einen gar nichts. Jedes Mal von Neuem ist man ein wehrloses Kind, mit leeren Händen gestrandet. Es hatte der unerwarteten, aber unwiderstehlich einfachen Geste dieses Fremden bedurft, um die Deiche zu brechen.

Aber nur weil er eben fremd war, konnte sie sich für einen Augenblick hingeben. Weder Flavios Arme noch die der übrigen Angehörigen waren ihr erträglich. Trost anzunehmen war etwas Schmerzhaftes für sie, so wie sie auch ein Kompliment nicht annehmen konnte, ohne es einzuschränken oder abzulenken. Man braucht Vertrauen, zu sich selbst und zum anderen, um etwas ohne Gegenleistung empfangen zu können.

Sie ließ diesen Fremden an sich heran, weil sie ihm nichts schuldete. Er kannte sie nicht. Er kannte ihre Geheimnisse, ihre Gewissensnöte, ihre Zweifel nicht. Er nahm sie hin, wie sie in genau diesem Augenblick ihres Lebens war, und gab dem Augenblick damit einen Beigeschmack von Ewigkeit.

Unter der Last ihrer Angst und ihres Kummers flüchtete sich Livia in dieses Schweigen und tröstete damit das stumme kleine Mädchen, das noch in ihr schlummerte. Sie brauchte keine lächerlichen Worte, sie brauchte die Arme dieses Mannes, die Festigkeit seines Körpers, die Wärme seiner Haut, denn ihr war kalt, ganz einfach kalt, und sie war ihm dankbar dafür, dass er sie so gut verstanden hatte.

»Livia, was ist los?«

Sie riss sich aus den Armen des Fremden, stieß ihn fast brutal zurück. In der Tür stand Marco Zanier, er hatte den Kragen seines hellen Regenmantels hochgeschlagen und sah sie wütend an.

»Was willst du?«, fragte sie, zornig darüber, dass sie sich so ertappt fühlte, obwohl sie doch zu Hause tun und lassen konnte, was sie wollte, und vor allem gar nichts Schlimmes getan hatte.

»Ich wollte dir noch einmal mein Beileid aussprechen und fragen, ob du auch wirklich nichts brauchst«, sagte er. »Aber ich sehe, du bist beschäftigt«, fügte er ironisch hinzu.

Er musterte den Fremden von Kopf bis Fuß und gab dabei deutlich zu verstehen, dass er einiges an ihm auszusetzen fand.

»Das ist ein Gast aus Frankreich«, erklärte sie auf Französisch, hochrot vor Verwirrung. »Monsieur Nagel hatte eine Verabredung mit meinem Großvater.«

»Seltsam, wo der arme Alvise doch in seinen letzten Lebensmonaten bettlägerig war.«

»Was geht es dich an, Marco?«, gab sie gereizt zurück und räumte die noch herumliegenden Zangen beiseite, um ihre Haltung zurückzugewinnen. »Monsieur Nagel hatte uns geschrieben und um ein Gespräch gebeten, und wir waren damit einverstanden, das ist alles. Verzeihen Sie, Monsieur, aber über den Geschehnissen der letzten Tage habe ich Sie völlig vergessen, muss ich zugeben.«

Sie deutete ein Lächeln an, das unter Marcos skeptischem Blick rasch erstarb.

»Ich wollte dir noch sagen, dass Flavio heute Abend bei mir zu Abend isst. Natürlich hoffen wir, dass du auch mitkommst.«

Livia wurde starr. Marcos Selbstgewissheit war ihr unerträglich, genauso wie sein Wunsch, über ihr Leben zu bestimmen. Mit dem vorgereckten Kinn und den hinter dem Rücken verschränkten Händen symbolisierte er mit einem Mal alles, was in ihrem Leben nicht in Ordnung war. Vor allem dieses Gefühl von Ohnmacht, das sie beim letzten Atemzug ihres Großvaters überfallen hatte, als sie das Blut aus seinem Gesicht weichen sah, wie eine Welle, die sich zurückzieht und nur eine fleischliche Hülle hinterlässt. Sie hatte sich so einsam gefühlt, dass sie nicht einmal mehr die Umrisse ihres eigenen Körpers wahrnahm.

»Heute Abend kann ich nicht. Ich bin mit Monsieur Nagel zum Essen verabredet.«

»Tatsächlich?«, fragte Marco und wippte auf seinen Absätzen.

Sie sah den Fremden an. Hatte er verstanden? War er einfühlsam genug, um zu erraten, dass sie einen Fluchtweg brauchte?

»So ist es, Monsieur«, erklärte François. »Signorina Grandi war so liebenswürdig, meine Einladung zum Abendessen anzunehmen. Ich hatte verschiedene dringende Angelegenheiten mit ihrem Großvater zu besprechen, und sie ist bereit, sich an seiner Stelle mit mir zu unterhalten.«

»Ich weiß nicht, ob Flavio damit einverstanden sein wird …«

Livia ging mit einer Pfeife in der Hand so dicht an Marco vorbei, dass er einen Schritt zurückweichen musste.

»Ich muss meinen Bruder nicht um Erlaubnis fragen. Jedenfalls danke ich dir für deine Hilfsbereitschaft, Marco. Ich bringe dich nicht hinaus, du kennst dich ja aus, nicht wahr? Kommen Sie, Monsieur, wir reden im Büro weiter.«

Sie machte auf dem Absatz kehrt und verließ die Werkstatt,

innerlich betend, dass François ihr ohne weitere Diskussionen folgte.

Sie merkte, dass sie zitterte, als hätte die Auseinandersetzung mit Marco ihre letzten Kräfte aufgebraucht. Er war als Erster erschienen, um ihr sein Beileid auszusprechen. Er hatte aufrichtig betrübt gewirkt, als er im Salon stand. Er hatte sich nicht zu setzen gewagt, vom Tod eingeschüchtert wie alle Menschen, die ihm nie begegnet sind – seine Eltern waren noch am Leben, und dem Krieg war er mit der Geschicklichkeit eines Seiltänzers ausgewichen. Er hatte gestottert und rote Flecken auf den Wangen gehabt. Einige Augenblicke lang hatte er ihr sogar eine Art Mitleid eingeflößt. Er war so leicht zu durchschauen. Nun, da er die Leitung der Glashütte Zanier übernommen hatte, bewegte ihn nur noch eine Hoffnung: die Grandi-Erbin zu heiraten und die beiden Familienunternehmen zusammenzuführen. Zanier und Grandi, klang das nicht unwiderstehlich? Wer könnte es mit der Kunstfertigkeit der Grandi, gepaart mit der Bekanntheit der Zanier, aufnehmen? Aber in seinen dunklen Augen brannte auch noch eine andere Begehrlichkeit, und die machte ihr Angst.

François Nagels Reaktion hatte ihr gefallen. Er hatte sich nicht aus dem Gleichgewicht bringen lassen. Und in der Tat war ihr der höfliche Brief wieder eingefallen, den ihr Großvater einige Zeit zuvor erhalten hatte. Mit seiner Zustimmung und in seinem Namen hatte sie diesem Franzosen sofort geantwortet, die Tür des Hauses Grandi stehe ihm jederzeit offen. Zwar hatte sie auf seine Ankunft nicht gleich richtig reagieren können, aber wie sie jetzt merkte, freute sie sich auf dieses unverhoffte Abendessen, und keineswegs nur, weil Marco Zanier und Flavio sich darüber ärgern würden.

Das Restaurant lag an einem Platz mit kahlen Bäumen, und die nur schwach erleuchteten Häuser ringsum schienen hinter ihren Gittertoren Wache zu halten. Das dunkle Wasser eines Kanals schwappte gegen eine kleine Steinbrücke. Verschlissene Samtvorhänge schlossen die kalte und feuchte Nacht aus dem kleinen

Speiseraum aus. Gleich, als Livia das Lokal betreten hatte, war der rundliche Wirt, der eine weiße Schürze um die imposante Mitte gebunden trug, auf sie zugestürzt und hatte sie unter Tränen an sich gedrückt. Sie war es schließlich, die ihn trösten musste.

Unter heftigem Gestikulieren setzte er sie an einen Tisch in der Nähe des Majolikaofens, dessen Kupfertüren im Licht glänzten. François fühlte sich ein wenig unbehaglich. Die Neugier des Wirts und der wenigen Gäste war ihm bewusst. Livia kannte hier jeden.

»So ist das Leben auf dem Dorf«, sagte sie und entschuldigte sich mit einem Lächeln, nachdem ein schlanker, weißhaariger Herr sie auf beide Wangen geküsst hatte.

Um die Zusammenstellung ihres Essens brauchten sie sich nicht zu kümmern. Der Wirt behandelte sie wie Könige und brachte ein kulinarisches Meisterwerk nach dem anderen aus der Küche: Sardinen, eingelegt in einer Mischung aus Zwiebeln, Pinienkernen und Rosinen, dampfende Nudeln mit Muscheln, Fleischragout, harten Bergkäse, so pikant, dass er in der Nase kitzelte, und ein cremiges, nach Haselnüssen schmeckendes Dessert. François fand das alles umso erstaunlicher, als das Nachkriegs-Italien eigentlich von den im Wesentlichen aus Fleisch und Milchpulver hergestellten amerikanischen Produkten lebte.

Viele Male musste François sein Glas Rotwein auf das Gedächtnis Alvise Grandis, dieses Muraneser Granden, erheben, und langsam überließ er sich in der kleinen Gaststube mit dem sägemehlbedeckten Fußboden, den roten Tischdecken und der mit Kreide auf eine Tafel geschriebenen Speisekarte einem echten Behagen.

»Ich habe Ihren Vater kennengelernt«, sagte Livia. »Ich war zwar noch ein kleines Mädchen, aber ich kann mich gut an ihn erinnern. Zu meinem fünften Geburtstag hat er mir einen Spiegel geschenkt.«

»Er ist vor einigen Jahren gestorben. Er liebte Venedig sehr. Er fand, dass diese Stadt seine Arbeit inspirierte. Aber wie Sie wissen, sind die Lothringer und die Venezianer gute alte Bekannte.

Wird nicht behauptet, einst habe ein Lothringer das Geheimnis der Spiegelherstellung gegen das des *cristallo* eingetauscht?«

Sie zuckte die Achseln.

»Sie lassen sich da auf eine gefährliche Diskussion ein, Monsieur. Bei uns haben die Brüder Angelo Anfang des 16. Jahrhunderts die Technik der Spiegelherstellung entwickelt. Und bei Ihnen?«

Diese unerwartete Schalkhaftigkeit amüsierte ihn. Er hatte immer gedacht, Italienerinnen seien eher geschwätzig, doch Livia Grandi hatte wirklich etwas zu sagen. Während der Mahlzeit hatte es immer wieder Momente gegeben, in der sie die innigste Verbundenheit, nämlich die des Schweigens, genossen, und obwohl sie sich nicht kannten, war keiner von beiden deshalb verlegen gewesen.

Sie faszinierte ihn. Er konnte sich nicht satthören an dieser verschleierten, manchmal fast heiseren Stimme. Er hörte ihr zu, während sie von den Schwierigkeiten der Glashütten in solch unsicheren Zeiten berichtete. Den Krieg erwähnten beide nur sehr beiläufig, als wären sie dieser dunklen Jahre überdrüssig. Als er ihr erzählte, sein Bruder sei immer noch nicht aus Russland heimgekehrt, trat ein kühler Glanz in Livias Augen.

»Meiner ist zurückgekehrt und lässt uns diese Tatsache nie vergessen.«

Er verstand, dass er ein heikles Thema berührt hatte, und schwieg, um sie nicht zu verstimmen.

Livia hatte den Blick gesenkt und spielte mit den Brotkrumen, die noch auf der Tischdecke lagen. Sie wunderte sich darüber, dass die Mahlzeit schon zu Ende war und sie keine Lust hatte, nach Hause zu gehen. François Nagels ruhiges Wohlwollen unterschied sich angenehm von der Lebhaftigkeit ihrer Freunde. Sie fand etwas wie Trost in seiner Ausgeglichenheit.

Als die letzten Gäste die Tür hinter sich hatten zufallen lassen, holte der Wirt eine Flasche *grappa* hervor, den besten aus dieser Gegend, gewissermaßen sein Hausbrand.

François lehnte sich auf seinem Stuhl zurück, ließ den Trester die Kehle hinunterrinnen und beobachtete, wie sich Livia mit dem Wirt unterhielt. Er verstand kein Wort, aber das machte ihm nichts aus. Er dachte, selten einen so ganzen Menschen erlebt zu haben. Ihre Bewegungen waren lebhaft, aber anmutig, ihr Gesichtsausdruck wechselte von einem Augenblick zum anderen, wie von einem unverhofften Windstoß vertrieben. Sie war so fesselnd, weil sie ihn immer aufs Neue erstaunte, durch ein Lachen, eine kleine Grimasse, einen plötzlichen Ernst, der sie in fast greifbarer Verstörung erstarren ließ. Am liebsten hätte er sie die ganze Nacht so angeschaut.

»Wenn im Winter das Wetter schön ist, kann man die Alpen sehen. Die schneebedeckten Gipfel.«

Livia stand auf der Gangway des letzten *vaporetto*. Die Wolken hatten sich verzogen, einige Sterne glänzten am Himmel. Samten lag die Lagune da, das Wasser tintenschwarz. Manchmal war in der Ferne flackerndes Licht zu sehen, als spielten dort Kobolde mit einer Laterne.

»Sie sind so friedlich, dass ich bei ihrem Anblick ein Gefühl von Ewigkeit verspüre«, fügte sie nach einer Pause hinzu.

Ihr Gesicht wurde von der pelzverbrämten Kapuze ihres Mantels umrahmt. Die hellen Augen und die zarte Haut erinnerten François an die Engel in den Kirchen Venedigs.

Trotz seiner Proteste hatte Livia darauf bestanden, ihn nach Venedig zurückzubegleiten. »Ich muss hier weg«, war ihre einzige Begründung gewesen. Er hatte ihr nicht länger widersprochen, zumal ihm jede Sekunde ihrer Gegenwart kostbar geworden war.

Das Boot machte an der Fondamenta Nuove Halt. Die Anlegestelle war menschenleer. Das gelbe Licht der Straßenlaternen spiegelte sich in den Pfützen.

Livia führte ihn in eine schmale *calle*. Ihre Schritte hallten von den Wänden wider, alle Fensterläden waren geschlossen. Sie stiegen die Treppe einer Brücke hinauf und gingen über einen Platz, der von einer stillen Statue bewacht wurde. Die feuchtigkeitsgesättigte Atmosphäre roch nach Algen und Salz. Manchmal hörte man den Ruf eines *gondoliere*, der seine Fahrt über eine der venezianischen Kreuzungen ankündigte, an denen ein Palast aus verwittertem Stein, ein schmiedeeiserner Balkon oder eine Brücke über dem öligen Wasser mit zweifelhaften Versprechungen lockte.

François fragte sich, was hinter der glatten Stirn dieser jungen Frau vor sich gehen mochte. Er ließ sich von ihr durch das Labyrinth der Gassen führen, manchmal streifte er ihre Schulter, wenn sie den Schritt verlangsamte, damit er aufholen konnte. Er ließ ihre Gestalt im schwarzen, in der Taille eng gegürteten Mantel nicht aus den Augen, während die Absätze ihrer dunklen Stiefeletten auf dem Pflaster klapperten. Er fühlte sich verloren in dieser Stadt, in der alles widersinnig erschien. Eine normal wirkende Straße mit niedrigen Häusern mündete auf einen schmutzigen Kanal, ein enger Durchgang voller abgerissener Plakate jedoch auf einen weiten, luftigen und mit Bäumen bepflanzten Platz. Hinter der Maske einer mit Simsen, Engeln und Heiligenfiguren geschmückten Barockfassade erinnerten leere Kirchenwände an die Demut des verlorenen Sohnes.

Venedig mit seinem wilden Durcheinander verfallener Paläste, kunstvoller Steinmetzarbeiten und fauligen Wassers war eine Stadt der Illusionskünstler, ein Kreuzungspunkt von Hoffnungen und Geheimnissen. Und Livia Grandi war der Ariadnefaden. Er folgte ihr müde, als würde er wider Willen in eine Richtung gezogen, die er nicht eingeschlagen hatte, aber akzeptierte.

Sie blieb stehen. Er merkte, dass sie vor der Eingangstür seines Hotels standen.

Ich darf sie nicht gehen lassen, nicht jetzt, nicht so … Sein Hals war trocken, in seinen Schläfen rauschte es, er fühlte seinen wilden Herzschlag. Sie stand ganz dicht neben ihm, sie hatte das Gesicht zu ihm aufgehoben und sah ihn so eindringlich an, dass er meinte, er müsse schreien.

Ein Schatten glitt über das Madonnengesicht. Quälend langsam hob sie eine Hand, dann zögerte sie.

François fürchtete so sehr, sie könne ihm wieder entgleiten, dass er wie versteinert stehen blieb und den Atem anhielt. Als sie ihre Hand an seine Wange legte, ergriff er sie und küsste sie. Sie wollte sie wegziehen, doch er ließ es nicht zu und drückte seine Lippen noch einmal und fester auf ihre kühle Haut.

»Mademoiselle, ich muss Sie wiedersehen … Sie fehlen mir jetzt schon …«

Sie blickte zu Boden. Sie muss mich ja für einen Idioten halten, dachte er verärgert. Er wäre so gern einer dieser Verführungskünstler gewesen, die immer die passenden Worte finden. Unter seinen Freunden kannte er ein oder zwei. Wie stellten sie es nur an? Bei ihnen reichte ein gewisser Gesichtsausdruck, ein bestimmtes Leuchten im Blick, eine unmerkliche Bewegung des Oberkörpers. François hatte zwar Angst, sich lächerlich zu machen, aber er vermochte seine Gefühle nicht zu verbergen.

»Bitte, *signorina,* ohne Sie bin ich in Venedig verloren«, setzte er mit leichtem Lächeln hinzu und ließ dabei erkennen, dass er selbst nicht glaubte, was er sagte.

»Immerhin haben Sie den Weg nach Murano gefunden«, scherzte sie.

»Ja, aber da kannte ich Sie noch nicht. Jetzt ist alles anders.«

Er begriff, dass dieser Satz wahrer war, als sie sich vorstellen konnte. Gedankenvoll sah sie ihn an, wieder war sie ihm so fern, dass er sie am liebsten in die Arme genommen hätte vor lauter Angst, sie könne sich in Luft auflösen. Als ihre Lippen sich berührten, blieb sie reglos stehen, sie zuckte nicht mit der Wimper und versuchte nicht ihn wegzustoßen, ermutigte ihn jedoch auch nicht. Er war es, der die Augen schloss.

»Morgen früh muss ich in der Stadt Ware ausliefern«, sagte sie plötzlich, als wäre nichts geschehen. »Ich treffe Sie dann auf der Piazza. Gute Nacht«, sagte sie noch und wandte sich zum Gehen.

»Aber wo und wann?«, rief er, die Vagheit der Verabredung brachte ihn aus der Fassung.

Er brauchte präzise Abmachungen. Das war eine der Richtschnüre seiner Erziehung gewesen. Der Markusplatz war groß. Da konnte man sich doch verlieren, oder nicht? Sich endlos unter den Arkaden suchen, jahrelang zwischen den Vergoldungen, dem roten Samt und den Gemälden des Café Florian warten und alt werden, ohne es zu merken …

»Keine Angst, ich finde Sie.«

»Aber wie wollen Sie jetzt nach Hause kommen? Wir haben das letzte Boot genommen.«

»Ich wohne zwar auf Murano, aber meine Mutter ist hier zur Welt gekommen …«

Sie machte eine vage, weit ausholende und fast theatralische Geste, und er sah ihr nach, bis ihre Gestalt mit dem Dunkel verschmolz.

Als Livia früh am nächsten Morgen ins Direktionsbüro der Glasmanufaktur trat, saß ihr Bruder im abgewetzten Ledersessel ihres Großvaters, die Füße auf dem Schreibtisch, die Arme im Nacken verschränkt. Er schlief tief und fest.

Wortlos trat sie zu ihm und fegte mit einer jähen Armbewegung seine Füße von der Schreibtischplatte. Flavio schreckte aus dem Schlaf.

»*Madonna,* was ist bloß in dich gefahren?«

»Du wagst es, wie ein hergelaufener Taugenichts in diesem Sessel herumzufaulenzen?«

»Nur die Ruhe, daran stirbt doch niemand«, knurrte er, um dann verlegen den Kopf schiefzulegen. »Verzeih, das hätte ich nicht sagen sollen.«

Sie schwieg vorwurfsvoll.

»Und jetzt raus«, befahl sie schließlich. »Ich hab zu arbeiten.«

Doch Flavio setzte sich ganz im Gegenteil im Sessel zurecht und begann die geöffneten Briefe zu ordnen, die auf dem Schreibtisch lagen.

»Eben, deshalb habe ich auf dich gewartet. Von nun an müssen die laufenden Geschäfte mit mir abgesprochen werden. Bis jetzt habe ich dir die Unternehmensleitung ganz überlassen, aber von heute an werde auch ich mich mit dem Unternehmen befassen.«

Livia erstarrte. Aufmerksam forschte sie im Gesicht ihres Bruders nach Anzeichen dafür, dass es sich um einen seiner üblichen schlechten Scherze handelte, doch seine ausdruckslose Miene verriet nichts. Sie erriet, dass Flavio es ernst meinte.

Wie konnte ich nur so dumm sein zu glauben, er würde mich die Glashütte ganz allein leiten lassen, dachte sie und hatte dabei das Gefühl, im wachen Zustand einen Albtraum zu durchleben.

Die salvatorische Klausel im Testament verbot es beiden Erben, die Glashütte vor Ablauf von zwei Jahren zu verkaufen, sonst nämlich würde sie einem in der Toskana wohnenden entfernten Cousin zufallen. Als der Notar das Testament verlesen hatte, hatte Livia ihrem Großvater im Stillen gedankt. Zwei Jahre, damit hätte sie genug Zeit, das Unternehmen wieder auf Kurs zu bringen und neue Kunden zu gewinnen. Doch jetzt dachte sie, der alte Herr habe ihr unwissentlich eine Falle gestellt.

Naiv, wie sie war, hatte sie angenommen, ihr Bruder werde weiterhin in den Tag hineinleben und sich samt seinen Verstimmungen, dem rätselhaften Schweigen und dem verschlossenen Blick auf die grau-grünen Fluten der Lagune zurückziehen. Doch da saß er nun im Sessel des *nonno* und schien irgendwie an körperlicher Dichte gewonnen zu haben. Das nach hinten gekämmte Haar betonte die intelligente Stirn und die hohen Backenknochen. In seinen Augen stand eine neue Wachheit, die ihr wie ein Eindringling vorkam.

»Das verstehe ich nicht, wieso diese Kehrtwende?«, protestierte sie und drückte den Aktenordner, den sie mitgebracht hatte, an die Brust. »Du hast nie das geringste Interesse an unserer Arbeit bekundet. Du hast nie etwas lernen wollen. Ich dachte, alles hier sei dir unwichtig.«

»Vielleicht weil niemand es je für nötig gehalten hat, mich nach meiner Meinung zu fragen.«

Sie war sprachlos. In Flavios Antwort war keinerlei Ironie durchgeklungen, sondern Bitterkeit, fast Schmerz. Sehr aufrecht saß er da und probierte diesen Sessel, wie man den Sonntagsanzug des Vaters probiert, halb stolz, halb furchtsam. Rings um seine Gestalt war noch viel Platz.

So lange sie sich erinnern konnte, schien Flavio sich der Glashütte nie verbunden gefühlt zu haben, auch nicht vor dem Tod ihrer Eltern. Er hatte sich doch auch nach Venedig in den *palazzo* des Großvaters mütterlicherseits geflüchtet. Und er hatte vor dem Krieg Jura studiert, um Rechtsanwalt zu werden. Sie fand diesen Meinungsumschwung ungerecht. Gegen einen zum Arbeiten entschlossenen Grandi konnte sie nicht kämpfen. Dieser Kampf wäre von vornherein verloren. Und wenn es sich nicht um eine bloße Laune handelte, durfte er sich in jeder Hinsicht berechtigt fühlen. Die Angestellten, die Lieferanten, die Kunden, alle würden sich an ihn wenden, sein Wort wäre Gesetz. Flavio brauchte nichts zu beweisen, er brauchte bloß dazusein.

Sie hatte einen Kloß in der Kehle. Sie war eifersüchtig. Es stand in Flavios Macht, die Leitung der Glashütte zu übernehmen, ganz einfach, weil er es sich in den Kopf setzte, und alle würden sich nach seinen Entscheidungen richten. Denn er war ihr großer Bruder. Und ein Mann.

»Ich habe die Nacht über den Abrechnungen verbracht«, sagte er. »Die Lage ist viel kritischer, als ich dachte. Du hast mir nicht die Wahrheit gesagt, Livia.«

Sie wurde rot. Schon seit Wochen war sie Flavios Fragen ausgewichen. Weil er sich ohnehin nicht für den Betrieb interessierte und sogar erwogen hatte, ihn zu verkaufen, hatte sie es für unnötig gehalten, mit ihm darüber zu sprechen und auch noch Wasser auf seine Mühlen zu schütten.

»Buon giorno«, ließ sich Tinos tiefe Stimme vernehmen, er lehnte im Türrahmen, einen roten Schal um den Hals und eine erloschene Zigarette im Mundwinkel. »Ich wollte hören, was es Neues gibt.«

Er zögerte kurz, sichtlich überrascht darüber, Flavio in Alvise Grandis Sessel zu sehen. Seine schmalen Augen glitten neugierig zwischen Bruder und Schwester hin und her.

»Dann frag deinen Chef«, sagte Livia unfreundlich. »Künftig hast du dich an ihn zu wenden. Die Firma Grandi ist heute Morgen mit einem neuen Direktor aufgewacht.«

Sie legte die Akte auf den Schreibtisch.

»Hier ist der Vorschlag für eine Vasenserie, die ein New Yorker Kaufhaus bei uns bestellt hat. Sie möchten funktionelle Vasen, keine reinen Dekorationsstücke, wie wir sie sonst fertigen, aber Tino wird dir alles erklären.«

»Wohin gehst du, Livia?«, fragte Flavio stirnrunzelnd. »Du hast überhaupt keinen Grund, einen solchen Ton anzuschlagen.«

»Wie meinst du das?«, fragte sie gespielt unschuldig. »Ich habe in der Stadt zu tun und will nicht zu spät kommen. Ich wünsche euch beiden noch einen schönen Tag.«

Hoch erhobenen Kopfes eilte sie aus dem Büro, damit niemand die Tränen sah, die ihr schon die Sicht nahmen.

Die beiden Männer sahen sich düster an. Flavio verdrehte die Augen zur Decke.

»Frauen …«

Tino schwieg einige Sekunden, dann nickte er verständnisinnig.

»*Certo* …, aber was für ein Talent«, sagte er leise.

Unter dem perlgrauen Gewölbe des Winterhimmels drängten sich die Häuser am Rio dei Vetrai zusammen und schlossen die Lider vor dem kalten Licht. Wie auf einem Gewehrlauf spiegelte es sich im stillen Wasser des Kanals. Die Muraneser beschleunigten ihren Schritt und atmeten kleine Dampfwölkchen aus.

Livia spürte die Kälte nicht. Barhäuptig, den alten schwarzen Mantel lässig über die Schultern geworfen, stand sie mit hängenden Armen draußen und fühlte sich wie ein Schmetterling, der immer wieder gegen eine Scheibe fliegt und keinen Ausweg findet. Sie wusste nicht, wie ihr geschah, hin- und hergerissen zwischen Furcht und Zorn. Selten hatte sie sich so unsicher gefühlt. Sie wusste zwar nicht, was Flavio plötzlich zu diesem Vorgehen getrieben hatte, aber sie wusste, dass er gerade das Ruder übernommen hatte. Er mochte zwar die Liebe der Grandi zum *cristallo* nicht teilen, aber ihre Hartnäckigkeit hatte er geerbt. Er würde nichts mehr aus den Händen lassen, bis er seine Entschlüsse vollständig in die Tat umgesetzt hätte. Und genau das war der springende Punkt, denn Livia hatte keine Ahnung, was ihr Bruder vorhatte.

Ein Zittern durchlief ihren Körper. In einer Glashütte konnte nur einer das Kommando haben. Was immer Flavio sagte, für sie war nun kein Platz mehr. Jedenfalls nicht der, den sie haben wollte. Plötzlich hörte sie die Stimme ihres Großvaters und was er einmal gesagt hatte, als sie sich mit ihrer besten Freundin zerstritten hatte: »Vorsicht, Kleines, der Stolz der Grandi hat manchmal zu ihrem Untergang geführt … Und du hast reichlich davon abbekommen.« Sie machte die traurige Entdeckung, dass Verletzungen des Selbstwertgefühls sehr wehtun können.

»Du hast es also schon gehört?«

Sie hatte Marco nicht kommen hören. Seine Stimme war heiser, als wäre er erkältet. Er hatte sich einen dicken Wollschal dreimal um den Hals gewickelt.

»Ich weiß nicht, wovon du redest«, gab sie mit geheuchelter Gleichgültigkeit zurück.

Sie ging über den Kai auf den Leuchtturm zu, an dem sich eine der Anlegestellen des *vaporetto* befand. Ohne jedes Zögern schloss er sich ihr an.

»Flavio hat sich endlich seiner Verantwortung erinnert. Das darfst du ihm nicht verübeln. Jetzt, wo Alvise nicht mehr lebt, muss er seine Pflicht tun. Und du deine.«

Sie antwortete nicht, sondern ging auf die Brücke. Ein grau und blau gestrichener Kahn glitt über das ruhige Wasser.

»*Ciao,* Marco … *Ciao*, Livia …«, rief der Bootsmann.

»*Ciao*, Stefano«, antworteten sie wie aus einem Munde, jedoch ohne ihn anzusehen.

Sie beschleunigte ihren Schritt, doch Marco blieb ihr auf den Fersen.

»Du wirst dich erkälten, wenn du deinen Mantel nicht richtig anziehst.«

Sie drehte sich um und stützte die Hände in die Hüften.

»Hör gut zu, Marco Zanier, du hast mir weder Befehle zu erteilen noch Moralpredigten zu halten. Du bist weder mein Vater noch mein Bruder. Du wolltest dich schon immer in mein Leben einmischen, aber ich will nichts von dir, hörst du? Wann lässt du mich endlich in Ruhe?«

Er betrachtete sie einige Augenblicke lang, ohne etwas zu antworten. Über ihnen kreischten die Möwen.

»Wenn du wütend wirst, bist du noch schöner«, sagte er dann mit seinem selbstgefälligen Lächeln, das sie umso mehr ärgerte, als es ihr zugleich auch Angst machte.

Marco war ein mächtiger Mann. Die Zanier hatten Zugang zu den erlesensten Kreisen der Politik und der Hochfinanz. Er war der Erbe einer Familie, die es in der Kunst des geschickten Ausweichens zur Meisterschaft gebracht hatte und bestens wusste, wie man Verwirrung stiftete, um die Gegner besser betrügen zu können. Überdies hatten die Zanier Beziehungen bis nach Rom, wo einer von Marcos Onkeln bereits mehreren Regierungen gedient hatte, und diesen Hintergrund hatte Marco schon als Kind genutzt. Wenn man von den Mitgliedern der Familie Zanier sprach, dann mit gedämpfter Stimme, wie in der Kirche.

In Italien misstraute man diesen mysteriösen Beziehungen, diesen mehr oder minder anonymen Göttern, die ein boshaftes Vergnügen daran fanden, die Fäden zu ziehen. Man vermied es, solche schlafenden Hunde zu wecken. Nur in den turbulenten Sitzungen der kommunistischen Zelle wurde der Name der Zanier mit wenig schmeichelhaften Wörtern belegt.

»Du weißt sehr gut, dass es keine andere Lösung gibt«, redete Marco halblaut weiter. »Du willst es nicht zugeben, aber du weißt es ganz genau, und deshalb bist du so gehässig. Alvise hat euch einen schlechten Dienst erwiesen, als er euch daran hinderte zu verkaufen. Ihr braucht frisches Geld, aber keine Bank wird euch einen Kredit geben, weil die Lage zu instabil ist und die Kreationen der Grandi schon vor dem Krieg nicht mehr überzeugt haben. Wann habt ihr euren letzten Preis bei einer Weltausstellung bekommen? Wann euren letzten großen Auftrag? Die paar Stücke, die du beim alten Gorzi unterbringen kannst, werden euch nicht retten. Du kämpfst gegen Windmühlen, Livia. Und jetzt weiß es auch Flavio.«

Er hielt inne und sah sie mitleidig an. Sie fragte sich, ob sie je zuvor jemanden so gehasst habe.

»Der Einzige, der euch retten kann, bin ich. Wenn du willst, dass die Glashütte Grandi fortbesteht, musst du mich heiraten. Ich werde Flavio das nötige Geld geben, damit er die Produktion fortsetzen kann. Sonst werden eure Öfen einer nach dem anderen ausgehen, und das Haus des Phönix ist nur noch eine schöne Erinnerung.«

»Weißt du was, Marco?«, sagte sie und schlug die Kapuze hoch. »Darüber kann ich noch nicht einmal mehr wütend werden. Ich glaube, du flößt mir vor allem Mitleid ein. Dass du jetzt auch noch zur Erpressung greifen musst, um eine Frau zu finden … Schade, schade, mein armer Freund.«

Er packte sie unvermittelt am Arm.

»Flavio ist mit mir einer Meinung, aber er wagt es dir nicht ins Gesicht zu sagen. Man möchte glauben, er hat Angst vor dir, dein Bruderheld. Eines Tages wirst du meine Frau werden.«

»Lass mich los, Marco. Lass mich sofort los«, erwiderte sie und betonte jede Silbe.

Er zögerte, bevor er gehorchte. Ohne ein weiteres Wort ging sie zur Anlegestelle, wo das *vaporetto* Trauben von Touristen mit rotgefrorenen Gesichtern entließ.

Die Gänge des Hotels waren menschenleer. Aus Sparsamkeit war nur jede zweite Wandleuchte mit einer Glühbirne versehen. Der Lüster im Treppenhaus mit seinen Blumen aus rosa und blauem Glas, mit seinen Arabesken und Schnörkeln war ausgeschaltet. Ob sie die Treppe auch hinaufgegangen wäre, wenn er angeschaltet gewesen wäre? Grelles, blendendes Licht von der Art, die keine Unsicherheiten duldet, hätte sie vielleicht abgeschreckt, doch der Halbschatten, in dem man alles erahnte und nichts sicher erkannte, weder den Schlaf des Portiers noch die Bronzezahlen auf den

Türen, noch die Patrizier in ihren üppig verzierten Rahmen, war ihr Verbündeter gewesen.

Venedig war keine Stadt für die Liebenswürdigen und Sensiblen. Nichts liebte die kriegerische Serenissima mehr als Geheimnisse. Diese maskierte, mysteriöse, geschminkte und gepuderte freche Verführerin pflegte einst beifällig über die übers Wasser gleitenden Gondeln zu wachen, deren Vorhänge zugezogen waren, um so manches geheime Liebesverhältnis vor neugierigen Blicken zu schützen.

Livia ging auf Zehenspitzen dicht an der Wand entlang. Der dicke Teppich verschluckte das Geräusch ihrer Schritte. Am selben Morgen hatte sie mit François eine heiße Schokolade getrunken und ihn unter dem Vorwand, im zweiten Stock spuke die Seele eines ermordeten Touristen, ganz unschuldig nach seiner Zimmernummer gefragt. Er hatte sich geweigert, die Geschichte vom Reisenden mit der durchschnittenen Kehle zu glauben, und sie sogar zum Lachen gebracht, obwohl sie sich an diesem Tag wirklich für gar nichts begeistern konnte.

Es ist auch noch vorsätzlich, dachte sie, und das ist das Schlimmste daran. Sie waren nachmittags spazieren gegangen, dann hatte sie ihn mitten auf dem Campo San Polo stehen lassen, zu Füßen der mit Festons, Skulpturenportalen und Arkadenfenstern geschmückten Paläste. Von plötzlicher Angst ergriffen, hatte sie behauptet, einen Termin vergessen zu haben, bevor sie, nicht sonderlich stolz auf ihre Feigheit, geflohen war. Er hatte völlig verdutzt dagestanden. Sie erinnerte sich noch an seinen enttäuschten, fast verletzten Gesichtsausdruck und die Hand, die er, wie um sie zurückzuhalten, ausgestreckt hatte. Er war ihr sogar einige Meter nachgelaufen, doch kein Fremder wäre imstande gewesen, einer Venezianerin zu folgen, die durch ihre eigene Stadt floh.

Und jetzt stand sie überaus nervös und mit gesenktem Kopf vor der Tür mit der Zimmernummer 210. Durch das Fenster zum Kanal hörte sie das Murmeln des Wassers, das die von dunklen Algen überzogenen Treppen und die verwitterten Backsteinmauern streichelte. Der Mond zeichnete ein Lichtdreieck vor ihre Füße.

Sie klopfte. Einmal, noch einmal. Nicht sehr laut, um ihn nicht zu stören, vielleicht auch, damit er es nicht hörte. Wenn er beim dritten Mal nicht reagierte, würde sie sein Schweigen als Vorzeichen betrachten und fortgehen. Wahrscheinlich schlief er tief und fest. Was sollte er auch von ihr erwarten?

Mit einem Mal lastete die Müdigkeit sehr auf ihren Schultern. Sie fühlte sich schwer von all der Ungewissheit, von der Einsamkeit, die das Blut durch ihre Adern trieb und sie zu Boden drückte. So hatte sie sich noch nie erlebt.

Abergläubisch tastete sie noch einmal über die Tür, als wolle sie das Schicksal einer gefährdeten Zukunft beschwören. Unter ihren Fingerspitzen fühlte sie einige winzige Kratzer in der lackierten Oberfläche. So, nun hatte sie es getan. Sie war gekommen, aber er hatte ihr die Tür nicht geöffnet. So hatte das Schicksal es beschlossen.

Sie war froh darüber. Schließlich brauchte sie weder ihn noch sonst jemanden. Sie spürte eine Winzigkeit von Genugtuung in ihrem Selbstmitleid. Doch was sollte sie von dem Ernst halten, den sie auf seinem Gesicht gesehen hatte, als er sie, von ihr unbemerkt, wie er glaubte, betrachtet hatte? Er hatte ihr spontan eine Zuflucht geboten, als hätte nichts nähergelegen, als die Arme für eine Fremde zu öffnen, und sie hatte nicht widerstehen können. Und wie sollte sie sich das Gefühl erklären, als sie ihre Wange an seine Schulter gelegt hatte, das Gefühl, am richtigen Ort angekommen zu sein, für einige Sekunden nur, nicht einmal eine Minute lang? Doch in solchen Augenblicken existiert die Zeit nicht mehr. Alles im Universum scheint seine Ordnung zu haben, alles ist gerecht. Irgendein Zauber weckt in uns das klagende Echo eines verlorenen Paradieses.

Und just, als sie sich zum Gehen wandte, öffnete sich die Tür.

Er trug ein weißes Hemd mit offenem Kragen und eine dunkle Hose. Sein Haar war zerzaust, in der Hand hielt er eine Zigarette. Seine Haut unter dem aufgeknöpften Hemd faszinierte sie, und zum ersten Mal fühlte sie sich eingeschüchtert.

Was hatte sie bei diesem Mann zu suchen, über den sie fast nichts wusste? Was war von Livia Grandi noch übrig, nachdem sie ihren Großvater verloren hatte und die Glashütte an einen Flavio, der mit dem Eifer der Bekehrten zu Werke ging? Seit einigen Tagen hatte sie das Gefühl zu treiben, sich an nichts Greifbarem mehr festhalten zu können. Selbst zu etwas Immateriellem zu werden. Die Aufmerksamkeiten dieses Mannes und die Bewunderung, die er nicht verhehlen konnte, schmeichelten ihr. Sie mochte seine Art, ihr zuzuhören, diese nie nachlassende Wachheit. Vielleicht brauchte sie nur eine Selbstvergewisserung, vielleicht musste sie sich in diesem leidenschaftlichen Blick gespiegelt sehen, um zu wissen, dass sie noch lebte.

Und dann war da noch Marco. Sie nahm seine Drohung nicht auf die leichte Schulter, gewöhnlich bekam er, was er wollte. Den ganzen Nachmittag über hatte sie sich seine Hände auf ihrem Körper vorgestellt, seinen Mund mit den zu fleischigen Lippen, seine Machtgier. Ihr war übel geworden. Glücklicherweise gab es nichts, womit er der Glashütte wirklich schaden konnte. Solange er sich jedoch für sie selbst interessierte, würde er sie weiterhin als Beute betrachten und versuchen, sie mit allen Mitteln zur Heirat zu zwingen. Um dieser Erpressung ein Ende zu machen, musste sie sich befreien, indem sie das Objekt seiner Begierde in Angriff nahm – sich selbst. Dann nämlich wäre Marco Zanier auf seinem Fürstenthron nur noch ein nackter König.

Doch als dieser Mann plötzlich vor ihr stand, fand Livia seine Schultern doch zu breit und seinen Körper zu kräftig. Eine fleischliche Realität, die sie sich so nicht vorgestellt hatte. Das ist doch absurd, sagte sie sich. Das ist nichts für mich.

Er legte den Kopf ein wenig schief und sah sie aufmerksam an.

»Ich habe nicht damit gerechnet, dass Sie wiederkommen würden. Sie schienen sich nicht gut zu fühlen.«

Sie zuckte die Achseln.

»Ein wenig Ärger.«

»Hoffentlich nichts Ernstes?«

»Das weiß ich noch nicht«, sagte sie leise und wandte den Blick ab.

Sie wollte nicht lügen. Sie wollte sich nicht so weit erniedrigen, billige Ausreden zu erfinden. Nun musste sie wenigstens die Verantwortung für ihr Verhalten übernehmen. Eine junge Frau konnte nicht einfach so am frühen Morgen an die Tür eines jungen Mannes klopfen. Sie hob ein wenig das Kinn, als wollte sie ihn herausfordern, dabei brauchte sie ihm nichts zu beweisen, sie war ihretwegen gekommen, nur ihretwegen.

In diesem Augenblick lächelte François Nagel ihr völlig unerwartet zu, ohne auch nur einen Anflug von Spott oder Vorwurf, es war ein so generöses, so offenes Lächeln, dass es ihr den Atem verschlug.

»Aber ich weiß es«, sagte er und trat beiseite.

Sie zögerte kurz, doch es gibt Augenblicke im Leben, in denen man es nicht mehr aushält, man selbst zu sein, in denen die Last zu groß wird, in denen man nur noch jemand anders sein möchte, auch wenn es nur eine Illusion ist. Und deshalb ergab sich die freche Diebin des Lichts dem heiteren Blick aus den hellblauen, ins Türkise spielenden Augen, die sie an den Glanz von Opalkristall erinnerten.

Eine kalte, metallische Helligkeit weckte François. Einige Sekunden lang blieb er benommen liegen, er wusste nicht mehr, wo er war. Ein vertrautes Gefühl … Während des Krieges hatte er nur selten ein zweites Mal am selben Ort geschlafen. Damals war saubere Bettwäsche ein seltener Luxus gewesen, und er hatte ihn schätzen gelernt. Meistens hatte er sich mit einer Matratze auf dem Boden, einer verschlissenen Sitzbank in der Eisenbahn oder ein paar Heubündeln in einer Scheune begnügen müssen.

Eine Glocke begann zu schlagen. Auch das war ihm vertraut. Auch in Metz erfüllten die Glocken ihre Pflicht und erinnerten die Christen an die ihre, doch die Geräusche, die durch das halb offene Fenster drangen, waren nicht die seiner Heimatstadt. Ruder klatschten auf das Wasser eines Kanals, ein Motorboot tuckerte asthmatisch, und eilige Schritte hallten vom Pflaster wider.

Livia …

Er öffnete die Augen: Sie lag nicht neben ihm. Er richtete sich auf und sah sich im Zimmer um. Im weißen Licht des Wintermorgens wirkten die Möbel nackt. Keine Spur von Livia. Hatte er es nur geträumt? Unmöglich, kein Traum konnte einen auf so unaufhebbare Weise zeichnen. Eine Aufwallung von Sorge spannte seine Nerven zum Zerreißen.

Er konnte sich an jeden Zentimeter ihrer Haut erinnern, an die Üppigkeit ihrer Brüste in seinen Händen, an die Brustwarzen, die sich aufrichteten, wenn er an ihnen rieb. Er erinnerte sich an die leicht hervorstehenden Rippen, die zum sanften Schwung der Hüften überleiteten, an den fast konkaven Bauch, an die Gefühle, die ihn ergriffen hatten, als er endlich die geheimsten Winkel ihres Körpers zu erkunden und zu streicheln wagte und als er sie unter seinen Küssen erschauern fühlte.

Er erinnerte sich vor allem an den Augenblick, in dem er sie genommen hatte, an die Wärme, die ihn umschlossen hatte. Er hatte sich beherrschen müssen, um nicht zu schreien. Die ganze Welt floss zu diesem samtigen Streicheln zusammen, zu diesem Leib, der ihn empfing und von allen Zweifeln, Ängsten und Albträumen befreite, als sei er endlich zu einem Licht durchgedrungen, dessen Existenz er nicht einmal im Traum vermutet hätte.

Er hatte gespürt, wie ihre Fingernägel seine Schultern zerkratzten und sich ihre Zähne in ihn gruben. Es tat weh, aber er war erleichtert, in eine Art Realität zurückzukehren. Der Schweiß lief an ihnen herab, über ihre Flanken, ein Geruch nach Raserei und Leidenschaft umgab sie. Die Intensität seiner Lust in ihr hatte ihn geradezu ausgelöscht.

Er brauchte einige Augenblicke, um wieder zur Besinnung zu kommen. Über sie geneigt, mit wild klopfendem Herzen, hatte er sie freudig staunend angesehen, ihr übers Kopfkissen gebreitetes Haar, die leuchtende, im nur durch ein Nachtlicht gemilderten Dunkel von Schatten überspielte Haut, und er war verschluckt worden von dem ernsten, kompromisslosen Blick, mit dem sie ihn fixierte. Er hätte ihr gern etwas gesagt, aber er fand keine Worte. Er konnte immer noch nicht begreifen, was da gerade geschehen war. Er hatte sich auf die Seite gleiten lassen und sie dabei immer noch an sich gedrückt. Das Gesicht in ihre wilden Locken vergraben, hatte er mit einem Mal panische Angst bekommen und sie so fest an sich gepresst, dass sie sich mit einem Faustschlag gewehrt hatte.

Er hatte die Umarmung gelockert, aber sie, die so schwer und dabei so leicht war, weiterhin umschlungen gehalten, einen ihrer Schenkel zwischen den seinen, Brust an Brust, ihre Lippen an seinem Hals. Er hatte die Augen geschlossen, um ihren Atem besser spüren zu können. Wie lange mochten sie so gelegen und dem in ihren Adern pochenden Blut gelauscht haben, einander so fern und doch so nah? Er musste wohl eingeschlafen sein, und diese ungreifbare, aufreizende Hexe hatte ihm wieder entfliehen können, ohne dass er davon aufgewacht war.

Zorn wallte in ihm auf. Er hatte den unangenehmen Eindruck, diese Venezianerin habe ihn nur benutzt. Ohne jegliche Erklärung war sie mitten in der Nacht bei ihm aufgetaucht und hatte ihn regelrecht verrückt gemacht, indem sie sich ihm mit solcher Großzügigkeit und Glut hingab. Und dann war sie wie eine Diebin wieder verschwunden. Hatte er so viel Missachtung verdient?

Verärgert sprang er aus dem Bett und verhedderte sich dabei im Bettlaken. Während er sich im Stehen daraus befreite, fiel sein Blick auf das aufgedeckte Bett.

Mein Gott, dachte er. Wie ist das möglich? Wieso habe ich es nicht bemerkt?

Irgendetwas war an diesem Morgen anders in der Glashütte Grandi. Als François das Tor aufdrücken wollte, leistete es Widerstand. Er suchte nach einer Klingel und entdeckte ein Seil, das an der Mauer herunterhing. Als er daran zog, schlug im Hof eine Glocke an.

Die lähmende Lethargie der letzten Tage, entstanden aus diesem Nebel, der sich wie ein Spinnennetz über die Stadt gelegt, sie gefangengenommen und alle Spuren und Kanten verwischt hatte, war verschwunden. Unter dem flachen Licht des völlig schattenfreien grauen Himmels schien ihm alles schärfer gezeichnet, die Hauskanten, die Facetten der Campanile. Hin und wieder schnitt ihm kalter Wind in die Wangen, drang durch seine Kleidung und peitschte die aufbegehrende Lagune.

Mit einem Ruck zog er noch einmal an dem Seil. Endlich hob sich vor der Manufaktur eine Gestalt ab. Er erkannte den korpulenten jungen Mann, der Livia beim Glasblasen assistiert hatte. Schwerfällig, als gäbe der Boden seine Füße nur widerwillig wieder her, näherte er sich dem Tor.

»Si?«, fragte er.

»Signorina Livia Grandi, per favore.«

Der Mann rührte sich nicht. Er kaute auf etwas, das wohl ein Kaugummi war, vielleicht das Geschenk eines amerikanischen Soldaten. Sein Gesicht mit den schmalen Augen und den flachen Wangen blieb ausdruckslos. François hätte ihn am liebsten geschüttelt.

»*Un attimo*. Ich komme gleich zurück.«

Er machte kehrt, ging in seinem schwerfälligen Schritt zurück und ließ ihn vor dem verschlossenen Tor stehen.

Gereizt suchte François in seinen Taschen nach einem Päckchen Zigaretten. Auf den stählernen Wellen der Lagune glitten in der Ferne Fischerboote. Er begann auf und ab zu gehen, weniger der Kälte wegen, als um seine Angst niederzukämpfen. Die Luft war voller Salz und roch nach den Pflanzen der Lagune.

»Monsieur?«, rief eine Stimme.

Ein schmaler junger Mann mit zurückgekämmtem kastanienbraunen Haar, einen Regenmantel über die Schultern geworfen, schloss das Gittertor auf. Er trat einige Schritte vor und stützte sich dabei auf einen Stock mit Silberknauf. François sah, wie außerordentlich dünn, fast mager er war. Und dass er mit einer gewissen verlegenen Anmut ein Bein nachzog.

»Sie sind doch Monsieur Nagel?«, fragte er. »Sie waren neulich schon hier, nicht wahr?«

Er hatte denselben singenden Akzent wie Livia. In einem

Winkel seines Herzens empfand François Bewunderung für das Sprachtalent dieser Venezianer.

»Ja«, sagte er und trat seine Zigarette aus. »Ich wüsste gern, ob ich Mademoiselle Grandi heute Morgen noch einmal sprechen könnte. Ich … Ich muss heute Abend wieder mit dem Zug zurück nach Paris und hätte mich vor der Abreise noch gern verabschiedet.«

»Ich fürchte, das wird nicht möglich sein. Meine Schwester hat mir einen Zettel hingelegt, sie ist den ganzen Tag über weg, aber Sie können sich gern mit mir unterhalten … Natürlich nur, wenn Sie möchten.«

Die durchscheinenden Augen beobachteten ihn, sie ließen kein Gefühl erkennen.

»Sind Sie sicher, dass ich nicht mit ihr sprechen kann? Es ist wichtig.«

»Tut mir leid, aber wenn Sie nicht die ganze Lagune absuchen wollen, werden Sie sie wohl nicht finden.«

François war der ironische Beiklang durchaus nicht entgangen. Das liebenswürdige Gesicht Grandis war erstarrt, zwischen seinen Brauen stand eine Falte. Er stieß gegen eine kaum wahrnehmbare, aber unüberwindliche Grenze. Der junge Mann brauchte sich nicht näher zu erklären. Man hatte beschlossen, ihn nicht mehr zu empfangen. Aber wer? Livia? Hatte sie ihrem Bruder gestanden, was sich zugetragen hatte? War es vorstellbar, dass sie ihm etwas Derartiges anvertraute?

»Dann tut es mir leid. Bitte übermitteln Sie ihr meine Grüße, wenn Sie sie sehen.«

»Gewiss«, murmelte Grandi, ohne mit der Wimper zu zucken, wandte sich ab und zog das rostige Tor hinter sich zu.

François hörte Motorengeräusch. Ein Transportboot bog um die Inselspitze. Auf den Seiten prangte in frisch übermalten Buchstaben der Name Zanier.

An Deck stand ein Mann, barhäuptig, die Hände in den Taschen seines Wintermantels vergraben. Seine Gestalt zeichnete sich mit der Klarheit eines chinesischen Scherenschnitts vor dem

Himmel ab. François erkannte den Mann, der ihn so kalt, fast verächtlich gemustert hatte, als er Livia in seinen Armen überrascht hatte. Auch der andere erkannte ihn. Obwohl er sich nicht bewegte, schien sich sein Körper zu verdichten und verriet damit seine Feindseligkeit.

François war ebenso verwirrt wie verärgert, es war, als bereite es diesen Venezianern ein boshaftes Vergnügen, sich unablässig hinter trügerischen Fassaden zu verstecken. Ihre liebenswürdigen Mienen verbargen eine Strenge, die sie nur manchmal, gewissermaßen warnend, zu erkennen gaben, und unter der Sinnlichkeit ihrer Frauen glühte ein Begehren, das an Grausamkeit grenzte.

Während das Transportschiff am Kai entlangfuhr, sah ihn der Unbekannte fest an, doch François wandte sich nicht ab. Der Krieg hatte ihn gelehrt, die Menschen nicht mehr zu fürchten. Wie bei Wölfen und streunenden Hunden durfte man auf keinen Fall einem Blick ausweichen. Langsam entfernte sich das Boot und hinterließ eine Schaumspur auf dem Wasser.

Als er aus seiner steinernen Benommenheit auftauchte, nahm ein Gedanke in seinem Geist immer klarere Konturen an, und an diesen Gedanken klammerte er sich mit jener äußersten Sorgsamkeit, die seine Kameraden und er inzwischen ihren geringfügigsten Überlegungen widmeten; so flüchtig und wirr sie auch geworden waren, waren sie doch unendlich kostbar, seit ihre Körper begonnen hatten, sie im Stich zu lassen.

Ich heiße Andreas Wolf, und ich werde lebend nach Hause zurückkehren.

Seltsam, dachte er, seine Lider schmerzten, die Wange drückte sich auf einen rauen Untergrund. Wie kommt es, dass ich noch atme, obwohl mein Körper doch tot ist?

Langsam erwachte auch das Bild dieses Körpers. Er erinnerte sich daran, einen Rumpf gehabt zu haben, Hüften und Beine. Immer wenn eine Parzelle seines Körpers in sein Bewusstsein drang, versuchte er sie zu bewegen, aber die Erschöpfung hielt ihn gefangen wie eine Reuse. Seine Füße schienen ihm ein entlegenes Territorium, fast ein Exil. Er hatte eine vage Vorstellung von zwei schwärzlichen, empfindungslosen und mit Stofffetzen umwickelten Körperanhängseln, die ihn doch immerhin von der russischen Front über weite Ebenen, durch Sümpfe und Wälder hatten tragen können und noch existieren mussten, irgendwo unterhalb der zerrissenen Hose. Übrigens wäre es keine schlechte Idee, dachte er, die Augen aufzumachen und nachzusehen, ob sie noch da sind.

Seine Lider leisteten hartnäckigen Widerstand und blieben geschlossen, als wären sie zuzementiert. Absurd, dass so geringfügige Bewegungen eine solche Komplexität entwickelt hatten, aber er wunderte sich schon lange nicht mehr.

Von seinem früheren Leben war nur ein Trugbild geblieben. Es war so weit mit ihm gekommen, dass er die flüchtigen Erinnerungen fürchtete: den Glockenturm der Dorfkirche, der in einen hellen Himmel ragte, die belebten Straßen von Gablonz, das Rasseln der Straßenbahnen und das Raunen der eleganten Menge, die ins Theater drängte, die dunkle Holzvertäfelung einer verräucherten Gastwirtschaft und seine Werkstatt, in der die Kelche aus noch blindem Glas auf den Tischen aufgereiht standen. Gefühle waren gefährliche Waffen, man musste sie genauso fürchten wie die Raketenwerfer, Mörsergranaten und T-34-Panzer der Sowjets.

Streng rief er seine vagabundierenden Gedanken zur Ordnung, um sich wieder mit seinen Lidern zu befassen. Er hatte den Eindruck, dass sie verklebt waren. Mein Gott … Und wenn er nun blind geworden war wie sein Kommandant? Der Offizier hatte sich, nachdem er sicherheitshalber seine Hand vor dem Gesicht hin und her bewegt hatte, einige Schritte entfernt, die Pistole an die Schläfe gesetzt und abgedrückt.

Sein Herz begann vor Angst schneller zu schlagen und weckte damit die Schmerzen, aber auch die zerstreuten Teile seines Organismus zu einer Art Leben.

Er spürte, wie eine heiße Flüssigkeit über seinen Schenkel lief, und war froh. Wenn man nur von Körnern und vom Tau auf den Pflanzen lebte, verharzte der Körper regelrecht. Auf ihrem Rückzug hatten die Soldaten sich nach einiger Zeit damit abgefunden, dass sie keinen Stuhlgang mehr hatten, aber sie fürchteten, eines Tages nicht mehr urinieren zu können.

Meine Augen …, dachte er wieder, von Panik ergriffen, doch dieses Mal – dem Himmel sei Dank – konnte er sie öffnen und sah grünliches Moos, Gras und Kieselsteine, was die unbequeme Unterlage seiner Wange erklärte, sowie einen reglosen, blutverkrusteten und abstoßend schmutzigen Gegenstand. Er brauchte einige Sekunden, bis er seine Hand erkannte.

Im selben Augenblick merkte er, dass etwas Feuchtes hartnäckig in seinen Kragen tropfte. Er rollte sich auf den Rücken und bekam einen Wassertropfen mitten auf die Stirn, sodass er die Augen wieder schließen musste. Es hatte wohl geregnet, als er hier erschöpft zusammengebrochen war, und nun schenkte ihm ein Busch, was noch an Feuchtigkeit in ihm hängen geblieben war.

Herrlich … An diesem Morgen musste er nicht auf Wassersuche gehen, es kam zu ihm. Mit fast kindlicher Freude hob er das Kinn und öffnete seine gesprungenen Lippen, um seinen Durst zu löschen.

Lange Minuten vergingen, bis er den Mut aufbrachte, seine Umgebung in Augenschein zu nehmen. Wahrscheinlich musste man deutscher Soldat sein und sich in diesen Nachkriegsmonaten zum Vagabunden auf europäischem Boden entwickelt haben, um ganz zu erfassen, was dies bedeutete.

Zwischen dem Laub der Bäume sah er einen verwaschenen Löschpapierhimmel, den Himmel eines unsicheren Frühlings. Die Sonne schien nur schüchtern. Er richtete sich auf, indem er sich greisenhaft erst auf eine Schulter, dann auf den Ellbogen stützte. Er befand sich an einem Waldrand, der in ein Feld überging. Weit und breit sah er zu seiner Beruhigung kein Haus und keinerlei Rauch.

Er sah sich nach seinen Kameraden um, bis ihm einfiel, dass er jetzt nur noch einen einzigen Weggefährten hatte, der sich genau wie er zum Riesengebirge durchschlagen wollte. Die anderen …

Vor seinen inneren Augen zogen Gesichter vorbei wie die von Wartenden auf einem Bahnsteig, die sich flüchtig im Abteilfenster des durchfahrenden Zuges abzeichnen. Alle trugen denselben erwartungsvollen Ausdruck.

Bei seinen Kriegskameraden, deren Namen sich langsam in seinen Erinnerungen auflösten, war aus den ausgezehrten Zügen eine besondere Konzentration zu lesen, denn sie erwarteten etwas zu essen, irgendetwas Essbares außer Wurzeln und Beeren, Kräutern und Roggenkörnern. Auch auf frisches Wasser warteten sie, und manche, die Kühnsten, erhofften sich sogar ein Glas Milch, das man ihnen vielleicht auf einem Bauernhof geben würde. Vor allem hatten sie die Erwartung, sich aus diesem verdammten Wespennest befreien zu können, wo sie krepierten wie die Ratten, barfuß, mit eingefallenen, schwärzlichen Gesichtern unter dem verfilzten Haar, die Eingeweide von Durchfällen zerrissen.

Aufmerksam tastete er durch eine Hosentasche. Er war sicher, dass er irgendwo noch ein Stückchen Brot aufgehoben hatte. Er hatte gelernt, nie alles, was er auftreiben konnte, aufzuessen, wie wenig es auch sein mochte, sondern immer ein bisschen für später aufzuheben. Zu Beginn ihres langen Marschs Richtung Heimat hatten ihn seine Kameraden ausgelacht, aber er hatte sich nicht davon abbringen lassen und ihre Witze achselzuckend überhört. Er maß seine Rationen ab, wie er auch seine Hoffnung abwog. Um nicht alles auf einmal zu verschlingen, was ihm in die Hand fiel, auch wenn sich sein Magen wand, um noch eine Kleinigkeit zu behalten und damit die Überzeugung, noch ein kleines bisschen leben zu können, drei Minuten, drei Stunden, drei Tage, was machte es schon … Der Glaube an den nächsten Tag war zur Herausforderung geworden.

Endlich fand er den kleinen Brocken Brot, den er einige Tage zuvor auf einem Bauernhof geschenkt bekommen hatte, und führte ihn zum Mund. Dank dem Wasser, das er getrunken hatte, konnte er das Brot einspeicheln. Er ließ die Kruste langsam einweichen und vermied es sorgsam, sie in die linke Mundhälfte geraten zu lassen, wo ihm schon seit Tagen ein Zahn höllisch wehtat. Er fröstelte, denn es ging immer noch ein schneidender Wind, doch wer die fünfzig Grad minus eines russischen Winters erlebt hatte, konnte den östlichen Frühling nur angenehm finden.

Während er das Gefühl von sich auflösendem Brot auf der Zunge genoss, betrachtete er gelassen seine Umgebung. Nicht weit entfernt befand sich ein unförmiger Haufen. Sein Weggefährte lag reglos wie ein Baumstamm auf dem Bauch. Es schien fraglich, ob er noch lebte. Doch Andreas Wolf fühlte sich nicht verpflichtet, aufzustehen und nachzusehen. Wenn er tot war, konnte er nichts mehr für ihn tun, und wenn er noch atmete, konnte er ihn genauso gut weiterschlafen lassen. Er würde es ohnehin bald wissen, bald würden sie aufbrechen. In der Nacht hatten sie etwa dreißig Kilometer zurückgelegt, danach hatte ein Mann das Recht auf ein wenig Ruhe.

Er zog einen Zettel aus der Tasche und ein Stück schwarzes Holz, das seine Finger kaum halten konnten. Mit zitternder Hand zog er einen weiteren Strich. Dreiundachtzig Tage Fußmarsch, unterbrochen vom Aufenthalt in einem Gefangenenlager. Er fragte sich, weshalb er so minutiös Buch führte, doch war ihm aufgefallen, dass auch die anderen sich an seltsamen Manien festhielten, die ihnen wahrscheinlich zu überleben halfen. Ein Hauptmann hatte sich jeden Tag sorgfältig die Finger- und Zehennägel gesäubert. Was aus ihm geworden war? Eines Tages, nachdem sie gerade einen Sumpf durchquert und sich mit schlammbedeckten Beinen auf festen Boden hatten fallen lassen, hatte er beim Appell gefehlt. Der Hauptmann war ganz einfach verschwunden. Von den achtundsechzig Männern, die sich gemeinsam auf den Weg nach Deutschland gemacht hatten, nachdem es ihnen in einer Neumondnacht gelungen war, eine russische Einkesselung zu durchbrechen, waren nur noch zwei übrig.

Sorgsam verstaute er den Zettel wieder in der Tasche. Seine Hand berührte den in Wachstuch gewickelten Brief. Er hatte es sich zur Gewohnheit gemacht, seine Tasche auf etwaige Löcher hin zu überprüfen. Der Brief durfte auf keinen Fall unbemerkt herausfallen. Das war ein weiterer Tick von ihm.

Es war heiß gewesen in jener Nacht. In Hemdsärmeln und mit offenen Kragen hatten sie an einer Hütte im Dorf gelehnt. Im Morgengrauen sollte die Offensive beginnen, um fünf Uhr dreißig. Fünfzig Divisionen, davon vierzehn Panzereinheiten, zwei Luftflotten und fast neunhunderttausend Mann sollten gegen diese teuflischen Sowjets aufgeboten werden. Das Unternehmen Zitadelle mit einer Frontlänge von vierhundertfünfzig Kilometern. Die Schlacht von Kursk sollte die schmähliche Niederlage rächen. Sie sollte Stalingrad rächen.

Und wie immer vor Entscheidungsschlachten, wenn das Leben sich so sehr verdichtete, dass es in eine hohle Hand gepasst hätte, kamen diese ruhigen, fast schmerzhaft beschaulichen Augenblicke. Sie hatten einen Brief an ihre Familien geschrieben. Und, als sie die Briefe austauschten, gewettet, sie würden jeweils der Erste sein, der ihn den Verwandten brächte. Eine Art Lausbubenwette, eine Nase, die man dem Schicksal drehte, das völlig in der Luft hing und weniger Hoffnung bot als eine Flaschenpost: Die Chancen, dass einer der Briefe den Empfänger erreichte, waren gleich null. Doch während dieser halben Stunde Atempause hatten sich die beiden Soldaten, die seit Monaten Seite an Seite dem Tod ins Auge blickten, den Luxus erlaubt, von besseren Tagen zu träumen. An jenem Abend hatten sie sich, während sie eine Zigarette rauchten und in den Uniformfalten auf Läusejagd gingen, mangels Alkohol an der Hoffnung berauscht.

Der Angriff hatte fünf Tage gedauert, an denen Tag und Nacht nicht mehr voneinander zu unterscheiden waren. Hunderte von Panzern brannten und glichen in den schwindelerregend weiten Feldern und unter dem unmenschlich blauen Himmel seltsamen Käfern. Er hatte seinen Kameraden aus den Augen verloren. Ob er noch lebte? Ob man ihn gefangen genommen hatte?

Im Verlauf des Rückzugs war dieser Brief ganz unten in seiner Tasche zu einem Talisman geworden. Wenn er nicht wusste, ob er noch die Kraft finden würde, sich vom Boden loszureißen, um auf eine deutsche Grenze zuzuwandern, die nicht viel greifbarer schien als der Horizont, war dieser Brief seines Kameraden immer ein Grund gewesen, weiter durchzuhalten. Kein schlechterer Grund als jeder andere. Er hatte beschlossen, diese Wette zu gewinnen. Was auch geschehen mochte, er würde der Erste der beiden sein, der den Brief übergab.

Er seufzte und klopfte dreimal mit dem Zeigefinger aufs Wachstuch, wie er es seit mehr als zweieinhalb Jahren jeden Tag machte.

»Herr Oberleutnant?«, rief eine heisere Stimme.

»Hier bin ich«, knurrte er, ein wenig ärgerlich, weil er es doch nicht hatte vermeiden können, den Rest seines Brotes herunterzuschlucken.

»Ich hatte schon Angst, Sie wären weggegangen.«

Andreas sah, wie sich sein Weggefährte aufrichtete und ein wenig kindlich mit den Fäusten die Augen rieb. Wirklich, dieser Junge überraschte ihn immer wieder. Was für seltsame Ängste. Wo zum Teufel hätte er hingehen und warum hätte er ihn sitzen lassen sollen? So ein Unsinn. Und doch hatte sich dieser Junge, der trotz seiner zwanzig Jahre zugab, dass er nicht gern allein im Dunkeln schlief und immer ein Licht brennen ließ, ohne mit der Wimper zu zucken der russischen Artillerie entgegengestellt.

Der junge Mann stand auf, streckte sich und sah sich um wie ein Kurzsichtiger, der seine Brille sucht.

»Glauben Sie, es dauert noch lange?«

Andreas verdrehte die Augen zum Himmel.

»Hör zu, Wilfried, mein Junge, diese Frage stellst du mir nun schon seit Wochen jeden Morgen. Das wird allmählich langweilig. Wir kommen voran, oder? In der richtigen Richtung. Hoffe ich jedenfalls. Also halt den Mund und wander weiter!«

Der Soldat kratzte sich lächelnd den Nacken.

»Man könnte meinen, Sie wären heute Morgen mal wieder gut gelaunt, Herr Oberleutnant.«

Andreas verzichtete auf eine Antwort. Eine Zeitlang war die Erschöpfung so groß gewesen, dass selbst sprechen wehgetan hatte. Manchmal trauerte er diesen schweigsamen Zeiten nach.

Wilfried setzte sich neben ihn. Manchmal verübelte sich Andreas die Gleichgültigkeit, die er seinem Leidensgenossen entgegenbrachte. Hätte er nicht Mitgefühl, Freundschaft, eine Art Anhänglichkeit aufgrund des gemeinsam Durchgestandenen empfinden sollen? Doch er hatte nur einen Wunsch: sich von diesem Jungen zu trennen, den er ermüdend fand, sowohl wegen seines unbeirrbaren Optimismus als auch wegen der schlichten Tatsache, dass er ihn daran erinnerte, woher er kam und was er durchgemacht hatte, dabei hätte er all das lieber vergessen. Vielleicht lag es aber auch daran, dass dieser in den Krieg verirrte Infanterist fünfzehn Jahre jünger war als er und ein so junger Mensch nicht in den Krieg passte.

»Hast du noch ein bisschen Brot aufgehoben, wie ich es dir gesagt habe?«, knurrte er.

»Jawohl, Herr Oberleutnant«, rief das Kind und zog einen Kanten aus der Tasche.

»Dann iss und …«

»… halt den Mund, ja, ich weiß«, sagte Wilfried und stopfte sich das Brot in den Mund.

Andreas deutete ein Lächeln an und gab ihm einen Rippenstoß. Vielleicht würde ihm dieser arme Kerl doch ein wenig fehlen, wenn sie endlich jeder zu Hause wären.

Sofort rief ihn ein Anflug von Angst zur Ordnung, und er wurde wieder ernst. Der Vormittag war friedlich, die Umgebung ruhig, aber er ließ sich nicht täuschen: Immer noch drohte Gefahr. Sollten sie von den sowjetischen Truppen gefangen genommen werden, konnten sie sehr leicht in einem sibirischen Gefangenenlager enden. Eigentlich war es ein Wunder, dass sie bis jetzt immer davongekommen waren. Und sollte dieses Unglück geschehen, dann wäre diese verrückte Wanderschaft mit all ihrem Leid vergeblich gewesen. Aber Andreas Wolf verbot sich diese Vorstellung einfach.

»Glauben Sie, dass Sie gleich wieder anfangen dürfen zu arbeiten?«, erkundigte sich Wilfried fröhlich.

Seit Andreas so dumm gewesen war, ihm zu erzählen, dass er Glaskünstler war, bombardierte ihn der Junge unablässig mit Fragen. Natürlich kannte dieses Reinerzeugnis nationalsozialistischer Erziehung kein einziges Handwerk. Er hatte nur den Umgang mit Waffen, den Stechschritt und die »Heil Hitler!«-Rufe gelernt, die sich alle Welt entgegengeschrien hatte. Wozu würde ihm das jetzt noch nütze sein?

Er hasste Wilfrieds Talent, den Finger immer auf den empfindlichsten Punkt zu legen. Der Junge hatte keinerlei Feingefühl. Er sprach aus, was ihm durch den Kopf ging, und diese einfältige Offenheit hatte ihn schon manches Mal in die Klemme gebracht. Körperlich und seelisch vom Krieg gezeichnete Soldaten, deren Nerven blank lagen, konnten ebenso mimosenhaft werden wie alte Jungfern. Die Kameradschaft an der Front war nicht immer so, wie man sie sich im Hinterland vorstellte. Eine Verstimmung konnte in Hass ausarten, begehrliches Interesse in bösen Neid. Ein falsches Wort, ein missverständlicher Scherz, und ein Bataillon spaltete sich in zwei feindliche Lager, deren Gefährlichkeit der von bewaffneten Streitkräften in nichts nachstand. Andreas hatte mehrmals eingreifen müssen, um die Wogen nach einem missglückten Scherz des Schützen Wilfried Horst zu glätten.

»Das weiß ich nicht«, brummte er.

Insgeheim machte ihm diese Frage Angst, aber das hätte er diesem Grünschnabel um nichts in der Welt erzählt. Er legte die Handgelenke auf die Knie und betrachtete seine Hände, seinen kostbarsten Besitz. Er hatte sie, milde gesagt, nicht geschont.

Er erinnerte sich noch an den Aufbruch zur Ostfront, 1941. Er hatte einen letzten Fronturlaub zu Hause verbringen dürfen, bei seiner Mutter und bei Hanna. In den letzten Stunden dieses Heimaturlaubs hatte er sich in der Werkstatt aufgehalten, wo die Schleifscheiben, die Werkzeuge auf den Tischen, die zusammengefaltete Schürze, seine in Leder gebundenen und nach Jahrgängen aufgereihten Skizzenbücher langsam einstaubten. Er hatte seinen Stichel genommen und mit dem Daumen über die unterschiedlich dicken kleinen Kupferrädchen getastet, die sich ins Glas gruben und eine matte Spur darin hinterließen.

In jener Nacht hatte er blind einen kleinen Kelch graviert, ohne vorher eine Zeichnung anzufertigen. Und aus der Verwirrung des an die vorderste Front gerufenen Soldaten, aus seiner Angst, die beiden Frauen seiner Familie, seine herzkranke alte Mutter und die viel zu brave kleine Schwester, allein zu lassen, aus seinem Zorn, für eine Sache kämpfen zu müssen, an die er nicht glaubte, entstand die Gestalt einer jungen Frau, grazil, nervös, den anmutig bewegten Körper von einem Schleier bedeckt, der ihre Beine und Brüste betonte. Geboren aus der dunkelsten Angst in seinem tiefsten Innern, der Angst eines einunddreißigjährigen Mannes, der das Leben so gut kennt, dass er es zu verlieren fürchtet.

Als Hanna am nächsten Tag noch ganz schlaftrunken zu ihm

gekommen war, hatte sie die Augen aufgerissen: »Mein Gott, Andreas, was du da graviert hast, das ist ja … Das ist das Leben …« Er hatte nur mit den Achseln gezuckt. Das Leben, das war ja wohl ein Witz. Dennoch hatte er seine kleine Schwester auf dem Bahnhof fest an sich gedrückt und ihr ein Versprechen gegeben, von dem er wusste, dass er es nicht würde halten können, nämlich ihren Verlobten, Friedl, zu schützen, der in den Krieg zog, als handle es sich um einen Ausflug, den Kopf voll mit dem Übermenschen-Unfug, der in den Schulen gelehrt wurde. Bei der ersten Feindberührung hatte ihm eine Mörsergranate beide Beine abgerissen, und er war auf der fetten ukrainischen Erde verblutet.

Andreas hatte seiner Schwester geschrieben und ihr beruhigend versichert, Friedl habe nicht gelitten, dabei hatte er keine Ahnung. Litt man, wenn man in Stücke gerissen wurde?

Andreas spuckte gereizt auf den Boden. Er drehte und wendete seine schmutzigen Hände und musterte sie prüfend. Die Fingernägel waren so schwarz, als könnte man sie überhaupt nicht mehr sauber bekommen. Tiefe Risse durchzogen die Handflächen, eine durch eine Granate verursachte Brandwunde hatte eine Narbe vom Daumengelenk bis zum Handgelenk hinterlassen. Es fiel ihm schwer, die Fingergelenke der linken Hand zu bewegen, und im kleinen Finger hatte er kein Gefühl. Wenn er den Arm nach vorn ausstreckte, fing die Hand an zu zittern, aber das lag vielleicht an der Müdigkeit. Und doch hatte er noch Glück gehabt, fand er. Er dachte an den Pianisten, dem drei Finger erfroren waren. Mitten im Winter hatte er am Don gesessen, den Feldbecher zwischen Daumen und kleinem Finger, und von Beethoven erzählt, den er nie wieder spielen würde.

»Herr Oberleutnant, ich glaube, da kommt wer«, flüsterte Wilfried plötzlich.

Andreas warf sich sofort flach auf den Boden, Wilfried folgte seinem Beispiel mit einigen Sekunden Verspätung. Sie robbten bis zum Waldrand und versteckten sich im Dickicht.

Den Kopf auf dem feuchten Laub, atmete Andreas den Humusgeruch ein und schloss die Augen. Er konnte nicht mehr … Jetzt lebte er schon seit Monaten wie ein gehetztes Wild, reagierte aufs kleinste Geräusch, auf die geringste verdächtige Bewegung. Wie ein Feigling, der sich vor dem eigenen Schatten fürchtet. Aber was sie beide, dieser Junge und er, zustande gebracht hatten, war so unglaublich, dass er es sich und ihm schuldig war, durchzuhalten, bis er endlich vom Hügel aus den Wahrsteiner Kirchturm sehen und aufrecht und als freier Mann weitergehen konnte.

Der Kirchturm ähnelte dem, den er seit seinem Aufbruch fünf Jahre zuvor im Herzen bewahrt hatte, aber war das wirklich sein Dorf? Mehrere Häuser waren verschwunden, nichts erinnerte mehr an sie als ein paar Trümmer, Reste von Balken, Ziegeln und Zement. Eingebrochene Zäune, abblätternde Farbe auf den Fensterläden, in einem Graben ein Karren, dem ein Rad fehlte, und am Wegesrand ein paar weidende Ziegen … Er fand ein verwahrlostes Wahrstein vor, und es war wie eine Beleidigung.

Mit klopfendem Herzen lag Andreas bäuchlings im hohen Gras auf dem Hügel. Vor seinen Augen verschwamm alles. Einige Augenblicke lang sah er nur noch einen sehr grünen Nebel mit einigen hellen Flecken, blühenden Apfelbäumen.

Mit einem Mal fehlte ihm sogar die Kraft, den Kopf abzustützen, er ließ die Stirn auf die Erde sinken. Unendliche Müdigkeit lähmte ihn. Er war tonnenschwer. Sein Körper ähnelte einem Schiffswrack auf einem russischen Fluss. Im Sommer majestätisch langsam treibend und im mörderischen Winter von Eisschollen behindert, war es nun auf diesem böhmischen Hügel gestrandet, von dem aus man das Dorf überblickte, in dem er seine Angehörigen wiedersehen sollte.

Ich heiße Andreas Wolf, und ich bin lebend nach Hause zurückgekehrt.

Aber wozu?, fragte er sich erschöpft, er empfand weder Stolz noch Freude, nur Leere, schwindelerregende Leere. Ob seine Mutter und seine Schwester noch lebten? Die russischen Soldaten waren auch bis hierher gekommen. Lieber Gott, mach, dass sie noch leben … Dass man sie nicht …

Er wagte es nicht zu Ende zu denken. Goebbels' Propaganda hatte ihr Werk getan: Jeder Soldat hatte gewusst, dass keine deutsche Frau verschont bleiben würde, sollten die sowjetischen Horden je deutschen Boden betreten. Und je weiter die Deutschen an der Ostfront zurückgewichen waren, desto mehr waren ihre Angst und ihre Schuldgefühle gewachsen. Man hatte Vierzehnjährige eingezogen, die sich erst konfirmieren lassen sollten, bevor sie an die Front geschickt wurden. Dachten die Oberbefehlshaber in ihrem selbstmörderischen Wahn tatsächlich, diese Jungs würden mit ihren Körpern die T-34-Panzer aufhalten können?

Auf dem Rückzug hatte er unzählige Frauen auf den Straßen gesehen. Ein Bündel auf dem Rücken und ihre Kinder an der Hand, liefen sie immer weiter, schweigend, mit ausdruckslosem Gesicht und zusammengebissenen Zähnen, denn die Sowjets waren ihnen auf den Fersen.

Wie konnte sich ein zurechnungsfähiger Mann auch nur einen Augenblick lang vorstellen, dass man seine Mutter oder seine Schwester vergewaltigte? Das war ein Tabu, das Andreas' Seele in seinen schrecklichsten Albträumen berührte. Dabei wusste er, dass die Russen nicht nur die feindliche Armee vernichten, sondern ihren Gegner auch demütigen wollten, indem sie sich an seinem kostbarsten Besitz vergriffen. Denn wer die Frauen seiner Familie nicht beschützte, verlor seine Würde als Mann. Und damit wäre die Rache vollkommen.

Er hob den Kopf, um dorthin zu sehen, wohin er beim ersten Mal nicht zu sehen gewagt hatte. Am Rand des Dorfes, mitten in einem Obstgarten, stand sein Elternhaus. Es stand immer noch, vom wilden Wein umrankt, doch das Holzhäuschen, in dem die Gartenwerkzeuge aufbewahrt wurden, war zusammengebrochen. Er würde es wieder aufbauen müssen.

Auf der in der Dämmerung bläulich schimmernden Hauptstraße sah er einige Menschen. Sie liefen mitten auf der Fahrbahn. Ihre Bewegungen wirkten abgehackt in der wie eingefrorenen Umgebung. Sie hätten Schauspieler in einem Stummfilm sein können.

»Was ist, gehen wir, Herr Oberleutnant?«, hörte er Wilfrieds muntere Stimme. Der Junge hielt respektvoll einige Meter Abstand.

Und zum ersten Mal, seit ihm dieser Junge, den man als Frischfleisch aus Deutschland geschickt hatte, um die ausgedünnten Reihen einer Infanteriedivision aufzufüllen, über den Weg gelaufen war, wusste Andreas Wolf nicht, was er antworten sollte. Eiskalte Angst lähmte ihn. Das Fortgehen war schwer gewesen, doch die Rückkehr erforderte eine fast übermenschliche Anstrengung.

Zwei sohlenlose und mit Lumpen umwickelte Schuhe bauten sich vor seinen Augen auf.

»Kommen Sie, Herr Oberleutnant, der Krieg ist aus«, sagte Wilfried sanft. »Sie müssen nach ihnen schauen, nach Ihrer Mutter und Ihrer Schwester. Die werden sich freuen, Sie wiederzusehen. Lassen Sie sie nicht warten. Das wäre nicht gerecht. Meiner Ansicht nach haben sie schon viel zu lange warten müssen.«

Er hob den Kopf. Das gefurchte, aber noch kindlich zarte Gesicht des Zwanzigjährigen unter dem blonden Haar, das ihm ständig in die Augen fiel, strahlte die Gelassenheit eines weisen alten Mannes aus. Wilfried hielt ihm die Hand hin, um ihm aufzuhelfen. Andreas zögerte, in seinen Schläfen brauste es. In seinen Ohren dröhnten die Katjuscha-Raketenwerfer, und wieder stieg ihm der vertraute, Übelkeit erregende Geruch nach Schwefel und verbranntem Fleisch in die Nase.

Er biss die Zähne zusammen, ergriff die Hand seines Kameraden und stand auf. Endlich.

Sie hatten noch eine Stunde gewartet, bis zum Einbruch der Nacht, um keine unnötigen Risiken einzugehen. Aus den Schornsteinen stieg weißer Rauch, in den Häusern sah man hier und da ein wenig Licht. Wilfried wollte abwarten, bis sein Oberleutnant seine Familie wiedergefunden hatte, und dann erst weiter nach Gablonz. Als Andreas sich darüber gewundert hatte, dass er so gar keine Eile hatte, seine Angehörigen wiederzusehen, hatte der Junge mit den Achseln gezuckt. Seine Mutter war bei seiner Geburt gestorben, und sein Vater, ein gleichgültiger und brutaler Schuster, hatte in zweiter Ehe eine Frau geheiratet, die auch nicht gerade sparsam war mit Maulschellen. Niemand erwartete ihn. Zum ersten Mal in seinem Leben fühlte er sich frei. »Und außerdem kann ich Sie doch nicht einfach allein lassen, Herr Oberleutnant. An wem sollten Sie denn dann Ihre schlechte Laune auslassen?«, hatte er gewitzelt.

Unter dem feinen, durchdringenden Regen verströmte die Erde ihren Frühlingsgeruch, und man meinte, den Saft in den Zweigen der Kiefern und Eichen knacken zu hören. Die beiden Männer waren todmüde und ausgehungert.

Andreas hatte beschlossen, das Haus durch den Hintereingang zu betreten. Er stieg über den Gartenzaun und ging vorsichtig aufs Haus zu, die Augen fest auf die Tür gerichtet. Sein Hals war trocken. Er spürte Wilfrieds Gegenwart in seinem Rücken, und ein wenig kläglich musste er sich eingestehen, dass er froh darüber war.

Als er gerade anklopfen wollte, packte ihn der Junge am Arm.

»Hatten Sie mir nicht gesagt, die beiden Frauen leben allein, Herr Oberleutnant?«

Andreas verlor die Geduld. Jetzt, wo er dem Ziel so nah war, zog ihn sein ganzes Sein zu seiner Familie. Mit einem Mal hatte er den nicht mehr zu unterdrückenden Wunsch, sich in die Arme seiner Mutter zu flüchten, wie damals als Kind, als er weinend und mit aufgeschlagenen Knien durch diese Tür gerannt war, weil er mal wieder vom Baum gefallen war. Er glaubte schon, ihren pudrigen Duft zu spüren und den Druck ihrer Wange an der seinen.

»Was soll der Quatsch?«, zischte er.

»In der Küche ist ein Mann.«

Andreas stockte das Blut in den Adern. Doch nein, nur keine Aufregung, bestimmt war es ein Freund, ein Nachbar, der seine Hilfe anbot. Wahrscheinlich der alte Kudlacek, der Andreas' Mutter so sehr bewunderte. Zwar waren die meisten Gegner des Naziregimes, die Juden und viele tschechische Beamte beim Einmarsch der deutschen Truppen tiefer ins tschechische Landesinnere geflohen, doch einige ältere Tschechen, Arbeiter aus den Textilfabriken, waren im Dorf geblieben.

»Na und?«, knurrte er und machte seinen Arm aus der Umklammerung los. Es ärgerte ihn, dass er unsicher geworden war.

»Ich glaube, wir sollten lieber vorsichtig sein, Herr Oberleutnant«, beharrte Wilfried. »Vielleicht ist er ein Feind.«

»Was hätte ein Feind bei mir zu Hause zu suchen?«

Andreas wusste, dass sein Protest absurd war, aber er wollte einfach nicht auf die Stimme der Vernunft hören. Er war zweitausend Kilometer über russisches Gebiet marschiert, hatte in einer Höllenhitze Dreck gefressen, um einige Monate später an den Ufern des Don halb zu erfrieren. Er hatte wie durch ein Wunder den Ring der russischen Streitkräfte durchbrechen und die zweitausend Kilometer in entgegengesetzter Richtung zurücklegen können, während seine Kameraden einer nach dem anderen gestorben waren, und jetzt wollte ihn dieser Dummkopf Wilfried Horst daran hindern, die Tür zu seinem Haus zu öffnen, weil angeblich ein Mann in der Küche war!

Plötzlich öffnete sich die Tür. Wilfried packte Andreas an der Schulter und zog ihn rücksichtslos zur Hausecke. Sie pressten sich an die Wand. Ein Mann trat in den Garten. Im Halbschatten sahen sie seinen Rücken und die breiten Schultern. Sein Geruch nach schwarzem Tabak drang bis zu ihnen. Einige Sekunden später hörten sie ihn geräuschvoll urinieren.

Andreas ballte die Fäuste, Wilfrieds Hand lag immer noch auf seiner Schulter, um ihn an überstürzten Reaktionen zu hindern. Es war demütigend, auf dem eigenen Grund und Boden zu stehen und zu hören, wie sich ein Fremder darauf erleichterte. Er kannte diesen Mann nicht, er wusste nichts über ihn, aber am liebsten hätte er ihn mit bloßen Händen erwürgt. Woher kam diese Gewalttätigkeit in ihm? Niemals hatte er so viel Hass auf einen gegnerischen Soldaten empfunden.

Eine Frauenstimme rief etwas auf Tschechisch, und der Mann antwortete lachend. Er kratzte sich den Bauch, dann knöpfte er die Hose zu und ging wieder hinein. Die Tür fiel ins Schloss.

»Ich seh mal nach, was los ist«, murmelte Wilfried.

Dann entfernte er sich gebückt.

Andreas merkte, dass er von Kopf bis Fuß zitterte. Er ließ sich langsam nach unten gleiten, bis er auf den Fersen hockte. Wilfried kam schon wieder zurück und ließ sich neben ihm fallen.

»Ich hab durchs Fenster gesehen. Sie sind zu zweit, eine Frau und ein Mann. Sie wirken eher alt. Etwa so in Ihrem Alter, Herr Oberleutnant.«

Andreas perlte der Schweiß von der Stirn.

»Ich geh hin und rede mit ihnen. Sie dürfen sich doch nicht einfach so in mein Haus einnisten. Meine Mutter und meine Schwester sind wahrscheinlich gezwungen worden, sie aufzunehmen. Vielleicht schlafen sie schon.«

»Ich glaube, das ist kein guter Gedanke, Herr Oberleutnant.« Wilfried schüttelte den Kopf. »Neben dem Ofen hängt ein Beneš-Porträt an der Wand.«

Andreas lehnte den Kopf an die Wand und schloss die Augen. Sein Zahn pochte wie wild, der Schmerz zog bis in die rechte Schläfe. Er hatte Mühe, einen klaren Gedanken zu fassen. Ein Angstschauer überlief ihn.

»Haben Sie vielleicht einen Freund, zu dem wir gehen könnten?«, schlug Wilfried vor.

Andreas musste sich zurückhalten, um nicht hineinzugehen und diesen Mann und diese Frau auf die Straße zu setzen, aber Impulsivität nutzte jetzt gar nichts. Außerdem hatte er, seit Wilfried den Fremden in der Küche gesehen hatte, in seinem Innersten gewusst, dass alles verloren war.

Wie hatte er so naiv sein können zu glauben, dass gerade die Wolfs davonkommen würden, wo doch Tausende sudetendeutscher Familien aus ihren Häusern vertrieben worden waren? Die Deutschen kamen aus allen Richtungen, aus Pommern, Ostpreußen und Schlesien zurück in die Ruinen eines Dritten Reichs, das immer kleiner wurde.

»Herr Oberleutnant?«, rief der Junge beunruhigt.

Andreas hörte ihn mit den Zähnen klappern. Die Temperatur

fiel. Sie mussten eine Bleibe für die Nacht finden, wieder einmal, als wären sie dazu verdammt, in alle Ewigkeit über eine Erde zu irren, die sie verstieß.

Er musste, der Himmel wusste wie, aus sich selbst die Kraft zum Weitermachen schöpfen. Das war eine Frage der Pflicht und der Ehre. Nach dem, was er in den vergangenen Jahren erlebt hatte, fragte sich Andreas Wolf allerdings, ob ein Deutscher das Wort Ehre noch in den Mund nehmen durfte.

»Du hast recht. Wir gehen zu Jaroslaw«, sagte er und fügte ironisch hinzu: »Ihn wenigstens werden sie nicht aus seinem Haus geworfen haben.«

Die Kieselsteine prallten gegen das Fenster im ersten Stock und verursachten ein sehr leises Geräusch, das Wilfried jedoch Sorgen bereitete.

»Ganz schön still hier bei Ihnen, Herr Oberleutnant«, flüsterte er und sah sich, den Kopf zwischen die Schultern gezogen, angstvoll um.

Seit sie nicht mehr dem Maschinengewehrgeknatter, dem Grollen der Batterien und den Explosionen der Mörsergranaten ausgesetzt waren, mussten die Soldaten neu lernen, mit der Stille zurechtzukommen. Manchmal schreckten sie aus dem Schlaf, ihre Ohren sausten, aber es war, wie sie dann merkten, nur die Stille, die sie erschreckt hatte.

Andreas warf weitere Kieselsteine gegen das Fenster seines besten Freundes. Sie hatten sich in Steinschönau kennengelernt, wo sie beide die Glasmacherschule besucht hatten. Jaroslaw war der einzige tschechische Schüler seines Jahrgangs gewesen und erlernte eine Kunst, die die Deutschen schon seit Mitte des 16. Jahrhunderts mit wachsendem Erfolg in Böhmen entwickelt hatten.

Im Mittelalter hatten die ersten Glasmacher als unerschrockene Pioniere den Schutz der Klöster verlassen und sich tief in den Wald begeben, der damals noch ein Urwald war, voller Sand, Quarz und Kalksteine. Sie hatten ihre Öfen mit Holz geheizt und aus der Asche die überaus wichtige Pottasche gewonnen, während die Flüsse und Bäche ihnen die nötige Energie zum Antrieb der Stampfmühlen und Schleifsteine lieferten. Im Frühjahr gingen diese Glasmacher, die von allen Lehndiensten befreit waren, zurück in die Dörfer und Städte und verkauften Becher mit leicht ausladendem Lippenrand, runde Gläser mit Verzierungen aus aufgelegten Glasfäden, vierseitige Flaschen und andere »Kuttrolfs«, Scherzgefäße mit kugelförmigem Bauch und gebogenem Hals zur Aufbewahrung von Hochprozentigem. Dieses Farnglas zeichnete sich durch eine leichte Grünfärbung aus, die man damals noch nicht zu verhindern wusste.

Im Laufe der Zeit gaben die Glashütten ihr Wanderleben auf. Zu Beginn des 16. Jahrhunderts fiel Böhmen, damals Teil des Heiligen Römischen Reichs Deutscher Nation, an die Habsburger. Einige der Glasmacher, die von der Kaiserin Maria-Theresia vom Militärdienst befreit worden waren, wurden in den Adelsstand erhoben und erhielten das Recht, den Degen zu tragen. Die auf Quarz, Pottasche und Kalk beruhenden Rezepte wurden verfeinert. Bald war das Glas von bergkristallener Reinheit und erwies sich als außerordentlich geeignet für Techniken wie das Schleifen, Gravieren und Emaillieren.

Jaroslaw war auf Emailmalerei spezialisiert, während sich Andreas getreu der Familientradition auf die Gravur verlegte. In Nordböhmen gab es unzählige Familienunternehmen, in denen das Wissen seit Generationen vom Vater an den Sohn weitergegeben wurde und man Handwerker der verschiedenen Zünfte beschäftigte, wie Schleifer, Polierer und Vergolder, die häufig auf eigene Rechnung arbeiteten. Als Meister ihres Geschickes rühmten sich diese entschlossenen Männer, nur ihre Freiheit und ihre Kunstfertigkeit zu lieben.

Die jungen Männer hatten nächtelang davon geträumt, bekannt und berühmt zu werden, nicht nur in Europa, nein, auch in Amerika. Seit mehr als einem Jahrhundert arbeiteten bekannte Graveure in Deutschland, Frankreich und in den Vereinigten Staaten und hielten das Gedächtnis ihrer Vorfahren am Leben, die die

Welt eroberten, indem sie dem venezianischen Glas den Rang abliefen. Meistens jedoch hatten die beiden über ihren Bierkrügen ihr Lieblingsthema diskutiert: das unergründliche Geheimnis der Frauen, das sie beide eifrig zu ergründen suchten.

Andreas merkte, dass er das Fenster dieses Mal verfehlt hatte. Er bückte sich und hob eine weitere Hand voll Kies auf. Ob Jaroslaw noch lebte? Nach dem Anschluss des Sudetenlandes an Nazideutschland war er mit seiner Familie nach Podebrady in der Nähe von Prag umgesiedelt. Seine deutschstämmige junge Frau, ganz blass unter ihrem schwarzen Hut, hatte die Hände ihrer beiden Söhne umklammert, als hätte sie Angst, sie unterwegs zu verlieren. Nachdem Andreas sie zum Bahnhof begleitet hatte, hatte er sich einen denkwürdigen Rausch angetrunken. Seit jenem Tag war sein Leben eine Kette von Abschieden gewesen.

Plötzlich ging hinter dem Fenster Licht an. Andreas und Wilfried flüchteten sich unter einen Baum. Das Fenster wurde geöffnet, und eine Gestalt mit nacktem Oberkörper lehnte sich hinaus.

Andreas legte beide Hände vor den Mund und imitierte einen Eulenruf. Der dunkelhaarige Mann erstarrte kurz. Andreas setzte wieder an und veränderte die Melodie.

»Großer Gott! Bist du's, Andreas? Warte, ich komme runter.«

Andreas' Erleichterung war größer, als er sich selbst eingestehen wollte, er rieb sich wärmend über die Arme. Heute Abend jedenfalls würden sie ein Dach über dem Kopf haben und etwas Warmes zu essen bekommen. In der Dunkelheit konnte er nur das Weiße in den Augen seines Kameraden erkennen.

»Das geht in Ordnung, mein Junge, nur keine Angst.«

Man hörte einen Schlüssel im Türschloss, dann fiel ein Lichtstrahl durch die Tür. Ein Mann kam heraus, er knöpfte sich noch das Hemd zu.

»Wo bist du?«, flüsterte er.

»Hier.« Andreas trat einige Schritte vor. »Wir sind zu zweit.«

»Kommt rein … Schnell!«, befahl Jaroslaw und winkte ungeduldig mit dem Arm.

Andreas schlüpfte durch die Tür, Wilfried auf den Fersen. Jaroslaw schloss die Tür sorgfältig hinter ihnen ab.

Die beiden Männer sahen sich verlegen an. Andreas sah, dass sein Freund stark abgemagert war. Graue Strähnen durchzogen das schwarze Haar, zwei ernste Falten zogen sich durch die Wangen und betonten die schmale Nase. Tränen standen in den dunklen Augen.

»Mein Gott, Andreas … Was haben sie mit uns gemacht?«

Und plötzlich drückte er Andreas fest an sich. Andreas blieb unbeholfen und steif, diese Zuneigungsbekundung brachte ihn aus dem Gleichgewicht. Wenn er selbst schon so erschrocken war über Jaroslaws Aussehen, was mochte dieser über ihn denken? Ein erbärmlicher Wehrmachtssoldat, auf dem Schlachtfeld in den Offiziersrang erhoben, weil die anderen Vorgesetzten ringsum starben wie die Fliegen, in eine Uniform gekleidet, die diesen Namen nicht mehr verdiente, ausgezehrt, mit einem schmutzigen Bart und nach Schweiß und Dreck stinkend.

Er empfand es als demütigend, so in Lumpen dazustehen, er, der immer so auf seine äußere Erscheinung bedacht gewesen war. Es beschämte ihn, einen tschechischen Freund um Hilfe zu bitten, dessen Vater, ein einflussreiches Mitglied der sozialdemokratischen Partei, nie einen Hehl daraus gemacht hatte, dass er die Nazis ablehnte und beim Einmarsch der Deutschen in die Tschechoslowakei im März 1939 hingerichtet worden war. Es beschämte ihn, mit leeren Händen und leerem Magen zu einem Gleichaltrigen zu kommen, denn er hatte ja nichts mehr.

»Setzt euch, ihr beiden.« Jaroslaw zeigte auf zwei Stühle. »Ihr habt bestimmt Hunger.«

Er machte Feuer unter einem Kochtopf, dann wühlte er in der Speisekammer und tauchte triumphierend mit einer Wurst, Käse und einem in ein weißes Tuch gewickelten Landbrot wieder auf. Er deckte den großen Holztisch mit Tellern und Besteck.

Andreas sah sich um. Die Küche war genauso behaglich wie bei ihm zu Hause. Die Kochtöpfe glänzten im Licht der Petroleumlampen. Am Fenster stand eine irisierende Vase mit eingraviertem Efeumotiv und wartete auf die ersten Wiesenblumen, und an der Wand hing das Porträt eines spitzbärtigen alten Herrn, es war Tomáš Masaryk, der ehemalige tschechische Präsident. Er sah traurig aus, fand Andreas. Musste man einen gewissen Kummer in sich tragen, damit einem das Unmögliche gelang, nämlich eine bis 1918 als völlig utopisch geltende Idee zu realisieren und einen tschechoslowakischen Staat zu gründen? In einer Ecke lehnte eine sorgfältig aufgerollte rot-weiß-blaue Fahne. Er stieß einen so schmerzhaften Seufzer aus, als hätte er seit dem ersten Erblicken des Wahrsteiner Kirchturms den Atem angehalten.

Wilfried schien auf seine Anweisungen zu warten. Mit einer Kinnbewegung gab Andreas ihm zu verstehen, er dürfe sich setzen. Der Junge setzte sich auf einen Stuhl und rieb nervös mit den Handflächen über die Oberschenkel.

Jaroslaw füllte zwei Suppenteller und setzte sie ihnen vor. Sofort griff Wilfried nach einem Löffel und fing, tief über den Tisch gebeugt, an zu essen.

»Stören wir?«, fragte Andreas. »Ich möchte nicht … Ich war zu Hause, aber …«

Er stolperte über die Worte, brachte keinen Satz zu Ende. Jaroslaw legte ihm ernst die Hände auf die Schultern und drückte ihn auf den Stuhl.

»Iss erst mal, Alter. Danach haben wir alle Zeit der Welt zum Reden.«

Wilfried schlürfte geräuschvoll seine Suppe und schützte den Teller mit dem linken Arm, als fürchtete er, man könne ihm die Suppe wegnehmen. Sie lief ihm übers Kinn und hinterließ eine glänzende Spur.

Andreas sah seinen Freund an, der sich ihm gegenüber hingesetzt hatte.

»Es tut mir leid.«

Jaroslaws Gesicht unter dem zerzausten Haar schien tiefer einzufallen. Er hatte verstanden, Andreas brauchte nicht mehr zu sagen.

»Ich bin nicht derjenige, der vergeben kann, aber ich danke dir trotzdem«, sagte er heiser.

Jetzt erst griff Andreas nach dem Löffel, tauchte ihn in die Suppe und führte ihn mit zitternder Hand zum Mund.

Wilfried war auf der Stelle eingeschlafen. Er lag zusammengerollt auf der Matratze, die Jaroslaw ihm ins Nebenzimmer gelegt hatte, und rührte sich nicht mehr. So dem Schlaf hingegeben, wirkte er noch kindlicher in der zu großen Uniformjacke. Andreas sah ihn lange an, dann schloss er die Tür, aber nicht ganz, damit für den Fall, dass er aufwachte, noch ein wenig Licht hineinfiel. Es mochte ja albern sein, aber schließlich hatte der Junge doch Angst im Dunkeln, oder nicht?

Er setzte sich wieder zu Jaroslaw, der ihn fragend ansah. Man hörte nur das Ticken der Uhr. Die Wärme des Ofens und sein gut gefüllter Magen betäubten seinen erschöpften Körper, dennoch waren seine Nerven angstvoll gespannt.

»Erzähl.«

»Ich weiß auch nicht viel, ich bin erst vor zwei Monaten zurückgekehrt. Weißt du, es ist ein Wunder, dass du mich angetroffen hast …«

»Jaroslaw, bitte«, unterbrach ihn Andreas müde, er merkte, dass sein Freund auszuweichen versuchte. »Ich muss es wissen.«

Jaroslaw rieb sich nervös den Nacken.

»Gleich am Tag nach meiner Rückkehr bin ich zu euch gegangen. Ich wollte wissen, ob sie von dir gehört hatten. Dein Haus ist jemandem zugewiesen worden, der bei der Eisenbahn arbeitet. Von den deutschen Eigentümern wusste er nichts. Ich habe wenig Vertrauen zu den Leuten, die die Regierung hier unterbringt, und das beruht auf Gegenseitigkeit, das kann ich dir sagen. Viele von ihnen sind Abenteurer. Man möchte meinen, man hätte ihnen das Paradies auf dem Silbertablett überreicht. Also bin ich aufs Rathaus gegangen, ich wollte auf den Listen nachsehen. Sie haben mich so merkwürdig angesehen, dass ich nicht darauf bestanden habe. Man darf nicht zu viel Aufmerksamkeit auf sich ziehen, weißt du.«

»Das kann ich mir denken«, gab Andreas trocken zurück.

Sein Zahn hatte wieder zu schmerzen begonnen. Eine Stahlspitze, die von seinem Kiefer zur Schläfe hinaufbohrte.

»Auf der Straße habe ich den alten Kudlacek getroffen. Er sagte, dass er sie vor einigen Monaten frühmorgens, vor Sonnenaufgang, hat aufbrechen sehen. Mit zwei großen Koffern. Man hat sie ins Lager Reichenau gebracht. Hanna zog deine Mutter auf einem Handkarren.«

Andreas schloss die Augen und sank auf seinem Stuhl zusammen. Sein Herz schlug so heftig, dass er meinte, taub zu werden.

Wie sollte er dieses Bild ertragen? Seine alte kranke Mutter auf einem erbärmlichen Handkarren, wie eine Verbrecherin aus dem eigenen Haus gejagt. Und Hanna? Sie hatte sich sicher von ihrem Bruder im Stich gelassen gefühlt, dabei hatte er ihr bei der Beerdigung des Vaters versprochen, sie vor allem Erdenklichen zu schützen.

An jenem Tag hatte Hanna sich kaum aufrecht halten können, sie stand vor dem Grab mit dem Kranz, der nicht mit Blumen, sondern mit den von den Gablonzer Familien bevorzugten Glasperlen geschmückt war. Zu beiden Seiten der klaffenden Grube glänzten die Erdschollen. Als der Sarg mit einem dumpfen Geräusch gegen die Wand des Grabes stieß, war Hanna zusammengefahren. Er hatte ihr den Arm um die Schultern gelegt, und sie hatte sich an ihn gelehnt. Ihr Gewicht, so leicht es auch war, hatte ihn gezeichnet wie ein Brandzeichen.

»Die Familien sollten sich auf dem Rathausplatz versammeln«, fuhr Jaroslaw zögernd fort. »Soweit ich weiß, sind einige Kolonnen unter strenger Bewachung zu Fuß losgezogen, andere hat man auf Lastwagen zum Gablonzer Bahnhof gefahren. Sie mussten einige Wochen im Lager bleiben, dann wurden sie Richtung Grenze weggeschickt. Inzwischen dürften sie in Deutschland in Sicherheit sein. Ich bin sicher, es geht ihnen gut«, fügte er mit gezwungenem Optimismus hinzu. »Hanna ist ein robustes Mädchen und weiß immer, was sie will. Weißt du noch, wie eigensinnig sie als kleines Mädchen sein konnte?«

Andreas war gerührt von so viel Fürsorglichkeit. Er fragte sich, woher Jaroslaw so viel Mitgefühl nahm, er hätte die Deutschen doch eigentlich hassen müssen.

Er drehte das helle geschliffene Glas mit dem rubinroten und goldenen Filigran in den Händen. Es funkelte zwischen seinen schwärzlichen Fingern. Jaroslaw hatte darauf bestanden, seine besten Gläser zu nehmen. Wenn schon die Qualität des Weins zu wünschen übrig lasse, hatte er behauptet, solle man ihn wenigstens aus anständigen Gläsern trinken. Wilfried hatte sich geweigert, aus Angst, er könne sein Glas zerbrechen. Er hatte einen Zinnbecher bekommen.

»Das Schlimmste daran ist«, sagte er leise und heiser, während er über die Kanten der Facetten tastete, »dass du mir von einem Lager erzählst, in das man wahrscheinlich meine Mutter und meine Schwester eingesperrt hat, und dass ich nicht einmal empört sein darf, ich habe nicht einmal das Recht, dagegen revoltieren zu wollen.«

Jaroslaw nickte.

»Ich verstehe«, sagte er nach kurzem Schweigen.

»Was weißt du über die Lager?«

»Nicht viel … Gerüchte …«

»Du hast noch nie gut lügen können, Jaroslaw.«

Sein Freund runzelte die Stirn, es ärgerte ihn, dass er so in die Enge getrieben wurde.

»In Proschwitz werden diejenigen gesammelt, die zu alt oder zu krank für einen Transport sind. Es gibt keine Ärzte, keine Arzneien. Die Toten werden aufeinander gestapelt. Lastwagen bringen sie zu Massengräbern. Viele Deutsche wurden in das Konzentrationslager Theresienstadt gesperrt, aber es ist natürlich nicht vergleichbar«, sagte er hart. »Ihr werdet nicht wie die Juden in den Tod geschickt. Das ist der Unterschied. Und er ist so … so …«

Jaroslaw breitete die Hände aus, als wollte er das Unermessliche messen. Man hat uns sogar die Worte gestohlen, dachte Andreas.

»Auf jeden Fall haben sie es auch nicht leicht, so viel ist sicher.

Unschuldige werden massakriert. Aber was soll man machen?«, fügte er fatalistisch hinzu. »Nach allem, was geschehen ist, war das unvermeidlich. Man kann nicht ungestraft ein ganzes Volk als minderwertig betrachten. Die Nazis wollten uns Tschechen zerstören und von der Landkarte tilgen. Und zwar mit demselben Fanatismus, der auch zu den Vernichtungslagern geführt hat.« Er pochte mit dem Zeigefinger auf den Tisch. »Ich habe Fotos gesehen, Andreas, das kannst du dir nicht vorstellen, es ist unbeschreiblich … Und die Deutschen haben dieses Regime unterstützt. Sie haben Mörder gewählt, sie an die Macht gebracht und dort gehalten. Wer hat dagegen aufbegehrt? Wer, sag mir das! Wie kannst du da erwarten, dass sich die Leute nicht gegen euch wenden? Die Rache ist von Anbeginn aller Zeiten ein menschlicher Trieb.«

»Und du? Hast du nicht den Wunsch, dich zu rächen? An mir, zum Beispiel?«

In ihren Augen lohten Hass, dumpfe Feindseligkeit, zwei Welten voller Zorn.

Jaroslaw stieß jäh seinen Stuhl zurück und stand auf. Er nahm ein Päckchen russischer Zigaretten, das neben dem Ofen lag, nahm eine heraus und warf es dann Andreas zu, der es im Fluge auffing.

»Willst du die Wahrheit wissen?«, fragte er bitter. »Willst du wissen, wozu dein alter Kumpel, mit dem du vor Urzeiten deine Jugendtorheiten begangen hast, fähig ist?«

Er schwieg und riss ein Streichholz an. In seinem Hals schwoll eine Ader an.

»Es war im letzten Monat. Einige Deutsche waren in einer Kaserne versammelt worden. Es ging um drei von ihnen. Knapp vierzehnjährige Jungs, die in ihren weiten Hosen ertranken. Natürlich hatten sie der Hitlerjugend angehört. Das war doch Vorschrift. Sie haben wegzulaufen versucht, sind aber schnell erwischt worden. Der Kommandant der Kaserne hat befohlen, sie zu erschießen.«

Er wandte den Blick ab, nahm einen tiefen Zug aus seiner Zigarette und behielt den Rauch lange in der Lunge.

»Ich habe es getan … Ich habe Jungs getötet, die kaum älter waren als meine Söhne … Und ich habe den Abzug ohne jedes Zögern betätigt.«

Andreas wandte den Blick nicht von ihm. Eine Faust ballte sich in seiner Brust, ganz nah am Herzen.

»Aber das ist noch nicht das Schlimmste. Das Schlimmste war, dass ich die drei Leichen angesehen und nichts empfunden habe. In mir war nur noch Leere.«

Jaroslaw warf den Kopf in den Nacken und versuchte sich an einem Lächeln, das nur Grimasse war.

»Der Krieg war vorbei. Ich brauchte weder mich zu verteidigen noch meine Familie, noch mein Vaterland. Diese Kinder konnten nichts machen. Sie hatten eine Todesangst. Wenn du ihre Gesichter gesehen hättest … Ach was«, sagte er noch ebenso verzweifelt wie angewidert, »ich tröste mich damit, dass es nicht unsere Schuld ist. Nicht wir haben diesen Krieg gewollt. Wir alle sind Opfer dieser Henkersknechte, die uns in Monster verwandelt haben.«

Andreas leerte sein Glas in einem Zug und stellte es dann mit einer Vorsicht ab, die schlecht zu seinen von den Kämpfen gezeichneten Händen passte.

»Ich weigere mich, an eine Kollektivschuld zu glauben«, sagte er. »Ich glaube, wir kommen alle frei und gleichberechtigt zur Welt, zumindest unserem Gewissen gegenüber. Man hat immer die Wahl, bis zur letzten Sekunde.«

Jaroslaw verzehrte ihn mit Blicken, Andreas begriff, dass er Worte von ihm erhoffte, die seine Seelenqual hätten lindern können. Es tat ihm leid, dass er zu diesen Worten nicht imstande war.

»Ein Erwachsener muss seinem Herzen und seinem Gewissen folgen, aber ich denke, wir alle sind Menschen und zu ebenso gefährlichen wie schrecklichen Verirrungen fähig.«

Sein Blick verlor sich im Nichts. Mitten im Gefecht, unter den unablässigen Bombardierungen, hatte sich die Erde manchmal in Krämpfen gewunden wie eine Gebärende.

»Ich habe gelernt, dass jeder von uns Abgründe in sich trägt. Den nackten Wahnsinn. In den meisten Fällen darf man sein Leben zu Ende führen, ohne sie zu erahnen oder gar kennenzulernen. Doch manchmal tun sie sich auf, und man stürzt hinein, man verliert sich in ihnen.«

Jaroslaw ging zurück zu seinem Platz und ließ sich schwer auf den Stuhl fallen. Mit hängenden Schultern saß er da, er wirkte erschöpft und besiegt. Wie ein Mann, der nicht mehr recht wusste, wohin er gehen sollte. In Andreas wallte Zorn auf, dabei hatte ihm Jaroslaw gerade sein Haus geöffnet. Wie konnte er so verloren wirken, obwohl er doch alles hatte, Haus, Familie, Vaterland? Hunger, Kälte, die ganze Zukunft, all das brauchte Jaroslaw, ganz anders als Andreas, nicht zu fürchten. Mit welchem Recht also war er so aus dem Gleichgewicht gebracht?

»Du wirst wieder fortgehen müssen«, sagte Jaroslaw leise, »die Beneš-Dekrete sehen vor, euch aus diesem Land zu vertreiben. Euch, die Deutschen, aber auch die Ungarn.«

Andreas schenkte sich von dem bitteren, nach Haselnüssen und Tannin schmeckenden Wein nach, der in der Kehle kratzte. Vor dem Krieg hatten etwa dreieinhalb Millionen Deutsche gemeinsam mit den etwa sieben Millionen Tschechen, zweieinhalb Millionen Slowaken und siebenhunderttausend Ungarn in diesem Land gelebt. Konnte man denn Millionen Menschen vertreiben? Frauen und Kinder, Männer und Greise … Es war schwindelerregend.

»Die Tschechen aus dem Hinterland lassen sich nicht lange bitten, sich bei uns einzunisten«, spottete Andreas. »Die Gablonzer Industrie ist doch eine prächtige Mitgift, oder? Seit mehr als einem Jahrhundert weltweit bekannt für ihren Glasperlenschmuck, für Edelsteinimitationen, geschliffene Granate, Emaillen, Glasknöpfe, Hutnadeln, Armbänder, Lüsterbehänge … Ganz zu schweigen von den geschliffenen und gravierten Gläsern, zu denen dein bescheidener Diener ja auch seinen Beitrag leistete.«

Er nickte bitter.

»Die Durchsuchungen sollen sehr gründlich sein. Es ist strengstens verboten, etwas mitzunehmen, das mittelbar oder unmittelbar mit unserem Handwerk zu tun hat. Angeblich lassen sie bei den Durchsuchungen nicht einmal den Arsch aus.«

»Immerhin wart ihr im Unrecht!«, erboste sich Jaroslaw. »Sogar du warst für Henlein. Hast du vergessen, dass wir nächtelang diskutiert haben?«

»Ach, Henlein ...«, seufzte Andreas. »Man wird uns Sudetendeutschen noch lange vorwerfen, dass wir Konrad Henlein bis 1933 unterstützt haben. Aber dabei vergisst man, dass die Deutschen in der Tschechoslowakei immer wie Bürger zweiter Klasse behandelt wurden, wenn nicht gleich wie Staatsfeinde. Du hast recht, damals hielt ich die Forderungen Konrad Henleins für berechtigt. Für uns als Minderheit ging es ums Überleben.«

»Du hast gedacht, er sei kein Nazi, weil er behauptete, an die Freiheit des Individuums zu glauben, und der Nationalsozialismus verneint den Menschen. Ich kenne dich lange, Andreas, und ich kenne dich gut. In deinem Fall will ich gern glauben, dass du dich hast einwickeln lassen«, sagte Jaroslaw. »Aber bei der Mehrheit der Deutschen ist es anders«, fügte er verächtlich hinzu. »Dabei hättet ihr doch wissen müssen, dass mit dem Teufel nicht gut Kirschen essen ist.«

Wütend drückte er seine Zigarette im Teller aus. Andreas musste an sich halten, um die Kippe nicht zu nehmen und in die Tasche zu stecken. Einen Moment lang blickte er ins Leere.

»Ich muss meine Mutter und Hanna finden«, sagte er dumpf.

»Wo werdet ihr hingehen?«

»Woher soll ich das wissen«, gab Andreas gereizt zurück. »Wir haben nirgends mehr Rechte. Wir sind Schachfiguren, die man von einem Land ins andere schiebt. Das werden die Herren, die gemütlich am runden Tisch sitzen, entscheiden.«

»Hauptsache, ihr geht nicht nach Sibirien.«

»Natürlich, verglichen mit der Hölle russischer Lager muss alles andere himmlisch sein«, spottete Andreas. »Ich werde Prestel um Rat bitten. Er hat mir immer Mut gemacht.«

Liebevoll dachte er an den Entwurfslehrer mit seinen gestärkten Kragen und den Koteletten à la Franz Joseph. Mit einem Mal war er wieder der von Zweifeln geplagte Glasmacherschüler, den nur die melodiöse Stimme des alten Herrn zu trösten vermochte. Mit einem Mal sehnte er sich mit der ganzen Kraft der Verzweiflung nach ihm.

»Er ist deportiert worden«, sagte Jaroslaw.

»Was? Aber er muss doch über achtzig Jahre alt gewesen sein! Er hat nie einer Fliege etwas zuleide getan.«

»Ich weiß, aber mit solchen Details haben sie sich nicht aufgehalten. Sie haben sogar Frauen und Kinder deportiert, weil sie Arbeitskräfte für die Sowjetunion brauchten.«

»Ich kann mir kaum vorstellen, dass der alte Prestel beim Trümmerräumen in Stalingrad von besonderem Nutzen ist«, sagte Andreas, er hatte einen bitteren Geschmack im Mund.

Dieser höfliche Aristokrat mit den lebhaften Augen hatte ihn mehr als einmal in sein Meisterhaus eingeladen. Eine der Wände in seinem Wohnzimmer, einem gemütlichen Durcheinander von Schränken aus hellem Holz und Polstersesseln, war von einem herrlichen Wandteppich mit einem Einhorn bedeckt gewesen. Was jedoch eine besondere Anziehung auf den jungen Andreas ausgeübt hatte, waren die Vitrinen gewesen. Sie enthielten eine herrliche Sammlung von Gablonzer Glas: alte Balustergläser aus Rubinglas, Humpen mit Emailmalerei, geschliffene doppelwandige Becher, Humpen, auf deren Deckeln Jagdszenen, Musiker oder Kartenspieler dargestellt waren. Und es gab die Becher mit dem eingravierten Wappen der Prestels, die Anfang des 17. Jahrhunderts vom deutschen Kaiser Rudolf II. von Habsburg, König von Ungarn und Böhmen, geadelt worden waren.

Andreas verharrte lange vor den Stücken, die er als die Höhepunkte dieser Sammlung empfand, den beiden Porträts der Vorfahren des Grafen Prestel, die 1840 von Dominik Bimann geschaffen worden waren, dem talentiertesten Porträtgraveur seiner Epoche, dessen überaus reichem Werk eine nahezu unfehlbare Technik nachgesagt wurde. »Man kann ihm nur einen Fehler vorwerfen«, hatte Prestel einmal zu Andreas gesagt. »Er achtet nicht genau genug auf die Proportionen. Darauf musst du also achten, Andreas, dann wirst du diesen Meister eines Tages übertreffen.«

Diese Worte hatte er nie vergessen. Als ihm vor dem Krieg seine Auszeichnung auf der Pariser Weltausstellung verliehen worden war, hatte er an seinen Mentor gedacht und ihm im Geheimen diesen Preis gewidmet.

Graf Prestel nach Sibirien deportiert … Und mit ihm hatte man die gesamte nordböhmische Elite auslöschen wollen. Er schüttelte verzweifelt den Kopf. Doch er konnte nichts tun, um ihm zu helfen. Wenn man von so großem Unglück getroffen wurde, musste man vor allem an seine Angehörigen denken.

Dann, als sei er nicht mehr Herr über seine rechte Hand, merkte er, dass er in seiner Jackentasche nach einem Stückchen Wachstuch tastete.

Am nächsten Tag in aller Frühe würde er Wahrstein Richtung Westen verlassen. Und nicht mehr zurücksehen. Seine Vergangenheit war nur noch Asche. Von nun an hatte er eine Pflicht. Er würde seine Mutter und Hanna finden, er würde für ihre Sicherheit sorgen, und dann würde er sein Versprechen erfüllen und einer lothringischen Familie den Brief seines Regimentskameraden Vincent Nagel bringen. Vincent Nagel, Eigentümer der Firma Nagel in Metz, französischer Soldat in Wehrmachtsuniform, der eines Julimorgens 1943 auf einer schier unendlichen Ebene im erbarmungslosen und blinden Licht eines weißen russischen Himmels verschollen war.

Als der Zug im Bahnhof hielt, spürte Livia die leichte Erschütterung im ganzen Körper. Die Ankunft kam ihr vor wie ein niedersausendes Fallbeil.

Die anderen Passagiere liefen geschäftig hin und her, Mütter schimpften mit ihren zappelnden Kindern, die nach der endlos langen Fahrt endlich wieder Auslauf brauchten, die Männer zählten die Koffer, Taschen, Hutschachteln und sonstigen Gepäckstücke, doch Livia blieb starr auf ihrem Platz sitzen, die Hände brav auf den Knien übereinandergelegt, als könne sie bei der kleinsten Bewegung in tausend Stücke gehen.

Durchs Abteilfenster betrachtete sie die allen Bahnhöfen eigene Hektik. Ein junges Paar umarmte sich, einheimische Reisende entfernten sich entschlossenen Schritts, es zog sie nach Hause. Die Fremden wirkten ein wenig verloren, doch ihre Miene heiterte sich auf, wenn ein Träger mit blauer Kappe nach ihren Koffern griff.

»Endstation, Mademoiselle.«

Sie schrak zusammen. Der Schaffner beobachtete sie mit schiefgelegtem Kopf, in seinen blauen Augen stand eine leichte Besorgnis. Ihr war, als sähe sie François' Augen. Dieses helle, fast durchsichtige Blau.

»Mademoiselle?«

Sie schämte sich ein bisschen, wahrscheinlich hielt er sie für verrückt, wenn er sie so ansah, hastig stand sie auf und zog ihre Handschuhe an. Der Schaffner hatte ihren Koffer schon vom Gepäcknetz gehoben. Er ging ihr zur Tür voraus.

»Brauchen Sie einen Träger?«

»Nein, danke.«

»Bitte sehr, Mademoiselle.«

Sie nahm ihm den Koffer ab. Dann ging sie über den jetzt fast menschenleeren Bahnsteig. Ihre Kehle war ausgedörrt, ihre Haut klebrig. Sie erstickte in ihrem zu engen Kostüm, doch zum Glück war die Sicherheitsnadel, die ihren Rock in der Taille zusammenhielt, unter dem Schößchen der Jacke nicht zu sehen.

Verwirrt von den vielen, auf unterschiedlichen Ebenen angeordneten Bahnsteigen musste sie mehrere Treppen überwinden, bis sie endlich hinaus ins Freie kam, wo sie von Verkehrslärm, wildem Hämmern und dem Quietschen eines Krans empfangen wurde. Von einer nahen Baustelle erhoben sich große Staubwolken, die ihr in die Augen stachen und sie zum Husten brachten. Sie entfernte sich einige Schritte.

Sie hatte seit dem Abend zuvor nichts mehr gegessen und fühlte sich ein wenig benommen. Der Bahnhof mit seinen Ritterfiguren erschien ihr so mächtig und streng wie eine Burg. Auf der Uhr am massigen Uhrturm war es nach vier. Viel zu spät für ein Mittagessen. Auf der anderen Straßenseite verabschiedete gerade ein Kellner in langer weißer Schürze die letzten Gäste und verschloss die Türen des Restaurants.

Unsicher blieb sie stehen und biss sich auf die Lippen. Würde sie es zu Fuß bis zu der Adresse schaffen, die sie inzwischen auswendig wusste? Sollte sie sich lieber ein preiswertes Hotel für ein oder zwei Nächte suchen? Um wieder zur Besinnung zu kommen. Sie hatte gerade noch genug Geld, und hier war es wahrscheinlich billiger als in Paris. Doch der Gedanke, allein in einem geradezu winzigen, muffig riechenden Hotelzimmer zwischen groben Laken liegen zu müssen und wieder keinen Schlaf zu finden, war ihr unerträglich.

Widerwillig verließ sie die Umgebung des Bahnhofs, wo die zur Abfahrt bereitstehenden Züge ihr flüchtig die Illusion einer Fluchtmöglichkeit verschafften. Aber wozu die Sache noch hinausschieben? Sie hatte den Bahnhof Santa Lucia und den Vorplatz mit den breiten Stufen hinunter zu den Anlegern der *vaporetti* verlassen und eine weite Reise bis in die staubigen und lauten Straßen einer französischen Stadt unternommen, weil sie die verrückte, fast größenwahnsinnige Hoffnung hegte, ein Fremder werde bereit sein, dem Kind, das sie unter dem Herzen trug und das auch sein Kind war, seinen Namen zu geben. Sollte er sie wirklich zurückweisen, wollte sie es möglichst schnell hinter sich haben.

Doch sie hätte ihn vorwarnen, ihm einen Brief schreiben sollen. Indem sie unverhofft eintraf, brachte sie ihn in die Zwickmühle. Das warf sie sich ein wenig vor. Aber sie hatte keine Wahl mehr gehabt. In Murano war die Atmosphäre unerträglich geworden. Flavio hatte die Initiative übernommen und fragte sie nicht einmal mehr nach ihrer Meinung, während Marco sie mit dem starren Blick eines Raubtiers fixierte. Ganz langsam hatte sich ihre Heimatinsel zur Zwangsjacke verengt. Sogar in der Werkstatt sah man sie mit anderen Augen an. Sie war durchsichtig geworden, unnütz. Was vielleicht das Schlimmste für sie war: dass man ihr weggenommen hatte, was ihrem Leben einen Sinn gegeben hatte.

Und dann war ihr die Verspätung ihrer Regel aufgefallen. Drei Monate schon. Solange ... Sie erinnerte sich noch, wie sie vor Angst vom Kopf bis zu den Füßen erschauert war. Dann war das Blut wieder in den Kopf zurückgeströmt. Mit klopfendem Herzen hatte sie sich langsam aufs Bett gesetzt. Und in wenigen Sekunden begriffen, dass ihr Leben schon wieder aus den Fugen geraten war.

Ein Kind ... Das war nicht gerecht. Einmal, ein einziges Mal, weil sie sich so verloren und einsam gefühlt hatte, weil sie Schutz vor einer Bedrohung suchte, und jetzt wurde sie für diese wenigen Augenblicke, in denen sie den festen Boden unter den Füßen verloren hatte, bestraft.

In ihrem Zimmer hatte sie die hohle Stimme des Priesters von San Pietro zu hören gemeint, der über die Sünde, die Schande und die gerechte Strafe Gottes wetterte. Sie hatte sich das Tuscheln vorgestellt, die verstohlenen Blicke, den Tratsch. Sie hatte an das scharf geschnittene Gesicht ihres Bruders gedacht. Wie würde er reagieren? Zornig, oder schlimmer noch, mitleidig ... Sie hatte zusammengekrümmt dagelegen und sich die Faust in die Magengrube gepresst, während ihr kalter Schweiß über die Stirn lief.

Sie umfasste den Koffergriff ein wenig fester. Die Passanten hätten ihr sicher Auskunft geben können, aber sie hasteten mit in sich gekehrten Blicken an ihr vorbei. Sie wagte sie nicht anzusprechen. Der Lärm von der Baustelle hinter dem Bahnhof verursachte ihr Kopfschmerzen. Nervös und gereizt, wie sie war, brauchte sie vor allem einen ruhigen Ort zum Nachdenken.

Als sie auf die Straße trat, hörte sie Reifen quietschen. Ein Wagen bremste heftig, versuchte auszuweichen, erwischte aber trotzdem ihren Koffer, der aufsprang und ihre Kleider über die Pflastersteine verstreute.

»Was fällt Ihnen ein?«, brüllte der Fahrer und sprang aus dem Wagen. »Sind Sie verrückt geworden, einfach so blind auf die Straße zu rennen? Ich hätte Sie totfahren können!«

Mit zitternden Händen versuchte Livia ihre Sachen aufzuheben. Der junge Mann schimpfte immer noch weiter, aber sie hörte nur ihr Blut in den Ohren rauschen. Beschämt hob sie ihre graue Baumwollbluse und das Leinenkleid mit den Umschlagmanschetten aus dem Schmutz auf.

»Warten Sie, ich helfe Ihnen. Sind Sie sicher, dass Sie nicht verletzt sind?«, brummte er und hielt ihr verlegen einen elfenbeinfarbenen Unterrock mit Spitzen hin, den sie ihm regelrecht entriss.

Sie wollte aufstehen, er half ihr auf die Beine. Als sie stand, sah sie ihm ins Gesicht, doch es begann auf seltsame Weise zu verschwimmen.

Als sie wieder zu sich kam, tätschelte ihr eine Frau die Wangen.

»Na na, *petite dame,* es ist ja nichts … Nur ein Schwindelanfall. Keine Sorge. *Voilà,* Sie machen ja schon wieder die Augen auf, gut so! Keine Angst, ich bin Krankenschwester. Hören Sie mich? Können Sie mir sagen, wie Sie heißen?«

Ein pausbäckiges Gesicht lächelte sie unter feinen braunen Locken und einem roten Käppchen hervor an.

»*Va bene …*«, murmelte Livia mit schwerer Zunge, ihr wurde

klar, dass sie zum ersten Mal in ihrem Leben ohnmächtig geworden war.

»Sie sind fremd hier. Sprechen Sie ein wenig Französisch? Haben Sie Verwandte in Metz? Wohin möchten Sie?«

Livia merkte, dass man sie auf eine Bank gelegt hatte. Der Fahrer des Wagens, der sie beinahe überfahren hätte, stand einige Meter entfernt, er wirkte verstimmt und wusste nicht, wohin mit Livias Strohhut, den ihm die Krankenschwester wohl in die Hand gedrückt hatte. Offensichtlich hatte ihn diese zungenfertige Frau einfach beiseitegeschoben.

»Geht es Ihnen besser, Mademoiselle?«, fragte er besorgt, als er sah, dass sie ihn wiedererkannte. »Sie haben mir vielleicht einen Schrecken eingejagt.«

»Es geht mir … gut«, sagte sie und richtete sich auf.

»Hier, ich habe Ihnen ein Glas Wasser besorgt.«

Sie trank in kleinen Schlucken.

»Gut, ich sehe, Sie bekommen wieder Farbe«, sagte die Krankenschwester. »Es ist nichts gebrochen. Ich muss Sie jetzt alleinlassen und zurück zum Dienst. Wenn Sie sich doch nicht recht fühlen, kommen Sie einfach ins Krankenhaus. Den Weg kann Ihnen hier jeder beschreiben. Und achten Sie auf Ihr Kleines … Und was Sie angeht, junger Mann, Sie sind eine Gefahr für die Öffentlichkeit!«, fügte sie empört hinzu. »Sie sollten Ihr Opfer wenigstens nach Hause fahren. Tut mir leid, ich muss jetzt los, ich bin schon spät dran.«

Livia sah ihr nach, geradezu militärisch rammte sie die dicken Sohlen ihrer Schuhe aufs Pflaster.

»Es tut mir sehr leid, Mademoiselle«, entschuldigte sich der Mann, er schien aufrichtig besorgt. »Wohin darf ich Sie bringen?«

Er hatte ein freundliches Gesicht und trug ein Hemd mit offenem Kragen und eine verwaschene Hose. Ein mehrere Tage alter Bart warf bläuliche Schatten auf seine Wangen.

Sie klopfte sich den Staub aus dem Kostüm und bemerkte bestürzt, dass einer ihrer Strümpfe eine Laufmasche hatte, dabei hatte sie nur ein Paar, doch glücklicherweise fiel sie nicht allzu sehr auf.

Der junge Mann rieb ungeschickt über den Hut, dessen blaues Seidenripsband zum Kostüm passte, und reichte ihn ihr.

»Ich muss in die Rue Martelle, Nummer 21, bitte.«

»Sehr gut, nehmen Sie meinen Arm«, sagte er erleichtert darüber, sich nützlich machen zu können. »Ich kümmere mich um Ihren Koffer.«

Er entschuldigte sich für den mangelnden Komfort des amerikanischen Militärjeeps, den er zu einem günstigen Preis gekauft hatte, wie er ihr erklärte, und klemmte ihren Koffer zwischen einen Plattenspieler und ein Bündel mit Bindfaden zusammengebundener Lehrbücher.

»Die verscherbeln alles«, sagte er amüsiert. »Von den Autos bis zu den Pullovern, die Socken nicht zu vergessen. Khaki wird noch lange Modefarbe bleiben, Sie werden schon sehen.«

Sie holperten über die unebenen Pflastersteine. Mit einer Hand hielt Livia ihren Hut fest, mit der anderen tastete sie über ihr linkes Knie, das anzuschwellen begann. Das würde einen schönen blauen Fleck geben!

Häuser mit schönen Fassaden aus hellem Stein standen neben Trümmerhaufen. Wie vom Nebel verdeckt sah sie elegante Schaufenster an sich vorüberziehen, düstere Gebäude, baumbestandene Avenuen und enge Gassen, in denen der Wagen nur mühsam vorankam.

Von einem Hügel aus dominierte eine imposante Kathedrale die Stadt mit demselben Hochmut, mit dem die großen Frachtschiffe, die in Venedig anlegten, die Paläste in Puppenhäuser verwandelten.

Seit sie im Wagen saßen, hatte der junge Mann unablässig geredet, doch sie hatte ihm keine Antwort gegeben. Er musste sie für unhöflich halten oder aber denken, sie verstehe kein Französisch.

»Wahrscheinlich haben Sie Verwandte hier, Mademoiselle. Sie haben doch eben Italienisch gesprochen, glaube ich. Hier in

Lothringen gibt es viele Italiener. Auch Polen, aber Sie sind keine Polin, oder?«

Er warf ihr einen spitzbübischen Blick zu.

»Nein, gewiss nicht. Wer so hübsch ist, stammt aus einem von der Sonne verwöhnten Land.«

Nun, da er sich wieder wohl fühlte in seiner Haut, versuchte er die Situation zu nutzen. Livia fand diese Frechheit amüsant, sie erinnerte sie an die der Muraneser Jungs. Sie lächelte leicht, dann dachte sie daran, dass die Krankenschwester ihre Schwangerschaft bemerkt hatte. Gut, dass sie Handschuhe trug. Wie dumm von ihr! Sie hätte daran denken sollen, sich einen Ehering zu besorgen.

»Wenn ich bedenke, dass ich nicht einmal Ihren Namen weiß«, beklagte er sich und bog auf eine Brücke ab. »Man könnte meinen, Sie wären mir böse.«

Der Fluss glitzerte in der Sonne. An den Ufern sah man einige Spaziergänger.

»Ich hätte doch allen Grund, oder?«, erwiderte sie. »Sie sollten Ihr Fahrzeug besser beherrschen lernen, Monsieur.«

Er sah sie in gespieltem Erschrecken an.

»Na, Sie sind aber nicht auf den Mund gefallen!«

Einige Straßen weiter hielt er abrupt vor einem schönen, ockerfarbenen Haus. Als Livia die geschnitzte Tür erblickte, verging ihr alle Lust zu scherzen.

»Schade, jetzt sind Sie wieder stumm geworden …«, bemerkte er mit theatralischem Seufzen, zog ein Büchlein aus der Tasche und riss eine Seite heraus. »Hier haben Sie meinen Namen und meine Adresse. Rufen Sie mich an, wenn Sie mögen. Ich würde Sie gern zu einem Kaffee einladen, um mich zu entschuldigen. Hätten Sie Lust?«

Sie nahm den Zettel, den er ihr entgegenstreckte, und steckte ihn in die Handtasche. Sie wollte sich nicht mit ihm unterhalten, sie wollte, dass er möglichst bald wegfuhr. Hastig stieg sie aus.

Er stellte ihren Koffer auf den Bürgersteig. »Sind Sie sicher, dass Sie zurechtkommen?«, fragte er besorgt.

»Ja, danke.«

»Also, vielleicht bis bald.«

Sie nickte abwesend. Der junge Mann zuckte die Achseln, sprang in seinen Jeep und fuhr stürmisch davon. Sie stand allein vor der mit einem Medaillon verzierten Tür, neben sich ihren zerbeulten Koffer.

Eine Glocke schlug fünf Uhr. Drei Nonnen mit luftigen Flügelhauben eilten schwatzend vorüber. Und was sollte sie nun, wo sie vor dem Haus der Familie Nagel stand, tun? Sie hatte den weiten Weg nicht zurückgelegt, um jetzt umzukehren. Nach Hause konnte sie ohnehin nicht mehr.

Nachdem sie sich die nötigen Papiere besorgt hatte, war sie heimlich abgereist, sie hatte nur Flavio eine kurze Nachricht hinterlassen. Sie wolle über ihre Zukunft nachdenken, hatte sie geschrieben, und fahre zu Marella Moretti, deren Eltern ein Haus auf dem Lande besaßen. Ihrer Freundin Marella mit ihren Mandelaugen und den Pausbacken glaubte man jedes Wort, und sie log mit bewundernswerter Verve. Und tatsächlich hatte sie den Wunsch unterdrücken müssen, sich in das schöne, verfallene Haus in den Weinbergen zu flüchten, in dem sie in ihrer Kindheit herrliche Ferien verbracht hatte. Sie erinnerte sich noch gut an die kühlen Leinenlaken, an den Geruch der Erde und das Rascheln des Windes im Pappellaub. Am Abend ihrer Abreise stieß die Lokomotive des Nachtzugs nach Paris Dampfwolken aus, und im halbleeren Abteil roch es nach billigem Wein.

Flavio hatte den Brief sicher gefunden, als er am nächsten Morgen in die Glashütte kam. Wahrscheinlich hatte er, wie es seine Art war, die Augen zum Himmel verdreht und die Sache dann vergessen.

Ein Windstoß ließ sie erschauern. Das dreistöckige Haus war schmal, aber der sonnige Farbton des Steins gab ihm ein behagliches Aussehen. Livia fühlte sich ein wenig ruhiger. Sie rückte ihren Hut zurecht, atmete tief durch und ging auf den Eingang zu. Der schwere bronzene Türklopfer rutschte ihr aus der Hand und schlug mit einem harten Knall auf die Tür auf, sie zuckte zusammen.

Die Sekunden erschienen ihr unendlich lang. Hatte man sie überhaupt gehört? Vergeblich suchte sie nach einer Klingel. Als sie die Hand ausstreckte, um noch einmal zu klopfen, öffnete sich plötzlich die Tür.

Sie sah auf. Eine magere Frau in einem bis zum Hals geknöpften schwarzen Kleid, das nur von einem weißen Kragen ein wenig aufgehellt wurde, musterte sie streng. Ihr Gesicht war kantig, das kastanienbraune Haar zurückgekämmt, sie hatte einen schmallippigen Mund und helle Augen. An der Schulter war eine Amethystbrosche in Form eines Lothringischen Kreuzes befestigt. Livia erkannte das Symbol, das General de Gaulle in der ganzen Welt berühmt gemacht hatte.

»Sie wünschen bitte?«

»Bin ... Bin ich hier richtig bei Monsieur François Nagel?«, stotterte sie.

Während sie so von Kopf bis Fuß gemustert wurde, war sich Livia ihrer schmutzigen Spangenschuhe und ihres zerknitterten Kostüms nur allzu bewusst. Wenn diese Frau bloß meine Laufmasche nicht bemerkt, dachte sie. Doch deren Blick blieb stattdessen auf dem Koffer haften, die steife Körperhaltung wurde noch starrer.

»Worum geht es?«, fragte sie verkniffen.

Livia wusste nicht weiter. Sie hatte sich keine Antwort zurechtgelegt, weil sie naiv geglaubt hatte, eine Hausangestellte würde ihr die Tür öffnen und sie, ohne Fragen zu stellen, in einem Salon warten lassen, bis – wie durch ein Wunder – François auftauchen würde. Diese Frau jedoch wirkte ganz und gar nicht wie eine Angestellte, und Livia begriff, dass sie sie ohne glaubwürdige Erklärung nicht ins Haus lassen würde.

»Ich heiße Livia Grandi, von der Glashütte Grandi in Murano«, sagte sie bestimmt. »Als Monsieur Nagel bei uns war, haben wir verschiedene Vorschläge erörtert. Und da ich nun in Frankreich unterwegs bin, um mit unseren früheren Kunden wieder Kontakt aufzunehmen, möchte ich die Gelegenheit ergreifen, ihm meinerseits einen Besuch abzustatten.«

Sie deutete auf ihr zerknittertes Kostüm.

»Bitte entschuldigen Sie meinen Aufzug, aber vor dem Bahnhof bin ich von einem Wagen angefahren worden. Meinen Sie, ich könnte drinnen auf Monsieur Nagel warten?«

Der entschiedene Ton schien die Frau zu verunsichern.

»Wenn Sie wollen«, sagte sie widerwillig. »Aber mein Bruder kommt erst in einer Stunde zurück.«

»Das macht nichts, Madame«, antwortete Livia mit einem gezwungenen Lächeln. »Ich habe Zeit.«

Sie spürte ein leichtes Brennen zwischen ihren Schulterblättern. Am liebsten hätte sie sich auf dem Sofa zusammengerollt, aber eine solche Freiheit hätte sie sich in der einschüchternden Gegenwart von Élise Nagel nicht zu nehmen gewagt. Also hielt sie sich sehr aufrecht, wie in der Schule, die Füße brav nebeneinandergestellt.

Sie hatte zu schätzen versucht, wie alt François' ältere Schwester war, denn trotz der vereinzelten weißen Haare hatte sie kaum ein Fältchen im Gesicht. Sie fragte sich, ob sie wohl den letzten Keks vom Teller nehmen durfte. Sie hatte einen Kaffee und ein Glas Wasser getrunken und in dem beklemmenden Schweigen mehrere Kekse geknabbert, aber sie hatte immer noch Hunger.

Der Salon war nicht sehr groß. Die Kassettendecke, die Eichenmöbel und der verblichene Perserteppich machten ihn behaglich. Als die letzten Sonnenstrahlen, die das Parkett wärmten, verblassten, stand Élise Nagel auf und schaltete eine Lampe ein. Ein Teil des Raums lag nun im Halbschatten. Das Licht schimmerte auf den Jettknöpfen ihres strengen Kleides und auf ihren Perlenohrringen.

Livia hatte sich zweimal entschuldigt, um sich die Hände zu waschen, und jedes Mal, wenn sie in den Salon zurückkam, war ihr Élise' Blick strenger erschienen. Da all ihre Versuche, ein Gespräch anzuknüpfen, gescheitert waren, hielt auch sie nun lieber den Mund.

Ihre Schultern sackten nach vorn, sie senkte den Blick. Diese Reise war ein Fehler gewesen. Was durfte sie von diesen Fremden erhoffen? Schließlich fragte sie sich sogar, wie François jetzt wohl aussehe und ob sie ihn auf der Straße erkannt hätte.

Sie war erschöpft von den vielen schlaflosen Nächten seit dem schrecklichen Tag, als sie begriffen hatte, dass sie ein Kind erwartete. Eben noch, als sie sich im Toilettenspiegel betrachtet hatte, hatte sie Angst bekommen. Sie hatte sich hässlich gefunden mit ihren fahlen Wangen und den dunklen Augenringen.

Plötzlich legte Élise mit einer vogelhaften Bewegung den Kopf schief.

»Da kommt er«, sagte sie und stand auf, obwohl Livia nichts gehört hatte. »Ich werde ihm sagen, dass Sie da sind, Mademoiselle.«

Livia sah ihr nach, als sie das Zimmer verließ, dann kniff sie sich in die Wangen und überprüfte nervös, ob ihr Haarknoten noch saß. Ihr Herz schlug so heftig, dass sie fürchtete, schon wieder ohnmächtig zu werden, wie am Bahnhof. Sie erkannte sich nicht wieder. Niemals zuvor war sie so unentschlossen und ängstlich gewesen, noch nicht einmal, als ihr Großvater in ihren Armen gestorben war.

»*Nonno,* bitte hilf mir«, flüsterte sie angstvoll.

Sie hörte eilige Schritte und stand mechanisch auf. Als François eintrat, war sie beeindruckt vom Leuchten seines blonden Haars. Er trug eine dunkle Krawatte und einen perfekt geschnittenen dunklen Anzug mit Schulterpolstern.

Ohne sie aus den Augen zu lassen, schloss er die Tür hinter sich. Sie benetzte sich die trockenen Lippen.

»Livia … Was machen Sie denn hier?«, fragte er im Näherkommen.

Besorgt nahm er ihre Hände.

»Sie sind ja ganz blass, wollen Sie sich nicht setzen? Élise sagte mir, Sie nehmen wieder Kontakt zu Ihren alten Kunden auf.

Warum haben Sie sich nicht angekündigt? Ich habe Ihnen einen Brief geschrieben. Haben Sie ihn bekommen? Sie haben mir nicht geantwortet, da dachte ich …«

Sie schüttelte den Kopf. Von welchem Brief redete er da? Sie hatte von ihm keine Nachricht erhalten. Sie hätte ihm sicher geantwortet – oder vielleicht auch nicht. Wie konnte man das wissen? Was hätte sie ihm in einem Brief sagen können, was sie ihm nicht ins Gesicht sagen konnte?

Ihre kalten Finger erwärmten sich in François' Händen, und sie schloss die Augen, um diesen unerwarteten Trost zu genießen. Sie erkannte den leicht würzigen Duft nach Hölzern, nach Zedernöl wieder, von dem ihre Haut durchtränkt gewesen war, als sie im Morgengrauen durch die Gassen Venedigs gelaufen, über die nassen Stufen einer Brücke gehastet war, als sie in dieser feierlichen Stadt, die an jenem Morgen von einer feinen Reifschicht bedeckt gewesen war, aus dem zerwühlten Bett geflüchtet war, in dem ihr Geliebter lag.

Sie hob das Kinn und sah ihm unverwandt in die Augen.

»Ich bin gekommen, um Ihnen zu sagen, dass ich ein Kind von Ihnen erwarte.«

Zum ersten Mal hatte sie es laut ausgesprochen. Das Geheimnis, das sie seit Monaten mit sich herumtrug, wurde zur Realität. Sie konnte nicht mehr zurück. Die eiserne Klammer um ihr Herz lockerte sich ein wenig. Was immer jetzt kommen mochte, sie würde ihrem Kind sagen können, sie habe seinen Vater aufgesucht und ihm die Wahrheit gesagt. Das wenigstens schuldete sie diesem unschuldigen Wesen, sie musste ihm die Chance geben, von seinem Vater anerkannt zu werden und seinen Namen zu tragen.

Dennoch empfand sie auch etwas wie Unwillen. Sie war enttäuscht darüber, dass sie nicht genug Mut aufgebracht hatte, dieses Kind allein in die Welt zu setzen. Sie hatte darüber nachgedacht, aber die Vorstellung war dermaßen beängstigend gewesen, dass sie sich im Bett zusammengekrümmt hatte. In Murano hätte der Skandal jahrzehntelang auf der Familie gelastet. Ein Bastard, ein

Kind der Liebe … Dabei war es nur ein Kind des Begehrens, ein Kind der Einsamkeit.

Sie hatte sich also an François Nagel gewandt, ermutigt nur von der vagen Erinnerung an einen liebenswürdigen alten Herrn, der ihr übers Haar gestreichelt und ihr zum Geburtstag ein Handspiegelchen mit ihren Initialen geschenkt hatte. Sie hatte ihren Stolz überwunden und die Gefahr auf sich genommen, wie eine Unwürdige verjagt zu werden.

François' Hände verkrampften sich um die ihren. Er presste sie so heftig, dass es schmerzte, aber sie protestierte nicht. Er hatte das Recht, wütend zu sein. Hatte sie nicht gerade sein Leben zum Einsturz gebracht? Wahrscheinlich war er mit einem braven und ruhigen jungen Mädchen verlobt, das sich niemals einem Fremden auf der Durchreise hingegeben hätte. Sicher hatte er seine Zukunft schon geplant, wie all die Menschen, die ihr Leben als Generalstabskarte betrachten, die Schlachten gewinnen, Zitadellen erobern und nach den Siegen die neuen Grenzen einzeichnen wollen.

Sie stand aufrecht und mit hoch erhobenem Kopf vor ihm, aber immer wieder durchlief ein Zittern ihren Körper.

Später sollte sie oft an diesen schwebenden Augenblick zurückdenken, als ihre Zukunft von einem Mann abhing, von dem sie nichts kannte außer dem Rhythmus seines Körpers, der Textur seiner Haut und der fast verzweifelten Herbheit seines Gesichts, als er auf dem Höhepunkt seiner Lust in ihr den Samen für ihr gemeinsames Kind verströmte.

Das mochte nicht viel sein, aber wahrscheinlich war es das Wesentliche, denn die Körper lügen nicht, zumindest nicht, wenn man bereit ist, die Herausforderung des Begehrens anzunehmen, aufzuheben wie den als Forderung zu einem Duell hingeworfenen Handschuh, dieses nackte Begehren ohne Beschönigungen, dem sie sich gemeinsam in einer Winternacht hingegeben hatten, hinter dem halb offenen Fenster nur belauscht vom verschwiegenen Wasser eines venezianischen Kanals.

Sein Gesicht war ernst, er reagierte immer noch nicht, sagte kein Wort. Langsam und beklommenen Herzens kam Livia zu dem Schluss, dass sie ihn jetzt verlassen müsse. Vielleicht war sie zu aufdringlich gewesen. In jedem Fall hatte sie ihre Pflicht gegenüber dem Kind, das sie erwartete, erfüllt.

Sie fühlte sich seltsam gelassen, mit den Gedanken schon woanders, bei ihrem Koffer, den sie nicht vergessen durfte, und bei dem Hotelzimmer, das sie für die Nacht brauchte. Und was den nächsten Tag anging … Der war eben immer ein neuer Tag. Sie würde schon sehen.

Als sie ihm ihre Hände entzog, nahm er ihre Rechte und zog sie an die Lippen.

»Danke, dass Sie gekommen sind«, sagte er ernst.

Sie brauchte einige Sekunden, bis sie verstand, so als hätte er aus großer Ferne gesprochen. Und dann, als sie sah, wie eine einfache und schlichte Freude sein Gesicht erstrahlen ließ, verstand sie, was sie seit dem ersten Augenblick an ihm gefesselt hatte. François Nagels leuchtendes Lächeln wirkte auf sie so unwiderstehlich, weil es nicht nur ein Ausdruck von Glück war, eine flüchtige Freude, wie man sie auf den glücklichen Gesichtern mancher Menschen sieht, sondern weil es vor allem das Lächeln eines freien Menschen war.

Und im selben Augenblick bekam sie Angst. Statt sich erleichtert zu fühlen und ihm dankbar zu sein, hatte sie den absurden Eindruck, ein Abgrund tue sich vor ihren Füßen auf.

»Ich weiß nicht … Vielleicht sollten wir nicht«, stotterte sie.

Er hielt sie zurück, als sie gehen wollte.

»Sie sind hierhergekommen, Livia. Sie können jetzt nicht mehr weggehen.«

Er sprach ruhig, vernünftig, beruhigend, während sie das Gefühl hatte zu ersticken.

»Es war ein Fehler. Es tut mir leid. Ich kehre nach Hause zurück.«

»Livia!« Sein Ton war jetzt vorwurfsvoll. »Sie haben die richtige Entscheidung getroffen. Und nun müssen Sie sich daran halten.«

Sie zitterte heftig, konnte sich aber zu ihrer eigenen Verwunderung auf den Beinen halten. Er presste ihre Hände immer noch. Sie versuchte sich zu fassen und holte tief Luft. Sie konnte seinen Blick nicht länger ertragen und blickte zu Boden.

»Ich kann Ihnen nichts versprechen«, sagte sie leise.

»Ich verlange doch nichts von Ihnen.«

Und genau das war es, was ihr Angst machte, denn vor Menschen, die geben, ohne eine Gegenleistung zu verlangen, muss man sich hüten, Güte kann eine strenge Kerkermeisterin sein.

Sie lag in dem säulenverzierten Bett, das in eine Ecke des Zimmers gerückt war. Sie hatte nicht die Kraft gehabt, sich ganz auszuziehen, und nur ihre Schuhe und die Kostümjacke abgelegt. Ihr Koffer war noch geschlossen, obwohl sie die Türen des Kleiderschranks aus Rüster-Wurzelholz geöffnet und den zarten Duft der Kräutersäckchen, die auf den Fachböden verteilt waren, eingeatmet hatte.

Die Arme hatte sie lang am Körper ausgestreckt, die Hände zu Fäusten geballt, sie fühlte sich in ihrer Müdigkeit und ihrer Einsamkeit gefangen. Das Kind hatte sich gerade wieder beruhigt. Seit kurzem fühlte sie hin und wieder seine Bewegungen. Und wenn es eingeschlafen war? Schliefen die Kinder im Bauch ihrer Mütter? Sie hatte keine Ahnung. Ihre eigene Mutter war nicht mehr da, um ihr die zum Teil beängstigenden Veränderungen in ihrem Körper zu erklären, und sie hatte mit niemandem darüber gesprochen. Vielleicht war es auch besser so. Vielleicht war dieses Tête-à-tête nötig, damit man den Gedanken ertrug, seinen Körper mit jemandem zu teilen.

Sie hatte beim Abendessen, das im Esszimmer serviert worden war, kaum etwas gegessen. Dafür hatte sie zwei Gläser Wein getrunken, was sie ein wenig benommen gemacht hatte, aber sie hatte unerwarteten Trost im Anblick eines herrlichen Glasfensters gefunden, das einen großen Teil der Wand einnahm und die wenig ansehnlichen Gebäude auf der gegenüberliegenden Straßenseite unsichtbar machte. Die riesige Magnolie mit den glänzenden Blättern und großen weißen Blüten stand vor einem japanisch anmutenden Hintergrund, in dem eine Bergkette einen ruhigen See überragte.

François hatte unaufhörlich geredet. Er hatte von seinem Tag erzählt, dann von ihrer Begegnung in Venedig und von dem, was er ihre »Liebe auf den ersten Blick« nannte. Sie war gerührt, dass er sich eine ganze Geschichte einfallen ließ, damit sie nicht das Gesicht verlor, und behauptete, er habe einige Wochen zuvor in einem Brief um ihre Hand angehalten und sei nun der glücklichste Mann auf Erden. Sie wunderte sich über seine heitere Gelassenheit, immerhin war ihm mit einem Schlag ein unerwarteter Gast und eine von ihm schwangere Verlobte in den Schoß gefallen. Die Schwangerschaft allerdings ließ er seiner Schwester gegenüber unerwähnt.

Élise hatte so gerade auf ihrem Stuhl gesessen, dass ihr Rücken die Lehne auch nicht im Geringsten berührte, und kein Wort gesagt. Noch nicht einmal ihr Besteck hatte auf dem Teller geklappert. Wortlos betupfte sie sich die Winkel ihres schmalen Mundes mit der Serviette. François hatte es geschickt vermieden, sie direkt zu einer Äußerung herauszufordern und seine Schwester stattdessen mit vorgefertigten Sätzen umgeben, die ebenso glatt und rund waren wie Glasmurmeln.

Als er Élise in den Salon gerufen hatte, um ihr, Livias Hand fest in seiner, die Verlobung mitzuteilen, hatte sie nur genickt. Ihre hellen Augen hatten einige Sekunden lang auf Livias Bauch geruht, aber so diskret, dass Livia sich später fragte, ob sie es nicht nur geträumt hatte. »Ich verstehe«, hatte sie gesagt, und Livia war ein Schauer den Rücken hinuntergelaufen. Élise Nagel war nicht dumm und hatte keineswegs vor, sich hinters Licht führen zu lassen.

Es klopfte. Mit pochendem Herzen sprang Livia vom Bett.

»Ich wollte nachschauen, ob Ihnen auch nichts fehlt.«

»Danke, Madame.«

»Nennen Sie mich doch Élise, schließlich sollen wir Schwägerinnen werden.«

Livia antwortete nicht. Sie fühlte sich sehr unwohl mit ihrem zerzausten Haar, den bloßen Füßen und ihrem Rock, der in der Taille von einer Sicherheitsnadel zusammengehalten wurde. Das jedoch versuchte sie mit ihrem Arm zu verdecken.

»Wann ist es so weit?«, fragte Élise.

Durfte sie so tun, als verstünde sie nicht, und die Unschuldige spielen? Livia wusste instinktiv, dass dies ein Fehler gewesen wäre. Élise Nagel wurde sicher ungern für eine Närrin gehalten. Livia ahnte, dass diese Frau in dem Haushalt, in dem sie von nun an würde leben müssen, eine große Rolle spielte, auch wenn sie noch nicht genau wusste, wie groß. Beim Essen hatte François enormes diplomatisches Geschick an den Tag gelegt, doch Livia war nicht umsonst eine an Machtspiele gewöhnte Venezianerin.

»Im Herbst«, sagte sie.

»Genau das dachte ich mir«, stellte Élise zufrieden fest. »Ich nehme an, Sie sind katholisch?«

»Ja, Madame.«

»Das ist doch schon etwas. Morgen gehen wir zum Pfarrer. Er wird das Aufgebot aushängen, und dann heiraten Sie. In aller Stille.«

»Ich verstehe«, murmelte Livia.

»Nein, Sie verstehen nicht. Wenn François es für nötig hält, Sie zu heiraten, wird er seine Gründe haben. Nach den Opfern, die uns allen während des Krieges abverlangt wurden, hat er ein Recht auf ein wenig Glück. Niemand käme auf den Gedanken, es ihm zu verwehren, und ich hoffe, dass Sie ihn glücklich machen können. Ihre Heirat wird wegen unseres Bruders Vincent im allerengsten Kreise stattfinden. Er ist an der Ostfront verschollen, und solange wir nicht wissen, ob er noch am Leben ist, erwarten wir seine Rückkehr in Würde.«

Sie neigte den Oberkörper leicht vor, und das Licht fing sich in den schön geschliffenen Amethysten des Lothringischen Kreuzes.

»Nach dem Tod unserer Mutter habe ich meine beiden Brüder aufgezogen. Ich kenne sie besser als jeder andere. François braucht ein wenig Aufmunterung für seine Arbeit. Die wirtschaftliche Lage ist schwierig, wie Sie sich vorstellen können. Vier

Jahre lang waren wir an Deutschland angeschlossen. Dank dem General sind wir nun wieder Franzosen, aber wir müssen unseren Platz in der Republik noch finden. Ich hoffe, Sie erwarten hier kein leichtes Leben. Mein Bruder ist nicht so unbekümmert, wie er tut.«

»Unbekümmert?« Livia runzelte die Stirn.

»Glücklich, zufrieden, unbeschwert … auf Zerstreuung aus.«

Diese Frau erinnerte Livia an eine Lehrerin, die sich, als sie nach dem Tod ihrer Eltern verstummt war, besonders hässlich benommen hatte. Im Laufe der Monate hatte sie in ihrem Ärger über die »Verstocktheit« ihrer Schülerin immer wieder versucht, sie mit Sticheleien und manchmal auch mit Spott zu provozieren. Seither reagierte Livia sehr empfindlich auf diese kleinen bösen Bemerkungen.

»Ich bin mir der Schwierigkeiten bewusst, in denen die Unternehmen heute stecken. Während der Krankheit meines Großvaters habe ich die Glashütte meiner Familie geleitet. Auch in Italien ist die Nachkriegszeit keine leichte Zeit, Madame. Auch von uns hängen ganze Familien ab, und die meisten von ihnen haben Hunger.«

»Sie scheinen mir doch sehr jung zu sein für eine solche Aufgabe«, sagte Élise zweifelnd. »Ich meine verstanden zu haben, dass Sie einen Bruder haben, der sich um alles kümmerte.«

Livia dachte an Flavio, der sich so anmaßend in den großväterlichen Sessel gesetzt und die Zügel übernommen hatte, als stünde ihm diese Rolle zu.

»Das Leben achtet nicht auf das Alter der Menschen, denen es seine Prüfungen auferlegt. Mein Bruder hat einige Zeit gebraucht, um sich nach seiner Rückkehr aus Russland zu erholen.«

Élise kniff die Lippen zusammen.

»Er hat natürlich aufseiten der Deutschen gekämpft.«

»Ja, Madame, die meisten Italiener in seinem Regiment sind für eine Sache gestorben, die nicht ihre Sache war. Sie hatten keine Wahl. Aber mir scheint, bei Ihrem Bruder Vincent war es genauso, nicht wahr?«

Élise Nagels Gesicht wurde verschlossen, und ihr ohnehin schon unnachgiebiger Körper brachte es fertig, noch steifer zu werden. Livia sah, dass sie einen empfindlichen Punkt getroffen hatte. In Venedig hatte François ihr erklärt, dass das Elsass und der nördliche Teil Lothringens vom Deutschen Reich annektiert worden waren. Einige Zeit später wurden die Elsässer und die Mosellaner zur Wehrmacht eingezogen. Junge Franzosen in deutscher Uniform. In der kleinen Gastwirtschaft in Murano mit dem sägemehlbestreuten Boden und der Speisekarte auf der Schiefertafel hatte François ernst den Kopf geschüttelt: »Mein Bruder Vincent hatte keine Möglichkeit, sich zu entziehen. Die Deutschen drohten damit, sich an den Familien der Verweigerer zu rächen. Dieser Albtraum hat schon 1914 begonnen. Übrigens nennt man diese Soldaten schon seit dem Ersten Weltkrieg die *›malgré-nous‹*, die gegen ihren Willen Eingezogenen.« Livia hatte François nicht zu fragen gewagt, wie er selbst durch die Maschen des Netzes hatte schlüpfen können. Flavio hasste es, über den Krieg zu sprechen, und sie nahm an, dass es diesem Franzosen genauso ging.

Und sie hatte genug von diesen Geschichten über Konflikte, über Soldaten, die ihre Seele verloren hatten, über das Töten und Morden. Sie schwankte und hielt sich mit einer Hand am Bettpfosten fest.

»Jetzt müssen Sie schlafen«, sagte Élise befehlend. »Wenn Sie alles haben, was Sie brauchen, lasse ich Sie jetzt allein. Morgen haben wir einiges zu tun.«

Dann schloss sie mit einem letzten Blick auf den immer noch ungeöffneten Koffer die Tür von außen.

Der Wind spielte im silbrigen Laub der Pappeln und Weiden am Flussufer. Livia lehnte an einem Baumstamm und betrachtete das heitere Wasser, das hohe Gras, die Bier- und Limonadengläser, die Teller mit den Brot- und Kuchenkrümeln auf der karierten Tischdecke. Ein Stückchen oberhalb auf der Flanke des Hügels sah man ein Dorf, die Häuser aus grauem Stein und mit roten Dächern. Im frischen Licht dieses Frühsommertags wirkte alles so vollkommen, dass sie ein Kribbeln im Nacken verspürte, eine diffuse Angst, als müsse plötzlich und unvermutet etwas Schreckliches passieren und diesen friedlichen Sonntagnachmittag ins Wanken bringen.

François hatte darauf bestanden, mit ihr aufs Land zu fahren, Élise hatte ihnen einen Picknickkorb gepackt und noch ein paar Kissen in den Wagen gelegt, damit ihre Schwägerin es bequem hätte. Unter dem wolkenlos blauen Himmel waren sie über entlegene Sträßchen durch die Wiesen und Felder gefahren. Hier und da kuschelten sich altmodische Dörfchen, eng um ihren Kirchturm gedrängt, in die sanft gewellten Hügel. Die Sonne hatte ihren nackten Arm gewärmt, den sie auf die Fensterkante gelegt hatte. Sie hatte François reden lassen und nur gelegentlich mit einem höflichen Lächeln reagiert. »Geht es dir gut?«, hatte er sie manchmal ein wenig besorgt gefragt, und sie hatte die immer gleiche Antwort gegeben: »Sehr gut, danke.«

Livia beobachtete ihren Mann, der, die beige Sommerhose hochgekrempelt und aufmerksam ins Wasser starrend, mit einem Kescher durch den Fluss watete. Als hätte er ihren Blick gespürt, richtete er sich nun auf und sah nach ihr, um sich zu vergewissern, dass alles in Ordnung war. Mit dem offenen Hemd, dem unordentlich in die Stirn fallenden Haar und dem ehrlichen Gesicht sah er aus wie ein glücklicher Schuljunge. Er winkte ihr zu, und sie winkte zurück, um ihre Ruhe zu haben.

Vielleicht war es das, was ihr zunehmend Unbehagen bereitete, François' Offenheit, seine fröhliche Sicherheit. Dabei hatte sie sich in Venedig gerade von dieser Einfachheit angezogen gefühlt. Doch wenn sie jetzt nachts neben ihm lag und seinem ruhigen Atem lauschte, wurde ihr kalt.

Sie verstand sich selbst nicht mehr. Während sie durch die Zimmer des Hauses strich, den Salon, das Esszimmer, die Bibliothek, und sich manchmal sogar bis in die Küche vorwagte, wo ihr die Köchin stirnrunzelnd entgegenblickte und die kleine Colette unter ihrem weißen Häubchen in schüchterne Aufregung geriet, kam sie sich vor wie ein Gespenst.

Was hätte sie sich Besseres erhoffen können? Der Vater ihres Kindes hatte sie ohne jedes Zögern geheiratet und schien darüber Stolz und Genugtuung zu empfinden. Er war ein zärtlicher und aufmerksamer Gatte. Sie war ihm dankbar, aber es gelang ihr nicht, sich an dieses neue Leben zu gewöhnen, das sie seit drei Monaten führen musste.

Nachmittags zog sie sich in ihr Schlafzimmer zurück, setzte sich ans Fenster und träumte, ein Buch im Schoß, vor sich hin. Wenn sie dem monotonen Ticken der Wanduhr lauschte, erschrak sie manchmal, weil es sie an ihr Leben erinnerte. Die Tage vergingen, in ihrem Rhythmus der Mahlzeiten, der Sonntagsmessen und der wohltätigen Zirkel, in die Élise sie mitnahm und wo sie von strengen Damen, die einander glichen wie ein Ei dem anderen, zwar freundlich aufgenommen, aber so behandelt wurde, als sei sie zu nichts fähig. Bei schönem Wetter nahm Élise sie auf einen immer gleichen Spaziergang am Fluss mit.

Ihre Schwägerin war eine unumgängliche, absolute Größe. Es gab keine Möglichkeit, Élise Nagel zu entfliehen, die ihr Regiment ebenso geschickt wie erbarmungslos ausübte. Ohne es genauer zu artikulieren, gab Élise einem das Gefühl, man müsse ihr gehorchen, weil es nun einmal so sei. Andere hätten das vielleicht als beruhigend empfunden, für Livia war es ein seidener Faden, der sich langsam um ihren Hals wickelte.

Sie schloss die Augen, verärgert über die Tränen, die ihr unter den Lidern brannten. Sogar ihre Gefühle waren ins Trudeln geraten. François hatte ihr einen Strauß Wiesenblumen gepflückt, die sie jetzt gerade zerrupfte. Vorsichtshalber warf sie zwei besonders entblätterte Stängel weit weg, damit er sie nicht bemerkte.

Er verließ das Flussbett, und zwar in einem seltsamen Stelzgang, weil die Steine sich in seine nackten Fußsohlen bohrten. Er kam zu ihr, legte die Angelrute und den leeren Kescher ab und setzte sich ins Gras.

»Heute versagt mir Petrus wohl sein Heil«, sagte er belustigt.

Sie suchte nach einer Antwort. Sie hatte den verzweifelten Wunsch, ihm zu zeigen, dass sie glücklich war. Bevor sie zur liebenden Mutter wurde, wollte sie auch eine mustergültige Gattin sein. Wurden jene, die gehorchen lernten, nicht dafür belohnt?

»Es ist sehr hübsch hier. Kommst du oft her?«

»Seit meiner Kindheit. Es gibt Orte, an denen man sich zu Hause fühlt, geht es dir nicht genauso? Man könnte meinen, diese Orte seien für uns geschaffen worden, und es muss sich nicht unbedingt um Kindheitsorte handeln. Ich kann mich noch an ein kleines Tal in den Vogesen erinnern, in dem ich am liebsten gewohnt hätte, weil ich mich dort so wohlfühlte.«

Er legte sich auf die Seite, stützte den Kopf in die Hand und betrachtete sie mit seinem vertrauensvollen Blick. Sie erriet, dass er eine Antwort erwartete und hoffte, auch sie werde ihm von einem Ort erzählen, den sie besonders liebte. Doch Vertraulichkeiten hatten für Livia immer etwas von Erpressung an sich.

Verwirrt senkte sie den Blick.

»Ich weiß, was du meinst«, stotterte sie. »Als ich klein war, war ich am liebsten an der Lagune. Wir haben stundenlang Vögel beobachtet. Ich konnte sie an ihren Stimmen erkennen.«

Sie kam sich dumm vor. All das war so abgedroschen. Natürlich liebte sie die Lagune, doch es gab Dinge, die sie viel intensiver erfüllten, an denen ihr viel mehr lag, und gerade von ihnen konnte sie ihm nicht erzählen. Was ihr leid tat, denn François war sensibel genug für Zwischentöne und verstand diese schwierigen und sogar gefährlichen Gefühlslagen.

»Venedig fehlt dir«, sagte er halblaut.

Der Schmerz war so heftig, dass sie erbebte.

»Ein wenig.«

»Ich möchte so gern, dass du glücklich bist, Livia. Das ist mir wichtig. Das weißt du, oder?«

Sie nickte, die Kehle war ihr wie zugeschnürt.

»Du brauchst Zeit, um dich einzugewöhnen. Aber ich bin sicher, alles wird gut. Und dann kommt ja auch bald unser Kind. Du wirst Mutter sein, und dann wird dir natürlich alles in anderem Licht erscheinen.«

Er ließ sich auf den Rücken fallen, verschränkte die Hände

unter dem Nacken und schloss die Augen. Die Sonne spielte über sein Gesicht. Er wirkte so gelassen, so absolut zu Hause in seinem Körper und in seinem Geist, so real, dass Livia es ihm noch nicht einmal verübeln konnte.

Hanna wischte sich mit dem Handrücken den Schweiß von der Stirn und blickte zum bleiernen, Unwetter verheißenden Himmel auf. Die Augustsonne lastete auf ihren Lidern. Heißer Wind strich ihr über die Wangen und die nackten Arme und verursachte ihr Kopfschmerzen. Ein hartnäckiger Schmerz strahlte von ihrem Kreuz aus, sie presste eine Faust dagegen, um ihn zu besänftigen. Den ganzen Tag lang hatte sie auf diesem Feld den Boden urbar gemacht und unzählige Steine auf die Karre geworfen, die sie abwechselnd mit den beiden anderen Frauen, die zur selben Arbeit eingeteilt waren, weiterzog.

Ihre Brüste waren schmerzhaft geschwollen. Seit dem Morgen hatte sie sich nicht mehr um die Kleine kümmern können. Alle wunderten sich, dass ihr ausgezehrter Körper trotz allem noch die Kraft fand, ihr Kind zu nähren, während die meisten anderen erschöpften jungen Mütter verzweifelten, weil sie keine Milch mehr hatten. Das Weinen der Neugeborenen raubte den Barackenbewohnern oft den Schlaf. Noch tags zuvor hatte eine böse Zunge zu verstehen gegeben, Hanna verschaffe sich heimlich Zusatzrationen. Lilli hatte wütend protestiert, doch Hanna wollte sich nicht zu einer Entgegnung herbeilassen: Boshaftigkeit beantwortete man am besten mit Gleichgültigkeit.

Von ferne ertönte ein Schrei. Vom Waldrand her winkte einer der zur Waldarbeit abgestellten Männer. Die drei Frauen seufzten erleichtert. Der Arbeitstag war geschafft. Nun konnten sie ins Flüchtlingslager zurück, ihre Abendration, einen Teller Brennnesselsuppe, die sie scherzhaft »Königssuppe« getauft hatten, löffeln und sich auf die Strohmatten fallen lassen, wo die Wanzen wieder über sie herfallen würden.

Wortlos legten sich die Frauen den Zugriemen um die Taille

und machten sich auf den Weg zum Rand des Feldes, mühsam den über die Ackerfurchen holpernden Karren hinter sich herziehend.

Sie ließ einige Tropfen Digitoxin in ein Glas Wasser fallen und legte ihrer Mutter dann den Arm um die Schultern, um ihr beim Aufsetzen zu helfen. Es erschreckte sie immer wieder, wie mager die alte Dame geworden war. Auf den zitternden Händen, mit denen sie jetzt das Glas umklammerte, traten die Adern wie blaue Narben hervor. Hannas Blick blieb am nackten Ringfinger hängen. Bei der letzten Durchsuchung vorm Passieren der Grenze war der Trauring konfisziert worden, außerdem das ganze Geld, die Küchenmesser und der Anhänger mit der Muttergottes, den Hanna zur Erstkommunion geschenkt bekommen hatte.

Ein Arzt hatte ihr das kostbare Fläschchen gegeben, als sie vor ihrer Abschiebung nach Bayern in einem tschechischen Lager interniert gewesen waren. Es gab keine Medikamente, deshalb hatte er den Wachen so lange zugesetzt, bis er unter Bewachung in den Wald gehen und Fingerhutblätter sammeln durfte. Der allgemeine Mangel zwang die deutschen Ärzte, sich an die althergebrachte Pflanzen- und Kräutermedizin zu erinnern und geradezu mittelalterliche Arzneien zusammenzubrauen. Er hatte Hanna eingeladen, ihn zu begleiten. Die Aussicht, das Lager, in dem sie so eng zusammengepfercht lebten, verlassen zu dürfen, hatte anfangs wie eine Erlösung gewirkt, doch als sie die Wachen mit ihren umgehängten Gewehren, den Munitionsgürteln und den Militärkappen gesehen hatte, war sie von einem Zittern befallen worden. Sie hatte sich rasch entschuldigt, und sich, ihre Übelkeit niederkämpfend, ans Bett ihrer kranken Mutter geflüchtet. Am Abend war der Arzt mit einem großen Beutel voller Blätter zurückgekehrt. Mit hochprozentigem Alkohol, den ihm ortsansässige Bauern überlassen hatten, hatte er einen Trank herstellen können und ihn an alle Herzleidenden verteilt.

Die alte Dame schlief sofort wieder ein. Die meiste Zeit war ihr Geist weit weg von der Realität. Es war, als sei er durch einen

Schleier geschützt, der sie daran hinderte, die blanke Not wahrzunehmen, der sie in diesen Notbaracken ausgeliefert waren. Deshalb auch hatte Hanna zu ihrer großen Erleichterung keinerlei Erklärungen abgeben müssen, weder zu ihrer Schwangerschaft, die ihre Mutter gar nicht bemerkt hatte, noch zum plötzlichen Auftauchen eines Säuglings. Und da man ihr keine Fragen stellte, brauchte sie auch keine Lügen zu erfinden. Ein schwacher Trost, und doch war dieses auferlegte Schweigen ein Geschenk des Himmels. Um nichts in der Welt hätte sie in dem mitleidigen Blick, den ihre Mutter gewiss auf ihr hätte ruhen lassen, das Spiegelbild ihres heruntergekommenen Zustands sehen wollen.

Was hätte sie antworten sollen? »Ich bin vergewaltigt worden, Mutti. Jetzt bin ich schwanger.« Zwei lakonische, schneidende und vielsagende Sätze. Als Lilli endlich ihren Bauch bemerkt hatte, der so klein geblieben war, dass sie ihn bis fast ans Ende der Schwangerschaft hatte verbergen können, hatte Hanna nur gesagt: »Ich will nicht darüber sprechen, hörst du? Niemals!« Lilli hatte nicht mehr gewagt, das Thema zu berühren.

Sie versuchte alles, um ihre Mutter menschenwürdig zu pflegen. Sie wusch sie und half ihr bei der Verrichtung der Notdurft, sie sorgte dafür, dass ihr Haar gekämmt und ihre Kleidung möglichst sauber war, obwohl es nur ein Kleid zum Wechseln gab. Die alte Dame war inzwischen so ausgezehrt, dass Hanna sie ohne Mühe auf dem mit Stroh gefüllten Jutesack, der als Matratze diente, umdrehen konnte, doch sie hatte keine Salben für die eiternden Wunden, die an den Ellbogen und Fersen entstanden waren.

Durchdringendes Geschrei ließ sie zusammenfahren, sie legte die Hände an den Kopf, als wolle sie sich vor dem Lärm schützen. Der schrille Ton bohrte sich in ihre Schläfen. Jedes Mal, wenn ihr Kind schrie, empfand sie es als körperliche Aggression. Einige Augenblicke lang war sie wie gelähmt. Die grausame Spirale der Schreie wand sich um ihre Lunge und hinderte sie am Atmen.

»Kümmer dich endlich um dein Balg!«, rief eine gereizte Stimme. »Das ist ja nicht auszuhalten.«

Die Baracken waren in kleine Räume eingeteilt, die Bretter der dünnen Trennwände waren voller Löcher, sie glichen Grotten, in denen kleine Fetzen Leben hängen geblieben waren. Auf einem Regal thronte ein zerbeulter Kochtopf neben einem Wecker, ein Kruzifix hielt gute Nachbarschaft mit einer alten Ledertasche an einem Kleiderhaken, und auf einem Bindfaden trocknete Wäsche. Alles hörte man: den leisesten Husten, das Schnarchen, die Gespräche ... Und wenn man sich auszog, machte man besser das Licht aus.

Hanna hasste dieses enge Zusammenleben. Sie war in einer Familie aufgewachsen, in der nie Mangel geherrscht hatte, in der strenge Erziehung und gute Manieren wichtig waren, getreu einer Tradition, die bis in die Renaissance zurückreichte, als die alten Glasmachermeister das Recht erhielten, sich Werkstätten, Häuser und Kirchen zu bauen. Hier hatte sie ständig das Gefühl, neugierig beobachtet zu werden, und am schlimmsten war es, wenn sie sich um ihre Mutter kümmerte, und alle mithören konnten, wenn die alte Dame stöhnte, weinte und manchmal sogar schimpfte. Dann musste sie sich zurückhalten, um nicht zu schreien: »Früher war meine Mutter anders! Sie war eine anständige Frau voller Würde! Ihr hättet sie bewundert ...«

Ihre Gelenke schmerzten, als sie sich mühsam streckte und zu dem mit Stoffresten gepolsterten Korb ging, der als Wiege herhalten musste.

Sie nahm ihre Tochter, die aus vollem Hals schrie, auf die Arme und knöpfte ihre Bluse auf. Das Baby fand die Brust sofort und biss hinein, um an die Milch zu kommen. Hanna verzog das Gesicht vor Schmerz. Sie konnte nirgends eine Creme oder Lotion auftreiben, um zu verhindern, dass ihre Brustwarzen trocken und spröde wurden. Sie wandte den Kopf ab. Sollte das arme Kind doch seinen Hunger stillen, wenn sie nur aufhörte zu brüllen, wenn sie bloß endlich still wäre!

»Ich glaube, die Kleine hat Fieber«, meinte Lilli besorgt. »Vielleicht liegt es an der Hitze. Deiner Mutter ging es heute auch nicht gut.«

Ihre Cousine kauerte in einer Wanne und wusch sich mit einem

Waschlappen. Sie war so abgemagert, dass sie keine Brüste mehr hatte. Ihr Haar war ein paar Zentimeter nachgewachsen. Sie hatte geschworen, sie würde es nie mehr abschneiden, als könne sie so den Albtraum des Kahlscherens besser verdrängen.

Anfangs waren die beiden Cousinen eher schamhaft gewesen und hatten sich abgewandt, wenn die jeweils andere sich ausziehen musste. Vor allem Hanna hatte sich sehr schwer getan mit dem monströsen Auswuchs an ihrem Leib. Doch seit Lilli und eine Nachbarin ihr bei der Geburt beigestanden hatten, seit sie ihren Körper den Händen und Blicken anderer hatte ausliefern müssen, hatte sie jede Schamhaftigkeit aufgegeben. Ohne jede Befangenheit betrachtete sie Lilli und beneidete sie um ihren Jungmädchenkörper mit den hervorspringenden Rippen, den schmalen Hüften und flachen Brüsten.

Lilli trocknete sich ab und zog ihr geflicktes Nachthemd über. Sie setzte sich neben Hanna und begann ihr Haar mit einem Handtuch trocken zu rubbeln.

»Du wirst dir bald einen Vornamen für sie ausdenken müssen«, sagte sie und betrachtete das Baby, das immer mal wieder einnickte, die mütterliche Brustwarze noch zwischen den rosigen Lippen. »Du kannst dich nicht mehr davor drücken. Übrigens war Frau Huber heute Morgen hier, sie suchte dich und wollte dich bitten, die Papiere auszufüllen. Sie sagt, sie hätte deinetwegen bisher eine Ausnahme gemacht, aber jetzt könne sie keinen Tag länger warten.«

»Noch mehr Papierkram! Wir verbringen unser bisschen Zeit mit dem Ausfüllen von Formularen.«

»Aber das ist doch normal. Irgendwie muss man doch versuchen, die Register auf Stand zu halten. Angeblich kommen Tag für Tag Tausende von Flüchtlingen. Heute Morgen war ich am Bahnhof. Die Züge waren völlig überfüllt, einige Passagiere saßen sogar auf den Dächern.«

»Seltsame Passagiere! Leute, die man einfach so aus ihren Häusern vertrieben hat. Und die nennst du Flüchtlinge? Wir sind im Exil, Lilli, vergiss das nicht. Man hat uns wie Hunde aus unseren

Dörfern und Städten gejagt. Uns unsere Häuser, unsere Erde, unsere Fabriken weggenommen … Man hat uns unser Vaterland und unsere Gräber gestohlen. Und was bietet man uns zum Ausgleich? Gar nichts. Ein Land in Trümmern.«

Die Einwohner aus dem Kreis Gablonz waren in Viehwaggons nach Kaufbeuren, das etwa sechzig Kilometer von München entfernt lag, gebracht worden. Drei Tage und drei Nächte waren sie zusammengepfercht gewesen und hatten die Waggons nicht verlassen dürfen. Gleich nach dem Grenzübergang hatte Hanna die weiße Armbinde abgerissen und auf die Schienen geworfen. Tausende dieser Armbinden lagen auf dem Bahndamm herum wie fallen gelassene Taschentücher.

Bei ihrer Ankunft waren sie von Krankenschwestern in weißen Kitteln und mit Kopftüchern empfangen und mit Desinfektionspuder besprüht worden. Während der gesamten zweiwöchigen Quarantäne hatte ihr der chemische Geruch Hals- und Augenreizungen verursacht. Die Kleider hatten noch tagelang gestunken, aber dafür hatten sie die Gesundheitsbescheinigung erhalten, die man für die Aufenthaltserlaubnis brauchte, die wiederum die Voraussetzung für die Zuteilung der kostbaren Lebensmittelkarten war.

In den ersten Wochen hatten die Bayern sie in Schulen, Sporthallen und stillgelegten Fabriken untergebracht, wo sie oft auf dem nackten Fußboden schlafen mussten. Man gab ihnen das Essen in Tagesrationen. Als Frau Espenmüller, die Leiterin der Essensausgabe, Lilli am ersten Tag freundlich zulächelte, brach Lilli in Tränen aus, so sehr rührte sie das Wohlwollen dieser Wildfremden. Dann, im Mai, mietete die Flüchtlingsverwaltung Kaufbeuren das Lager Riederloh auf dem Gelände einer ehemaligen Munitionsfabrik an. Als Hanna in der ersten Nacht im Dunkeln gelegen hatte, hatte sie keinen Schlaf finden können. Wie lange noch würde sie sich von einem Ort zum anderen schleppen müssen?

»Das Traurigste waren die Waisenkinder«, fuhr Lilli jetzt leise fort. »Sie trugen ein Pappschild um den Hals. Die meisten waren noch ganz klein, manche waren so vier oder fünf Jahre alt, aber sie weinten nicht. Sie hatten sich brav aufgereiht, sie hielten sich immer zu zweit an den Händen und standen einfach da. Ihre Augen waren keine Kinderaugen mehr …« Lilli zog ihre Knie unters Kinn. »Frau Huber hat übrigens recht, weißt du«, fügte sie dann hinzu. »Die Kleine kann nichts dafür. Du darfst sie nicht für etwas bestrafen, woran sie unschuldig ist.«

Hanna kniff die Lippen zusammen, wieder einmal litt sie unter der Enge dieses vier mal drei Meter großen Aquariums, wo sie mit ihrer siechen Mutter, ihrem fiebernden Kind und einer Cousine zusammengesperrt war, die unerträgliche Wahrheiten von sich gab.

»Fräulein Wolf?«, rief eine Stimme.

Eine winzige Frau in grauer Kleidung und mit Schnürschuhen, die Zöpfe im Nacken zusammengesteckt, baute sich vor den Cousinen auf. Der von den dicken Brillengläsern noch verstärkte Eulenblick verriet, dass Frau Huber von schwer zu bremsender Effizienz war.

»Ah, da sind Sie ja, meine Liebe«, sagte sie und schwenkte ein Bündel Papiere. »Wunderbar. In letzter Zeit sind Sie immer so an mir vorbeigeschlüpft, dass ich dachte, ich komme am besten einfach zu Ihnen. Ich brauche einen Vornamen für die Kleine. Jetzt, auf der Stelle … Ich habe Ihnen eine Gnadenfrist gelassen, aber ich muss die Liste aktualisieren, das müssen Sie bitte verstehen.«

»Ja, Frau Huber«, sagte Hanna höflich, dabei interessierte sie nur eine Liste, die Liste der an der Front gefallenen oder vermisst gemeldeten Soldaten, und diese Liste wies schon seit Jahren große Lücken auf.

Wieder einmal verspürte sie einen Stich, weil Andreas nicht da war.

Sie betrachtete das inzwischen eingeschlafene Baby auf ihrem Arm, die Wimpern, die Schatten auf die Wangen warfen, den dunklen Flaum auf dem Köpfchen. Sie wusste nicht weiter. Wie sollte sie diesen Fremdling nennen?

»Also, Fräulein Wolf, ich höre.« Die Sekretärin wurde langsam ungeduldig.

»Wie heißen Sie mit Vornamen, Frau Huber?«

»Inge. Warum?«

»Dann schreiben Sie auf Ihre Liste: Wolf, Inge, geboren am 10. Februar 1946 in einem Durchgangslager. Mutter: Wolf, Hanna, geboren 1921 in Wahrstein, im österreichisch-ungarischen Böhmen oder in Deutschland, nein, Verzeihung, in der Tschechoslowakei, müsste ich sagen, nicht wahr?«, spottete sie. »Man verliert wirklich den Überblick. Vater …«

Sie stockte, ihr Mund bekam einen bitteren Zug.

»Vater unbekannt, wie Sie schon vermutet haben, Frau Huber. Haben Sie jetzt alle Auskünfte, die Sie brauchen? Es ist zwecklos, mich nach besonderen Merkmalen des Vaters zu fragen«, setzte sie ironisch hinzu. »Leider kann ich damit überhaupt nicht dienen. Sie waren zu dritt, verstehen Sie, einer von ihnen war es natürlich, aber wer? Das kann ich Ihnen eben nicht sagen, und es tut mir überaus leid für die Genauigkeit Ihres Verzeichnisses, überaus leid …«

Ihre Stimme war unangenehm schrill geworden und brach beim letzten Wort. Sie merkte, dass sie vor Zorn zitterte. Lilli legte ihr besänftigend die Hand auf den Arm.

»Psst, beruhige dich doch«, flüsterte sie ängstlich. »Die Nachbarn können dich hören.«

»Natürlich«, gab Hanna zurück und biss die Zähne zusammen. »Hier hört man ja alles.«

»Ich verstehe Ihren Zorn, meine Liebe«, sagte Frau Huber und notierte sorgfältig den Namen des Kindes. »Aber Sie müssen jetzt all das hinter sich lassen und tapfer sein. Sie leben. Das ist doch die Hauptsache, nicht wahr? Und Sie haben Glück, dass Sie bei uns in der amerikanischen Zone Zuflucht gefunden haben und nicht bei den Sowjets.« Ein Schauer überlief sie vom Kopf bis zu den Füßen, als hätte sie sich gerade etwas Schauderhaftes vorgestellt. »Seit Anfang Mai werden alle Konvois aus Gablonz zu denen weitergeleitet. Aber bald, wenn alles wieder in Ordnung ist, können Sie wieder nach Hause.«

Sie schien sich ihrer Sache so sicher. Sie lächelte Lilli noch einmal verständnisinnig zu und verließ dann nach einem sorgenvollen Blick auf die kranke alte Frau, von der man nur das kreidebleiche Gesicht sah, wortlos den Raum.

Was wäre auch noch zu sagen gewesen?, fragte sich Hanna kläglich. Sie war nicht die Einzige, die hier Probleme hatte. Sie waren zu Hunderttausenden in Süddeutschland gelandet. Es wurde erzählt, bald komme ein Flüchtling auf fünf Bayern. Und da es ohnehin schon an allem fehlte, an Wohnungen und an Lebensmitteln, waren die Einheimischen, wie beispielsweise Frau Huber, nicht so begeistert über den Zustrom dieser Menschen mit ihrem seltsamen Dialekt, ihren Bündeln und Holzkoffern, auf die sie sorgsam mit roter und schwarzer Farbe gemalt hatten: *»Gablonz/N, Kaufbeuren, Riederloh, Bayern«.* Unter diesen Menschenhorden fiel ein Einzelschicksal nicht sonderlich ins Gewicht.

Mit affenartiger Geschicklichkeit kletterte Lilli auf die obere Pritsche des Doppelstockbetts.

»Glaubst du, dass wir bald wieder nach Hause zurückkehren?«, fragte sie zaghaft und schaute dabei über die Bettkante hinunter zu ihrer Cousine.

Hanna schloss die Augen, mit einem Mal war sie todmüde.

»Woher soll ich das wissen, Lilli?«, seufzte sie. »Schlaf jetzt. Morgen früh wirst du in der Knopfwerkstatt erwartet. Du weißt doch, dass man arbeiten muss, damit man hierbleiben darf. Ich habe keine Lust, abgeschoben zu werden. Nicht schon wieder.«

»Auf jeden Fall war es schlimmer, als ich das Dienstmädchen dieser elenden Tschechin war, die mich nicht ausstehen konnte. Wir sind hier zwar nicht zu Hause, aber immerhin ist es Deutschland«, sagte Lilli entschieden.

Sie wälzte sich einige Male und seufzte dann tief.

»Mir ist heiß. Ich kriege keine Luft.«

»Ich weiß, Lilli, aber du musst jetzt trotzdem schlafen.«

Das Kind weinte, und Hanna gab ihm die andere Brust. Einen winzigen Augenblick lang schauten sie die dunklen Augen des Mädchens an. Hanna war beeindruckt von diesen großen Augen, in denen absolutes Vertrauen stand, obwohl sie selbst doch völlig hilflos war. Aber wie hätte dieses kleine Geschöpf überleben können, wenn es nicht vorbehaltlos an die Arme glaubte, die es hielten, wenn es die Sorgen der Mutter hätte teilen müssen?

Inge, dachte Hanna, und es war, als hätte ihre Tochter plötzlich zu leben begonnen. Einen Augenblick lang empfand sie Panik, aber auch eine Spur Neugier. Zögernd berührte sie mit der Fingerspitze die Wange ihrer Tochter, selbst eingeschüchtert von dieser ersten Liebkosung.

Sie dachte an den Wintertag zurück, als sie auf dem zugefrorenen Weiher in der Nähe des Dorfes gekniet und die Fische beobachtet hatte, wie sie majestätisch langsam unter dem dicken Eispanzer hin und her schwammen. Sie hatte sich gefragt, wie sie es nur aushielten, so gefangen unter dieser Haube. Inzwischen dachte sie, dass die Fische sich womöglich von Gott beschützt fühlten.

»Inge …«, murmelte sie verwundert.

Es war immer dieselbe Angst, die sie gegen vier Uhr morgens weckte, sie, wie erschöpft sie auch sein mochte, aus ihrem unruhigen Schlummer riss und einen hartnäckigen Schmerz in der Magengrube zu neuem Leben erweckte.

Sie redete nicht darüber, sie wollte nicht, dass man es dem Hunger zuschrieb. Natürlich hatte sie Hunger, aber nicht wie die anderen, für die Essen zur Obsession geworden war, sie hungerte nach dem Leben, das ihr vorenthalten wurde, nach ihrem Dorf, nach ihrem Haus mit den vertrauten Gerüchen, nach den Holzdielen, die auf dem oberen Treppenabsatz quietschten, nach den Truhen und Koffern voller Erinnerungsstücke auf dem Dachboden, nach dem beruhigenden Ticken der Küchenuhr. Sie hungerte nach der Zukunft, die man ihr versprochen hatte, als sie klein war, und die jetzt in Schutt und Asche lag.

Im Halbdunkel betrachtete Hanna die Umrisse des Hockers und des Tischs, beides hatte ihnen ein Schreiner aus alten Latten, die er bei den amerikanischen Soldaten organisiert hatte, gebastelt. Der kleinste Nagel, das winzigste Brett war ein kostbarer Besitz. Die Kleidungsstücke an den Haken sahen aus wie Gespenster. Die stickig-heiße Dunkelheit umfing sie wie eine Hülle. Nachts kam sie sich vor wie im Bauch eines Ungeheuers, in dessen Eingeweiden es kollerte und seltsam roch. Sie stellte sich all die Schlafenden vor, die Kinder eng aneinander geschmiegt, die Alten ausgestreckt auf den klappbaren Feldbetten der amerikanischen Armee, die Frauen stoisch um den Schlaf kämpfend, aus dem sie die Kraft für einen neuen Tag zu schöpfen versuchten. Es gab nur wenige gesunde Männer. Die meisten waren tot oder verschollen, viele waren in den ersten Wochen nach dem Krieg in die Sowjetunion deportiert worden, und die Familien hatten seither keine Nachricht mehr von ihnen erhalten. Andere kehrten einzeln oder in kleinen Gruppen aus den Gefangenenlagern der Alliierten zurück.

Sie hatte festgestellt, dass die Verzweiflung einen Geschmack hatte, den man schwer los wurde und der einem die Kehle austrocknete. Trotzdem musste sie durchhalten. Ihr Leben war nur eine Folge von zu erledigenden Aufgaben, ein täglicher Hindernislauf. Sie musste ihre Mutter pflegen, Lilli gut zureden, die sich mit der Hilflosigkeit eines Kindes an sie klammerte, aufpassen, dass das Baby nicht starb, und dafür sorgen, dass sie alle genug Essen und Kleidung hatten. Sie hatte Angst, krank zu werden und diese Pflichten nicht mehr erfüllen zu können, denn der Tod ging um, er war ein aufmerksamer und treuer Begleiter. Kein Tag verging, an dem nicht ein Leichnam auf einer Bahre aus dem Lager getragen wurde. Die Menschen starben an Erschöpfung, am Alter, am Überdruss, an Krankheiten. Was machte es schon? Die Toten wurden auf einem Behelfsfriedhof beigesetzt, sie lagen in fremder Erde, und ihre Angehörigen weinten heftig, ihre Gesichter waren bleich und verzerrt, doch die Gefühlswallung dauerte nicht länger als ein Gewitter, denn das Leben musste weitergehen, und niemand hatte Zeit und Kraft für unnütze Tränen.

Sie stand abrupt auf und zog so geräuschlos wie irgend möglich einen Koffer hervor, der hinter dem Etagenbett klemmte. Bei der

Ankunft hatte man ihnen gesagt, sie sollten ihr Gepäck in einem Lagerraum abstellen. Hanna hatte empört eine Szene gemacht: Das war schließlich alles, was ihnen geblieben war! Nachdem sie sich so viel Mühe hatte geben müssen, um ihre wenigen Habseligkeiten vor den Klauen der tschechischen Polizisten zu retten, sollte sie sich nun davon trennen ... Ringsum hatten die Flüchtlinge, ohnehin schon am Ende ihrer Kräfte, zu schluchzen begonnen. Die Betreuer hatten versucht, ihnen gut zuzureden. Die Koffer, Kisten und Holztruhen würden denjenigen, die in den besonders kleinen Baracken untergebracht seien, am Ende des Aufenthalts zurückgegeben, in der Zwischenzeit werde das Lager von Freiwilligen rund um die Uhr bewacht. Die Wolfs hatten Glück gehabt: Die Familie erhielt ein gemeinsames Zimmer und durfte ihre Sachen behalten. Hanna wusste, dass andere immer noch auf ihre Gepäckstücke warteten.

Sie nahm den kleinen Schlüssel, den sie an einem Bindfaden um den Hals trug. Im Koffer lag, sorgsam in einen Pullover gewickelt, der Kelch, den Andreas an dem Abend vor seinem Aufbruch zur Front graviert hatte. Sie stellte ihn vorsichtig auf ihre Knie.

Es war riskant gewesen, ihn außer Landes zu schaffen. Die tschechischen Behörden hatten verboten, Gegenstände mitzunehmen, die, und sei es nur von ferne, mit der Gablonzer Industrie zu tun hatten. Die chemischen Formeln für die schmalen Glasröhrchen, die Zeichnungen für die Maschinen, mit denen Knöpfe oder Pressglasperlen hergestellt wurden, die Muster für Schmuckstücke aus geschliffenem Glas, die aussahen wie gefasste Edelsteine, die Listen der über die Welt verstreuten Kunden, die Rechnungsbücher aus den Fabriken. Alles hatten sie zurücklassen müssen. Bei den vielen Durchsuchungen hatte sie den Kelch wie durch ein Wunder immer wieder verstecken können, was sie als eine Art Sieg empfand.

Es war so dunkel, dass die Einzelheiten nicht zu sehen waren, aber sie konnte die zarte Gravierung, die ihr schon bis ins Letzte vertraut war, mit den Fingerspitzen blind ertasten.

Sie hatte lange überlegt, welches von Andreas' Werken sie mitnehmen sollte. Die kostbarsten Stücke, der mit der Scheibe gravierte Pokal, den er als Abschlussarbeit an der Glasmacherschale gemacht hatte, und die Vase *»Junges Mädchen im Mondschein«*, für die er auf der Pariser Weltausstellung den Preis bekommen hatte, waren unter den Dielen im Wohnzimmer versteckt. Er hätte wahrscheinlich gewollt, dass sie die Vase rettete, die seine Arbeit besser repräsentierte, doch sie hatte sich bei der Wahl von egoistischen Motiven leiten lassen. Wenn sie sich auf diese schreckliche Reise machen musste, dann brauchte sie die vitale Kraft dieser so stolzen, so freien Frauenfigur, die ihr Bruder an einem Abend großer Angst geschaffen hatte, als könne er so das Schicksal beschwören.

Andreas saß an der Tür des Viehwagens und ließ die Beine in der Luft baumeln. Er rauchte, während er die in Dunstschwaden gehüllte bayrische Landschaft vorüberziehen sah. Die drückende Hitze wurde kaum gemildert von dem unwetterartigen Regenschauer, der den Boden peitschte und aufs Waggondach prasselte. Ein Geruch nach fettem Boden und feuchtem Gras lag in der Luft.

»Die Alliierten haben denen aber auch nichts geschenkt«, bemerkte Wilfried und nahm die Zigarette, die ihm sein Vorgesetzter hinhielt.

Dieses Ritual hatten sie vor einigen Wochen eingeführt, denn die Versorgung mit Tabak war nach wie vor unsicher. Andreas rauchte die erste Hälfte der Zigarette und übergab den Rest seinem Weggefährten, der so lange daran zog, bis er sich die Lippen verbrannte.

Eine Landschaft in Verzweiflung, dachte Andreas. Niedergebrannte Häuser, zerstörte Straßen, brachliegende Felder. Das ausgeschlachtete Gerippe eines Jeeps lag im Straßengraben, auf der Kühlerhaube war noch ein weißer Stern zu sehen. Und die Städte, durch die sie gekommen waren, mein Gott, die Städte …

Der Zug wurde langsamer. Drei Jungen standen auf einem Erdhaufen und beobachteten sie. Ihre kragenlosen, schief zugeknöpften Hemden waren vom Regen durchnässt, und aus ihren kurzen Hosen, die wie bei alten Männern mit Hosenträgern fast bis unter die Achseln gezurrt waren, ragten knochige Knie. Sie waren barfuß, die Arme hingen steif nach unten, die Hände waren zu Fäusten geballt. Unter dem kurz geschorenen Haar standen die Ohren weit ab.

»Rührt euch!«, rief Wilfried amüsiert. »Man könnte meinen, den Deutschen ist das Militärische einfach nicht auszutreiben. Schauen Sie sich die Jungs an, Herr Oberleutnant, sie stehen stramm, obwohl es ihnen keiner befohlen hat.«

Plötzlich lud der Größte von den dreien eine Steinschleuder.

»Verdammt! Die werfen mit Steinen nach uns!«, schrie Wilfried und fasste sich an die Wange.

Unter seinen Fingern quoll ein wenig Blut vor.

»Na, denen werd ich eine Tracht Prügel verpassen, diesen Rotznasen!«

Andreas hatte sich geduckt, um den Steinen auszuweichen. Die Kinder stoben auseinander wie ein Spatzenschwarm.

»Weißt du, wie wir in Bayern manchmal genannt werden? ›Sudetenpack.‹ Also solltest du dich lieber damit abfinden und die Klappe halten. Wir sind hier nämlich keineswegs willkommen. Die haben auch so schon genug Probleme. Man braucht sich ja auch bloß umzusehen, oder? Wir müssen doppelt so viel arbeiten wie die anderen, doppelt so gut, dann werden wir vielleicht anerkannt. Geschenke wird man uns hier nicht machen.«

»Lausejunge …«, knurrte Wilfried und wischte sich die Wange mit einem schmutzigen Taschentuch ab. »Das ist doch kein Grund. Mir jedenfalls hat man beigebracht, Älteren gegenüber höflich zu sein.«

Andreas dachte kurz, dass sein Vater der Bemerkung dieses jungen Spunds vorbehaltlos zugestimmt hätte, aber was war noch übrig von den Regeln der Vorkriegswelt? Verschwommene Erinnerungen an ein zivilisiertes Leben, in dem die Jungen den Älteren mit Hochachtung begegneten. Doch im besiegten Deutschland gab es in der Elterngeneration nicht mehr viel, was man respektieren konnte: Alles musste neu erfunden werden.

Er betrachtete die Überreste eines Bauernhofes, der Wohlhabenden gehört haben musste. Das Ausmaß der Aufgabe war entmutigend. Und doch würde er sich ein neues Leben aufbauen müssen, weil er wie durch ein Wunder überlebt hatte. Er betrachtete seine Hände, die auf den Knien lagen. Sie waren alles, was ihm geblieben war, neben seiner Kleidung – einer Uniformhose, einem zerrissenen weißen Hemd, einem kurzen Mantel, dem einzelne Knöpfe fehlten – und einem Rucksack, der sein Essgeschirr und ein Hemd zum Wechseln enthielt.

Nackt wie ein Neugeborenes, dachte er plötzlich und brach in Lachen aus. Ich bin zum Gemeinplatz geworden: Wer nichts mehr hat, hat auch nichts mehr zu verlieren. Jahrelang hatte ihn die schleichende Sorge geplagt, sein Haus, sein Besitz, sein Vaterland könnten verloren gehen. Sie hatten ihm Orientierung und Schutz geboten. Er hatte es so verstanden, dass dieser Krieg gewonnen oder zumindest ehrenvoll verloren werden musste, damit die Deutschen in Böhmen den Schutz eines internationalen Vertrags erlangten und das Recht, in ihrer Heimat zu bleiben. Und nun, da das Schlimmstmögliche eingetreten war, empfand er seltsamerweise etwas wie Befreiung. Fünf lange Kriegsjahre hatte er sich vor dem Sterben gefürchtet. Und jetzt, unter dem gewittrigen Himmel des sorgenbeladenen Bayern, löste sich selbst diese Angst auf.

»Glauben Sie, dass es uns da gut gehen wird?«, erkundigte sich plötzlich Wilfried und überflog zum x-ten Mal den Zettel, den er ständig bei sich trug.

Er war so oft glatt gestrichen und wieder gefaltet worden, dass er wie ein Lappen aussah. Sie hatten ihn in einem der unzähligen zugigen Durchgangsbahnhöfe erhalten, die sie in den letzten Wochen passiert hatten. Der Aufruf wendete sich an alle Fachleute der Gablonzer Industrie, sie sollten sich nach Bayern ins Allgäu begeben, genauer gesagt, nach Kaufbeuren, Marktoberdorf und Füssen.

Eure Industrie, die Euch Euer Brot bis jetzt gegeben hat, wird in Bayern neu aufgebaut … Die Struktur der Industrie soll möglichst so erhalten bleiben, wie Ihr sie als geeignetste in der früheren Heimat erkannt und durch Generationen überliefert habt … Jeder, der ein selbständiges Gewerbe ausgeübt hat, soll es wieder ausüben … Steht geschlossen hinter den Bestrebungen des Landes, das Eure neue Heimat wird …

In der Wagmüllerstraße Nummer 18 in München hatte man ihnen bestätigt, dass einige Kilometer von der Kleinstadt Kaufbeuren entfernt ein neues Gablonz entstehen solle. Andreas hatte seinen Ohren kaum getraut. Sein Herz war ins Stolpern geraten. Sofort hatte er Wilfried am Arm gepackt und war mit ihm aufgebrochen, denn er war sicher, dass seine Mutter, Hanna und Lilli nicht mehr weit sein konnten.

»Werden die mich überhaupt wollen?«, jammerte der junge Mann. »Bei Licht besehen habe ich nicht die mindeste Ahnung, und es hieß, sie wollten nur Fachleute einstellen.«

»Ich hab dir doch schon gesagt, dass du mein Lehrling warst«, knurrte Andreas. »Du bleibst bei mir. Das ist ein Befehl.«

Er hielt sich mit einer Hand an der Wagentür fest und beugte sich plötzlich weit vor, als wolle er sich auf die Schienen werfen, dann kehrte er sein Gesicht dem Himmel zu und ließ die Regentropfen über seine Stirn und seine Wangen laufen. Er trank das kühle Wasser und dachte zurück an all die Tage, in denen er in der russischen Steppe Angst vorm Verdursten gehabt hatte. Am liebsten hätte er das eigentliche Wesen dieses Wassers getrunken, seine Prismen und Verheißungen, am liebsten hätte er seine Transparenz, sein Fließen festgehalten. In Gedanken begann er schon eine Gravur zu skizzieren, und dieser unverhofft wiedererstandene Schaffensdrang, den er doch für immer verloren geglaubt hatte, ließ ihn erbeben und erfüllte ihn mit einem fast kindlich glücklichen Staunen.

Und so lauschte, während sein Körper von einem Güterzug geschüttelt wurde, Andreas Wolf, Glasmachermeister aus Böhmen, scheu und ehrfurchtsvoll dem in ihm aufsteigenden glücklichen und gerechten Gebet, dem klaren, aus uralten Zeiten stammenden Lied des Kristalls.

Es war später Nachmittag, die Schatten wurden immer länger. Hanna ging zum Lager zurück und blickte dabei auf den staubigen Boden. Den ganzen Tag lang hatte sie geholfen, die Trümmer eines Gebäudes wegzuräumen. In langen Reihen hatten die Frauen dagestanden, sich mit einem Kopftuch vor der Sonne und dem Staub schützend, und konzentriert und mit der Regelmäßigkeit eines Metronoms Ziegelsteine, Balkenstücke und Zementbrocken von Hand zu Hand weitergereicht. Ihre aufgescheuerten Handflächen brannten.

Auf dem Rückweg war sie beim Kaufmann vorbeigekommen, einem Mann mit sorgfältig gekämmten Haar, der seine Waren unter dem Giebel eines Hauses feilbot, das nur noch aus seiner Fassade bestand. Auf einem Holzbrett hatte er sein kleines und wild zusammengewürfeltes Warenangebot aufgebaut: ein Kochtopf, Haarbürsten, Essgeschirre, Hosenträger und Besen. Sein linker Jackenärmel war auf Ellbogenhöhe hochgeschlagen und festgesteckt. Sie wusste nie, ob sie lachen oder weinen sollte, wenn sie hörte, wie er einen potenziellen Kunden mit altmodischer Höflichkeit begrüßte. Wie sollten sie nur all diese Trümmer wegräumen? Und wie lange würden sie brauchen, um wieder etwas aufzubauen? Eine so große Aufgabe. Unvorstellbar groß.

Sie ging an dem oben mit Stacheldraht gesicherten Gitter entlang, mit dem das Lager eingezäunt war. Am Eingang zeigte sie müde ihren Ausweis vor. Schweren Herzens dachte sie an das, was sie jetzt erwartete. Ob sie eines Tages bei dem Gedanken, nach Hause zu kommen, wieder etwas wie Unbeschwertheit empfinden würde? Erst jetzt, seit sie daraus vertrieben war, wurde ihr klar, mit welcher Heiterkeit und welchem inneren Frieden sie abends in ihr Haus in Wahrstein zurückgekehrt war. Alles, was sie als ihr rechtmäßig zustehend betrachtet hatte, war verschwunden, und ihr war, als hätte man es zweimal gestohlen, weil sie damals nicht klug genug gewesen war, das einfache Glück der Sicherheit zu genießen.

»Hanna!«, hörte sie Lilli rufen.

Erschrocken blickte sie auf. Lilli stürzte ihr entgegen.

»Was ist los?«

»Beeil dich!«

»Mein Gott, Mutti …«

Lilli packte sie am Arm. Auf ihrem Gesicht stand ein seltsamer Ausdruck, ihr Mund war verzerrt, die Augen wirkten fiebrig. Hanna begann zu rennen. Das Blut summte ihr in den Ohren. Lilli sprach mit ihr, abgehackt, aber sie hörte ihr nicht zu. Sie durfte jetzt keine Sekunde verlieren, sie musste zu ihrer Mutter.

Atemlos kam sie vor der Baracke an und stieß mit einer Frau zusammen, die gerade mit einer Schüssel voller Wasser heraustrat. Der Inhalt ergoss sich über beide Frauen.

»Bitte verzeihen Sie!«, rief Hanna, ohne stehen zu bleiben.

Endlich kam sie an ihrem Verschlag an. Ein Mann kniete am Bett ihrer Mutter. Wie immer beim Anblick eines Fremden gefror ihr das Blut in den Adern.

»Wer sind Sie?«, schrie sie. »Was wollen Sie? Lassen Sie meine Mutter in Ruhe!«

Der Mann erhob sich langsam und drehte sich zu ihr um. Sein Gesicht war blass und voller Furchen, er sah sie eindringlich, fast gierig an.

Nervös strich Hanna über ihren Rock. Sie betrachtete ihn forschend, als wolle sie sichergehen, dass sie nicht träumte.

»Andreas?«, flüsterte sie.

Er vermochte ihr nicht zu antworten. Wie versteinert stand er da und nahm ihr Bild in sich auf: so aufrecht und steif in dem vom Wasser fleckigen Kleid, zwei rote Flecken auf den Wangenknochen und mit Zöpfen, aus denen sich hier und da widerspenstige Strähnen lösten. Früher wäre ihm seine kleine Schwester um den Hals gefallen. Er versuchte das schüchterne junge Mädchen mit den kindlich runden Zügen wiederzufinden, von dem er sich mehrere Jahre zuvor auf einem Bahnsteig verabschiedet hatte, doch er blickte in das strenge Gesicht einer misstrauischen Frau.

Sie trat einen Schritt vor, dann noch einen, streckte die Hand aus und berührte seinen Arm. Dann bohrte sie ihre Fingernägel in den Stoff, um sicher zu sein, dass unter dem Ärmel wirklich ein Mensch aus Fleisch und Blut war.

Ihr wurde schwindelig, so groß war die Woge der Erleichterung, die sie jetzt erfasste. Einen Moment lang hatte sie wirklich Angst, ihr Bruder würde in tausend Stücke zerbrechen wie ein Spiegel. Vorsichtig lehnte sie ihren Kopf an seine Schulter, und er legte den Arm um sie. Sie schloss die Augen und atmete seinen Geruch ein, spürte seine Wärme unter dem Hemd.

»Hanna, es tut mir so leid«, flüsterte er. »Mutti ist gerade gestorben. Ich war bei ihr. Sie hat nicht gelitten.«

Sie zitterte und wandte sich ihrer Mutter zu. Das Gesicht der alten Dame war grau geworden. Jemand hatte ihr die Hände über der Brust zusammengelegt. Mein Gott, wie klein sie aussieht!, dachte sie. Wie eine Puppe.

Ratlos kniete sie sich neben das Bett und zog die kratzige Decke glatt. Als sie am frühen Nachmittag weggegangen war, hatte sie nichts Ungewöhnliches bemerkt. Sie hatte ihrer Mutter sogar ein wenig Suppe einflößen können. Wie war es möglich, dass sie binnen weniger Stunden ihre Mutter verlor und ihren tot geglaubten Bruder wiederfand?

Sie rieb sich mechanisch die Stirn, immer heftiger. Sie hätte am liebsten protestiert und laut geschrien, doch sie brachte keinen Ton hervor. In ihrem Kopf stritten zornig erhobene Stimmen.

Obwohl sie ihre Mutter jahrelang liebevoll gepflegt, sie bis hierher gebracht und ihr Letztes gegeben hatte, um ihr möglichst viel Bequemlichkeit zu bieten und ihre Würde zu wahren, hatte die alte Dame nicht einmal mit dem Sterben auf sie gewartet. Als hätte sie sich nur in der Hoffnung ans Leben geklammert, Andreas ein letztes Mal zu sehen, als wäre das alles nur für ihn geschehen. Aber war es nicht immer schon so gewesen? Sie war zehn Jahre nach ihrem Bruder zur Welt gekommen, ihre Eltern hatten schon nicht mehr damit gerechnet, noch Kinder bekommen zu können. Man hatte sie liebevoll umsorgt, gewiss, aber im Heranwachsen hatte sie manchmal das Gefühl gehabt, sie sei überflüssig und strenge ihre Mutter zu sehr an. Mit der Kindern eigenen Hellsicht hatte sie erkannt, dass ihr Bruder immer wichtiger sein würde als sie.

In ihrem Rücken hörte sie Andreas mit Lilli sprechen, die durcheinander lachte und weinte. Lilli war ihren Gefühlen so sehr ausgeliefert, dass es manchmal wie der Beginn eines Nervenanfalls wirkte. Andreas erklärte ihr ruhig, er werde zur Lagerleitung gehen und sich um die Begräbnisformalitäten kümmern. Seine Stimme war tief und bestimmt, ihr Timbre, das Hanna in ihren Träumen so oft gehört hatte, hallte in ihren Adern wider.

Jetzt ist es endlich vorbei, dachte sie, erschöpft und auch seltsam erleichtert, und legte die Stirn auf die kalten Hände ihrer Mutter. Jetzt kann auch ich sterben.

Livia stand am Fenster. Die Regentropfen rannen an den Fensterscheiben herunter, und auf dem Rasen hinter dem Haus lagen die letzten gelben und ockerfarbenen Blätter. Hin und wieder senkte sie ihre Lider. Sie legte beide Hände auf ihren Bauch und spreizte die Finger. Sie hatte das Gefühl, ihre Haut sei so stramm gespannt wie die einer Trommel. Voller Angst erwartete sie die nächste Woge von Schmerz.

»Versuchen Sie, ein wenig zu gehen«, sagte Élise.

Sie tauchte aus ihrer Benommenheit auf und nickte. Gehen … Nichts, was sie lieber täte. Wenn es möglich gewesen wäre, hätte sie einen Fuß vor den anderen gesetzt und wäre fortgegangen, bis ans Ende der Welt, weit weg von dieser viel zu grauen Stadt und von diesem viel zu regnerischen Herbst. Nervös rieb sie sich die Arme, ihr war kalt. Trotz der Sommertage, an denen die Hitze manchmal wie eine Glocke über der Stadt gelegen hatte, hatte sie, seit sie den Fuß auf lothringischen Boden gesetzt hatte, ständig das Gefühl zu frieren.

Sie schrie auf. Jedes Mal überfiel sie der heftige Schmerz überraschend. Jetzt war es so, als stieße man ihr durch die Eingeweide einen Dolch bis zur Kehle.

»Atmen Sie!«, befahl Élise und beugte sich zu ihr.

Sie fand es demütigend, aber sie begann zu hecheln, sie konnte es nicht unterdrücken, weil es kein anderes Mittel gab, den Schmerz wenigstens ein bisschen zu lindern. Bei den ersten Kontraktionen hatte sie sich auf die Lippen gebissen, um nicht zu schreien, gegenüber ihrer Schwägerin wollte sie unbedingt ihre Würde wahren, doch seit die Pausen zwischen den Wehen kürzer wurden, ließ ihre Selbstbeherrschung nach. Ganz auf ihren Schmerz konzentriert, wurde sie von der absurden Vorstellung verfolgt, dieses Kind werde es nicht schaffen, zur Welt zu kommen, und sie sei dazu verdammt, es so, weder tot noch lebendig, weiter zu tragen bis ans Ende ihrer Tage.

»Ich tue … was … ich kann«, stöhnte sie mit zusammengebissenen Zähnen.

Ihre Kiefer waren wie verschweißt, Schweiß perlte von ihrer Stirn. Niemals zuvor in ihrem Leben hatte sie solche Angst gehabt.

Schleimige Flüssigkeit lief an ihren Beinen herunter und tränkte das lange weiße Baumwollnachthemd. Bestürzt dachte sie, dass Élise sich bestimmt ärgern würde, wenn der Teppich Flecken bekäme.

»Dio …«, murmelte sie.

»Es ist so weit, dass Sie sich hinlegen sollten«, sagte Élise. »Die Hebamme ist sicher bald da. Keine Angst, es wird alles gut gehen.«

»François …«, hauchte Livia und bewegte sich mit kleinen Schritten aufs Bett zu.

»Natürlich, ich werde ihn benachrichtigen lassen«, sagte Élise beruhigend.

»Er hat gesagt, er möchte dabeisein …«

»Natürlich.«

Élise stützte sie, als sie sich auf die Bettkante setzte.

»Ich helfe Ihnen beim Umziehen«, sagte sie und hielt ihr ein sauberes Nachthemd hin. »Dann werden Sie sich besser fühlen.«

»Danke, aber das schaffe ich noch allein.«

Sie wollte sich vor ihrer Schwägerin nicht ausziehen. Nach dem Tod ihrer Eltern war sie allein, nur mit ihrem Bruder und ihrem Großvater, in dem großen Haus aufgewachsen. Ihre Intimsphäre war immer sorgsamst respektiert worden. Zwar waren ihre Tanten immer sehr liebevoll mit ihr umgegangen, aber sie hatte nie eng mit ihnen zusammengewohnt und war daher nicht daran gewöhnt, von Frauen angesehen zu werden.

Élise wandte sich ab, während sie sich umzog, und prüfte nach, ob auch genug frische Wäsche auf der Kommode bereit lag. Das

Schlafzimmer war am selben Morgen von dem jungen Dienstmädchen aufs Sorgfältigste geschrubbt worden. In der Luft lag immer noch ein leichter Geruch nach Bienenwachs.

Livia verzog das Gesicht, als sie sich auf dem Bett ausstreckte und in die Kopfkissen lehnte. Das Warten hatte in diesem Zimmer eine fast greifbare Intensität angenommen. In diesen vier weißen Wänden, an denen die Stiche mit den legendären Stadtheiligen von Metz hingen, dem Heiligen Clemens mit dem von ihm besiegten Drachen an der Leine und dem Heiligen Arnulf mit seinem Bischofsring, würde sie ihr Kind zur Welt bringen, und niemand aus ihrer Familie, weder ihre Tanten noch ihre Cousins wussten davon, nicht einmal Flavio.

Flüchtig kam ihr Marco in den Sinn. Er hatte ihr klar zu verstehen gegeben, dass er sie heiraten wollte. Wenn sie es zugelassen hätte, wäre sie eine Zanier geworden, sie hätte im Schatten der Palmen in dem von einem Zaun umgebenen großen ockerfarbenen Haus mit den weißen Arkadenfenstern hinter San Donato gelebt, sie hätte Marcos Kind unter dem Herzen getragen. Und am Tag der Geburt wäre sie von ihren Angehörigen umgeben gewesen, von geschickten, munteren Frauen, die regelrecht gezwitschert hätten vor Aufregung. Und sie alle wären von Tante Francesca befehligt worden, die sich nie von dem vergoldeten Lorgnon trennte, das sie an einem Kettchen um den Hals trug, und deren zartes Gesicht die Entschlossenheit eines Generals verbarg. Man hätte Türenschlagen gehört und erhobene Stimmen. Durchs offene Fenster wäre die kühle Luft der Lagune geweht, die Luft eines von Feuchtigkeit gesättigten Herbsttages mit seinem von dunklen, gelb geränderten Wolken verhangenen Himmel und einem Wind, der einem als Vorbote des Winters das Gesicht und den Körper peitschte.

Das Haus der Nagels blieb, um die Rundung seiner schmiedeeisernen Treppe geschmiegt, ebenso still und aufmerksam wie ein braves Kind. Sie wandte das Gesicht zum Fenster. Auch in Venedig war der Herbstregen traurig, doch anders als in Metz, und er fehlte ihr, ganz einfach, weil es der Regen ihrer Kindheit war.

Sie beobachtete ihre Schwägerin, die noch einmal penibel nachprüfte, ob alles bereit war. Élise steckte wieder einmal in einem ihrer schwarzen Kleider, die sie trug wie eine Uniform und deren Stoff immer von guter Qualität war. Nur der Kragen wechselte täglich, vom Spitzenkrägelchen zum streng geometrischen Plissée. Im Laufe der Wochen hatte Livia sich einen Spaß daraus gemacht, allmorgendlich zu erraten, für welche Art Kragen sich Élise entschieden haben würde, denn dessen Form, so schien ihr, drückte die jeweilige Laune aus oder beeinflusste sie sogar. Élise, hager, streng und unbeugsam, trug tagein, tagaus ihre kleinen Perlenohrringe und die Herrenuhr mit dem rissigen Lederband, die viel zu groß war für ihr Handgelenk. Ihr blasser, konzessionsloser Blick, der einen manchmal auf geradezu beängstigende Weise aufspießte, ließ nicht vergessen, dass sie zu den Lothringern zählte, die den Deutschen im Verlauf dreier Kriege kompromisslosen Widerstand entgegengesetzt hatten. Sie gehörte zu den Frauen, die, ohne mit der Wimper zu zucken, die Bomben fallen hörten und Zorn und Freude vielleicht empfanden, aber nie zu erkennen gaben, kurz, zu diesen herben, zähen Frauen, deren Strenge in Krisenzeiten fast beruhigend wirkte. Verglichen mit ihr hatte Livia das Gefühl, voll im Saft zu stehen und geradezu unanständig lebensprall zu sein mit ihren schweren Brüsten und ihrem geschwollenen Körper. Selbst der Ehering schnitt tief in den Finger.

»Ich lasse Sie einen Augenblick allein«, sagte Élise. »Ich schaue nach, wo die Hebamme bleibt, dann komme ich wieder. Ruhen Sie sich inzwischen aus.«

Élise hatte nicht gewollt, dass sie in der Frauenklinik Sainte-Croix entband. »Hier zu Hause haben Sie es ruhiger«, hatte sie erklärt, doch Livia war sicher, dass es ihr vor allem um Diskretion ging. So riskierten sie keine Fragen allzu neugieriger Nonnen, und die Nagels brauchten keine peinlichen Erklärungen zu einer Geburt abzugeben, die als Frühgeburt gelten musste.

Sobald ihre Schwägerin das Zimmer verlassen hatte, erhob Livia sich mühsam. Sie ging zum Schrank und schob die Hand zwischen ihre Strümpfe und Hemden. Abends zuvor war sie trotz der damit verbundenen Gefahren auf einen Stuhl geklettert und hatte das rote Büchlein aus seinem Versteck oben auf dem Schrank geholt. Sie wollte es in Reichweite haben. Es war ihre einzige Verbindung mit Murano, ihre einzige Verbindung mit sich selbst.

Sie schlug das braune Packpapier auseinander, streichelte das abgewetzte Leder und sog den Duft ein, der den Seiten entströmte. Sofort stand ihr die Werkstatt der Grandi vor Augen, sie spürte die Hitze der Öfen, sie hörte das Knistern des *cristallo*-Gemenges, das Klappern der Zangen, das Keuchen der Pfeifen, sie sah den Funkenregen und das Licht, das sich zähmen ließ, wenn der Glasmacher dessen würdig war. Sie spürte ein Brennen im Herzen, das nichts mit den Schmerzen zu tun hatte, die den Körper gelegentlich überfallen. Was war ohne sie aus den anderen geworden? Hatten sie sie vergessen? Tino herrschte vermutlich immer noch über die Werkstatt, doch ob er sich mit ihrem Bruder verstand? Um den homerischen Zornausbrüchen des Wolfs standzuhalten, brauchte man eine gewisse Kaltblütigkeit, und die konnte sie bei ihrem Bruder schwerlich entdecken.

Einige Wochen nach ihrer Ankunft in Metz hatte sie für den Fall, dass Flavio sich nach ihr erkundigt haben sollte, an ihre Freundin Marella geschrieben, sie sei jetzt in Frankreich und werde auch in Zukunft dort leben. Sie war schlecht auf ihren Bruder zu sprechen, aber nicht so schlecht, dass er sich schreckliche Sorgen machen sollte, wenn er erfuhr, dass sie sich verdrückt hatte. Was den Brief mit Erklärungen anging, den sie ihm eigentlich hatte schicken wollen, so hatte sie bisher nicht den Mut aufgebracht, ihn zu schreiben.

Sie lebte jetzt im Exil, und das hieß Verzicht auf ihre liebenswerte Stadt mit den rissigen Fassaden und den kapriziösen Gassen, die einen wie in einen Kokon hüllten, bis das Meer stärker war und einen mit einem Ruck daraus befreite und zu den Anlegestellen Fondamenta Nuove oder Zattere brachte. Sie fühlte sich enteignet, nackt, verletzlich. Wenn sie in den Himmel blickte, suchte sie dort vergeblich nach dem Glanz des heimischen Himmels, aber der lothringische Himmel hatte ja auch keine Lagune und konnte daher niemals mit dieser wunderbaren Alchemie von Wasser und Licht konkurrieren.

Das Kind brachte sich wieder in Erinnerung, voller Ungeduld und Zorn. Sie verkrampfte sich vor Schmerz und legte die Hand auf den Bauch, dabei entglitt ihr das Büchlein. Sie biss die Zähne zusammen, um nicht zu schreien.

Als sie wieder atmen konnte, überlegte sie, dass sie es wieder wegräumen musste, bevor Élise zurückkam. Die Glasmacher verstanden keinen Spaß, wenn es um ein Geheimnis ging. Wer eine Herstellungsmethode zur Unzeit bekannt machte oder gar verriet, wurde verflucht und musste den Tod fürchten. In ihren ganz großen Blütezeiten hatte die Serenissima nicht gezögert, Mörder auszuschicken, um einen verräterischen Glasmacher ein für alle Mal zum Schweigen zu bringen. In den Geschichten, die man den Kindern erzählte, waren nicht Hexen und Geister die Schreckgestalten, sondern die verdammten Seelen dieser Treubrüchigen, die durch die Höllenkreise irrten.

Als Livia am Totenbett ihres Großvaters das Erbe des roten Büchleins der Grandi angenommen hatte, hatte sie auch eine große Verantwortung übernommen, deren sie sich würdig erweisen würde. Niemand durfte je durch diese Seiten blättern, auf denen sich Zeichnungen, chemische Formeln und einzigartige Rezepte aneinanderreihten und für die einer ihrer Vorfahren sein Leben gegeben hatte.

Ungeschickt beugte sie sich vor, ihre geschwollenen Hände hatten Mühe, es zu ergreifen, dabei hörte sie schon Élise' scharfe Stimme auf dem Korridor. Ihr Herz klopfte wild, doch endlich konnte sie das Büchlein fassen und rasch im Schrank vergraben.

»Was machen Sie da, Livia?«, fragte ihre Schwägerin erstaunt, als sie die Tür öffnete.

Die Hebamme war mitgekommen, sie hatte sich eine weiße Schürze umgebunden und ihre Ärmel hochgekrempelt.

»Nichts, ich wollte nur ein wenig gehen.«

»Ich möchte Sie jetzt untersuchen, Madame Nagel«, sagte die Hebamme. »Bitte legen Sie sich hin.«

Livia gehorchte.

»Und François?«, fragte sie Élise.

»Keine Sorge, ich habe ihn benachrichtigen lassen. Er kommt sicher bald. Ich warte im Salon. Bitte sagen Sie mir Bescheid, wenn Sie mit der Untersuchung fertig sind, Madame Betting.«

Sie verließ das Zimmer und schloss die Tür. Auf der Treppe begegnete ihr das Dienstmädchen Colette, sie trug Leintücher nach oben.

»Soll ich Monsieur François benachrichtigen, Mademoiselle?«, fragte sie ein wenig ängstlich.

»Nein, das ist im Augenblick noch nicht nötig. Es ist ihr erstes Kind. Es wird seine Zeit brauchen, und ich möchte nicht, dass Monsieur François mit den Misslichkeiten der nächsten Stunden behelligt wird.«

»Gut, Mademoiselle.«

Élise trat in den Salon. Das Kaminfeuer hatte die Feuchtigkeit vertrieben und erhellte das graue Licht, das zu den Fenstern hereinsickerte. Sie strich sich glättend übers Haar, dann ging sie zu einem Tischchen, auf dem einige Karaffen standen. Sie schenkte sich einen Mirabellenschnaps ein. Es war noch ein wenig früh für Hochprozentiges, doch sie war auf einen langen Nachmittag gefasst.

Im Licht des Feuers betrachtete sie die durchscheinende Flüssigkeit, dann richtete sie ihren Blick auf die beiden Fotos auf einem Tisch. François stand mit offenem Hemdkragen da, die Hände in die Hüften gestützt, den Kopf mit den leicht zusammengekniffenen Augen leicht zurückgeworfen, und lachte herzlich. Das Bild war in den Vogesen aufgenommen worden, wo sie im Sommer vor der Kriegserklärung eine Woche Ferien gemacht hatten. Er schien unbesiegbar und strahlte die triumphierende Energie eines selbstsicheren Jugendlichen aus, dem das Leben nur Herrliches zu verheißen scheint.

Zärtlich streichelte sie über den anderen Glasrahmen. Vincent lächelte nicht ins Objektiv. Mit erhobenem Kinn und in starrer Haltung beobachtete er es im Halbprofil. Man spürte, er verübelte es dem Fotografen, dass er ihn so überrascht hatte. Er hatte sich nie gern zur Schau gestellt. Als Schuljunge hatte er sich immer geweigert, am Schuljahrsende an den Theateraufführungen für die Familien mitzuwirken oder Gedichte aufzusagen. Er war nicht ganz so groß wie François, seine Gestalt war geschmeidiger und zarter, er hatte feines blondes Haar über einer hohen Stirn, einen schmalen Mund und eine scharf geschnittene Nase. Vincent war immer ein Einzelgänger gewesen. Er misstraute dem Leben und vermutete, es sei voller Fallstricke. Seine Schwester hatte sich unablässig bemüht, ihn davor zu bewahren. Was ihr übrigens auch gelungen war, bis das Deutschland Adolf Hitlers ihn zur Wehrmacht eingezogen und an die russische Front geschickt hatte.

Élise leerte ihr Glas in einem Zug. Vincent lebte, davon war sie überzeugt. Sie hatte so sehr um sein Leben gekämpft, als er ein Kind war, dass er nicht auf fremder Erde gestorben sein konnte, um die Eroberungsgelüste eines vom leibhaftigen Teufel fanatisierten Volkes zu befriedigen.

Im Alter von acht Jahren hatte ihr kleiner Bruder sich mit Scharlach angesteckt und dann allergisch auf die Medikamente reagiert. Er hatte nicht mehr schlucken können mit seinem entzündeten Hals, und sein vom Fieber geschüttelter Körper war voller roter Flecken gewesen. Am dritten Tag war der Arzt mit seinem Latein am Ende gewesen und hatte nur noch traurig den Kopf geschüttelt. Da hatte ihn Élise, außer sich vor Zorn, am Arm gepackt: »Mein Bruder wird überleben! Hören Sie, Herr Doktor? Ich werde ihn nicht sterben lassen!« Sie hatte Eis liefern lassen, um die Krämpfe zu lindern, und Vincent Tag und Nacht gepflegt wie eine Rasende. Sich selbst hatte sie nur wenige Ruhemomente gegönnt und gerade genug Nahrung, um durchhalten zu können.

Ihr Vater war mit einem von Vincents Hemden zur Kirche geeilt, um damit die Reliquien des Heiligen Blasius zu berühren, der angeblich Halskrankheiten heilte. Vergeblich. Als er, den Tod im Herzen, den Gemeindepastor gebeten hatte, er möge kommen und Vincent die letzte Ölung erteilen, hatte Élise ihm verboten, das Zimmer zu betreten. Nachdem sie einige Jahre zuvor ihre Mutter hatte sterben sehen, kam es nicht in Frage, dass sie auch noch ihren Bruder verlor. Élise hatte ihren persönlichen Kampf daraus gemacht, einen Kampf zwischen Gott und ihr. Mit einer bereits vom Schicksal geprüften Familie musste er Erbarmen haben. Sie hatte gewonnen. Vincent hatte überlebt, aber er war nicht unversehrt aus dieser Krankheit hervorgegangen. Die Erfahrung eines zu nahen Todes hatte seine Seele verbrannt und unsichtbare, aber tiefe Narben hinterlassen.

Er würde aus diesem barbarischen Land zurückkehren, dessen war sie sicher. Wenn Vincent getötet worden wäre, hätte sie es in ihrem tiefsten Innern gespürt. Sie hatte ihre beiden Brüder zwar nicht ausgetragen und geboren, aber sie hatte sie bis ins Erwachsenenalter geführt und ihnen gegen die Ungeheuer ihrer kindlichen Albträume zur Seite gestanden. Sie hatte ihre Schulzeit am Collège Saint-Clément ebenso aufmerksam überwacht wie ihre jesuitischen Lehrer. Sie war ihnen Stütze und Zuflucht gewesen und hatte diese beiden Männer, die ihr schönster Erfolg und ihr ganzer Stolz waren, geprägt. Damals, als Vincent sich langsam von seiner Krankheit erholte, das eckige Gesichtchen ganz verloren auf den weißen Kopfkissen, hatte sich der kleine François in ihre Arme geschmiegt, und sie hatte es ihnen geschworen: Nichts und niemand würde sie je trennen.

Beiläufig rückte sie Vincents Uhr zurecht, die an ihrem Handgelenk verrutscht war. Er hatte sie ihr anvertraut, als er in den Krieg zog, aus Angst, er könne sie verlieren. Das lederne Armband bewahrte noch die Spuren seiner Haut, seines Schweißes und seines Geruchs.

Sie ging zu ihrem Sekretär und betätigte den Mechanismus, der das Geheimfach öffnete. Dann nahm sie einen Brief heraus. Er war adressiert an *Signorina Livia Grandi, Vetreria Grandi, Murano*. Nachdenklich wendete sie ihn zwischen ihren Händen, dann ging sie zum Kamin und warf ihn in die Flammen.

»Mademoiselle?«

»Ja, Colette?«, antwortete sie, ohne sich umzudrehen.

»Madame Betting lässt Ihnen ausrichten, dass sie Madame fertig untersucht hat. Sie meint, das Baby kommt am frühen Abend.«

»Das dachte ich mir. Danke, Colette.«

Élise sah zu, wie der Brief langsam in sich zusammensank. Als nur noch Asche von ihm übrig war, machte sie auf dem Absatz kehrt und ging wieder hinauf in den ersten Stock, in das Zimmer, in dem die Frau ihres Bruders in Wehen lag.

Einige Stunden später stürzte François in die Diele. Ein Windstoß riss ihm die Tür aus der Hand und schlug sie laut zu. Er warf seinen nassen Hut in eine Ecke und kämpfte sich aus seinem Regenmantel. Er wusste, dass er sich aufführte wie ein Verrückter, aber ihm war egal, was die anderen von ihm dachten: Er musste Livia sehen, sich vergewissern, dass es ihr gut ging, dass sie nicht zu sehr litt. Doch wie sollte sie nicht gelitten haben, wenn dieses Kind immer noch nicht auf die Welt gekommen war und sie schon so lange in Wehen lag? Herr im Himmel, und wenn sie nicht überlebte?

Er blickte die Treppe hinauf und sah seine Schwester auf dem oberen Absatz.

»Wie geht es ihr?«, schrie er und rannte, immer zwei Stufen auf einmal nehmend, nach oben.

Als er bei Élise ankam, streckte sie die Hand aus und packte ihn am Unterarm.

»Beruhige dich doch, François. Der Arzt und die Hebamme sind bei ihr. Alles verläuft normal.«

Er warf einen Blick auf die geschlossene Tür.

»Bist du sicher? Vielleicht braucht sie mich.«

»Was solltest du schon tun können? Du wirst sie bloß aufregen, wenn du dich ihr in diesem Zustand präsentierst. Und das willst du doch nicht, oder?«

»Ich muss sie sehen. Sonst glaubt sie noch, ich hätte sie im Stich gelassen. Warum hast du mich nicht früher rufen lassen? Dabei hatte ich dich gebeten, mich zu benachrichtigen, sobald der Zeitpunkt näher rückt.«

»Und das habe ich auch getan. Das Kind wird jetzt bald kommen. Komm, wir warten im Salon. Glaubst du wirklich, eine junge Frau würde wollen, dass ihr Mann sie sieht, wenn sie in einem solchen Zustand ist? Also wirklich, ein bisschen mehr Anstand bitte. Männer haben nichts in einem Zimmer zu suchen, in dem eine Gebärende liegt. Man darf nicht alles durcheinanderbringen.«

François zögerte, doch Élise ließ seinen Arm nicht los. Er fühlte sich seltsam gelähmt und blickte auf die Hand seiner Schwester hinunter. Wie sollte er Widerstand leisten? Widerwillig ging er die Treppe wieder hinunter und folgte ihr in den Salon.

Wie immer setzte sie sich in den Sessel rechts vom Kamin. Er bemerkte, dass der *Républicain lorrain* noch ungelesen war. Ein sicherer Beweis, dass dies kein normaler Tag war.

Élise war ein Mensch mit festen Gewohnheiten. Sommers wie winters stand sie um Viertel vor sechs auf, betete ihren Rosenkranz und ging dann hinunter ins Esszimmer, wo sie ihren Milchkaffee trank und zwei Scheiben Weißbrot mit Honig aß, bevor sie sich um den Haushalt kümmerte. Jeden Tag außer sonntags – da ging sie zum Hochamt – verließ sie, ob es stürmte oder schneite, Punkt elf Uhr dreißig das Haus und ging über die Brücke, die über die Mosel zur Place d'Armes führte. Rosig angehaucht vom eiligen Gehen, kaufte sie dort ihre Zeitung, die sie nach dem Mittagessen von der ersten bis zur letzten Zeile las.

Zu seiner großen Belustigung hatte François eines Tages zufällig entdeckt, dass seine Schwester eine Vorliebe fürs Vermischte hatte. Sie hatte es ihm gestanden, nachdem er sein Erstaunen darüber geäußert hatte, dass er sie aus dem Justizpalast hatte herauskommen sehen. Sie hatte dort einen Prozess verfolgt. Der Angeklagte, ein Bäcker, hatte seine Frau erstochen. Élise schien sich ein wenig geschämt zu haben, dass er sie bei dieser kleinen Sünde ertappt hatte, und von da an hatten die beiden Brüder keine Gelegenheit ausgelassen, sie mit dieser Schwäche zu necken. Sie wehrte sich immer mit der Behauptung, sie interessiere sich eben für die Komplexität der menschlichen Seele und daher besonders für Verbrechen aus Leidenschaft.

François ging im Salon auf und ab. Sollte er nicht doch Élise widersprechen und hinauf zu Livia gehen? Und wenn sie ihn brauchte? Aber seine Schwester konnte auch recht haben. Schließlich war sie eine Frau und müsste mehr davon verstehen. Auf keinen Fall wollte er Livia zusätzliches Unbehagen verursachen, indem er in ein Zimmer eindrang, in dem er nicht willkommen war. Zu seiner Bestürzung wurde ihm klar, dass er keine Ahnung hatte, was sich seine Frau wünschen könnte.

Aber Livia sagte ohnehin sehr wenig. Im Laufe der Monate, die sie in diesem Haus verbracht hatte, war sie immer zurückhaltend geblieben, sie hatte Élise' Ratschläge befolgt, ohne mit der Wimper zu zucken. Immer hatte sie völlig ausgeglichen gewirkt und allem mit einer Art Mattigkeit zugestimmt, ohne je die Stimme zu erheben. Manchmal hatte ihm das Sorgen bereitet, denn ihm schien, seine Frau sei nur noch ein Schatten der jungen Venezianerin, die er mit solcher Hingabe in der Werkstatt hatte arbeiten sehen und die er in einer leidenschaftlichen Vollmondnacht in den Armen gehalten hatte.

Ihre Zurückhaltung hatte ihn eingeschüchtert, und auch er war schweigsam geworden, doch immerhin schienen ihr die Ausflüge in die Umgebung und die sonntäglichen Picknicks in den Wäldern des Mont Saint-Quentin zu gefallen. Er wollte sie so gern glücklich sehen, dass er manchmal das Gefühl hatte, sich mit seinen Bemühungen fast lächerlich zu machen. Dabei war ihr nicht das Geringste vorzuwerfen. Sie blieb immer liebenswürdig und von unerschütterlicher Höflichkeit und war stets darauf bedacht, die Erwartungen ihrer Umgebung zu erfüllen. Doch diesem Gehorsam haftete etwas wie ein Verzicht an, und das fand er irritierend. Ihr Lächeln erschien ihm flüchtig, distanziert, und ihre Augen glitten über ihn hinweg, ohne ihn zu sehen. Wenn er sie nachts umarmen wollte, spürte er ihren schweigenden Widerstand, dann wagte er es nicht, über einige wenige Zärtlichkeiten hinauszugehen. Ihm war, als rutschte er eine glatte Felswand hinunter und fände nirgends einen Vorsprung, an dem er sich hätte festhalten können. Livias Wohlwollen verwandelte sich in eine fast verletzende Gleichgültigkeit.

»Ich habe sie der Heiligen Jungfrau anempfohlen«, verkündete Élise.

François wandte das Gesicht ab, damit sie seinen Unmut nicht sah. Er hatte nichts gegen die Heilige Jungfrau, aber ein ordentlicher Arzt schien ihm gerade jetzt von größerem Nutzen. Dennoch färbte Élise' Ruhe auf ihn ab. Er vertraute ihr. Wenn seine Schwester ihm versicherte, alles verlaufe normal, dann musste es so sein.

Resigniert seufzend lockerte er seine Krawatte.

»Glaubst du, es dauert noch lange?«

»Nein. Ich denke, bald bist du Familienvater.«

»Ich kann es noch gar nicht glauben«, sagte er leise und ließ sich in einen Sessel fallen.

»Ich auch nicht«, bemerkte Élise trocken.

Er sah sie besorgt an.

»Ich dachte, du verstündest dich mit Livia gut. Du hast sie von Anfang an unter deine Fittiche genommen, wofür ich dir übrigens sehr dankbar bin. Ich glaube, das habe ich dir bisher noch gar nicht gesagt.«

»Das stimmt, aber was hätte ich sonst tun können, nachdem du mich vor vollendete Tatsachen gestellt hattest? Zumindest ist deine Frau ein intelligenter Mensch und hat nie versucht, mir etwas vorzumachen. Was geschehen ist, ist geschehen, François. Livia Grandi ist jetzt deine Frau. Von nun ist sie eine Nagel. Und bald wird sie die Mutter deines Kindes sein.«

Élise stand aufrecht da, die Hände vorm Körper verschränkt, und ihr Gesichtsausdruck ließ keine Deutung zu. Er hatte sie nie auch nur ein einziges Wort gegen Livia äußern hören, doch er war daran gewöhnt, die Gemütszustände seiner Schwester zu erraten und spürte ihre Vorbehalte. Leichter Schmerz strahlte von seinen Schläfen aus, er schloss die Augen und lehnte den Kopf an die Rückenlehne des Sessels. Er wollte nicht darüber nachdenken. Im Augenblick wollte er nur eins, dass Livia heil und gesund wäre.

Es wurde dämmerig, die Geräusche des Tages wurden leiser und hinterließen eine leise Wehmut, die ihm oft Angst machte.

Er dachte an den Tag zurück, an dem Livia zu ihm gekommen war, um ihm, angstvoll und nervös, zu sagen, dass sie ein Kind von ihm erwartete. Ihre Hände waren ineinander verkrampft gewesen, und ihr Kinn hatte gezittert, doch sie hatte ihm gerade in die Augen gesehen. Dieser Mut hatte ihn gerührt, auch wenn ihn die Nachricht, er werde Vater, völlig aus dem Gleichgewicht gebracht hatte. Und außerdem hatte er begriffen, dass ihm das Glück lächelte. Kaum angekommen, hatte sie ihre vorübergehende Schwäche auch schon bereut und zu fliehen versucht. Nur ein Band aus Fleisch und Blut würde sie vielleicht bei ihm zurückhalten können. Dieses Kind, das ihm geboren werden sollte, war ein unverhofftes Glück für ihn gewesen. Er hatte eingewilligt, sie zu heiraten, doch inzwischen war ihm ihre Sicherheit und Unversehrtheit wichtiger als ein Zusammenleben mit ihr. Er fragte sich, ob er nun vielleicht dafür bestraft werde, dass er ein unschuldiges Kind als Köder hatte benutzen wollen.

Es klopfte an der Tür. Er sprang auf.

»Herein«, sagte Élise.

»Mademoiselle, Monsieur François«, stammelte Colette, hochrot im Gesicht. »Es ist ein Junge. Der Arzt sagt, Mutter und Kind sind wohlauf.«

François drehte sich zu seiner Schwester um. Seine Freude drückte sich in dem Lächeln aus, das sein ganzes Gesicht einnahm. Schon seit seiner Kindheit beneidete sie ihn um diese Hingabe an das Glück, seine entwaffnende Art, sich ohne jede Scham von der Freude ergreifen zu lassen. Anders als seine Schwester und sein älterer Bruder nahm François die Herausforderung des Glücks an, ohne Furcht vor irgendwelchen Folgen und ohne die Angst, es zu verlieren.

»Ich gehe zu ihr!«, rief er und stürzte aus dem Salon.

Élise bekreuzigte sich, und Colette folgte ihrem Beispiel.

»Ich habe Madame Betting gebeten, bei ihr zu bleiben, bis Sie kommen«, murmelte das Dienstmädchen. »Madame schläft besser nicht ganz allein mit dem Baby ein. Sonst kommt womöglich ein *sotré* und spielt ihr einen bösen Streich.«

Élise lächelte flüchtig.

»Das hast du gut gemacht, meine kleine Colette. Vor den Geistern muss man sich immer hüten, seien es nun böse oder gute Geister.«

Einige Wochen später wiegte sich Livia, ihren Sohn im Arm, im Schaukelstuhl und sah zu, wie es schneite. Eine makellose, dünne Schicht bedeckte die Wiese, die rechtwinkligen Hecken und die Äste der Bäume. Vogelfüßchen hatten ein vergängliches Sternenmuster auf den Sitz der Schaukel gezeichnet. Am Abend zuvor hatte es aus dichten Wolken, die Metz wie in einen Watteschleier eingehüllt hatten, zu schneien begonnen und seither nicht mehr aufgehört. Über allem lag kaltes, weißes Licht.

Livia hörte den Ofen in der Zimmerecke knistern. Sie fühlte sich wie eine Gefangene, was ungerecht war, das wusste sie. Obwohl er federleicht war, lastete Carlo auf ihrer Schulter. Seit seiner Geburt wurde sie manchmal von einer Erschöpfung befallen, die ihr den Atem raubte. Dann legte sie sich zuweilen aufs Bett, knöpfte ihre Bluse auf und legte sich ihren Sohn auf den Bauch, Haut an Haut, um seine Körperwärme wahrzunehmen und statt der eingebildeten Last, die ihr so beschwerlich war, sein greifbares Gewicht.

Carlo war ein friedliches Baby, er hatte einen kastanienbraunen Flaum auf dem Kopf und helle Augen, die Augen seines Vaters und die vieler Lothringer, denen sie begegnete, wenn sie mit dem Kinderwagen am Moselufer spazieren ging. Doch trotz seiner Friedfertigkeit hatte er ihr anfangs Angst gemacht, weil er nicht an ihrer Brust trinken wollte. Nach einigen fruchtlosen Versuchen hatte er das Köpfchen abgewandt und zornig gebrüllt. Sie hatte sich zurückgewiesen gefühlt, unwert. Wie beschmutzt.

Sie küsste den zarten Flaum, unter ihren Lippen spürte sie die noch zerbrechliche Schädeldecke, und sie roch den unschuldigen Geruch nach Mandeln, Milch und tiefem Schlaf. Als ihr die Hebamme den in eine weiße Decke gewickelten Carlo in die Arme gelegt hatte, hatte Livia schüchtern sein Gesicht betrachtet und in der Zeichnung des Mundes, der Nase und den Ohren nach Vertrautem gesucht. Ihr Kind war ihr völlig fremd erschienen, und zugleich hatte sie das Gefühl gehabt, es schon immer gekannt zu haben. In jenem Augenblick waren die Ängste, die sie seit ihrer Ankunft in dieser fremden Stadt quälten, verflogen. Endlich hatte ihre Entscheidung einen Sinn bekommen.

Doch seit einigen Tagen hatte sie zunehmend den Eindruck, dass sie sich, indem sie Carlo einen Vater gab, selbst etwas weggenommen hatte, etwas, das sie nicht zu definieren vermochte und das sie nachts aus dem Schlaf riss. Sie schlug dann im Dunkeln die Augen auf und spähte im Schatten der Zimmerecke nach Carlos Wiege. Ihr Leben war auf dieses Zimmer zusammengeschrumpft, auf François' und Carlos Atmen, auf ihren fast hörbaren Herzschlag, der sie an einen gnadenlosen Trommelwirbel erinnerte.

Von einer ihr selbst unverständlichen Angst ergriffen, musste sie sich in solchen Momenten zurückhalten, um nicht aufzustehen, das rote Büchlein der Grandi aus seinem Versteck auf dem Kleiderschrank zu holen und zu fliehen. Doch zugleich empfand sie ein fast körperliches Bedürfnis, sich von der Ruhe dieses Schlafzimmers durchdringen zu lassen, sie durch alle Poren ihrer Haut in sich aufzunehmen, als könnte sie diese seltsam quälende innere Leere mit der Liebe eines Mannes und den unaussprechlichen Hoffnungen, die ein Neugeborenes in sich trägt, ausfüllen.

Von diesen widersprüchlichen Gefühlen zerrissen, drehte sie ihrem Mann den Rücken zu und rollte sich, beide Hände unter der Wange, zusammen. Ihr Herz begann schneller zu schlagen. Sie drückte ihre Augen fest zu und betete voller Schmerz zur Heiligen Jungfrau ihrer Kindheit, der Maria in der Apsis der Basilica dei Santi Maria e Donato, zu dieser in Gold und Blau gekleideten Mutter mit den offenen Händen, zu der sie sich früher flüchtete, wenn sie den magischen Glanz der Mosaiksteinchen brauchte, um einen allzu heftigen Kummer zu lindern. Voller Schrecken und Scham bat Livia nun um Vergebung, sie wusste, dass sie unwürdig war, denn sie erriet, dass sie ihren Mann niemals lieben würde und dass die tiefen Gefühle, die ihr Sohn in ihr weckte, nicht ausreichen würden, um sie am Leben zu halten.

Es klopfte. Sie schrak zusammen und schloss die Arme enger um ihr Kind, das nun aufwachte. Sie fühlte, wie ihr die Röte ins Gesicht stieg. Würde sie die verräterischen Gedanken, von denen sie besessen war, verbergen können?

»Livia, die Amme ist gerade gekommen. Ich glaube, der Kleine hat jetzt Hunger.«

Élise trat ins Schlafzimmer und beugte sich besorgt über sie.

»Sie sehen gar nicht gut aus. Geben Sie mir Carlo, ich bringe ihn zur Amme. Ruhen Sie sich lieber aus.«

Als Élise ihr das Kind aus den Armen nahm, protestierte sie nicht. Das Kind jedoch öffnete den Mund und brüllte los.

»Aber ja, mein Kleiner, du hast Hunger«, redete ihm Élise in einem leichten Singsang gut zu. »Es ist ja auch Zeit.«

Als Élise sich zum Gehen wandte, roch Livia den vertrauten Geruch nach Seife und Veilchen. Ihre Schwägerin war immer so reinlich und frisch. Als sie das Zimmer verließ, murmelte sie Carlo einen Kinderreim ins Ohr.

Livias Arme schienen mit einem Mal völlig substanzlos und gefährlich leicht. Ihre Brüste hingegen zerrten unangenehm an ihrem Körper. »Machen Sie sich keine Gedanken, meine Liebe«, hatte Élise gesagt. »Nicht alle Frauen können ihre Kinder stillen.« Doch ihre Schwägerin war eine schlechte Lügnerin. Es war wider die Natur, wenn eine Mutter ihr Kind nicht stillen konnte, und sie fühlte sich gedemütigt, wenn sie ihre Brust von der nutzlosen Nahrung befreien musste.

Ihr standen Tränen in den Augen, als sie vom Schaukelstuhl aufsprang, der noch weiterschaukelte und mit seinen Kufen auf den Dielen quietschte. Die Welt draußen war weiß, glatt und gepolstert. Sie drückte ihre heißen Handflächen gegen die Fensterscheibe. Sie bekam keine Luft mehr. Sie musste dieses Haus sofort verlassen.

Sie nahm ihren Mantel und den Schal aus dem Schrank und suchte nach ihren Handschuhen. Sie wühlte in einer Schublade und kehrte vergeblich das Unterste zuoberst.

Als sie in den Gang hinaustrat, sah sie eine offene Tür, durch die warmes Licht fiel. Sie hörte die leisen Stimmen von Élise und der Amme. Die pausbäckige junge Frau hatte ein sehr anziehendes offenes Lächeln. Sie hatte gerade ihr fünftes Kind bekommen. Livia wollte sie nicht sehen. Sie wollte sich lieber einreden, sie existiere ganz einfach nicht. Sie erkannte ihr kehliges, sinnliches und heiteres Lachen. Das Lachen einer Frau, die ihre Kinder immer gestillt hatte. Das Lachen einer Mutter, die diesen Namen verdiente.

Sie rannte die Treppe hinunter. In der Diele kämpfte sie mit der Haustür, die partout nicht aufgehen wollte, doch endlich war sie im Freien, an der frischen Luft. Die Kälte erfasste sie, schnitt ihr in Gesicht und Hände. Sie schloss die Augen und hob das Gesicht zum Himmel. Wie ein Streicheln legten sich die Schneeflocken auf ihre Wimpern, ihre Wangen und Lippen.

Sie ging aufs Geratewohl los, einfach geradeaus und sehr rasch. Ihr Kopf war leer, das Blut pochte heftig in ihrem Körper. Sie lief durch die Straßen, manchmal stieß sie mit Passanten zusammen, doch sie entschuldigte sich nicht. Auf dem vom Feuer beschädigten Dach der protestantischen Garnisonskirche bedeckte der Schnee den Dachstuhl und die verkohlten Balken des Schiffs.

Hinter einer Straßenecke blieb sie stehen, gebremst von einer Horde Kinder, die fröhlich schrien und winkten. Auf einem mit roten und goldenen Behängen geschmückten Wagen stand eine Gestalt mit weißem Bart und langem Mantel. Eine dreieckige Mitra auf dem Kopf und einen Krummstab in der Hand, grüßte sie in die Menge, die sich auf dem Bürgersteig drängte. Junge Mädchen verteilten begeistert Naschwerk, Nüsse und getrocknete Mirabellen und Pflaumen. Livia hatte plötzlich Nüsse in der Hand.

Hinter dem Nikolaus, der von zwei mit Halstüchern und bestickten Gehröcken als Lakaien verkleideten jungen Männern hoch zu Ross begleitet wurde, tauchte ein Mann in einem braunen Gewand auf. Er trug einen spitz zulaufenden Hut auf dem struppigen Haar, schnitt Grimassen, stieß Schreie aus und schlug mit einer Reisigrute nach den Waden der Kinder, die entzückt kreischend auseinanderstoben, aber gleich wieder zurückkamen, an seinem Gewand aus grober brauner Wolle zupften und ihn anderweitig neckten.

Der Mann ging an Livia vorbei und fixierte sie kurz aus seinen schwarzen Augen. Sie sah ein belustigtes Funkeln darin, trotzdem wich sie einen Schritt zurück, was dumm von ihr war, schließlich war sie an Verkleidungen und Karneval gewöhnt. Unzählige Male war sie mit Marella Hand in Hand durch die Gassen Venedigs gelaufen, beide in langen Taftkleidern und mit gepuderten Perücken, und hatte ihre neue Identität genossen.

Sie fuhr sich nervös mit der Hand übers Gesicht, als könnte sie so die unsichtbare Maske wegziehen, die sie seit ihrer Ankunft in Lothringen nicht los wurde.

Plötzlich packte jemand ihre Schulter.

»Livia, was machst du denn hier?«

Sie machte sich mit einem Ruck los und drehte sich mit wild klopfendem Herzen um. Ihr Mann sah sie erstaunt an. Er trug einen Wintermantel und einen weichen Hut zum Schutz vor dem Schnee. Er wirkte seriös und kompetent. Sie bemerkte erst jetzt, dass sie keine festeren Schuhe angezogen hatte, bevor sie aus dem Haus ging, das Leder war völlig durchweicht.

»Ich war auf dem Nachhauseweg und dachte, ich hätte dich hier in der Menge gesehen. Was ist los? Du bist ganz blass.«

»Ich brauchte frische Luft, weiter nichts. Das ist doch kein Verbrechen, oder?«

Sie zitterte vor Wut, nicht nur, weil er sie so unvermutet angesprochen und ihr Angst gemacht hatte, sondern auch, weil sie das Gefühl hatte, er spioniere ihr nach.

»Keineswegs. Es ist nun wirklich nichts Schlimmes, sich einen Nikolaus-Umzug anzusehen. Immerhin gehört er zu unserem Brauchtum.«

Livia hob die Hand, um ihn zum Schweigen zu bringen. Sie vermutete, er wolle ihr schon wieder die lothringischen Sitten und Gebräuche erläutern, weil er hoffte, es könne ihr Leben erleichtern, wenn sie mehr Verständnis dafür hätte. Doch sie wollte nichts wissen. Sie hatte einfach genug von ihm und seiner Familie, und auch vom Brauchtum seines Landes. Und ich?, hätte sie am liebsten geschrien. Ihr war zumute, als wäre sie inzwischen gar nicht mehr imstande zu antworten, wenn sie jemand fragte, wer sie sei und woher sie komme.

»Ich muss ein wenig allein sein, verstehst du?«

Mit einem Mal ertrug sie diese Fürsorglichkeit nicht mehr, die sie in seinem Blick las. Er neigte sich ihr entgegen, als wolle er sie beschützen, aber sie empfand es nur als diffuse Bedrohung.

»Möchtest du nicht mit mir nach Hause gehen?«

»Nein, ich will nichts … Gar nichts. Lass mich in Ruhe, das ist alles, was ich möchte.«

Sie trat immer weiter zurück und öffnete dabei die Hände, die Nüsse rollten auf den Boden. Dann drehte sie sich um und setzte ihren überstürzten Lauf durch die Stadt fort. Wenn er mir bloß nicht nachläuft, dachte sie. Doch das Schlimmste war, dass François das gar nicht zu tun brauchte. Das wäre unnötig gewesen, wie sie beide wussten, denn zwischen ihr und der Familie Nagel gab es ein unsichtbares, aber starkes Band.

Metz, April 1947

Andreas Wolf hatte den Jackenkragen hochgeschlagen, er lehnte an einer Hauswand und rauchte eine Zigarette. Seit einer halben Stunde hatte er sich praktisch nicht bewegt. Der Wind, der noch nicht frei war von winterlicher Kühle, trieb perlgraue Wolken über den blauen Himmel. Das Pflaster glänzte unter dem feinen Nieselregen, der seinen Hut durchnässte. Die Straße wurde gerade repariert, in der Luft lag betäubender Teergeruch.

Als er zwei Soldaten kommen sah, drehte er sich instinktiv weg, als hätte man ihn bei einer Dummheit ertappt, und ärgerte sich dann darüber. Genauso empfindlich reagierte er auf die Uniformen, wenn er den Soldaten der amerikanischen Besatzungstruppen in Deutschland begegnete.

Nach seiner Ankunft hatte er sich in eine Kneipe gegenüber dem Bahnhof gesetzt. Er hatte ein Bier bestellt, nach dem Weg gefragt und die Angaben des Wirts auf einem Zettel notiert. Dann war er sofort wieder aufgebrochen, er wollte es hinter sich bringen. Er hatte nicht vor, sich lange in dieser Stadt aufzuhalten, die er schon früher besichtigt hatte, damals, vor dem Krieg, als er als Graveur in einer Glasmacherwerkstatt nicht weit von Nancy gearbeitet hatte. Er konnte sich noch an die Forts, an die Kasernen und Bunker erinnern. Die Stadt Metz, Standartenträgerin einer Maginot-Linie, die ganz Frankreich vor der deutschen Invasion schützen sollte. Eine Zitadelle mit Paraden und feierlichen Aufmärschen, geschmückt mit im Winde knatternden Fahnen und goldbestickten Mützen, durch die Schwärme von Nonnen mit Flügelhauben zogen. Eine disziplinierte Stadt, aufrecht und gelassen, mit klaren Linien und einer durch und durch militärischen Strenge, die jedoch ganz unerwartet gemildert wurde von einer Sanftheit, die sich in den Wellen der Mosel ausdrückte und in den hellen und freundlichen Fassaden aus Jaumont – diesem gelblichen Muschelkalk, der dem Frost so gut standhielt und der Stadt mädchenhaften Charme verlieh.

Er dachte an die hitzigen Diskussionen zwischen seinen damaligen Mosellaner Freunden, die in zwei Lager gespalten waren: Die einen fürchteten, es werde im Konfliktfall in dieser Region zu heftigen Kämpfen kommen, die anderen waren der Überzeugung, ihr Land sei unverwundbar geworden und dieser Adolf Hitler werde es niemals wagen, Streit mit den Franzosen anzufangen. Als einzige Antwort hatte die deutsche Wehrmacht mit einer Art Verachtung den Osten Frankreichs umgangen, doch dafür hatte sich die dritte amerikanische Armee, durch den Schlamm watend, zweieinhalb Monate lang die Zähne an den Befestigungen von Metz ausgebissen.

Andreas war von der Kneipe am Bahnhof aus mit seinem schweren, aber gleichmäßigen Schritt, den er auf dem langen Weg durch die russischen Ebenen hatte perfektionieren können, der Rue Serpenoise gefolgt. Sein Blick war zu Boden gerichtet, die Schultern nach vorn gebeugt, als wolle er sich damit im Boden verankern.

Nachdem er Hanna endlich in Bayern wiedergefunden und Wilfried den beiden aufmerksam und verblüfft lauschenden jungen Frauen von ihren gefährlichen Abenteuern berichtet hatte, war er sogar beinahe stolz gewesen. Doch als die Haustür der Nagels, die sichtlich erst kürzlich einen neuen Anstrich erhalten hatte, schließlich mit ihren glänzenden Knäufen und ihrem Medaillon vor ihm aufragte, hatte er zu den Fenstern des Hauses aufgeblickt und nicht mehr weitergewusst.

Jetzt schob Andreas die Hand in die Tasche und strich mit den Fingerspitzen über den Brief, den er seit jenem Juliabend drei Jahre zuvor ständig bei sich getragen hatte. Er sah wieder Vincent Nagels ernstes Gesicht vor sich, das sich tief in sein Gedächtnis gegraben hatte, und seinen düsteren Blick. Alle beide hatten sie verklebtes Haar und schwarze Fingernägel gehabt, in den Poren ihrer Haut saß krümeliger Staub, dieser gelbe Staub, der ihnen am Zahnfleisch klebte und zwischen den Zähnen knirschte und der nach Erde, Asche und Zorn schmeckte.

Bei ihrer ersten Begegnung im Ausbildungslager war ihm der junge Franzose zurückhaltend und schweigsam vorgekommen, doch genau das hatte Andreas auch von diesen Rekruten aus Elsass-Lothringen erwartet, die der Generalstab in kleinen Gruppen der Wehrmacht einverleibte, wobei darauf geachtet wurde, dass diese Soldaten nie mehr als fünfzehn Prozent der Einheit ausmachten.

Man mochte sie keineswegs, diese »Halbsoldaten«, diese halben Portionen, denen man viel Misstrauen entgegenbrachte. Bei jeder sich bietenden Gelegenheit beleidigte man sie oder machte sich über sie lustig. Gauleiter Bürckel hatte im Jahr 1941 im Zusammenhang mit der Einziehung der lothringischen Soldaten sogar behauptet, sobald man auf diese Soldaten zurückgreifen müsse, sei der Krieg verloren.

»Das ist doch ein gutes Vorzeichen, findest du nicht?«, hatte Vincent gewitzelt und die Kerne einer Wassermelone wieder ausgespuckt, die sie in einem Garten gefunden hatten. »Man fragt sich nur, was wir hier zu suchen haben«, hatte er noch hinzugefügt, denn es machte ihm Spaß, die mangelnde Konsequenz von Hitlers Hampelmännern aufs Korn zu nehmen.

Da der Tod so nah war, suchten selbst die eingefleischtesten Einzelgänger nach Gemeinsamkeiten mit ihren Leidensgenossen. So waren sich der Sudetendeutsche und der Lothringer nähergekommen. Nachdem sie erfahren hatten, dass sie zur selben Welt gehörten, hatten sie sich zum Unwillen der anderen Offiziere sofort zu duzen begonnen, und die wenigen Male, die sie unter sich waren, handelten sie gegen die Vorschriften und wagten es, ein paar Worte auf Französisch zu wechseln. Andreas hatte in der Schule Französisch gelernt.

»Bei uns war die Architektur bestimmend«, hatte Vincent erklärt, als er von der im Jahr 1840 von seinem Urgroßvater gegründeten Werkstatt erzählte. »Unsere Glasfenster findest du in Tausenden von Kirchen von Nancy bis Bourges, von Lille bis

Périgueux, wir exportieren sie sogar nach Kanada und Südamerika. Wusstest du, dass Frankreich von allen Ländern der Welt die meisten Kirchenfenster hat?« Im Verlauf ihrer Gespräche wurde Andreas klar, dass Vincent bei ihm, dem älteren und schon durch den Russlandfeldzug erfahreneren Gefährten, Halt suchte und dass seine Erinnerungen an die Aufenthalte in Lothringen und Paris Vincents Vertrauen geweckt hatten. Andreas hingegen fand bei diesem erst Vierundzwanzigjährigen etwas wie Beruhigung. Vincent Nagels zurückhaltende, aber hartnäckige Art verbarg einen scharfsinnigen Geist, und der desillusionierte Blick, den er auf die Welt richtete, erinnerte ihn an seinen eigenen.

Voilà, da bin ich, mein Alter, dachte er, nahm einen letzten Zug aus der Zigarette und trat die Kippe mit dem Absatz aus.

Als er Hanna angekündigt hatte, er werde diesen Brief ins Département Moselle bringen, hatte seine Schwester heftig protestiert, wenigstens einmal war sie aus dieser Apathie aufgetaucht, die seit dem Tod ihrer Mutter von ihr Besitz ergriffen hatte. Wieso wolle er sich so große Mühe machen, wo es doch viel Wichtigeres zu tun gebe? »Was kann es Wichtigeres geben, als ein Versprechen zu halten?«, hatte er mit einem leicht spöttischen Lächeln gefragt. In einer Geste hilfloser Erbitterung, die er noch gar nicht an ihr kannte, hatte sie die Hände zum Himmel gehoben. »Wir müssen jeden Tag ums Überleben kämpfen, und du gehst auf Pilgerfahrt. Das ist jetzt nicht der richtige Zeitpunkt, Andreas. Es ist völlig nutzlos.« Doch für ihn war gerade das Nutzlose lebenswichtig geworden.

Indem er Vincents Familie diesen Brief brachte, wollte er diese Freundschaft ein letztes Mal ehren, die zwei Männer in feldgrauer Uniform zusammengeführt hatte, von denen der eine sich nie von den Symbolen seiner französischen Identität, einem Stückchen Stoff mit den Farben der Trikolore, einem Lothringischen Kreuz und einer Banknote der *Banque de France*, trennte, während der andere in seiner Brieftasche ein abgegriffenes Bild des Kaisers Franz Joseph mit sich herumtrug, weil er viel lieber unter dem Befehl eines Habsburgers gelebt hätte als unter dem Stiefel eines österreichischen Gefreiten.

Ein Windstoß fegte durch die Straße und wirbelte die Papierfetzen von der Fahrbahn hoch. Am Himmel lösten sich die Wolken stellenweise auf und gaben wieder blauen Himmel frei. Manchmal blitzte ein heller Sonnenstrahl durch die Lücken und fing sich in den umliegenden Fenstern und auf den Rändern der Regenrinnen.

Andreas fühlte sich steif und unendlich matt. Mit einer schon mechanisch gewordenen Geste öffnete und schloss er die Hände, um die Blutzirkulation anzuregen und die Gelenke zu lockern. Er hatte wenig Lust, vor diese fremden Menschen zu treten, die alle möglichen Erklärungen von ihm verlangen und sich gierig an jede noch so kleine Hoffnung klammern würden. Diejenigen, die diese Hölle nicht kennengelernt haben, werden es ohnehin nie verstehen, dachte er bitter. Es lag eine tiefe Kluft zwischen dem verzweifelten Wunsch der Familien, vom Schicksal ihrer Angehörigen zu erfahren, und der ebenso verzweifelten Unfähigkeit der Davongekommenen, die richtigen Worte zu finden.

Er beschloss, Vincents Brief in einen Briefkasten zu werfen. Das hätte ihm sein Kamerad nicht verübelt. Zumindest hätte er so alles Nötige unternommen, und diese Reise nach Frankreich hatte ihm einige Probleme bereitet, als er die erforderlichen Papiere zusammenzubringen versuchte. Er hatte sogar an die »Verreries de Montfaucon«, die Glasmanufaktur, in der er vor dem Krieg gearbeitet hatte, schreiben müssen, um vom dortigen Direktor einen Brief mit einer Einladung zu einem Gespräch zu bekommen. Er hatte sich gewundert, wie schnell und begeistert Henri Simonet reagiert und ihn zu einem Besuch eingeladen hatte, aber Simonet war auch einer seiner glühendsten Bewunderer gewesen.

Vor dem Krieg hatte ihn dieser freundliche Herr mit dem schon ergrauenden Schnurrbart gemeinsam mit anderen Glasmachermeistern in eins der besten Restaurants von Paris eingeladen, um seinen Weltausstellungspreis zu feiern. Sie hatten auf den Erfolg der Ausstellung angestoßen, die der Verbindung des Schönen mit dem Nützlichen gewidmet sein sollte. Man strebte nach der größtmöglichen Reinheit des Glases, die seinen einfachen klaren

Formen entsprechen sollte, eine Tendenz, die sich schon seit 1925 abzuzeichnen begonnen hatte. Als Andreas damals auf der Samtbank zwischen den geschliffenen Spiegeln und Kristalllüstern gesessen hatte, leicht beschwipst vom kühlen, süffigen Chablis, hatte er eine warme Dankbarkeit in sich aufsteigen gefühlt, Dankbarkeit gegenüber seinen neuen Freunden und der Stadt Paris, die ihn ausgezeichnet hatte, obwohl er noch so jung war.

An jenem Abend hatte er nicht schlafen können. Er war wie auf Wolken gegangen, mit dem Gefühl, die Welt gehöre ihm, er halte seine Zukunft in Händen und diese Zukunft werde herrlich sein. Ein solches Erfülltsein hatte er sonst nur bei der Liebe erlebt, nicht bei den ersten Malen, als er nur ein von seinem überhitzten Körper mitgerissener Jugendlicher gewesen war, aber später, als er im stillen Zimmer eines Gablonzer Gasthofs entdeckt hatte, wie unendlich schön es war, eine geliebte Frau zum Höhepunkt der Lust zu bringen.

Simonet freute sich darauf, ihn wiederzusehen. Die Nachkriegszeit war nicht leicht für ein Gewerbe mit einem großen Bedarf an Arbeitskräften, das überdies unter den eingefrorenen Preisen litt. Die Arbeitsgruppen mussten neu zusammengestellt, die Arbeitsgeräte wieder instandgesetzt und auch die Kunden mussten neu erobert werden. Der Direktor hatte ihm vorgeschlagen, einige Monate zu bleiben und in der Glashütte mitzuarbeiten. »Die Zeit ihrer Mitarbeit in unserem Haus ist uns allen als eine Zeit großer Kreativität in Erinnerung. Eine tragische und düstere Geschichtsperiode ist auf das Jahr gefolgt, das Sie bei uns verbracht haben. Aber nun ist es an der Zeit, neu anzufangen.«

Doch Andreas selbst sah die Lage nicht so zuversichtlich und gelassen. Simonet war eine Ausnahme. Wie würden die anderen einen ehemaligen Soldaten der allseits verachteten Armee aufnehmen, die Nancy und Umgebung und auch das übrige Frankreich besetzt gehalten hatte? Wie viele Arbeiter, Lehrlinge, Glasschneider und Graveure waren in den Kämpfen umgekommen? Keine Familie war verschont geblieben. Würden sie verstehen, dass Andreas Wolf kein typischer Deutscher mit Stahlhelm und Stiefeln war, sondern dass auch er darunter gelitten hatte, seine Geschicke in den Kriegsjahren nicht mehr frei bestimmen zu dürfen? Die Narben waren noch frisch. Er fürchtete Ressentiments und einen nachtragenden Hass, den er schweigend würde ertragen müssen. Und dennoch konnte ihm ein Aufenthalt in Montfaucon von Nutzen sein.

In Bayern hatte er seine Gravierwerkstatt noch nicht eröffnen können. Da er noch ein wenig warten musste, bis Glas von ausreichend guter Qualität zur Verfügung stand, hatte er mit den anderen an der Herstellung der ersten Knöpfe für die Bekleidungsindustrie mitgearbeitet. Inzwischen waren es schon mehrere tausend Glasmacher aus Gablonz und Umgebung, die sich im Allgäu eingefunden hatten. Viele waren unabhängig von den organisierten Transporten gekommen, einige sogar zu Fuß aus den Gefangenenlagern, so entschlossen waren sie, sich diese Chance nicht entgehen zu lassen.

Ihr Hoffnungsträger hieß Erich Huschka, ein aus Neudorf in Nordböhmen stammender Ingenieur, der das Projekt einer Wiederbelebung von Gablonz initiierte, und zwar an einem ganz bestimmten Ort, auf dem etwa vier Kilometer von Kaufbeuren entfernten mitten im Wald gelegenen und dreihundert Hektar großen Gelände einer ehemaligen Munitions- und Sprengstofffabrik.

Anfang November 1945 hatten die Amerikaner etwa achtzig Gebäude gesprengt. Nur die Straßen und das Kanalisationssystem waren noch funktionstüchtig. Huschkas ehrgeiziger Plan sah vor, in diesen Ruinen die Gablonzer Glas- und Schmuckwarenindustrie wiedererstehen und an ihr Vorkriegs-Renommee anknüpfen zu lassen.

Weder die Bayern noch die Amerikaner waren sonderlich begeistert von dieser Idee. Die Bayern misstrauten den Neuankömmlingen, und die Alliierten in Berlin wollten eine zu große Konzentration von Flüchtlingen an ein und demselben Ort vermeiden, weil sie das Entstehen neuer Minoritäten fürchteten. Bayern hatte schließlich sogar begonnen, Flüchtlinge wieder wegzuschicken, doch Huschka und seine Getreuen legten eine unbeirrbare

Hartnäckigkeit an den Tag, und die ehemaligen Gablonzer kamen trotz des Zuzugsverbots weiterhin aus allen Richtungen. Sie hatten ja ohnehin nichts mehr zu verlieren.

Eines Tages hatte ihn der Ingenieur in seinem Wagen mitgenommen, dessen übel riechende Auspuffgase von der schlechten Qualität des Benzins zeugten und mit dem er seit dem Herbst 1945 kreuz und quer durch Bayern gefahren war, um Glashütten zu finden, bei denen man das nötige Rohmaterial für die eigenen Industrien kaufen konnte. Sie brauchten nämlich »Stangenglas«, lange, dünne Glaszylinder von etwa einem Meter zwanzig Länge und zwei Zentimetern Dicke, die nicht geblasen, sondern von zwei Glasmachern gezogen wurden, ein Verfahren, das außerhalb von Gablonz damals noch unbekannt war. Diese Glasröhren wurden in einem Ofen gewärmt und dadurch weich, bevor sie von den im 19. Jahrhundert erfundenen Perlensprengmaschinen in kleine Stückchen gepresst wurden. Diese Stückchen wurden dann je nach Bedarf und Nachfrage geschnitten, geschliffen, bemalt und emailliert. Diese für das Isergebirge typische Technik hatte den Glasmachern die Herstellung besonders hochwertigen falschen Schmucks ermöglicht und ihnen internationales Renommee verschafft.

Doch Huschka musste gleich zu Beginn einsehen, dass die meisten bayrischen Glashütten in erbärmlichem Zustand waren und ihre Eigentümer seinem Anliegen nicht gerade aufgeschlossen gegenüberstanden. Nur Frau von Streber-Steigerwald erlaubte ihnen, einen ihrer beiden zerstörten Öfen für ihre seltsame Fabrikation umzugestalten. Da die tschechischen Behörden ihnen untersagt hatten, die Pläne aus ihren Fabriken mitzunehmen, mussten die Männer sich beim Wiederaufbau auf ihr Gedächtnis verlassen. Es dauerte einige Monate, bis sie Glasstäbe in ausreichend guter Qualität erhielten.

Andreas verfügte zwar auch über die Beharrlichkeit, den Pragmatismus und den Arbeitseifer seiner Landsleute, doch da war etwas, das ihm insgeheim Sorgen machte. Simonet glaubte, er würde den talentierten Glasmachermeister wiedersehen, den er vor dem Krieg gekannt hatte. Er selbst fragte sich jedoch beklommen, ob er seine Kunst noch würde ausüben können. Würden seine Hände die unverzichtbare osmotische Beziehung zum Glas wiederfinden, das vorsichtige, aber vertrauensvolle Streicheln, die Bewegung des Handgelenks, die präzise Geschicklichkeit, die für die Handhabung von Stichel und Schleifscheibe erforderlich war?

Manchmal schreckte er nachts aus einem Albtraum, in dem er ein Stück aus Ungeschicklichkeit zum Platzen gebracht hatte, weil er taub geworden war für die Musik des Kristalls. In einer Sekunde hatte er – unfähig wie ein unbegabter Lehrling – das Werk der Glasbläser zunichte gemacht, und dann schnitten ihm in diesem schrecklichen Traum die Scherben in die Hände, bis sie bluteten.

Seine Stirn war schweißbedeckt, in seinen Händen fühlte er schwer beschreibbare Schmerzen. Ich werde hier noch Wurzeln schlagen, dachte er wütend und wandte sich zum Gehen, gerade als sich die Tür öffnete. Ein blauer Kinderwagen schob sich durch den Spalt, gefolgt von einer jungen Frau, die forschend zum Himmel aufblickte. Das klare Wetter beruhigte sie offensichtlich, denn sie manövrierte den Kinderwagen jetzt unter einigen Mühen auf die Straße und schloss die Tür.

Sie trug eine lange grüne Cordsamtjacke mit einem grauen Pelzbesatz am Kragen, einen engen Rock, der ihr bis über die Knie reichte und auf dem gelockten Haar eine turbanartige Kappe. Sie zupfte die Handschuhe zurecht und entfernte sich dann mit ihrem Kinderwagen.

Ohne darüber nachzudenken, folgte ihr Andreas, zumal sie die Richtung eingeschlagen hatte, in die auch er hatte gehen wollen. Er ertappte sich bei der eingehenden Betrachtung ihrer Figur, der schmalen Schultern und der mit einem Gürtel betonten Taille. Ihre blonden Locken mit den rötlichen Reflexen wehten im Wind. Ihr Gang hatte etwas Zartes, geradezu Luftiges. In der Wölbung ihrer Waden lag eine unendliche Sanftheit. Er hatte den seltsamen Eindruck, dass sich die Stadt ringsum in weißem Licht auflöste. Sein Gesichtsfeld verengte sich auf diese Frauengestalt mit ihrer zeitlosen Anmut, und ihn überkam das unsinnige, aber nicht abweisbare Verlangen, sie zu zeichnen.

Nervös tastete er nach seinem Skizzenblock, doch seine Finger stießen auf Vincents Brief, den er in einen weißen Umschlag gesteckt hatte. Er nahm ihn, fand in irgendeiner Tasche einen Bleistift und warf als Erinnerungsstütze einige Linien auf den Umschlag. Allerdings wurde ihm sehr schnell klar, dass er nicht gleichzeitig weitergehen und zeichnen konnte. Woher kam diese fiebrige Unruhe? Es liegt ganz einfach daran, dass du nicht mehr daran gewöhnt bist, eine Frau anzusehen, verspottete er sich selbst.

Sie zögerte kurz, bevor sie eine Straße überquerte, und auch er blieb stehen und wich instinktiv in eine Toreinfahrt zurück, wie damals als Soldat, wenn er durch die Straßen eines Dorfes vorrückte, immer mit dem Rücken zu einer Hauswand.

Andreas war der jungen Frau bis zur Esplanade gefolgt, wie er jetzt bemerkte. Sie verließ den Schatten der Platanen und blieb in der Nähe eines Musikpavillons stehen. Er fragte sich, ob sie sich wohl auf eins der Metallstühlchen setzen werde, doch sie blieb stehen.

Als die Musiker das Stück beendet hatten, klatschten einige Damen, und das von ihren Handschuhen gedämpfte Geräusch wehte über die sorgfältig gepflegten Rabatten der Promenade, die einen schönen Blick auf die Mosel und die bewaldeten Hänge bot.

Was war über ihn gekommen, dass er einfach so einer fremden jungen Frau nachlief? Diese unverhoffte Faszination machte ihn ratlos. Man könnte meinen, er sei verrückt, schlimmer noch – pervers.

Ein Windstoß rüttelte wütend raschelnd an den Ästen der Kastanienbäume. Mit einer graziösen Bewegung von Hand und Handgelenk griff sie nach ihrer Kappe, um sie festzuhalten.

Die Noten des Orchesters flogen davon, die Kinder jagten ihnen kreischend nach. Die junge Frau schien zu frösteln und kehrte mit ihrem Kinderwagen um. Ihr Gesicht prägte sich seinem Gedächtnis ein: hohe Stirn, ausgeprägte Wangenknochen und Nase, fein gezeichnete Lippen. Ihre Haut war blass, fast durchscheinend, doch ihre Augenfarbe konnte er nicht erkennen, weshalb er sich seltsam schlecht behandelt fühlte, so als hätte man ihm etwas weggenommen.

Später sollte er sich fragen, woran er sie erkannt hatte. Woher kommt diese Gewissheit, dass einem das Schicksal jemanden in den Weg gestellt hat, der das eigene Leben in der einen oder anderen Weise prägen wird? Reagiert der Körper mit einer Ehrlichkeit, zu der das Gehirn nicht imstande ist, weil es sogleich anfängt, zu sezieren, zu analysieren und zu kombinieren? Menschen, die ihrem Instinkt trauen, der bei allzu vielen durch die Erziehung und die Regeln des Anstands abgestumpft wurde, sehen manchmal deutlicher. Und Andreas ließ gewöhnlich seinen Instinkt sprechen. Der nämlich hatte ihn lebend aus Russland zurückgebracht, er gehörte zum unverzichtbaren Rüstzeug für sein Handwerk und war der Schlüssel seines Erfolgs. Er fand diese Frau schön, so einfach war das. Und er begehrte sie.

Andreas ließ sie an sich vorübergehen, doch sie war völlig darauf konzentriert, das Kind im Kinderwagen vor dem Wind zu schützen, und hatte nicht einmal einen Blick für ihn übrig. Dann entfernte sie sich in ihrem immer noch so luftig schwebenden Gang. Er sah ihr nach, um sich dann abzuwenden und rasch die Stufen zur Mosel hinunterzulaufen. Wenn er sich beeilte, kam er noch vor ihr bei den Nagels an.

In der nach gestärkter Wäsche duftenden Kammer wandte sich Élise Colette zu und runzelte die Brauen.

»Bitte, was sagst du da?«, fragte sie und legte den Stapel weißer Servietten ab, den sie gerade durchzählen wollte.

Damit das Dienstmädchen nicht sah, wie sie zitterten, legte sie ihre Hände flach auf den Tisch und stützte sich mit ihrem Körpergewicht darauf.

»An der Tür steht ein Herr mit einem Brief, den er einem Mitglied der Familie von Monsieur Vincent übergeben möchte. Er hat darum gebeten, mit Ihnen, Mademoiselle, oder mit Monsieur François sprechen zu dürfen. Als wäre er mit Ihnen bekannt.«

»Mein Gott …«, murmelte Élise.

Sie schloss die Augen und versuchte wieder zu Atem zu kommen. War das wirklich möglich? Endlich würden sie etwas über sein Schicksal erfahren … Wo sie sich doch in den ersten Wochen nach Kriegsende täglich ins Collège Saint-Vincent begeben hatte, aus dem ein Heimkehrer-Empfangsbüro geworden war. Danach war sie einmal im Monat mit dem Zug nach Chalon-sur-Saône gefahren, wo man eine nationale Stelle für die Aufnahme von Elsässern und Lothringern eingerichtet hatte. Und immer vergeblich. Sie hatte nur in Erfahrung bringen können, dass Vincent von den Sowjets gefangengenommen und in das Lager Nr. 188 bei Tambow gebracht worden war. Es lag vierhundertachtzig Kilometer südöstlich von Moskau, und man behauptete, die Gefangenen dort würden behandelt wie Tiere.

»Führ ihn in den Salon«, sagte sie tonlos. »Ich gehe zu ihm.«

»Ja, Mademoiselle, aber …«

»Was gibt es denn da noch herumzudrucksen?«, fragte sie erbost.

»Er ist ein *boche*, Mademoiselle, und Sie haben gesagt, niemals darf ein *boche* das Haus betreten.«

»Ein Deutscher?«

Sie erstarrte, als hätte man sie mit einer Peitsche geschlagen. Mit einem Mal war der Panzer aus herausforderndem Stolz und Strenge wieder da, der sie durch die Jahre des Anschlusses an Deutschland gebracht hatte. In mancher Hinsicht war es ihr fast lieber so. Wenn es ein Regimentskamerad von Vincent gewesen wäre, ein junger Mann, den man gegen dessen Willen in die teuflische Maschinerie dieses erbarmungslosen Krieges gezogen hätte, wäre es ihr schwergefallen, ihre Gefühle zu beherrschen. Aber ein *boche* … Einer dieser Deutschen, die Hitler an die Macht gebracht hatten, die mit umgehängtem Fotoapparat durch die Städte Frankreichs marschiert waren, sich in der unverschämt warmen Sonne jenes Frühlings auf den Caféterrassen geräkelt hatten, voller Stolz darauf, einer siegreichen Herrenrasse anzugehören, und gerade erst anfingen, sich über die ersten Niederlagen ihrer Truppen Gedanken zu machen. Einer dieser Deutschen, für die sie nur Hass und Verachtung empfand. Im Angesicht eines solchen Deutschen würde es ihr leichtfallen, stoisch zu bleiben.

»Lass ihn im Salon warten«, sagte sie zu Colette, und das Dienstmädchen huschte davon.

Élise begann, die Servietten zu zählen, verzählte sich und fing noch einmal von vorn an. In ihren Ohren summte es, vor ihren Augen schossen Lichtblitze durch die Luft. Sollte er warten! Sie würde zu ihm kommen, wenn es ihr passte.

Als sie mit ihrem Zählergebnis zufrieden war, legte sie den Serviettenstapel in den Schrank. Sie strich sich übers Haar, um sicher zu sein, dass der Knoten perfekt saß, und berührte das Lothringische Kreuz an ihrem Kleid, dabei dachte sie an den Leiter ihres Widerstandsnetzes, der ihr diese Brosche geschenkt hatte. Vincents Uhr zog mit all ihrem Gewicht an ihrem Handgelenk, als sie zur Tür ging.

Élise betrat den Salon und sah den Mann am Kamin stehen, er starrte auf ein Foto von Vincent, das er in die Hand genommen hatte. Diese verdammten *Fridolins* hatten den Krieg verloren, aber sie benahmen sich immer noch überall wie auf erobertem Terrain.

»Stellen Sie das sofort wieder hin!«, befahl sie. »Was fällt Ihnen ein?«

Sie ging auf ihn zu, entriss ihm das Foto und wischte mit dem Kleiderärmel über den Rahmen, um die Spuren seiner Hände zu tilgen.

»Verzeihen Sie, Madame. Mein Verhalten muss Ihnen ungehobelt vorgekommen sein, aber ich war sehr bewegt, als ich meinen Kameraden wiedersah.«

Sein Tonfall und der Akzent brachten sie zum Zittern. Dass er Französisch sprach, wunderte sie nicht. Die *boches* brüsteten sich ja damit, dass sie Frankreich und seine Kultur liebten. So sehr sogar, dachte sie wütend, dass sie es nicht lassen konnten, Land und Kultur aus nächster Nähe zu erkunden.

Einen Augenblick lang wanderten ihre Gedanken in die Vergangenheit, zurück in die dunkle Zeit, als die Deutschen die Moselregion germanisiert hatten. Sie konnte sich noch erinnern, wie die Gemeindediener hoch oben auf Leitern balancierten, um die emaillierten Straßenschilder abzuschrauben und sie durch neue mit »passenderen« Namen zu ersetzen. Sie hörte noch die Landsknechts-Trommeln der Pimpfe, dieser im Gleichschritt marschierenden Jungen mit ihren in die Stirn gezogenen Mützen und den khakifarbenen Hemden, deren Ärmel zentimetergenau aufgekrempelt waren. Die Behörden hatten die Uhren vorgestellt, damit sie die deutsche Zeit anzeigten, die Dörfer umgetauft, die Vornamen germanisiert, die Kriegerdenkmäler abgebaut, die Priester vertrieben, die Ordensschulen geschlossen, die Kinder zur Denunziation angehalten, um die Eltern besser überwachen zu können, das Glockenläuten verboten und das Deutsche als Amtssprache vorgeschrieben. Überall auf den Mauern der Städte blühten unkrautgleich Aufschriften in Fraktur.

»Ihr Führer hat seinem Gauleiter Bürckel zehn Jahre gegeben, um gute Deutsche aus den Mosellanern zu machen«, sagte sie und stellte das Bild wieder auf seinen Platz. »Es ist ihm nicht gelungen.«

»Vielleicht war er nicht begabt im Umgang mit Zahlen. Er dachte ja auch, sein Reich werde tausend Jahre bestehen. Daraus ist auch nichts geworden.«

Sie drehte sich um und sah ihn an. Er war groß, mit breiten Schultern, er hatte einen kräftigen, sehnigen Körper und eine sehr aufrechte Haltung. Insgesamt war er zu mager für seine Statur. Ein Sonnenstrahl stahl sich durch die Wolken und fiel schräg ins Zimmer. An den glänzenden Ärmelunterseiten der Jacke und den an den Knien ausgebeulten Hosenbeinen sah man, dass seine Kleidung nicht aus gutem Stoff war, doch am weißen Hemd war nichts auszusetzen. Die Krawatte wirkte einen Hauch eigenwillig, der Knoten war breiter als gewöhnlich, was Élise sofort Misstrauen einflößte. Der leicht ironische Ausdruck, der über seinen Mund spielte, betonte noch die Strenge eines auf das Wesentliche reduzierten Gesichts. Sein Haar, in einem dunklen Kastanienton, war im Nacken zwar kurz geschnitten, doch fiel es ihm in unordentlichen Strähnen in die Stirn. Die dunklen Augen blickten durchdringend, und das Kinn verriet Frechheit: Dieser Mann strahlte eine Kraft aus, die sie als Aggression empfand. Ein Kribbeln lief ihr über die Haut. Sie wollte nicht, dass er noch länger unter ihrem Dach blieb. Sie hatte das unangenehme Gefühl, er vergifte das Haus, er sei sich dessen bewusst und ziehe eine gewisse Befriedigung daraus.

»Ich nehme an, Sie wollen mir etwas über meinen Bruder sagen. Ich höre.«

Andreas hatte nicht mit der Wimper gezuckt, als Élise Nagel ihn mit dem inquisitorischen Blick eines Rekrutierungsoffiziers gemustert hatte. Er hatte sich an das erinnert, was Vincent ihm über seine ältere Schwester erzählt hatte, die ihn und seinen kleinen Bruder nach dem Tod der Mutter aufgezogen hatte. Doch wo waren die Zärtlichkeit, die Liebe und die Wärme geblieben, die Vincent beschrieben hatte? Er hatte von den Abenden erzählt, an denen Élise ihnen Märchen vorgelesen und mit ihnen Karten gespielt hatte, von Blindekuhspielen in den Parks am Moselufer, von Winterabenden, an denen sie Kuchen für den Nikolaus-Umzug gebacken hatten, doch diesem schwarzen Adler haftete nichts mehr von solch unbeschwerten Erinnerungen an.

Worunter hat sie derart gelitten?, fragte er sich fasziniert.

»Ich höre«, wiederholte sie, offensichtlich verärgert darüber, dass sie nun selbst einer aufmerksamen Musterung unterzogen wurde.

Sie ließ sich nicht einmal zu einem höflichen »Monsieur« herab. Er begriff, dass diese Frau ihn hasste und ihre Meinung über ihn nicht ändern würde, ganz gleich, was er sagte oder tat.

Er zog Vincents Brief aus der Tasche.

»Der ist für Sie. Ihr Bruder hat ihn am letzten Abend geschrieben, den wir vor der Offensive noch gemeinsam verbracht haben.«

Sofort heftete sich der Blick der blassblauen Augen auf den

Umschlag, sie fixierte ihn wie eine Beute, gierig und voller Angst. Sie befeuchtete sich die Lippen mit der Zungenspitze.

»Er wurde im Juli 1943 vor Kursk vermisst gemeldet«, sagte sie mechanisch.

»Ja. Wir wurden im Verlauf der Kämpfe getrennt, und ich habe nichts mehr über ihn in Erfahrung bringen können. Die Lage war ziemlich … unübersichtlich.«

Andreas war gereizt. Der stille Vorwurf in Élise Nagels Verhalten verursachte ihm Schuldgefühle, dabei hätte er nichts für Vincent tun können, genauso wenig wie für den Verlobten seiner Schwester, auch ihn hatte er nicht beschützen können, er hatte nicht verhindert, dass ihm beide Beine weggerissen worden waren.

»Aber ich hatte ihm versprochen, dass ich diesen Brief selbst zu seiner Familie bringen würde, sollte ich den Krieg überleben.«

Sie trat langsam näher und streckte die Hand aus. Er gab ihr den weißen Umschlag, doch im selben Augenblick fiel ihm ein, dass er auf die Rückseite die Gestalt der jungen Frau skizziert hatte, der er auf der Straße gefolgt war. Er wollte sie bitten, ihm den Umschlag, der nichts mit Vincent zu tun hatte, zurückzugeben, doch sie hatte ihn schon in die Tasche gesteckt. Dass er die Skizze der Unbekannten um jeden Preis behalten wollte, brachte ihn ein wenig aus der Fassung.

»Ist das alles?«, fragte Élise.

»Wie meinen Sie das?«

»Ich kann mir nicht vorstellen, dass ein Mann sich so viel Mühe macht, um ein derart vages Versprechen zu halten. Und ersparen Sie mir sentimentale Märchen über die Kameradschaft unter Soldaten«, fügte sie mit einer wegwerfenden Handbewegung hinzu. »Es geht offensichtlich noch um etwas anderes. Sind Sie Vincents wegen gekommen oder doch eher Ihretwegen? Um ein reines Gewissen zu haben?«

Er verspürte Wut und Lust auf eine Zigarette. Diese Frau ruhte zu sehr in sich selbst, war zu selbstgewiss. Ihre Unversöhnlichkeit verschaffte ihm das unangenehme Gefühl, ein spitzer Splitter stäke ihm unter der Haut. Und das verübelte er ihr umso mehr, als er ihr den genauen Grund nicht hätte nennen können, weil er selbst ihn nicht recht verstand. Natürlich war er auch um seinetwillen gekommen. Sie wollte ihn dominieren, doch Andreas ertrug es nicht, wenn man ihn zu unterwerfen versuchte. Er begann zu ahnen, dass Élise Nagel unter ihrer Strenge eine große Leidenschaftlichkeit verbarg.

»Ihr Bruder Vincent hat mir das Leben gerettet.«

»Na und?«

Er spuckte die Antwort regelrecht aus.

»Ich hatte eine schwere Schulterverletzung davongetragen. Ich konnte meine Waffe nicht mehr abfeuern, unsere Kompanie war auf dem Rückzug. Ich hatte ihm befohlen, sich mit den anderen zurückziehen, aber er hat mir nicht gehorcht. Er hat mich etwa hundert Meter weit bis zu einem Unterstand gezerrt und mir dort mit bloßen Händen die Kugel entfernt.«

Er spürte noch, wie Vincents Hände in der Wunde wühlten, und den stechenden Schmerz, als stäche man mit einer Riesengabel in seinen Körper. Er hatte die Zähne zusammengebissen, enttäuscht darüber, dass er nicht ohnmächtig wurde, was die einzige Möglichkeit einer Art Anästhesie gewesen wäre. Morphium gab es längst nicht mehr, und der Himmel wusste, wo die Sanitäter abgeblieben waren. Nachdem Vincent ihm die Schwere der Verletzung beschrieben hatte, hatte er ihm befohlen, die Kugel herauszuziehen, koste es, was es wolle, sonst hätte er dran glauben müssen. An Élise Nagels verkniffenem Gesicht war deutlich abzulesen, dass ihr Bruder ihn ihrer Meinung nach hätte krepieren lassen sollen; dann hätte es einen Deutschen weniger gegeben.

»Sind Sie ganz sicher, dass Sie nicht wissen, was aus ihm geworden ist?«

»Ja, es tut mir leid. Ich vermute, er ist bei den Kämpfen gefallen wie so viele andere.«

Zwei rote Flecken brannten auf ihren Wangen.

»Sie wissen gar nichts. Mit welchem Recht können Sie also

etwas Derartiges behaupten? Ich hingegen weiß, dass er von den Sowjets gefangen genommen wurde.«

»In diesem Fall, Madame, wäre er wohl besser gefallen«, erwiderte er, um sie zu strafen, denn sie verachtete ihn, obwohl sie nichts über ihn wusste.

Diese Frau war unverwundbar in ihrem behaglichen Salon mit den hübschen Bildern, den gutgefüllten Bücherregalen und dem Schachspiel, das auf einem Tischchen am Fenster aufgebaut war … Das Spiel war unterbrochen worden, der schwarze Springer richtete gerade Verwirrung unter seinen Gegnern an. Eine Einrichtung, in der nichts störte, ein Ort, an dem man sich mit Fensterläden vor der lärmenden Welt schützen konnte, es sei denn, man öffnete die Läden und sähe in den von Mauern umschlossenen Garten hinaus. Während er gewartet hatte, bis Mademoiselle Nagel geruhte, zu ihm in den Salon zu kommen, hatte er die Schaukel betrachtet, ein Symbol sorglosen Lebens, das ihm und den Seinen verwehrt war, denn sie genossen keinerlei Schutz mehr. Genau wie die Baracken, in denen sie hausten, war auch ihr Leben allen Stürmen ausgesetzt, und die Kinder spielten barfuß im Schmutz.

Wenn die bayrischen Bauern kamen, um landwirtschaftliche Hilfskräfte auszusuchen, benahmen sich manche wie Großgrundbesitzer, und die Flüchtlinge gehorchten, denn all die Ingenieure, Professoren und Ärzte, die man sowohl ihrer Vergangenheit als auch ihrer Zukunft beraubt hatte, waren froh, wenn sie Geld für das Lebensnotwendigste verdienen konnten. Sie hatten Hunger. Auf einer Tombola hatte Lilli einmal ein altbackenes Brot gewonnen. Sie hatten sich um den Tisch versammelt und es schweigend verzehrt.

Andreas merkte, dass er die Fäuste ballte.

Élise ging zur Tür, die noch offen stand, und warf ihm einen eisigen Blick zu.

»Wenn Sie fertig sind, können Sie jetzt gehen.«

Er hatte keinen Dank erwartet, und doch fand er es zu seinem Erstaunen verletzend, dass er ausblieb. Er überlegte, dass er sich ungeschickt verhalten hatte, sicher, um sich ein reines Gewissen zu verschaffen, wie sie freundlicherweise zu verstehen gegeben hatte, aber auch, um ein schmerzliches Kapitel seines Lebens abzuschließen und, vielleicht, für die Fehler zu büßen, die sein Land begangen hatte. Dabei hätte er auf dergleichen gefasst sein müssen: Für seine Schwächen wird man immer bestraft.

Wortlos ging er um den Sessel herum. Als er an ihr vorüberging, streifte er sie mit einer Schulter und empfand kindliche Genugtuung darüber, sie zurückweichen zu spüren.

Darauf bedacht, möglichst schnell wegzukommen, durchquerte er die Diele und nahm vage das Dienstmädchen wahr, das sich auf der Treppe herumdrückte. Er riss die Haustür auf und stieß heftig gegen die junge Frau mit dem Kinderwagen.

Die turbanartige Kappe trudelte zu Boden, und er konnte die unbekannte Schöne gerade noch bei den Schultern packen, bevor sie hintenüberfiel. Sie legte den Kopf in den Nacken, um ihn anzusehen. Grün sind sie also, wassergrün mit goldbraunen Pünktchen, dachte er voller Freude darüber, endlich die Augenfarbe zu sehen, die ihm bei ihrer ersten Begegnung vorenthalten geblieben war. Unter den gebogenen Brauen hatte sie dichte, schwarze Wimpern, die gar nicht recht zum blonden Haar zu passen schienen. Die leicht geöffneten Lippen waren voll, sein Blick verweilte einige Augenblicke darauf. Er roch ein blumiges Parfüm mit leichter Zitrusnote, das ihm zu Kopfe stieg.

»Bitte verzeihen Sie mir, Madame«, murmelte er. »Hoffentlich habe ich Ihnen nicht wehgetan.«

Sie sah ihn weiter unverwandt an, während sie langsam den Kopf schüttelte.

Jetzt erst wurde ihm mit einiger Verlegenheit bewusst, dass er immer noch ihre Schultern umfasst hielt, als hätte er Angst, das Gleichgewicht zu verlieren, sobald er sie losließe. Wer war sie? Was wollte sie von ihm?

Er runzelte die Brauen und ließ sie los, die junge Frau schwankte. Er bückte sich und hob ihre Kappe auf. Der Wind peitschte ihr Haar, das sie vergeblich zu bändigen versuchte.

»Ich glaube, das gehört Ihnen«, sagte er und hielt ihr die Kappe hin.

»Sie sind ja schlimmer als der Wind, Monsieur …«

Sie ließ den Satz in der Luft hängen, ihre Augen lachten.

»Andreas Wolf.«

»Livia, ich sehe, Sie sind früher heimgekehrt als erwartet!«, rief Élise Nagel.

Das spitzbübische Funkeln in den Augen erlosch schlagartig, die Züge der jungen Frau verhärteten sich.

»Mir war kalt«, sagte sie. »Ich wollte nicht, dass Carlo sich erkältet.«

Andreas beugte sich vor und sah in den Kinderwagen. Das Baby lag auf dem Rücken und schüttelte die kleinen Fäustchen, sein vergnügtes Lächeln grub zwei winzige Grübchen in die Pausbacken. Gerührt hielt er dem Kind einen Finger hin, den es sofort packte und in ebenso festem Griff hielt, wie seine Nichte es zu tun pflegte.

»Grüß Gott, Kleiner …«, sagte er auf Deutsch.

»Sie sind Deutscher?«, fragte die junge Frau erstaunt und begann sich die Handschuhe auszuziehen.

»Ja, Madame. Ich bin aus Bayern hierhergekommen.«

»Wenn Ihnen kalt ist, Livia, sollten Sie lieber hereinkommen und sich aufwärmen.« Élise war herausgekommen und wollte den Kinderwagen ins Haus holen.

Das jedoch gelang ihr nicht auf Anhieb, und Andreas streckte die Hand aus, um ihr zu helfen.

»Lassen Sie nur. Wir kommen allein zurecht. Beeilen Sie sich, Livia, trödeln Sie nicht hier vor der Tür herum.«

Livia sah ihre Schwägerin erstaunt an. Sie hatte noch nie erlebt, dass Élise unhöflich war. Sie wirkte nervös, und ihr sonst sehr blasses Gesicht war voller roter Flecken. Der fremde Herr war ein bisschen zur Seite getreten, er lächelte rätselhaft. Was konnte ein Deutscher von den Nagels gewollt haben? Élise hatte ihn bestimmt äußerst ungnädig empfangen.

»Ich habe einen Brief überbracht, den Vincent Nagel an seine

Familie geschrieben hat«, erklärte er. »Er war mein Kriegskamerad, und ich hatte es ihm versprochen. Wenn ich irgend kann, halte ich meine Versprechen«, sagte er mit einem Achselzucken, das ihn plötzlich wie einen Jugendlichen wirken ließ.

»Waren Sie zusammen in Russland?«

Er zog ein Päckchen Gauloises aus der Tasche und klopfte eine Zigarette heraus. Sie bemerkte, dass seine Hemdenmanschetten verschlissen waren. Er hatte Pianistenhände, die Finger waren lang, die Nägel rechteckig. Die Haut war übersät mit Schwellungen und rosa schimmernden Narben. Ja, auch er war im Krieg gewesen. Ganz offensichtlich.

»Rauchen Sie?«, flüsterte er verschwörerisch.

Als Livia den intensiven, für einen Mann, der einer jungen Frau lediglich eine Zigarette anbietet, viel zu eindringlichen Blick bemerkte, wurde ihr klar, dass er flirtete. Es war fast so, als wäre sie wieder in Murano, auf dem kleinen Platz vor San Pietro, wo die Jungs rittlings auf den Bänken saßen und die jungen Mädchen mit samtigen Augen anschmachteten. Doch bei diesem Fremden handelte es sich nicht um die Frechheit eines Schüchternen. Er hatte sich ganz entspannt vor ihr aufgebaut, er war sich seiner Verführungsgewalt sicher, und das machte ihn unwiderstehlich. Seltsamerweise gaben die schlecht sitzende Kleidung, die er so lässig trug, die abgetretenen Schuhe und das verschlissene Hemd seinem Auftreten, statt es zu beeinträchtigen, eine gewisse Noblesse.

Zum ersten Mal seit der Geburt ihres Sohnes, oder, wenn sie sich wirklich ehrlich prüfte, zum ersten Mal seit ihrer Ankunft in Metz fühlte sich Livia von Sorglosigkeit beschwingt, als hätte einer der Windstöße, die über die Stadt fegten, gerade die Erstarrung und den Staub vieler Monate weggewirbelt.

Im spöttischen Blick dieses Unbekannten las Livia, dass sie begehrenswert war, und sie hatte das Gefühl, er gebe sie sich selbst zurück. Diese Erkenntnis hatte auf sie dieselbe Wirkung wie ein doppelter Grappa. Dann wäre also alles noch möglich, dachte sie freudig staunend.

»Ich warte auf Sie, Livia«, hörte sie ihre Schwägerin aus der Diele rufen.

»Ich muss hinein«, murmelte sie verlegen. »Bitte entschuldigen Sie mich, Monsieur.«

»Vincent war mein Untergebener, aber er pflegte mich Andreas zu nennen«, sagte er halblaut. »Machen Sie mir die Ehre und sprechen Sie mich mit meinem Vornamen an, nachdem Ihre Schwester mir nicht einmal ein ›Monsieur‹ gegönnt hat.«

»Meine Schwägerin«, korrigierte sie ihn und verdrehte die Augen kurz zum Himmel, um ihm zu signalisieren, auf wessen Seite sie stand. »Auf Wiedersehen … Vielleicht auf ein andermal.«

Sie schlüpfte ins Haus und schloss die Tür.

Andreas betrachtete das schön geschnitzte Porträt und das Monogramm im Medaillon, dann überquerte er die Straße. Auf dem Bürgersteig, auf dem er länger als eine Stunde gewartet hatte, bevor er den Mut aufbrachte, sich Vincents Familie zu stellen, zündete er sich seine Zigarette an.

Er legte den Kopf in den Nacken und nahm einen tiefen Zug. Im ersten Stock bemerkte er eine weiße Gardine, die sich leicht bewegte. Er hatte gehofft, er werde Livia Nagels Gesicht erblicken, aber natürlich war es das kantige und wütende Gesicht ihrer Schwägerin, das sich hinter der Scheibe abzeichnete.

Wenn er sich schon eine Feindin machte, dann konnte er das auch gründlich tun. Er lächelte ihr breit zu und winkte freundschaftlich hinauf. Voller Befriedigung sah er, dass die feine Gardine sofort wieder an ihrem Platz war.

Er schlug den Jackenkragen hoch, denn die Sonne war jetzt hinter den Wolken verschwunden, die sich am Himmel Unheil verkündend zusammenballten. Vielleicht war es ein Fehler, und wenn Hanna es erfuhr, würde sie sicher wütend sein, aber sein Entschluss stand fest: Morgen würde er sich zu den *Cristalleries de Montfaucon* begeben und unter dem prachtvollen Lüster des Direktionsbüros Henri Simonet erklären, dass er sein Angebot für eine sechsmonatige Zusammenarbeit annehmen wolle.

Und während es wieder zu regnen anfing und die Tropfen auf

die Dächer klatschten und das Pflaster der Bürgersteige dunkel färbten, machte Andreas sich auf den Weg zum Bahnhof und überquerte die Brücke über die aufgewühlte Mosel. Ganz erfüllt von der Erinnerung an eine junge Frau, von der er nichts wusste, aber alles wollte.

Flavio legte den Brief wieder hin. Wahrscheinlich hatte er es nicht richtig verstanden. Sein Französisch ließ zu wünschen übrig, und seit er nicht mehr gut schlief, wurde seine Sicht manchmal durch vor den Augen auftauchende Lichtblitze eingeschränkt. Müde rieb er sich die stoppeligen Wangen.

Einst hatte er an Wunder geglaubt. Als kleiner Junge war er sehr abergläubisch gewesen und hatte allerlei komplizierte und unsinnige Rituale eingehalten, um das Schicksal gnädig zu stimmen. Er war Leitern ausgewichen und hatte sich nie einen Spaß mit dem Tafelsalz erlaubt. Die 13 brachte ihm Glück, was aber absolut nicht für die 17 galt. Wenn eine Katze vor ihm von links nach rechts die Straße überquerte, dann, so redete er sich ein, werde ihm der Tag viel Gutes bringen, Unglück hingegen drohte, wenn er auf dem Schulweg einer grün gekleideten Frau begegnete.

Seine Mutter war es gewesen, die ihm diese Liebe zu den Märchen und Legenden, in denen es um Verwünschungen und um böse und gute Geister ging, eingepflanzt hatte. Mit tiefer, singender Stimme hatte sie ihm diese Geschichten ins Ohr gemurmelt. Er hatte fest an das Gerippe des Glöckners geglaubt, das um zwölf Uhr nachts in den Glockenturm des Markusdoms stieg, um mit der Marangona, der größten Glocke, Mitternacht zu läuten, und auch an die Hexe, die versucht hatte, die für Tintorettos Tochter bestimmten Hostien rauben zu lassen. In diesem phantastischen Universum beleuchteten die Seelen des Fegefeuers in Neumondnächten die Gerechten, und man musste sich vor der Dame in Weiß hüten, die in der Umgebung des Brunnens auf dem *corte* Lucatello ihr Unwesen trieb.

Was war ihm noch geblieben von dieser kindlichen Unschuld? Nicht viel. In Wahrheit gar nichts mehr. Jetzt wäre auch ein ganzes

Feld vierblättriger Klee nicht mehr genug, um dem Unternehmen Grandi wieder zu seinem früheren Erfolg zu verhelfen.

Widerwillig zwang er sich, den verdammten Brief noch einmal zu lesen. Die Schreibmaschinenschrift sagte immer noch dasselbe: Die Bestellung sei »aus Gründen, die außerhalb unseres Einflussbereichs liegen«, wie der Leiter des Geschäfts in der Rue de la Paix liebenswürdig versicherte, annulliert worden.

»Mistkerl!«

Er zerknüllte den Brief wütend und zielte damit auf den Papierkorb, doch er verfehlte ihn. Es war an der Zeit, sich in Paris einen anderen Vertreter zu suchen.

Er ließ sich in seinen Sessel zurücksinken und verschränkte die Hände im Nacken. Säure wütete in seinem Magen. Seit einem halben Jahr scheiterte jeder seiner Versuche, das Unternehmen aus den roten Zahlen herauszuführen. Allmählich hielt er sich für einen Vollidioten. Er betrachtete die Unordnung auf seinem Schreibtisch, die ungeöffneten Briefe, den nach erkaltetem Nikotin stinkenden Aschenbecher, die Rechnungsbücher, die Zeichenhefte, das Glas Rotwein, das auf einem Stapel verzweifelt leerer Bestellungsvordrucke thronte.

Er legte sich zur Seite und schob nachlässig ein Aktenstück unter einen Haufen Unterlagen. Im Laufe des Schriftverkehrs waren die blumig-höflichen Andeutungen aus den Briefen der Bankiers verschwunden und hatten ganz klaren Forderungen Platz gemacht: Fangen Sie endlich an, Ihre Schulden zurückzuzahlen, Signor Grandi, sonst …

Sonst was?, fragte er sich und betrachtete die Decke. Was konnten sie ihm schon tun, diese Schakale in ihren Anzügen aus feinem Tuch? Ihn ins Gefängnis werfen, ihm die Glaswerkstatt abnehmen und sie versteigern? Die Gebäude hatten einen gewissen Wert. Sie würden sicher einen Packen Banknoten einbringen, doch die Lire würden schnell der galoppierenden Inflation zum Opfer fallen. Aber die Bankiers hatten ohnehin wenig Lust, sich die Finger an einem schlechten Geschäft wie dem Unternehmen Grandi zu verbrennen. Was sie erhofften, war schlicht ein Wunder: dass die *fornaci* wieder Kleinodien produzierten, für die man Käufer gewinnen würde.

Er stand vorsichtig auf und streckte sein Knie. Seine Lippen wurden weiß vor Anstrengung. An manchen Abenden fühlte es sich an, als flösse glühendes Blei zwischen den Gelenkbändern. Er griff nach seinem Stock und ging langsam die Treppe zum ersten Stock hinauf. Im Haus war es still, man hörte nur seine Absätze und den rhythmisch auf die Holzstufen gestoßenen Stock. Er betrat ein völlig dunkles Zimmer, in dem ein leichter Staubgeruch in der Luft lag. Als er ein Fenster öffnete und die Fensterläden aufstieß, strich die laue Nachtluft über seine Wangen.

Die Eichenschränke, die ringsum an den Wänden standen, bargen schon seit Jahrhunderten die im Zeichen des Phönix erfundenen Geheimrezepturen und -verfahren. Die kostbarsten Archivschätze lagen in Truhen, die nicht weniger solide waren als ein Tresor. Ein langer Tisch, ähnlich den Lesetischen in Bibliotheken, bot die Möglichkeit, sich an Ort und Stelle in die Skizzen, die Spezialmischungen und Techniken zu vertiefen. Er konnte sich an Zeiten erinnern, in denen es in diesem Raum gesummt hatte vor Betriebsamkeit. Sein Großvater und sein Vater hatten sich mit ihren Mitarbeitern stundenlang hierher zurückgezogen und sich, von der Welt abgeschieden, ganz den ringsum zündenden Geistesblitzen gewidmet.

In drei Vitrinen war die Familiensammlung ausgestellt. Das opalisierende Mondlicht erhellte die Umrisse von Frauenakten, von Löwen, Panthern und anderen exotischen Tieren, die Filigranglasflaschen, die Kelche mit ihren undurchsichtig weißen Blumenverzierungen und die Gläser mit den kunstvoll mit Drachen und Phönixen verzierten Füßen, die den Ruf seines Großvaters begründet hatten.

Er lehnte sich an, um sein Bein zu entlasten. Er hatte diesen Raum nie gemocht. Die belastenden Traditionen schnürten ihn ein wie eine Zwangsjacke, und ein aus Scham und Schuld gemischtes Gefühl hinderte ihn am freien Atmen. Das Erbe der Grandi war für ihn nie etwas gewesen, worauf er hätte stolz sein können, er hatte es immer nur als schwere Last empfunden. Als naiver Jugendlicher hatte er von einer anderen Zukunft zu träumen gewagt, dann hatte ihm der Tod seiner Eltern die Flügel beschnitten. Mit der Plötzlichkeit ihres Todes hatte er sich nie abfinden können. Es war, als hätte ein Rüpel ein Gespräch unter höflichen Menschen unterbrochen, als wäre das Chaos in eine klug geplante Vorführung eingebrochen. Ein Akt äußerster Unhöflichkeit. Er fühlte sich betrogen, einer Sache beraubt, die sich nun, da er auf sie verzichten musste, als unersetzlich erwies. Sein Großvater hatte ihm erlaubt, das Jurastudium fortzusetzen, doch er hatte bei dem alten Herrn Vorbehalte gespürt, fast etwas Vorwurfsvolles. Niemand hatte verstanden, dass er sich doppelt verwaist fühlte, er hatte nicht nur seine Eltern verloren, sondern auch eine Berufung, die ihm nicht als Erbe zugefallen war.

Und dennoch muss die Lösung hier irgendwo zu finden sein, dachte Flavio und sah sich um. In Murano gab es kaum eine Glasbläserfamilie, die nicht schon einmal schwere Zeiten durchgemacht hatte. Eine der schwersten war sicher der Fall der Republik Venedig am Ende des 18. Jahrhunderts. Damals hatte die harte Konkurrenz der Glasmacher in Böhmen und England die Muraneser Glaskünstler bedrängt. Anfang des 19. Jahrhunderts hatten die meisten Glaswerkstätten kurz vor dem Ruin gestanden und sich nur mit der Herstellung von Glasperlen über Wasser halten können, aber die Muraneser hatten sich nicht geschlagen gegeben. Die Eigentümer der Glashütten, die oft zugleich sehr begabte Glasmachermeister waren, hatten wieder angefangen, sich mit den traditionellen Verfahren ihrer Vorfahren zu beschäftigen und sie an den Zeitgeschmack anzupassen, wobei sie ihrer besonderen Vorliebe für elegante Linien und gewagte Farben frönten.

Und jetzt in der Nachkriegszeit war es eben auch nicht einfach. Dennoch sah er ringsum Beispiele für Unternehmen, die wieder an ihre alten Erfolge anzuknüpfen vermochten. Das galt vor allem für die Manufaktur Zanier, die offensichtlich starken Rückenwind hatte. Marco hatte einen neuen künstlerischen Direktor eingestellt, der nur noch von Funktionalität und Rationalismus redete. Und damit natürlich ganz dem Zeitgeist entsprach. Er hätte es genauso machen sollen wie Marco: Er hätte ein ehrgeiziger Unternehmer werden sollen, ein Mann der Zukunft, ein effizienter Mensch. Flavio erschauerte; er verfügte nicht über die unerschöpfliche Energie seines Kindheitsfreunds. Flavio fühlte sich wie ein Hundertjähriger, wenn er Marco reden sah, wild gestikulierend oder in dem Restaurant, in dem sie sich gelegentlich zum Abendessen trafen, auf und ab gehend, als bräuchten seine herrlichen Ideen immer mehr Raum, als zur Verfügung stand. »Also, was meinst du dazu?«, pflegte Marco ihn dann, mit einem geradezu inquisitorischen Blick, zu fragen. Flavio nickte darauf nur schweigend. Er hatte keine Meinung, ihm war alles gleichgültig. Hatte er sich je für irgendetwas, eine Frau oder ein Projekt, derart begeistern können? Er konnte sich nicht daran erinnern.

Ich bin zum lebenden Leichnam geworden, dachte er und beobachtete eine einsame Katze, die über eine Regenrinne stolzierte. Ich wäre besser in Russland krepiert, wie die anderen.

Über die Häuser und Gassen hinweg spürte er den unterschwelligen Lockruf der Lagune. Als er aus dem Krieg zurückgekehrt war, hatte er sich in dieses Labyrinth aus Sümpfen geflüchtet, das seine Geheimnisse nur wenigen Eingeweihten enthüllte. Einige seiner Freunde hatten sich in den *valli* verborgen, um sich dem Kriegsdienst zu entziehen, und dort in einfachen Hütten gelebt, in denen das flackernde Licht der Methangaslampen die Wände aus Eichenbrettern beleuchtete. Ein paar Jahre später waren dann noch die Partisanen zu ihnen gestoßen.

Tage- und nächtelang war er mitten durchs Schilf und die ausgetrockneten hohen Gräser über das flache Wasser geglitten, diesen unergründlichen Spiegel des Himmels. Dort hatte er Heilung für seine Wunden gesucht, hatte sich nach und nach von den Schrecken und dem Blut, von dem Leiden und der Bestialität, die er in Russland hatte erleiden müssen, zu befreien und sich zu reinigen versucht in dem leicht purpurfarbenen, von tausenden Grautönen durchspielten Licht, dieser dunstigen rätselhaften Helligkeit, die mal sanft war wie die Liebkosung einer Mutter, mal grell und schneidend wie ein Feuerstein. Flavio hatte gehofft, die zarte Seelenmusik der Lagune würde ihm vielleicht Linderung verschaffen.

Ich habe es versucht, *nonno,* weil ich dir Ehre machen und mich als würdiges Familienmitglied erweisen wollte, aber ich bin einfach nicht dafür geschaffen. Ich bin steif wie ein Stück totes Holz. Es fehlt mir der Funke … Es fehlt mir der Glaube …

Zum ersten Mal wagte er sich einzugestehen, dass er ein unwürdiger Abkömmling der Grandi war und nicht gesegnet mit dem Talent, der Phantasie und der inneren Glut, die man für diesen Beruf brauchte. Es sah so aus, als hätten sich die guten Feen nicht über seine Wiege gebeugt.

»Da bist du ja, ich hab dich überall gesucht!« Beim Klang der rauen Stimme schreckte er aus seinen Gedanken.

»Ach, du bist's, Tino. Was treibst du noch hier? Es ist schon spät. Du müsstest längst zu Hause sein. Deine kommunistischen Freunde werden noch behaupten, ich würde dich ausbeuten.«

Tomasini lachte kehlig.

»Du bist wahrhaftig der bravste Chef, den man sich denken kann. Nicht wie dieser Marco Zanier. Der wär ganz allein imstande, eine Revolution auszulösen.«

»Vielleicht ist die Glashütte Grandi genau deswegen am Rande des Ruins.«

Tino trat schwerfällig näher. Das Mondlicht ließ das Weiße in seinen Augen leuchten. Er stellte ein ironisches Lächeln zur Schau, doch Flavio bemerkte etwas wie Trauer auf seinem zerfurchten Gesicht. Der Wolf mochte zwar auf seinen scherzhaften Tonfall eingegangen sein, doch es war deutlich zu sehen, wie ihn der rasche Niedergang der Glashütte quälte. Tief in der Brust empfand Flavio einen Stich, es war Scham.

»Ich hab dir deine Zigaretten mitgebracht«, sagte Tino barsch und drückte ihm eine in braunes Papier gewickelte Zigarettenstange in die Hand. »Heute Morgen ist eine Ladung gekommen.«

»Vielleicht sollte ich mich aufs Schmuggeln verlegen«, witzelte

Flavio. »Damit lässt sich wenigstens Geld verdienen. Und die Bankiers wären auch zufrieden.«

Er riss das Papier auf, um ein Päckchen herauszunehmen, und suchte in der Jackentasche nach Zündhölzern.

»Hier darf man nicht rauchen«, sagte Tino. »Du weißt doch, dass es verboten ist.«

»Und wer sollte mich daran hindern? Wenn das Haus in Flammen aufginge, wäre doch wenigstens alles geregelt. Wir hätten keine Sorgen mehr.«

Tino sah ihn düster an. Er mochte es nicht besonders, wenn Flavio sich so aufspielte. Wer keine Zuneigung für Flavio empfand, hätte leicht auf den Gedanken kommen können, der junge Grandi schere sich nicht im Mindesten um die Glashütte, doch Tino wusste, dass er nachts nicht mehr schlafen konnte vor Sorgen. Man brauchte ihn bloß anzusehen. Schon bei seiner Rückkehr aus dem Krieg war er alles andere als dick gewesen. Nur noch Haut und Knochen, hatten die alten Weiber lamentiert und sich trotz der Lebensmittelrationierung alles Mögliche einfallen lassen, um ihn wieder aufzupäppeln. Doch jetzt, mit den tiefen, bläulichen Augenringen, den hohlen Wangen und diesem unergründlichen Blick eines alterslosen Mannes, bot Flavio wirklich einen traurigen Anblick. Ganz Murano tuschelte hinter seinem Rücken. Wer einen solchen Blick habe wie er, hieß es, müsse die Kreise der Hölle gesehen haben.

»Angeblich wollen sie bei Venini wieder *zanfirico* produzieren«, sagte Tino nur knapp.

Flavio steckte sich eine Zigarette zwischen die Lippen, zündete sie jedoch nicht an. Er dachte an den untrügbaren Geschmack von Paolo Venini, an die filigranen Netze in unterschiedlichen Farben, die das Glas in luftigen Spiralen umschlossen. Wie sollte er, der unfähige Flavio Grandi, hoffen dürfen, er könne mit derart erfindungsreichen, talentierten und inspirierten Männern rivalisieren wie Ercole Barovier, Paolo Venini oder Archimede Segus, den man auch den »Tiermeister« nannte und dessen Virtuosität die Grenzen des Machbaren und der Realität stetig erweiterte?

»Ich bin Glasmachermeister«, fuhr Tino leise fort. »Meine Aufgabe ist es, den Geist des Künstlers, der ein Glas gezeichnet hat, möglichst getreu wiederzugeben. Er ist derjenige mit der Inspiration, ich bin für die technische Ausführung da. Im Allgemeinen gibt es zwei oder drei Möglichkeiten, das Gewünschte herzustellen. Ich muss sie ihm erklären. Ich bin imstande, die Veränderungen des *cristallo* zu beherrschen und ihm alle erdenklichen Formen zu geben. Ich kenne die Ausdehnungskoeffizienten der unterschiedlichen Gemenge für farbiges Glas auswendig und kann verhindern, dass mir meine fertigen Stücke im Auskühlungsofen zerspringen … Ich arbeite geschickt, genau und schnell. Das habe ich im Blut, Flavio, schon immer im Blut gehabt. Aber der Künstler und ich, wir sind eine Art Zentaur. Wir brauchen einer den anderen, um weiterzuleben.«

Er verstummte, voller Trauer sah er, wie Flavios magere Schultern nach vorn sackten, er wusste, er fügte dem Enkel seines alten Verbündeten Alvise Schmerz zu, mit Vorbedacht, denn die Glashütte Grandi versank genauso unaufhaltsam im Ruin wie die Stadt Venedig in der Lagune.

»Wo sind die Künstler der Glashütte Grandi, Flavio?« Seine Stimme war heiser bei dieser abschließenden Frage.

Flavio strich sich nervös eine Strähne aus der Stirn.

»Ich kann sie nicht bezahlen, Tino. Das weißt du genauso gut wie ich. Niemand will zu uns aufs sinkende Schiff. Ich bin wirklich in einer verzweifelten Lage. Ich bin hier hinaufgekommen, weil ich auf ein Wunder hoffte … Verrückt, nicht wahr?«

Tino stemmte die Hände in die Hosentaschen und murmelte etwas Unverständliches.

»Wir müssen sie zurückholen.«

»Wen?«

»Livia.«

Flavio ärgerte sich ein wenig.

»Und was soll sie deiner Ansicht nach hier tun?«

Der Glasmacher senkte verlegen den Kopf, sein stämmiger Körper sackte ein wenig in sich zusammen.

»Wir brauchen sie. Wie soll ich es dir sagen? Deine Schwester hat das Glas im Blut.«

Draußen rüttelte der Wind an den Bäumen. Flavio lachte nervös auf.

»Ach, das größte Kompliment der Glasbläser! So begabt soll sie also sein, obwohl sie nur eine Frau ist und nicht einmal selbst mit der Pfeife arbeiten kann? Entschuldige bitte, aber das kann ich nicht glauben.«

»Was macht das schon, dafür glaub ich's! Eines Tages ist ein Tourist in die Werkstatt von Seguso gekommen und hat ihn gefragt, wie viel Zeit er für ein Stück gebraucht hatte, das er gerade in der Hand hielt. ›Es hat sechshundert Jahre gedauert, bis diese Vase fertig war‹, hat Seguso geantwortet. Und so ist das auch bei uns, Flavio, verstehst du? Livia ist die Seele dieser Manufaktur.«

Flavios Gesicht wurde hart, sein scharfes Profil hob sich vor dem Nachthimmel ab.

»Meine Schwester hat uns verlassen. Aus freien Stücken, niemand hat sie dazu gedrängt. Sie war immer schon höllisch stolz und eigensinnig. Madame hat sich dazu herbeigelassen, mir in einem Brief mitzuteilen, dass sie nun verheiratet und Mutter eines Kindes ist. Soll sie doch in Frankreich bleiben. Und überhaupt, was soll sie schon für uns tun können? Sie ist auch keine Wunder-Macherin.«

Tino sah ein, dass er Flavio nicht überreden konnte, und schüttelte traurig den Kopf.

»In diesem Fall wäre das einzige noch mögliche Wunder das rote Büchlein. Aber dann müssten wir erst mal wissen, wo es ist.«

Flavio wandte sich verdutzt um und sah ihm in die Augen.

»Wovon redest du?«

»Na, hör mal, du wirst mir doch nicht erzählen wollen, Alvise hätte dir vor seinem Tod nichts davon gesagt?«

Die Verblüffung seines Meisters verärgerte Flavio, wahrscheinlich hatte ihm sein Großvater da noch einen Streich gespielt, zusätzlich zu dem hübschen Klauselwerk, das er mit dem Notar ausgebrütet hatte, um zwei Jahre lang den Verkauf der Glashütte zu verhindern. Als hätte er das je vorgehabt! Bei allem Ärger über das mangelnde Vertrauen des alten Herrn war es doch vor allem Schmerz, den er empfand. Was hatte er verbrochen, womit hatte er etwas verdient, das zunehmend an Verachtung grenzte?

»Vielleicht ist es nur eine Legende wie all die anderen auch, aber was du hier in diesem Raum versammelt siehst, sind nicht alle Archivdokumente der Grandi«, erklärte Tino und zeigte mit dem Kinn auf die mit Schlössern gesicherten Schränke. »Es heißt, es gebe noch ein kleines Büchlein, in dem die kostbarsten Geheimnisse stehen. Wenn wir nicht alle Hoffnung aufgeben wollen, die *fornace* zu retten, dann brauchen wir das rote Buch.«

»Aber du bist dir doch nicht einmal sicher, dass es existiert!« Flavio war verwundert.

Tino zuckte mit den Achseln.

»Seine Existenz hat dein Großvater nie geleugnet.«

Die Glocke von San Pietro begann zu läuten. Die Männer sahen sich schweigend an. Tino wirkte verlegen. Ganz offensichtlich konnte er nicht begreifen, dass Alvise das Büchlein nicht seinem Enkelsohn übergeben hatte. Es war unvorstellbar, dass man so kostbare Informationen einfach verloren gehen ließ. Flavio wurde nun doch von Neugier gepackt, sein Blick belebte sich.

»Wo könnte er es deiner Ansicht nach versteckt haben?«, fragte er halblaut. »Nicht hier in diesem Raum, das wäre zu offensichtlich. Auch nicht in seinem Büro, da gehen zu viele Menschen ein und aus. Und schon gar nicht in den Werkstätten, weil die Öfen gefährlich nah sind. Er hat sich bestimmt einen Platz ausgedacht, an dem er regelmäßig nachsehen konnte, ob es noch da war.«

Er griff plötzlich nach seinem Stock.

»Sein Schlafzimmer, natürlich! Da hätte ich mir an seiner Stelle ein Versteck ausgedacht. Hilf dir selbst, dann hilft dir Gott, sagt man das nicht so?«

Er hatte überall gesucht, doch vergebens. Alvise Grandis Schlafzimmer war immer noch so ruhig, kühl und sauber wie zu seinen

Lebzeiten. Die alte Tante Francesca, deren rundliches Gesicht von weißen Löckchen gekrönt war, kam einmal in der Woche und machte es sauber. Bei dieser Gelegenheit brachte sie jedes Mal eine dampfende Terrine ihres *brodo di pesce* mit, und wehe Flavio, wenn er die Fischsuppe nicht bis zum letzten Löffel aufaß, während sie ihn durch ihre Brille streng beobachtete. Sie hatte keinerlei Hemmungen, ihn auszuschimpfen und ihn auf den Arm zu schlagen, wobei sie immer den Kopf in den Nacken legen musste, denn sie reichte ihm nicht einmal bis zur Schulter. Doch was Tante Francesca an Zentimetern fehlte, machte sie mit ihrem Temperament leicht wett.

Zwei Stunden hatten sie damit verbracht, das Haus vom Keller bis zum Dachboden zu durchsuchen. Tino hatte schließlich aufgegeben. Wortlos war er nach Hause gegangen, mit schweren Schritten, den Kopf zwischen die Schultern gezogen. Scheitern war ihm verhasst. Es wurde erzählt, er habe früher manchmal zwanzig Stunden ohne Unterbrechung gearbeitet, bis er endlich die von ihm angestrebte Perfektion erreicht hatte. Es wurde auch erzählt, dass er böse wurde, wenn er eine Niederlage einstecken musste.

Flavio war genauso enttäuscht gewesen wie er, hatte es jedoch nicht gezeigt und war in die Küche gegangen, um sich ein Glas Wein einzuschenken. Er hatte ein Stück Parmesan dazu gegessen und war dann wieder ins Schlafzimmer seines Großvaters zurückgekehrt. Eine innere Stimme sagte ihm, dass das Büchlein dort sein musste, aber wo?

Zunächst hatte er Hemmungen, sich aufs Bett zu setzen, dann gab er der Müdigkeit nach und streckte sich mit leicht angezogenen Beinen aus, eine Hand unter der Wange, wie früher als Kind. Er hatte schon so lange nicht mehr schlafen können, dass er manchmal das Gefühl hatte, sein Blut fließe nicht mehr durch die Adern. Er schloss die Augen, dann zuckte er zusammen, sein Stock war zu Boden gepoltert. Er würde ihn später aufheben. Er hatte solche Lust, sich einen Augenblick lang auszuruhen, sich wenigstens ein paar Minuten zu gönnen, bevor er weitersuchte. Notfalls würde er das Haus Stein für Stein abtragen …

Als er die Augen aufschlug, war der Raum von Sonnenlicht erfüllt. Er konnte es nicht fassen. Er hatte eine ganze Nacht lang geschlafen, ohne Albträume, ohne aus dem Schlaf zu schrecken. Er streckte sich, allerdings vorsichtig, um nicht einen der äußerst schmerzhaften Krämpfe auszulösen, die seine Hüfte wie in einen Schraubstock pressten. Er schwang die Beine auf eine Seite, sah sich nach seinem Stock um und entdeckte ihn schließlich unter einer Kommode. Mühsam bückte er sich und streckte die Hand nach ihm aus, aber er war zu weit gerollt. Er fluchte leise und schob die Kommode zur Seite.

Da war etwas Seltsames an der Fußleiste, eine Ungleichmäßigkeit in der Färbung. Knurrend kniete er sich hin, doch sein Herz schlug jetzt schneller. Nervös tastete er über das Parkett und dann über die Unregelmäßigkeit in der Fußleiste, er drückte, er zog, er schlug mit der Faust dagegen, und schließlich fanden seine Hände den Mechanismus. Er griff in den Hohlraum und zog einen staubigen Lappen heraus. Wie betäubt hockte er da und betrachtete ihn.

»Livia«, murmelte er, halb ungläubig, halb zornig. »Dieses kleine Luder …«

Hanna saß auf einer Bank unter einem schütteren Baum und gönnte sich noch eine kleine Ruhepause vor der großen Wäscheschlacht. Der Himmel war von kristallklarem Blau und wirkte poliert wie ein Spiegel. Sie rieb sich die Hände, um die Blutzirkulation anzuregen. Die Kälte stach ihr in die Wangen, und sie hatte, zumindest nahm sie das an, eine gerötete Nase, doch um nichts in der Welt hätte sie auf diese kostbaren Momente des Alleinseins verzichtet.

Dieser Winter war streng. Einer der kältesten des Jahrhunderts, wurde behauptet. In den von den gusseisernen Kanonenöfchen nur unzureichend beheizten Baracken mussten sich die Menschen einiges einfallen lassen, um nicht zu erfrieren. Wegen des Brandrisikos war es ihnen streng untersagt, elektrische Öfen zu benutzen, doch die Stromversorgung reichte ohnehin kaum für die Beleuchtung.

In dem Eimer, der ihr als Wäschekorb diente, lagen Lillis Kleid, Inges Strampelanzug und Wilfrieds Hemd. In hilfloser Wut über die schlechte Qualität des rationierten Seifenpulvers hatte sie die Wäschestücke gerubbelt und gerieben, um das strahlende Weiß zu erlangen, das sie von früher gewohnt war, doch sie durfte nicht allzu anspruchsvoll sein, es war schon ein Glück, dass sie überhaupt Waschpulver bekommen hatte.

Ein Stückchen unterhalb räumte eine Horde etwa zehnjähriger Jungs den Straßenrand mit Spitzhacken, die Hände nur notdürftig mit löchrigen fingerlosen Handschuhen geschützt. Sie arbeiteten ernsthaft und konzentriert, dennoch klang von Zeit zu Zeit fröhliches Gelächter herauf. Abends würden sie zum Bahnhof laufen und Kohlen »organisieren«, und wie sonst auch würden die amerikanischen Militärpolizisten so tun, als bemerkten sie nichts.

Sie lehnte den Kopf gegen den Baumstamm und schloss die Augen. Lähmende Schwere befiel ihre Beine, ihre Arme und ihre Hände mit den roten Gelenken. Die hellen Kinderstimmen wurden zu einem fernen Gemurmel, und sie überließ sich der vertrauten Lethargie, die sie bei der kleinsten Anstrengung überkam und gegen die anzukämpfen ihr immer schwerer fiel.

Wozu?, fragte sie sich oft, wenn sie die anderen von einer Zukunft sprechen hörte, die nach Hannas Ansicht so voller Ungewissheiten steckte, dass sie nicht mehr zumutbar war. »Aber Hanna, wir haben ein Dach über dem Kopf, genug zu essen, und im Lager geht es uns besser als denen, die Privatleuten zur Arbeit zugeteilt worden sind.« Die wohlmeinenden Mitmenschen hatten ja recht, Hanna hätte froh sein müssen, noch am Leben zu sein, aber sie wandte immer nur den Kopf ab, erfüllt von einem schweigenden Grimm, der in ihrem Magen wütete und ihre Nerven reizte wie eine Flamme.

Manchmal dachte sie an die deutschen Frauen, die sich umgebracht hatten, nachdem sie von den Soldaten vor den Augen ihrer Männer oder ihrer Kinder vergewaltigt worden waren. Hätte sie deren Beispiel folgen sollen? Sie hatte Hildegard noch vor Augen, die junge Witwe des Volksschullehrers, wie sie nach einem misslungenen Abtreibungsversuch in ihrem Blut gelegen hatte. Sie war eine dieser unglücklichen Frauen gewesen, die lieber ihr Leben riskierten als ein »Russenkind« zur Welt zu bringen. So waren diese Frauen einem Leben entkommen, das sie als ewige Verdammnis empfunden hatten.

Dieses Mal wenigstens war auch der Schmerz in ihrem Unterleib müde geworden. Hanna fühlte nur noch eine volle, runde Schwere, die gelegentlich an ihr zog, ähnlich dem Ziehen, das sie allmonatlich spürte. Schon seit mehreren Wochen hatte sie diese Schmerzen. Nach der Vergewaltigung hatte sie alles versucht, um ihren Körper zu vergessen, doch jetzt lauschte sie auf ihn, als wäre er zu einem fremden Menschen geworden, dem sie nicht trauen durfte.

Sie berührte sich nur widerwillig, fast mit Ekel, und nur, weil sie nicht umhin konnte, sich zu waschen, sich anzuziehen und zu essen. Sie führte diese Rituale aus, weil sie sich am Leben halten musste, doch ihre Bewegungen hatten etwas Abgehacktes, Mechanisches bekommen.

Lilli warf ihr vor, sie achte nicht mehr auf ihr Äußeres. Ihre Cousine konnte sich an Kleinigkeiten freuen: eine Spange für ihr Haar, das zu ihrer großen Begeisterung in Locken nachgewachsen war, ein unverhofft aufgetauchter Stoffrest, mit dem sie ihr Kleid ausbessern konnte. Da sie nicht wussten, wann sie endlich wieder in der glücklichen Lage sein würden, neue Kleider zu kaufen, gingen sie sehr sorgsam mit den wenigen um, die sie hatten mitnehmen können, und das Waschen erforderte größtes Fingerspitzengefühl. Die Flüchtlinge, die ihr Haus binnen weniger Stunden hatten verlassen müssen, besaßen praktisch nur, was sie auf dem Leibe gehabt hatten. In manchen Familien teilten sich die Kinder ein einziges Paar Schuhe und konnten im Winter nur abwechselnd hinaus ins Freie.

Hanna hörte zu, wenn Lilli in Begeisterung geriet, doch sie selbst konnte nichts dergleichen aufbringen. Dabei glaubte sie, als junges Mädchen eher eitel gewesen zu sein. Doch nun waren ihre Kleider nur noch etwas, womit sie sich bedeckte, und die geschminkten Gesichter mancher schamloser Mädchen erinnerten sie eher an grobe Masken.

Wenn sie ihre eigenen verhärmten Züge sah, machte sie sich Vorwürfe wegen ihrer Gleichgültigkeit. Die Menschen, die nach ihnen aus der sowjetischen Besatzungszone gekommen waren, berichteten von den Schwierigkeiten eines Lebens, in dem die Angst zum ständigen Begleiter geworden war.

Obwohl die Bayern dem großen Flüchtlingszuzug ablehnend gegenüberstanden und die amerikanischen Behörden ein wachsames Auge auf die Flüchtlinge hatten, glaubten die Frauen und Männer aus Gablonz, die sich in Kaufbeuren-Hart zusammengefunden hatten, felsenfest an eine bessere Zukunft.

»Sollen die Deutschen es doch selbst machen«, sagten die Amerikaner als traditionelle Anhänger der Eigeninitiative. Und das ließen sie sich nicht zweimal sagen: Sie arbeiteten von fünf

Uhr morgens bis acht Uhr abends. Aus dem Blech amerikanischer Konservenbüchsen, aus Ton und Holz bastelten sie Modeschmuck, den sie billig verkauften oder gegen knappe Lebensmittel tauschten. Ein Jahr zuvor war die erste Glashütte eröffnet worden. Weitere waren im Bau. Angesichts dieses Durchhalte- und Erfolgswillens hatte Hanna manchmal das Gefühl, sie sei das schwarze Schaf.

Eine der größeren Baracken wurde regelmäßig zum Festsaal umfunktioniert. Phantasievolle Dekorationen, Musiker, Bier und Schnaps, es fehlte an nichts. Bevor Lilli hinging, kniff sie sich in die Wangen, damit sie ein wenig Farbe bekamen, und machte sich vor der Spiegelscherbe, die auf einem Regalbrett stand, hübsch. »Meinst du, es geht so?«, fragte sie dann ihre Cousine und zupfte an dem neuen Kragen ihres Kleidchens. Hanna brachte es nicht übers Herz, ihr zu sagen, dass die gelbliche Farbe ihren Teint fahl wirken ließ. »Du siehst hinreißend aus«, antwortete sie, und Lillis Blick verlor einen Augenblick lang die Bangigkeit, die ihr zur zweiten Natur geworden war.

Wie durch ein Wunder war Lilli den Vergewaltigungen entgangen, doch beim Grenzübertritt hatten die sechs Polizisten, die die Leibesvisitation durchführten, sie aufgefordert, sich ganz auszuziehen. Nie würde Hanna die Gesichter dieser Rohlinge vergessen, die Lilli verspottet und sie angewiesen hatten, die Schenkel zu spreizen und sich nach vorn zu beugen, die Männer hatten sie gemustert, als wäre sie nur irgendein seelenloses Stück Fleisch. Danach hatten sie stundenlang warten müssen, bis sie in die Viehwaggons steigen durften. Lilli hatte die ganze Zeit, die Arme vor der Brust verschränkt, vor sich hingestarrt und kein Wort gesagt. Noch lange danach hatte ihr Körper immer wieder angefangen, heftig zu zittern.

»Die anderen Mädchen werden bestimmt wieder darüber reden, wie man es anstellt, mit einem GI auszugehen«, bemerkte Lilli. »Du müsstest sie mal hören. Sie träumen alle davon, zu heiraten und mit einem Mann in Amerika zu leben. Die sind dermaßen blöd ...«

»Dir sind die GIs natürlich egal«, gab Hanna etwas kühl zurück, »du hast ja Wilfried.« Mit einem Mal waren Lillis Wangen von einer völlig natürlichen Röte übergossen.

Hanna empfand jedes Mal einen Stich von Eifersucht, wenn sie sah, wie Lilli und Wilfried sich aus dem Augenwinkel ansahen, sich unauffällig streiften und sich verständnisinnig zulächelten, sobald sie sich unbeobachtet fühlten. Sie waren linkisch, unentschlossen und nervös. Sie waren verliebt und hatten es vermutlich als Einzige noch nicht bemerkt.

Ihr eigener Körper war besudelt worden, bevor er neun Monate lang einer Besatzerin ausgeliefert gewesen war. Jetzt war er nur noch eine Hülle, in der sie zu leben verdammt war, weil sie ihn eben nicht abstreifen konnte. Manchmal beneidete sie die Schlangen, die sich wenigstens häuten konnten. Es musste ein herrlich befreiendes Gefühl sein, seine Lumpen so abwerfen zu können, um völlig neu und fleckenlos wiedergeboren zu werden. Wie gern hätte sie es ihnen nachgetan, neues Fleisch, neue Haar- und Hauttexturen angenommen.

Mir graust vor mir selbst, dachte sie beklommen.

Wenn ihr Töchterchen in ihrem schwankenden Watschelgang auf sie zukam, noch ganz erstaunt über die aufrechte Haltung, überkam sie manchmal ein leidenschaftlicher, übermächtiger Beschützerinstinkt, doch dann drückte sie das Kind zu fest an sich, und es begann zu weinen. Die meiste Zeit betrachtete sie Inge mit völliger Gleichgültigkeit, kein Lächeln, kein Gesichtsausdruck vermochte sie zu rühren. Sie waren zwei Einzelwesen. Zwischen ihnen herrschte nicht dieses besondere Fluidum, das jeder Mutter-Kind-Beziehung anhaftete.

Sie brachte es nicht fertig, ihr Herz den anderen jungen Frauen auszuschütten, selbst jenen nicht, von denen sie wusste, dass sie Ähnliches erlitten hatten. Ihr Geheimnis war zu schmerzhaft, zu intim und zu dunkel, als dass sie es hätte teilen können. Fremden zeigte sie ein gleichmäßiges, unauffälliges Gesicht, an dem die Blicke abglitten, und ihr schmallippiges Lächeln glich abwehrend ausgestreckten Krallen. Ihr Schamgefühl und ihre Zurückhaltung machten sie fast durchsichtig. Hinter ihrem Rücken wurde behauptet, sie sei reizend, aber ein wenig beschränkt.

Hanna hatte das Gefühl, sich von den anderen zu entfernen wie ein Kahn, der, von einer unsichtbaren Strömung mitgezogen, unaufhaltsam vom Ufer wegtreibt. Lillis und Wilfrieds Stimmen drangen nur noch als undeutliches Geplapper an ihr Ohr, ihre Gesichter verschwammen so sehr, dass sie ihr fast unbekannt vorkamen. Manchmal fragte sie sich, ob sie nicht langsam den Verstand verliere.

Sie sprach nie von den diffusen Schmerzen, die ihren Unterleib zerrissen, sie wollte keine Aufmerksamkeit auf sich ziehen und fand es nur natürlich, dass ihr Körper protestierte. Er wenigstens wusste sich auszudrücken, vielleicht war das sein einziger Vorzug. Und so blieb sie die zurückhaltende, kluge und gewissenhafte, die nette Hanna, an die man sich wandte, wenn man eine Vertraute brauchte, jemanden, der einen bei Sorgen, Angst und unsinnigen Befürchtungen beruhigte, wenngleich bei den Flüchtlingen eigentlich jedwede Befürchtung gerechtfertigt war.

»Hab keine Angst, Schwesterchen, ich bin wieder da. Ich werde auf dich und die Familie aufpassen.« So ein Lügner! Andreas war wirklich nicht zu übertreffen, wenn es darum ging, leere Versprechungen zu machen. Sie war nicht so dumm, ihm zu verübeln, dass er Friedl nicht beschützt hatte, obwohl er es doch versprochen hatte, als sie beide an die Front geschickt wurden. Damals hatte sie ihm glauben wollen, um ihre Angst zu beschwichtigen, aber im Innersten hatte sie gewusst, dass es unmöglich war. Als gute Christin hatte sie die beiden ihren Schutzengeln anempfohlen. Und dann hatte der Schutzengel ihres Verlobten wohl einmal nicht aufgepasst.

Doch warum war Andreas nach seiner Rückkehr rückfällig geworden? Als er ihr angekündigt hatte, er wolle nach Frankreich gehen, war sie in Zorn geraten. Ihre Handflächen waren feucht geworden, ihr Herz hatte wild geklopft, sie hatte das Gefühl gehabt, zum zweiten Mal im Stich gelassen zu werden. Wie konnte er es wagen, sie aus einem so abwegigen Grund zu verlassen?

Es war seine Pflicht, bei ihr, Lilli und dem Kind zu bleiben. Mit welchem Recht entzog er sich seiner Verantwortung? Ihr Bruder hatte ihre Vorwürfe angehört, und sein Gesicht hatte den Ausdruck angenommen, den es an schlechten Tagen hatte. Mit verkrampften Kiefern und in strengem Ton hatte er gesagt, sie könne ihn eben nicht verstehen, und damit das Gespräch beendet. Und zwar mit genau der Überheblichkeit, die Männer an den Tag legen, wenn sie nicht alles sagen wollen, was sie denken. Dabei hatte sie ihn durchaus verstanden: Mit dieser symbolischen Geste, die nur für ihn einen Sinn hatte, wollte Andreas sich freikaufen, denn er fühlte sich schuldig. Auf seine Weise und vielleicht, ohne dass es ihm selbst klar gewesen wäre, wollte er für die Untaten einer ganzen Nation büßen. Das war unsinnig, hochmütig und absolut egoistisch. Aber ich bin nicht schuldig!, hätte sie am liebsten geschrien. Ich bin ein Opfer …

»Schläfst du?«

Sie öffnete halb die Augen.

»Jetzt nicht mehr«, erwiderte sie, und Wilfried nutzte die Gelegenheit, seinen schlaksigen Körper neben sie auf die Bank zu falten.

Sie roch seinen leicht säuerlichen Geruch nach Schweiß und Schmutz. Er zog ein Taschentuch aus der Tasche und trocknete sich den Nacken, seine Hände waren ganz schwarz.

»Ich hab seit heute früh sechs Uhr keine Pause gemacht, aber allmählich nimmt es Gestalt an.«

Er schien stolz auf sich. Sie wusste, dass er den ganzen Vormittag am Bau einer neuen Glashütte mitgearbeitet hatte. Auf das Betreiben einiger ebenso autoritärer wie hartnäckiger Visionäre hatten die Sudetendeutschen begonnen, ihre neue Welt zu erbauen. In der Heimat waren die meisten von ihnen Angestellte und Facharbeiter gewesen. Viele hatten auch ein eigenes kleines Geschäft betrieben. Bayern war eine landwirtschaftlich geprägte Region, aber sie konnten nicht alle Bauern werden, zumal sie als Flüchtlinge kein Land besaßen. Deshalb wollten sie an ihre ehemalige Berufstätigkeit anknüpfen.

Wenn man ihnen zusah, wie sie die Maschinen für die Herstellung von Knöpfen und Glasstückchen bauten, schien jeder Hammerschlag, jedes Quietschen und Klappern eines Werkzeugs das Blut in ihren Adern anzutreiben. Als sie im Durchgangslager an der Grenze angekommen waren, hatten die Familien eine Schüssel, eine Kelle und einen Zinkeimer bekommen, um ihr neues Leben zu beginnen. Die Sudetendeutschen waren zwar dankbar gewesen, aber sie hatten sich auch gedemütigt gefühlt durch das Mitleid in den Blicken der Einheimischen. Und seither hatten sie nur noch eines im Kopf: sich auf die eine oder andere Weise neu zu schaffen – und zwar als freie Menschen.

»Wir werden Gablonz wiederaufbauen, du wirst schon sehen«, sagte er und nickte bekräftigend mit dem Kopf, vielleicht, um sich selbst davon zu überzeugen, dass es kein Luftschloss war, an dem er mitbaute. »Wir dürfen nicht weiter darauf hoffen, dass wir eines Tages nach Hause zurückkehren. Das werden die Tschechen nie zulassen. Wer trotzdem daran glaubt, ist dumm genug. Wir tragen unser Vaterland für immer in uns, aber jetzt müssen wir endlich aufhören, in die Vergangenheit zu sehen. Wir können etwas, wir haben unser Fachwissen und unseren Arbeitswillen.«

»Ach, du hast Fachwissen?«, spottete sie. Wilfrieds Optimismus ging ihr auf die Nerven.

»Sobald es möglich ist, gehe ich in die Lehre, und in sechs oder sieben Jahren bin ich Glasmachermeister, genau wie der Oberleutnant.«

»Bewundernswert, wie weit du in die Zukunft schauen kannst«, zog sie ihn auf. »Ich hab schon Mühe, mir den nächsten Tag vorzustellen. Aber der gute Andreas beflügelt dich, das ist gut. Mit ein wenig Glück kommt er uns irgendwann mal wieder besuchen und geruht vielleicht sogar, dir den einen oder anderen Kunstgriff beizubringen. Es sei denn, er bleibt einfach in Frankreich. In Lothringen hat es meinem Bruder früher sehr gut gefallen. Vielleicht begegnet er einer charmanten Französin und verheiratet sich dort. Heißt es nicht, dort lebe man so glücklich wie Gott in Frankreich? Und vor allem ist er uns endlich los, wenn er dort unten bleibt.«

Wilfried knöpfte seine Jacke auf und rieb sich die Brust. Er trug seinen kratzigen Pullover direkt auf der Haut, Hanna hatte sein einziges Hemd in die Waschküche entführt.

»Du bist schlecht gelaunt.«

Plötzlich fühlte sie Tränen aufsteigen und sah nur noch verschwommen.

»Ich bin müde, weiter nichts, dieses sinnlose Leben ermüdet mich, ich bin es leid, immer und immer um dasselbe kämpfen zu müssen, ich bin es leid zu hören, wie die Leute über ihren Hunger klagen. Ich ertrage es nicht mehr, in einem erbärmlichen Verschlag in einem Lager zu leben, in dem überall Leute sind, Leute, Leute, Leute …«

Ich ertrage euch nicht mehr, weder dich noch Lilli, noch Inge, aber das kann ich euch doch nicht sagen!

Sie bemerkte, dass ihre Hände zitterten, und biss sich auf die Lippen.

»Es heißt, die Amerikaner lassen heute Matratzen anliefern«, sagte Wilfried in fröhlichem Tonfall. Er wollte sie ein wenig aufheitern. »Ich besorge uns welche. Dann schlafen wir wenigstens besser. Du darfst nicht verzweifeln, Hanna. Den Krieg haben wir verloren, aber im Frieden werden wir gewinnen.«

Sie lachte nervös auf.

»Wie ein Politiker. Mit so hübschen Sätzen könntest du die Massen begeistern.«

Er zuckte die Achseln.

»Ich will nur einen Menschen begeistern. Aber sie will nichts von mir wissen.«

Hanna richtete sich auf und sah ihn aufmerksam an. Er blickte verlegen auf seine Füße.

»Wie meinst du das?«

»Tu nicht so, als hättest du mich nicht verstanden«, gab er wütend zurück. »Ich möchte Lilli heiraten, aber sie will nicht.«

»Hast du ihr einen Antrag gemacht?«

Sie war erstaunt. Sie hätte nicht gedacht, dass die beiden jungen Leute schon so weit gediehen waren.

»Mehrmals«, brummte er. »Sie sagt, wir müssten warten, wir wären zu jung, wir hätten kein Geld … Kurzum, sie findet immer eine gute Ausrede. Aber ich sage ihr immer, dass Warten auch nichts nützt. Wir haben doch so schon genug Zeit vergeudet, oder? Jeden Morgen sage ich mir, es ist ein Wunder, dass ich noch am Leben bin. Ich liebe sie, und sie liebt mich, was will sie mehr?«

Hanna hatte einige Mühe, sich ihre schusselige Cousine vorzustellen, wie sie mit erhobenem Zeigefinger Vernunft predigte. Früher war Lilli eher impulsiv gewesen, oft hatte sie spontan gehandelt und dann erst nachgedacht. Erstaunlich, dass sie nicht die Gelegenheit beim Schopfe packte. Andere hätten nicht so lange gezögert.

Lehnte Lilli Wilfrieds Anträge ab, weil sie an seiner Liebe zweifelte? Das muss ich sie fragen, dachte sie. Dabei ist er in jeder Hinsicht in Ordnung, auch wenn er nicht besonders wohlerzogen und intelligent ist. Aber dürfen wir in unserer Lage noch so heikel sein?

Natürlich hätte man Wilfried als schlechte Partie betrachtet, wenn die Wolfs noch in Wahrstein ansässig gewesen wären, eine allseits geachtete und anerkannte Familie. Er stammte aus bescheidenen Verhältnissen, sein Vater war ein trunksüchtiger Schuster gewesen, über seine Mutter wusste man überhaupt nichts. Bei den Wolfs hatte man ehrgeizigere Heiratspläne geschmiedet, aber die Grundlagen einer in Schichten geordneten Gesellschaft waren mitsamt allen dazugehörigen Ansprüchen und Konventionen in den Abgrund gestürzt. Wilfried war einfach ein anständiger Mensch, und Hanna hatte leidvoll lernen müssen, dass diese Eigenschaft das Einzige war, was bei einem Menschen zählte.

»Könntest du nicht mit ihr reden?«, fragte Wilfried sie jetzt schüchtern.

»Natürlich«, sagte sie und stand auf. »Sie hat eben Angst vor der Zukunft, vielen von uns geht es so.«

»Aber ich bin doch da, um auf sie aufzupassen«, protestierte er und sprang auf.

Ein Schatten glitt über Hannas Gesicht, die strengen Linien der Wangenknochen, des Nasenrückens und der schmalen Lippen traten noch deutlicher hervor. Ihr ganzer Körper wurde steif, sie hob den Kopf und sah ihm direkt in die Augen.

»Keine Deutsche kann mehr glauben, ein Mann sei imstande, sie zu schützen«, sagte sie schneidend. »Diese Lektion hat sich in unseren Körper eingegraben. Wir haben gelernt, uns nur auf uns selbst zu verlassen. Nun müsst ihr es noch verstehen und eure Konsequenzen daraus ziehen.«

Wilfried starrte sie an, vor Verblüffung stand ihm der Mund offen. Angesichts seiner Verwirrung bereute sie ihre Aggressivität ein wenig, aber andererseits: Wann würden die Männer endlich begreifen, dass das Leben nie wieder so sein würde wie früher?

Als sie sich bückte, um die Wäsche aufzuheben, nahm er sie ihr hastig aus den Händen.

Lilli wiegte Inge auf den Knien und streichelte abwesend über das dunkle Haar des kleinen Mädchens, das so entspannt in ihren Armen lag, wie nur Kinder es können, die noch keine Angst kennen. Lilli nickte immer wieder ein, sie hatte den ganzen Tag Küchendienst gehabt und stundenlang Kartoffeln für die kärglichen Mahlzeiten der siebenhundert Flüchtlinge im Lager geschält.

Hanna saß auf einem Hocker, die Augen halb geschlossen, und kämmte sich. Die langsamen, gleichmäßigen Bewegungen taten ihr gut. Wie sonst auch, schlug sie die Augen immer wieder auf, um nachzuschauen, ob in dem Kamm, dem schon einige Zinken fehlten, Läuse waren.

»Warum willst du ihn nicht heiraten?«, fragte sie, sie dämpfte dabei die Stimme, um Margit, die auf der Bank neben ihr schnarchte, nicht zu wecken.

Als sie mit Lilli von der Beerdigung ihrer Mutter zurückgekommen war, hatten auf der Pritsche der Verstorbenen eine Witwe und ihr fünfjähriger Sohn gesessen, aufrecht, mit zusammengepressten Knien und einem Bündelchen vor den Füßen. Die vom Flüchtlingszustrom nach wie vor überforderte Lagerleitung verlor keine Zeit, wenn es darum ging, freie Betten neu zu belegen. Sie waren von so unerbittlicher Höflichkeit und dermaßen auf ihre Wohltätigkeit versessen, dass es manchmal schwer zu ertragen war.

Vor der Angst verlor der Gleichheitsgrundsatz seine Gültigkeit. Von Schicksalsschlägen gezeichnete Gemüter wie Margit und ihr Sohn würden immer eine gewisse Schwäche zurückbehalten und nie den Mut aufbringen, Meinungen oder Wünsche zu äußern. Ständig gaben sie dem Willen der anderen nach, weil sie das dumpfe Gefühl hatten, es müsse einen Grund für das Unglück geben, von dem sie verfolgt wurden. Bei anderen wiederum wirkte die Angst noch heimtückischer, sie panzerte sie mit einer Unbeugsamkeit, die den Eindruck von Stärke vermittelte, jedoch vor allem einen Mangel an Sensibilität zur Folge hatte.

Die beiden Familien halfen sich gegenseitig, weil sie mit den gleichen Schwierigkeiten zu kämpfen hatten, aber unter anderen Umständen hätten sie nicht einmal miteinander gesprochen, so wenig hatten sie gemeinsam.

Lilli hob ruckartig das Kinn. Sie schien sich zugleich geschmeichelt und beunruhigt zu fühlen.

»Hat er mit dir darüber gesprochen?«

»Du liebst ihn«, sagte Hanna achselzuckend. »Das ist unübersehbar.«

»Ich weiß nicht … Einerseits möchte ich schon, aber andererseits habe ich Angst. Manchmal wird mir richtig schwindelig davon. Jede Nacht träume ich von zu Hause. Damals wusste ich, was ich wollte. Weißt du noch, damals, als wir zur Schule gingen und diese schwachsinnigen Aufmärsche veranstalteten? Unser Weg war uns vorgezeichnet. Ich wusste, ich würde erwachsen werden, heiraten und kerngesunde Kinder bekommen, denn genau das erwartete man von uns«, sagte sie spöttisch. »Ich dachte mir schon Namen für sie aus. Als du dich mit Friedl verlobt hast, habe ich mir gesagt: Und die nächste in der Familie bin ich. Aber jetzt weiß ich gar nichts mehr …«

»Weil das alles noch zu nah ist. Wenn ich die alten Leute durchs

Lager irren sehe, ist mir klar, dass sie sich nie davon erholen werden und einfach langsam daran sterben. Kinder in Inges Alter werden diese schrecklichen Erinnerungen nicht haben und deshalb davonkommen. Für unsere Generation ist es am schwierigsten. Wir sind erwachsen geworden, bevor wir die Unbekümmertheit der Jugend auskosten konnten.«

Lilli betrachtete das Gesicht des kleinen Mädchens, das für sie wie eine kleine Schwester war. Die Stupsnase gab ihr etwas Spitzbübisches, und aus dem halb offenen Mund kam ein wenig Speichel. Sie konnte einfach nicht verstehen, wieso Hanna ihrer eigenen Tochter mit so viel Distanziertheit begegnete. Die anderthalb Jahre alte Inge war ein echter Wonneproppen, mutig und willensstark wie ihre Mutter. Sie reagierte nicht sofort, wenn man sie ansprach, aber wenn sie erst einmal zuhörte, war sie durch nichts mehr abzulenken. Zärtlich streichelte Lilli ihr die Wange.

»Was die Kleinen angeht, da bin ich mir nicht so sicher. Ein Kind lebt unvermischter als ein Erwachsener. Es schummelt nicht. Es nimmt die Dinge wahr und hat nicht die Zeit, sich einen Panzer zuzulegen, sich zu schützen. Vielleicht wird es sein ganzes Leben lang von seinen frühen Kindheitserlebnissen verfolgt.«

Sie fiel in ein nervöses Schweigen.

»Ich habe kein Vertrauen«, sagte sie dann leise. »Ich glaube, ich werde nie mehr Vertrauen haben.«

Hanna hörte auf, ihr Haar zu kämmen, und legte die Hände auf die Knie. Ihr Körper fühlte sich steif an, das Blut in ihren Adern schien wie dickflüssig. Da so viele Menschen in ihrer Umgebung von ihr abhängig waren, fühlte sie sich manchmal ausgedörrt wie ein Baum, dem man den Saft raubt. Andreas' Entschluss, nach Frankreich zu gehen, hatte sie sehr verletzt, sie empfand es als Verrat, dass er nicht verstehen wollte, wie überaus wichtig er für sie war. Lillis Ratlosigkeit gab ihr das Gefühl, sie sei ein in einen Honigtopf gefallenes Insekt. Sie flatterte mit den Flügeln, und doch erstickte sie, langsam und unaufhaltsam.

»Du wirst einfach lernen müssen, auch ohne Vertrauen zu leben. Man wird euch das Glück bestimmt nicht auf dem Silbertablett servieren. Man muss es suchen und dann mit beiden Händen festhalten. Auch wenn es recht bescheiden ist, auch wenn es eine Art Glück ist, die man früher gar nicht bemerkt oder sogar verachtet hätte. Wilfried liebt dich. Heute. Jetzt. Was wird morgen sein? Vielleicht werden wir wegen eines Kriegs oder eines Dekrets auch von diesem Ort wieder vertrieben. Das kann niemand wissen.« Sie gestattete sich eine kleine Ironie: »Zumindest kann man uns jetzt, wo wir nichts mehr haben, auch nichts mehr wegnehmen. Ich verstehe, dass du zu niemandem mehr Vertrauen hast, aber du warst stark genug, bis hierher zu gelangen. Du hast die Revolutionsgarden überlebt und auch diese Unmenschen an der Grenze. Letzten Winter warst du so krank, dass ich Angst hatte, du würdest sterben, ich würde auch dich verlieren, aber du bist noch da. Wenn es jemanden gibt, zu dem du Vertrauen haben kannst, Lilli, dann bist du es selbst.«

Sie verstummte, sie war außer Atem und hatte Schweißtropfen auf der Stirn. Eine so lange Rede hatte sie schon lange nicht mehr gehalten.

Lilli nickte, in ihren Augen standen Tränen.

»Du meinst also …«

»Hör auf deinen Instinkt. Wenn du glaubst, du kannst mit Wilfried ein wie immer geartetes Glück finden, dann zaudere nicht länger. Wir dürfen ihnen nicht gestatten, uns auch noch das zu stehlen.« Mit einem Mal fasste sich Hanna an den Bauch und schrie auf.

»Mein Gott, was hast du?«, fragte Lilli erschrocken.

Ein gleißendes Licht durchschnitt Hannas Leib. Sie fiel nach vorn, ihr Kopf schlug auf die Tischkante auf. Sie erbrach sich, schweißgebadet, die Galle verbrannte ihr die Kehle.

»Sag doch was! Hast du Schmerzen?«, schrie Lilli, die jetzt neben ihr kniete.

»Was ist los?«, erkundigte sich Margit schlaftrunken. »Kann ich helfen?«

»Es ist Hanna. Wir haben uns unterhalten, und dann ist ihr mit einem Mal schlecht geworden.«

Hanna lag zusammengekrümmt auf dem Boden und stöhnte vor Schmerzen. Sie nahm nur vage wahr, dass Lilli ihren Kopf hob und ihr das Gesicht abtupfte. Als Margit ihre Beine strecken wollte, erbrach sie sich von Neuem, teils auf ihre Cousine. Der säuerliche Geruch stieg ihr in die Nase.

»Ich hole Fräulein Christa«, sagte Margit, die immer vollständig angezogen schlief, weil die dürftige Wärme des Ofens ihr nicht reichte. »Bleib ruhig liegen, Rudi, ich bin gleich wieder da.«

Der kleine Junge hatte sich im Bett aufgesetzt und lutschte am Daumen, er ließ seine Mutter nicht aus den Augen. Margit holte ihre Schuhe unter dem Tisch hervor, setzte sich eine Mütze auf und schlug die Decke aus amerikanischen Armeebeständen zur Seite, die sie vom Gang und den übrigen Barackenbewohnern trennte.

»Beeil dich!«, schrie Lilli. »Keine Angst, Hanna, Fräulein Christa ist gleich da und hilft dir«, sagte sie und hielt Hanna fest, die stöhnte wie ein verletztes Tier, das Gesicht von Blut und Erbrochenem verschmiert.

»Lieber Gott, mach, dass es nichts Schlimmes ist«, betete Lilli mit zitternden Lippen. »Ich verspreche Dir, ich werde alles tun, wenn Du Hanna leben lässt. Ich verspreche Dir, die Perlen noch schneller aufzufädeln, in der Küche nichts mehr mitgehen zu lassen ... Und ich werde Wilfried heiraten, wenn es das ist, was Du willst, aber bitte, bitte, mach, dass es nichts Schlimmes ist ...«

Margit rannte durch die Kälte. Ihr Atem stand in kleinen Dampfwolken vor ihrem Gesicht. Am schwarzsamtenen Himmel glitzerten die Sterne. In dieser Nacht würde es nicht schneien. Die Baracken ragten wie dunkle Barrieren aus dem Dunkel. Als sie sich der Krankenstation näherte, schlug ihr Herz so heftig, dass es in ihren Ohren dröhnte. Sie rutschte auf einer vereisten Pfütze aus, fiel auf die Knie, rappelte sich aber sofort wieder auf.

Sie hatte Angst, weil sie spürte, dass die arme Hanna etwas Ernstes hatte. Die junge Frau hatte Rudi und sie freundlich aufgenommen, als man sie bei den Wolfs einquartiert hatte. Sie hatte sogar auf einem Regal und unter einem der Etagenbetten ein wenig Platz freigeräumt. Sie war ein rätselhafter Mensch, der wenig sprach und nie lächelte. Manchmal war ihre Kälte einschüchternd.

Margit hatte sofort geahnt, dass Inge das Kind einer Vergewaltigung war. Sie war selbst Mutter und verstand deshalb besser als Lilli, was Hanna zu verbergen glaubte. In ihren Augen stand eine solche Leere, so viel Schrecken, so viel Scham und Liebe, wenn sie ihre Tochter ansah, dass es gar nicht anders sein konnte.

Vor der Tür der Krankenstation angekommen, hämmerte sie mit beiden Händen dagegen. Nach einigen Minuten öffnete Fräulein Christa, ihr schwarzes Haar war völlig zerzaust, und sie hatte sich einen Wollschal um die Schultern gelegt.

»Was ist los?«, fragte sie blinzelnd.

»Es geht um Hanna Wolf«, keuchte Margit. »Wir wohnen zusammen. Baracke 321. Sie hatte einen Anfall. Sie erbricht sich und hat schreckliche Schmerzen. Kommen Sie schnell, bitte!«

»Ich komme sofort. Warten Sie hier drinnen auf mich.«

Margit schlüpfte durch die Tür. In der Krankenstation gab es Zentralheizung, warmes Wasser und Toiletten. Sie bot genug Platz für etwa zehn Kranke, und manche alte Menschen kamen zum Sterben hierher.

Durch die offene Tür sah sie, wie Fräulein Christa sich in dem winzigen, nur mit einem Feldbett und einigen rohen Regalbrettern ausgestatteten Zimmerchen anzog. Im Sommer standen Wiesenblumen in der Konservenbüchse, die ihr als Blumenvase diente. Für die Lagereinwohner war es Ehrensache, dass sie immer einen frischen Strauß hatte.

Die Rotkreuzschwester arbeitete Tag und Nacht. Wenn sie sich nicht um die Kranken in der Krankenstation kümmerte, dann sah man sie mit ihren Medikamenten und ihrem Verbandszeug von Baracke zu Baracke hasten. Sie half dem Arzt, der jeden Morgen seine Sprechstunde im Lager abhielt, und assistierte ihm bei den Operationen. Man hatte ihr den Spitznamen »Weißer Engel« gegeben. Ihre Diagnosen war nahezu unfehlbar, und ihr Humor schien unverwüstlich.

Margit lehnte sich an eine Wand, schloss die Augen und genoss die sanfte Wärme. Sie schämte sich ein wenig bei dem Gedanken, es habe doch auch Vorteile, krank zu sein und sich verwöhnen zu lassen.

»Ich bin fertig«, sagte Fräulein Christa. Sie hatte das Umschlagtuch vor der Brust zusammengesteckt und hielt eine alte Tasche in der Hand.

Die beiden Frauen hielten den Atem an, als sie sich in die Kälte warfen.

Lilli starrte auf Fräulein Christas ernstes Gesicht, gequält von dem absurden Gedanken, dass das Schwesternhäubchen leicht schief saß und dass dieser Umstand Unglück bringen müsse. Ihr war, als hinge alles davon ab, wie präzise das Stückchen weißen, gestärkten Stoffs auf dem Haar saß. Sie musste sich zurückhalten, um es nicht zurechtzurücken.

Sie hatte Inge, die weinend auf dem Bett lag, einen Stoffzipfel gegeben, an dem sie jetzt saugte. Hinter Margits Schulter war Rudis blasses Gesicht zu sehen, er sah zu, ohne mit der Wimper zu zucken. Sie hätte ihn gern beruhigt, aber sie brachte kein Lächeln zustande.

Hannas Lippen waren so verkrampft, dass man ihr Zahnfleisch sah. Ihr Gesicht war aschgrau, ihre schweißnasse Haut eiskalt. Die Krankenschwester hatte den Bauch abgetastet und zog nun wieder das Nachthemd darüber.

»Sie muss sofort in die Krankenstation gebracht werden«, sagte sie jetzt und stand auf. »Wecken Sie ein paar Männer, sie sollen eine Behelfstrage zusammenbasteln. Sie muss unverzüglich operiert werden.«

»O Gott! Aber was hat sie denn?«, rief Lilli erschrocken.

»Eine Blinddarmentzündung. Wahrscheinlich auch eine Bauchfellentzündung. Schnell! Wir dürfen keine Sekunde verlieren!«

Livia hatte sich den Schal vors Gesicht gelegt und die Mütze bis zu den Augenbrauen hinuntergezogen, sodass nur noch ihre glänzenden Augen zu sehen waren. Auf der von ihrem Atem feuchten Wolle hatten sich Eisfäden gebildet, doch die waren ihr lieber als die Kälte, die ihr in die Haut schnitt, sobald sie auch nur einen Millimeter unbedeckt ließ.

Auf beiden Straßenseiten sah man durch die in den gotischen Mauerstücken klaffenden Fensteröffnungen den Himmel. In der Altstadt mussten viele Häuser abgerissen werden, und hier und da waren die Haustüren mit Brettern vernagelt. Livia ging so schnell, dass sie fast übersehen hätte, was an der Tür des Bilderrahmengeschäfts hing.

Auf einem Plakat war eine Kristallvase abgebildet, in der ein sprungbereiter Tiger gefangen saß. Das Raubtier, dessen Muskeln mit ungeheurer Meisterschaft eingraviert waren, riss wütend das Maul auf und zeigte alle Krallen. Im Hintergrund wucherte eine bis ins letzte Detail ausgearbeitete Dschungellandschaft. Die Zartheit des dichten Laubs kontrastierte mit der eindrucksvollen, reinen Kraft des wilden Tiers. *»Ausstellung der Cristalleries de Montfaucon vom 25. November bis zum 15. Dezember 1947«*.

Ein Glockenton ertönte, und sie trat zur Seite, um einen Kunden vorbeizulassen, der ein in Packpapier verschnürtes Bild unter dem Arm trug.

»Möchten Sie hereinkommen?«, fragte sie der Ladeninhaber, als sie so vor ihm stand.

»Nein, vielen Dank, Monsieur. Ich habe mir nur das Plakat angesehen«.

»Eine herrliche Arbeit, nicht wahr? Normalerweise hänge ich

keine Plakate an meine Tür, aber dieses Tier hat mich doch dazu verführt. So viel Kraft ... Wunderbar. Die Ausstellung ist wirklich einen Umweg wert. Die Glasmanufaktur Montfaucon liegt ganz in der Nähe von Nancy, wissen Sie in etwa, wo?«

»Ich werd's schon finden, danke, Monsieur. Auf Wiedersehen.«

»Auf Wiedersehen, Mademoiselle.«

Sie warf noch einen letzten bewundernden Blick auf das Plakat und ging dann weiter.

Sie fand es nicht weiter erstaunlich, dass er sie mit »Mademoiselle« angeredet hatte. In ihrem Dufflecoat, den sie in einem Altkleiderladen erstanden hatte, der Wollhose mit Aufschlägen und den pelzgefütterten Schnürschuhen sah sie aus wie ein Backfisch. Ihrer Schwägerin hätte sie so gar nicht gefallen. Beim Verlassen des Hauses hatte sie übrigens darauf geachtet, dass sie ihr nicht zufällig über den Weg laufen konnte, denn sie hatte wenig Lust auf den missbilligenden Blick gehabt, den ihr Aufzug ganz sicher geerntet hätte. Sie fühlte sich unbeschwert wie ein Schulmädchen beim Schwänzen.

Élise legte Wert darauf, dass die Gattin ihres Bruders die Familie elegant, aber zurückhaltend repräsentierte. Wenn Livia Élise zu einem Wohltätigkeitsbasar begleitete, wurde sie von dieser beobachtet, als fürchte sie irgendwelche Temperamentsausbrüche. Livia fand das eher amüsant, ihr gefiel der Gedanke, dass Élise ihr misstraute. Sie fühlte sich durch ihre Schwägerin ein wenig eingeschüchtert und fand an ihr nur eine wirklich angenehme Eigenschaft: dass sie jederzeit bereit war, Carlo zu hüten. Und da François behauptete, sie sei eine prachtvolle Ersatzmutter für ihn und seinen Bruder Vincent gewesen, hatte sie keine Bedenken, ihren Sohn bei ihr zu lassen, wenn sie für einige Stunden flüchten musste, was recht häufig der Fall war.

Livia fand nichts Schlechtes dabei. Wuchsen nicht auch in Murano die Kinder bei allen möglichen Angehörigen auf? Es gab kaum einen Unterschied zwischen Cousinen, Tanten, Müttern, Patentanten und Großeltern ... In den Häusern herrschte ständig munteres Treiben, die Haustüren klappten fröhlich, man gab sich knallende Küsse auf die Wangen, die Küchen waren immer brechend voll, und im Sommer schwärmten die Kinder grüppchenweise aus und zogen durch die Stadt, die sie ganz und gar als ihr Reich betrachteten.

Sie kam auf die Esplanade, die an diesem eisigen Vormittag völlig verlassen war. Kein Mensch außer zwei Herren im schwarzen Mantel, die mit einer ledernen Aktentasche unterm Arm auf den Justizpalast zueilten. Der für den Winter verschlossene Musikpavillon unter den von Raureifspitzen überzogenen Linden- und Kastanienbäumen wirkte wie ein vergessenes Spielzeug, und eine dünne Schicht Pulverschnee bedeckte eine Pferdestatue.

Sie konnte das Bild des Tigers nicht aus ihren Gedanken verbannen. Selten begegnete man so ausdrucksstarken Werken, die sich so intensiv einprägten wie manchmal eine Melodie, die man nicht aus dem Ohr bekommt und die einem ihren quälenden Rhythmus aufzwingt.

Sie hätte die Vase gern in natura gesehen, um die technische Ausführung im Detail studieren zu können. Der Graveur hatte ganz sicher noch andere Vasen geschaffen. Wie hieß er? Wo kam er her? Sie wunderte sich über ihre heftige Neugier, denn sie war sonst kaum noch imstande, echtes Interesse für irgendetwas zu entwickeln.

Seit ihrer Ankunft in Metz ließ sie sich treiben, reagierte kaum und dachte auch nicht mehr nach. In dieser ernsten, zurückhaltenden und seltsam sanften Stadt färbten die Tage auf die Nächte ab, und die Nächte verschmolzen mit den Tagen. Endlos folgte Stunde auf Stunde, sodass sie manchmal fürchtete, das Gedächtnis zu verlieren, denn sie hatte nur noch bestimmte Momente in Erinnerung: das Gelächter ihres Sohnes, wenn sie ihn kitzelte, den süßlichen Duft seines Nackens, die weiche Haut in seinen Armbeugen, François' glattes Gesicht und die stille Freude in seinen Augen, wenn sein Blick auf ihr ruhte, seine kühlen Hände auf ihren Brüsten, die Liebkosung seiner Lippen auf ihren Schenkeln, das Erfülltsein während der Liebe. Zuweilen fragte sie sich, ob man mit solcher Hingabe lieben konnte, ohne fürchten zu müssen, sich selbst zu verlieren.

Und mit leiser Wehmut erinnerte sie sich an die über den Himmel tanzenden grauen und blauen Wolken, die einer launischen Lagune den Hof machten, an die pudrigen Gold- und Rosatöne auf der Fassade des großväterlichen *palazzo* hinter dem Opernhaus, an das lebhafte Venezianisch, das durch die Gassen und bis in die überdachten Passagen hallte. Und vor allem erinnerte sie sich an die Glut, die in den Öfen ihrer Glasmacherwerkstatt und einst auch in ihren Adern gebrannt hatte.

Diese Empfindungen hatten sich in ebenso vielen unterschiedlichen Farben in ihre Haut geprägt. Was war noch übriggeblieben von der schwangeren jungen Frau, die voller Sorgen und tief von der Stadt beeindruckt ihren Fuß auf einen Bahnsteig des Bahnhofs von Metz gesetzt hatte? Sie war Ehefrau und Mutter geworden, ein schwaches Abbild der Livia Grandi, die während der Krankheit ihres Großvaters ein Unternehmen geleitet hatte. Bei den Nagels spielte sie überhaupt keine Rolle, trug sie keinerlei Verantwortung. Sie gehorchte der Hausherrin, weil sie wusste, dass niemand die von ihrer Schwägerin eingeführte Ordnung stören konnte. Élise bat sie nie um irgendetwas, und sie selbst wagte keine Initiative zu ergreifen, weil sie kein Missfallen erregen wollte. Mit der Zeit hatte sie herausgefunden, dass ihre Schwägerin die Kunst beherrschte, zu dominieren, ohne dabei ein einziges Wort zu verlieren. Ihre Körperhaltung, ihr Gesichtsausdruck, ihr scharfer Blick genügten, um dem Gegenüber ihren Willen aufzuzwingen. Livia hatte nichts zu tun, sie brauchte sich nur um die Erziehung ihres Sohnes zu kümmern.

Konnte man auf diese Weise zur Fremden im eigenen Leben werden? Gab es im Leben Wegkreuzungen, an denen man, weil man sich für den einen Weg entschied, andere Entwicklungsmöglichkeiten aufgeben musste? Sie schüttelte ärgerlich den Kopf, um solch düstere Gedanken zu vertreiben. Sie war zu jung, um sich damit abzufinden, dass das Leben nur eine Abfolge von Verzichtsmomenten sein sollte.

Ich langweile mich, dachte sie und blickte zum Himmel auf. Einige der Schneeflocken, die durch die kristallklare Luft schwebten, setzten sich auf ihren Wimpern ab. Ich langweile mich zu Tode …

Die Wolle ihres mit Eis verkrusteten Schals rieb unangenehm über ihre aufgesprungenen Lippen.

Eine Stunde später stand sie vor dem großen Tor der Glaswerkstatt Nagel in Montigny-lès-Metz. Sie vergrub die Hände in den Taschen und kaute auf ihrer Unterlippe. Es war nicht ihr erster Besuch hier, denn sie hatte nach ihrer Heirat François' Einladung, die Manufaktur zu besichtigen, selbstverständlich angenommen. Aber es war ein wenig gewagt, unangemeldet, allein und noch dazu in dieser abgerissenen Kleidung aufzutauchen.

Die Wut des kristallenen Tigers hatte sie zu einer Reaktion herausgefordert. Sie wollte jetzt nicht über die etwaigen Folgen ihres Tuns nachdenken. Sie wollte es tun, hier und jetzt … Entschlossen stieß sie die Tür auf.

Kaltes Licht drang durch eine riesige, nach Norden ausgerichtete Fensterfront und überflutete die Werkstatt, in der es summte wie in einem Bienenstock. An hohen Tischen wurden Aufrisse angefertigt, und einige Kunstglaser umstanden im Halbkreis ein riesiges Musterbild, das den Heiligen Johannes bei der Taufe Christi darstellte.

Sie wusste, dass viel zu tun war. Noch am Vortag hatte François ihr erzählt, er habe einen Maler und zwei Zuschneider eingestellt. Vor dem Krieg hatte die Firma mehr als hundert Menschen beschäftigt, jetzt waren es nur noch halb so viele Angestellte, doch es kamen wieder mehr Aufträge herein.

»Zum Glück ist weniger zerstört als nach dem Ersten Weltkrieg, aber wir werden uns auch dieses Mal am Wiederaufbau unseres kulturellen Erbes beteiligen«, pflegte Élise stolz zu erklären. In vielen Kirchen hatte man beim Ausbau der alten Fenster festgestellt, dass umfassende Restaurierungsarbeiten nötig waren. Eine der wichtigsten Baustellen war sogar die Kathedrale von

Metz. Während des Krieges waren zwar die meisten ihrer Fenster in Sicherheit gebracht worden, doch ein Hagelsturm in der Nachkriegszeit hatte schwere Schäden angerichtet, sehr zum Kummer der Bevölkerung, die darin etwas wie göttliche Ungerechtigkeit zu erkennen meinte.

Langsam wickelte Livia den Schal von ihrem Gesicht. Über ihre Wirbelsäule lief ein aufgeregtes Prickeln, ihr Herz schlug schneller.

Die Herstellung von Kunstglasfenstern unterschied sich von der Arbeit der Glasbläser Grandi in Murano sowohl hinsichtlich der Technik als auch hinsichtlich des gedanklichen Ansatzes. Sie war sehr überrascht gewesen, als sie François einmal von einem festen Auftrag über fünftausend Medaillons und fünfundzwanzig Grablegungen für Kanada hatte reden hören, und als sie die Lager besichtigt hatte, war sie angesichts der unzähligen heiligen Bernadetten, die dem heiligen Antonius zumindest quantitativ fast den Rang abliefen, in haltloses Lachen ausgebrochen.

Im 19. Jahrhundert hatten die Nagels mehr als zehntausend Glasfenster für Gastwirtschaften, Kreuzfahrtschiffe oder Gebäudeflure ausgeliefert, und ihre Walzen hatten zu wettbewerbsfähigen Preisen große Stückzahlen produziert. Zwar hatte dieser industrielle Ansatz der Arbeit ein wenig die Seele genommen, doch Livia fühlte immer noch eine gewisse Verwandtschaft mit den Schneidern, wenn sie ihnen zusah, wie sie mit senkrecht gehaltenem Diamanten klare Linien in die Scheiben schnitten, wobei der Ton mit zunehmender Spaltung des Glases immer kreischender wurde.

Und dann waren da noch die Farben. Das wahre Talent und Genie dieser Glasmacher wurde deutlich in der Art, wie sie sich das Licht zum Verbündeten zu machen versuchten. Ein und dieselbe Scheibe vermittelte je nach Tageszeit und Farbe des Himmels ganz unterschiedliche Atmosphären, und eine einzige Wolke konnte ein völlig neues Universum erschließen. François hatte ihr erklärt, dass das kühle zurückhaltende Licht aus dem Norden die Blautöne besonders sublim wirken ließ, wohingegen ein nach Süden ausgerichtetes Fenster Rottöne und schillerndes Gelb zur Geltung brachte. Als Architekten des Lichts erfassten sie den Raum, und als er ihr gezeigt hatte, mit welcher Sorgfalt man die unterschiedlichen Farbtöne kombinierte, um größtmögliche Harmonie herzustellen, hatte sie unwillkürlich an das *chiaroscuro*-Glas gedacht, das ja ebenfalls durch immer neue Helligkeiten die Welt veränderte.

»Auch bei uns gibt es Künstler«, betonte François gern. Einige von ihnen zeichneten ihre Modelle im Maßstab eins zu zehn selbst und legten dann großen Wert darauf, auch den Werkkarton, die Übersetzung in die endgültige Größe, selbst herzustellen. Andere wussten, dass sich das schönste Stück einer Glasscheibe in der Mitte befindet, und wollten daher keine anderen Teile verwenden, wieder andere hielten nichts von der übermäßigen Verwendung der Grisaille, einer Mischung aus Metalloxid und einer Schmelzgrundlage zur Bemalung der Fenster.

»Sie sind einfach Ritter ihres Handwerks«, meinte François oft. »Sie machen mir manchmal das Leben schwer, aber wenn ich dann ihre fertigen Werke sehe, werde ich ganz still vor Respekt.«

Als er mit solcher Glut von seiner Arbeit sprach, erinnerte sich Livia wie in einem Traum an ihre erste Begegnung in der Werkstatt in Murano, als der Regen auf die Dächer trommelte und an den Fensterscheiben herunterlief. An jenem Tag hatte in François' türkisblauen Augen, die auf ihr ruhten, derselbe Respekt und dieselbe Stille gelegen.

»Madame Nagel?«

Sie schrak zusammen. In einem weißen Kittel, dessen Taschen vor Stiften überquollen, stand plötzlich der Werkstattleiter vor ihr. Er schien sich sehr über ihr Auftauchen zu wundern. Sein gelblicher Teint ließ auf eine Lebererkrankung schließen, und die buschigen Augenbrauen verliehen ihm das grimmige Aussehen eines Schulaufsehers.

»Bonjour, Monsieur«, murmelte sie, etwas aus der Fassung gebracht. »Es tut mir leid, wenn ich störe, aber ich wollte …«

»Zu Monsieur François natürlich«, unterbrach er sie. »Er ist in seinem Büro. Wenn Sie mir bitte folgen wollen?«

Sie folgte ihm brav und ein wenig beschämt. Sie konnte ihm doch nicht sagen, dass er sich täuschte, dass sie sich nicht aus einer plötzlichen Eingebung heraus nach ihrem Mann sehnte, wie er offensichtlich vermutete, sondern nur einfach einige Augenblicke in einer Werkstatt verbringen wollte, weil es sie danach verlangte, wieder eine Atmosphäre der Arbeit und der Lust an dieser Arbeit zu erleben.

Die Gesichter ringsum beobachteten sie teils schüchtern, teils neugierig. Sie fühlte sich als Eindringling, plötzlich wurde ihr klar, dass es hier keine einzige Frau gab, weder unter den Entwurfszeichnern noch unter den Glasmalern und Zuschneidern. Und sie wusste, dass auch unter den Arbeitern, die sich in der benachbarten Halle um das Schmelzen der Bleibarren kümmerten, keine einzige Frau war.

Ihr Atem wurde mühsamer und ging jetzt stoßweise. Was hatte sie sich erhofft, als sie hierherkam? Dass man ihr anbieten würde, sie könne lernen, wie man mit der dreischneidigen Schere die Werkkartons ausschnitt oder wie man das Glas behandeln musste, um es zu einem Kirchenfenster zu verarbeiten? Sie war naiv genug gewesen zu glauben, ihr Unbehagen werde wie durch einen Schlag mit dem Zauberstab verschwinden. Sie hatte sich vage einen freundlichen Empfang erträumt, eine Anerkennung ihrer eigenen Kunstfertigkeit, denn sie war bei den Besten in Murano in die Lehre gegangen, doch für diese Menschen war sie lediglich die Frau des Chefs, eine nebulöse Person ohne Vergangenheit, deren Zukunft darin bestand, die Mutter des Erben zu sein. Sie störte sie bei der Arbeit, weil sie in der Fabrik der Nagels keinen Platz hatte. Niemand konnte verstehen, dass sie nicht mehr wusste, wohin mit dieser zwar ziellosen, aber gebieterischen Energie, die sie mit derselben Gewissheit in sich trug, wie sie ihren Sohn in sich getragen hatte.

Nervös wischte sie sich die Handflächen am Mantel ab. Wie heiß es hier war! Dann wurde ihr verschwommen bewusst, dass sie im Büro ihres Mannes stand und dieser sie erstaunt ansah. Er sagte etwas zu ihr, doch sie verstand ihn nicht. Sie versuchte sich auf seinen Mund zu konzentrieren, der die unverständlichen Worte artikulierte. Mit zitternden Händen zog sie an ihrem Schal und an dem Rollkragen, der ihr die Luft nahm. Als er auf sie zukam, wich sie einen Schritt zurück. François' Kittel war plötzlich grellweiß, ein aggressiver Lichtfleck, er blendete sie, während sich eine schwarze Sonne drehte und drehte …

»So etwas hat es bei den Nagels noch nie gegeben! Im mehr als hundertjährigen Bestehen des Unternehmens ist es nie vorgekommen, dass sich ein Mitglied der Familie in der Werkstatt so schlecht benommen hat! Was ist nur in sie gefahren? Wie konnte sie es wagen, nach Montigny zu kommen und einen solchen Skandal zu verursachen? Und noch dazu angezogen wie ein Schulmädchen … Unerträglich!«

Élise war stocksteif vor Zorn, in ihrer Stimme zitterte die Empörung.

François zuckte die Achseln. Es wunderte ihn nicht, dass seine Schwester so auf die Nachricht reagierte, Livia sei in seinem Büro ohnmächtig geworden, habe damit die ganze Werkstatt in Panik versetzt und er habe sie nach Hause bringen müssen. Jetzt schlief seine Frau, völlig erschöpft von einer Gefühlsverwirrung, die sie nicht in Worte hatte fassen können. Auf der Heimfahrt hatte sie nichts gesagt. Der Arzt war gekommen und hatte sie untersucht, doch er hatte nichts Schlimmes festgestellt, nur einen etwas zu niedrigen Blutdruck. Wenn es etwas gab, das Élise nicht ertrug, das sie als Verbrechen und Majestätsbeleidigung betrachtete, dann war es eine Störung der Ordnung. Sie verabscheute Skandale, Unbedachtheit und jedes Übermaß an Phantasie. Ihre puritanische Sittenstrenge nahm mit jedem Schicksalsschlag zu, als könne sie sich nur so gegen den Kummer wappnen, den das Leben über sie brachte. Einen kurzen Augenblick lang empfand François Mitleid mit ihr.

»Sie ist zur Zeit ein wenig nervös«, sagte er. »Das ist nicht weiter schlimm. Ich habe darüber nachgedacht, und ich glaube, wir müssen eine Beschäftigung für sie finden. Livia gehört nicht zu denen, die gern Däumchen drehen.«

»Sie zieht ihren Sohn auf. Das sollte doch ausreichen, oder?«

»Natürlich«, pflichtete er ihr hastig bei. Er wollte seine Schwester, die ihr Leben der Erziehung ihrer beiden Brüder geopfert hatte, nicht noch zusätzlich verärgern. »Aber ich glaube, Livia erwartet etwas anderes.«

»Ich finde dich sehr nachsichtig, aber das wundert mich bei dir nicht. Wenn deine Frau Lust hätte, sich zu beschäftigen, fände sie reichlich Möglichkeiten, doch unser Leben scheint ihren Ansprüchen nicht zu genügen. Jedes Mal, wenn ich ihr etwas vorschlage, lehnt sie ab. Dabei habe ich es versucht, glaub mir …«

Sie seufzte resigniert.

»Ich würde ihr gern helfen, aber ich muss zugeben, ich verstehe sie nicht.«

François dachte, dass auch er sie nicht viel besser verstand, aber dass er sie, anders als Élise, liebte und sie glücklich machen wollte. Er hatte geglaubt, sie werde sich an ihr neues Leben gewöhnen, er hatte alles getan, um es ihr zu erleichtern, aber er war intelligent und feinfühlig genug, um zu erkennen, dass seine Frau litt.

Élise sah zu, wie ihr Bruder noch einen Scheit aufs Kaminfeuer legte. Die Flammen gaben seinen Wangen ein wenig Farbe. Er sah mitgenommen aus, fand sie. Schon seit einer Woche hatte er Augenringe und einen bösen Husten, den er einfach nicht los wurde. Es missfiel ihr, dass er sich so um seine Frau sorgte, schließlich brauchte er seine Konzentrationsfähigkeit für seine Arbeit. Wenn sie um sieben Uhr morgens herunterkam, um mit ihm zu frühstücken, sorgte sie dafür, dass er ordentlich aß und seine Medikamente nahm. Zu Beginn ihrer Ehe war auch Livia früh aufgestanden, doch gegen Ende ihrer Schwangerschaft hatte Élise sie dazu überredet, sich mehr Ruhe zu gönnen. Und nun stand sie eine Stunde nach ihrem Mann auf und kümmerte sich dann um Carlo.

Diese friedlichen Morgenstunden waren für Élise die schönste Tageszeit. Dann konnte sie ganz wie früher das Zusammensein mit ihrem Bruder genießen. Wenn er das Haus verließ, ging sie hinauf in den ersten Stock und sah ihm von einem Fenster aus nach, bis er am Ende der Straße außer Sicht war.

Als er Livia geheiratet hatte, war sie kurz ins Schwanken geraten. Das Eindringen dieser Fremden in ihr Haus machte sie misstrauisch. Sie hatte sie aufmerksam beobachtet, nach Schwächen und Fehlern bei ihr gesucht. Sie wollte, dass diese Italienerin schweigsam, lenkbar und gehorsam wäre. Und durchschaubar. Sie wollte, dass François stolz auf seine Kinder sein konnte.

Der kleine Carlo war so fügsam und liebenswert, dass er zu den schönsten Hoffnungen berechtigte. Sie hatte befürchtet, er könne ein launenhaftes Kind werden und diesen Zug unterdrückter Heftigkeit in sich tragen, den seine Mutter unter ihrer Liebenswürdigkeit zu verbergen trachtete und den Élise dennoch erahnte. Livia unterwarf sich, weil sie sich wehrlos fühlte. Das Terrain erschien ihr vermint, und es war allzu fern von der Welt, in der sie aufgewachsen war. Von dieser Welt und ihren Angehörigen abgeschnitten, hatte sie niemanden, an den sie sich hätte wenden können. Obwohl sie inzwischen fließend Französisch sprach und nur ihr singender Tonfall ihre Herkunft verriet, hatte sie in der Stadt keine Freundinnen gefunden, was Élise sehr recht war. Und außerdem ist sie faul, dachte sie. Ich an ihrer Stelle hätte längst eine Strategie entwickelt.

Der kleine Anfall an diesem Tag war nicht das erste Anzeichen dafür, dass Livias Fassade Risse bekam. Schon seit mehreren Wochen hatte Élise eine zunehmende Schwäche an ihr bemerkt, die sich in der nervösen Unruhe äußerte, die sie immer wieder aus dem Haus trieb. Sie sah sie fliehen, die Absätze ihrer Stiefelchen hämmerten aufs Pflaster, und wenn sie nach ein oder zwei Stunden aus der Stadt kam, dann mit heißer Stirn. Sie fieberte wie ein Löwe, der in seinem Käfig auf und ab ging, doch François schien nichts bemerkt zu haben, bevor sie in seinem Büro ohnmächtig geworden war.

»Ich habe beschlossen, Großvaters Werkstatt hinten im Garten instand setzen zu lassen, damit sie dort nach Belieben arbeiten kann.«

Élise starrte ihn verblüfft an.

»Was für ein seltsamer Einfall«, sagte sie nach kurzem Schweigen. »Seit seinem Tod hat dort niemand mehr gearbeitet. Selbst unser Vater zog die Werkstätten in Montigny vor.«

François schürte nervös das Feuer. Funken stoben aus dem Holz.

»Papa hatte immer Minderwertigkeitsgefühle wegen Großvaters Talent. Er glaubte, er könne nicht mit ihm mithalten. Er mied die Werkstatt, weil er Angst vor ihr hatte. Ein lächerlicher Aberglauben.«

Der etwas verächtliche Ton in der Stimme ihres Bruders ärgerte Élise, sie mochte es nicht, wenn man ihren Vater kritisierte. Er war ein sanfter und nachsichtiger Mensch gewesen, manchmal hatten ihn die Fährnisse des Lebens etwas ratlos gemacht, und der frühe Tod seiner geliebten Frau hatte ihn aus dem Gleis geworfen. Seine heranwachsende Tochter hatte sehr viel Geduld und Entschlossenheit aufbieten müssen, um ihn daran zu hindern, sich in seinen Kummer zu vergraben.

»Ich wusste gar nicht, dass deine Frau Glasfenster machen kann.«

»Livia ist Künstlerin. Als ich sie zum ersten Mal in Murano sah, formte sie in der Manufaktur ihrer Familie gerade eine Vase. Ich habe selten etwas so Hinreißendes erlebt. Wenn du sie gesehen hättest, so voller Eifer, so voller Leben …«

Er richtete sich wieder auf und suchte vergeblich nach Worten, um seine Schwester zu überzeugen, die ihm mit schiefgelegtem Kopf zuhörte.

»Sie hat enormes Talent, aber sie hat es nie richtig ausleben können, weil Frauen nicht das Recht haben, Glas zu blasen.«

»Warum nicht?«

»Es hat etwas mit der körperlichen Kraft zu tun. Je größer das Märbel wird, desto schwerer ist es zu handhaben. Und dann ist es ganz einfach Tradition. Ich glaube, dieser Verzicht ist sehr schmerzhaft für sie.«

François ließ sich den Rücken vom Kaminfeuer wärmen.

»Carlo reicht ihr nicht, so viel ist sicher. Wir müssen eine sinnvolle Tätigkeit für sie finden. Ich habe sogar daran gedacht, sie in Montigny mitarbeiten zu lassen.«

»Das meinst du doch hoffentlich nicht ernst?«, fragte Élise kalt. »Was würden die Arbeiter dazu sagen?«

Seine Schwester verstand ganz einfach nicht, dass man einen Künstler, wenn man ihn an seiner schöpferischen Arbeit hinderte, langsam zu Tode quälte. Er selbst hatte das Talent seiner Vorfahren nicht geerbt. Er hatte das Handwerk erlernt, das schon, aber er begnügte sich damit, das Unternehmen zu leiten. Vincent hingegen verfügte über Schöpfergeist und die nötige Inspiration. François wusste, wie lebenswichtig es für einen Künstler war, sich auszudrücken, und er würde um nichts auf der Welt tatenlos zusehen, wie seine Frau zugrunde ging.

»Das wäre im Augenblick zu schwierig, ich weiß. Deshalb möchte ich ja auch, dass sie in Großvaters Atelier arbeiten kann. Dort wird sie niemand belästigen oder von oben herab behandeln. Ich habe den alten Münster gebeten, ihr anfangs ein wenig zu helfen. Sie wird die Technik schnell beherrschen, da bin ich sicher. Sie ist so begabt.«

Es klopfte, und Élise befahl Colette, einzutreten. Das junge Mädchen stellte das Tablett mit dem Kräutertee, den ihre Arbeitgeberin immer vor dem Schlafengehen trank, auf den Tisch.

François schenkte sich einen Obstler ein und leerte das Glas in einem Zug.

»Livia erstickt hier bei uns. Sie muss frei sein, verstehst du?«

»Man muss mir nicht alles erklären, François. Ich weiß, was das Wort ›Freiheit‹ bedeutet, und es ist viel zu kostbar, um so strapaziert zu werden. Deine Gattin ist absolut frei, mein Lieber. Niemand hat sie gezwungen, hierherzukommen. Sie hat an unsere Tür geklopft, und wir haben ihr diese Tür geöffnet. Ich werde sie jetzt nicht auch noch bedauern.«

François wandte den Blick ab. Manchmal konnte sie wirklich sehr kleinlich sein. Als Kinder hatten sich Vincent und er hinter ihrer Stärke versteckt wie hinter einem Schutzwall. Der Krieg und die Tatsache, dass Vincent vermisst war, hatten sie anscheinend verhärtet, während er selbst weitherziger geworden war. Mit einem Mal fühlte er sich sehr allein angesichts ihrer Härte.

»Ich will sie nicht verlieren …«, sagte er leise.

»Findest du nicht, dass du übertreibst? Man könnte meinen, deine Frau sei in einem Gefängnis. Ich glaube nicht, dass sie zu bedauern ist. Sie hat ein Dach über dem Kopf – übrigens wohnt sie in einem der schönsten Häuser von Metz –, sie kann sich jeden Tag satt essen, und sie hat sogar den Vater ihres Kindes geheiratet. Andere Männer hätten vielleicht mehr Schwierigkeiten gemacht. Was will sie mehr?«

François war der ironische Tonfall nicht entgangen. Wütend hob er das Kinn.

»Ich verstehe nicht, warum dich mein Einfall so stört. Niemand geht je in diese Werkstatt. Sie würde endlich wieder genutzt. Wenn man dich so hört, könnte man meinen, du seist Livia böse. Was hat sie dir getan?«

»Aber gar nichts! Ich versuche dir lediglich zu helfen und herauszufinden, was für sie am besten ist. Und auch für dich, François. Vor allem für dich. Ich glaube, ich habe dich noch nie im Stich gelassen, oder?«

Élise führte die Porzellantasse an ihre Lippen und predigte sich innerlich Vorsicht. Sie lief durchaus Gefahr, einen Fehler zu begehen. François war seiner Frau ergebener, als sie gedacht hatte. Wenn sie ihre Ziele erreichen wollte, musste sie geschickter zu Werke gehen.

Was störte sie so sehr an der Vorstellung, dass ihre Schwägerin die Werkstatt ihres Großvaters benutzen sollte? Man zwang sie doch nicht, diesen Arbeitsplatz mit ihr zu teilen. Aber sie hing an dem kleinen Häuschen hinten im Garten. Sie hielt sich bisweilen gern darin auf. Die Stille darin hatte beinahe etwas Leuchtendes. Élise sorgte dafür, dass alles dort immer gut in Ordnung gehalten wurde, dass weder Feuchtigkeit noch Mäuse eindringen konnten. Sie ließ sogar den Kittel ihres Großvaters, der noch an einem Kleiderhaken hing, regelmäßig waschen.

Sie versuchte sich Livia Grandi vorzustellen, über einen Arbeitstisch gebeugt, wie sie die Werkzeuge ihres Vorfahren handhabte, die Glasstücke mit Blei einfasste, bevor sie sie mit Nägeln befestigte … Ein Schauer überlief sie. Die Vorstellung, dass eine Fremde in die schöpferische Privatsphäre eindringen sollte, hatte etwas Schockierendes. Es war, als hätte man Livia Grandi damit gesagt, sie sei hier zu Hause.

»Dann würde sie keine Zeit mehr haben, sich um Carlo zu kümmern. Sie würde ihn vernachlässigen – was sie übrigens jetzt schon tut.«

»Willst du mir damit zu verstehen geben, Livia sei eine schlechte Mutter?«, empörte sich François und begann erregt auf und ab zu gehen. »Du gehst zu weit. Ich werde nicht dulden, dass du so etwas sagst.«

Sie strich sich den Rock glatt.

»Du bist häufig weg, François. Du weißt vermutlich gar nicht, dass sie viel Zeit außer Haus verbringt. Ich frage mich wirklich, was sie dann treibt.«

»Sie hat doch das Recht, an die frische Luft zu gehen, findest du nicht? Die Arme ist seit ihrer Ankunft hier nicht aus Metz herausgekommen. Es ist meine Schuld. Ich hätte mit ihr nach Paris fahren sollen, um sie auf andere Gedanken zu bringen. Ich will, dass ihr die Werkstatt zur Verfügung gestellt wird. Ich will, dass Livia bei uns glücklich ist.«

»Warum?«

Diese wie ein Pfeil auf ihn abgeschossene Frage traf ihn unvorbereitet. Er blieb vorm Fenster stehen. Im Dunkeln war das Dach des kleinen Steinhäuschens hinten im Garten kaum zu erkennen. Er zögerte kurz. Doch dann schien ihm die Antwort unausweichlich.

»Ich will die Frau wiederfinden, die ich in Venedig kennengelernt habe, und ich glaube, die Arbeit mit dem Glas kann ihr die

Lebensfreude zurückgeben. Sie muss unbedingt wieder glücklich werden, sonst besteht die Gefahr ...«

Er hatte einen Kloß im Hals und beendete den Satz nicht. Ihm war, als stünde er an einem Abgrund. Er wagte Élise nicht zu gestehen, dass er Livia einfach brauchte und dass er es nicht überleben würde, wenn sie ihn verließe. Seine Schwester sah ihn so erbarmungslos an, dass er sich wie ein Feigling fühlte, doch mit der Liebe hatte er auch die Demut gelernt.

»Ich liebe sie«, gab er zu und hob hilflos die Hände. »So einfach ist das.«

Élise sah ihn lange an, und er fragte sich, welche dunklen Gedanken sich wohl hinter ihrer hohen Stirn verbargen. Ihm wurde klar, dass er seiner Schwester Widerstand entgegensetzte, wahrscheinlich zum ersten Mal in seinem Leben. Jetzt, wo er die Wahrheit gesagt hatte, fühlte er sich von einer großen Last befreit. Er straffte die Schultern. Nach diesen wenigen Worten hatte er das Gefühl, dass sich die Machtverhältnisse in der Familie Nagel unmerklich zu seinen Gunsten verändert hatten.

Élise stand entschlossen auf.

»Gewiss, François. Ich werde dafür sorgen, dass alles so rasch wie möglich für deine Frau vorbereitet wird. Ich wünsche dir eine gute Nacht.«

Sie trat auf ihn zu und hielt ihm die Wange hin. Wie jeden Abend streifte er sie mit einem Kuss und roch dabei den zarten Veilchenduft, der seine Kindheit begleitet hatte.

»Gute Nacht, Élise«, murmelte er.

Als sie die Tür hinter sich schloss, fühlte er sich erschöpft wie nach einem schweren Gefecht.

Seit einigen Tagen sprach Livia mit niemandem mehr. Ihr Körper schmerzte, wenn sie mit schweren Lidern aufwachte. Das Aufstehen fiel ihr schwer, doch sie zwang sich aus dem Bett, um sich um Carlo zu kümmern, ihn zu baden, zu füttern und mit ihm spazieren zu gehen.

Sie wusste wohl, dass François sich ihres Verhaltens wegen Sorgen machte, doch sie fühlte sich außerstande, ihn zu beruhigen. Sie schämte sich dafür, dass sie in der Werkstatt so viel Aufsehen erregt hatte, fand jedoch keine Worte, sich zu entschuldigen. Wofür sollte ich mich außerdem entschuldigen?, dachte sie zornig. Ich habe nichts Böses getan, ich habe niemanden umgebracht ... Nur mich, vielleicht ...

Zu ihrer Überraschung fand sie unerwartet viel Unterstützung bei Élise. Ihre Schwägerin begleitete sie auf den Spaziergängen, sie respektierte Livias Schweigen, sie nahm es nicht übel und schien es sogar zu verstehen. Sie plauderte über alles und nichts, erzählte Anekdoten aus François' und Vincents Kindheit und kommentierte die Ereignisse, die in der Presse besprochen wurden. Ihre Konversation war fröhlich und glatt wie Seide. Sie lachte selbst über die Scherze, die sie erzählte, und eine Art Zärtlichkeit ließ ihre Gesichtszüge weicher wirken. Die Worte strömten beständig aus ihrem Mund, und nie zwang sie Livia zu einer Antwort, was ihr gewiss schwerfiel, aber einen beruhigenden Einfluss auf Livia hatte. Diese sah Élise nun in einem ganz anderen Licht und ertappte sich sogar dabei, dass sie ihre Gesellschaft suchte.

An einem Nachmittag, es war schon relativ spät, spielte Livia mit Carlo im Wohnzimmer. Der Kleine hatte gerade laufen gelernt. Sie konnte sich nicht daran sattsehen, wie er sich aufrichtete, wie er bedachtsam einen Fuß vor den anderen setzte und mit dem Oberkörper und den Armen ums Gleichgewicht kämpfte. Wenn er drei oder vier Schritte bewältigt hatte, strahlte er übers ganze Gesicht, doch sobald seine Konzentration nachließ, fiel er auf den Po. Und statt zu weinen, wie Livia es erwartet hätte, fing ihr Sohn einfach von vorn an, rappelte sich auf und wagte sich an die nächsten Schritte. So viel Hartnäckigkeit bei einem so kleinen Wesen beeindruckte sie, sie beneidete ihn ein wenig um seine Entschlossenheit.

Élise hatte ein Beistelltischchen und einige Ziergegenstände aus dem Weg geräumt, damit ihr Neffe sich frei bewegen konnte. Nun las sie ihre Zeitung und beobachtete ihn dabei über den Brillenrand hinweg.

»Ich hab was für dich«, sagte François.

Livia schrak zusammen, sie hatte ihn nicht kommen hören. Er wirkte sehr selbstzufrieden, allerdings auch ein wenig besorgt. Fürchtete er sich vor ihrer Reaktion? Sie überlegte, dass ein allzu zuvorkommender Mann auch beschwerlich werden konnte. François behandelte sie, als wäre sie aus Porzellan, dabei hätte sie es gern gehabt, dass ihr jemand einfach die Meinung sagte. Sie dachte flüchtig an Flavio. Ihr Bruder hatte sie oft zur Weißglut gebracht, aber wenigstens hatte er nie Angst vor ihr gehabt, und das hatte sie in mancher Hinsicht beruhigt. Die Auseinandersetzungen mit ihm fehlten ihr.

»Zieh deinen Mantel an und komm mit.«

Erstaunt hob Livia den Blick zu Élise, die ihr zunickte.

»Ich passe auf Carlo auf.«

Livia gehorchte und ging in die Diele, um ihren Mantel und eine Wollmütze zu holen. François öffnete die Tür zum Garten. Als sie die wenigen Stufen zum Rasen hinuntergingen, nahm er ihre Hand.

»Ich habe überlegt, womit ich dir eine Freude machen könnte«, sagte er leise. »Erst habe ich an ein Schmuckstück gedacht, aber du trägst ja nicht einmal die Ohrringe, die ich dir zu Carlos Geburt geschenkt habe.« Er lächelte, bevor er sagte: »Ich weiß, du hebst sie dir für besondere Anlässe auf. Aber die gibt es bei uns nicht oft, leider. Die Arbeit nimmt mich zu sehr in Anspruch. Dann habe ich mir gedacht, dass du neulich zu mir in die Werkstatt gekommen bist, weil du etwas suchtest, und ich habe auch an unsere erste Begegnung in Murano gedacht.«

Er verstummte und wandte sich ihr zu.

»Du bist eine Tochter des Feuers, Livia, und deine Welt fehlt dir. Wie sollte es anders sein? Leider kannst du nicht mit uns zusammenarbeiten. Es würde gegen unsere Traditionen verstoßen, wenn wir Frauen in der Werkstatt arbeiten ließen.«

Sie überquerten die Wiese, der frisch gefallene Schnee knirschte unter ihren Sohlen. Livia blickte hartnäckig zu Boden, François drückte ihre Hand, und sie wagte sie nicht aus seinem Griff zu befreien. Seine Worte hatten die kleine Hoffnung, die ihr noch geblieben war, endgültig erstickt. Sie war wütend auf sich, weil ihr die Tränen in die Augen stiegen, dabei hatte sie ihn um nichts gebeten.

»Und da habe ich mir dies hier überlegt …«

Sie waren vor einem kleinen Steinhäuschen angelangt, von dem Livia immer geglaubt hatte, es sei verfallen.

»Mein Großvater hat es bauen lassen, 1870, als die Preußen Metz besetzten. Als Bismarck im Frankfurter Vertrag Elsass-Lothringen erhielt, zogen es die meisten Unternehmen und Künstler aus Metz vor, nach Frankreich, besonders nach Nancy, überzusiedeln. Wie du weißt, haben sie zum Aufschwung des Jugendstils beigetragen, der sich dann in der ganzen Welt durchsetzte. Mein Großvater war einer der wenigen, die hier bleiben wollten. Die Familie hat sich immer gefragt, weshalb. Die Zölle zwischen Deutschland und Frankreich waren enorm hoch. Es wäre vernünftiger gewesen, das Unternehmen zu verlagern und französisch zu bleiben, aber er war ein eigensinniger Mann und wollte in dem Haus sterben, in dem er auch zur Welt gekommen war. Deshalb hat er sich auf den deutschen und den amerikanischen Markt verlegt. Es hat sehr schwierige Zeiten gegeben, in denen unsere Produktion sehr gering war. Ich glaube, die Werkstatt musste sogar ein oder zwei Jahre lang geschlossen werden. Und damit er in Ruhe weiterarbeiten konnte, hat er dieses Häuschen bauen lassen.«

Er zog einen schweren Schlüssel aus der Tasche und drehte ihn in seinen Händen.

»Ich glaube, ihr beide ähnelt euch ein wenig, du und er. Wenn man euch das Feuer und das Licht wegnimmt, sterbt ihr.«

Die Kälte hatte seine Wangen gerötet, seine Augen waren sehr hell, von einem fast durchsichtigen blassen Blau, das dem des Himmels an diesem winterlichen Spätnachmittag glich.

»Es ist für dich. Du kannst hier nicht so gut arbeiten wie in Murano, aber ich dachte, vielleicht … Verglasungen … Nur wenn du Lust hast, natürlich«, stotterte er und gab ihr den Schlüssel.

Livia rührte sich nicht. Ihr Blick ging zwischen dem Schlüssel und François' Gesicht hin und her.

»Möchtest du nicht hineingehen?«

Sie musste sich räuspern. Als sie sprach, schämte sie sich ihrer rauen Stimme.

»Ja, gern …«

Der Schlüssel drehte sich leicht im Schloss. Sie trat in einen engen, aber hohen Raum. Ein Teil der Wand war entfernt worden, um eine Glasfläche zu schaffen, durch die jetzt das Abendlicht drang.

»Ideal ist es nicht, denn es ist nicht nach Norden ausgerichtet«, entschuldigte er sich, »aber zumindest hat man einen freien Blick.«

In dem Raum standen drei hochbeinige Tische sowie ein Schaukasten mit Mustern und ein Aufbewahrungsschrank mit Schubladen und Fächern. Vor dem großen Fenster war eine gläserne Staffelei aufgebaut, wie man sie zur Bemalung der Glasscheiben brauchte. Rechts hing ein weißer Kittel an einem Kleiderhaken.

»Er gehörte meinem Großvater«, sagte François. »Die Werkzeuge auch«, fügte er hinzu und berührte die Scheren und Zangen mit den Fingerspitzen. »Hier hat er das große Glasfenster für unser Esszimmer entworfen. Es ist natürlich nicht viel«, sagte er abschließend und steckte die Hände in die Taschen. »Natürlich nicht zu vergleichen mit der Glasmanufaktur Grandi, aber …«

»Es ist wunderbar«, sagte Livia und drehte sich langsam um die eigene Achse. »Ich hätte nie gedacht, dass dieses Häuschen in Wirklichkeit eine Werkstatt sein könnte. Ich war nie neugierig genug, einfach nachzusehen.«

Sie ging durch den Raum, ihr Kopf war seltsam leicht. Sie konnte es nicht fassen, dass François die Ursache ihrer nicht in Worte zu fassenden Leiden erkannt hatte. Hätte sie sich jetzt nicht glücklich fühlen müssen? Woher dann also dieses Schwindelgefühl? Eine Art erregter Schauer drängte sie, sich unverzüglich an die Arbeit zu machen und eine neue Glasgestaltungstechnik zu erlernen, doch dieses Geschenk war sehr symbolträchtig, und sie konnte das unangenehme Gefühl nicht unterdrücken, François versuche sie gewissermaßen zu kaufen.

Doch sie verübelte sich sofort, dass sie so misstrauisch reagierte. Ihr Mann war immer besonders liebevoll ihr gegenüber gewesen, er hätte ihr die Sterne vom Himmel geholt, wenn er es gekonnt hätte. Sie ging auf ihn zu und legte ihm die Hand auf die Wange. Auch dieses Mal schloss er die Augen, um das Gefühl ihrer Haut auf der seinen besser genießen zu können.

»Ich danke dir für dieses Geschenk. Es wird mir eine Ehre sein, die Bearbeitung von Glasscheiben zu erlernen, und ich hoffe, ich werde mich dieses Geschenks und deines Großvaters würdig erweisen.«

François nickte nur, er war zu erleichtert, um sprechen zu können. Er hatte gefürchtet, er werde sie verletzen, indem er ihr den Zugang zur Firma verweigerte, doch Élise hatte ihn zu Recht darauf hingewiesen, dass niemand dort ihre Anwesenheit verstanden hätte. Livia war nicht nur eine Frau, sie war auch noch die Frau des Chefs. Die Arbeiter hätten es nicht akzeptiert, wenn er sie so bevorzugt hätte.

Livia sah ihn an, undurchdringlich, aber heiter, und er entdeckte in ihrem Blick einen neuen Glanz, der ihn freute. Er achtete auf die leisesten Gefühlsbewegungen bei ihr. Sie war schwer einzuschätzen, mal wirkte sie fröhlich, dann wieder abwesend, und immer war sie ungreifbar. Er hätte sich nie vorstellen können, dass ein Mensch einen so erfüllen konnte, dass die eigenen Gedanken und Träume, die eigenen Interessen und Wünsche von ihm und nur von ihm abhingen.

Sie ist meine Welt geworden, dachte er und betrachtete ihr Gesicht, das er so gut kannte, und bei diesem Gedanken packte ihn mit einem Mal eine eiskalte Angst.

Der Bus setzte Livia vor den *Cristalleries de Montfaucon* ab und fuhr dann, schwärzlichen Rauch aus dem Auspuff spuckend, weiter. Sein Dach war voller Gepäckstücke, und in der letzten Reihe saß ein Kind und zeichnete Gesichter auf die beschlagene Scheibe.

Es war früher Nachmittag, der graue Himmel hing tief. Die Bäume des Waldes hinter dem zu beiden Seiten des Flusses liegenden Dörfchen glichen strengen Wachtposten. Die Farnstauden im Unterholz schmückten sich mit Raureifspitzen, und um den bombardierten Kirchturm und die Schlote der Glashütte waberten Nebelfetzen. Die Harmonie dieses Ortes erfüllte sie mit einer großen Gelassenheit, und sie atmete tief ein, obwohl die kalte Luft ihr in die Lunge stach. Ihr war, als würden ihr all diese für jede Glashütte unentbehrlichen Naturelemente eine Kraft schenken, auf die sie allzu lange hatte verzichten müssen.

Es war der letzte Tag der Ausstellung. Sie hatte mehrmals versucht, sie zu besuchen, doch jedes Mal war etwas dazwischengekommen. Und jetzt war sie sehr auf die Ausstellungsstücke gespannt.

Sie ging durch ein Gittertor und dann auf einen weiten Hof zu, der von schmalen Häusern umgeben war. Unter den Platanen lieferten sich zwei dick eingemummte Kinder eine Schneeballschlacht. Gegenüber den Hallen und Werkstätten lag ein großes, schönes Gebäude. An seinem Eingang hing das Ausstellungsplakat. Sie musste einige Minuten Schlange stehen, bis sie am Schalter für die Eintrittskarten angekommen war. Die Ausstellung war sichtlich gut besucht.

Als sie endlich ihre Karte in Händen hatte, trat sie in einen Raum in der Größe eines Ballsaals. Die beiden Damen mit den schwarzen Baskenmützen, die vor ihr in der Schlange gestanden hatten, waren auf der Schwelle stehen geblieben und bewunderten laut die majestätischen dreietagigen Lüster, doch Livia hielt sich nicht lange mit der Betrachtung der geschliffenen Prismen, Rosetten und sonstigen Verzierungen auf. Ein Blick hatte ihr genügt, um die ausgewogenen Proportionen und die unbestreitbare Meisterschaft der Glasmacher zu erkennen.

Ihre Augen glitten über die beiden farblosen, rubinrot überfangenen Kristallvasen und die in den Vitrinen ausgestellten Tafelgläser und Geschirre. Bestellung von Zar Alexander II., Kaffeeservice für den Schah von Persien … Die exotischen Namen der Kunden zeigten, wie bekannt die Firma weltweit war. Ein wenig nervös ging sie weiter in den Raum hinein. Wo war er? Sie war einzig und allein wegen des Tigers gekommen, und es würde sie sehr enttäuschen, wenn sie ihn nicht fände.

»Suchen Sie etwas?«

Die tiefe Stimme hinter ihrem Rücken ließ sie zusammenfahren. Sie drehte sich um und erkannte ihn sofort. Andreas Wolf … Sein Haar war kürzer, die Wangen weniger hohl, aber der Blick der dunklen Augen immer noch so frech wie an dem Tag, als sie ihm vor François' Haus begegnet war. Was machte er hier? Er musterte sie so selbstsicher, als gehörten die Glashütte und das ganze Dorf ihm. Da er einen weißen Kittel trug, vermutete sie, dass er gerade aus den Werkstätten kam oder just dorthin zurückkehren wollte. Er sah sie sehr intensiv an, den Mund ein wenig verzogen, es fiel ihr schwer, nicht zurückzuweichen. Er gehörte zu den Männern, die einen Raum schon durch ihre physische Anwesenheit beherrschten und bei allen anderen anwesenden Männern den unsinnigen Wunsch weckten, eine Prügelei anzufangen, während sich die Frauen auf verwirrende Weise angezogen fühlten.

Sie war in Verlegenheit. Sollte sie ihn darauf aufmerksam machen, dass sie sich kannten, obwohl er sich bestimmt nicht mehr an sie erinnerte? Da bemerkte sie, was er unter dem Arm trug.

»Den habe ich gesucht«, sagte sie und zeigte auf den Tiger.

Er wirkte überrascht.

»Ach, Sie suchten den guten *Diablo* … So habe ich ihn getauft. Finden Sie nicht, dass er einem Angst macht?«

»Nein, ich finde ihn eher fesselnd.«

Er lächelte ein wenig spöttisch.

»Der wird jetzt eingepackt und nach Paris geschickt.«

»Hat ihn jemand gekauft?«

»Ja, und wie immer will der Käufer nicht warten.«

Livia war bestürzt. Nachdem sie drei Wochen lang von dem Tier besessen gewesen war, fühlte sie sich ein ganz kleines bisschen wie seine Besitzerin.

»Ich würde ihn mir gern genauer ansehen. Ich bin ausschließlich seinetwegen gekommen. Glauben Sie, das wäre möglich? Bitte.«

Es war ihr peinlich, dass ihre Stimme einen fast flehenden Ton bekommen hatte. Er zögerte eine Sekunde.

»Kommen Sie«, befahl er dann und machte auf dem Absatz kehrt.

In der Garderobe verlangte sie hastig nach ihrem Mantel und rempelte dabei einige andere Ausstellungsbesucher an. Draußen musste sie laufen, um ihn einzuholen. Mit langen Schritten ging er an den Häuserfronten vorüber. Er hatte sich nicht die Mühe gemacht, eine Jacke überzuziehen.

»Erinnern Sie sich an mich?«, fragte sie etwas atemlos.

»Aber natürlich, Madame Nagel, wie hätte ich Sie vergessen können?«

Sie fühlte sich zugleich geschmeichelt und überrascht.

»Was machen Sie hier?«

»Arbeiten.«

»Sie sind Glasmacher? Das hätte ich nicht gedacht …«

»Na, ich möchte bezweifeln, dass Sie überhaupt an mich gedacht haben, seit wir uns vor Ihrer Haustür begegnet sind.«

Da täuschte er sich. Sie hatte sogar François von ihm erzählt. Und François war so von dem unverhofften Besuch eines Kriegskameraden seines Bruders beeindruckt gewesen, dass er mehrere Tage lang sehr schweigsam gewesen war. Élise hingegen hatte

Mühe gehabt, ihre Verärgerung zu verbergen. Livia hatte den Besuch dieses Fremden zwar ungewöhnlich gefunden, billigte ihm aber eine gewisse Kühnheit zu.

Seither hatte sie manchmal flüchtig an ihn gedacht. Verschwommen, aber hartnäckig hatte seine Gestalt in den verborgenen Winkeln ihres Geistes ihr Unwesen getrieben. Eines Tages hatte sie geglaubt, ihn unter den Arkaden der Place Saint-Louis gesehen zu haben, und ihr Herz hatte schneller zu schlagen begonnen, doch es war ein Irrtum gewesen, was sie seltsam traurig gestimmt hatte.

Er blieb so jäh vor der Tür eines der Häuschen, die den Hof säumten, stehen, dass sie gegen seine Schulter stieß.

»Machen Sie die Tür auf, ich habe beide Hände voll«, sagte er und betrachtete die Vase, die er in den Armen hielt, so besorgt, als wäre sie ein Kind. »Es ist nicht abgeschlossen. Nur zu, Sie brauchen keine Angst zu haben …«

Im Erdgeschoss gab es zwei kleine Zimmer. In der Küche, die auf einen kleinen Garten hinter dem Haus hinausging, fiel das kalte Winterlicht auf solide Eichenmöbel. Auf den Tellerregalen über der Anrichte sorgten die lebhaften Farben von Fayencetellern für eine fröhliche Note.

Es roch nach Gemüseeintopf und kaltem Rauch. Der Tisch lag voller Brotkrumen. Ein Stapel Teller und einige noch halbvolle Gläser zeugten von einer hastig beendeten Mahlzeit. Sie war nicht erstaunt über die Unordnung. Auch wenn es inzwischen kontinuierliche Schmelzverfahren gab, war der Lebensrhythmus der Glasmacher, wie Livia wohl wusste, lange von der Temperatur der Schmelzöfen bestimmt gewesen. Früher wurden die Arbeiter zu jeder Tages- und Nachtzeit mit einer Glocke zur Arbeit gerufen. Kristallglas war ein anspruchsvoller Herrscher, den man nicht warten lassen durfte.

»Wenn Sie so freundlich wären, mir ein wenig Platz auf dem Tisch zu machen.«

Er schien andeuten zu wollen, sie sei ein wenig träge. Sie beeilte sich, seiner Bitte zu folgen, und räumte einen Tellerstapel in den

Spülstein, während er die Vase vorsichtig mitten auf den Tisch stellte. Danach knipste er eine Lampe an. Und sofort sprang der Tiger los. Der Glanz des Kristalls zog die gesamte Energie des Raumes auf sich. Die flüssige Gravur und die strengen Linien verliehen dem Tier eine magnetische Kraft.

Livia sah es gespannt an, während sie ihren Mantel aufknöpfte. Dann suchte sie nach einem Platz, wo sie ihn ablegen konnte, doch die Stühle lagen voller Bücher und Kleidungsstücke. Sie packte ihn schließlich mitsamt ihrer Tasche auf einen Schemel, bevor sie sich dem Kunstwerk ehrfürchtig näherte. Dieses Material hatte sie schon immer fasziniert, denn sie hatte bisher nur mit dem *cristallo* von Venedig gearbeitet, das kein Kristall im eigentlichen Sinne war.

In Murano wurde ein Glas auf Sodabasis hergestellt, das nur langsam aushärtete und das man unendlich formen und ziehen konnte. Das Glasgemenge aus den unterschiedlichsten Rohstoffen wie Glasstaub und dem weißen Sand der Lagune, der ihm seine unvergleichliche Transparenz verlieh, fand ab der zweiten Hälfte des 17. Jahrhunderts einen sehr erfolgreichen Konkurrenten im böhmischen Glas. Dieses auf der Grundlage von Pottasche und Quarz hergestellte Gemenge ergab ein durchsichtiges und hartes Glas, das sich besonders fürs Emaillieren und für tiefes Schleifen und Schneiden eignete. Und dennoch fehlte diesen beiden Glasarten ein Wunderbestandteil für völlige Klarheit und Brillanz und für den hellen Klang: Blei.

Als Jakob I. beschlossen hatte, das Holz aus seinen Wäldern ausschließlich für den Schiffbau zu verwenden, mussten die englischen Glasmacher einen Ersatzbrennstoff für ihre Öfen finden, sie entschieden sich für die Kohle. Die Kohle jedoch gab dem Glas eine ganz spezielle Färbung. Deshalb mussten sie von nun an mit geschlossenen Schmelzbehältern arbeiten, zudem suchten sie nach einem Stoff, der den Schmelzvorgang beschleunigte. 1676 kam der Industrielle George Ravenscroft auf die Idee, seiner Mischung Bleioxid als metallisches Flussmittel zuzusetzen, und erfand so das Bleikristall.

Das Geheimnis wurde eifersüchtig gehütet. Die Franzosen brauchten mehr als ein Jahrhundert, bis auch sie das Wunderrezept herausfanden, und die Ehre gebührte bei ihnen der Glashütte Saint-Louis-lès-Bitche und der Verrerie de Saint-Louis.

»Keine sichtbaren Brüche, durchgezogene Linien, überaus feine Ausführung ... Es ist wunderschön«, murmelte Livia, während sie langsam um die Vase herumging.

»Sie scheinen sich auszukennen.«

Sein überheblicher Ton ging ihr allmählich doch auf die Nerven. Sie richtete sich auf und sah ihm fest in die Augen.

»Ich heiße Livia Grandi, Monsieur. In Murano bearbeitet meine Familie seit Jahrhunderten das *cristallo*, und selbst wenn bei uns nicht der Mindestanteil von vierundzwanzig Prozent Blei, der Glas zu Kristallglas macht, üblich ist, ›kenne ich mich tatsächlich aus‹, wie Sie es nennen, ich kenne mich sogar sehr gut aus. Aber schauen Sie, da ist doch tatsächlich ein kleiner Fehler, den ich auf dem Plakat nicht bemerkt hatte. Die Bewegung des Hinterlaufs ist nicht perfekt. Da fehlt eine Muskelkontraktion. Genau hier«, erklärte sie und berührte die Vase mit dem Finger.

Während sie sich herausfordernd anstarrten, spürte sie, wie ihr die Röte in die Wangen stieg. Andreas Wolf überragte sie um einen Kopf, und er versuchte sie mit seiner körperlichen Präsenz einzuschüchtern. Sie fragte sich, warum er so angespannt war. Irgendetwas an diesem Mann brachte sie aus der Fassung und machte ihr Lust, um sich zu beißen.

»Sie sind der Graveur!«, sagte sie plötzlich und sah ihn aus großen Augen an. »Was bin ich doch dumm, es ist mir erst jetzt klargeworden.«

»Ja, das war ich. Diese Vase hat mich viele schlaflose Nächte gekostet und unzählige Arbeitsstunden, aber Sie haben recht, Signorina Grandi, es gibt wirklich einen Fehler, und Sie gehören zu den ganz Wenigen, die ihn bemerkt haben.«

Er wirkte beinahe bedrohlich, und Livia spürte, dass sie unsicher wurde. Woher bezog er diese seltsame Macht, sie aus der

Fassung zu bringen? Seine Selbstsicherheit? Dass er den Raum so beherrschte? Seine Präsenz war gebieterisch. Unbestreitbar.

Draußen hallte kein Kindergeschrei mehr durch die kalte Luft. Die Kinder waren wohl nach Hause gegangen. Das Schweigen war schwer wie Seide, sie wurde dicht von Ungesagtem, das sie zugleich verängstigte und faszinierte.

»Ich habe Lust auf Sie«, sagte er leise.

Sie dachte, sie habe sich verhört, und blieb reglos stehen.

»Das wissen Sie, nicht wahr?«

Sie ballte die Hände zu Fäusten. Wie konnte er es wagen? Ein unmerkliches Zittern lief über ihren Körper. Sie war nervös. Sie hatte das Gefühl, alles laufe aus dem Ruder und sie könne nichts mehr steuern, doch zugleich empfand sie eine seltsame Erleichterung. In gewisser Hinsicht war sie ihm dankbar, dass er keine Zeit verlor. Ihr war, als hätte sie schon viel zu viel Zeit verloren, seit sie in Lothringen war.

Er hätte versuchen können, ihr den Hof zu machen, sein Begehren zu verbergen und seine Gefühle zu bemänteln, sei es aus Schamhaftigkeit, aus Zurückhaltung oder ganz einfach aus Angst, abgewiesen zu werden. Sie bewunderte seine Kaltblütigkeit, sie erinnerte sich, dass auch sie selbst viel Kühnheit bewiesen hatte, in einer längst vergangenen Nacht in einem Hotel in Venedig, als sie die Treppe zu einem Mann hinaufgegangen war, den sie nicht gekannt hatte und der, weil die Natur es so gewollt hatte, ihr Mann geworden war.

Andreas Wolf erinnerte sie an eine Facette ihrer eigenen Persönlichkeit, die sie selbst vergessen hatte. In gewisser Hinsicht waren sie aus demselben Holz geschnitzt, beide respektlos, unbeugsam und stolz. Doch seit Carlos Geburt war sie eine Gefangene.

Er hatte sich zu ihr hinübergebeugt und starrte sie unter zornig gesträubten Brauen an. Sie konnte keinerlei Sanftheit, keine Kompromissbereitschaft bei ihm erkennen. Sie wusste intuitiv, dass ihre körperliche Begegnung heftig sein würde. Sie wusste auch, dass dieser Mann sie leiden lassen würde, und zugleich war sie ihm im Stillen dankbar dafür, dass er sie sich selbst zurückgab.

»Ich glaube, ich habe es gleich gewusst, als wir uns begegnet sind«, sagte sie dumpf. »Aber wir haben noch die Freiheit, nein zu sagen.«

»Welche Freiheit meinen Sie, Sie wissen doch, dass wir keine Wahl haben.«

Livia senkte den Blick auf Andreas' Hände. Sie waren von Wunden gezeichnet und über und über von weißlichen Narben bedeckt. Sie stellte sich diese Hände auf ihrem Bauch vor, auf ihren Hüften, wie sie die geheimen Winkel ihres Körpers erforschten. Sie hatte Lust, sie zu ergreifen und sie zu küssen, sie hatte Lust, ihre Finger mit den seinen zu verflechten. Sie vermutete, dass sich diese Wunden von Zeit zu Zeit schmerzhaft bemerkbar machten und dass er dann wohl wütend über diese Schwäche sei.

»Man darf Angst haben«, sagte sie, plötzlich unentschlossen.

»Angst ist zu gar nichts nütze, Signorina.«

Er musste nur den Kopf neigen, und sie hatte den Eindruck, seinen Atem zu trinken.

Andreas' Mund hatte einen berauschenden, leicht rauchigen Geschmack. Seine gierigen Lippen wurden immer fordernder, sie verschlangen sie und nahmen ihr die Luft. Sie wurde von einer tief aus ihr kommenden Woge hinweggerissen, gegen die sie machtlos war. Eine solche Macht hatte sie bislang überhaupt nur im aufgewühlten Meer erlebt.

Sie legte ihm die Hände auf die Schultern, um ihn zurückzustoßen, doch er hinderte sie daran, indem er ihr einen Arm um die Taille legte. Einige Sekunden blieb sie wie erstarrt stehen. Es ärgerte sie, dass er sie so zu dominieren versuchte, zugleich schmeichelte es ihr, dass sie eine solche Glut in ihm weckte. Endlich beschloss sie nachzugeben und presste ihren Körper gegen seinen.

Sie hob sich auf die Zehenspitzen, umarmte seinen Hals und grub ungeduldig ihre Hände in sein Haar. Mit einem Mal hatte sie das Bedürfnis, ihn zu kratzen, die Textur seiner Haut zu spüren, alles über seinen Körper zu erfahren. Sie war so fiebrig, so bebend, sie erkannte sich selbst nicht mehr und fürchtete schon, völlig den Kopf zu verlieren. In ihrem ungezügelten Verlangen biss sie ihm in die Lippe.

Ihre Gesichter waren dicht voreinander, ihr Ausdruck fast wütend, so verharrten sie atemlos für einen Augenblick. In Andreas' aufgewühlten Augen glaubte sie ein unruhiges Leuchten zu erkennen, es vermittelte ihr ein berauschendes Machtgefühl. Als ihre Lippen sich berührten, lächelte sie ihm zu, sie war so voller Leben, und das beglückte sie.

Die Eingangstür knarrte, sie fuhren auseinander. Livia wich erschrocken einige Schritte zurück. Ihr Herz klopfte zum Zerspringen.

Ein junger Mann mit einem blonden Bürstenschnitt über dem schmalen Gesicht stürzte ins Zimmer und versuchte sich dabei mit den Zähnen einen Handschuh auszuziehen. Auf der Türschwelle blieb er verdutzt stehen. Sein Blick heftete sich auf die Vase auf dem Tisch.

»Ich bitte um Entschuldigung«, sagte er und schob die Brille, die ihm auf der Nase nach vorn gerutscht war, wieder nach oben. »Ich hab was vergessen …«

»Komm rein, Matthieu«, sagte Andreas, er wirkte dabei völlig entspannt. »Ich darf dir Livia Grandi vorstellen. Sie ist in die Ausstellung gekommen, um *Diablo* zu besuchen, da habe ich sie mit hierhergebracht, damit sie ihn sich genauer ansehen kann.«

»Guten Tag, Monsieur«, murmelte Livia.

Der junge Mann betrachtete sie eindringlich und kaute dabei auf den Wangen, langsam begann sie sich unbehaglich zu fühlen.

»Meine Frage mag Ihnen abwegig vorkommen, Mademoiselle, aber sind Sie zufällig mit der Muraneser Familie Grandi verwandt?«

»Ja, ich bin Alvise Grandis Enkelin«, erwiderte sie erstaunt.

Er lächelte herzlich und öffnete die Arme.

»Dachte ich es mir doch … Verzeihen Sie mir, ich hatte Sie nicht gleich wiedererkannt, aber Ihr Gesicht war mir irgendwie vertraut. Unsere Stände lagen direkt nebeneinander auf der Biennale 1940, kurz bevor der Krieg begann. Erinnern Sie sich noch? Sie kamen jeden Nachmittag. Wir haben uns ein- oder zweimal unterhalten.«

»Aber ja!«, rief sie. »Matthieu Girard. Aber damals arbeiteten Sie nicht für die *Cristalleries de Montfaucon*.«

»Stimmt. Ich hatte gerade gemeinsam mit anderen jungen Künstlern in Murano ein Praktikum an der SALIR begonnen, aber ich musste nach Frankreich zurück, weil ich einberufen wurde. Ich bin Graveur, genau wie der da«, sagte er in neckendem Ton und zeigte dabei mit dem Kinn auf Andreas. »Wie geht es Ihrem Großvater? Er war so nett zu mir.«

Die Traurigkeit überlief Livia vom Kopf bis zu den Füßen. Sie musste sich an einer Stuhllehne festhalten.

»Er ist vor zwei Jahren gestorben.«

»Oh, das tut mir aber sehr leid.«

Er trat näher und nahm ihre Hand in beide Hände.

»Er war ein wunderbarer Mensch. Wir hatten am Eröffnungsabend lange miteinander geplaudert, und am nächsten Tag hat er mir Ihre Werkstätten gezeigt. Er war einer von den ganz Großen. Ein hervorragender Künstler. Und ein so höflicher und hochherziger Mensch!«

Livia lächelte zitternd und senkte den Blick, damit er ihre aufsteigenden Tränen nicht bemerkte. Sie fühlte sich sehr dumm. Warum brachte sie die Herzlichkeit in seiner Stimme so aus dem Lot? Mit einem Mal fehlte ihr Murano, schmerzhaft wie ein Dolchstich.

»Sie sind ganz aus der Fassung. Bitte verzeihen Sie, das ist meine Schuld«, sagte er voller Bedauern. »Was kann ich tun, um es wiedergutzumachen?«

»Machen Sie sich keine Gedanken«, sagte sie und rieb ärgerlich die verräterischen Tränen von ihren Wangen. »Ich muss mich entschuldigen. Das ist albern. Ich weiß auch nicht, was in mich gefahren ist. Vielleicht bin ich so angegriffen, weil ich mich in einer Umgebung befinde, die mich an zu Hause erinnert.« Sie sah sich um. »Es klingt idiotisch, aber seit meiner Ankunft hier in Lothringen habe ich noch keinen Ort gefunden, an dem ich mich ein wenig zu Hause gefühlt hätte.«

»Aber das ist doch ganz natürlich! Sie gehören zur Familie! Kommen Sie, ich zeige Ihnen die Werkstätten, das wird Sie auf andere Gedanken bringen.«

»Aber wir müssen erst um Erlaubnis fragen!«, protestierte sie. »Ich kann doch nicht einfach so hineingehen!«

»Mit ihm schon«, knurrte Andreas, der mit verschränkten Armen am Türrahmen lehnte. »Er ist der Sohn des Chefs.«

»Wirklich?«

»Ein Fehltritt meiner Eltern, ich kann nichts dafür«, scherzte Matthieu. »Hier, nehmen Sie meinen Mantel. Es sind nur ein paar Schritte.«

Er ließ ihr keine Zeit für eine Antwort und wickelte sie in seinen Wollmantel.

»Nicht so schnell, das geht doch nicht«, protestierte sie lachend, der Schwung dieses jungen Mannes raubte ihr allmählich die Orientierung.

»Aber ja, meine liebe Livia. Ich darf Sie doch Livia nennen, nicht wahr? Ach, jetzt hätte ich meine Zeichnungen fast schon wieder vergessen. Rühren Sie sich nicht vom Fleck. Weit können sie nicht sein.«

Er suchte auf dem Buffet herum und hob die Kleider- und Bücherstapel an, die jeden Zentimeter Ablagefläche bedeckten.

»In diesem Haus herrscht aber auch ein Chaos! Da sind sie ja!«, schrie er dann triumphierend. »Nachher bringe ich dir die junge Dame zurück, Andreas, wenn ich es mir nicht anders überlege …«

Als er ihren Arm nahm und sie mit sich zog, warf Livia Andreas über die Schulter hinweg einen entschuldigenden Blick zu. Er nickte ihr aufmunternd zu. Matthieu schloss die Tür so schwungvoll, dass die Teller auf den Borden klapperten.

Andreas lächelte ein wenig. Der junge Matthieu platzte vor Energie. Wenn er nicht arbeitete, verausgabte er sich hemmungslos und strapazierte damit auch seine Umgebung, aber er behauptete, er könne sich erst auf seine Schleifscheiben konzentrieren, wenn er seine Energieüberschüsse los geworden sei.

Andreas machte Feuer im Herd und setzte den Wasserkessel darauf. Er brauchte einen starken Kaffee. Er freute sich für die junge Frau, denn nur ganz wenige Fremde kamen in den Genuss einer Manufakturbesichtigung. Es hatte ihn überrascht zu hören, dass sie zu einer so illustren Glasmacherfamilie wie den Grandi gehörte. Die Welt war wirklich sehr klein.

Er strich mit dem Finger über seine geschwollene Lippe, über die Stelle, an der sie ihn gebissen hatte. Mit einer so leidenschaftlichen Reaktion hatte er nicht gerechnet. Wie hätte er ahnen können, dass sie sich von ihm ebenso angezogen fühlte wie er sich von ihr? Er hatte sie geküsst, weil er der Versuchung ihrer vollen Lippen nicht hatte widerstehen können, weil er seit ihrer ersten Begegnung Lust hatte, mit ihr zu schlafen, und weil er immer alles, was er sich in den Kopf gesetzt hatte, zu Ende brachte. Aber Livia Grandi hatte ihn verunsichert, und er wusste nicht, ob er sich darüber freuen oder ganz im Gegenteil auf der Hut sein sollte.

Er spülte eine Tasse, die einen kleinen Sprung hatte, aus und schenkte sich seinen Kaffee ein. Dann schob er einige Gläser auf dem Tisch zur Seite, um Platz für die Tasse zu schaffen. Er würde in aller Ruhe seinen Kaffee trinken und dann die Vase dorthin zurückbringen, wo man sie einpacken würde. Er war sicher, dass Livia sie jetzt, wo sie die Werkstätten besichtigen durfte, schon vergessen haben würde.

Als er sich umwandte, stieß er gegen den Schemel, und Livias Handtasche fiel auf den Boden.

»Mist!«, fluchte er leise und hob die Sachen wieder auf.

Er klopfte den Staub von Brieftasche und Puderdose, bevor er beides wieder in die Handtasche steckte, glücklicherweise war der Verschluss heil geblieben. Aus einem braunen Umschlag war ein in rissiges Leder gebundenes Büchlein gerutscht. Der abgegriffene Einband machte ihn neugierig. Er schlug es auf und sah, dass es kein gedrucktes Buch war, sondern eher ein Notizheft, dessen vergilbte Seiten zum Teil so zart waren wie Pergament.

Er begann, darin zu blättern, und konnte einen Schauer nicht unterdrücken, als er die Formeln chemischer Zusammensetzungen sah und die Zeichnungen von Schalen, Kelchgläsern und phantasievollen Lüstern. Fasziniert ließ er sich auf einen Stuhl sinken.

Die verblichene Tinte bezeugte das Alter der Skizzen, und unten auf den Seiten standen Jahreszahlen, die bis ins 16. Jahrhundert zurückreichten. Es gab Anweisungen, wie man bei einem Glas das richtige Gleichgewicht einhielt zwischen dem Durchmesser des Fußes, der Höhe und Form des Stiels und der Wölbung des Kelchs. In einer Anmerkung wurde dargelegt, wie man die Anzahl der komplexen Knoten an den verschiedenen geblasenen Seiten ein und derselben Form erhöhen konnte. Dann gab es Hinweise zu den verschiedenen Varianten des Filigranglases, das typisch war für venezianische Glasarbeiten, es wurde genau beschrieben, wie man die Glasfäden in die Glasmasse einsinken ließ oder aber als Relief auflegte. Manche der kleinen Aquarelle, die den Text auflockerten, waren so ansprechend, dass man sie ohne weiteres hätte einrahmen können.

Andreas war wie betäubt. Ihm war klar, dass er das Erbe der Grandi in Händen hielt, und ihm war, als entdecke er jetzt das eigentliche Wesen dieser jungen Frau, als stünde Livia plötzlich nackt vor seinen Augen.

Seit dem Mittelalter zog der Verrat von Herstellungsgeheimnissen der Glasmacher unweigerlich ewige Verdammnis nach sich. Und immer hatten sie ihre Geheimnisse mit sich geführt und auf ihren Reisen gelegentlich einzelne Rezepte geopfert, um ihrerseits neue zu erfahren. Es machte ihm durchaus etwas aus, dieses Büchlein ohne Livias Wissen durchzublättern, denn sie hätte es ihm sicher verboten, doch es war stärker als er. Wie sollte er widerstehen, wenn er sich der Quintessenz der Kunst gegenübersah, der er sein Leben geweiht hatte?

In der stillen Küche, durch deren Fenster man die verschneiten Bäume sah, war nur noch das Rascheln der Seiten zu hören. Er war gefesselt von den genialen Einfällen der Grandi. Obwohl seine Erinnerungen an den Italienischunterricht nur noch sehr verschwommen waren, waren ihm ein paar Brocken geblieben.

In Gablonz hatte man großen Wert auf das Erlernen von Fremdsprachen gelegt, weil die Stadt als Handelsstadt fähige Männer brauchte, die ihre Erzeugnisse weltweit verkauften. Beispielsweise exportierte Gablonz große Mengen Armbänder nach Indien, die Inderinnen trugen sie, um sie schließlich bei religiösen Zeremonien als Opfergabe in den heiligen Fluss Ganges zu werfen. Vor dem Ersten Weltkrieg war dieser Markt so bedeutend gewesen, dass man ein Schiff, das Bombay mit der österreichisch-ungarischen Hafenstadt Triest an der Adria verband, auf den Namen »Gablonz« getauft hatte. Andreas konnte sich noch an den aus Benares stammenden Lehrer erinnern, dessen geknöpfte Tuniken ihm großen Eindruck gemacht hatten.

Das Büchlein öffnete sich ganz von allein auf einer Seite in der Mitte, ganz wie bei einem abgegriffenen Lyrikbändchen, dessen Rücken das Lieblingsgedicht des Eigentümers verrät. Ziemlich sicher war dies die Passage, die am häufigsten gelesen worden war. Andreas sah die Graphitzeichnung eines herrlichen Kelchs und eine Formel mit der Überschrift *chiaroscuro*, der sagenumwobenen Schöpfung, von der jeder Glasmacher, der auf sich hielt, schon etwas gehört hatte.

Er meinte noch die sanfte Stimme des Grafen Prestel zu hören, als er wieder einmal dessen Sammlung bewunderte. »Es ist die Passion meines ganzen Lebens, mein lieber Andreas, aber ich will dir ein Geheimnis verraten: Ich würde die ganze Sammlung hergeben, wenn ich nur eins der zwölf venezianischen *chiaroscuro*-Gläser dafür bekäme. Sie verkörpern wirklich erhabene Schönheit.«

Und jetzt wurde dieses Geheimnis vor seinen Augen enthüllt. Damals waren die Gläser zum großen Kummer der übrigen europäischen Herrscherhäuser vom französischen König erworben worden. Wie bei anderen Erfindungen glaubte man auch bei dieser, die Formel sei im Laufe der Jahrhunderte verloren gegangen. Andreas las sie halblaut vor. Mein Gott, so einfach war das … Und zugleich so gewitzt und überraschend.

Reglos verharrte er einige Augenblicke, völlig verzaubert, den Blick ins Leere gerichtet, dann hob er das Büchlein an sein Gesicht, um den Geruch einzuatmen, der von den Seiten aufstieg. Natürlich rochen sie nach gar nichts, und doch, wenn er nicht Angst gehabt hätte, sich lächerlich zu machen, so hätte er schwören können, dass sie einen Duft nach Salz und Kräutern, nach Schlamm und Wind verströmten.

Die Kirchenglocke begann drei Uhr zu schlagen. So aus seinen Träumen gerissen, schob er das Heft hastig wieder in den Umschlag, hob einen Kamm und eine Zugfahrkarte vom Boden auf und verstaute alles in der Handtasche. Er sah sich noch einmal um und vergewisserte sich, dass nichts mehr herumlag.

Schweiß perlte von seiner Stirn, mit einem Mal war ihm übel. Diese Indiskretion hätte er nie begehen dürfen. Es war seiner unwürdig, wie es der Italienerin unwürdig war. Er schloss die Augen und rieb sie sich mit den Fäusten. Er beschloss, dass er nichts gesehen hatte, dass er alles vergessen würde, auch die Bilder, die noch hinter seinen Lidern tanzten.

Er nahm die Vase, knipste das Licht aus und ging hinaus auf den Hof, wo ihn die Kälte an der Kehle packte, als wollte sie ihn bestrafen.

Livias Körper war es gewesen, der Élise alarmiert hatte, die neuerdings runden Bewegungen, die schmachtende Trägheit, die in so krassem Widerspruch zur fiebrigen Unruhe der Wochen zuvor stand, und dieses besondere Lächeln, dieses vage, ein wenig herablassende Lächeln, als wisse sie auf alles eine Antwort.

Anfangs hatte sich Élise gefragt, ob Livia noch ein Kind erwarte, doch wenn sie die nach wie vor schlanke Gestalt ihrer Schwägerin betrachtete, die von den eng gegürteten Oberteilen betonte Taille, war sie beruhigt, denn nichts deutete auf eine Schwangerschaft hin.

Dann hatte sie gedacht, es liege an Livias Arbeit. Seit ihr die Werkstatt zur Verfügung gestellt worden war, schloss Livia sich oft den ganzen Vormittag darin ein und tauchte erst zum Mittagessen wieder auf. Zwar widmete sie ihre Nachmittage ihrem Sohn, doch nach wie vor entfloh sie dem Haus. Sie sei auf der Suche nach Inspirationen, behauptete sie. Ihre ersten Versuche wollte sie niemandem zeigen. Nur der alte André Münster kannte sie, ein Glasmachermeister im Ruhestand, der einmal in der Woche kam, um ihr die Kniffe seines Berufs beizubringen.

François war begeistert. »Sie strahlt regelrecht, findest du nicht?«, fragte er seine Schwester. Élise blieb nichts anderes übrig als zu nicken. Livia war nie zuvor so heiter gewesen und so schön mit ihrem leuchtenden Blick, der zerzausten Frisur und der zur Zärtlichkeit verlockenden Haut. Sie schwatzte Italienisch mit ihrem Sohn, summte vor sich hin, wenn sie sich unbeobachtet fühlte, und hüpfte die Treppen hinunter. Glückliche Menschen sind anziehend, so anziehend wie das Licht, das die Insekten an unwetterbedrohten Abenden anlockt. Aber man verbrennt sich die Flügel an ihnen, dachte Élise, und manch einer wäre bereit zu töten, um sich des Glücks der anderen zu bemächtigen.

François war überaus zufrieden, den Schlüssel zum Glück seiner Frau gefunden zu haben, doch Élise ärgerte sich ein wenig über seine frohe Miene. Spürte er denn nicht, das etwas im Busche war? Wenn sie morgens aufstand, hatte sie ein düsteres Vorgefühl, einen bitteren Geschmack im Mund. Sie war ebenso besorgt wie aufgeregt, denn sie vermutete vage, Livia sei dabei, sich den eigenen Strick zu drehen.

Carlo machte gerade seinen Mittagsschlaf, als Livia zu Élise kam.

»Ich werde gegen vier zurück sein. Könnten Sie auf den Kleinen aufpassen, Élise?«

Vom ersten Stock aus beobachtete sie, wie Livia ihre Kleidung im großen Standspiegel in der Diele überprüfte. Sie rückte die Kostümjacke mit dem pelzverbrämten Kragen zurecht und strich den roten Wollrock glatt, der ihr bis über die Knie reichte. Seit sie die Schnitte in *Le Jardin des Modes* entdeckt hatte und noch dazu das Talent einer Schneiderin, hatte sich das Schulmädchen in eine Dame mit Pariser Chic verwandelt. Sie setzte eine Mütze auf, schlüpfte in ihre Handschuhe und drehte eine Pirouette vor dem Spiegel, bevor sie die Haustür hinter sich zufallen ließ.

Sofort schlich Élise die Treppe hinunter. Sie legte sich ein Umschlagtuch um die Schultern und ging durch den Garten zur Werkstatt ihres Großvaters.

Es war still in dem großen Raum. Ein säuerlicher Geruch nach Terpentin und Essig lag in der Luft. Staubkörnchen tanzten in einem blassen Sonnenstrahl, das Licht reflektierte sich in den Glasstücken, die Livia gerade zugeschnitten hatte. Doch Élise interessierte sich nicht für die Glasarbeit, die Livia begonnen hatte.

Die Werkstatt war völlig aufgeräumt, der Dielenboden sauber gefegt. Die Reißschiene, die dreischneidigen Scheren und die Kröselzangen waren an ihrem Platz, dennoch kam ihr die Italienerin an diesem geheiligten Ort wie ein Eindringling vor. Trotzdem wollte Élise pragmatisch bleiben. Nachdem sie erlebt hatte, mit welchem Eifer François seine Frau verteidigte, hatte sie beschlossen, ihr den Zutritt zu dieser Werkstatt nicht zu verwehren. Schon immer hatte sie die Ereignisse lieber auf sich zukommen lassen, um sie dann möglichst für ihre eigenen Zwecke zu nutzen.

Sie begann eine minutiöse Durchsuchung, aber ihre Zeit war begrenzt. Sie hatte zwar Colette gebeten, ein Auge auf das Kind zu haben, doch es fiel ihr schwer, ihn längere Zeit allein zu lassen.

In der Schublade des Tischs, auf dem die Scheiben in die Fassung gefügt wurden, überprüfte sie die Nägel, die Diamantspitzen und die Spachtel. In den Fächern und Winkeln des Schranks fand sie Lappen, Papierrollen und allerlei Schachteln, die sie eine nach der anderen öffnete. Sie gab acht, sich nicht zu verletzen, als sie zwischen den Glasstücken und -resten in den Fächern stöberte. Glas musste mit sehr viel Vorsicht gehandhabt werden. Ihr Großvater hob die Stapel von Glasstücken immer mit beiden Händen an. »Kinder haben in einer Werkstatt nichts zu suchen«, pflegte er zu grummeln. Dabei bewegte er die Arme wie ein Marionettenspieler: »Husch husch, spiel draußen weiter, mein Mädchen …« So in den Garten verbannt, hatte sie ihr Gesichtchen gegen die Scheibe gepresst, um ihn nach Belieben beobachten zu können. Doch sie hatte das Interesse an diesem Schauspiel immer sehr bald verloren.

Im Wandschrank fand sie Sulfid und Silberchlorid, mit denen man das Glas tief einfärben konnte, und auch das Fläschchen Flusssäure. Der Totenkopf erinnerte daran, wie gefährlich der Inhalt war. Das Gravieren mit dieser Säure erforderte besondere Sorgfalt, weil jeder Hautkontakt vermieden werden musste. Sie schloss den Wandschrank wieder und sah sich gereizt im Zimmer um.

Es musste doch irgendwo etwas sein, das ihr zu gegebener Zeit nutzen konnte, aber eine gründliche Suche war nicht so einfach, wenn man nicht wusste, wonach man suchte. Ihre Gereiztheit wuchs.

»Denk nach«, murmelte sie und versuchte sich zu beruhigen. »Es gibt ganz sicher etwas …«

Sie öffnete den Kleiderschrank und stieß zu ihrer Überraschung auf Livias Wintermantel, doch dann fiel ihr ein, dass François ihr zu Weihnachten einen neuen geschenkt hatte, einen Mantel mit Nerzbesatz, der alte war nämlich am Kragen und an den Ärmeln bereits abgewetzt. In seinen Taschen fand sie einige Münzen, ein verschlissenes rotes Band und ein Paar Wollhandschuhe.

Sie wusste nicht, was sie dazu bewog, die Arbeitsunterlage auf dem Zuschneidetisch zu untersuchen. Sie war ausreichend dick, um die Unregelmäßigkeiten in der Stärke der zuzuschneidenden Gläser auszugleichen. War es einfach Glück, oder Intuition? Sie hob sie an und schob ihre Hand darunter, innerlich betend, dass sie sich nicht an irgendwelchen Glassplittern verletzte.

Als sie auf zwei Papierstücke stieß, ahnte sie gleich, dass sie gefunden hatte, was sie suchte. Vorsichtig zog sie die Zettel aus ihrem Versteck und merkte sich dabei genau, wo und wie sie gelegen hatten.

Sie trat ans Fenster, um sie bei Licht zu betrachten, der eine war ein zusammengefaltetes Plakat mit einer gravierten und für ihren Geschmack etwas überladenen Kristallvase, der andere eine gelochte Eintrittskarte zu einer Ausstellung der *Cristalleries de Montfaucon*. Sie kannte die Glasmanufaktur, sie hatte dort vor dem Krieg Karaffen und ein Gläserservice gekauft. Die Eintrittskarte war einen Monat alt.

Es wunderte sie nicht, dass Livia sich eine Ausstellung angesehen hatte. Doch warum hatte ihre Schwägerin die Familie belogen? Sie hatte ihnen zwar erzählt, dass sie in Nancy gewesen war, aber als François sie gefragt hatte, wie sie ihren Tag dort verbracht habe, hatte sie behauptet, sie habe nur die Place Stanislas besichtigt und das Museum, in dem Arbeiten aus der Schule von Nancy ausgestellt waren. Bis ins letzte Detail hatte sie die Glasarbeiten Emile Gallés und der Brüder Daum beschrieben, die kunstvollen Möbel von Majorelle und vor allem die Mosaikfenster von Jacques Gruber, deren sanfte Poetik sie besonders berührt hatte. François hatte ihr mit der Zufriedenheit zugehört, mit der ein Lehrer einer begeisterten Schülerin lauscht.

Warum sollte man durch Verschweigen lügen, wenn man nichts zu verbergen hat?, fragte sich Élise und wendete die Zettel in ihren Händen, als könne sie ihnen so ihr Geheimnis entreißen. Warum hatte sie sie so sorgfältig versteckt?

Mit ebensolcher Sorgfalt legte sie die Papiere in ihr Versteck zurück und breitete die Unterlage wieder darüber. Sie sah sich noch einmal aufmerksam um, sie wollte sicher sein, dass alles wieder war wie zuvor und sie nichts Verdächtiges zurückgelassen hatte.

Nun blieb ihr nur noch eines, um sich Klarheit zu verschaffen: Wenn ihre Schwägerin das nächste Mal zu einem ihrer sogenannten Ausflüge aufbräche, würde sie sie beschatten lassen, und an dem Ergebnis der Nachforschungen hatte sie schon jetzt keinen Zweifel.

Obwohl sie sich doch eigentlich hätte freuen sollen, dass sie recht behalten hatte, bemerkte sie, dass ihre Hände zitterten, als sie die Tür ins Schloss zog.

Das Hotelzimmer ging auf einen dunklen, von rissigen Wänden eng umgrenzten Hof hinaus. Ein Vorhang von undefinierbarer Farbe, der vor Zeiten einmal blau oder grün gewesen sein mochte, sperrte mehr schlecht als recht das erbarmungslose Januarlicht aus. In einer Ecke war ein Waschbecken, daneben hing ein Handtuch. Der Hahn tropfte. Andreas lag vollständig angezogen auf dem Bett, da er sich in dem engen Zimmer ohnehin nirgends sonst hätte aufhalten können. Die Hände unter dem Nacken verschränkt, lauschte er auf die Tropfen, die in das stellenweise rostige Waschbecken fielen.

Hin und wieder erinnerte ihn das Scharren eines Stuhls auf den Dielen oder ein verschleimtes Husten im Nebenzimmer daran, dass er nicht ganz allein war auf der Welt. Und wo immer eine Toilettenspülung gezogen wurde, protestierten die Rohre.

Er hatte das Fenster geöffnet, um den Geruch nach Schimmel und Abgestandenem zu vertreiben, der in den Mauern saß. Seit fast einem Monat wohnte er schon hier, doch trotz aller Bemühungen hatte er ihn nicht los werden können. So steif daliegend fühlte er sich fast wie eine der liegenden Statuen auf einem Grab. Er starrte unverwandt auf die Decke und wartete. Auf sie hätte er Stunden gewartet, Tage, ein ganzes Leben.

Doch was wusste er von ihr? Unbedeutende Einzelheiten, aus denen sich eine Persönlichkeit zusammensetzte, ein chinesischer Scherenschnitt. Er wusste, dass sie ein brennendes Zündholz so lange in der Hand behielt und ihm beim Verbrennen zuschaute, bis sie sich die Finger versengte. Dass sie sich das Haar immer mit den Händen ordnete, dass Rot für sie eine magische Farbe war und dass sie wie ein trotziges Kind auf den Fingernägeln kaute. Er wusste, dass eine ihrer Brauen stärker gebogen war als die andere, dass ihr intensiver Blick abirrte, wenn sie von zu Hause sprach, ohne dass sie das Thema zu berühren schien, mit heiserer Stimme, die den Worten eine andere Textur gab, so sehr, dass er glaubte, die rauen Mauern einer Stadt zu berühren, in der die Löwen Flügel hatten, und die Leintücher zwischen den Häusern im Wind flattern zu hören, während sich ein neben einer mit Algen und Moos bewachsenen Treppe vertäuter roter Kahn auf dem Wasser wiegte … Und er wusste, dass sie immer ihren Ehering vom Finger zog, bevor sie zu ihm kam.

Sie würde verspätet kommen. Sie brachte es nicht fertig, pünktlich zu sein, als dürften weder Armband- noch Wanduhren das einschränken, was sie ihre Freiheit nannte. Sie würde dieses armselige Zimmer betreten, ein Lächeln auf den geöffneten Lippen, und er würde nichts mehr wahrnehmen von der abgewetzten Tapete, der kratzigen Bettwäsche und der fleckigen Tagesdecke. Die blütenförmige Pressglaslampe an der Wand würde nicht mehr ihr dürftiges Licht ins Zimmer sickern lassen. Livias schimmernde Wangen, die Verheißung ihrer Kehle im Ausschnitt ihrer Bluse würden an ein anderes Licht erinnern, an die Sonne ihrer Geburtsstadt, die immer unter ihrer Haut weiterzuleuchten schien.

Und sehr bald wären sie nackt. Sie verloren keine Zeit damit, sich gegenseitig auszuziehen. Ihnen lag nichts am Spiel der Verführung. In ihren Blicken spiegelte sich ein Begehren ohne alle

Künsteleien, ein hitziges Begehren, ein Sehnen, das alle anderen Wünsche auslöschte, ein Hunger, der alle Konventionen, Schuldgefühle und jede Scham überwältigte.

Sie würde vor ihm stehen und ihn lange ansehen. Es war immer dasselbe Ritual. Fürchtete sie, er könne sich seit dem vergangenen Mal verändert haben? Sollte er sie betrügen, so hatte sie ihm gesagt, dann würde sie die Spuren der Hände der anderen Frauen auf seinem Körper erkennen wie unsichtbare Tinte, die in der Wärme sichtbar wird. Er würde aufrecht stehen und versuchen, entspannt zu wirken, obwohl nichts so unerträglich ist wie ein offen und schamlos beobachtender Blick.

Er wiederum würde ihre hoch angesetzten vollen Brüste betrachten, die zartrosa Brustwarzen mit den von der Kälte rissigen Spitzen, ihre Taille und die Hüften, den Ansatz der Schenkel, diesen allzu vollkommenen Körper, der ihn erbarmungslos auf sich selbst zurückwarf. Er würde sich der geschwollenen Hautstellen an seinem Schenkel bewusst sein, der hässlich verschlungenen Narben, die seine Schulter wie ein Brandzeichen bedeckten.

Er dachte an den Krieg zurück, und hinter seinen Lidern zuckten die Blitze. Eine Leinwand voll blendenden Lichts. Die Flammen der Katjuschas beleuchteten den Horizont. Der Gestank nach verbranntem Fleisch. Das Schreien der Verwundeten, die ihre Eingeweide mit beiden Händen festhielten, damit sie nicht auf den Schnee quollen. Er schloss kurz die Augen, um diese Bilder mit schierer Willenskraft zu vertreiben. Weshalb dachte er hier und jetzt daran zurück? Vielleicht, weil auch die Augenblicke mit ihr nicht immer frei von Gewalt gewesen waren. Als sie ihre Lippen zum ersten Mal auf seine Hände gedrückt hatte, hatte er sie nicht zurückgestoßen wie all die Frauen, die er schon zu vergessen versucht hatte, noch während sie sich ihm hingaben, und ihre Küsse waren erbarmungslos dem Weg all seiner Verletzungen gefolgt.

Er würde spüren, wie sich sein Puls beschleunigte, sie würde sein Glied in die Hand nehmen. Er würde erbeben, sein Atem würde stocken und sein Körper wäre wie elektrisiert. Mit einem einzigen Streicheln, einer zarten Berührung ihrer Hand löste sie wahre Stürme aus.

Er würde die Fäuste ballen, um sie nicht zu berühren. Jetzt wollte er, dass sie um die Macht wusste, die sie über ihn hatte. Beim ersten Mal hatte sie nichts erbeten, nichts gefordert. Er hatte versucht, sie zu besitzen, wie jeder Mann die Frau besitzen will, in die er eindringt. Auf dem Höhepunkt ihrer Lust spürte er, wie ihre Muskeln sich um ihn schlossen und ihn in den Abgrund zogen, es hatte lange Minuten gedauert, bis sich ihre Körper beruhigten und das wiederkehrende Zittern nachließ.

Doch trotz der Hitze ihrer Körper und dem salzigen Schweiß auf ihrer beider Haut war ihm klar, dass sie außer Reichweite blieb, und er hatte daraus geschlossen, dass auch sie die Macht dieser gegenseitigen Anziehung anerkennen musste. Er wollte die Last dieser dramatischen Liebe nicht allein tragen.

So würde er sie, wie jedes Mal, zu sich kommen lassen. Sie würde ihm die Hand auf den Oberkörper legen, auf der Höhe des Herzens, und zwar mit der offenen Handfläche, sodass er die Umrisse eines jeden ihrer Finger spüren konnte. Sie würde die Fingernägel in seine Haut graben. Er würde einen Arm um ihre Taille legen, und sie würde sich auf die Zehenspitzen stellen und seinen Körper unauslöschlich mit dem ihren zeichnen.

Der Duft ihres Atems würde sich mischen, wenn sie aufs Bett fielen. Mit angstvoller Glut würde er ihren Hals küssen, die Rundungen ihrer Schultern, seine Lippen würden zu ihren prachtvollen, bewegten Brüsten gleiten, und ihre Haut würde nach Pfirsichen, Jasmin und Gewürzen duften. Sie würde sich ihm entgegenwölben, um ihn zu empfangen, und es würde nur noch sie geben, der Taumel ihrer geöffneten Schenkel, ihre roten Lippen, das samtige Streicheln, moschusduftende Feuchte und die Reflexe in ihren schimmernden Augen.

Es klopfte an der Tür.

Andreas stand auf. Für einen Augenblick stieg ihm das Blut ins Gehirn.

Sie war gekommen. Sie war da.

Er hatte auf sie gewartet, Stunden, Tage, sein ganzes Leben.

Nach der Liebe blieben sie in enger Umarmung liegen, die Beine ineinander verschlungen, Livias Kopf an seiner Schulter. Langsam hatte sich die Leidenschaft gelegt. An seinem ruhigen Atmen spürte sie, dass er eingeschlafen war, und sie lächelte, es wunderte sie, dass er sich – zum ersten Mal – so auslieferte, endlich doch die Rüstung ablegte.

Sie verlagerte den Kopf, um ihn anschauen zu können. Seine Lider zitterten, als würde er von bösen Wesen verfolgt. Im Schlaf verlor sein Gesicht die eckige Strenge, die Lippen wirkten großzügiger, die Falte zwischen seinen Brauen hatte sich zu einer Andeutung abgemildert.

Sie spürte, wie sich sein Oberkörper unter ihrer Hand hob und senkte. Nach der mächtigen Leidenschaft, die sie mitgerissen hatte, fand sie diese plötzliche Sanftheit verwirrend. Sie fühlte eine Beklemmung in der Herzgegend. Die Intimität, die durch sein Einschlafen zwischen ihnen entstand, verursachte ihr Unbehagen. Sie wollte keinen verletzlichen Andreas; sie wollte keine solche Bedrohung in ihrem Leben.

Sie rückte ein wenig brüsk ab, und er wachte sofort auf. Und schon hatte er wieder den gehetzten Blick eines gejagten Menschen.

»Was ist los?«, fragte er, als sie sich mit dem Rücken zu ihm auf die Bettkante setzte und das Laken um sich zog.

»Ich muss gehen.«

»Ich dachte, heute hättest du Zeit?«

Sie antwortete nicht, sondern bückte sich, um ihre Sachen aufzuheben. Einer ihrer Strümpfe fehlte. Mit einer Hand hielt sie ihr Haar zurück, damit es nicht über den Boden fegte, und kniete sich hin, um unters Bett zu spähen. Aber was tue ich da?, fragte sie sich erschrocken. Wer bin ich, warum krieche ich über den Boden dieses erbärmlichen Zimmers? Sie errötete. Zum ersten Mal empfand sie Scham. Sie kniff die Lippen zusammen und stand auf.

Während sich Andreas eine Zigarette anzündete, wusch sie sich am Waschbecken notdürftig Gesicht und Hände. In dem ovalen kleinen Spiegel sah sie, dass er rücksichtsvoll das Gesicht abgewandt hatte. In seinen Worten konnte er außerordentlich harsch sein, doch er konnte auch eine unerwartete Feinfühligkeit an den Tag legen. Sie vermutete bei ihm eine Zerbrechlichkeit, vergleichbar mit den winzig kleinen, aber verheerenden Rissen in einem geschnittenen Glas, die es beim Polieren zum Platzen brachten. Sie hätte ihn gern besser gekannt, ihn gern dazu gebracht, mehr über sich zu erzählen, aber ihnen fehlte die nötige Zeit.

Sie wusste nur, dass er wie durch ein Wunder lebend von der Ostfront zurückgekehrt war, nachdem er so lange gelaufen war, dass er darüber das Gedächtnis verloren und vor Hunger und Durst Halluzinationen bekommen hatte. Als er in sein Heimatdorf gekommen war, hatten andere Menschen in seinem Haus gewohnt, und man hatte ihn aus dem Land vertrieben. Sie wusste, dass er seine Mutter in einem Flüchtlingslager in Bayern gefunden hatte, gerade noch rechtzeitig, um sie sterben zu sehen. Und seine Schwester hieß Hanna, sie war vergewaltigt worden und hatte ein kleines Mädchen zur Welt gebracht, das ein wenig älter war als Carlo.

Diese bruchstückhaften Auskünfte über sein Leben hatte sie ihm entreißen müssen, er hatte sie nur widerwillig und mit dieser instinktiven Verschämtheit der Männer gegeben, die eine vertrauliche Mitteilung für ein Geständnis hielten. Seine misstrauische Schweigsamkeit erinnerte sie an Flavio. Diesen Männern war nie beigebracht worden, etwas anderes zu geben als ihren Körper, manchmal tat ihr das leid.

Nachdem sie ihre Bluse zugeknöpft hatte, wandte sie sich ihm zu. Sein durchdringender Blick erschreckte sie.

»Warum gehst du so schnell weg?«, fragte er.

Sie zuckte die Achseln, sie hatte einen Kloß im Hals. Wie sollte sie ihm etwas erklären, was sie selbst nicht verstand? Sie brauchte ihn mit einer Heftigkeit, die sie manchmal mitten in der Nacht aufweckte. Und am Tag verging kein Augenblick, in dem sie ihn nicht wahrnahm, in ihrem Leib, in ihren Gedanken, in ihrem Gedächtnis. Sie hatte das Gefühl, durch seinen Körper zu atmen. Wenn sie sich um ihren Sohn kümmerte, erbebte sie manchmal, weil Andreas' Bild zu übermächtig wurde und sie sich schuldig fühlte, denn sie nahm ihrem Kind weg, worauf es ein Recht hatte: ihre ungeteilte Präsenz und absolute Liebe. Sie hatte das vage Gefühl, einen Verrat zu begehen.

Die Spannung zwischen ihnen war umso größer, als Andreas nichts anderes zu tun hatte, als auf sie zu warten. Er hatte die *Cristalleries de Montfaucon* eine Woche nach ihrer Begegnung dort verlassen. Man hatte ihn gehen lassen, weil er die in seinem Vertrag vorgesehenen sechs Monate bereits überschritten hatte. Im ersten Hotel, auf das er vom Bahnhof kommend gestoßen war, hatte er ein Zimmer genommen. Seine Tage waren eine Art Hohlform. Sie wusste nicht, wie er seine Zeit verbrachte, bis sie am frühen Nachmittag zu ihm kam. Er hatte ihr erzählt, dass er im *Café des Voyageurs* ein kleines Bier trank, dann die Straße überquerte, auf sein Zimmer ging und auf sie wartete.

Und dann kam sie, das Haar unter einem Hut oder einem Tuch verborgen. Wenn sie im Hotel an dem Besitzer und seiner Frau vorbeikam, wandte sie den Kopf ab. Sie hatten ihr nie eine Frage gestellt, doch sie spürte ihre feindseligen Blicke. Sie wusste, dass Andreas ihnen Geld gab, damit sie ihn in Frieden ließen.

Wenn sie auf seiner Etage ankam, atemlos, denn die Treppe war steil, begann ihr Herz wild zu schlagen. Noch nie hatte sie eine solche Trunkenheit erlebt. Nur ihr Geliebter war imstande, die dumpfe Angst zu beschwichtigen, die das Blut in ihren Adern vergiftete. Wenn sie sich liebten, wurde sie zu einer anderen Frau, nichts zählte mehr, nur der Augenblick. Von Vergangenheit und Zukunft blieben nur Splitter von Ängsten, von Gewissensbissen und Verlorenheiten, doch deren scharfe Kanten konnten sie nicht mehr verletzen. Unter den Zärtlichkeiten seiner Hände und Lippen fühlte sie sich unbesiegbar.

Nun trafen sie sich schon seit Wochen jeden Tag, außer an den

Sonntagen, die sie mit ihrem Mann und ihrem Sohn verbrachte. Eines Tages hatte Andreas die ironische Bemerkung gemacht, selbst ehebrecherische Paare entwickelten eine Routine. Es hatte sie verletzt.

»Antworte mir. Irgendetwas stimmt nicht.«

Ärgerlich wandte sie sich ab. Sie hatte keine Lust, Erklärungen abzugeben. Sie fühlte sich erschöpft. Sie hatte Lust, nach Hause zurückzukehren, sich im Dunkeln auszustrecken und einen traumlosen Schlaf zu schlafen. Allein … Sie musste allein sein.

»Wir sind beide zweifach im Exil, Andreas«, sagte sie halblaut. »Aus unserem Land vertrieben und aus unserer Geschichte.«

»Du erzählst völligen Blödsinn!«

Sie konnte nicht umhin, seinen Körper zu bewundern, während er sich hastig anzog.

»Du kannst nach Venedig zurück, wann immer du willst. Dein Stolz hat dich bewogen, von dort wegzugehen, und dein Starrsinn hindert dich daran zurückzukehren. Du brauchst deinem Mann bloß zu sagen, du wolltest deine Familie wiedersehen. Glaubst du, er würde dich zurückhalten? Das sollte mich wundern. Nach allem, was du erzählt hast, scheint er mir zu der Sorte Mann zu gehören, die auf den leisesten Wink gehorcht.«

»Zieh ihn da nicht rein! Ich habe ihm nichts vorzuwerfen. François ist ein wunderbarer Vater und ein tadelloser Ehemann.«

Andreas packte sie hart am Handgelenk und zog ihr Gesicht so nah an seines heran, dass sie seinen Atem spürte.

»Und wie ist er als Liebhaber?«

Livia zuckte nicht mit der Wimper.

»Das geht dich nichts an.«

»Oh doch, denn du schläfst mit ihm, wenn du nicht mit mir schläfst.«

»Lass mich sofort los«, zischte sie mit zusammengebissenen Zähnen.

»Was meinst du, was er sagen würde, wenn er wüsste, dass er seine Frau mit einem anderen Mann teilt?«

Sie schwieg, senkte den Blick auf Andreas' Hand und löste

dann einen seiner Finger nach dem anderen. Auf ihrem Handgelenk blieb eine rote Spur zurück.

»Soll das eine Drohung sein?«

Er lächelte bitter und hob die Hand. Sie rührte sich nicht. Dann streichelte er ihr mit einer unendlich sanften Geste die Wange und strich ihr mit dem Daumen über die Lippen.

»Niemals, Livia«, sagte er leise. »Niemals eine Drohung … Zorn, das sicher. Vielleicht sogar Kummer.«

Andreas legte so selten sein Inneres bloß, dass sie nicht zu reagieren wusste. Er nahm sie in die Arme und zog sie an sich, sie schloss die Augen.

»Ich muss gehen«, flüsterte sie.

»Ich weiß.«

Sie lehnte mit ihrem ganzen Gewicht an ihm, am liebsten wäre sie gestorben. Sie blieb noch einige Augenblicke an ihn gelehnt, ohne sich zu rühren. Woher sollte sie die Kraft nehmen, sich von diesem Mann loszureißen? Sie atmete seinen Geruch ein. Das Blut in ihrer beider Adern floss mit derselben Langsamkeit, mit derselben Verzweiflung. Die Sekunden zogen sich in die Länge, angefüllt mit der Glut, in der sie sich vereinigt hatten, und dennoch schon angenagt von den Zweifeln, die sie überfallen würden, sobald sie das Zimmer verlassen haben würde.

Andreas drückte sie sanft von sich weg, nahm die Samtmütze von einem Stuhl und setzte sie ihr aufs Haar. Sie fühlte sich gelähmt vor Verlorenheit. Er lächelte sie unerwartet zärtlich an.

»Geh …«, sagte er leise und schob sie zur Tür.

Auf dem Treppenabsatz drehte sie sich ein letztes Mal um und sah ihn an.

»Morgen?«, fragte sie unsicher.

»Aber gewiss, Signorina Grandi, wie können Sie daran zweifeln?«

Er schloss die Tür, und sie blieb reglos im Flur stehen und starrte auf das abgeschabte Holz. Erst als Stimmen näher kamen, floh sie.

Auf der Straße verfiel sie in einen raschen Schritt und fragte sich, als sie ihren Ehering wieder auf den Finger schob, wie sie ein so intensives Begehren überleben sollte, das sich weder vor Gott noch vor den Menschen rechtfertigen ließ, das nur aus sich selbst existierte mit diesem giftigen und berauschenden Geschmack nach Freiheit.

Verstohlen wie eine Diebin schlüpfte Livia ins Haus. Zu ihrer Erleichterung war niemand in der Diele, sie lehnte sich von innen gegen die Haustür, um wieder zu Atem zu kommen. Im Haus war es still. Draußen wurde es schon dämmerig, im ersten Stock brannte bereits die Flurbeleuchtung und warf ein wenig Licht in den Eingangsbereich. Der Schatten des schmiedeeisernen Geländers zeichnete ein Rautenmuster auf den Fußboden.

Es duftete schwach nach Zimt, nach Zucker und Gewürzen. Am Nachmittag war Kuchen gebacken worden. Sie schloss verzweifelt die Augen. Es lag etwas Schmerzhaftes in diesem tröstlichen Geruch, diesem Geruch einer glücklichen Familie, in der die Kinder sich auf Süßes freuten, wo die Gesten sanft waren und die Charaktere aufrecht, wo die Frauen nicht erbärmliche Hotelzimmer aufsuchten, um sich dort ihren Geliebten hinzugeben.

Wenn sie von den kurzen Treffen mit Andreas zurückkam, brauchte sie immer einige Augenblicke, um ihre Persönlichkeit wieder zusammenzusetzen. Im Laufe der Wochen war sie zur Schauspielerin geworden. Zuallererst musste sie eine Haut abstreifen, die Haut Livia Grandis, der Mätresse eines aus Böhmen stammenden Glasgraveurs, dann erst konnte sie die Rolle der Ehefrau und Mutter spielen.

Sie hatte die Kunst der Lüge und des Ausweichens gelernt, sie war imstande, mit ihrem Mann zu sprechen und dabei an ihren Geliebten zu denken, ihr Körper konnte sich an einem Ort bewegen, während ihr Geist sich an einem anderen aufhielt. Beim ersten Mal war sie mit klopfendem Herzen heimgekommen, in der Gewissheit, man werde sie demaskieren. Dann hatte sie sich gefragt, wieso François und Élise nicht bemerkten, dass sie aus den Armen eines anderen Mannes kam. Hinterließ denn der Ehebruch keine Spuren im Gesicht?

Livias Kindheit war durch Kirchen und die Kirche geprägt gewesen. Sie beging eine Todsünde und konnte manchmal eine unsinnige Angst nicht unterdrücken, die aus der Tiefe ihres Gewissens aufstieg. Seit Andreas in ihr Leben getreten war, konnte sie nicht mehr beten, sie fühlte sich nicht mehr dazu berechtigt. Momente äußersten Überschwangs wechselten sich mit Phasen tiefer Niedergeschlagenheit ab. Sie hatte sich aus einer tödlichen Starre gelöst und war nun in einen Wirbel geraten, den sie nicht mehr zu beherrschen wusste. Eine Überzeugung hatte man ihr in ihrer Kindheit so tief eingepflanzt, dass für sie kein Zweifel bestehen konnte: Früher oder später musste man für seine Sünden zahlen, und der Preis würde umso höher sein, als sie dem Mann, den sie betrog, nichts vorzuwerfen hatte, er hatte ihr immer nur Zuneigung, Respekt und zärtliche Liebe entgegengebracht.

Bevor sie zu ihrem Sohn ging, betrachtete sie ihr Gesicht im Spiegel. Sie hatte den Eindruck, ihre Züge seien entschiedener geworden, die Linien klarer. Die sanfte Kindlichkeit, die sich früher noch in den rundlichen Wangen gezeigt hatte, war verschwunden. Jetzt wurde ihr Mund von zwei kaum wahrnehmbaren Falten betont, und in ihrem Blick lag eine neue Wachheit. Sogar ihre Haltung und ihre Bewegungen hatten sich verändert.

Wenn Andreas und sie sich liebten, dachte sie nicht mehr an all die Unzulänglichkeiten ihres Lebens, sie existierte nur noch. Sie brauchte dieses Bild von sich selbst, das sich in seinem intensiven Blick spiegelte. Sie dachte, dass sie nichts bereue, dass sie jetzt zur Frau werde.

Als sie an der Tür zum Salon vorüberging, hörte sie leise Stimmen. Plötzlich lachte Élise hell auf. Ein fröhliches, unbefangenes Lachen, das Livia noch gar nicht an ihr kannte. Welchen Gast mochte ihre Schwägerin da haben? Neugierig öffnete sie die Tür.

Alle Lampen brannten, im Kamin knisterte ein Feuer. Auf dem niedrigen Tisch stand ein Silbertablett mit der Kaffeekanne und dem guten Porzellanservice. Es herrschte eine geradezu festliche Atmosphäre im Salon. Im Sessel saß mit dem Rücken zu ihr ein schwarzhaariger Mann.

»Ah, da sind Sie ja, Livia!«, rief Élise.

Ihre Wangen waren rosig überhaucht, ihr Blick ungewohnt heiter. Ihre Ohrringe funkelten im Licht. Zu ihrem eigenen großen Erstaunen fand Livia ihre Schwägerin beinahe hübsch.

»Da ich nicht genau wusste, wann Sie zurückkommen würden, habe ich Ihren Freund eingeladen, im Salon auf Sie zu warten. Setzen Sie sich doch zu uns.«

Der Mann stand auf, drehte sich geschmeidig um, und Livia fragte sich, was sie am meisten verblüffte: die strahlende Fröhlichkeit ihrer Schwägerin oder Marco Zaniers plötzliches Auftauchen in ihrem Wohnzimmer.

»*Buona sera*, Livia.«

Sie blieb stocksteif stehen. Der Ausdruck unschuldigen Glücks, den sie ihrem Gesicht bei ihrer Heimkehr gegeben hatte, klebte jetzt wie eine Gipsmaske darauf.

»Sie trinken doch eine Tasse Kaffee mit uns, Livia? Oder möchten Sie vielleicht lieber einen heißen Kakao, wie Carlo? Er ist bei Colette in der Küche und trinkt mit ihr Kaffee. Er hatte einen schönen Nachmittag.«

Wäre Livia nicht so bestürzt gewesen über Marcos plötzliches Auftauchen, dann hätte sie gelächelt. Zum ersten Mal hörte sie Élise Nichtigkeiten von sich geben. Ihre Schwägerin war wirklich in sehr angeregter Stimmung.

Marco sah sie mit der Genugtuung eines Menschen an, dem ein böser Streich gelungen ist. Sie betrachtete den eleganten grauen Anzug mit der schmalen Hose, das Popelinehemd und die rote Krawatte mit den dunkelgrünen Tupfen. Vom zurückgekämmten Haar bis zu den Sohlen seiner spitzen Schuhe war nichts an ihm auszusetzen. Livia musste ein nervöses Auflachen unterdrücken. Marco Zanier stand leibhaftig mitten im Salon der Nagels, herausgeputzt wie eine Schaufensterpuppe beim Herrenausstatter, und führte sich auf wie ein *condottiere* … Einfach absurd! Da sie seinen gefährlichen Charme kannte, wunderte es sie nicht, dass er Élise um den kleinen Finger gewickelt hatte, trotzdem war sie froh darüber, dass François für einige Tage nach Vézelay gefahren war. Er hätte Marco gewiss nicht gern in seinem Haus empfangen.

»Was machst du denn hier?«, fragte sie streng.

»So begrüßt du einen alten Kindheitsfreund, nachdem wir uns so lange nicht mehr gesehen haben?«, fragte er in gespieltem Vorwurf. »Ich dachte, du freust dich, mich zu sehen.«

»Ich wüsste nicht, weshalb. Wir haben uns nichts zu sagen.«

»Ich wollte dich überraschen.«

»Das ist nicht die Sorte Überraschung, die ich mag. Woher wusstest du, wo ich wohne?«

»Marella … Du weißt doch, dass sie mir noch nie etwas verschweigen konnte. Und jetzt, wo sie meine Frau ist, schon gar nicht.«

»Du hast Marella geheiratet?«, fragte sie überrascht. Jetzt erst bemerkte sie den goldenen Ehering.

Mit unerbittlicher Klarheit standen ihr die Erinnerungen wieder vor Augen. Die unruhigen Wellen der Lagune, die schreienden Möwen am Himmel, der schwarze Rumpf einer Gondel, die über den Rio dei Vetrai glitt … Sie kannten sich alle so gut, sie waren ja gemeinsam aufgewachsen, ihre Schicksale waren auf immer verflochten, ihr Stolz, ihre Schwächen, ihre Begehrlichkeiten. War es so erstaunlich, dass er ihre beste Freundin geheiratet hatte? Unwillkürlich empfand sie etwas wie boshafte Genugtuung: Weil er sie nicht hatte bekommen können, hatte er sich eben auf die zweite Wahl gestürzt … Aber sie rief sich sofort zur Ordnung. Marella war ein hinreißendes Geschöpf, lebendig und sinnlich, mit dunklen Mandelaugen, die sternengleich leuchteten, und ihre Familie stand der Sippe Zanier in nichts nach. Marco durfte sich zu seiner Heirat beglückwünschen. Was ihre Freundin anging, war sie sich da allerdings nicht so sicher.

»Sie wollen gewiss hören, wie es Ihrem Bruder geht, nicht wahr?« Élise' Stimme riss sie aus ihren Gedanken.

Warum mischt sie sich ein?, dachte Livia wütend. Sie bezweifelte keinen Augenblick lang, dass es Flavio blendend ging. Wenn sie mutig genug gewesen wäre, hätte sie nach Tino und der Glashütte gefragt, aber sie wollte nicht, dass Marco merkte, wie sehr ihr das alles fehlte.

Sie holte tief Luft und setzte sich auf eine Sesselkante, um ihre Fassung zurückzugewinnen. Die Feindschaft zwischen ihr und Marco ging ihre Schwägerin nichts an. Jetzt, wo sie sich wieder in der Hand hatte, musste sie vorsichtig sein. Seltsamerweise empfand sie trotz ihres Misstrauens gegenüber Marco und ungeachtet ihrer Überzeugung, dass sein Kommen nichts Gutes bedeutete, etwas wie ein heimliches Einverständnis mit ihm. Sie mochten Feinde sein, aber sie waren beide Venezianer.

»Flavio geht es gut«, beantwortete er Livias nicht gestellte Frage. »Er findet es schade, dass du so selten von dir hören lässt. Ich habe gehört, du bist verheiratet und hast einen Sohn …«

Mit einem Mal, wie von einer heftigen Bö des *bora* vertrieben, war der zuvorkommende Ton verschwunden. Er versuchte, sich weiterhin gelassen und entspannt zu geben, doch Livia kannte ihn zu gut, als dass sie den verhaltenen Zorn nicht erkannt hätte, der seine Züge starr werden ließ. Dass sie verheiratet war und ein Kind hatte, lag an ihm, aber das konnte er nicht wissen.

»Ich weiß nicht, was dich hergetrieben hat, Marco«, sagte sie. »Aber ich muss allmählich zu meinem Sohn. Wenn du mir etwas zu sagen hast, tu es bitte jetzt. Ich höre.«

Marco sah sie durchdringend an, bevor er einen raschen Blick mit Élise wechselte, und plötzlich erkannte Livia den Grund für das Strahlen ihrer Schwägerin. Wie dumm von ihr zu glauben, die alte Jungfer sei auf den unwiderstehlichen Charme eines Verführers hereingefallen! Von Anfang an war es um sie gegangen, nur um sie.

Livias Magen verkrampfte sich, als sie Marco ein Dokument aus der Innentasche seiner Anzugjacke ziehen sah. An seinem Handgelenk glänzte eine auffallende goldene Uhr. Er hat immer noch einen schlechten Geschmack, dachte sie flüchtig.

»Gestern ist die Zweijahresfrist abgelaufen, *cara*. Flavio hat eingewilligt, mir die Glasmanufaktur Grandi zu verkaufen. Nun fehlt uns nur noch deine Unterschrift. Eine einzige kleine Unterschrift, und du brauchst mich nie wieder zu sehen …«

Andreas aß in dem kleinen Bistro in der Nähe des Bahnhofs zu Mittag. Er gehörte zu den Stammgästen und war stolzer Benutzer des Serviettenrings mit der Nummer 7, der gemeinsam mit den anderen in einem Bord an der Wand aufbewahrt wurde. Das Essen hier war gut und preiswert.

Die Wirtin in ihrer weißen Schürze kümmerte sich flink und effizient sowohl um die Küche als auch um die beiden langen Tische im Speiseraum. Mit ihrer heiseren Raucherstimme begrüßte sie die Stammgäste. Über ihre Wangen zog sich ein Netz roter Äderchen, ihre Lider waren schwer und oft violett vor Müdigkeit. Abends setzte sie sich manchmal zu den Gästen, die sie besonders mochte, an den Tisch und trank mit ihnen. Es kam vor, dass sie ein Lied sang. Ein Lied, in dem es immer um einen verlorenen Geliebten, eine verratene Liebe, eine treulose Frau ging. Dann unterbrachen die Männer respektvoll ihre Gespräche und wandten sich nach ihr um, gefangen von dieser brüchigen Stimme, die sie an ihr eigenes Leben erinnerte und an ihre eigenen Brüche.

Sie war alt und hässlich, und doch war auch Andreas diesem seltsamen Charme erlegen. Als er sie zum ersten Mal hatte singen hören, war ihm klar geworden, dass sie zu den Frauen gehörte, von denen die Männer immer gefesselt wurden, ganz einfach, weil sie eines Tages, in unvordenklichen Zeiten, bereit gewesen war, einen Mann zu lieben, und alles gegeben hatte, ohne über eine Gegenleistung nachzudenken.

Er schenkte sich gerade ein Glas Wein ein, als ein neuer Gast zur Tür hereinkam. Er erkannte Matthieu Girard sofort. Schade, dass man in der kleinen Gaststube nicht unbemerkt bleiben konnte.

»Na, so was, Wolf, was machst du denn hier?«, rief der junge Mann auch schon.

Andreas schüttelte ihm die Hand.

»Salut, Alter. Ich esse zu Mittag, wie du siehst.«

»Darf ich?«

»Natürlich.«

Die Wirtin überließ es den Gästen, sich ihren Platz auszusuchen. Sie hatte sich gegen die üblichen kleinen Einzeltische entschieden, und die beiden langen Tafeln mit den karierten Tischdecken erweckten fälschlich den Eindruck eines Familienfestes. Die Stammgäste, zumeist Junggesellen und andere Alleinstehende, kamen nicht nur, um sich hier den Magen mit einer warmen Mahlzeit zu füllen, sie suchten auch die tröstliche Erinnerung an eine längst vergangene Kindheit.

»Der kleine Matthieu«, sagte sie, als sie, in jeder Hand einen dampfenden Teller, aus der Küche auftauchte. »Du warst lange nicht mehr hier!«

»Du brauchst nur nach Nancy umzusiedeln, dann siehst du mich öfter, mein Mädchen!«, scherzte der Glasmacher.

»Ich bin in Metz geboren, und ich habe mir schon meinen Platz auf dem Friedhof reserviert, das weißt du doch. Und so ein Landbursche wie du wird mich da nicht umstimmen.«

»Stirb auf jeden Fall nicht, bevor du mir was zu essen gebracht hast. Mir hängt der Magen in den Kniekehlen, schließlich bin ich durch die halbe Stadt gelaufen, um dir einen Besuch abzustatten.«

Sie klopfte ihm freundschaftlich auf die Schulter.

»Ich werd dich nicht enttäuschen, Kleiner.«

Matthieu seufzte befriedigt auf, dann wandte er sich an Andreas.

»Das ist aber wirklich eine Überraschung … Ich dachte, du wärst nach Deutschland zurückgekehrt.«

»Magst du einen Schluck Wein?«

»Gern«, sagte Matthieu und schob sein Glas näher. »Bild dir nichts drauf ein, aber du fehlst uns in der Werkstatt. Simonet war gar nicht erfreut, als du gegangen bist. Er dachte, du würdest länger bleiben, mindestens ein Jahr, wie damals vor dem Krieg.«

Andreas zuckte die Achseln.

»Es war auch so schon lange genug.«

»Wie du meinst ... Mich geht es ja nichts an. Übrigens hat sich Simonet neulich auch ein bisschen geärgert, weil du keine Adresse hinterlassen hast. Da ist ein Brief für dich gekommen. Er wusste nicht, was er damit machen sollte, und hat ihn erst mal aufgehoben.« Matthieu biss in einen Brotkanten, als hätte er seit Wochen nichts mehr zu sich genommen. »Du solltest dir den Brief holen. Vielleicht ist er wichtig.«

Andreas spürte ein unangenehmes Kribbeln entlang der Wirbelsäule. Er wusste, dass der Brief nichts Gutes bedeuten konnte. Hanna und Lilli schrieben beide nicht ohne Grund. In ihrem letzten Brief, den er etwa zwei Monate zuvor erhalten hatte, war seine Schwester sogar eher unfreundlich gewesen: In Kaufbeuren-Hart werde eine Glashütte nach der anderen eröffnet, allmählich werde es Zeit, dass er zurückkehre. Er hatte nicht geantwortet. Wie hätte er ihr erklären sollen, dass er einer Frau wegen in Lothringen blieb und dass er erst zurückkehren würde, wenn er bis ans Ende alles durchlebt hätte, was ihn an ihr angezogen hatte?

Hanna war keine schicksalsergebene Frau. Sie glaubte zwar nicht, dass man sich gegen alles wehren könne, was über einen hereinbrach, aber sie hätte es für feige gehalten, nicht zu kämpfen. Doch Andreas wollte nicht dagegen ankämpfen, dass er sich zu Livia hingezogen fühlte.

Er merkte, dass Matthieu immer noch mit ihm sprach.

»Wie bitte?«

»Ich sagte, du könntest mir auch jetzt deine Adresse hier geben, dann lasse ich ihn nachschicken und du musst nicht extra anreisen, um ihn zu holen.«

»Ja, natürlich. Das ist sehr nett von dir.« Andreas suchte in seinen Taschen nach einem Bleistift.

Die Wirtin setzte Matthieu einen Teller mit dem Tagesgericht vor, und er dankte ihr mit einem theatralischen Handkuss.

Andreas schrieb die Adresse seines Hotels auf einen abgerissenen Zeitungsrand und gab den Zettel Matthieu, der ihm versprach, den Brief gleich nach seiner Rückkehr, noch am selben Abend, aufzugeben. Andreas hatte es den Appetit verschlagen, aber er wartete höflich, bis sein Freund seinen Teller leer hatte, und hörte ihm dabei zerstreut zu. Zum Glück gehörte Matthieu zu den gesprächigen Menschen, denen ein gelegentliches Nicken des Gegenübers völlig genügte.

Hanna brauchte ihn, das spürte er in seinem tiefsten Innern. Er würde zurückkehren müssen. Und was konnte er sich auch davon erhoffen, dass er in diesem ausländischen Nest blieb, noch dazu ohne Arbeit, und Tag für Tag darauf wartete, dass eine verheiratete Frau für einige Stunden zu ihm kam? Sollte Hanna je davon erfahren, wäre sie gewiss zornig, sie fände es demütigend, dass sich ihr Bruder in einer ehebrecherischen Beziehung verfangen hatte. Bei den Wolfs war dergleichen nicht zulässig. Er konnte sich schon vorstellen, wie sie vor ihm stände, die Hände in die Hüften gestemmt und mit vorwurfsvollem Gesicht.

Und dennoch … Ein bitterer Geschmack machte sich in seinem Mund breit, und er musste eine zornige Aufwallung unterdrücken. Was wussten sie schon, diese in ihre Überzeugungen gehüllten Sittenrichter, von dem, was einen unwillkürlich zu einer Frau hinzog, die einem die Sinne schärfte und allein imstande war, dem eigenen Leben eine Bedeutung zu geben!

In den vergangenen Jahren hatte er gefürchtet, er werde nie wieder begehren können. Er hatte alle seine Gefühle ersticken müssen, um den Krieg zu ertragen. In den langen russischen Wintern hatte er sich so sehr abgehärtet, dass ihm das Mitgefühl abhanden gekommen war. An der Front hatte er, ohne mit der Wimper zu zucken, mitansehen können, wie Menschen litten. Und den Tod hatte er ohnehin immer als Erlösung betrachtet.

Doch wie sollte man schöpferisch tätig sein, wenn man nicht mehr sensibel war? Irgendwoher muss man den Funken nehmen, diese Neugier, diese Risikolust, die einen zu unablässiger Arbeit anhält, zum Bemühen um die vollkommene Linie, zum Lauschen auf das Singen des Kristalls, das dem Graveur anzeigt, ob er das Glas durchschneidet oder nicht, damit er zum guten Schluss diesen Augenblick reiner Freude erlebt, in dem er weiß, dass seine Bewegung die richtige war.

In den sechs Monaten nach ihrer ersten Begegnung hatte er in Montfaucon Bestellungen ausgeführt, aber er hatte auch die Freiheit gehabt, eigene Werke zu schaffen.

Wenn er vor den Schleifscheiben gestanden hatte, während der kalte Wasserstrahl über das Glas und seine Finger floss, war er mehr als einmal fast verzweifelt an seinen Fehlern und seinem ungeschickten Tasten. Anders als die Männer, die gruppenweise in der Halle arbeiteten, war er bei der Gravur ganz allein. Er bekam das Glas mit unregelmäßigen Facetten und musste vor der eigentlichen Gravur zunächst in mehreren Schneide- und Schleifvorgängen alles Störende beseitigen. Dann skizzierte er das Bild auf die Glaswände und schnitt es mit immer feiner werdenden Rädchen in die Fläche ein. Graveure wecken mit ihren oft ganz persönlichen, im Laufe der Jahre verfeinerten und eifersüchtig geheim gehaltenen Techniken ganz unvermutete Welten im Glas. Andreas hatte mehrere Tage lang weder gegessen noch gesprochen, weil ihm das Gefühl, das er zu bannen versuchte, immer wieder entglitt.

Wie sollte er das Wesen der Frau wiedergeben, die er vor sich unter den Bäumen hatte gehen sehen, die Anmut ihrer Bewegungen, die Stürme in ihren hellen Augen? Was ihn gleich zu Beginn an Livia fasziniert hatte, war dieser geheime Wunsch, gegen den Zwang aufzubegehren. Ein einziger Blick hatte genügt, und sie hatten sich gegenseitig erkannt, und ihm war klar gewesen, dass sie genauso verloren war wie er.

Tagelang hatte er mit sich gerungen, um seine Empfindungen auszudrücken, und dann, plötzlich, als er an den Kelch gedacht dachte, den er am Abend vor seiner Abreise an die Front graviert hatte, war ihm klar geworden, dass er etwas Neues zu schaffen versuchte, obwohl die Antwort schon lange in ihm ruhte, denn diese erträumte Frau damals, diese freie und stolze Frau, die sich ihm an einem Abend der Angst offenbart und seine Schwester zu Tränen gerührt hatte, war niemand anders als Livia Grandi.

Aus seinen inneren Kämpfen waren drei Vasen hervorgegangen, deren Zeichnung ebenso unvergleichlich war wie der Schnitt, drei Huldigungen an die Frau und an das Begehren.

Henri Simonet hatte sie lange betrachtet, leicht gebückt und die Hände im Rücken verschränkt, hatte er die Arbeit fachmännisch und eingehend begutachtet. Andreas hatte hinter ihm gestanden, ein wenig mürrisch, und auf das Urteil gewartet. Diese Werke hatte er dem Nichts entrissen, doch das durfte niemand erraten. Das Auge sollte nur die Leichtigkeit und Harmonie wahrnehmen.

Nach endlos langen Minuten hatte sich Simonet aufgerichtet und ihm die Hand hingestreckt. »Danke, Meister«, hatte er mit vor Rührung heiserer Stimme gesagt. Seither lagen die Vasen in einer Truhe der *Cristalleries de Montfaucon*. Sie sollten auf der nächsten Weltausstellung, die diesen Namen verdiente, ausgestellt werden.

Er hatte die Arbeit daran gerade abgeschlossen, als Livia in Montfaucon aufgetaucht war. Als er sie in den Schauräumen entdeckt hatte, war er nicht einmal sonderlich überrascht gewesen. Da die Vasen fertig waren, war es ihm nur folgerichtig erschienen, dass sie sich auf die eine oder andere Weise wieder begegneten.

Ihre Liaison gehörte nicht zu den Beziehungen, die heiter oder glücklich machten. Sie war fiebrig, fordernd, ungezähmt. Und kaum jemand hätte verstanden, warum sie beide nicht von diesen Treffen lassen konnten, die einer Art Qual glichen.

Die Jugend sieht alles im Ganzen und malt sich in großen selbstgewissen Pinselstrichen eine Zukunft, eine Karriere und eine Familie aus, in der sich sowohl die Frauen als auch die Liebe allen Wünschen beugen. Doch Krieg und Exil hatten Andreas Wolf mit einer Strenge auf die Wirklichkeit zurückgeworfen, die an Bestrafung grenzte.

Um zu verstehen, was ihn an Livia Grandi so unwiderstehlich anzog, musste man diese innere Landschaft kennen, in der sich die

Asche auf Herz und Lunge legte, am Gesicht klebte, sich heimtückisch im Gehirn absetzte. Menschen, denen diese Welt vertraut ist, wissen, dass ihnen die glückliche Liebe versagt bleibt, weil sie zu unschuldig ist. Die Schuppen sind ihnen von den Augen gefallen. Das Glück ist zur Schimäre geworden, zur Lüge, ist nur noch ein Betäubungsmittel. Sie wollen nicht daran glauben, es erscheint ihnen fade. Für sie gibt es nur noch Begegnungen voller Lärm und Raserei, denn wer sich für tot gehalten hat, wird nicht sanft wiedergeboren.

Und doch erblickte er, wenn er morgens in den gesprungenen Spiegel über dem Waschbecken sah, einen schlecht rasierten Mann mit gehetztem Blick, einen Mann, der in der Falle saß.

Er war hellsichtig. Er wusste, dass seine Leidenschaft für diese Italienerin gefährlich war. Der Überschwang ist eine Droge, die einem das Blut vergiftet. Sie konnten ihn ja gern von oben herab ansehen und ihn verachten, all diese Anstandsapostel. Aber was wussten sie schon von dem berauschenden Schmerz, eine Frau im Blut zu haben?

Ich habe Angst, dachte er in dieser Atmosphäre aus Besteckgeklapper, Zigarettenrauch und dem Dunst billigen Rotweins, in dieser Atmosphäre eines Bistros für Menschen, die das Leben im Stich gelassen hatte. Und dieser Gedanke war, als hätte er endlich die Waffen gestreckt.

Die Glocken der Kathedrale läuteten gerade feierlich die zehnte Stunde, als Élise die Kneipe betrat, in der sie sich mit Gabriel Lettler verabredet hatte. Er stand am Tresen, vor sich ein Glas Weißwein und ein hartgekochtes Ei, auf das er gerade Salz streute. Der ehemalige Eisenbahner sah sie und nahm die Kappe ab. Ein amüsiertes Lächeln erhellte sein rötliches Gesicht mit dem üppigen Schnauzbart.

»Guten Tag, Engelchen. Pünktlich wie immer.«

»Ich sehe, dass auch du deine Gewohnheiten nicht abgelegt hast«, sagte Élise und zog die gefütterten Handschuhe aus.

»Dasselbe für Madame«, bestellte Gabriel Lettler.

»Ist es dafür nicht ein wenig früh?«

»Aber Élise, mir brauchst du doch nichts vorzumachen.«

»Setzen wir uns wenigstens hin«, gab sie belustigt zurück und steuerte einen einzeln stehenden Tisch an.

Élise Nagel hatte Gabriel Lettler an einem sonnigen Spätnachmittag im Juli 1940 kennengelernt, als die Vögel in den Bäumen des *Hospice Saint-Nicolas* zwitscherten und die Nazifahnen an der Kathedrale im Wind flatterten. Auf der Place d'Armes war gerade die erste deutsche Militärparade zu Ende gegangen. Schwester Hélène hatte sie alle zusammengerufen, sie scharte die Metzer Bürger von aufrechter Gesinnung um sich.

»Wir haben Tausende von Gefangenen. Wir müssen die Verwundeten pflegen und denen zu essen geben, die in die deutschen Lager verschleppt werden«, hatte die Nonne erklärt, und ihr Gesicht war dabei so weiß gewesen wie ihre Haube. »Ich habe den Herrn gebeten, mir seine Engel zu schicken, damit sie uns helfen.« – »Ich glaube nicht, dass ich ein Engel bin, ehrwürdige Schwester«, hatte Lettler gebrummt, seine Kappe in seinen Pranken gedreht und der fein gekleideten Großbürgerin einen finsteren Blick zugeworfen. »Macht nichts«, hatte Élise streng erwidert und ihm gerade in die Augen gesehen: »Wir brauchen auch Leute, die bereit sind, in die Scheiße zu greifen.« Lettler hatte es die Sprache verschlagen.

Vier Jahre lang hatten sie gemeinsam Menschen über die Grenze gebracht. Sie hatten ausgebrochene Gefangene und Wehrmachtsverweigerer versteckt, Briefe und Koffer mit doppeltem Boden nach Frankreich geschmuggelt. Lettler war in jener Zeit Grenzgänger gewesen und sein Ausweis für ihre Arbeit überaus hilfreich. Da die massive deutsche Präsenz die Organisation größerer Widerstandsnetze erschwerte, bildeten die lothringischen Widerstandskämpfer kleinere Gruppen, die umso fester zusammenhielten. Anders als im Innern Frankreichs wurde jede Opposition in den ans Reich angeschlossenen Gebieten nicht als Widerstand, sondern als Vaterlandsverrat betrachtet. Und entsprechend fielen die Urteile aus.

Zwischen der katholischen Großbürgerin und dem kommunistischen Eisenbahner hatte sich unerwartet eine Freundschaft entwickelt. Als Vincent nach der Schlacht bei Kursk vermisst gemeldet worden war, hatte Lettler sie schweigend in die Arme genommen, und sie war ihm dafür dankbar gewesen, dass er zwar ihre Tränen, aber nicht ihren Schmerz übersehen hatte.

»Auf dein Wohl, Engel!«, sagte er, nachdem der Kellner ihnen zwei Gläser Weißwein gebracht hatte. »Deine Schwägerin hat einen Liebhaber. Ich vermute, das überrascht dich nicht, sonst hättest du mich nicht gebeten, den Privatdetektiv zu spielen.«

Élise war zumute, als zöge sich eine Schlinge um ihren Hals zu. Sie versuchte, sich nichts anmerken zu lassen. Gabriel kannte sie sehr gut, und unter seinem groben Äußeren verbarg sich ein scharfsinniger Psychologe. Sie bemerkte, dass sie mit ihrem gestärkten Blusenkragen spielte und verschränkte die kalten Hände.

»Und weiter?«

»Er heißt Andreas Wolf. Er kommt aus Bayern und ist von Beruf Graveur. Er war bei den *Cristalleries de Montfaucon* angestellt und logiert seit einem Monat in einem heruntergekommenen Hotel in der Nähe des Bahnhofs. Sie besucht ihn fast täglich.«

Er strich sich schalkhaft den Schnurrbart glatt.

»Deine Schwägerin ist ein niedliches Mädchen, und er sieht auch nicht schlecht aus. Ich vermute, die beiden spielen nicht Schach auf seinem Zimmer.«

»Ein Liebhaber, der diesen Namen verdient, hat auch gewisse Aufgaben, oder?«

Gabriel brach in Lachen aus. Es machte ihm ungeheuren Spaß, Élise zu provozieren, denn sie gab ihm immer eine noch frechere Antwort.

»Warum wolltest du es wissen? Du bist nicht zufällig eifersüchtig?«

»Werd nicht albern, Gabriel. Ich war immer der Überzeugung, dass man im Leben eine Prioritätenliste haben muss und bei der Verteilung der Prioritäten keine Fehler machen darf. Meine

Priorität war immer, meine Brüder zu schützen. Früher oder später wird diese Frau François quälen. Und das werde ich nicht dulden.«

Ihr Blick verlor sich ins Leere. Für Vincent konnte sie nichts mehr tun. Sie glich all diesen verstörten Frauen, die dennoch voller Hoffnung die wenigen Männer anstarrten, die aus der Sowjetunion zurückkehrten, die ab dem 19. August 1942 zwangsrekrutierten Wehrmachtssoldaten, die als Infanteristen an die Ostfront geschickt worden waren und von denen nur noch wenige gespenstische Gestalten übriggeblieben waren. Genau wie diese Frauen wusste auch Élise nicht mehr, ob sie nun hoffen oder fürchten sollte, dass einer dieser von Wunden bedeckten lebenden Leichname mit den brennenden Augen der Bruder wäre, dessen Bild sie verfolgte, für den sie in den Kirchen Kerzen aufstellte und der vielleicht zu einem völlig Fremden geworden war.

Doch sie konnte immerhin noch François beschützen, vor allem vor ihm selbst. Er war von dieser Frau so geblendet, dass er nichts ahnte und sah. Er versuchte ihr zu gefallen und freute sich über jedes Lächeln, das Livia ihm hinwarf wie Brosamen einem anhänglichen Hund. Wenn Élise zusehen musste, wie ihr Bruder sich so demütigte, packte sie heiliger Zorn.

Sie hatte den Zweifel für den Angeklagten sprechen lassen, als Livia schwanger bei ihnen aufgetaucht war. Sie hatte das Gefühl gehabt, François habe ein wenig Glück verdient. Sie hatte sich an das ernste Gesicht des jungen François erinnert, als er ihr mitgeteilt hatte, er habe sich der Untergrundbewegung der Lehrlinge und Berufsfachschüler angeschlossen. Nach den ersten Sabotageakten – *»Espoir français«* hatte Telefonleitungen lahmgelegt – gab es eine Bekanntmachung des Generalkommandeurs der deutschen Armee, solche Taten würden mit dem Tode bestraft.

Im Laufe der Wochen hatte sich die Lage verschärft. Überall hingen Plakate, auf denen die jungen Männer zwischen achtzehn und fünfundzwanzig aufgefordert wurden, der SA beizutreten, zudem waren sie zu einem Jahr Arbeitsdienst verpflichtet, und Gauleiter Bürckel rief im Namen des großdeutschen Reichs und zum Wohle

Europas nach »Freiwilligen«. Was machte es schon, dass Himmler an den ehrlichen Absichten der Lothringer zweifelte!

François hatte seine Schwester um die Erlaubnis gebeten, ins französische Landesinnere gehen zu dürfen, um dort weiterzukämpfen. Am nächsten Tag sollte er mit gefälschten Papieren in den Zug nach Amanvillers steigen. Trotz ihrer Angst hatte Élise keine Einwände erhoben. François hatte sie angefleht, auch sie solle aus Metz weggehen, sich in die freie Zone im Süden Frankreichs begeben, aber sie hatte sich geweigert. Nicht nur musste sie täglich mit ihrer eigenen Verhaftung rechnen, sondern auch mit der sofortigen Reaktion der deutschen Behörden, wenn jemand desertierte oder in den Widerstand ging: Die Angehörigen wurden nach Schlesien oder zu den Sudetendeutschen nach Böhmen umgesiedelt, weil man den Eltern vorwarf, sie hätten mit ihrer schlechten Erziehung das Verhalten der Sprösslinge veranlasst. Im Januar 1943 waren bereits neuntausend Bewohner des Départements Moselle »umgesiedelt« worden. Doch Élise fürchtete sich nicht vor dem Exil, ihr ging es darum, weiterhin nach Kräften Schwester Hélène zu helfen, die verhaftet und zu einem Jahr Gefängnis verurteilt, dann aber aus Gesundheitsgründen wieder auf freien Fuß gesetzt worden war. Sie selbst hatte Glück gehabt, man hatte sie nicht bedroht, nur einige Male vorgeladen, um ihr Fragen zu stellen, die sie in einem holprigen, mit einer kräftigen Prise Akzent versetzten Deutsch beantwortet hatte.

Ihr kleiner Bruder hatte den Krieg zwar überlebt, aber er war nicht unbeschadet aus diesen Untergrundkämpfen hervorgegangen. Diese fremde Frau war eine Bedrohung für François, der unter seiner scheinbaren Sorglosigkeit eine Verletzlichkeit verbarg, die nur Élise erahnte. Obwohl Vincent immer der Schüchternere der beiden Brüder gewesen war, hätte er es vielleicht besser ertragen, von einer Frau verraten zu werden. Ganz anders François. Er war einer der Seiltänzer, die über den Abgründen des Lebens balancierten.

»Sie ist nicht gerade dein Liebling«, bemerkte Gabriel spöttisch. Er hatte sie schon eine ganze Weile aufmerksam angesehen.

»Woher weißt du das?«

»Du siehst aus, als hättest du in eine Zitrone gebissen.«

Élise leerte ihr Weinglas in einem Zug und stellte das Glas hart auf den Tisch zurück. Vincents Uhr rutschte um ihr Handgelenk und stieß auf die Tischplatte. Mit zusammengekniffenen Lippen starrte sie Gabriel an.

»Ich habe mein Leben lang über François gewacht und ihn beschützt. Und so ein kleines Luder wie diese Livia Grandi mit ihren Kuhaugen und ihren wiegenden Hüften wird mir nicht kaputtmachen, was ich mit so viel Geduld und Mühe aufgebaut habe.«

Andreas sah noch einmal auf die Uhr. Sie hatte schon eine Stunde Verspätung …

Er zündete eine Zigarette an und rauchte sie in nervösen kurzen Zügen. An die Fensterlaibung gelehnt, betrachtete er die Dächer. Er erstickte zwischen diesen engen Mauern, aber er wagte das Zimmer nicht zu verlassen, um unten einen Kaffee zu trinken, er hatte zu viel Angst, sie zu verpassen. Sein zerbeulter alter Koffer lag verschlossen auf einem Stuhl. Er verließ das Zimmer, wie er es vorgefunden hatte: anonym und kalt. Ein Durchgangszimmer, ein Einschub. Und doch würde auf immer ein Teil von ihm in dieser Mansarde unter dem Himmel Lothringens zurückbleiben.

In einer halben Stunde ging der Zug nach Frankfurt. Von dort aus ginge es über München nach Kaufbeuren-Hart. Lillis Brief war kurz und klar gewesen. Hanna hatte eine schwere Blinddarmoperation wie durch ein Wunder überlebt. Dabei war eine Anomalie am Darm festgestellt worden. Man würde eine zweite, schwierige und vor allem kostspielige Operation wagen müssen, sonst würde sie nicht mehr lange leben.

»Bitte komm sofort zurück, ich flehe dich an! Wir brauchen dich …«, hatte Lilli hingekritzelt, die Angst hatte ihre rundliche Schulmädchenschrift verzerrt. Als er diese Worte gelesen hatte, waren ihm die Schuldgefühle schwer auf die Schultern gefallen. Es war, als wären Hannas Leiden die Strafe für seine allzu lange

Abwesenheit. Denn eine verheiratete Frau war ihm wichtiger gewesen als das Wohl seiner Schwester und seiner Cousine.

Er hatte die ganze Nacht kein Auge zugetan. Seine Bitterkeit schien langsam in sein Blut zu tropfen und es zu vergiften. Er hatte seinen ganzen in den *Cristalleries* verdienten Lohn gespart und nur einen kleinen Teil für Unterkunft und Essen hier in Metz ausgegeben, dennoch würde das Geld nicht reichen, um Hanna zu retten.

Als er Simonet angerufen und ihn gebeten hatte, die Vasen zu verkaufen und ihm seinen Anteil auszuzahlen, hatte dieser ihm bedauernd erklärt, wertvoll würden die Stücke erst, nachdem sie auf einer Weltausstellung ausgestellt worden seien, und das stehe noch nicht an. Andreas hatte ihm traurigen Herzens recht geben müssen: Es nutzte nichts, wenn man sie verschleuderte, und zudem konnten weder Simonet noch er frei darüber verfügen, sie gehörten der Manufaktur.

Er drückte seine Zigarette an der Außenwand aus und warf sie in den Hof. Er sah sich noch einmal im Zimmer um, dann schlug er den Kragen seines verschlissenen Mantels hoch und griff nach seinem Koffer.

An der Rezeption gab er den Schlüssel ab und bat den Hotelier um einen Bogen Papier und eine Briefmarke. Dann schrieb er Livia hastig ein paar Zeilen, damit sie bloß nicht glaubte, er habe sich einfach so davongemacht, ohne ihr Bescheid zu sagen. Er warf den Brief in einen Briefkasten, dann machte er sich auf den Weg zum Bahnhof.

Früher hatte er geglaubt, er werde nie wieder etwas vom Schicksal erhoffen oder verlangen, wenn er nur lebend aus dem Krieg zurückkäme. Doch seitdem er Livia in den Armen gehalten hatte, war ihm klar geworden, dass er sich getäuscht hatte. Seine Heimat, sein Elternhaus, seine Werkstatt, seine ganze glückliche Jugend in den Wäldern des Isergebirges hatten ihm nicht dieses Gefühl von Absolutheit vermitteln können. Es hatte des Atems dieser Venezianerin auf seiner Haut bedurft, ihrer Lippen und ihrer Unbezwinglichkeit, um ihm das Begehren wiederzugeben.

Zwischen ihnen hatte es nicht die zärtlichen Worte gegeben, die sich die Liebenden zuflüstern, als wollten sie das Schicksal beschwören, Worte, die erstickten Schreien gleichen. Sie hatten im Augenblick gelebt, weil sie wussten, dass sie nicht Herren über ihre Zukunft waren.

Doch wer Gefühle akzeptiert, muss auch dem Schmerz begegnen. Wenn er sie in seinen Armen liegen sah, wusste er, dass all dies nur eine Schimäre war, dass er Augenblicke der Gnade stahl, die ihm nicht gehörten. Er hatte keinerlei Recht auf diese Frau, und ob verheiratet oder nicht, sie würde ihm nie Rechte gewähren.

Voller Stolz hatte Andreas gedacht, dass es gerade diese Freiheit des Geistes war, die ihn so an ihr faszinierte, und dass er sich nichts anderes wünschte. Doch jetzt, wo die Stunde des Abschieds schlug, schien ihm die Wahrheit mit einem Mal viel einfacher, und er musste zumindest den Mut aufbringen, ihr ins Gesicht zu sehen: Er liebte Livia Grandi, und er würde sie verlieren.

Kaufbeuren-Hart, Juni 1948

Hanna steckte die Libelle an ihr Revers und rückte sie vor dem Spiegel zurecht. Sie war durchaus zufrieden mit der Wirkung. In den langen Wochen ihrer Bettlägerigkeit hatte sie weiterzuarbeiten versucht und Glasperlen sortiert. Eines Tages hatte sie, der monotonen Bewegungen überdrüssig, ihrer Phantasie freien Lauf gelassen, und dabei war ein kurios bunter Schmetterling mit übergroßen Flügeln entstanden. Lilli war, als sie am Abend jenes Tages zurückgekommen war, in Begeisterung ausgebrochen.

Seither bastelte Hanna alle möglichen zarten Insektenwesen: Schmetterlinge, Bienen, Marienkäfer, glückbringende Skarabäen … Da es oft am Material fehlte, wurden ihre Schöpfungen immer spinnenbeiniger, luftiger und filigraner.

Viel konnte sie nicht herstellen, denn sie war immer noch sehr schwach, aber ihre Schmuckstücke fanden Anklang. Anfangs hatte sie ihren Freund Gert Handler um Rat gefragt, der für die Beschaffung der einzelnen Glas- und Metallbestandteile zur Herstellung des Modeschmucks zuständig war und im alten Gablonz eine wichtige Rolle gespielt hatte.

In Böhmen hatten die Handwerker sehr miteinander in Konkurrenz gestanden und sich daher auch stark spezialisiert: sei es auf preiswerten oder luxuriöseren Schmuck, auf Ringe, auf Lüsterbehänge oder auf für den Export bestimmte emaillierte Perlen. Dabei hatte es immer einen unumstößlichen Grundsatz gegeben: Unter den Rivalen herrschten Anstand und Loyalität. Und jetzt, wo sie ganz von vorn anfangen mussten, war ihre Solidarität umso stärker.

Ihr Erfolg sorgte übrigens für einiges Erstaunen, in einer Zeitung war sogar von einem »kleinen Wirtschaftswunder« die Rede. Nachdem die Bayern die Neuankömmlinge aus Böhmen so lange kritisch beäugt hatten, wollte der Ministerpräsident von Schleswig-Holstein in seinem Land ein vergleichbares Modell verwirklichen.

Hanna schob die Schachtel, in der sie ihre Lieblingsmodelle aufbewahrte, unters Bett. Zu ihren Stammkunden zählten einige amerikanische Offiziere, die bei ihr Geschenke für ihre in den Vereinigten Staaten gebliebenen Ehefrauen und Mütter kauften. Doch sie war Andreas' Rat gefolgt und hatte die jüngsten und originellsten ihrer Kreationen für sich behalten.

Seit einigen Monaten lebten sie alle unter einem Damoklesschwert: Deutschland wollte eine neue Währung einführen, um die mit der Mangelwirtschaft einhergehende Inflation und den Schwarzhandel zu beenden. Es wäre dumm gewesen, Schmuckstücke gegen alte Reichsmark zu verkaufen, die bald ohnehin keinen Wert mehr haben würde. Es war, als hielten die Deutschen in den drei westlichen Besatzungszonen besorgt den Atem an.

»Bist du fertig?«, rief Andreas hinter der Tür. »Wir dürfen nicht zu spät kommen.«

»Du kannst hereinkommen, ich steh hier nicht im Nachthemd«, sagte sie und überprüfte noch einmal ihre Kleidung.

Sie hatte so sehr abgenommen, dass sie ihr Kleid in der Taille zweimal hatte enger machen müssen. Ihre Haut war durchscheinend geworden, und der Glanz ihrer Augen wurde von tiefen, bläulichen Schatten betont.

Ihr Bruder stand jetzt in der Tür. Ernst musterte er sie von Kopf bis Fuß, dann forschte sein Blick in ihrem Gesicht nach Anzeichen von Müdigkeit. Hanna runzelte die Stirn. Sie hasste es, wenn Andreas sie ansah, als drohe sie im nächsten Augenblick ohnmächtig zu werden. Na schön, sie war sehr krank gewesen. Und fast gestorben. Aber sie war doch schließlich noch da, oder?

Noch einige Monate zuvor hatte sie unter seiner Abwesenheit gelitten und ihm vorgeworfen, sich nicht genug um sie zu kümmern, um Lilli, Inge und sie selbst. Doch jetzt reagierte sie gereizt auf seine allzu große Fürsorglichkeit. Manchmal hatte sie den Eindruck, ihr Bruder wolle etwas wiedergutmachen.

»Na, bin ich so hübsch genug, um an deinem Arm eine Kirche zu betreten?«, scherzte sie und drehte sich einmal um die eigene Achse.

»Du siehst wunderbar aus«, sagte er ernst.

»Was mir noch fehlt, ist ein Hut, aber da ich partout keinen finden konnte, der meinen Ansprüchen genügen konnte, habe ich mich für Blumen entschieden.«

Sie zeigte ihm ihre blonden Zöpfe, in die sie, passend zu ihrem blauen Kleid, Wiesenblumen geflochten hatte.

»Du wirst die Schönste sein, Hanna.«

»Red keinen Unsinn! Bei einer Hochzeit ist niemand schöner als die Braut! Auch das hässlichste Mädchen auf Erden wird von einer Art Heiligenschein umstrahlt. Ich glaube, das nennt man Liebe«, spottete sie und ging an ihm vorüber.

»Liebe … Gewiss.«

Draußen reichte er ihr den Arm, und sie gingen langsam Richtung Kirche. Man hatte Hanna dazu überredet, sich bis zum letzten Augenblick auszuruhen, damit sie nicht zu müde für das Mittagessen wäre. Die kleine Inge durfte Blumen streuen, und Andreas hatte sie in die Obhut einer Nachbarin gegeben, weil sie gar zu zappelig war vor Aufregung.

Vor den Baracken trocknete Wäsche in der Sonne, und in den mit Bindfaden ausgerichteten Saatreihen in den Gemüsegärten kündigten hellgrüne Sprösslinge eine gute Ernte an. Durch die offenen Haustüren hörte man Hämmern oder das Surren einer Maschine. Eine junge Frau saß auf der Wiese und sortierte durchsichtige Knöpfe, indem sie sie durch ihre Finger gleiten ließ.

Es war ein schöner Junivormittag, und Hanna genoss die leichte Brise auf ihrem Gesicht. Seit ihrer Entlassung aus dem Krankenhaus hatte sie das Gefühl, die Welt deutlicher wahrzunehmen, so als hätte jemand mit einem Pinsel die Konturen nachgezogen. Von den Wochen der Krankheit hatte sie nur eine diffuse Erinnerung zurückbehalten. Die Schmerzen waren so heftig, so furchtbar gewesen, dass sie sehr viel Zeit in einem komatösen Dämmerzustand verbracht hatte.

Sie hatte sich mit dem gleißenden Leiden abgefunden, das in ihren Adern pochte, sie hatte gelernt, mit diesem heimtückischen, aber treuen Freund zu leben. Angst und Schmerz hatten ihren Körper und ihren Geist unablässig gequält. Rachegötter hatten sie in eine irdische Hölle geworfen, und sie hatte nicht den Mut aufgebracht, daraus zu fliehen.

Als sie den Chirurgen zum ersten Mal gesehen hatte, war er ihr wie ein Geier erschienen. Ein geisterhaftes Gesicht in einem kahlen Schädel, der über einem Stelzvogelkörper mit gekrümmten Schultern schwebte.

Als sie eines Abends die Augen aufschlug, saß er an ihrem Bett. Seine kundigen Hände lagen geöffnet auf seinen Knien. »Den körperlichen Schmerz kann ich Ihnen nehmen, Fräulein Wolf, aber den anderen, den kann niemand anders als Sie überwinden, und Sie müssen es allein tun.« Dann war er gegangen, ohne ihr Zeit für eine Antwort zu lassen. Sie hatte seine Äußerung deplatziert, fast beleidigend gefunden, am liebsten wäre sie aufgestanden, um ihm zu sagen, dass ihr niemand Moralpredigten zu halten habe. An jenem Abend hatte sie nach langer Zeit wieder echten Zorn empfunden.

Sie sah ihren Bruder von der Seite an. Sein Anzug glänzte an den Schultern und Ellbogen, aber er hatte sich eine Blume ins Knopfloch gesteckt und sah damit aus wie ein englischer Gentleman. Er wirkte besorgt, doch sie konnte sich ohnehin nur noch dunkel an Zeiten erinnern, in denen Andreas' Züge nicht angespannt gewirkt hatten.

»Du bist ziemlich still heute«, sagte sie.

»Ach, das hat nichts zu sagen. Es liegt an Wilfried. Er war gestern Abend so aufgeregt, dass er mich bis drei Uhr morgens wachgehalten hat.«

»Ich hoffe, Lilli begeht mit dieser Ehe keinen Fehler. Ich glaube, sie hat mit Gott einen Pakt geschlossen und ihm alles Mögliche versprochen, damit ich die Operation überlebe. Die meisten dieser Versprechen wird sie nicht halten, aber von der Heirat mit Wilfried lässt sie nicht ab.«

Andreas dachte an den endlos langen Marsch durch die Sümpfe und Roggenfelder zurück, den er mit dem jungen Soldaten durchgestanden hatte, und an die Nächte, in denen sie vor Kälte schlotternd in den Wäldern saßen und ihre Mägen so leer waren, dass es sich anfühlte, als nage ein Tier von innen daran. Er sah Wilfried wieder an seiner Seite liegen, mit völlig verdrecktem Gesicht, ein widerwärtig stinkender Lumpenhaufen. Und erinnerte sich an diesen Blick voller Hoffnung und Vertrauen, der ihn manchmal aufgebracht hatte. Dabei war das, was er bei Wilfried Horst für Naivität gehalten hatte, nur eine der Facetten seines Mutes.

»Er ist ein anständiger Junge«, sagte er. »Und das ist die Hauptsache, oder nicht?«

»Er bringt sie zum Lachen, das ist auch nicht unwichtig. Und er liebt sie. Er würde sich für sie in Stücke hacken lassen. Lilli braucht das Gefühl, geliebt zu werden. Sie hat zu wenig Selbstvertrauen, um darauf verzichten zu können.«

»Ich dachte immer, wir alle bräuchten Liebe«, gab Andreas ironisch zurück.

Plötzlich ertönte ein lauter Schrei, und eine kleine Gestalt in einem Kleidchen rannte auf sie zu. Andreas fühlte, wie seine Schwester zusammenzuckte. Sie zog ihren Arm aus seinem und blieb wie versteinert mitten auf dem Weg stehen. Auf ihrem bleichen, spitz gewordenen Gesicht lag eine Art Resignation.

Inge stürzte auf Hanna zu, die braunen Locken flogen um ihr Gesichtchen, ihr Sonntagskleid schlug um die Waden. Es griff ihm ans Herz, diesen ungestümen Lauf zu sehen, den Ausdruck überströmender Liebe zu einer Mutter, die nicht imstande war, diese Liebe zu erwidern.

Da Andreas sah, dass Hanna einige Schritte zurückwich, als hätte sie Angst, von ihrer Tochter umgestoßen zu werden, bückte er sich, fing das Kind in seinen Armen auf und ließ es hoch durch die Luft wirbeln. Die Kleine lachte hell auf und klammerte sich an seine Schultern.

»Wie hübsch du bist, Inge!«, rief er. »Wie eine Prinzessin …«

Er achtete darauf, dass seine Nichte, die ihn mit strahlenden

Augen ansah, seine Mundbewegungen auch verfolgen konnte. Sie hatten bemerkt, dass sie nicht gut hörte. Sie war nicht regelrecht taub, konnte aber manche Töne nicht richtig erkennen und nachahmen. Deshalb konnte sie nicht so gut sprechen wie die anderen Kinder, und manchmal wurde ihre Stimme unangenehm schrill, wenn sie ihre Worte herausstammelte.

Er stellte sie wieder auf die Füße und nahm sie bei der Hand.

Wilfried hastete auf sie zu, sein Krawattenknoten saß schief, in seinem Gesicht stand fiebrige Nervosität.

»Haben Sie die Ringe, Herr Oberleutnant?«, rief er.

»Wenn Du mich noch einmal ›Herr Oberleutnant‹ nennst, bekommst du gleich keine Ringe, sondern eine kräftige Abreibung!«

Wilfried tupfte sich die Stirn ab.

»Entschuldigt, ich bin so aufgeregt ...«

Hanna zupfte ihm resolut den weißen Hemdenkragen zurecht, klopfte den Staub vom Revers der Trachtenjacke mit den Hirschhornknöpfen und nahm dann seinen Arm.

»Beruhige dich, Wilfried«, sagte sie und lächelte ihm aufmunternd zu. »Es wird schon alles klappen. Und jetzt komm, wir gehen zu einer Hochzeit. Das Leben ist schön. Und wir wollen es genießen.«

»Aber ja, du hast recht, das müssen ...«

»Halt die Klappe, Wilfried«, unterbrach ihn Andreas.

»Ja, Herr Oberleutnant.«

Für das Hochzeitsessen hatte Hanna das Gasthaus von Rudolf Wundrak ausgesucht. Seine Frau und er waren Meister darin, mit einem Minimum an Lebensmittelkarten ganze Festmähler zu zaubern. Sie hatten nicht genug Teller, deshalb musste zwischendurch gespült werden, und jeder brachte sein eigenes Besteck mit. Lilli hatte darauf bestanden, dass Räucherwurst serviert würde, und sie hatte tatsächlich denselben würzigen Geschmack wie damals in Böhmen. Das Dessert, eine phantastische, mit Zuckerrosen verzierte Schokoladentorte, hatte Konditormeister Posselt geliefert.

»Auf dein Wohl!«, sagte Andreas und stieß mit Gert Handler an.

»Lang sollen sie leben, die Brautleute!«, antwortete der alte Herr und hob die Kaffeetasse, in der man den vom Gastwirt selbst gebrannten Schnaps servierte.

Andreas nickte zufrieden und genoss den fruchtig schmeckenden klaren Obstbrand. Aus dem Augenwinkel beobachtete er Wilfried, der Lillis Hand gar nicht mehr losließ. Aus seinem Blick sprach ein solches Glück, dass Andreas etwas wie Verstörung empfand. Ich werde sentimental, dachte er. Und schon stand sie vor seinem geistigen Auge, er sah ihre hellen Augen, die tanzenden Handbewegungen, als wolle sie den Himmel einfangen, er hörte ihre sinnliche, raue Stimme. Die Erinnerung schmerzte tief.

»Ab morgen werden wir wohl ganz anders anstoßen.« Handler betrachtete nachdenklich den Boden seiner Tasse. »Wir Sudeten haben keinerlei Kapital, wir werden mit dem auskommen müssen, was man uns pro Nase zuteilt, und das ist nicht viel, soweit ich gehört habe.«

Andreas knöpfte seinen Hemdkragen auf. Auch er freute sich nicht sonderlich auf Sonntag, den 20. Juni.

»Für sechzig Reichsmark werden wir vierzig neue Mark bekommen. Die verbleibenden zwanzig sollen in einem Monat verteilt werden, heißt es.«

»Außerdem wollen sie die Hälfte der Sparkonten blockieren«, schimpfte Handler. »Glaub mir, das wird eine Katastrophe. Du hast doch selbst gesehen, dass es schon seit Monaten nichts mehr zu kaufen gibt in den Geschäften. Die Waren bleiben in den Kartons. Und Montagmorgen wird wie durch ein Wunder alles in den Regalen liegen, all die Sachen, die man nur noch auf dem Schwarzmarkt bekam. Bloß wir, wir werden von alledem nichts kaufen können, weil wir nichts haben.«

Andreas war ihm ein wenig böse, dass er ihm so den schönen Ausklang des Nachmittags verdarb, wo es ihm selbst gerade gelungen war, seine Sorgen wenigstens für ein paar Stunden auszublenden, auch wenn er Handlers Befürchtungen teilte. Die

Währungsreform war nötig, damit das Land auf einer neuen Grundlage von vorn anfangen konnte, doch was die Gablonzer in Kaufbeuren aufgebaut hatten, geriet nun in Gefahr und konnte schlimmstenfalls vernichtet werden. Unter den neuen finanziellen Bedingungen würden ihre Ersparnisse dahinschmelzen wie Schnee in der Sonne, dabei brauchten sie ihr Geld dringend, um neue Maschinen und weiteres Rohmaterial zu kaufen, wenn sie ihre Produktion ausbauen wollten. Hinzu kam, dass die Flüchtlinge nicht für den täglichen Bedarf produzierten: Wie sollten sie ihre Schmuckstücke absetzen, wenn die Deutschen ihr Geld allzu sehr zusammenhielten?

Seine Schultern verkrampften sich, er hatte das Gefühl, ein eisernes Joch laste auf seinem Nacken. Er sah Hanna an. Sie saß neben Lilli und lauschte Wilfried, der den beiden eine Anekdote erzählte. Einige Strähnen hatten sich aus ihrem Knoten gelöst, sie sah aus wie ein junges Mädchen. Auf ihrem Schoß schlief Inge, völlig erschöpft von dem aufregenden Fest, und ihr weißes Kleidchen war mit Schokoladenflecken übersät.

Seine Schwester kam wieder zu Kräften, das schon, aber ihr ätherisches Aussehen machte ihm immer noch Angst. Das Leid hatte einen durchsichtigen Panzer um sie geschaffen, der sie von ihrer Umwelt trennte, und er wollte den Spalt finden, durch den man ihr vielleicht wieder etwas wie Lebensfreude vermitteln könnte.

»Meiner Meinung nach gibt es wenigstens eine, die ihren Weg machen wird, ganz gleich, was kommt«, beendete Handler sein Klagelied, seine Augen waren Andreas' Blick gefolgt.

»Lilli hat das Leben noch vor sich. Und sie hat den armen Wilfried fest an der Kandare.«

»Ich sprach von deiner Schwester.«

Andreas sah ihn erstaunt an.

»Ich bin jetzt vierzig Jahre in dem Beruf und habe genug trügerische ›gute Ideen‹ gesehen. Du kannst mir also glauben, wenn ich dir sage, dass die Broschen deiner Schwester etwas ganz Besonderes sind. Jawohl, ich weiß, was ich sage«, fügte er noch bekräftigend hinzu und nahm einen ordentlichen Schluck aus seiner Schnapstasse.

Er beugte sich vor.

»Hanna muss unbedingt genug Material für ihre Arbeit bekommen, hörst du? Im Augenblick macht sie die Broschen aus praktisch nichts, aber das wird auf Dauer nicht reichen. Du musst sie mit diesen Leuten in Tirol in Kontakt bringen, in Wattens. Wie hießen sie noch?«

Er kratzte sich ratlos den Kopf.

»Sie kommen aus dem Isergebirge, genau wie wir. Nur sind sie schon im letzten Jahrhundert ausgewandert, diese Glückspilze. Was Perlen und geschnittene Kristalle angeht, sind sie die Besten.«

»Meinst du die Swarovskis?«

»Ja, genau!«

Andreas blickte zweifelnd in Gerts gerötetes, von einem weißen Schopf gekröntes Gesicht und fragte sich, ob der alte Herr nicht ein wenig tief in die Tasse geschaut habe.

»Du glaubst mir nicht!« Handler warf sich lachend in seinem Stuhl zurück. »Wir haben sie beide nicht, aber ich wette um tausend von diesen verdammten deutschen Mark mit dir, dass Hanna Wolf eines Tages in Paris und New York bekannt sein wird. Wenn man ihr nur das nötige Material verschafft …«

Im selben Augenblick legte Hanna den Kopf in den Nacken und brach in ein herzliches Lachen aus, das Andreas durch und durch ging. Dass seine kleine Schwester reich und berühmt, vor allem aber glücklich würde, wäre ihm weit mehr als lumpige tausend Mark wert gewesen, dafür hätte er zehn Jahre seines Lebens gegeben.

Er hob seine Tasse.

»Ich nehme die Wette an!«

Als sie aus dem Bahnhof trat, fühlte sich Livia eingeschüchtert wie ein Kind, das in ein Zimmer voller Erwachsener tritt.

Sie kniff die Augen zusammen, geblendet vom Licht, das auf den kleinen Wellen des Kanals funkelte. Zwei Gondeln wiegten sich im Kielwasser eines mit Kisten beladenen Transportboots, rings um sie hallte es von Stimmen und Schreien, es war wie das Feuerwerk zu Ehren des *Redentore*.

Sie holte tief Luft und atmete diesen speziellen Geruch nach Stein und fauligem Wasser, nach Schmutz und Abfall ein, diesen vom Duft eines irgendwo in einem Garten blühenden Jelängerjeliebers noch verschärften Modergeruch ein.

Unter dem hellblauen Himmel ihrer Kindheit schossen die Schwalben hin und her, und die Leute gingen ihren morgendlichen Pflichten nach: die Kinder zur Schule bringen, pünktlich im Büro erscheinen, einen Laden öffnen, Zeitungen an die Kioske verteilen, Blumen in Eimer stellen, Aale, Sardinen und Doraden in die Auslagen legen, Kunden empfangen, einen Ponton reparieren, Waren versandfertig machen, am Rialto fürs Mittagessen einkaufen …

Niemand kümmerte sich um sie. Dabei erschien ihr dieser Augenblick so bedeutsam, dass sie meinte, jeder hätte ihn würdigen, sich nach ihr umsehen und ihr voller Bewunderung applaudieren müssen, ihr, Livia Grandi, die in einem kirschroten Kostüm mit schwarzen Knöpfen, mit einem Organza-Turban auf dem Haar und einem Köfferchen in der Hand oben auf der Treppe stand.

Aber das Wunderbarste war wohl, dass sich gar nichts ereignete.

Es war acht Uhr morgens, an einem Junitag, der sich in nichts von anderen Junitagen unterschied, und niemand beachtete sie in Venedig, weil nichts, aber auch gar nichts Besonderes daran war, dass sie ihren rechtmäßigen Platz im Leben wieder einnahm, indem sie heimkehrte.

Ihr Herz wurde weit vor Freude, als sie leicht wie eine Feder die Stufen hinuntereilte, um das *vaporetto*, das abfahrbereit am Anleger tuckerte, zu erreichen.

Sie hatte niemanden in Murano über ihre Ankunft unterrichtet. Am hölzernen Anlegesteg lag kein Boot. Das Wasser schlug plätschernd gegen den Kai. Hin- und hergerissen zwischen Rührung und Angst stieß sie das schmiedeeiserne Gittertor auf, das wie immer nur angelehnt war. Als sie in den Hof trat, blieben die schmalen Absätze ihrer Schuhe zwischen den Pflastersteinen hängen, sie schwankte. In den Fugen wuchs überall Unkraut. Nichts war verändert, und doch war alles kaum merklich anders geworden. Sie stellte den Koffer neben dem Brunnen ab und zog die Handschuhe von den feuchten Händen.

In der Werkstatt war kein Mensch. Die Befeuerungsluken waren geschlossen, doch das Feuer leuchtete durch die Arbeitsöffnungen der Öfen. Auf den Fensterbänken waren Bierflaschen und leuchtend bunte dickwandige *goti* aufgereiht, die Gläser, die von den Glasmachern abends zum Spaß aus den Resten hergestellt wurden. Auf Zehenspitzen bewegte sie sich durch die Werkstatt, streichelte zart über den Marmor, auf dem die Glasmachermeister das aus dem Ofen geholte Glas märbelten, berührte die Pfeifen, die Zangen und Scheren und bückte sich, um eine Holzform geradezurücken.

Ich bin wieder zurück, dachte sie beglückt.

Und das Gefühl war so stark, der Ansturm der Liebe so heftig, dass sie sich mitten auf die *piazza* stellte und sich langsam zu drehen begann. Den Kopf im Nacken, breitete sie die Arme aus. Sie drehte sich immer schneller, die Haarnadeln rutschten aus dem Knoten, der Turban flog davon, ihr Haar befreite sich aus allen Zwängen und flog im Sonnenlicht, das durchs Fenster strömte. Das Blut klopfte ihr in den Schläfen, ihre Haut strahlte vor Glück.

Sie lachte, tanzte und wirbelte. So nahm sie ihre Welt wieder in Besitz und kehrte ins Leben zurück.

Als sie endlich atemlos und mit wild klopfendem Herzen stehen blieb, ballte sie die Hände mit einer Leidenschaft, die sie schon lange, schon seit Ewigkeiten nicht mehr empfunden hatte. Und seltsamerweise war es Élise, der sie das alles verdankte. Nie hätte sie gedacht, dass sie ihr eines Tages für etwas dankbar sein würde. Ihre den bösen Schwestern in den Märchen gleichende säuerliche Schwägerin hatte sich zu ihrer großen Verwunderung als wunderbare Verbündete entpuppt.

Vier Monate nach Marcos überraschendem Besuch hatte Livia einen Brief vom Notar ihres Großvaters erhalten, er teilte ihr mit, ihre Unterschrift sei für den Verkauf nicht mehr nötig, aber das Gesetz verpflichte ihn, ihr vom Verkauf Mitteilung zu machen. Als Livia erklärt hatte, sie müsse nach Murano zurück und dort ihre Angelegenheiten ordnen, war sie auf kategorische Ablehnung gefasst. Sie hatte sich schon für eine Auseinandersetzung mit Élise gewappnet, die ihr sicher unwiderlegbare Argumente für ihr Bleiben in Metz aufzählen würde.

Während Élise ihr jedoch nur sehr aufmerksam zuhörte, war François aufgestanden und mit großen Schritten im Salon auf und ab gegangen. Seine Stirn war gerunzelt gewesen, die Stimme rau, fast als wäre er verletzt. Wie lang werde sie voraussichtlich in Venedig bleiben? Er konnte sie nicht begleiten, das Unternehmen Nagel war an mehreren Baustellen mit dem Einbau von Kirchenfenstern befasst. Ob diese Reise nicht aufschiebbar sei? Was könne es so Wichtiges geben? Und vor allem, warum habe sie Zaniers Dokument nicht unterschrieben?

Sie war zornig darüber gewesen, dass er sie nicht sofort verstanden hatte. Warum zwang er sie, sich vor ihm zu rechtfertigen? Livia fühlte sich wie auf der Anklagebank, als sie mit ihren Erklärungen begann, doch Élise hatte sie mit einer Handbewegung unterbrochen. »Ich glaube, wir müssen Livia nach Hause zurückkehren lassen. Für Sie ist das eine Frage der Pflicht, nicht wahr? Vielleicht sogar eine Frage der Ehre.« François' Proteste waren verhallt, wie auch sollte er sich dieser unerwarteten Allianz von Ehefrau und Schwester entgegenstellen?

Dann war da noch das Problem mit Carlo gewesen. Für Livia war es natürlich nicht in Frage gekommen, das Kind zurückzulassen, doch Élise hatte darauf bestanden. Wozu sollte man den Jungen, der sich gerade von einer Röteln-Infektion erholte, unnötig strapazieren? In Metz wäre er bestens aufgehoben, gerade jetzt in der milden Jahreszeit. »Sie können ihn doch ein anderes Mal mitnehmen, warum nicht im Winter, wenn es hier so kalt ist?« Die Aussicht, nicht für den Rest ihres Lebens in Metz bleiben zu müssen, sondern auch auf weitere Aufenthalte in ihrer Heimat hoffen zu dürfen, hatte Livia überwältigt. Warum nur hatte sie nicht eher daran gedacht? Sie hatte noch kurz gezögert, doch dann hatte sie überlegt, dass sie Carlo durchaus auch einmal für knapp zwei Wochen allein lassen konnte, zumal es François zu beruhigen schien, dass ihr Sohn dableiben sollte. Sie hatte also nachgegeben, weil sie wieder ein wenig Heiterkeit in den gequälten Blick ihres Mannes bringen wollte.

Nervös klopfte sie an die Tür zum Büro, sie fragte sich, ob sie Flavio wieder am Schreibtisch schlafend vorfinden werde, doch der Raum war ebenso verlassen wie die Werkstatt. In der Luft lag ein Geruch nach Staub, Warten und Resignation.

Die Tafel an der Wand, auf der die Bestellungen notiert wurden, war leer. Die wenigen Anmerkungen mehrere Monate alt. Sie setzte sich in den alten Sessel, in dem ihr Großvater einst gesessen hatte, und streichelte über die Armlehnen, deren Lederbezug weich geworden war wie Butter. Sie versuchte, unter all den Büchern und Papieren auf dem Schreibtisch den Wochenplaner zu finden, vielleicht würde der ihr eine Erklärung liefern. Als sie ihn endlich aufgestöbert hatte und durch die Seiten blätterte, sah sie kaum eine Eintragung. Nur hin und wieder hatte Flavio mit Bleistift einen Termin notiert und daneben, wie sie stirnrunzelnd feststellte, Frauennamen hingekritzelt. Wenn nicht alle Muraneser Unternehmen inzwischen unter weiblicher Leitung standen, konnte es sich kaum um berufliche Termine handeln.

Unter dem aktuellen Datum war eine rot umrandete Eintragung: »*Zanier, 10 Uhr*«. Einige Augenblicke saß sie verdutzt da, immer wieder las sie die Worte, weigerte sich aber, sie zu verstehen, dann sprang sie auf.

Ihr Rock hinderte sie daran, am Rio dei Vetrai entlangzurennen, doch sie hastete über den Kai bis zu der Brücke, die sie nehmen musste, wenn sie zur Glashütte Zanier wollte, die auf der anderen Seite des Kanals dem Unternehmen ihrer eigenen Familie genau gegenüberlag.

»Livia, *bellissima,* da bist du ja wieder!«, ertönte plötzlich ein freudiger Ruf.

Sie stützte sich aufs Brückengeländer und winkte dem Mann zu, der in seinem Kahn stand, eine Hand am Ruder, die andere zu einer Triumphgeste erhoben.

»Ciao, Stefano! Hast du heute Morgen Flavio schon gesehen?«

»Nein, aber er kann nicht weit sein. Weiß er, dass du da bist?«

»Noch nicht, aber er wird es bald erfahren.«

Das Motorboot glitt unter die Brücke, und das Lachen des jungen Fischers hallte von den alten Steinwänden wider.

»Du hast uns gefehlt, Livia. Und du hast dich überhaupt nicht verändert. Du bist immer noch so schön, wenn du wütend wirst …«

Sie wich einem Boten mit Schirmmütze aus, der einen Handkarren hinter sich herzog, stemmte sich gegen die schwere Eingangstür der Zaniers und stürzte ins Treppenhaus.

»Signora, un attimo, prego!«, rief eine Frau, die ihr, die Arme voller Akten, entgegenkam.

Livia beachtete sie gar nicht. Im ersten Stock angekommen, ging sie entschlossenen Schritts auf die zweiflügelige Tür des Konferenzraums zu. Ein langer roter Teppich und die goldgerahmten Porträts der Glasmachermeister aus der Familie Zanier gaben dem Flur etwas Feierliches. Ihr Herz schlug wie wild. Wahrscheinlich sehe ich mit meinen hochroten Backen wie eine Verrückte aus, dachte sie. Sie zog ihre Kostümjacke zurecht und versuchte vergeblich, ihr Haar zu richten.

Die Türklinke rutschte ihr aus der Hand, der Türflügel schlug gegen die Wand. Die Männer, die unter dem riesigen Kronleuchter mit seinen verschlungenen Armen um den imposanten Mahagonitisch saßen, drehten sich in ein und derselben Bewegung zu ihr um. Es herrschte eine Art ersticktes Schweigen, das noch unterstrichen wurde von den Schreien der Möwen, die man durch die offenen Fenster über der Lagune kreisen sah.

Livia erkannte den Notar und einige langjährige Mitarbeiter der Zaniers. Alle sahen sie an, in ihren Mienen stand Überraschung und Missbilligung. Und dann sah sie Flavio.

Sein etwas zu langes, fettig wirkendes dunkelblondes Haar fiel ihm in die Stirn, sein Gesicht war von kränklicher Blässe, über die Wangen zog sich ein bläulicher Dreitagebart. Im offenen Hemdkragen trug er statt einer Krawatte einen zerknitterten Seidenschal. Das Leinenjackett hing an seiner abgemagerten Gestalt herunter. Die Augen in den angegriffenen Zügen brannten fiebrig.

Herrgott, dachte sie, er sieht aus wie ein Vagabund. Es gab ihr einen Stich.

Marco saß in der Haltung eines byzantinischen Kaisers unter dem Stammbaum der Zanier, natürlich leitete er die Sitzung. Er erhob sich langsam und mit geschwellter Brust. Livia konnte zwar seine Füße nicht sehen, aber sie nahm an, dass er sich auf die Zehenspitzen stellte. In seinem grauen Croisé-Anzug bildete er einen erschreckenden Gegensatz zu Flavio.

»Livia! So eine Überraschung!«, rief er in geheuchelter Freude. »Warum hast du uns nicht von deinem Kommen benachrichtigt? Wir hätten dich am Bahnhof abgeholt.«

»Du weißt doch, meine kleine Schwester ist eine Heimlichtuerin, sie lässt die anderen immer über ihre Absichten im Unklaren«, spottete Flavio und lehnte sich lässig in seinem Stuhl zurück. »Sie kommt und geht … Ungreifbar wie der Wind.«

Livia war so angespannt, dass sie den Puls im Hals schlagen fühlte. Sie hob das Kinn.

»Was macht ihr hier?«, fragte sie.

»Wir arbeiten«, gab Marco unfreundlich zurück. »Wenn du also nichts dagegen hast, verschieben wir das Wiedersehensfest auf später. Was meinst du, Gianni?«

Sofort sprang einer der Mitarbeiter auf wie ein Springteufelchen. Mit der kleinen Schildpattbrille und dem eng gezurrten Krawattenknoten wirkte er ein wenig musterschülerhaft.

»Signorina Grandi, würden Sie bitte in einem Nebenzimmer warten? Ich zeige Ihnen den Weg. Darf ich Ihnen etwas zu trinken anbieten, einen Kaffee vielleicht?«

Livia hob abwehrend die Hand und blitzte ihn zornig an, der junge Mann blieb etwas verblüfft stehen.

»Bleiben Sie, wo Sie sind. Ich habe eine Frage gestellt und erwarte eine Antwort. Flavio ...?«

Ihr Bruder zündete sich in aller Ruhe eine Zigarette an. Seine Finger waren gelb vom Nikotin, sie zitterten leicht. Livia fragte sich besorgt, ob er vielleicht zu trinken begonnen habe. Sie hatte ihren Bruder nie sonderlich geliebt, aber als sie ihn so in der Runde dieser arroganten Herren sah, die sich auf ihren Stühlen sichtlich wie Patrizier fühlten, erschien er ihr mit einem Mal so verletzlich, dass sie Mitgefühl empfand.

»Gut, hören wir also auf mit dem Geplänkel«, sagte er. »Ich werde jetzt den Vertrag unterzeichnen, mit dem die Glashütte Grandi verkauft wird, und du kannst mich nicht daran hindern. Das Gesetz ist auf meiner Seite.« Er zeigte auf den Notar.

»Das dürfte das Einzige sein, was auf deiner Seite ist, Flavio!«

Sie biss die Zähne zusammen, um nicht zu schreien. Sie musste sich unbedingt beherrschen. Sie würde sich nicht so weit erniedrigen und vor diesen Männern, die sie fasziniert beobachteten, eine Szene machen. Sie konnte sich schon ausmalen, was diese Leute ihren Familien beim Abendessen erzählen würden.

»Ich würde dich gern kurz unter vier Augen sprechen«, sagte sie.

Flavio nahm einen Füllfederhalter vom Tisch, schraubte die Kappe ab und wandte sich an Marco.

»Wo ist der Vertrag?«

Marco starrte Livia an, in seinen Augen stand Begehrlichkeit, um seinen Mund spielte ein amüsiertes Lächeln. Sie kannte ihn lange genug, sie las in seinen Gedanken wie in einem offenen Buch. Er wusste, nun saß sie in der Falle, und er kostete die Situation aus. Sie hatte ihn nicht heiraten wollen, und nun machte er ernst mit seiner Drohung. Seine befriedigte Machtgier ließ seine fleischigen Lippen glänzen und verlieh seinem Gesicht einen Ausdruck, von dem ihr übel wurde. Er schlug einen vor ihm liegenden Aktendeckel auf, nahm einige zusammengeheftete Blätter heraus und schob sie Flavio zu. Der halb überhebliche, halb mitleidige Blick, den er ihm dabei zuwarf, ging Livia durch und durch. Wie konnte sich ihr Bruder als Freund eines solchen Widerlings betrachten? Marco war niemandes Freund. Er war verschlagen und bösartig wie ein alter Geier.

»Warte!«, befahl sie.

Zornbebend öffnete sie ihre Handtasche und wühlte unbeholfen darin. Da sie nicht gleich fand, was sie suchte, schüttete sie den Inhalt aufgebracht auf den Boden. Taschenspiegel, Puderdose, Portemonnaie und Reisepass purzelten heraus. Sie fand das rote Büchlein und ging zu ihrem Bruder.

Der junge Mann, der sie hatte hinausführen wollen, wich einen Schritt zurück.

Sie knallte das rote Heft der Grandi auf die Papiere, die vor ihrem Bruder lagen. Aller Augen waren auf den fleckigen Einband gerichtet. Die Männer hielten den Atem an. Man konnte förmlich hören, wie sich die Zahnräder in ihren Gehirnen drehten.

Der Aberglaube der Muraneser Glaskünstler darf nicht unterschätzt werden. Hinter den roten Ziegelmauern ihrer Glashütten und unter dem Schutz ihrer hohen Kamine hatten sie sich den Ruf äußerster Geschäftstüchtigkeit erworben. Jahrhundertelang waren sie die Hätschelkinder der *Serenissima*, sie wurden beschützt und verwöhnt und erhielten sogar ein eigenes Münzrecht. Doch obgleich in ihren Genen eine Witterung für Geld und Erfolg verankert war, kannten sie auch Elend und Misserfolg. Misstrauisch, geschickt und schweigsam achteten sie die Traditionen ihrer Vorväter. Und es gab Dinge, an die man nicht rühren durfte, wenn man nicht einen Fluch auf sich ziehen wollte.

»Unser Großvater hat es mir auf seinem Totenbett anvertraut«, sagte Livia mit so rauer, sinnlicher und tiefer Stimme, dass sich alle Männer vorbeugten, um sie besser zu hören. »Er hatte Vertrauen zu mir, und ich habe mich an seinen letzten Willen gehalten. Und heute bitte ich dich in seinem Namen und im Namen unseres Ahnen, der sein Blut vergossen hat, um dieses Buch zu schützen, die Glashütte Grandi nicht zu verkaufen.«

Flavios Blick wurde vage, dann senkte er ihn auf das Büchlein. Livia sah, wie ihn ein Schauer überlief, und sein schmaler Hals erschien ihr mit einem Mal unerträglich zart. Der Silberknauf seines Stocks reflektierte das Sonnenlicht. Langsam und ehrerbietig streckte er eine Hand aus und streichelte über den ledernen Einband.

Sie dachte an Andreas' Hände, an die Wunden, die seinen Körper gezeichnet hatten, an seinen abwesenden Blick, wenn er, manchmal, vom Krieg gesprochen hatte. Flavio war gebrochen von der Front zurückgekehrt, aus diesem erbarmungslosen Russland, über das sie nichts wusste, und damals hatte sie ihn nicht verstanden. Zwei Jahre zuvor hatte sie weder die Geduld noch die Weisheit aufgebracht, ihm zuzuhören. Plötzlich fragte sie sich, von Kummer überwältigt, ob nicht alles ihre Schuld sei.

Wenn sie sich die Zeit genommen hätte, ihren Bruder zu verstehen, wenn sie weniger impulsiv und trotzig gewesen wäre, wäre sie nicht zu François ins Hotel gegangen, wäre sie nicht schwanger geworden, und dann hätte sie jetzt nicht in diesem prachtvollen Büro der Zaniers gestanden, um ihr Herz vor diesen Männern zu entblößen, die sie mit Blicken verschlangen.

Sie sah durchs Fenster auf die weite blaue Lagune, aus der hier und da die dunklen Holzpfosten der *bricole*, der Markierungen der schiffbaren Wege, ragten. Hinter der Wasserfläche waren die Campanile, die roten Ziegeldächer, die Kamine und die in der Luft schwebenden, sonnengebleichten Holzterrassen der Stadt zu erahnen. Ich bin nicht mehr dieselbe, dachte sie fast furchtsam.

Sie war ins Exil gegangen, in eine Stadt des Nordens, die sich von ihrer Heimatstadt so sehr unterschied, eine französische Garnisonsstadt in florentinischen Farben, die ihr Zuflucht geboten hatte, als sie nicht darauf gefasst gewesen war. Sie dachte an diese eindrucksvolle Stadt zurück, in der sie ihren Sohn zur Welt gebracht hatte, an die Häuser, die ebenso alt waren wie die venezianischen Paläste, an diese jahrhundertealte Stadt, in der Karl der Große seine Frau beerdigt hatte und in der sie selbst einen merkwürdigen Frieden gefunden hatte.

Und doch hatte sie in all den schlaflosen Nächten neben ihrem schlafenden Mann begriffen, dass sie ohne das Feuer und ohne das *cristallo* nicht leben konnte. Sie hatte den körperlichen Rausch kennengelernt, das Begehren, das gefährliche Gift von Betrug und Ehebruch, und sie hatte ein Kind geboren. All diese tiefen Wunden, diese geheimen und schwerwiegenden Verletzungen hatten aus ihr diese Frau gemacht, die nun mit dem Mut der Verzweiflung ein letztes Mal um ihr Erbe kämpfte. Und sie dachte, eine Spur erstaunt, dass sie trotz alledem noch nicht die Liebe kennengelernt hatte, und es traf sie wie ein Pfeil ins Herz.

Was war noch übrig von den Grandi? Mein Gott, sie waren ja nichts mehr … Eine der Verwahrlosung überlassene Glashütte, ein Name, der seit Jahrhunderten im Goldenen Buch von Murano stand und keine Bewunderung mehr hervorrief, sondern Mitleid, einige ruhmreiche Erinnerungsstücke, die man in den Vitrinen des Glasmuseums, in den Sälen des Palazzo Giustinian, besichtigen konnte, und ein Bruder und eine Schwester, beide Wirrköpfe und fast verrückt vor Zorn und Kummer, die jetzt zu Bettlern geworden waren und sich unter den gierigen Blicken ihrer Rivalen stritten.

Es lastete schwer auf ihr, dass ihr Bruder nur noch ein Schatten seiner selbst war, dass er sich vor Marco Zanier hatte demütigen müssen, und sie fühlte sich schuldig, weil sie ihn in diese Zwangslage gebracht hatte.

Im Grunde ihres Herzens wusste Livia, dass es zu spät war. Dieses Mal war der Phönix tot. Selbst die schönsten Legenden hatten ein Ende. Bitterkeit und Gram erfüllten ihren Körper mit einem dumpfen Schmerz. Sie legte ihrem Bruder die Hand auf die Schulter, er erbebte bei dieser Berührung.

»Ich bitte dich um Verzeihung, Flavio«, sagte sie leise.

Sie hob den Blick zu Marco Zanier, der immer noch stand, und sie maßen sich lange Sekunden und ohne ein Wort zu sagen. Sie betete zum Himmel, dass sie nicht in Tränen ausbrechen, dass sie ihre Würde bewahren würde.

»Du wirst mich entschuldigen müssen, Marco«, sagte Flavio und räusperte sich. »Und auch Sie, meine Herren, dafür, dass ich Sie umsonst bemüht habe, aber die Glashütte Grandi steht nicht mehr zum Verkauf.«

Er stand mühsam auf und stützte sich einen Augenblick lang auf die Tischplatte. Dann nahm er das Büchlein in die eine und seinen Stock in die andere Hand. Zum ersten Mal in ihrem Leben sah Livia in den gleichmütigen graublauen Augen, die ihren eigenen so sehr glichen, einen Stolz, der sie wieder hoffen ließ.

»Marco, meine Herren, ich wünsche Ihnen einen guten Tag.«

Er neigte grüßend den Kopf und entfernte sich dann in seinem grazilen Gang eines verwundeten Mannes. Sie sah ihm nach, bevor sie ihm folgte.

Einige Wochen später lehnte Livia von innen an der Tür der »Giftkammer«, wo die Rohstoffe für die Herstellung des Gemenges gelagert wurden. Wie auch sonst immer hatte sie sich vergewissert, dass die Entlüftung reibungslos funktionierte. Es musste unbedingt vermieden werden, dass Soda-, Quarz- oder Kalziumkarbonatpartikel in die Außenluft abgegeben wurden. Auch die Stoffe, mit denen das Glas gefärbt oder undurchsichtig gemacht wurde, konnten die Arbeiter gefährden, die mit der Herstellung der Mischung betraut waren. Das fertige Gemenge wurde in die Schmelztiegel gefüllt, bevor es in die Öfen kam.

Sie beobachtete Tino, der die Mischung des *chiaroscuro*-Glases peinlich genau prüfte. Der Glasmachermeister hatte darauf bestanden, sie selbst herzustellen, damit das Geheimrezept nicht in die falschen Hände käme, und den sonst dafür zuständigen Arbeiter aus der Kammer verbannt.

Flavio war außer Tino und Livia der Einzige, der die Formel kannte, aber er hatte behauptet, sie sei für ihn ebenso verständlich wie Chinesisch. Livia hatte seine Lässigkeit aufreizend gefunden, und sie hatte die Zähne zusammenbeißen müssen, um ihn nicht scharf zurechtzuweisen. Zwar verstand sie sich jetzt besser mit ihm, aber ihre Meinungsverschiedenheiten führten immer noch zu Zornesausbrüchen, die für beide sehr anstrengend waren. Wie zum Teufel konnte er diesen wenigen Zeilen eines Vorfahren gegenüber so gleichgültig bleiben? Immerhin hatte dieser Vorfahr eine Mischung erfunden, die in der ganzen Welt berühmt war!

»Genau wie bei einem Diamanten«, hatte Tino fasziniert erklärt. »Der Glanz entsteht nicht, wie häufig angenommen wird, durch eine Reflektierung des Lichts auf dem Edelstein, sondern durch einen Prozess, den das Licht im Innern des Diamanten durchmacht. Das also ist das Geheimnis der Grandi … Das Licht dringt in dieses *cristallo* ein und wird von ihm verändert.«

Flavio hatte Tino mit großen Augen angesehen, aber Livia hatte sofort verstanden. Der Vorgang war einfach, aber schwer zu bewerkstelligen. Zudem konnte das Wunder des *chiaroscuro* nur entstehen, wenn das geblasene Glas die idealen Proportionen hatte. Der Glasmachermeister musste erahnen, wie das Licht reagieren würde, wenn es aufs Glas fiele, deshalb hatten die hochgefußten Kelche Schalen in Form von sich öffnenden Rosenblütenblättern gehabt.

Tino hatte die einzelnen Bestandteile sorgsam abgewogen, bevor er sie im Mörser zerstoßen und gemischt hatte, um eine homogene Textur zu erhalten. Vorsichtig schüttete er die Mischung in den *albuol*.

»Zufrieden?«, fragte sie, als er immer noch in den Behälter zu seinen Füßen starrte.

»Ich denke, so ist es gut«, sagte er leise, und sie staunte darüber, dass dieser lebhafte Mensch jetzt so demütig wirkte, als habe er gerade eine Kathedrale betreten. »Wir müssen noch das

Glaspulver hinzugeben«, knurrte er, anscheinend war ihm seine Rührung peinlich.

Livia ging zu den Kisten mit den bunten Glasscherben, die aus Fehlversuchen stammten.

»In welcher Farbe willst du es haben?«, fragte Tino.

»Rot natürlich. Die Grundfarbe des ersten *chiaroscuro*-Kelchs aus dem Hause Grandi wird Rubinrot sein, Rot wie das Feuer … Rot wie die Leidenschaft«, fügte sie seufzend hinzu.

Die Kleine versuchte es zu verbergen, aber Tino sah deutlich, dass sie Kummer hatte. Er empfand Zorn. Gott allein wusste, was ihr in diesem barbarischen Land zugestoßen war, fern von der Heimat und ohne einen Menschen, der auf sie aufpasste. Als sie damals von einem Tag auf den anderen verschwunden war, hatte er in seinem Schmerz einen seiner berühmten Wutanfälle gehabt, er hatte geschrien vor Angst um dieses junge Mädchen und auch vor Demütigung, weil sie ihm die Gründe für diese Fahnenflucht nicht ins Gesicht zu sagen gewagt hatte. Er hatte sie verloren geglaubt, weil sie sich von ihren Wurzeln getrennt hatte, von Murano, wo sie geboren war und das sie im Blut hatte.

Er dachte an das stumme kleine Mädchen zurück, das nach dem Tod seiner Eltern durch die Werkstatt gegeistert war, an ihr reines Leid, so klar, dass man sie aus Angst, sie könne zerbrechen, nicht in die Arme zu nehmen gewagt hatte, an ihr Schweigen, das sie alle eingeschüchtert hatte und das nur ihr Großvater Alvise zu bändigen vermocht hatte.

Und jetzt hatte sie ein *bambino*, einen Sohn, den sie wohl dort gelassen hatte, was Tino nicht gut fand, und er sah die Ratlosigkeit in ihren Augen, wenn sie umherirrte wie eine ruhelose Seele, abends, wenn die Dämmerung die Türme in ihr goldbraunes Licht hüllte, die alten Steine erwärmte und zu langen Spaziergängen auf den Kais einlud. Doch was sollte man tun?

Einige der Bestandteile waren in der schwierigen Nachkriegszeit kaum aufzutreiben gewesen. Sie hatten mit vielen Zulieferern telefoniert, und alles Geld zusammengekratzt, um sie zu kaufen. Und jetzt musste es ihnen gelingen, an die früheren Erfolge der

Grandi anzuknüpfen. Es war ihre einzige Chance, dem Haus des Phönix noch eine Wiedergeburt zu ermöglichen.

Ein Frösteln lief ihm über den Rücken. Auf den Schultern der jungen Livia Grandi lastete eine schwere Verantwortung. Gerade maß sie das zermahlene Glas ab. Die aufgekrempelten Ärmel des Männerhemds ließen ihre schmalen Arme sehen, die Hose aus grobem Tuch fiel auf schwere Schuhe. Zwar wirkten das ungeschickt aufgesteckte Haar und das ungeschminkte Gesicht jungmädchenhaft, doch der entschlossene Blick und ihre Stärke waren die einer erwachsenen Frau.

Flavio konnte ihr nicht das Wasser reichen. Es fehlte ihm an Erfahrung und an Fachkenntnissen; und vor allem fehlte ihm das innere Feuer. Sie waren nur zu zweit bei diesem Wagnis. Livia, die Anstifterin, die geborene Künstlerin, die mit ihrem Talent die Inspiration gab, ein ungeschliffener Edelstein, aus dem sicher einer der talentiertesten Künstler ihrer Zeit geworden wäre, wenn sie ein Mann gewesen wäre und das Glas hätte blasen dürfen. Sie und nur sie allein würde das Kunstwerk ersinnen, das er, Tino »Lupo« Tomasini blasen würde. Sie allein würde das vollkommene Gleichgewicht finden und damit das Wunder des *chiaroscuro* Wirklichkeit werden lassen. Sie beide verkörperten die mythische Allianz von Phantasie und Talent, von Kunstfertigkeit und Technik, die aus den Glasmachermeistern, mochten sie nun aus Murano, Böhmen, Lothringen oder sonst woher stammen, die Erben einer der ältesten und edelsten Künste machte.

Livia wandte sich zu dem Riesen um, der ein rotes Halstuch um den massiven Nacken geknotet trug. Die unverhohlene Rührung in den Augen unter den buschigen Brauen überraschte sie. Noch nie hatte sie Tino so offen erlebt.

Sie berührte ihn am Unterarm.

»Wir schaffen es, Lupo.«

Er nickte, ein Kloß steckte ihm in der Kehle und hinderte ihn am Atmen.

Livia verließ den Raum und kehrte in die Werkstatt zurück, wo die Arbeiter, aufgereiht wie zu einer Parade, auf sie warteten. Erst mussten zwei Schmelzgänge durchgeführt, dann musste die Masse noch einmal erhitzt und langsam ein wenig abgekühlt werden, bevor Tino mit seinen Pfeifen ans Werk gehen konnte.

Doch Livia hatte es nicht eilig. Ein Glasmacher ist nicht Herr seiner Zeit. Er lauscht auf das Knistern und Singen des Glases während der stundenlangen Geburt im Ofen, dafür braucht er entschlossene Geduld, und er braucht Demut, um vielleicht Größe erreichen zu können.

Sie ging hinaus und bot ihr Gesicht und die nackten Arme der heißen, erbarmungslosen Sommersonne dar. Insekten summten zwischen den Kräutern, die Oleanderbüsche dufteten. Für das *cristallo* brachte sie alle Geduld der Welt auf, wenn sie das doch auch in ihrem ganzen Leben könnte …

Seine Abwesenheit schmerzte wie eine offene Wunde. Manchmal drehte sie sich jäh um, seinen Namen auf den Lippen, fest davon überzeugt, dass er da stehen würde, auf der Türschwelle, dass sie nur die Arme würde öffnen müssen, damit er sich hineinstürzte, und dann würde sie den kleinen Körper an sich drücken, ihr Gesicht an seinem Hals verstecken und wieder die wunderbare Einswerdung empfinden wie damals, als sie ihn in ihrem Leib trug. Doch wenn niemand im Türrahmen stand, nur Staubkörnchen in der Sonne tanzten, wenn ihr klar wurde, dass alles nur Einbildung gewesen war, dann überkam sie der Kummer wieder so heftig, dass sie schwankte, dass ihr der Atem stockte, weil diese Amputation so sehr schmerzte.

Sie konnte sich an jeden Zentimeter seiner Haut erinnern, an den Leberfleck auf seinem Rücken, an die transparenten Halbmonde an der Wurzel seiner Fingernägel, an sein seidiges Haar, an das Muttermal auf seinem Schenkel, das einem Füllhorn glich und das sie zu der lachenden Bemerkung veranlasst hatte, Carlo sei für das Glück geboren. Sie erinnerte sich an seinen ganz eigenen Geruch, an sein strahlendes Lächeln, das er von François geerbt hatte, an seine Willensstärke, die bei einem so kleinen Jungen überraschte.

Sie betete zum Himmel, dass er ihr diese Abwesenheit nicht

verübelte. Obgleich sie wusste, dass es Carlo in Élise' und François' Obhut an nichts mangeln würde, machte sie sich Sorgen. Manchmal dachte sie, sie hätte ihn nie allein lassen dürfen, aber sie hatte ja auch nicht vorgehabt, so lange in Murano zu bleiben. Nachdem Flavio beschlossen hatte, die Glashütte nicht zu verkaufen, andererseits aber nicht in der Lage war, das Unternehmen zu leiten und die nötigen Entscheidungen zu treffen, war es ihre Pflicht, die Glashütte wieder in Schwung zu bringen. Erst danach wäre sie frei, zu ihrem Kind zurückzukehren.

François rief sie einmal in der Woche an, am Samstagnachmittag, und er gab den Hörer dann Carlo, mit dem sie mehr schlecht als recht eines dieser abgehackten Gespräche führte, in dem sie sinnlos Wörter aneinanderreihte. Der Kleine konnte sich kaum mit ihr unterhalten; er verfügte noch nicht über das notwendige Vokabular, um ihr von seinen Erlebnissen zu berichten und um sie zu verstehen. Es schnürte ihr die Kehle zu, wenn sie ihn, seinen Vater imitierend, immer wieder »Hallo, hallo!« rufen hörte, und sie stellte ihn sich vor, wie er auf François' Schoß saß, in der kleinen Hand den großen schwarzen Bakelithörer, diesen seltsamen und boshaften Gegenstand, der seine abwesende Mutter ersetzen sollte.

Ihr Mann hatte sich keineswegs gefreut, als sie ihm gesagt hatte, sie werde ihren Aufenthalt verlängern müssen. Er war so rücksichtsvoll gewesen, ihr keine Vorwürfe zu machen, aber sein Schweigen hatte Bände gesprochen. Zu ihrem eigenen Unmut hatte sich ein klagender Beiklang in ihre Stimme geschlichen, als sie ihm erklärte, sie warte auf eine Lieferung eines Stoffes zur Herstellung von Opakglas, den sie wie durch ein Wunder in Altare hatten aufspüren können. Er hatte ihr widerstrebend versprochen, mit Carlo zu ihr zu kommen, sobald er sich ein paar Tage Urlaub nehmen könne, doch Livia hatte durchaus verstanden, dass er sie auf sehr subtile Weise strafte, indem er den Termin immer wieder hinausschob.

Sie sprach auch mit Élise, die ihr sehr sachlich, fast schon militärisch, über Carlo Auskunft gab. Wenn sie nach diesen Gesprächen aufgelegt hatte, stand sie jedes Mal auf, öffnete einen Wandschrank des Büros, nahm ein kleines geschliffenes Glas und eine staubige alte Flasche ohne Etikett heraus und goss sich einen ordentlichen Schluck *grappa* ein, um ihren eiskalt gewordenen Körper wieder aufzuwärmen.

Ein wenig Trost fand sie in den vertrauensvollen Blicken Tinos und der übrigen Arbeiter, die auf sie bauten. Die Muraneser Glashütten stellten in diesen schwierigen Zeiten niemanden ein. Zwar unterstützte der Verband der Muraneser Glasarbeiter seit jeher seine arbeitslosen Mitglieder nach Kräften, doch ein Lohn, so mager er auch sein mochte, war allemal besser. Sie wusste, dass diese Männer von ihr abhingen, und wollte sie nicht enttäuschen.

Manchmal war sie wütend auf Flavio, der wieder in seine schlechten Gewohnheiten zurückgefallen und oft für Stunden mit seinem Boot auf der Lagune unterwegs war, zwischen den unzähligen Inseln mit ihrer üppigen Vegetation, die jetzt, im Spätsommer, vom Rosa und Violett der Astern und des Lavendels bestimmt wurde. Er hatte ihr die Zügel überlassen, dabei hatte sie mit ihm die Last der Verantwortung teilen wollen. Zwar begegneten sie einander mit eiserner Höflichkeit, doch war es ihnen unmöglich, so etwas wie Verschworenheit zu entwickeln. Manchmal fragte sie sich, ob er ihr böse sei, doch er schien eher erleichtert, dass er sich wieder in eine Gleichgültigkeit flüchten konnte, die sie nicht verstand. Früher war sie darüber in Zorn geraten, jetzt wurde sie nur noch traurig.

Sie seufzte. Unter ihren Schulterblättern saßen schmerzhafte Knoten. Nur noch ein wenig Zeit … Sie brauchte nur noch ein wenig Zeit, um das Haus des Phönix wieder auf die Beine zu bringen. Dann, das hatte sie sich fest vorgenommen, würde sie wieder eine Mutter sein, die diesen Namen verdiente, eine musterhafte Ehefrau, und zwar trotz dieser bösartigen leisen Stimme, die ihr tief in ihrem Bewusstsein zuraunte, dazu sei sie vielleicht gar nicht imstande.

Carlo war weder launisch noch aufsässig. Vielmehr war er von einem tiefen inneren Ernst. Mit dem sorgfältig gescheitelten blonden Haar und den runden Backen wirkte er wie das Urbild eines Musterknaben, doch es lag etwas wie eine Erwartung in den hellen, von langen schwarzen Wimpern umrahmten Augen. Manchmal war er viele Minuten lang so still, dass man sich fragte, ob er überhaupt noch im Zimmer sei. Wenn Élise oder Colette sich dann nach ihm umsahen, saß er immer noch am selben Fleck, spielte mit seiner elektrischen Eisenbahn oder malte mit Stiften auf Papier, das er, wie seine Tante fand, in unglaublichen Mengen verschwendete.

Eines Tages hatte François einen großen Wasserfarbkasten mit nach Hause gebracht. Élise hatte die Hände über dem Kopf zusammengeschlagen. Der Kleine würde alles damit vollschmieren! Doch François hatte nur gelacht. Er sah es gern, wenn sein Sohn zeichnete. Zwar machte sein Gekritzel noch keinen Sinn, aber niemand konnte leugnen, dass er eine Begabung für die Zusammenstellung von Farben hatte.

An einem strahlenden Herbstvormittag saß Élise im Garten und bestickte einen Kissenbezug mit Kreuzstich. Die Sonne schien noch recht warm, sie hatte sich nicht einmal einen Mantel über die Schultern gelegt. Sie hörte Carlo lachen, er hatte seinen Ball im Stich gelassen und amüsierte sich jetzt damit, die vielen roten, gelben und ockerfarbenen Blätter, die auf der Wiese lagen, anzuhäufen. Dann ließ er sie mit kräftigen Fußtritten aufstieben oder packte mit beiden Händen hinein, um sie um sich herumwirbeln zu lassen.

Livia war seit vier Monaten in Murano, und Élise fragte sich manchmal, ob der Kleine sich überhaupt noch an seine Mutter erinnerte. Da François abends oft zu spät nach Hause kam, um mit Carlo das Nachtgebet zu sprechen, hatte er sie gebeten, darauf zu achten, dass auch Livia zu den Menschen gehörte, die er dem Schutz der Muttergottes anvertraute. Sie hatte ein wenig verschnupft auf diese Bitte reagiert, da sie einen verschleierten Vorwurf darin witterte. Zudem legte François großen Wert darauf, dass der Kleine mindestens einmal in der Woche die Stimme seiner Mutter hörte.

Élise legte das Kissen auf ihren Schoß und hielt nach ihm Ausschau. Er war hinter einer Eiche verschwunden, nur die taumelnden Blätter verrieten seinen Aufenthaltsort. Sie lächelte leise. Sie konnte es kaum fassen, dass ihr der Herr diese Gnade geschenkt hatte, um die sie nicht einmal zu bitten gewagt hatte. Die Italienerin war nach Italien heimgekehrt, und jeder weitere Tag, den sie dort zubrachte, machte ihre Rückkehr weniger wahrscheinlich.

Seit sie sich um Carlo kümmerte, hatte sie das Gefühl, Vincents und François' Kindheit noch einmal zu erleben. Sie fand die einstigen Gesten wieder und den ruhigen Rhythmus der Tage, die um die Bedürfnisse eines Kindes kreisten. Wenn sie abends ins Bett ging, dann mit dem befriedigenden Gefühl, ihre Aufgaben untadelig erfüllt zu haben.

»Du hättest eine mustergültige Mutter abgegeben«, hatte ihr François eines Tages etwas traurig gesagt, er verstand nicht, warum sie nie geheiratet hatte. »Ich war eine mustergültige Mutter«, hatte sie erwidert.

Élise hatte nie einen Mann gewollt. Wenn man sie aufgefordert hätte, die Liebe zu definieren, dann hätte sie geantwortet, dass man vor allem aus Angst vor dem Nichts liebe, und sie selbst fürchte den Tod nicht genug, um deshalb einen Mann lieben zu müssen.

Und außerdem hatte der Tumult verliebter Gefühle etwas Ungeordnetes, das ihrem strengen Geist widerstrebte. Einen Mann lieben hieß hinnehmen, dass man die Herrschaft über seine Gefühle und seinen Körper verlor, es hieß die Forderungen, Freuden, Gelüste, Launen, Unsicherheiten und Ängste eines Menschen anerkennen und verstehen, den man ganz und gar zu kennen glaubte und der einem dennoch in den meisten Fällen vollkommen fremd blieb. Élise war nicht fürs Unvorhersehbare. Sie sah darin gewisse Risiken, die sie, auch wenn sie den Nazis heroisch getrotzt hatte, nicht eingehen wollte.

Dieses Haus mit seinem großen Garten war ihre Domäne geworden, ihre Welt. Eine andere wollte sie nicht. Hier hatte sie ihre Bezugspunkte, und dieser Raum genügte ihr zum Leben.

Wenn François einen schlechten Tag zu haben schien, wenn sein Blick vage war und sein Mund zusammengekniffen, dann wusste Élise, dass er an seine Frau dachte. Er litt, doch er sah keine Möglichkeit, sich aus dieser Lage zu befreien. Er konnte es sich nicht erlauben, die Firma im Stich zu lassen. Seit einigen Wochen musste er häufig nach Chartres, wo sie eine wichtige und heikle Baustelle hatten. Élise war klug genug zu wissen, dass sie niemals eine Ehefrau ersetzen konnte, doch sie achtete darauf, dass François genug Zuwendung bekam. Er verließ sich darauf, dass sie das Haus führte und sich um den Kleinen kümmerte, und sie verbrachten harmonische und angenehme Abende miteinander.

Sie fragte sich, was wohl geschehen werde, wenn Livia nicht zurückkam. Wie auch immer, sie würde ihr Kind für sich fordern, und dann gäbe es ein Problem, denn es schien ihr undenkbar, dass François sich von seinem Sohn trennte. Und was eine Scheidung anging, darüber dachte Élise gar nicht erst nach. Dennoch konnte sie nicht umhin, eine verquere Freude darüber zu empfinden, dass Livia die Glashütte Grandi offenbar wichtiger fand als ihren Mann und ihr Kind. Und sie ließ keine Gelegenheit aus, ihrem Bruder genau das auf unterschwellige Weise zu verstehen zu geben. Sie hatte recht gehabt, diese Frau war seiner nicht würdig.

»Mademoiselle!« Colette hatte es regelrecht geschrien.

Élise sprang auf, das Kissen fiel zu Boden. Sie legte eine Hand an die Brust, auf ihr wild klopfendes Herz.

»Dummerchen! Du hast mir vielleicht einen Schrecken eingejagt! Was ist denn los?«

Colette rang die Hände.

»Da ist ein Herr am Telefon. Es geht um Monsieur Vincent, sagt er. Anscheinend ist er zurückgekehrt. Kommen Sie schnell, Mademoiselle!«

Zum ersten Mal in ihrem Leben schwankte der Erdboden unter Élise' Füßen. Schwarze Flecken nahmen ihr die Sicht, sie hatte den Eindruck, auf einen Abgrund zuzugleiten. Ihr war übel, als sie Halt suchend nach der Rückenlehne ihres Stuhls griff, doch sie sagte sich, sie dürfe sich doch so vor Colette nicht die Seele aus dem Leib speien.

Vincent ... Wie war es möglich, dass man ihr seine Heimkehr nicht angekündigt hatte? Schon seit mehr als drei Jahren waren die meisten der in Deutschland festgehaltenen Gefangenen und Deportierten zurückgekehrt, ebenso wie die Zwangsrekrutierten, die von den amerikanischen oder englischen Soldaten festgenommen worden waren.

Als die Aufnahmestelle in Chalon-sur-Saône im Februar 1946 ihre Pforten geschlossen hatte, war Élise eine der Letzten gewesen, die noch kamen, um die Namenslisten zu studieren und weiter nachzuforschen. Stocksteif hatte sie vor den Büros auf einem Stuhl gesessen, während die Beamten an ihr vorüberliefen und fröhlich schwatzend Akten in Kartons packten, als handle es sich nur um einen ganz normalen Umzug. Man merkte es ihren ausweichenden Blicken an, dass sie etwas störten, diese wenigen hartnäckigen Menschen, die sie weiter belagerten, obwohl sie keine Hoffnung mehr hatten. Sie glichen Verwandten, die man nicht regelrecht vor die Tür zu setzen wagt, denen man seine Ungeduld jedoch nicht verhehlen kann.

In den Zeitungen hatte sie jeden, auch den kleinsten Artikel über das Schicksal der Gefangenen aufmerksam gelesen, und sie hatte mehrere Informationsrundbriefe abonniert. Dank ihrer Résistance-Tätigkeit hatte sie manchmal Zugang zu vertraulichen Informationen. Sie ballte die Fäuste vor Wut, wenn sie hörte, wie die Kommunisten vorbehaltlos alles guthießen, was von sowjetischer Seite verlautbart wurde, auch wenn es freche Lügen waren.

So hatten sie zwei Monate nach Kriegsende General Keller gegenüber behauptet, das Lager Tambow existiere nicht mehr. Und was das für Kriegsgefangene, Deportierte und Flüchtlinge zuständige Ministerium anging, so hielt Élise es für alles andere als effizient. Sie war keineswegs die Einzige, die seine Tätigkeit mit Zorn und Bitterkeit beobachtete.

Das Leben müsse weitergehen, es gebe Wichtigeres zu tun, das hörte man aus allem heraus. Gewiss, aber für die anderen. Sie hatte das widerwärtige Gefühl, man hätte diejenigen, die noch in der Sowjetunion festgehalten wurden und über die sowohl die französische als auch die russische Regierung schwiegen, am liebsten vergessen, weil ein Menschenleben ohnehin wenig zählte im Konzert der internationalen politischen Missehen.

»Mademoiselle?«, fragte Colette.

Élise merkte, dass Colette sie am Arm rüttelte, und erwachte aus ihrer Starre wie aus einem bösen Traum.

Das Blut summte in ihren Ohren, als sie ins Haus und zum Telefon stürzte.

Carlo ging entschlossen auf das Häuschen hinten im Garten zu. Er hatte keine Lust mehr, mit den Blättern zu spielen, und seinen Ball konnte er nicht mehr finden. Er konnte sich nicht erinnern, jemals so weit von den anderen weggegangen zu sein, aber dieses Haus übte eine unwiderstehliche Anziehungskraft auf ihn aus. Die Sonne ließ die Steinmauern erstrahlen, und auf dem Dach lagen leuchtend bunte Blätter. Dieses Haus erschien ihm hell und voller Licht, er wollte es sich gern näher ansehen.

Er hielt sich an einem Fensterbrett fest und stellte sich auf die Zehenspitzen, aber er war immer noch zu klein, um etwas Interessantes entdecken zu können. Hartnäckig strich er an der Mauer entlang, bis er eine Tür fand. Die Klinke ließ sich leicht bewegen. Er wagte einen Schritt hinein.

Sobald er in dem geräumigen Zimmer stand, fühlte er sich wohl. Eine Wand bestand fast vollständig aus großen Fenstern, durch die das Sonnenlicht strömte. Ein breites Lächeln erhellte sein Gesicht. Dieser Raum war ein magischer Ort, Lichtreflexe tanzten über die Wände, rote, violette, dunkelgrüne, gelbe, orangefarbene, blaue. Sie erinnerten ihn an das Geschenk von *Maman* – diese Röhre, die man ans Auge hielt. Wenn man sie vorsichtig drehte, gab es immer neue bunte Bilder.

Fasziniert trat er weiter in den Raum hinein und stieß dabei einen Hocker um, doch der Lärm ließ ihn nicht einmal zusammenzucken. Er hob eine Hand, dann auch die andere und versuchte, nach den Lichtern zu greifen, die eine Staffelei voller Glasstücke umtanzten und ihn zu necken schienen.

Er erkundete die ganze Werkstatt. Neben der Eingangstür hingen zwei weiße Kittel. Er streifte sie, verlor aber rasch das Interesse an ihnen. Dann entdeckte er in einer Ecke einen Schrank. Die Tür leistete einige Sekunden lang Widerstand, dann schwang sie mit einem unangenehmen Quietschen auf. Darin hingen ein Mantel und ein langer beigefarbener Pullover. Er drückte sein Gesicht in die Wolle. Ein zarter Duft stieg ihm in die Nase und ins Gedächtnis, ein sehr vertrauter Duft, den er jedoch lange nicht mehr gespürt hatte.

Er schloss die Augen. Er konnte sie nicht mehr deutlich sehen vor seinem inneren Auge, ihre Züge waren ein wenig verschwommen, was ihn ziemlich ärgerte, doch er konnte sich noch an die Kraft ihrer Arme erinnern, an die sanften Wangen, das Haar, das ihn kitzelte, wenn sie sich über ihn neigte, und an die knallenden Küsse auf seinen Körper, mit denen sie ihn zum Lachen brachte.

Er erinnerte sich an ihre singende, verschleierte Stimme, die ihm Geschichten erzählte, Geschichten von einer fernen Stadt, wo es keine Straßen gab, sondern Kanäle voller Wasser, wo die Leute nicht in einem Wagen umherfuhren, sondern auf Booten, eine magische Stadt, wo geschminkte und maskierte Erwachsene und Kinder in Verkleidungen aus schillernden Stoffen durch die Straßen liefen und unablässig Feste feierten.

Der Kleine zog mit einem heftigen Ruck an dem Wollpullover, er fiel vom Kleiderbügel. Aus unerfindlichen Gründen fühlte Carlo sich jetzt nicht mehr so glücklich wie beim Betreten des Hauses. Irgendetwas nagte an ihm, ihm war nach Weinen zumute.

Den Wollpullover in einer Hand, setzte er seine Besichtigungsrunde fort, jetzt faszinierte ihn ein aus lauter Schubladen und Fächern bestehendes Möbelstück. In den Schubladen fand er Lappen, Nägel und alle möglichen Scheren. Er schob seine Finger in die Ritzen, doch sehr zu seinem Ärger gelang es ihm nicht, die dünnen, aber starren Glasstücke anzuheben.

Er holte sich den Hocker, kletterte mit einiger Mühe hinauf und streckte noch einmal die Hand nach einem der Fächer aus.

»Carlo! Wo bist du?«

Die Stimme klang ungeduldig, fast schon zornig.

Carlo wollte sich beeilen, um die drohende Strafpredigt abzumildern, er drehte sich hastig zur Tür um und verlor das Gleichgewicht. Er fiel nach hinten, sein Körper und sein Hinterkopf schlugen mit voller Wucht gegen die Staffelei mit den leuchtend bunten Glasstücken, die ihn eben noch so gefesselt hatte.

Als das Glas zersprang, schloss er reflexartig die Augen und schützte sein Gesicht mit den Armen, während ein funkelnder Scherbenregen auf ihn niederging.

Da ihr der Regenmantel zu groß war, schlang Hanna den Gürtel um die Taille, sicherte ihn mit einem doppelten Knoten und krempelte dann die Ärmel hoch. Der schon seit Wochen deprimierend graue Himmel hatte sich wie durch ein Wunder aufgeheitert, und sie wollte dieses Gottesgeschenk nutzen und einkaufen gehen. Sorgsam zählte sie die Lebensmittelkarten durch und steckte sie in die Tasche.

Als sie ihrer Tochter, die auf der Erde hockte und mit einer Stoffpuppe spielte, auf die Schulter klopfte, wandte Inge ihr das von dunklen Locken umrahmte zarte, blasse Gesichtchen zu. Wie auch sonst häufig überkam Hanna beim Anblick dieser dunkel leuchtenden Augen ein leichtes Unbehagen. Sie wusste, dass Inge besonders auf die Artikulation achten musste, weil sie die Worte schlecht verstand, aber die stumme, hungrige Bitte in den Augen erinnerte sie an die Menschen auf der Straße, die einen gierig anstarrten, weil sie etwas von einem erwarteten, das man ihnen nicht geben wollte.

»Komm, Inge, wir gehen einkaufen«, sagte sie mit leicht erhobener Stimme.

Da sie besonders laut sprechen musste, damit wenigstens einige Töne an Inges Ohr drangen, hatte sie oft das Gefühl, sie schreie das arme Kind an. Es ging ihr gegen den Strich, so autoritär zu wirken, dabei war sie nur energisch.

Das Mädchen stand folgsam auf, und Hanna hockte sich neben sie, half ihr in den Mantel und knotete ihr noch einen roten Schal um den Hals. Als ihr Inge für einen winzigen Augenblick zärtlich die Hand auf die Wange legte, erbebte Hannas Herz. Plötzlich und unerklärlicherweise standen ihr Tränen in den Augen.

Je mehr Inge heranwuchs, desto ratloser wurde Hanna. Sie

konnte das Kind nicht mehr nur als lästiges Paket betrachten, das sie Tag für Tag zu tragen verdammt war. Das Mädchen wurde zu einem vollständigen Menschen mit einer eigenen Persönlichkeit, mit seltsamen, fast übermäßigen Freudenausbrüchen, die ganz und gar von ihr Besitz ergriffen, sodass sie umherrannte und wild gestikulierte – und die meistens von Andreas ausgelöst wurden, der sich gern um seine Nichte kümmerte –, aber auch mit Zuständen unstillbaren Kummers, in denen ihr Leiden ebenso heftig war wie ihr Enthusiasmus zuvor.

Manchmal fragte sich Hanna, woher ihre Tochter diese Vitalität hatte, dieses stürmische Temperament. Sie selbst war ein braves, folgsames, stilles Kind gewesen. Dann kehrten ihre Gedanken regelmäßig und unausweichlich zu dem finsteren Bild des unbekannten Vaters zurück, das zu einem grauenvollen Schwindelgefühl gerann und sie überflutete wie am ersten Tag. Dann hatte sie wieder Galle im Mund und schreckte vor Inge zurück. Dabei empfand sie nicht nur Zorn, sondern auch Demütigung, weil es ihr nicht gelang, diesen Schrecken zu meistern.

»Trödel nicht herum, Inge!«, befahl sie und erhob sich so rasch, dass ihr schwarze Pünktchen vor den Augen tanzten. »Die Leute stehen bestimmt schon Schlange, und ich hab nicht viel Zeit.«

Als sie draußen waren, verfielen sie in einen raschen Schritt. Inge trabte an der Seite ihrer Mutter, zerrte an ihrem Arm und hüpfte immer mal wieder über eine Pfütze. Die Luft war rein und frisch, überall glitzerten Wassertropfen, auf dem roten und ockerfarbenen Laub, an den Fensterbänken und auf den Zäunen der Gemüsegärten.

In der Tat herrschte schon einiges Gedränge rings um die kleine Holzbaracke in der Sudetenstraße, in der sich erst kurz zuvor eine der legendären Gablonzer Persönlichkeiten eingerichtet hatte. Die Rückkehr der Lebensmittelhändlerin, dieser kleinen, kompakten und überaus schlagfertigen Frau, war Balsam für die Seelen der Flüchtlinge. Die Schicksalsschläge, die diese Geschäftsfrau hatte hinnehmen müssen, hatten ihrer Persönlichkeit nichts anhaben können. Es wurde erzählt, sie habe in dem Lager, in dem sie interniert gewesen war, mehr als einen Wachmann mit einer frechen Antwort verblüfft. Nun stand sie da, die Hände in die Hüften gestemmt, das schüttere Haar wild vom Kopf abstehend, und scherzte mit einer Kundin. Dann erblickte sie Inge, die sich an die Hand ihrer Mutter klammerte.

»Na, wenn das nicht unser Lämmchen ist!«, sagte sie und beugte sich zu ihr hinunter. »Und du bist schon wieder gewachsen! Bald bist du größer als ich!«

Sie sprach im Gablonzer Dialekt, und Inge sah sie fragend an, als käme diese Dame mit dem großen, flachen Gesicht von einem anderen Stern.

»Ich hab doch bestimmt noch was für dich«, fuhr die Frau fort, wühlte in ihrer Schürzentasche und zog triumphierend ein Bonbon hervor.

»Was sagt man?«, fragte Hanna und schüttelte leicht die Hand ihrer Tochter, um sie aus ihrer Trance zu wecken.

»Danke schön!«, sagte Inge leise und steckte das Bonbon in den Mund.

»Na schön, meine Liebe, was möchtest du heute haben?« Die Lebensmittelhändlerin kehrte hinter das Holzbrett zurück, das ihr als Ladentheke diente.

Hanna betrachtete etwas lustlos die auf den Regalen aufgereihten Konservenbüchsen und die wenigen Würste, die an einem Haken hingen. Sie dachte an den frischen Fisch, den sie mit ihrer Mutter auf dem Gablonzer Markt bei der »Fischl-Anna« zu kaufen pflegte, die nicht nur für die gute Qualität ihrer Ware berühmt war, sondern auch für ihr loses Mundwerk.

»Bitte geben Sie mir eingelegte Gürkchen und eine Wurst«, sagte sie schließlich und ließ Inges Hand los, um das Geld abzuzählen.

Rings um sie drängten sich die Kundinnen und tauschten den neuesten Klatsch aus. Noch bevor ihr die Ladeninhaberin das Wechselgeld herausgegeben hatte, war sie schon über sämtliche pikanten Eigenheiten einer Familie unterrichtet, von der sie nie zuvor gehört hatte. Als sie sich zum Gehen wandte, merkte sie überrascht, dass Inge nicht mehr da war.

Sie ging um die Kunden herum und schaute nach, ob Inge sich vielleicht hinter sie gestellt hatte. Das ist wahrhaftig nicht der richtige Augenblick zum Versteckenspielen, dachte sie leicht verärgert. Die Baracke war winzig, weit konnte ihre Tochter nicht sein.

»Entschuldigen Sie, haben Sie vielleicht meine Tochter gesehen? Gerade eben war sie noch da.«

Die Frauen schüttelten bedauernd den Kopf und sahen sich ebenfalls um.

»Sie ist sicher nicht weit«, sagte Anna, allerdings ein wenig besorgt. »Schnell, lauf ihr nach. In diesem Alter schlüpfen sie einem zwischen den Fingern hindurch, es ist kaum zu glauben. Und komm nochmal zurück und sag mir Bescheid, wenn du sie gefunden hast!«, rief sie Hanna nach, die bereits auf die Straße hinaus eilte.

Sie sah sich nach allen Seiten um, doch nirgends war die Kleine zu sehen. Ein Autobus keuchte an ihr vorüber.

»Inge!«, rief sie laut, obwohl sie wusste, dass ihre Tochter sie ziemlich sicher nicht hören konnte. »Entschuldigen Sie bitte«, wandte sie sich an einen Mann, der einen mit Holz beladenen Karren hinter sich herzog. »Haben Sie vielleicht ein kleines Mädchen mit schwarzen Haaren und einem roten Schal gesehen?«

»Tut mir leid.« Der Mann zuckte die Achseln. »Vielleicht spielt sie hinter dem Gasthaus.«

Ganz in der Nähe hatten die Wirtsleute ein Stückchen Land gerodet, auf dem die Kinder im Sommer gern spielten, doch die sintflutartigen Regenfälle der vergangenen Wochen hatten es in einen Sumpf verwandelt. Mit klopfendem Herzen lief Hanna bis zu den ersten Bäumen des Waldrands. Der Straßenrand war sehr ungepflegt, dort lag alles Mögliche, was Kindern gefährlich werden konnte, Backsteine, halb zersplitterte Balken und Bretter vom Hausbau, überall Löcher, Schutt, Draht und Pfosten voller hervorstehender rostiger Nägel.

Die Wolkendecke hatte sich ebenso schnell wieder geschlossen, wie sie aufgerissen war. Feiner Regen setzte ein. Hanna begann zu rennen, sie suchte überall und schrie nach ihrer Tochter. Sie bückte sich und sah unter eine Karre. Wie konnte ein Kind nur so schnell verschwinden? Es war, als hätte sie sich in Luft aufgelöst.

Kalter Schweiß lief ihr über den Rücken. Mein Gott, wenn ihr nur nichts passiert ist … Sie stellte sich vor, dass sie irgendwo eingeklemmt sei und sich nicht befreien könne, tränenüberströmt und vielleicht sogar verletzt. Der Einkaufskorb schlug ihr gegen die Hüfte. Schmerzhaftes Seitenstechen zwang sie, langsamer zu gehen, schließlich sogar gekrümmt. Am besten gehe ich zurück nach Hause, dachte sie, ihre Kehle war ausgedörrt. Vielleicht hatte die Kleine irgendwie den Rückweg gefunden. Oder jemand hatte sie erkannt und nach Hause gebracht.

Einige Minuten später bog sie atemlos in den baumbestandenen Weg ein, der zu ihrer Baracke führte. Inges roter Schal lag in einer Pfütze. Sie bückte sich und hob ihn auf. Sie hatte das Gefühl, ein wildes Tier zerreiße ihr Herz und ihre Eingeweide.

»Inge!«, schrie sie.

Niemand war zu sehen. Rasch ging sie an den Baracken mit den geschlossenen Fenstern vorbei. An einem einzeln stehenden Baum hingen noch ein paar restliche Blätter. Ein Fensterladen war vom Wind losgerissen worden und schlug jetzt gegen die Wand. Wohin waren sie nur alle verschwunden? Sonst wimmelte es im Lager immer von Menschen, und jetzt hatte sie den Eindruck, sie sei ganz allein auf der Welt. Ihr regennasses Haar klebte am Kopf, Tropfen rannen über ihr Gesicht und in ihren Kragen. Sie legte die letzten Meter bis zu ihrer Baracke zurück und stieß die Tür auf.

Als sie Inges Kopf auf der Schulter eines uniformierten Mannes erblickte, von dem sie nur den Rücken sah, überkam sie eine Woge der Erleichterung.

»Lassen Sie sofort meine Tochter los!«, schrie sie.

Mit welchem Recht hielt er sie in seinen Armen? Wie konnte er es wagen, sie zu berühren? Außer sich vor Wut, hätte sie ihm am liebsten die Augen ausgekratzt, ihn geschlagen, um ihm ihre Tochter zu entreißen. Wenn dieses Ungeheuer ihr etwas angetan hatte …

Als der Soldat sich zu ihr umwandte, war ihr, als stünde sie vor einem Riesen. Breite Schultern, blondes, bürstenkurz geschnittenes Haar und die Kinnladen eines Siegers.

»Geben Sie sie mir zurück!«, befahl sie und streckte die Arme aus.

Er gehorchte sofort. Auf Inges Wangen waren noch Tränenspuren zu sehen, sie breitete die Arme aus, als sie ihre Mutter sah.

»She fell«, erklärte der Mann und zeigte auf Inges aufgeschlagene Knie.

Hanna flüsterte ihrer Tochter tröstende Worte zu und vergewisserte sich, dass ihr sonst nichts zugestoßen war, bevor sie sie aufs Bett legte und ihr ihre Puppe gab. Dann atmete sie tief durch und wandte sich dem fremden Mann zu, der immer noch mit leicht zurückgeworfenen Schultern dastand.

Er hatte seine Mütze mit dem goldenen Abzeichen unter den Arm geklemmt. Die Bügelfalten seiner beigefarbenen Hose waren rasierklingenscharf. Inge hatte seine blütenreine Uniform auf Schulterhöhe mit Tränen und Schweiß befleckt, doch das schien ihn nicht zu stören. Er hatte ruhige blaue Augen, in denen eine gewisse Neugier lag. Hanna hatte das seltsame Gefühl, dieser amerikanische Soldat sei entsetzlich sauber.

»Jim Hammerstein«, sagte er. *»Do you speak English?«*

Hanna sprach kaum Englisch. Sie kannte einige Wörter, doch sie war nicht imstande, ein Gespräch zu führen. Aus den bunten Streifen auf seiner Brust folgerte sie, dass er einen höheren Rang bekleidete. Nervös bedeutete sie ihm, er möge warten, und ging zur Tür, um nach Gert Handler zu rufen, der nur wenige Türen weiter arbeitete. Sie betete zum Himmel, dass er sich nicht auch in Luft aufgelöst hatte.

Gert kam sofort und stellte sich dem amerikanischen Offizier stotternd vor, wobei er seinen mageren kleinen Körper stramm hielt wie bei einer Wachabnahme. Während Hanna ihren Regenmantel auszog und ihr durchnässtes Haar ein wenig zu ordnen versuchte, erklärte der Mann, einer seiner Unteroffiziere habe ihm eine libellenförmige Brosche gezeigt, die er einige Wochen zuvor bei Hanna gekauft habe. Und er selbst sei sofort hingerissen gewesen von dem Schmuckstück.

»I want them. I want them all!«, rief er und breitete die Hände aus, als wolle er die ganze Welt in diese Bewegung einschließen.

Hanna sah abwechselnd Gert und den Offizier an. Sie verstand nur die Hälfte, achtete aber genau auf die Übersetzung ihres Freundes, dessen Körper zu ihrer Verblüffung vor- und zurückschwang wie der eines ungeduldigen Kindes. Sie zögerte kurz, aber auf Drängen Gerts, der die absonderlichsten Gesichter schnitt, holte sie schließlich das Kästchen, in dem sie das knappe Dutzend Broschen aufbewahrte. Der Offizier betrachtete jede einzelne sehr genau, dann lächelte er befriedigt und entblößte dabei seine überaus regelmäßigen Zähne. Sie willigte ein, ihm alles zu verkaufen, was sie noch hatte, schließlich konnte sie seine Dollar gut brauchen, um Lebensmittel für ihre Tochter zu kaufen.

Jim Hammerstein hatte umsichtigerweise einen Karton und Seidenpapier mitgebracht, einen Luxus, den Hanna schon seit Jahren nicht mehr erlebt hatte. Sorgsam wickelte sie die Broschen ein, mit zitternden Händen, wie sie zu ihrem Ärger bemerkte. Der Mann sprach weiter mit seiner tiefen, melodiösen Stimme, beglückwünschte sie zu ihrer Phantasie und Kreativität und erklärte, er sei der Inhaber eines großen New Yorker Warenhauses.

Hanna drehte sich alles im Kopf. Die Anwesenheit dieses Mannes in diesem winzigen Zimmerchen, in dem man sich kaum umdrehen konnte, schien ihr völlig unpassend. Sie schämte sich der schäbigen Decken auf den Etagenbetten, der wenigen Küchenutensilien auf den Regalbrettern und des Kleidchens von Inge, das noch auf einem Stuhl lag, weil sie es nicht geschafft hatte, es noch vor dem Mittagessen zu flicken. Der Mann war einfach zu groß, zu raumgreifend. Am liebsten hätte sie Fenster und Türen geöffnet und die Wände auseinandergeschoben, damit frische Luft hereinkäme und er nicht erstickte. Obwohl er sich nicht bewegte, strahlte er eine zugleich anziehende und beunruhigende Energie aus. Sie warf ihm verstohlene Blicke zu, sie war fasziniert von den regelmäßigen Gesichtszügen, dem millimetergenau ausgerichteten Krawattenknoten. Er hatte große, sommersprossige Hände.

Er hielt ihr eine Visitenkarte mit seinem Namen, einer Adresse und einer Telefonnummer in Amerika hin. Die Karte erschien ihr sehr weiß, ihre Fingernägel wirkten dagegen schmutzig. Sie legte die gravierte Karte auf den Tisch und versteckte die Hände hinter dem Rücken. Der Oberstleutnant versprach, er werde sich mit ihr in Verbindung setzen, sobald wieder Ausfuhren möglich seien.

»*Next year, I hope,* Frau Wolf.«

»Fräulein«, korrigierte sie sofort und fast herausfordernd.

Ein rätselhaftes, leicht verschleiertes Leuchten trat in seinen Blick, als er sie einige Augenblicke lang schweigend betrachtete. Sie spürte, wie ihr das Blut in die Wangen stieg, aber sie senkte ihren Blick nicht. Ihr Herz klopfte zum Zerspringen. Dann beugte er sich zu Inge hinab und streichelte ihr über die Wange.

»*It was a pleasure,* Fräulein Wolf«, sagte er und neigte höflich den Kopf.

Gert nahm eilfertig den Karton und bot ihm an, ihn zum Lagereingang zu begleiten, wo ihn sein Chauffeur im Wagen erwartete.

Als die Männer gegangen waren, blieb Hanna einige Sekunden stocksteif stehen. Ganz langsam nahm das kleine Zimmer wieder seine üblichen Dimensionen an, doch sie schaute sich um, als sähe sie diese Wände zum ersten Mal. Sie konnte das würzige, luxuriöse Eau de Cologne noch riechen, den Duft entschlossener, zuversichtlicher Menschen, den Duft freier Menschen.

Sie ließ sich auf einen Hocker sinken und betrachtete die leere Schachtel auf dem Tisch. Sie verstand nicht, warum sie sich so hilflos, so bestohlen fühlte.

Inge kletterte aus dem Bett, ging zu ihrer Mutter, legte ihr die Hände auf die Knie und schaute sie mit ihrem besonderen Ernst an. Hanna hob sie auf ihren Schoß und sah noch einmal nach ihren aufgeschürften Knien.

»Mein Gott, du hast mir vielleicht einen Schrecken eingejagt«, murmelte sie.

Als sie ihre Tochter in den Armen des Riesen gesehen hatte, war der Beschützerinstinkt so heftig in ihr aufgewallt, dass sie zu allem bereit gewesen wäre, um sie den Klauen des unbekannten Mannes zu entreißen. Sie drückte einen Kuss auf das noch feuchte Haar ihrer Tochter, die sich an sie schmiegte und den Daumen in den Mund schob. Hanna schloss die Augen, erschöpft, aber vor allem dankbar, dass sie Inge heil und gesund wiederhatte.

Ich hatte gar keine Angst, wunderte sie sich plötzlich. Zum ersten Mal hatte sie, als sie sich von einem uniformierten Mann bedroht sah, nicht daran gedacht, wegzulaufen oder sich zu schützen. Der instinktive Wunsch, ihr Kind zu retten, hatte die Angst, von der sie seit dem Tag ihrer Vergewaltigung verfolgt wurde, einfach beiseitegefegt.

Schauer überliefen sie, doch Inge, die in ihren Armen eingeschlafen war und mit ihrem ruhigen Körper auf ihr lastete, verankerte sie auf festem Boden. Das regelmäßige Atmen ihrer Tochter besänftigte sie, sie begann das Kind zu wiegen. Draußen prasselte der Regen aufs Dach und lief an den Fensterscheiben herunter. Sonst störte kein Laut diese erstaunliche Ruhe. Ihr war, als wäre sie von der Welt abgeschnitten, als triebe sie, allein mit ihrem Kind, in einer Gondel über sie hinweg.

Sie betrachtete die dunklen Schatten der Wimpern auf den blassen Wangen, das Stupsnäschen, das energische Kinn. Sie konnte es nicht fassen, dass ihre Tochter ihr unerwartet so viel Stärke gegeben hatte. In gewisser Weise hatte Inge sie sich selbst zurückgegeben. Nicht ohne Angst, aber mit freudigem Staunen entdeckte sie nun, was sie an anderen Frauen bemerkt, aber selbst nie erlebt hatte: Keine Angst, keine Seelenqual konnte der Stärke einer Mutter standhalten, die ihr Kind schützte.

Am späten Nachmittag regnete es immer noch. Mit der Regelmäßigkeit eines Metronoms prallten die Tropfen auf den schon vom Wasser gesättigten schlammigen Boden. Andreas stand am

Fenster, die Hände hinter dem Rücken verschränkt, und sah zu. Die Langeweile lähmte ihn, sein Nacken schmerzte wie unter einem Joch.

Seit September schienen die bayrischen Felder in Nebelschwaden zu ertrinken. Wenn der Himmel einmal aufriss, konnte man in der Ferne die schon von Schnee bedeckten Gipfelketten der Alpen erkennen. Die Kleider wurden gar nicht mehr trocken, das billige Bauholz der Baracken quoll auf, manche Fenster klemmten, durch andere zog es kalt in die Räume. Das deprimierende Wetter verstärkte noch die allgemeine Angst, die sich seit der Währungsreform über Kaufbeuren-Hart gelegt hatte.

Die wirtschaftliche Lage war verzweifelt. Der Übergang zur neuen Währung hatte den Wiederaufbau brutal abgebremst. Die Kassen waren leer, es fehlte an Geld für den Kauf von Rohmaterialien, und der deutsche Markt verlangte inzwischen Qualitätsware. Selbst die von den Gablonzer Arbeitern hergestellten Glasknöpfe waren nicht mehr absetzbar. Von den etwa sechstausend Arbeitern hatten viertausend ihren Arbeitsplatz verloren. Um ihr Gewerbe zu retten, hätten sie eine neue Glashütte bauen, in bessere Maschinen investieren und die Produktion ausbauen müssen. Aber woher sollten sie die Mittel nehmen? Allwöchentlich reisten die abgeordneten Führungskräfte nach München, um die Regierungsstellen auf ihre schwierige Lage aufmerksam zu machen und um Kredite zu bitten. Schließlich hatten sie noch im Vorjahr zu den besten Steuerzahlern der Region gehört, und nun mussten sie täglich ums Überleben ihrer Familien kämpfen.

Andreas musste nicht nur das Geld zurückzahlen, das er für Hannas Operation geliehen hatte, er musste überhaupt für seine Angehörigen aufkommen. Sogar für Lilli und Wilfried musste er sorgen, denn Wilfried hatte zu den Ersten gehört, die ihre Stelle verloren hatten.

Für die Männer und Frauen aus Gablonz, die angefangen hatten, sich ein neues Leben aufzubauen, war die Krise ein schwerer Schlag gewesen. Viele vertrödelten jetzt ihre Tage, wanderten mit den Händen in den Hosentaschen und hochgezogenen Schultern umher. In den meisten kleinen Werkstätten in den Baracken waren das Maschinengeklapper und die fröhlichen Stimmen verstummt. Eine Art Grabesstille lag über den Häusern. Andere jedoch stellten sich dem Schicksalsschlag mit gewohntem Durchhaltewillen, sie waren davon überzeugt, es handle sich um eine schlechte Phase, die vorübergehen werde. Die Lage in den Familien war unterschiedlich dramatisch.

Andreas hatte lange gebraucht, um zu einer Entscheidung zu gelangen, und diese Unsicherheit, die ihm sonst völlig fremd war, hatte ihn verstört. Seit seiner Jugend hatte sein Temperament ihn immer zu schnellem Nachdenken und rascher Umsetzung in die Tat angetrieben. Er hatte seinem Instinkt immer getraut und Aufschübe und Unentschlossenheit nie gemocht. Dieser Charakterzug hatte ihm den Ruf eingetragen, er sei ein autoritärer Mensch; er selbst hielt sich eher für entscheidungsfreudig. Doch jetzt schwankte er, zum ersten Mal in seinem Leben.

Jetzt ist es sowieso zu spät, dachte er wütend. Jetzt musst du einfach die Konsequenzen deines Tuns auf dich nehmen.

Er sah Wilfrieds Bohnenstangengestalt, der arme Junge war völlig durchnässt, trug einen zerbeulten Hut auf dem Kopf und versuchte Lilli mit einem Schirm zu schützen, dem schon zwei Streben fehlten. Mit der Anmut von Seiltänzern wichen die beiden untergehakten jungen Leute den Pfützen aus. Seine kleine Cousine, die sich in einen khakifarbenen Regenmantel aus amerikanischen Armeebeständen gehüllt hatte, war im dritten Monat schwanger.

Hinter ihm öffnete sich die Tür, er wandte sich nicht um, er vermutete schon, dass es seine Schwester war.

»Was machst du denn hier im Dunkeln?«, fragte sie vorwurfsvoll. »Draußen ist es schon finster genug.«

Sie knipste die einzige Lampe an, die ein schwaches Licht verbreitete, bevor sie Inge auf ihr Bett setzte und ihr die Lumpenpuppe hinhielt. Sie ermahnte das Kind, still zu sein.

Andreas drehte sich endlich um und sah sie an. Hanna war damit beschäftigt, die Suppe zu kochen, die es zum Abendessen geben sollte. Einige Monate zuvor hatte die Lagerleitung eine Lieferung Herde ergattern können und sie vorrangig an Familien mit kleinen Kindern oder älteren Leuten verteilt. Die Wolfs waren keineswegs traurig darüber, im Familienkreis essen zu dürfen und nicht mehr in der Baracke, in der die gemeinsamen Mahlzeiten stattfanden, Schlange stehen zu müssen. Hanna sah nach, ob noch genug Brot und Käse da war.

Als er sie so in diesem engen Raum, in dem sie alle lebten, die kleine Inge, Hanna, Lilli, Wilfried und er selbst, agieren sah, ihre sicheren Bewegungen, das heitere, vom knapp schulterlangen Haar umrahmte Gesicht, wurde ihm wieder beklommen ums Herz. Wann würde er diese Angst abschütteln können, die ihn im tiefsten Innern packte, sobald es sich um seine Schwester handelte? Manchmal verstand er sich selbst nicht mehr. Der Chirurg hatte gesagt, Hanna sei über den Berg, weil sich in den drei Monaten nach dem Eingriff keine Komplikationen eingestellt hatten. Andreas hielt sich für einen Menschen, den das Leben steinhart gemacht hatte. Doch angesichts der zarten Gestalt seiner Schwester wurde er empfindsam wie ein Kind.

Mitten im Zimmer stand eine der Holzkisten, die sie bei der Vertreibung aus Gablonz mitgenommen hatten, sie diente als Arbeits- und Küchentisch. Auf einem Stückchen Jute lag die neueste Kreation seiner Schwester, sie war noch nicht ganz fertig.

»Wenn wir wenigstens exportieren dürften«, sagte er seufzend.

Hanna nahm vorsichtig vom Tisch, was einem Schmetterling mit hochroten Flügeln glich, und legte es auf das obere Etagenbett, denn Inge neigte dazu, alles in den Mund zu nehmen, was ihr in die Hände geriet.

»Solange es keinen Staat Deutschland gibt, können wir davon nur träumen, aber mit ein wenig Glück kommen die Dinge nächstes Jahr voran. Und in der Zwischenzeit beschäftigen wir uns eben mit Briefeschreiben, oder?«

Er lächelte unwillkürlich. Hannas Pragmatismus verwunderte ihn immer wieder, aber sie hatte recht. Die Exporteure nahmen, während sie auf die Gründung der Bundesrepublik Deutschland und die Öffnung der Grenzen warteten, wieder Kontakt zu ihren ausländischen Geschäftspartnern auf. Die Vereinigten Staaten waren ihr Hauptzielgebiet. Sie hatten Muster von Knöpfen und Schmuckstücken auf die Messen nach Leipzig und Hannover geschickt, um so zu beweisen, dass die Leute aus Gablonz ihre Talente nicht verloren hatten.

Sie setzte die Suppe in dem zerbeulten Kochtopf auf, der ihnen bei der Ankunft im Lager als Waschkessel gedient hatte.

»Ich mache mir Sorgen um dich«, sagte sie ernst.

»Warum denn? Mir geht es sehr gut.«

»Du schläfst schlecht, du siehst miserabel aus, du isst fast gar nichts mehr, und deine Kleidung schlottert.«

Er zuckte die Achseln. Er hatte Lust, im Zimmer auf und ab zu gehen, aber dafür war es zu klein. Manchmal machte ihn dieses enge Zusammenleben buchstäblich verrückt, und in manchen Albträumen rückten die Wände dieser Holzkiste zusammen, bis er von ihnen erdrückt wurde.

»Ich habe auch nicht mehr Sorgen als andere Leute.«

»Ich weiß, dass da noch etwas anderes ist«, sagte sie sanft. »Du bist einer Frau wegen in Frankreich geblieben, und sie fehlt dir.«

Andreas fragte sich, woher die Frauen diese Gabe hatten, einem den Dolch mitten ins Herz zu stoßen und dabei so zu tun, als wäre nichts.

Hanna wusste nichts. Niemand wusste auch nur das Geringste über das, was er in Lothringen erlebt hatte. Er hatte keinen Freund, dem er sich hätte anvertrauen können, und selbst wenn Jaroslaw plötzlich bei ihm aufgetaucht wäre, hätte er ihm nicht von Livia erzählt. Wie viele Geheimnisse, über die man nur flüsternd und mit gedämpfter Stimme sprach, war auch die Erinnerung an die Venezianerin zu mächtig, zu verheerend, als dass er sie laut hätte aussprechen können.

Sie hatte nicht auf seinen Brief geantwortet. Täglich wartete er auf die Post, und jedes Mal konnte er ein Gefühl der Enttäuschung nicht unterdrücken, wie ein kleiner, lästiger Holzsplitter stach es ihm in die Seele, obwohl er im Grunde nicht erstaunt war. Livia Grandi würde immer ungreifbar bleiben. Sie gehörte nicht zu den Leuten, die sich mit Phrasen und Floskeln aufhielten.

Sie verfolgte ihn Tag und Nacht. Er dachte nur noch an sie, an ihren Körper, an ihr Lächeln, an ihre Zärtlichkeitswallungen und ihren rasenden Zorn, an ihre unberechenbaren Launen. Was am Anfang nur leidenschaftlich aufflammendes Begehren gewesen war, reiner männlicher Eroberungswunsch, hatte sich nun gegen ihn gekehrt, und er saß in der Falle. Nie hätte er sich vorstellen können, dass sich je eine Frau so in sein Leben einnisten würde, er fühlte sich geradezu besessen von ihr. Sie fehlte ihm so heftig, dass er sich manchmal fragte, wie er es überhaupt fertigbrachte weiterzuleben.

»Du liebst sie, nicht wahr?«

Zorn stieg in ihm auf, er wandte sich dem Fenster zu. Hanna sollte sich nicht in Dinge mischen, die sie nichts angingen.

»Ich weiß, Andreas, ich bin nur deine Schwester«, fuhr sie in dem leicht spöttischen Ton fort, der ihr zur Gewohnheit geworden war. »Ich bin lediglich eine Frau und dazu auch noch jünger als du, aber du kannst trotzdem mit mir reden. Früher steckte man die Leute in klar abgegrenzte Schubladen, und die einen sprachen grundsätzlich nicht mit den anderen. Es gab eine Hierarchie der Vertraulichkeit. Vor allem bei Leuten wie uns. Aber das ist jetzt alles vorbei. Glaub mir, ich bin erwachsen genug, um dir zuzuhören. Und ich habe genug gelitten, um dich zu verstehen.«

Er fuhr mit den Händen in die Hosentaschen, weil er das Bedürfnis hatte zu rauchen, doch die Taschen waren leer. Da fiel ihm ein, dass er seine letzte Zigarette Gert Handler gegeben hatte, dem der Pfeifentabak ausgegangen war. Wirklich, die Götter hatten sich gegen ihn verschworen. Nicht nur musste er sich von seiner Schwester verhören lassen, ihm blieb auch nichts mehr, womit er seinen Ärger hätte vertreiben können.

Er kreiselte noch einmal um die eigene Achse. Sie konnten sich kaum rühren, ohne gegen ein Bettgestell, den Tisch, das Regal oder die Kleiderhaken zu stoßen, an denen ihre armselige Garderobe hing.

»Du irrst dich. Ich mache mir Sorgen, weil ich es schaffen muss, dass meine Familie genug zu essen hat, weil bald noch ein Maul zu stopfen sein wird, weil ich mich frage, wann man mir die Gelegenheit geben wird, genug Geld zu verdienen, um uns hier herauszuholen und mit euch in ein Haus zu ziehen, das diesen Namen verdient!«

Hanna sah deutlich, wie ihr Bruder litt, und sie wusste, dass sein Stolz ihn daran hindern würde, sich ihr anzuvertrauen. Andreas hatte dieselben Geldsorgen wie alle anderen auch, und er war naiv genug zu glauben, man merke ihm seinen Kummer nicht an.

Ein verliebter Mann hat doch etwas Rührendes, dachte sie. Man hatte sich so sehr daran gewöhnt, eine solche Schwäche nur Frauen zu unterstellen, dabei hatte dieser Zustand bei Männern eine ganz andere, forderndere, glühendere, fast religiöse Dimension.

Aufmerksam betrachtete sie sein Gesicht und entdeckte darin die aus dem Fehlen eines Menschen geborene Furcht. Am liebsten hätte sie ihn in die Arme genommen und getröstet, ihm gesagt, alles werde gut, er werde sie wiederfinden und eine echte Liebe sei dazu berufen, sich zu erfüllen, doch sie war selbst zu hellsichtig und zu zynisch geworden, um noch daran zu glauben. Wenn sie abends ihrer Tochter vorlas, fand sie es manchmal seltsam, dass man den Kindern erklärte, Lügen seien eine Sünde, und ihnen dennoch die ganze Zeit Märchen erzählte.

»Und wenn nun ich es täte?«

»Wie bitte?«

»Und wenn nun ich genug Geld verdienen würde, damit wir ein Haus bauen könnten, das diesen Namen verdient?«, wiederholte sie seine Worte. »Heute Morgen hat mich Oberstleutnant Hammerstein besucht. Er verlässt Europa und kehrt nach Hause zurück, nach New York, und er hat mir meine letzten zehn Broschen abgekauft.«

Sie zog ein Bündel Dollarnoten aus der Tasche ihrer Strickjacke und legte sie mit einer Verbeugung auf die Holzkiste. Die beiden sahen sich lange schweigend an.

»Im zivilen Leben ist Herr Hammerstein Eigentümer eines der größten Warenhäuser in Manhattan. Er wusste schon vor dem Krieg alles über Gablonz. Er pflegte vor allem Perlencolliers und Hutnadeln zu kaufen. Sobald wir wieder exportieren dürfen, soll ich ihm die Exklusivrechte an meinen Kreationen einräumen.«

Sie faltete die Hände und senkte den Blick, sie wagte ihrem Bruder nicht ins Gesicht zu sehen. Sie fürchtete seine Reaktion und wusste nicht, ob sie selbst heftig auf ihn reagieren würde. Sie war noch völlig verwirrt von dem, was geschehen war.

»Seit wann sprichst du Englisch?«, erkundigte sich Andreas.

»Gert hat den Dolmetscher gemacht. Frag ihn doch, was er darüber denkt. Wahrscheinlich bilde ich mir nur was ein«, sagte sie achselzuckend.

Sie fühlte sich ein wenig dumm. Die ganze Geschichte würde im Sande verlaufen. Aber wenigstens hätte sie ein paar Dollar verdient, die der Ebbe der Familienkasse abhelfen würden.

»Zeig mir seine Karte«, sagte Andreas.

Wieder suchte sie in der Tasche ihrer Strickjacke, dann hielt sie ihm die Visitenkarte hin. Andreas las sie aufmerksam und fuhr mit einem Finger über die Prägung.

»Also, was meinst du?«, fragte sie ein wenig ängstlich.

Andreas erinnerte sich an das, was Gert Handler auf Lillis Hochzeit gesagt hatte. Er sah, dass seine Schwester nicht nur viel Mut hatte, sondern auch viel Talent, und er empfand großen Stolz. Aber wenn dieser Amerikaner die Exklusivrechte von ihr wollte, durfte er sie auf keinen Fall bekommen.

»Ich meine, die Fifth Avenue ist genau der Ort, an dem deine Kreationen verkauft werden sollten.«

Das strahlende Lächeln auf den zarten Zügen seiner Schwester ließ ihn für einige Sekunden das Lächeln der Frau vergessen, die er liebte und deren kostbarstes und persönlichstes Geheimnis er bald verraten würde.

Einige Tage später vollendete Andreas die Zeichnung eines gefußten, zwölffach facettierten Kelchs mit einem sich nach außen öffnenden, umgeschlagenen Rand. Er legte den Kopf schief, betrachtete kritisch sein Werk, dann knüllte er den Bogen wütend zusammen und warf ihn auf die Erde, wo schon ein Dutzend verworfener Zeichnungen lag.

Er fuhr sich mit beiden Händen durchs Haar. Er würde es nie schaffen! Er war einfach nicht imstande, das schwer herzustellende Gleichgewicht eines Kelchs, eines Glases oder einer Vase zu finden. Nur die Männer, die gemeinsam unmittelbar an den Öfen arbeiteten, wussten die richtigen Proportionen zu bestimmen und ein Stück wirklich herzustellen. Er hingegen arbeitete allein in seiner Werkstatt, er kannte die unterschiedlichen Gravurtechniken, den Tiefschliff, der mit Hilfe von Scheiben, Rädern und Schleifmitteln ausgeführt wurde, den Hochschliff, wo wie bei einer Kamee die Umrisse des Ornaments abgetragen wurden, oder auch den Diamantschnitt, bei dem man das Dekor mit Hilfe einer Diamant- oder Metallnadel eingravierte. Und nun musste er einsehen, dass er nicht ohne weiteres von der einen in die andere Welt hinüberwechseln konnte.

»Hier sieht's ja wüst aus«, bemerkte Gert, der plötzlich in der Tür stand, die erloschene Pfeife zwischen die Zähne geklemmt. »Gibt's ein Problem?«

»Die alten Römer wussten schon, warum sie die Glasmacher in *vitrearii* und *dietretarii* unterschieden«, sagte Andreas mit bitterem Spott. »Aber die Arbeit war nicht ganz umsonst. Ich habe eine echte Begabung für das Falten von Papierflugzeugen und -vögeln. Wenigstens meine Nichte wird sich freuen.«

Sein Scheitern stieß ihm sauer auf. Er bückte sich und hob die Papierknäuel auf.

»Du weißt doch, dass ein himmelweiter Abstand ist zwischen den Arbeitsbereichen der Glasbläser und der Glasschneider und -graveure. Schuster, bleib bei deinen Leisten! Warum verrennst du dich auch in solche Projekte?«

»Weil ich heute am frühen Nachmittag einen Termin in der

Glashütte Bienendorf habe, weil die Mischung fertig ist und sie immer noch nicht wissen, was daraus gemacht werden soll. Und da ich es eben auch noch nicht weiß, ist mir nicht klar, wie ich aus dieser Klemme herauskomme.«

»Was ist denn so Besonderes an deinem Rezept? Seit du mit ihnen in Verhandlungen stehst, bist du wie ausgewechselt.«

Andreas griff nervös nach seinem Mantel. Er wusste, dass sein seltsames Verhalten einem so klugen Menschen wie dem alten Handler auffallen musste.

»Komm mit, ich lade dich zu einem Bier ein. Ich krieg hier drin keine Luft mehr.«

Gert folgte seiner Einladung nur zu gern, und Andreas gab sich alle Mühe, nicht zu rasch auszuschreiten.

Während die beiden Männer zur Gastwirtschaft gingen, überlegte Andreas, dass die Aufschrift des Wirtshausschilds, »Zur Wahrheit«, nicht einer gewissen Ironie entbehrte. Niemals würde er die Wahrheit über das Rezept für die Herstellung des *chiaroscuro*-Glases sagen dürfen, das er sich angeeignet hatte, als ihm zufällig das Büchlein der Grandi in die Hände gefallen war. Er wollte nach diesem Rezept einen Kelch herstellen lassen, um ihn im nächsten Monat auf einer Ausstellung in München zu präsentieren. Schon seit dem 17. Jahrhundert hatten die Bayern eine besondere Vorliebe für Schnapsflaschen aus kobaltblauem, honiggelbem oder manganviolettem Glas. Die Glashütte Bienendorf verdankte ihren Ruf vor allem einem rubinroten Glas, dessen intensive Färbung durch den Einschluss winziger Goldpartikel verstärkt wurde. Erfunden hatte dieses goldrote Glas der Potsdamer Chemiker Johann Kunckel, doch seine Arbeiter hatten das Geheimnis verraten. Und so hatte die Glashütte Bienendorf herrliche Flakons, Becher, Medizinfläschchen und sonstige Luxusartikel daraus herstellen können, die verziert waren mit Rippen, zarten Gravuren und Goldfassungen, die sie von Augsburger Goldschmieden arbeiten ließen.

Als Andreas mit dem Eigentümer der Glashütte die Mischung für das *chiaroscuro*-Glas besprochen hatte, war plötzlich ein aufgeregtes Leuchten in dessen Augen getreten. »Aber das ist ja wie Uranglas!« Und dann hatte er von einer Glasart geschwärmt, die um 1840 in Böhmen extrem beliebt gewesen war und je nach Farbe des einfallenden Lichts gelb oder grün geschimmert hatte. »Aber das hier ist noch subtiler und viel schöner!«

Der Glashüttenbesitzer hatte mit Feuereifer alle Komponenten herbeigeschafft und wartete nur darauf, den gewünschten Gegenstand blasen zu dürfen, doch Andreas fühlte sich jetzt wie ein schlechter Schüler, der, den Kopf voller Stroh, vor seinem Prüfer stand.

Er konnte sich noch vage an die Zeichnung des Kelchs in Livias Büchlein erinnern, aber er hatte nicht genug Zeit gehabt, die Anmerkungen daneben zu lesen, außerdem hatte ihn die chemische Zusammensetzung zu sehr fasziniert. Er war enttäuscht, dass er nun auf ein Hindernis stieß, das seinen Plan zunichtezumachen drohte. Dabei musste er unbedingt einen guten Eindruck auf die Organisatoren der Münchner Ausstellung machen, denn die war für ihn ein erster Schritt. Er hatte gehört, dass bald die erste internationale Glaskunstausstellung in Paris stattfinden sollte, und wollte unbedingt als Aussteller zugelassen werden.

Seine früheren Erfolge überzeugten nicht mehr ausreichend. Er war zwar sehr bewegt gewesen, als Hanna ihm den kleinen Kelch überreicht hatte, den er vor seinem Aufbruch zur Front graviert hatte, aber er trauerte immer noch der Vase hinterher, für die er 1937 ausgezeichnet worden war. Doch jetzt musste er sich ganz auf die Zukunft konzentrieren. Während seiner Zeit in Montfaucon hatte er eine Vorstellung davon bekommen, in welche Richtung sich die Entwicklung in den nächsten zehn Jahren bewegen würde. Er vermutete, dass einfarbiges Glas und klare Linien wieder in Mode kommen würden. Um aus seiner ausweglosen Situation herauszukommen, musste er mit einem Meisterstück beweisen, dass er ein Glasmacher war, den man nicht ignorieren durfte. Und deshalb hatte er die Formel der Grandi gebraucht.

Die Gastwirtschaft war brechend voll. Sie war erfüllt vom warmen und tröstlichen Geruch nach Bier, Rauch und dem Schweiß der Männer, die gerade die Probleme dieser Welt lösten. Andreas wurde es warm ums Herz, als er die erhobenen Stimmen und den vertrauten Dialekt mit den österreichisch klingenden Konsonanten hörte. In einer Ecke war mit Reißnägeln ein Plakat an die Wand geheftet, auf dem man die Rückgabe ihrer Ländereien im Isergebirge forderte.

Sie setzten sich an den Stammtisch, die bereits anwesenden Männer rückten zusammen und nickten ihnen grüßend zu. Der Wirt brachte ihnen unaufgefordert zwei Bier.

»Die Tschechen können sagen, was sie wollen«, mischte sich ein schwächlich wirkender kleiner Mann in die heftige Diskussion ein, die gerade im Gange war. »Bald werden wir soweit sein, dass wir auf das Ortsschild von Kaufbeuren ›Neugablonz‹ schreiben dürfen. Das klingt doch gut, oder? Neues Gablonz …«

»Das werden die Russen nie zulassen«, knurrte der neben ihm sitzende Mann. »Die sind viel zu sehr darauf angewiesen, den guten Ruf des Gablonzer Glases für sich zu behalten.«

»Da irrst du dich, mein Guter. Seit die Russen im Februar in Prag die Macht übernommen haben, sehen die Amerikaner Verschiedenes ganz anders. Jetzt fängt ein anderer Krieg an. Ab jetzt stehen die Sowjets auf der einen Seite und die freie Welt auf der anderen. Die Amis werden sich mit uns gut stellen müssen, weil sie unsere Unterstützung brauchen.«

Andreas folgte dem Gespräch nur mit halbem Ohr, er war ganz in seine Gedanken vertieft. Er überlegte, ob er zur klassischen Schlichtheit zurückkehren sollte und ob er sich die Sache nicht überhaupt zu schwer machte. Langsam entstand in seinem Kopf schon die nächste Zeichnung.

»Ganz unrecht hat er nicht«, murmelte Gert und nickte. »Wir haben verdammtes Glück, dass wir auf der amerikanischen Seite sind. Manchmal stelle ich mir vor, was wohl auf der anderen Seite der Grenze vor sich geht, und dann wird mir ganz anders. Als wir hier ankamen, hatten wir nur eins im Kopf: wieder wie menschliche Wesen zu leben. Und jetzt müssen wir die Zähne zusammenbeißen und beweisen, dass wir die Besten sind.«

»Was würden wir nur tun, wenn wir keinen Ehrgeiz hätten?«, spottete Andreas.

»Bist du etwa nicht ehrgeizig? Du bist genauso wie wir alle. Man muss erst besiegt und vertrieben worden sein, um zu verstehen, was für eine Wut wir im Bauch haben.«

Andreas warf ihm, überrascht von so viel Zorn, einen Seitenblick zu.

»Du bist doch genauso wütend wie ich, oder?«, fragte ihn Gert bissig.

Andreas seufzte und ballte rhythmisch die Fäuste, um die Blutzirkulation anzuregen. Manchmal hatte er den Eindruck, dass sich für jedes Hindernis, das die vertriebenen Sudeten überwunden hatten, zwei neue vor ihnen aufbauten.

»Da war eben auch noch ein gewisser Adolf Hitler«, erklärte ein aufgebrachter Mann mit scharf geschnittenem Profil. »Wir dürfen uns nicht einbilden, wir kämen einfach so davon und dürften tun und lassen, was wir wollen. Verbrechen gegen die Menschlichkeit, den Begriff hat man in Nürnberg für uns erfinden müssen. Glaubt ihr wirklich, man wird uns je verzeihen?«

»Ich habe niemanden darum gebeten«, polterte ein anderer. »Ich war weder bei der SS noch in den Lagern. Ich hab im Krieg mein Bestes gegeben. Einer meiner Brüder ist in Stalingrad gefallen, ein anderer in der Normandie. Wenn ich den Soldaten auf der Gegenseite nicht abgeknallt hätte, hätte er mich umgebracht, so einfach ist das. Ich brauche niemanden um Verzeihung zu bitten.«

»Seht ihr, niemand ist an irgendetwas schuld! Na wunderbar!« Der Mann mit den scharfen Zügen war aufgesprungen. »Wir haben diesen Krieg auf absolut verbrecherische Weise geführt, wir haben das Kriegsrecht gebrochen, wir haben Millionen Menschen umgebracht, Frauen und Kinder, lauter unschuldige Menschen wie Vieh in den Gaskammern krepieren lassen, aber dieser Herr hat ein ruhiges Gewissen, dieser Herr hat nichts Böses getan.« Er wandte sich zu dem Mann neben ihm: »Hast du ein reines Gewissen?« Dann an einen anderen: »Und du?« Er wurde immer lauter, während er in die Runde fragte.

Lastende Stille senkte sich über die Gaststube.

Andreas betrachtete aufmerksam die zu Masken erstarrten Gesichter der Männer, die wie versteinert auf ihren Stühlen saßen. Gerts Lid flatterte nervös, er umklammerte seinen Bierkrug, als wollte er sich daran festhalten.

Der Mann war völlig aufgelöst, tiefe Falten hatten sich in sein Gesicht gegraben. Er wartete noch einige endlos lange Minuten. Dann lächelte er bitter, wandte sich brüsk zum Gehen und schlug die Eingangstür laut hinter sich zu. Einer nach dem anderen fingen die Männer sich an zu regen, als erwachten sie aus einem langen Schlaf, und nahmen mit gedämpfter Stimme ihre Gespräche wieder auf.

Andreas dachte, dass die Frage grausam treffend gewesen war, ebenso einfach wie schrecklich und von unerbittlicher Nichtabweisbarkeit. Sie ging weit über das hinaus, was in einem Stammtischgespräch in einem bayrischen Wirtshaus üblich war. Ihm war, als glitte ihr Nachhall über die Wände und dann hinaus ins Freie, über die Hügel und Wälder, die Seen und Ebenen, in die Dörfer und Städte bis zu jedem einzelnen Deutschen, wo immer er sich gerade aufhielt, an einer Straßenecke, auf einer Kirchenbank, im Flur eines Ministeriums oder eines Krankenhauses, in einer Fabrik oder auf einem Bauernhof, in einer Kathedrale oder auf einem Bahnsteig.

Und du?

Das purpurrote Tuch ließ es scharlachrot aufglänzen. Livia nahm das Glas und stellte es auf ein Tischchen, das sie mit smaragdgrünem Samt bedeckt hatte. Langsam wechselte der Kelch mit den sechzehn senkrechten Rippen die Farbe. Sie knipste die Lampe aus und ließ durch die halb offene Tür das Licht aus der Diele hereinfallen. Das Glas mit dem hohlen, leicht konvexen Stiel, der ihm durch seine schmale, in die Höhe strebende Form eine luftige Eleganz verlieh, verbreitete jetzt, im Halbschatten, immer noch sein feenhaftes Licht.

Sie setzte sich aufs Sofa, zog die Beine an den Körper und stützte das Kinn auf die Knie. Das wäre der ideale Kelch für Champagner, dachte sie. Tino gegenüber war sie fest geblieben: Sie mussten Gläser entwerfen, die auch für den täglichen Gebrauch taugten. Der Glasmachermeister hatte, den Stiernacken gesenkt, die Hände in die Hosentaschen vergraben, missmutig vor ihr gestanden. Seiner Ansicht nach genügte die Schönheit sich selbst. Er konnte sich überhaupt nicht mit dieser neuen Mode anfreunden, derzufolge alles funktionell sein musste, aber Livia hatte sich durchgesetzt. Sie konnten es sich einfach nicht mehr leisten, nur von der Höhenluft der Künstler zu leben, die nach absoluter Schönheit strebten. »Wir müssen realistisch sein, Tino«, hatte sie immer wieder beharrt.

Langsam breitete sich wohlige Wärme in ihr aus und löste die nervösen Spannungen, die ihren Körper immer noch erzittern ließen. Sie strich mit der Hand über den roten Seidensamt, der weiche Stoff ließ angenehme Kindheitserinnerungen in ihr aufsteigen. An einer Wand hing wie ein Schwarm Schmetterlinge mit ausgebreiteten Flügeln die Fächersammlung ihrer Mutter. Der Salon mit den alten Möbeln umfing sie wie ein Kokon. Nach den langen Stunden der Arbeit empfand sie endlich Frieden und wurde nicht müde, die vor ihr aufgereihten Gläser zu betrachten. Es war kaum zu glauben, doch sie hatten es geschafft … Der Wolf und sie.

Damit Tino genau wusste, was sie sich vorstellte, hatte sie ihm exakte Zeichnungen angefertigt, über die sie lange diskutiert hatten, bevor sie sich an die Umsetzung machten. Es hatte mehrere vergebliche Versuche gegeben, Fehleinschätzungen hinsichtlich der Ausgewogenheit der Form, winzige Fehler, die zwar kaum wahrnehmbar waren, aber mit ihrem Perfektionsdrang nicht vereinbar, und so hatten sie die ersten Stücke zerstören müssen. Nicht ohne Bedenken, denn sie hatten nur einen beschränkten Vorrat der Mischung und fürchteten, er könne ihnen ausgehen. Das Feuer führte ein Eigenleben und verpasste nie eine Gelegenheit, den Glasbläser in Staunen zu versetzen, unablässig zwang es ihm seine Launen auf.

Livia hatte Tino während der Arbeit heiser Ratschläge zugerufen, während ihnen die Glut der auf achthundert Grad geheizten Öfen Stirn und Wangen versengte. Der Schweiß war ihnen übers Gesicht gelaufen und hatte ihre Kleider getränkt, während ihre Augen so fiebrig glänzten wie die von Erleuchteten. Voller Konzentration und mit verspannten Schultern waren sie bei der Sache geblieben, ihre Welt war auf diese glühend heiße Werkstatt mit den fauchenden Öfen zusammengeschrumpft. Umgeben von Feuer, Licht und der Alchemie der Stoffe waren sie allein auf der Welt und zugleich deren Götter.

Bis tief in die Nacht hinein hatten sie durchgehalten, literweiße Wasser getrunken und das Glas bearbeitet, es immer wieder aufgeheizt und weiter geformt. Erst gegen vier Uhr morgens, in der Stunde, in der die Nacht den Atem anhält, ebenso tief und still wie der Ozean, hatten die beiden Muraneser Glaskünstler endlich ihr Ziel erreicht.

Und jetzt betrachtete Livia bewegt und fast gierig die beiden Kelche und die sechs traumhaft schönen langstieligen Gläser.

»Du wärest stolz auf uns, *nonno*«, murmelte sie.

Während sie den Arbeitern zugesehen hatte, hatte sie an ihren Großvater gedacht. Alvise Grandi würde für immer in ihrem Geist und in ihrem Tun fortleben, von ihm hatte sie alles gelernt, und doch hatte sie sich zum ersten Mal von seinem Gedächtnis zu befreien gewagt und war ihrem Instinkt und ihrem eigenen kreativen Verlangen gefolgt.

In tiefem Schweigen hatten die Männer sich rings um Tino bewegt, ihm die Pfeifen, die Scheren und Zangen mit Bewegungen gereicht, die sich seit dem Mittelalter nicht verändert hatten. Sie arbeiteten wirklich »Hand in Hand«, ohne jede mechanische Zwischenstufe, und wie stets in Murano war jede Geste eine feierliche, fast religiöse Würdigung ihrer Vorväter. Jeder war sich der Bedeutung dieses Augenblicks bewusst gewesen. Diese Männer der Glashütte Grandi versuchten nicht nur einen Mythos neu zu beleben, vom Gelingen dieses Experiments hing auch ihre Zukunft und die ihrer Familien ab.

Nachdem das Werk endlich vollendet war, mussten sie sich noch zwölf Stunden in Geduld üben. So lange standen die Gläser auf Eisenplatten in den Abkühlöfen, um ihnen zu große Temperaturunterschiede, die sie zum Zerspringen gebracht hätten, zu ersparen. Doch alle waren so gespannt auf das Endergebnis, dass niemand schlafen gegangen war. Der *garzone* war am Küchentisch eingeschlafen, den Kopf in den Armen vergraben.

In den ersten Morgenstunden stapfte Tino mit angespannter Miene im Hof auf und ab, eine Zigarette nach der anderen rauchend und seinem Sohn Befehle zubrüllend. Livia lief über die Kais, einen Schal vor dem Gesicht, um sich vor den rauen Herbstwinden zu schützen, die vom Meer her wehten. Nur die Fischerboote glitten über die still daliegende Lagune, und sie sah zu, wie am Himmel das erste zarte Morgenlicht aufleuchtete und ihn in perlmutterhaften flüchtigen grauen und bläulichen Farben erstrahlen ließ.

Ihr Brief an den Ausschuss, der die Ausstellung *Les Chevaliers du Verre* vorbereitete, die ein halbes Jahr später in Paris stattfinden sollte, lag schon bereit. Sie musste ihn nur noch unterschreiben. Sie beantragte darin eine Ausstellungszulassung für die Glashütte Grandi, die dort Gegenstände aus *chiaroscuro*-Glas ausstellen wolle. Als sie ihn am Schreibtisch ihres Großvaters aufgesetzt hatte, hatte sie ein kleines stolzes Lächeln nicht unterdrücken können.

Sie war sicher, dass sie offene Türen einlaufen würde. Und sobald die Ausstellung zu Ende wäre, würden bestimmt die Bestellungen eingehen. Die Bank würde ihr gern einen Kredit einräumen, mit dem sie die nötigen Rohstoffe kaufen konnte. Sie stellte sich schon vor, wie sie über die mit dickem Teppichboden ausgelegten Ausstellungsgänge laufen würde, und die Männer in den grauen Anzügen würden sie ehrerbietig und nicht, wie in ihren Albträumen, herablassend grüßen. Alle Öfen im Haus des Phönix würden wieder knistern und ihre Funken über die Glasbläser sprühen, die ihre Wangen aufblasen und die Muskeln spielen lassen würden.

Ein Geräusch im Flur erschreckte sie. Sie sprang auf, ihr Herz klopfte.

»Ist da jemand?«, rief sie.

Hastig warf sie das Tuch, in dem sie die Gläser aus der Werkstatt nach Hause transportiert hatte, über die zerbrechlichen Kunstwerke. Und wenn jemand versuchte, sie ihr zu stehlen? Aber nein, du bist ja dumm!, schalt sie sich selbst.

Sie ging zur Tür und spähte hinaus.

»Mein Gott, Flavio!«, rief sie.

Ihr Bruder lag dicht an der Wand auf der Seite, zusammengesunken wie eine Marionette, deren Fäden man losgelassen hat. Im Sturz hatte er den Garderobenständer mitgerissen. Sie eilte zu ihm, doch sie sah sofort, dass er nicht verletzt war. Der Geruch seiner Kleider und seines Atems stieg ihr in die Nase. Ein Schauer überlief sie vom Kopf bis zu den Füßen, ein Schauer der Angst und des Zorns.

Sie drückte die Haustür ins Schloss und baute sich, die Fäuste in die Hüften gestemmt, vor ihm auf.

»Du hast schon wieder getrunken!« Ihr Ton war anklagend.

Flavio zog mühsam die Hände unter den Körper und stützte sich leise schimpfend auf. Er lehnte den Hinterkopf gegen die Wand, sodass man seinen blassen Hals sah. Sein Körper schien ihm fremd geworden zu sein. Sein verletztes Bein lag ausgestreckt vor ihm wie ein Stück abgestorbenes Holz.

Livia biss die Zähne zusammen, aber sie machte keine Anstalten, ihm aufzuhelfen. Sie fragte sich, wie oft Flavio wohl schon in diesem Zustand nach Hause gekommen war, ohne dass sie es bemerkt hatte. In Murano dürfte inzwischen jeder darüber Bescheid wissen. Er wirkte mitleiderregend mit dem halb aufgeknöpften feuchten und fleckigen Hemd, dem fahlen Gesicht und dem wirren Haar. Sie empfand zugleich Scham und Angst, denn sie war mit einer Sache konfrontiert, die sie weder verstand noch beeinflussen konnte.

Endlich öffnete er die glasigen Augen und befeuchtete sich die Lippen.

»Verzeih mir, wenn ich dich geweckt habe, Schwesterchen. Ich wollte keinen Lärm machen.« Die Stimme war belegt und immer noch spöttisch.

Livia wusste nicht, was sie sagen sollte. Am liebsten hätte sie ihn geschüttelt und ihn angeschrien. Er hatte nicht das Recht, sich so aufzuführen, während sie sich in Stücke riss, um die Glashütte zu retten und damit auch ihre Zukunft und die Zukunft der Menschen, die ihnen vertrauten. Am liebsten hätte sie ihm wehgetan, ihn so stark geohrfeigt, dass es Spuren auf seiner Wange hinterlassen hätte, ihm gesagt, er sei feige und egoistisch und nicht würdig, den Namen Grandi zu tragen. Und zugleich war ihr danach, sich in seine Arme zu flüchten und einfach nur zu weinen, weil sie ihren Sohn im Stich gelassen hatte, weil sie sich zwischen zwei unvereinbaren Welten zerrissen fühlte, der Glashütte und ihrem Mann, und weil die Erinnerung an den Mann aus Böhmen sie mitten in der Nacht aus dem Schlaf riss.

Er hob die Hand mit einer so müden Bewegung, dass es fast feminin wirkte.

»Lass mich allein … Du musst schlafen gehen.«

Langsam bückte sie sich und sammelte die Mäntel und Umhänge ein, die ringsum verstreut lagen. Dann überkam sie eine Woge von Müdigkeit, sie ließ sie wieder fallen und setzte sich vor ihrem Bruder auf den Boden.

In dem Kronleuchter über ihnen fehlten einige Glühbirnen, und die Blumen aus farbigem Glas warfen scherenschnittartige Schatten auf die Wände, von denen die Farbe abblätterte. Über den Fußleisten hatte die Feuchtigkeit dunkle Flecken hinterlassen. Auf der Konsole häuften sich die Briefe. Schon seit Wochen hatte niemand mehr die Post geöffnet.

Flavio seufzte und schloss die Augen.

»Ich fürchte, dies ist nicht der richtige Moment für eine längere Rede, Schwesterchen. Ich bin ein wenig müde …«

Er tastete zitternd über seinen Hals, als bekäme er nicht genug Luft. Sie rührte sich nicht und sah ihn weiter an, ihr starrer Blick schien ihm Unbehagen zu verursachen.

»Wenn ich recht verstanden habe, seid ihr beide, du und Tino, dabei, das *chiaroscuro*-Glas zu neuem Leben zu erwecken. In ganz Murano ist nur noch davon die Rede. Selbst Marco wirft mir inzwischen so verstohlene Blicke zu, als wäre ich im Besitz eines Staatsgeheimnisses. Aber er wagt keine Fragen zu stellen. Ich hoffe, alles verläuft nach Wunsch?«

Flavios Worte trafen Livia wie glühende Nadelstiche. Sie schwieg. Selbst wenn sie gewollt hätte, wäre sie nicht imstande gewesen zu antworten. Die Wörter in ihrem Kopf schossen wie Murmeln hin und her, in wildem Durcheinander prallten sie von innen gegen ihre Zähne, doch ohne die geringste Hoffnung, ins Freie zu gelangen. Livias Zunge schien zu doppelter Größe angeschwollen zu sein und den ganzen Mund auszufüllen. Ihr war, als würde sie Blut und Galle spucken, wenn sie ihn öffnete.

»Du sagst nichts? Komisch, das erinnert mich an die Zeiten, als du stumm warst. Nachdem Papa und Mama verunglückt waren, hast du monatelang nichts gesagt. Das hat mich damals ziemlich aus der Fassung gebracht. Ich wusste nicht, ob du das extra machtest, um uns zu ärgern, oder ob dich der Schock wirklich stumm gemacht hat. Die anderen Kinder fingen dann an, sich über dich lustig zu machen. Weißt du noch?«

Natürlich wusste sie es noch. Es gibt nichts Grausameres auf der Welt als Kinder. Sie hatten jede Gelegenheit genutzt, sie zu quälen. Schließlich hatte ihr Großvater sie von der Schule genommen.

»Einer von den Jungs, mit denen ich damals befreundet war, behauptete, du seist verrückt. Wir beide haben uns dann ganz schön gekloppt. Er hat mir ein prachtvolles blaues Auge verpasst.« Er lächelte. »Dafür hab ich ihm zwei Zähne ausgeschlagen. Das wusstest du nicht, oder? Ich habe dir natürlich nichts gesagt. Dem *nonno* übrigens auch nicht. Ich wollte nicht an dem schönen Bild kratzen, das er von mir hatte: der herzlose böse Bube, der sich keinen Deut um sein armes kleines Schwesterchen schert.«

Er wischte mit dem Handrücken über den Mund. Seine Stimme war brüchig, doch er musste nicht nach Worten suchen, nur manchmal machte er eine Pause, als müsste er zu Atem kommen.

»Mir wird klar, dass du recht hast, dass Schweigen die wirksamste Waffe ist, aber ich sehe da einen Haufen Gedanken hinter deiner hübschen Stirn vorbeiziehen. Du warst nie gut darin, deine Gedanken zu verbergen. Du hältst mich für einen Lumpen, nicht wahr? Und wahrscheinlich auch für einen Feigling. Und ich habe nicht die Absicht, dich eines Besseren zu belehren … Du hast völlig recht, Livia, ich bin ein feiger Lump.«

Er brach in bitteres Lachen aus, das durchs ganze Haus hallte.

»Na, bist du jetzt zufrieden?«, fragte er dann, plötzlich aggressiver. »Was hast du davon, dass du einmal mehr recht gehabt hast? Weißt du, was an dir am unerträglichsten ist? Dass du immer so aussiehst, als wüsstest du es besser als alle anderen. Du kannst gar nicht anders. Es liegt in deiner Natur. Und das Schlimmste ist, du hast vielleicht auch damit recht. Man muss nur sehen, wie du dich für die Glashütte einsetzt. Ich hätte womöglich gar nichts anzufangen gewusst mit dem berühmten roten Büchlein. Ich brauchte es bloß anzusehen, und schon hatte ich Kopfweh.«

Ein Hustenanfall schüttelte ihn. Er wühlte in den Taschen und zog dann ein Päckchen Zigaretten und ein silbernes Feuerzeug heraus. Selbst in diesem erbärmlichen Zustand bewahrt er sich noch eine Art Eleganz, dachte Livia.

»Ich gebe zu, ein Erbe wie das unsere ist eine feine Sache, aber es hat mir immer eine Heidenangst eingejagt. Die Werkstätten, die Ahnen, das Talent der Familie, das *cristallo* … All das verfolgt mich von Kindheit an. Für mich ist das immer wie ein Gefängnis gewesen, kannst du das verstehen? Für mich ist kein Platz in der Glashütte, und ich bin dort nicht am Platze. Es scheint mir einfach nicht im Blut zu liegen. Komisch, nicht? Ich weiß, ich bin der Sohn meines Vaters, und doch bin ich manchmal traurig darüber, wenn ich ein paar Glas intus habe. Vielleicht würde ich mich weniger schuldig fühlen, wenn ich ein Bastard wäre.«

Er versuchte, sein versehrtes Bein anzuwinkeln, doch es gelang ihm nicht. Die Zigarette im Mundwinkel, musste er beide Hände zu Hilfe nehmen, um das Knie zu verlagern. Einen Augenblick lang verhärtete sich sein Gesicht vor Schmerz.

»Verdammte Schweinerei …«, murmelte er. »Aber ich habe kein Recht, mich zu beklagen, oder? Zumindest bin ich noch mit sämtlichen Gliedern zurückgekehrt. Das haben mir diese Idioten im Lazarett immer vorgebetet. Aber niemand kapiert, dass es nicht nur der Körper war, den man ohne Verluste durch diese Hölle bringen musste. Es gibt ja auch noch das hier.« Er klopfte sich mit dem Zeigefinger an die Stirn. »Und das ist ein ganz anderes Paar Schuhe, glaub mir, Schwesterchen.«

Livia fröstelte. Kalte Luft zog unter der Haustür durch und strich ihr über den Rücken. Nachdem sie viele Stunden in der Glut der Werkstatt zugebracht hatte, war ihr nun kalt vor Sorge und Müdigkeit. Sie zog einen Mantel um die Hüften und legte sich einen weiteren über die Schulter.

»Da unten war es bitterkalt, das hätte dir überhaupt nicht gefallen«, spottete Flavio, als er sah, wie sie sich zu wärmen versuchte. »Sobald die Temperatur unter vierzig Grad minus sinkt, glaubt man, man wird verrückt. Man fühlt sich wie lebendig begraben. Die Kälte lähmt dich, sie schneidet dir überall ins Fleisch, sie beißt dich wie ein wildes Tier. Man kann keinen Entschluss mehr fassen, man denkt nur noch an die Kälte. Man ist besessen von ihr. Der berühmte Wunsch, einfach einzuschlafen, kommt erst nach den körperlichen Leiden. Der ist ja noch angenehm, aber nicht die Erfrierungen, der nach und nach absterbende Körper, die aufgeplatzten Hände, die Zehen, die in den Schuhen verfaulen. Glaub mir, der hat uns bestens ausgestattet, dieser Mussolini. Neben den Deutschen sahen wir aus wie Schuljungen. Wir hatten nicht das richtige Schuhwerk, keine ordentlichen Mäntel, weder Decken noch Handschuhe …«

Er verzog angewidert das Gesicht.

»Meinst du etwa, die hätten uns was gegeben, diese Arschlöcher? Verachtet haben sie uns. Wir kämpften auf ihrer Seite, aber sie teilten nichts mit uns, weder ihr Benzin noch ihre Verpflegung, noch ihre Gräben, auch nicht die Schlitten auf dem endlosen Rückzug … Wie Tiere haben sie uns behandelt. Ich habe gesehen, wie ein Mann sie anflehte, sich auf einem ihrer Schlitten ein wenig ausruhen zu dürfen. Sie haben ihm sein ganzes Geld abgenommen und ihn einen Kilometer weiter wieder runtergeworfen. Mir haben sie die Beretta abnehmen wollen. Ich habe ihnen ins Gesicht gespuckt! Wir hassten sie, aber wir konnten nicht auf sie verzichten. Sie waren immer noch unsere einzige Hoffnung, aus dieser Scheiße wieder rauszukommen. In meinem Armeekorps waren dreißigtausend Soldaten. Wie viele haben es geschafft? Tausend? Zweitausend? Aber ohne sie hätten wir alle dran glauben müssen.«

Sein Blick verlor sich im Nichts. Seine Augen waren riesig, von durchsichtigem Grau und ohne jeden Ausdruck.

»Weißt du, was wir am Ende gegessen haben? Nur noch Schnee. Und getrunken haben wir aus den Brunnen, an denen wir vorbeikamen. Wir hatten Hunger … Einen solchen Hunger … Das wird sich nie jemand vorstellen können … Dabei waren wir Christenmenschen …«

Er begann mit den Zähnen zu klappern, sein Gesicht wurde noch bleicher. Mit einem Mal sah er so verletzlich aus, dass Livia sich vorbeugte und eine Hand nach ihm ausstreckte, doch sie wagte ihn nicht zu berühren.

»Ich habe mich so lange wie möglich gewehrt … Ich habe zu Gott und dem Himmel gebetet, mir das zu ersparen … Ich wusste, welche Foltermethoden sich die Bolschewiken für die Offiziere ausgedacht hatten, deshalb hatte ich Koppel und Winkel weggeworfen. Weißt du, dass man dafür vors Militärgericht gestellt werden kann? Zum Glück hatte ich den Pelzmantel der einfachen Soldaten, keinen Offiziersmantel. Man musste um jeden Preis in der Masse untergehen. Man durfte nicht in die Hände der Sowjets fallen. Das war zu gefährlich. Und dann war da noch der Wind, schneidend wie ein Rasiermesser … Dieser teuflische Wind …«

Flavio sprang in seiner Erregung von einem Gedanken zum anderen, er hatte keinen roten Faden mehr. Mit einer zornigen Bewegung riss er eine kleine Flasche aus der Tasche, schraubte den Deckel ab und setzte sie an die Lippen. Er öffnete den Mund und kippte den Schnaps so heftig in seine Kehle, dass Livia schon fürchtete, er werde ersticken. Doch seine Hand zitterte so sehr, dass er einen Großteil über Kinn und Hemd verschüttete.

Flavios Gesicht war verwüstet, seine Augen quollen hervor. Sein ausgezehrter Körper wurde von Schauern überlaufen, sie sah das wilde Heben und Senken seiner Brust unter dem weißen Hemd. Flüchtig kam ihr die absurde Erinnerung an einen verletzten Vogel, den sie als kleines Mädchen einmal in der Hand gehalten hatte. Sie hatte gefühlt, wie das kleine Herz geklopft hatte, als wollte es zerspringen. An jenem Tag hatte sie darüber gestaunt, dass das Leben sich auf so ein hastiges zartes Klopfen reduzieren konnte und dass unter Umständen eine einzige kleine Geste genügte, um es zu beenden. Ein etwas zu festes Drücken, aus Ungeschicklichkeit oder aus einem gefährlichen Machtgefühl heraus oder auch aus allzu besitzergreifender Liebe. Damals war ihr das Leben unendlich verletzlich vorgekommen.

Und jetzt war es ihr Bruder, dessen Herz vor ihren Augen klopfte, dessen Körper von Übelkeit verkrampft wurde, doch sie blieb stumm, ihr war selbst übel, sie fand keine Worte, um ihn zu besänftigen und die grauenhaften Spukgestalten zu verscheuchen, die ihn bedrängten.

Fetzen alter Erinnerungen stiegen in ihr Gedächtnis. Sie sah sich und ihren Bruder, beide noch unschuldige Kinder, bäuchlings in einem Kahn liegen, die Augen knapp über dem Bootsrand, sengende Sonne im Nacken, und die Vögel im Schilf beobachten. Sie dachte an die Tage am Lido, das Schwimmen im Meer, die Abende am Strand, schwer von Trägheit und wohliger Müdigkeit, an ihre vom Salz ausgetrocknete Haut. Sie erinnerte sich an ihren Bruder, wie er auf San Michele stand, die schmale, aufrechte Gestalt in dem viel zu weiten Anzug, den ihm ein Cousin für die Beerdigung geliehen hatte, an sein ausdrucksloses Gesicht, daran, wie er die Lippen zusammengepresst hatte, damit sie nicht zitterten. Und an die unerwartete Zärtlichkeit des Kusses, den er ihr damals, als er in den Krieg zog, gegeben hatte, sie meinte den Hauch noch auf der Wange zu spüren.

Er schlotterte und wurde von unkontrollierbaren Krämpfen geschüttelt. Sie zögerte noch ein wenig, doch dann bewegte sie sich ungeschickt auf ihn zu, nahm zwei Mäntel und deckte ihn damit zu, seine Beine, die Hüften, die Schultern. Ihre Bewegungen waren nervös, ihr Magen hatte sich verkrampft, doch sie wollte nur noch eins: ihn beschützen vor der Kälte, dem Hunger und vor diesen Ungeheuern, die ihn umschlichen. Sie schmiegte sich an seinen fiebrigen Körper, streichelte über seine Stirn, seine Wangen und spürte seinen klebrigen Schweiß auf ihren Händen.

Plötzlich wandte er das Gesicht ab und übergab sich. Sie umschlang ihn mit ihren Armen, während sein Körper den Alkohol ausspie und die Verzweiflung, die Angst und die Reue, das Grauen, den Ekel, die Barbarei und all seine Ängste und Albträume.

Livia ließ nicht los. Sie weinte stumm, ganz still und mit offenem Mund, weil ihr die Ferne ihres Sohns im Herzen brannte wie eine Wunde, weil sie sich unwürdig fühlte und ihre Machtlosigkeit empfand. Manchmal ist die Verzweiflung so tief und so schrecklich, dass sie einen unter sich begräbt und zermalmt, bis nichts mehr übrig ist, nichts mehr, außer dem Geruch nach Blut und Alkohol und Erbrochenem, doch sie ließ nicht los, sie hielt ihren Bruder am Rande des Abgrunds, sie drückte ihn an sich, sie begleitete ihn bis ans Ende seiner Nacht, seines Elends, seines Verfalls. Sie warf den Kopf nach hinten, als müsse sie seinen Absturz verhindern, denn sie weigerte sich, ihn im Stich zu lassen, sie weigerte sich, die Hölle, das Nichts und die düsteren Schatten hinzunehmen, sie weigerte sich aufzugeben, während Flavio mit seinem ganzen Gewicht nach vorn hing und ihre Arme sich spannten vor Anstrengung. Sie hielt ihn, und sie würde ihn nicht loslassen, nie würde sie ihn loslassen, auch wenn sie dann in alle Ewigkeit auf diesem eisigen Fußboden, auf dem *terrazzo* ihrer Kindheit, liegen bleiben und ihren Bruder in den Armen halten müsste.

François wachte bei seinem Sohn. Es war ihm schwer ums Herz. Er saß in Hemdsärmeln auf einem ans Bett gerückten Stuhl, die Ellbogen auf die Knie gestützt, und lauschte auf den unregelmäßigen Atem des Kleinen, der auf dem Rücken schlief, eine Faust dicht neben dem Gesicht.

Carlo hatte Fieber. Unter dem weißen Verband war sein feuchtes Haar zu sehen, die Strähnen klebten ihm auf der Stirn, und die langen, dunklen Wimpern zitterten auf seinen Wangen. Seine Hände waren ebenfalls verbunden. Gottlob hatte sich das Unglück im Herbst ereignet und der Junge hatte eine lange Hose und einen Pullover getragen. Ein großer Teil seines Körpers war also geschützt gewesen, doch das zersplitternde Glas hatte seine Hände und einen Teil seines Gesichts zerschnitten. Wie durch ein Wunder war es ihm gelungen, seine Augen zu schützen. Wenn François daran dachte, dass Carlo durch die Glasscherben auch hätte erblinden können, musste er eine Übelkeit niederkämpfen.

»Die Narben werden mit der Zeit unauffälliger, weil sich die Gesichtshaut verändern wird«, hatte der Arzt gesagt, der die Wunden auf der Stirn und der rechten Wange mit winzigen Stichen vernäht hatte. Carlo war betäubt worden, damit der Arzt arbeiten konnte, ohne ihn zu erschrecken.

Colette war es gewesen, die den Kleinen in der Werkstatt gefunden hatte: auf der Erde liegend und voller Blut. Erschrocken, fast schon hysterisch bei diesem Anblick, hatte sie dennoch keine Sekunde verloren und gleich Élise geholt. Diese hatte ihren Neffen sofort in die Arme genommen und ins nächste Krankenhaus gebracht. Von dort aus hatte sie in der Firma angerufen, um François mitzuteilen, dass sich ein schwerer Unfall ereignet habe. Als er die tonlose Stimme seiner Schwester hörte, befürchtete François einen Moment lang das Schlimmste. Nie würde er den Schrecken vergessen, der ihn bei dem Gedanken durchfahren hatte, sein Sohn könne tot sein. Im Krankenhaus traf er seine Schwester an, wie sie totenbleich und mit Blutflecken auf dem Kleid auf dem Gang auf und ab ging. Zwei Krankenschwestern hatten mehr als eine Stunde gebraucht, um mit Pinzetten die Glassplitter zu entfernen. Zehn Tage lang war Carlo im Krankenhaus geblieben. Dies war seine erste Nacht zu Hause.

Draußen rüttelte der Wind an den Bäumen, die im Dunkel ächzten. Die Fenster knarrten wie Wanten auf hoher See. François stand auf und schlug die Bettdecke ein wenig zurück. Carlo durfte nicht zu sehr schwitzen. Er strich leicht über den Bauch, den Oberkörper, beides war ein wenig zu warm, aber nicht besorgniserregend heiß.

Carlo seufzte auf. Seine Lippen bewegten sich, als wollte er sprechen.

»Ich bin bei dir, Carlo, hab keine Angst«, murmelte François und knöpfte den blauen Pyjama wieder zu.

Er hatte die Lampe weggestellt, damit das Licht den Jungen nicht störte. Der Deckel der Spielzeugkiste, die in eine Ecke des Zimmers gerückt war, stand noch offen. Der Kleine schien sich gefreut zu haben, dass er seine Lokomotiven und Marionetten wieder in Besitz nehmen konnte.

François setzte sich in den Sessel, den er aus dem Salon geholt hatte, und legte die Füße auf einen Hocker. Er lehnte den Kopf an die Rückenlehne und schloss die Augen. Er war erschöpft.

Er war allein mit seinem Sohn, denn Élise war unterwegs, um Vincent abzuholen, der aus Russland heimgekehrt war. In den zehn Tagen seit Carlos Unfall und der unerwarteten Nachricht von der Heimkehr ihres Bruders hatten François und Élise praktisch nicht mehr geschlafen. Besorgt über die ungewöhnliche Blässe seiner Schwester hatte er sie daran zu hindern versucht, nach Paris zu fahren, doch sie hatte nicht auf ihn hören wollen. Sie hatte ihr kleines Lederköfferchen gepackt, ihren Hut aufgesetzt, die Handschuhe zugeknöpft und war zum Bahnhof gegangen.

Und Livia … Warum hatte er sie noch nicht benachrichtigt? Immerhin war sie doch Carlos Mutter, sie hatte ihn neun Monate in ihrem Leib getragen und dann zur Welt gebracht. Sie hatte doch ein Recht zu erfahren, dass ihr Sohn schwer verletzt war. Irgendetwas in ihm schien blockiert.

Nachdem ihm der Arzt versichert hatte, Carlo sei nicht in Lebensgefahr und die Schnittwunden könnten behandelt werden, wenngleich wahrscheinlich Narben im Gesicht und auf den Händen zurückbleiben würden, hatte François eine an Hass grenzende Wut auf seine Frau bekommen, ganz als wäre sie schuld an dieser Tragödie. Schließlich hatte er ihretwegen die Werkstatt seines Großvaters öffnen lassen und diese gefährlichen Glasscheiben bestellt. Er hatte nicht umhin gekonnt, Élise recht zu geben. Wäre seine Frau eine echte Mutter gewesen, die ihren Sohn und ihre Familie liebte, wäre all das nicht geschehen. Die Werkstatt wäre fest verschlossen geblieben, nur seine gewissenhafte Schwester hätte sie, wie schon seit Jahren, weiter in Ordnung gehalten, und sein Sohn hätte nicht fast das Leben verloren.

Aber nein, die *signorina* Grandi hatte sich mit ihrer Rolle als Frau und Mutter nicht begnügen können. Sie war unglücklich gewesen, hatte sich nicht ausgefüllt gefühlt und nach mehr verlangt. Ja, François konnte sich des Gedankens nicht erwehren, dass sie einen unerträglichen Egoismus an den Tag gelegt hatte.

Was zum Teufel trieb Livia in Venedig? Nun war sie schon seit Monaten dort unten. Gewiss, sie hatte nicht mit Postkarten gespart und mit Briefen und Zeichnungen voller lustiger bunter Gestalten für Carlo. Aber glaubte sie wirklich, das könne ihre Anwesenheit in der Familie ersetzen? Konnte ein Kind aufwachsen, wenn seine Mutter zu einer fernen Stimme geschrumpft war, die noch dazu oft vom Knistern einer schlechten Telefonverbindung verzerrt wurde? Wie konnte sie es wagen, unter dem Vorwand, sie müsse die Glashütte Grandi retten, so lange fortzubleiben? Übrigens erfand sie immer neue Ausreden. Jetzt behauptete sie, ihr Bruder sei krank, der arme Flavio brauche sie und sie könne ihn in diesem Zustand noch nicht allein lassen. Sie flehte ihn an,

Verständnis zu haben, versprach, so bald wie möglich zurückzukommen, doch er wollte nichts mehr hören. Es war empörend.

Er drückte die Finger in die Schläfen. Der Zorn verursachte ihm Kopfschmerzen, nachdem ihn das Leiden seines Kindes fast in den Wahnsinn getrieben hatte. In dem großen, nach Desinfektionsmitteln riechenden Raum hatte er die ganze Zeit auf seinen Kleinen gestarrt, der wie verloren hinter den Gittern eines Krankenhausbettes lag. Er hatte noch nicht einmal gewagt, seine Hand zu nehmen, aus Angst, ihm wehzutun. Noch nie im Leben hatte er sich so hilflos gefühlt.

Er stand auf, trat ans Fenster und legte seine Stirn gegen die kühle Scheibe. Es war nicht nur das. Sein Sohn brauchte seine Mutter, sicher, aber Gott wusste, er brauchte seine Frau.

Sie fehlte ihm, alles an ihr fehlte ihm, ihre Launen, ihr Gesicht und ihr Mund, ihr entblößter Nacken, wenn sie ihr Haar hochhob, ihre Haut unter seinen Händen, ihr Bauch mit all seinen immer aufs Neue entstehenden Geheimnissen, ihre vollen Brüste. Wenn er an sie dachte, erwachte sein Körper, er spannte sich, er protestierte, bis es wehtat. Er sehnte sich nach ihrem Duft, danach, über ihren Schlaf zu wachen, um sich ihrer Nähe zu vergewissern, unter ihren wagemutigen Händen zu erbeben, er hatte das Bedürfnis, in sie einzudringen und sie zu besitzen, danach, zu spüren, wie sie sich der Lust hingab, um ihn besser zu empfangen, um sie an die Ufer des Wesentlichen zurückzubringen, wenn sie ihm das Gefühl gab, er könne entfliehen und endlich Erlösung tief in ihrem Leib finden. Er brauchte sie ganz einfach, mit einem fleischlichen, körperlichen Hunger, er brauchte sie ganz und gar.

Er fröstelte, ihm war kalt. Seit Livias Aufbruch war ihm, als stecke er in einem Eispanzer. Selbst während der Arbeit in der Manufaktur verfiel er manchmal in Abwesenheitszustände. Die Stimmen ringsum wurden leiser, und er wurde in einen Tunnel gesogen, in dem er nichts mehr sah und hörte, in dem er völlig von der Welt abgeschnitten war. Seine Lunge wurde von einem Schraubstock zusammengepresst, er fürchtete zu ersticken. Wenn er einige Sekunden später wieder zu sich kam, kniff er verwirrt die Augen zusammen, Schweiß auf der Stirn, und musste sich abwenden, um nicht den erstaunten oder misstrauischen Blicken der Menschen in seiner Umgebung ausgesetzt zu sein.

Er war feige im Stich gelassen worden. Livia hatte ihn nur benutzt, ohne jeden Skrupel, und das von jener Nacht in Venedig an, als sie zu ihm ins Hotel gekommen war. Dabei hatte er sich wie ein Ehrenmann betragen. Er hatte seine Pflichten erfüllt und ihr alles gegeben, doch sie gewährte ihm nichts, keinen Platz in ihrem Herzen, kein Gefühl, keine Liebe. Sie ließ ihn mitten in der Wüste allein.

François fühlte sich verraten. Mit siebenundzwanzig Jahren musste er erkennen, dass man ohne Gegenliebe lieben konnte, und es war eine schmerzhafte Erkenntnis.

Ihm wurde klar, dass er in seinem ganzen Leben immer nur Liebe erfahren hatte. Er hatte seine Mutter sehr früh verloren, doch Élise hatte ihn beschützt und verhätschelt, ihn in einen Kokon aus Zärtlichkeit und Zuneigung gehüllt. Sein Vater war ein hochherziger und liebenswerter Mensch gewesen. Er hatte gedacht, eine solch glückliche Kindheit werde ihm die Kraft schenken, die Liebe, die ihm als Vermächtnis zugefallen war, an eine Frau weiterzugeben, alles andere war ihm undenkbar erschienen. Für ihn war die Liebe etwas Einfaches, Unvermischtes, ohne Ecken und Kanten, an denen man sich schneiden und verletzen konnte, eine Harmonie zwischen Menschen, mit denen sich auskommen ließ. Die Liebe war nichts Düsteres, Kompliziertes oder Anstößiges. Obwohl er im Krieg dramatische Situationen hatte durchleben müssen, hatte ihn immer eine Art innerer Frieden getragen, die Sicherheit, zum Besten zu handeln und im Recht zu sein.

Livia Grandi hatte sein Leben in tausend Stücke zerspringen lassen, er fühlte sich bestraft, und zwar für ein Verbrechen, an dem nicht er die Schuld trug. Ungerechtigkeit empörte ihn, sie war ihm nicht verständlich. Er hatte geglaubt, ein Recht auf diese Liebe zu haben, ganz einfach weil er sie gewollt hatte, weil er sich als dieser Liebe würdig erwiesen hatte, und erst jetzt, am Bett seines Sohnes, der auch der Sohn Livia Grandis war, begriff er, dass er für eine Sache würde kämpfen müssen, die er bislang als selbstverständlich betrachtet hatte.

Als Élise am Eingangstor des Ministeriums angekommen war, hatte man zunächst ihre Papiere überprüft und sie erst dann in die oberen Etagen hinaufgelassen. Und jetzt saß sie hier kerzengerade und mit zusammengepressten Knien auf einem unbequemen Stuhl und wartete.

Eigentlich, so überlegte sie, wartete sie schon seit jenem Augusttag 1942, als Josef Bürckel, Gauleiter der Westmark, im *Hôtel des Mines* in Metz verkündet hatte, der Militärdienst sei Pflicht für alle und die jungen Lothringer würden ins deutsche Heer eingegliedert. Seither saß ihr dieses Warten in den Knochen, als treuer und aufmerksamer Gefährte, der sie schon beim morgendlichen Erwachen überfiel und sie erst widerstrebend verließ, wenn sie wieder einschlummerte. Dennoch hatte sie sich in all den Wochen, Monaten und Jahren, die sie vergeblich gewartet hatte, nie mit dem Schlimmsten abgefunden.

Nach Kriegsende hatte sie vor dem Rathaus Schlange gestanden, um den Fragebogen auszufüllen, den das für Gefangene, Deportierte und Flüchtlinge zuständige Ministerium erstellt hatte. »Name, Vorname: Nagel, Vincent Auguste Marie; verwandtschaftliche Beziehung: Bruder.« Sie hatte in der Anzeigenabteilung der Zeitung gewartet, um eine Such-Annonce aufzugeben, bis sie endlich in ihrer ordentlichen Handschrift die Vorlage aufschreiben durfte: »Vincent Nagel, Jahrgang 1918, hielt sich in Russland, in der Nähe von Tambow auf und soll nach Kirsanow (Lazarett) gebracht worden sein.« Sie hatte in Krankenhauszimmern und Auffangstationen gewartet, auf den Bahnsteigen des Bahnhofs von Chalon-sur-Saône, in Valenciennes und in Straßburg, wo die Lazarettzüge hielten, deren Lokomotiven keuchten wie erschöpfte Tiere.

Sie hatte die erschreckenden Erzählungen derer gehört, die aus dem Franzosenlager Tambow hatten fliehen können, ihr strenger Blick hatte die Bürokraten durchbohrt, die ihren Fragen auszuweichen versuchten, deren Ausflüchte immer greifbarer wurden, je mehr die Euphorie nach der Befreiung nachließ und sich der schwierige Nachkriegsalltag auswirkte, in dem man es als ungerecht empfand, dass man immer noch Hunger hatte, immer noch Beschränkungen auferlegt bekam, wo man doch erwartet hätte, das Ende der Kriegshandlungen werde die materiellen Entschädigungen eines verdienten Sieges nach sich ziehen.

So saß sie also reglos auf ihrem Stuhl. Man vermute, dass es sich bei dem repatriierten Soldaten um Vincent handle, doch sicher sei man sich noch nicht. Während der Fahrt des Konvois habe es verwaltungstechnische Fehler gegeben, in Kehl, wo er mehrere Monate lang im Krankenhaus gelegen habe, seien Papiere verlorengegangen, und außerdem, und das mache die Sache nicht einfacher, spreche Nummer 67543 nicht.

Ein Zittern überlief Élise, ein Zittern, wie es einen überläuft, wenn der Körper erschöpft ruht, der Geist aber noch wild arbeitet. Sie hatte sich immer geweigert, an Vincents Tod zu glauben. Sie wusste wohl, dass dieses Beharren wenig realistisch war, doch solange man ihr nicht sicher beweisen konnte, dass ihr Bruder wirklich tot war, würde sie an ihrer Hoffnung festhalten. Manchmal verübelte sie es François, wenn er sie fast mitleidig ansah. Glaubte er etwa, es gebe Regeln, an die man sich bei der Bewältigung eines Schmerzes halten müsse? Jeder Einzelne musste aus sich selbst die Mechanismen zu seiner Überwindung schöpfen, und sie ertrug es nicht, wenn andere ihr Wünsche einzureden versuchten, die nicht ihre Wünsche waren.

Sie hatte sich selbst manchmal gefragt, warum sie sich diesen Tod, der doch recht wahrscheinlich war, nicht vorstellen wollte, und dabei herausgefunden, dass sie schlicht und einfach Angst hatte. Eine dieser tief verwurzelten Kindheitsängste, abgrundtief, maßlos und ohne Ankerpunkt. Eine unendliche schwarze Angst. Sie hätte sie nicht erklären können, genauso wenig wie ein Kind die Sache mit dem Ungeheuer unter dem Bett oder hinter dem Vorhang erklären könnte. Es ist da, das weiß das Kind mit jeder Faser seines Wesens.

Und jetzt fühlte sie auf diesem Flur eines jener seelenlosen Pariser Bürogebäude die misstrauischen Blicke auf sich lasten, voller unausgesprochener Vorwürfe, als sei sie hier nicht erwünscht. Wirklich, man konnte einfach kein Vertrauen zu diesen Starrköpfen fassen, diesen Mosellanern mit ihrem geradezu unanständig strengen Tonfall, diesen seltsamen Soldaten, die in feldgrauer Uniform gedient hatten, was doch nun wirklich der Gipfel war, oder etwa nicht? Und wer wusste schon, ob sie es nicht vielleicht gewollt hatten, ob sie sich nicht der französischen Freiwilligenlegion angeschlossen hatten wie so viele andere elende Vaterlandsverräter. Und warum sollte man sich die Mühe machen, all das verständnisvoll und differenziert zu betrachten? Es hieß doch, dass sie zu Beginn des Krieges gar nicht so unglücklich gewesen seien, in den Schoß Großdeutschlands zurückzukehren. Es sei denn, es gehe um Elsässer, denn das war doch in etwa dasselbe, oder?

Es wurde viel gesagt, und vieles sehr vage und ungenau, das galt für die Nationalversammlung nicht weniger als für die Zeitungsartikel, denn in der französischen Bevölkerung gab es viele, die fast nichts über die Geschichte und die geographische Lage dieser besonderen Provinzen wussten.

Die Brosche in Form eines Lothringischen Kreuzes, die sie ans Revers ihrer schwarzen Jacke geheftet hatte, bot keinen Schutz. Élise meinte ringsum gemurmelte Vorwürfe und Anklagen zu hören. Sie dachte an die ersten Heimkehrer zurück, die im Juni 1945 in den Straßen von Chalon angespuckt und beleidigt worden waren. Als sie in Viererreihen an ihr vorübergezogen waren, hatte sie in den bleichen Gesichtern dieser Skelette vergeblich nach den Zügen ihres Bruders gesucht. Und jetzt hörte sie immer noch die Verdächtigungen und die stummen Fragen, doch sie ließ sich nicht davon beeindrucken und sah hocherhobenen Kopfes starr geradeaus. Sie war gekommen, um ihren Bruder abzuholen, und sie würde diese hochmütige und undankbare Hauptstadt nicht ohne ihn verlassen.

»Madame Nagel?«

Sie stand auf.

»Ja, Monsieur.«

Der Mann war bullig gebaut, der Kragen seines Hemdes schnürte seinen Hals ein. Seine Krawatte hing schief, an der Jacke fehlten zwei Knöpfe.

»Würden Sie mir bitte folgen.«

Sie trat in ein Büro ein, das beherrscht wurde von einem Tisch voller Dokumentenmappen. Überall lagen sie herum, sie stapelten sich an den Wänden entlang, hinter der Tür und auf den Regalen. Sie bemerkte einen Geruch nach kaltem Tabak und sah dann die Pfeife in einem Aschenbecher. Er bot ihr einen Stuhl ihm gegenüber an und ließ dann seinen schweren Körper in einen abgewetzten Bürosessel fallen.

Müde griff er nach einigen Papieren.

»Ich höre, Madame. Sie wollen Ihren Bruder abholen, glaube ich. Vincent Nagel, nicht wahr? Ich nehme an, Sie haben die erforderlichen Papiere mitgebracht?«

Sie antwortete nicht, sie betrachtete still die Russlandkarte an der Wand. Einige Ortsnamen waren rot ummalt: Reval, Krasnogorsk, Kiew, Odessa … Gefangenenlager, in denen immer noch Franzosen festgehalten wurden.

»Das Jahr ist bald herum.« Er seufzte. »Und ich habe nur neunzehn Heimkehrer zu vermelden, und zwar einschließlich Ihres Bruders, wenn Sie ihn denn als Ihren Bruder identifizieren. Manchmal ist es zum Verzweifeln, das muss ich zugeben. Letztes Jahr hatte ich nur fünfundsiebzig.«

»Es wird behauptet, dass die Sowjets manche Kriegsgefangene in Arbeitslager überstellen«, sagte Élise, und ihr Blick glitt auf der Karte Richtung Osten, Richtung Sibirien.

»Leider. Wir tun, was wir können, aber wir schlagen mit Holzschwertern gegen Eisenschwerter. Im Augenblick habe ich noch achtzehntausend Männer auf meiner Liste, Männer, die noch nicht heimgekehrt sind, aber wir dürfen die Hoffnung nicht aufgeben, denke ich.«

Er zuckte die Achseln. Élise fand, dass er von seinen Soldaten sprach, als gehörten sie ihm. Sie fragte sich, was er wohl während des Krieges getan habe, ob er gefangen genommen oder deportiert worden sei oder ob er zu den Kollaborateuren, zu den passiven Zuschauern oder zum Widerstand gehört habe … Diese Frage stellte man sich in dieser ganz besonderen Nachkriegssituation unwillkürlich. Er mochte sich zwar wie ein dickfelliger Klotz geben, doch sie erahnte unter seinem Gehabe eine Art Mitgefühl, das ihr Interesse weckte.

»Die Geschichten, die sie nach ihrer Heimkehr zu erzählen haben, sind schrecklich, müssen Sie wissen«, sagte er und sah sie düster an. »Ich weiß nicht, in welchem gesundheitlichen Zustand sich Ihr Bruder befindet, wenn er es überhaupt ist, denn ich glaube nicht, dass er seinen französischen Wehrpass noch bei sich hatte. Es ist kaum zu glauben, aber manche haben es fertiggebracht, ihren Wehrpass zu behalten, was für uns dann natürlich praktisch ist.«

Er wühlte in seinen Papieren, und Élise starrte auf den Scheitel, der seinem Haar mehr schlecht als recht eine gewisse Ordnung aufzwang.

»Nein, tatsächlich, er hatte ihn nicht mehr. Diesem Vermerk des leitenden Arztes zufolge spricht er nicht. Einer seiner Kameraden soll ihn identifiziert haben. Es ist wirklich ein kleines Wunder, dass er es bis zu uns geschafft hat«, sagte er abschließend, und in seinen Augen stand ein schwaches Leuchten.

Élise verschränkte ihre Hände, bis die Knöchel weiß hervortraten. Ihr Herz schlug so wild in ihren Ohren, dass sie fürchtete, auch er könne es hören.

»Ich habe schon immer an Wunder geglaubt, Monsieur.«

»Sie haben Glück, Madame. Was mich betrifft, ich glaube schon lange nicht mehr an Wunder. Ich hoffe, Sie sind auf das, womit Sie jetzt konfrontiert werden, vorbereitet. Das Durchschnittsgewicht der heimgekehrten Gefangenen liegt bei zweiundvierzig Kilo. Sie leiden an Fehlernährung, Durchfall und manchmal auch an Tuberkulose. Bei den Überlebenden stellen die Ärzte in achtzig Prozent der Fälle Störungen des vegetativen Nervensystems fest …«

Élise hob abwehrend die Hand, um ihn zum Schweigen zu bringen. Es brachte sie auf, dass er so seelenlos sprach wie eine Statistik.

»Schon gut, Monsieur. Ich brauche keine Aufzählung der körperlichen Leiden, denen mein Bruder ausgesetzt war. Ich weiß, dass die Gefangenen in Tambow hungern mussten und in feuchten, halb in die Erde gegrabenen Baracken zusammengepfercht wurden. Sie hatten nur noch Lumpen am Leib, und manche wurden zur Zwangsarbeit eingeteilt. Ich habe die lebenden Leichen gesehen, die in Chalon ankamen. Ich habe sie sogar als freiwillige Krankenschwester gepflegt. Und ich kann Ihnen sagen, dass ihr größter Schmerz, den in diesem Land niemand anerkennen oder würdigen will, darin bestand, dass sie unter einer fremden Fahne kämpfen mussten, um ihren Verwandten die Deportation ins Konzentrationslager zu ersparen. Es gibt nichts Abscheulicheres, als eine Uniform tragen zu müssen, die nicht die des eigenen Vaterlands, der eigenen Überzeugung und des eigenen Herzens ist.«

Élise hatte sich vorgebeugt, in ihrem Eifer hatte ihr ganzer Körper zu zittern begonnen. Der Beamte betrachtete sie verblüfft.

Wie sollte der arme Kerl es auch verstehen? Er tat sicher, was er konnte, aber mit einem Mal hatte sie genug von all den pedantischen Bürokraten und Politikern, von diesen Leuten, die unablässig redeten und dabei, tief in ihren Gewissheiten ruhend, nichts sagten. Sie hatte es satt, sich mit Formularen und sonstigem Papierkram, mit faulen Ausreden und Ausflüchten herumzuschlagen. Sie wollte ihren Bruder, den sie in den Armen gehalten hatte, als das Fieber ihn umzubringen drohte, den fröhlichen kleinen Jungen, den schüchternen, verträumten Jugendlichen, den anständigen jungen Mann, der gerade aus ihm geworden war, als er an die Front musste, als hätte der Krieg nur darauf gewartet, ihn seinem Leben zu entreißen und ihn über die Steppen eines in Blut und Gewehrfeuer untergehenden Russlands zu jagen.

Sie straffte die Schultern.

»Es wird Zeit für mich festzustellen, wer dieser Soldat ist,

Monsieur. Bitte prüfen Sie die Papiere, die ich Ihnen mitgebracht habe, unterzeichnen und stempeln sie nach Belieben, damit ich endlich gehen kann. Wenn es sich wirklich um meinen Bruder Vincent handelt, nehme ich ihn mit nach Hause. Für uns beide ist jetzt die Stunde gekommen. Ich denke, er und ich, wir haben wirklich lange genug gewartet, finden Sie nicht?«

Die Krankenschwester ging ihr voraus auf dem endlos langen Flur, Élise spürte ihre Beine kaum noch. Ihre Augen brannten. Es war, als hätten sich Staubkörner unter ihre Lider gesetzt, und sie atmete diesen etwas säuerlichen Geruch nach Desinfektionsmitteln ein, der wie eine zweite Haut auf den Wänden von Krankenhäusern klebt.

Die Türen zu den Zimmern standen offen. Sie sah hier und da Betten und daran Schilder mit zackigen Linien, dieses ganze fast greifbare Leiden nahm ihr den Atem. Sie sah durchs Fenster auf die entlaubten Bäume, um sich zu vergewissern, dass in der Außenwelt noch alles seinen gewohnten Gang nahm.

Sie war davon überzeugt, dass sie jetzt auf dem Weg zu Vincent war, dennoch empfand sie keine Freude, sondern ganz im Gegenteil eine nagende Angst. Würde er sie wiedererkennen? Würde er sich freuen, sie wiederzusehen? Sie versuchte zu beten, doch zum ersten Mal in ihrem Leben konnte sie ihr Gebet nicht mit Konkretem füllen. Die wie am Rosenkranz hergebeteten Wortketten waren zu leeren Hülsen geworden. Bis zu diesem Tag war der Glaube die Wappnung ihres Lebens gewesen, und mit einem Mal, in dem Augenblick, in dem sie ihn am nötigsten hatte, brach dieser Pfeiler unter ihr weg und versank im Staub.

Was würde von Vincent noch übrig sein nach jahrelanger Gefangenschaft in einem sowjetischen Lager, nach einer leidvollen Eisenbahnfahrt, die ihn über Orel, Briansk, Warschau und Frankfurt an der Oder nach Hause geführt hatte? Eine schwierige Heimkehr, von der einige Überlebende auf den Treffen des *»malgré-nous«*-Verbands manchmal leise berichteten. Da sie ohnehin nur Beleidigungen ernteten, zogen sie sich in ihr Schweigen zurück. Schließlich hatten sie aufseiten der *boches* gekämpft, wie man ihnen verachtungsvoll entgegenhielt. Die meisten hatten weder die Kraft noch den Wunsch, sich zu rechtfertigen. Erst vor einigen Monaten hatte man sie als Kriegsteilnehmer anerkannt. Wie schon ihre Väter, die im Ersten Weltkrieg im deutschen Heer hatten kämpfen müssen, hatten sie das Gefühl, dass ihr Leiden nicht denselben Wert hatte wie das der anderen, und Élise fürchtete, ihr Bruder würde diese grausame Zerrissenheit und Einsamkeit empfinden.

So ging sie hinter der Krankenschwester her, mager und aufrecht in dem eng geschnürten schwarzen Mantel und mit bleichen Lippen, wild entschlossen, ihren jüngeren Bruder den gehässigen Blicken dieser verständnislosen Aasgeier zu entziehen und ihn heimzubringen in die schützenden Mauern des Elternhauses, wo er wieder zu Kräften kommen und den Weg zur Heilung finden würde.

Und dennoch … Leichter Schwindel befiel sie, sie schwankte und geriet aus dem Tritt. Zum ersten Mal in ihrem Leben erfuhr Élise den Zweifel, und der Zweifel machte sie verletzlich. Verfolgt von den leeren Blicken der Männer, die Tambow entkommen waren, und von dem Wissen, dass viele keine andere Möglichkeit für sich mehr sahen als den Tod, fragte sie sich, ob Vincent trotz all ihrer Liebe und all ihrer Bemühungen noch den Wunsch haben würde, ins Leben zurückzukehren, und ob sie das Recht hatte, ihm diesen Wunsch aufzuzwingen.

Paris, April 1949

Hanna trat aus dem herrschaftlichen Haus in der Avenue Montaigne und blieb einen Augenblick lang stehen. Das Wetter war herrlich, ein zartblauer Himmel mit weißen Wolkentupfen schwebte über den Dächern. Diese von einer Frühlingsbrise durchwehte Stadt, in der die Kastanien ihre hellgrünen Triebe leuchten ließen, die Autos fröhlich hupten und Bürgersteige kurz vor Mittag von Menschen wimmelten, hatte etwas Magisches. Die Aufregung ließ sie vom Kopf bis zu den Füßen erzittern. Am liebsten hätte sie die Arme ausgebreitet und den Himmel umarmt. Und gerufen: Ich lebe!

Sie hatte ein zerstörtes Deutschland verlassen, in dem die Ruinen noch nach Asche und Elend rochen, und entdeckte nun diese lebendige, berauschende Großstadt voller verlockender Möglichkeiten. Am Abend zuvor hatte sie mit Andreas in verrauchten Kellern, in denen sich sorglose junge Leute drängten, Musik gehört. Sie hatte ein wenig zittrig auf einem Barhocker gesessen, tief beeindruckt von dem Selbstbewusstsein, das aus den hellen, lauten Stimmen sprach, denn sie kam aus einem Land, in dem man nur noch flüsterte.

Sie fühlte das pulsierende Leben auf den breiten Straßen der von Bomben verschonten Stadt, unermüdlich streifte sie durch die Kaufhäuser, streichelte die Kleiderstoffe und roch an den Kristallflakons in den Parfümerieabteilungen. Jedes Schaufenster, und war es noch so klein, faszinierte sie. Gierig betrachtete sie die Frauen, die kleinen, mit Bändern aufgeputzten Filzhüte auf den Dauerwellfrisuren, die roten Lippen, die gerade geschnittenen Schultern und die taillierten Oberteile. Die eleganten Damen aus den besseren Vierteln gaben den Ton an mit ihren über die Bürgersteige klappernden hochhackigen Pumps.

Andreas hatte ein einfaches Hotel in der Nähe der Gare de l'Est ausgesucht. Die ruhige kleine Straße mündete auf einen von Kastanien gesäumten Platz, auf dem sich die Kinder des Viertels lautstark in einem Sandkasten vergnügten. In dem Spielzeuggeschäft an der Ecke hatte sie eine schöne Puppe für Inge gekauft. Morgens ging sie mit ihrem Bruder zum Frühstück hinunter an die Theke. Es machte ihnen Spaß, sich wie echte Pariser zu benehmen und eine Scheibe knuspriges Brot und einen schwarzen Kaffee zu bestellen, der unendlich viel besser war als der Kaffee in Bayern. Das Frühstück in der kleinen Kneipe hatte fast ländlichen Charme, sodass sie sich nicht allzu fremd gefühlt hatte.

Doch als sie zum ersten Mal über die breiten Avenuen der Champs-Élysées gegangen war, hatte sie sich geschämt. Ihre groben Spangenschuhe wirkten wie bäuerliche Holzschuhe, und ihr marineblaues Kleid mit den weißen Pikee-Ärmelaufschlägen, das sie mit Lillis Hilfe für die Reise genäht hatte, war hoffnungslos altmodisch. Sie hatte das Gefühl, dass die Passanten sie kritisch musterten und innerlich über den billigen Stoff, den zu engen Schnitt und den bis ans Knie reichenden Rock spotteten.

Christian Dior hatte weite Röcke in Mode gebracht, doch die deutschen Frauen konnten es sich nicht leisten, Stoff zu verschwenden. »Siebzehn Meter Stoff für ein einziges Kleid, stell dir das mal vor!«, hatte Lilli gerufen, als sie die Modekolumne in der Zeitung gelesen hatte.

An der Ecke Avenue Montaigne und Rue François-Ier angekommen, hatte sich Hanna zwingen müssen, dem weißbehandschuhten Portier, der an der zweiflügligen Tür Wache hielt, stolz ins Gesicht zu sehen und an ihm vorbei in das perlgraue Innere des Geschäfts einzudringen.

Sie wollte den falschen Schmuck bewundern, die Perlencolliers, die Broschen und Ketten, und Ideen für ihre eigenen Schöpfungen sammeln. Seit einigen Monaten arbeitete sie mit einer Begeisterung, die sie selbst erstaunte. Einfall über Einfall drängte sich in ihrem Kopf, sie hatte Mühe, sie zu sortieren. Seit Inge den ganzen

Tag im Kindergarten verbrachte, war sie mit Feuereifer bei ihrer Sache und hörte erst auf, wenn sie Inge abholen musste.

Der berühmte Christian Dior legte viel Wert auf Accessoires, und sie wusste, dass sich sogar das berühmte Haus Dior für die Erzeugnisse aus Kaufbeuren-Hart interessierte. Sie fragte sich, ob auch die deutschen Frauen eines Tages falschen Schmuck als eigenständigen Modeschmuck betrachten würden, statt wie bisher nur auf Imitationen derjenigen Edelsteine zurückzugreifen, die sie sich nicht leisten konnten.

Sie sah auf ihre Armbanduhr. Oh Gott, Andreas wartete schon mindestens eine Viertelstunde auf sie! Sie schlug einen raschen, leichten Schritt an, als sie sich auf den Weg zum Bistro machte, in dem sie verabredet waren.

Es standen schon einige Tische auf der Terrasse, aber insgesamt schien es den Gästen noch zu frisch. Ein wenig eingeschüchtert betrat sie das Lokal und erkannte ihn sofort. Er saß mit dem Rücken zu ihr. Er hatte sie nicht kommen gehört, völlig in seine Gedanken versunken, strichelte er weiter an einem Porträt. Sie betrachtete es neugierig über seine Schulter hinweg.

Wie alle Glasgraveure und -schneider hatte Andreas schon immer das Auge eines Zeichners gehabt. Das Gesicht der unbekannten Frau war bis in alle Details wiedergegeben. Dass es ein schönes Gesicht war, wunderte sie nicht. Er hatte einen Namen darunter geschrieben, doch sie konnte ihn nicht entziffern.

»Da bist du ja!«, rief er und stand auf, damit sie an ihm vorbei zu der Bank ihm gegenüber gelangen konnte, die ihr einen guten Blick aufs Lokal bot.

Zu ihrer Erleichterung hatten sie keine direkten Sitznachbarn. Sie fürchtete die oft feindseligen Seitenblicke, die sie ernteten, weil sie sich auf Deutsch unterhielten.

»Na, wie war dein Tag?«

»Herrlich! Je mehr ich von dieser Stadt sehe, desto mehr Ideen kommen mir. Es ist hier so viel inspirierender als bei uns in Kaufbeuren! Damit du schon mal gewarnt bist: Du wirst einige Probleme haben, mich wieder nach Hause zu schaffen.«

»Zwei Tagesgerichte, bitte.« Andreas gab bei dem Kellner in langer weißer Schürze, der jetzt neben dem Tisch aufgetaucht war, die Bestellung auf.

Sie beugte sich über den Tisch.

»Bist du sicher, dass es hier nicht zu teuer ist für uns?«, fragte sie leise.

Geheimnisvoll lächelnd schüttelte er den Kopf, während er sie weiter aufmerksam betrachtete.

»Was ist denn, Andreas?«, fragte sie leicht besorgt.

»Nichts. Es macht mir so viel Freude, dich mit rosigen Wangen und diesem Funkeln in den Augen zu sehen. Du bist um zehn Jahre verjüngt, Schwesterchen.«

Sie lachte hell auf und breitete die Serviette über ihren Schoß.

»Wenn dem so wäre, dann müsste ich mir jetzt Zöpfe flechten und einen Schulranzen schultern, aber trotzdem danke für das Kompliment. Und du, wie war dein Vormittag auf der Messe? Ist alles für heute Abend aufgebaut?«

Mit einem Schlag verhärtete sich sein Gesicht und seine Augen verdunkelten sich. Er zuckte die Achseln.

»Ich habe den Kelch mitgebracht. Es sieht nicht schlecht aus. Überall stehen Palmen und andere Grünpflanzen. Die Stände werden wahrscheinlich ziemlich hübsch. Aber die Leute hier haben es ja auch leicht, es fehlt an praktisch nichts.«

Mit einer verächtlichen Grimasse wandte er den Blick ab.

Hannas gute Laune verflog, ihr Magen verkrampfte sich. Seit sie in Paris angekommen waren, war Andreas nervös, dabei hätte er sich freuen müssen. Immerhin nahm er an einer der wichtigsten internationalen Glas-Ausstellungen der Nachkriegszeit teil. Nach eingehender Prüfung hatte der Organisationsausschuss der »Chevaliers du Verre« ihm erlaubt, den einige Monate zuvor angefertigten Kelch auszustellen, und die *Cristalleries de Montfaucon* hatten ihm geschrieben, die Vasen, die er während seiner kurzen Zeit dort graviert habe, würden das Herzstück ihres Ausstellungsstands. Also wäre er unter zwei Namen vertreten. Einen schöneren Wiedereinstieg hätte man sich nicht wünschen können, doch ihr Bruder schien kein bisschen stolz darauf zu sein. War er schüchtern, hegte er die Befürchtung, er könne das Publikum enttäuschen?

Sie wusste, dass es um viel ging. Messen und Ausstellungen waren für die Glasmacher ungeheuer wichtig, weil sie dort ihre Stücke ausstellen, ihre Beziehungen ausbauen und neue Kunden gewinnen konnten. Es kamen Aussteller aus Amerika, Schweden, Italien und Belgien. Auf dem geschichtsträchtigen Gelände des Louvre würde Frankreich im Pavillon de Marsan seinen bekanntesten Glasherstellern wie Baccarat, Daum und Saint-Louis einen besonderen Platz einräumen.

Bayern hatte eine Sondererlaubnis für diese Ausstellung bekommen. Eigentlich wartete man in Deutschland noch auf das Inkrafttreten des Grundgesetzes, das im folgenden Monat die Schaffung eines aus den drei Westzonen bestehenden neuen deutschen Staates erlauben sollte. In Kaufbeuren-Hart hatte man sogar schon die erste Ausfuhrlizenz erhalten. Viele schöpften langsam Hoffnung. In den Werkstätten hörte man wieder die Maschinen klappern und die Schleifscheiben kreischen. Die Menschen wollten wieder an eine Zukunft glauben. Die Entschlossenheit der Gablonzer Vertriebenen, die sich einige Zeit lang von den Folgen der Währungsreform hatten niederdrücken lassen, lebte wieder auf wie unter einem Frühlingsregen.

Hanna runzelte die Brauen, ihr Bruder hatte wirklich allen Grund zur Freude, fand sie. Nicht nur durfte er Neugablonz vertreten, die kleine Stadt, die sie aufzubauen begonnen hatten, als sie mit leeren Händen in dem Land angekommen waren, das ihnen nun langsam zur Heimat wurde, nein, er durfte sogar seine eigenen Werke ausstellen, an deren Qualität sie nicht zweifelte. Seine schlechte Laune hatte allzu große Ähnlichkeit mit der eines verwöhnten Kindes.

»Ich finde das Leben im Augenblick eher schön«, gestand sie, selbst überrascht von der Intensität dieses Gefühls, das ihr die Tränen in die Augen trieb. »Und ich weiß wirklich nicht, warum du so ein Gesicht ziehst.«

»Ich freue mich für dich, wirklich, Hanna, aber man kann nicht auf Befehl glücklich sein«, sagte er in schneidendem Ton. »Ich finde es wunderbar, dass du mich begleiten konntest, und ich gebe zu, dein Hammerstein ist schrecklich hilfreich, aber bitte vergib mir, wenn ich jetzt keine Lust habe, den Glückspilz zu mimen.«

Hanna zuckte zusammen, als hätte er sie geohrfeigt. Was war der Grund für diesen bösen Angriff? Tatsächlich hatte Jim Hammerstein ihr einen Brief aus New York geschrieben, auf luxuriösem Briefpapier mit eingeprägtem Firmenzeichen, und dreißig Broschen bei ihr bestellt.

Als sie den über und über mit Briefmarken und Stempeln bedeckten Brief geöffnet hatte, hatten ihre Hände zu zittern begonnen. Immer wenn ihr dieser amerikanische Offizier in den Sinn gekommen war, hatte sie sich kopfschüttelnd über sich selbst lustig gemacht. Wie sollte man auf die Worte eines Menschen vertrauen, der sich wahrscheinlich jeden Tag aufs Neue für irgendwelche hübschen Gegenstände begeisterte und dabei diesen entwaffnenden Charme entwickelte, der die Amerikaner manchmal wie große Kinder wirken ließ? Und doch hatte er etwas, das sie manchmal mitten in der Arbeit innehalten ließ, reglos, den Blick in der Ferne verloren.

In seinem Brief, den ihr der alte Gert übersetzt hatte, schrieb er, er warte noch einige erforderliche Genehmigungen für die Ausfuhr ab, bitte sie aber, schon mit der Arbeit zu beginnen. Zudem streckte er ihr im Rahmen des Wiederaufbauprogramms für Deutschland Geld vor. Und mit diesem Geld hatte sie die Fahrkarte bezahlen und ihren Bruder nach Paris begleiten können. Er hatte in diesem Brief auch von der Möglichkeit gesprochen, dass sie ihre Broschen im darauffolgenden Jahr selbst nach New York bringen könne. Die Reisekosten würde seine Firma übernehmen. Als Gert sie spitzbübisch angelächelt hatte, hatte ihr Herz schneller zu schlagen begonnen. Sie hatte den Brief sorgsam wieder zusammengefaltet und in die Schachtel unter ihrem Bett gelegt. New York … Sie wagte noch nicht, daran zu glauben. Wer hätte sich so etwas träumen lassen?

Ein wenig verwirrt fragte sie sich, ob Andreas nicht einfach nur neidisch sei.

Als der Kellner einen Teller mit einem Stück Fleisch und frittierten Kartoffeln vor sie stellte, dachte sie, sie könne keinen Bissen herunterbringen.

Andreas schien da keine Schwierigkeiten zu haben. Sein Gesicht war verschlossen, doch er aß, mechanisch führte er einen Bissen nach dem anderen zum Munde. Mit einem Mal schienen die Mauern dieses Bistros, in das er seine Schwester – nach genauer Kalkulation der zu erwartenden Kosten – eingeladen hatte, um sich und ihr eine Freude zu machen, auf ihn zuzurücken. Er fühlte sich wie in einer Falle. Es tat ihm leid, dass er so unfreundlich zu Hanna gewesen war, doch sie konnte ihn nicht verstehen, und er vermochte es ihr nicht zu erklären.

Gleich nach der Ankunft in Paris war er zum Sekretariat gegangen, um die Liste der Aussteller einzusehen. Hastig hatte er die maschinengeschriebenen Seiten überflogen, auf der Suche nach dem Namen, den er natürlich auch fand. Italien, Murano: Glashütte Grandi. Natürlich. Wie hatte er auch nur eine Sekunde daran zweifeln können? Sie würde da sein, das war unausweichlich, das fühlte er bis ins Mark. Sie würde da sein, sie würde heute Abend vor ihm stehen.

Er schüttelte den Kopf, um diese lächerliche Angst zu verscheuchen, die ihm den Atem nahm. Er kannte diese innere Unruhe mit dem bitteren Beigeschmack sonst nicht. Wie sollte er sich Livia gegenüber verhalten? Was würde sie sagen? Und vor allem: Was würde sie denken, wenn sie seinen *chiaroscuro*-Kelch sähe?

»Sie ist es, nicht wahr?«

»Wovon redest du?«

Hanna wies mit dem Kinn auf den Katalog, den er auf den Stuhl neben sich gelegt hatte.

»Als ich kam, warst du gerade dabei, eine Frau zu zeichnen. Es ist immer einfach, über Unwichtiges zu reden. Die Dinge, die zählen, behält man für sich, und du sprichst nie von ihr.«

Er warf ihr einen düsteren Blick zu. Er mochte es nicht, wenn sie so ernst wurde, fast sentenziös, und vor allem viel zu hellsichtig. Er nahm sein Weinglas und leerte es in einem Zug.

»Du bist eine gefährliche Frau«, sagte er tonlos.

»Gefährlich wie sie?«

Hanna versuchte sich an einem unbeschwerten Lächeln, doch es wurde nur brüchig.

»Viel gefährlicher. Denn du willst die Welt retten.«

»Da täuschst du dich, die Welt ist mir egal. Aber du bist mir wichtig, ich will dir nur helfen, Andreas. Weil ich dich liebe.«

Er wandte verlegen den Kopf ab. Hatte seine Schwester denn gar kein Schamgefühl? Etwas so Persönliches durfte man einem Menschen doch nicht einfach an den Kopf werfen. Welche Antwort verlangte eine so verzweifelt persönliche, ja heikle Erklärung? Er verübelte ihr diese Fürsorglichkeit, die ihm das Gefühl gab, er sei feige.

»Ich brauche deine Hilfe nicht, ich bin kein Kind mehr.«

Er spürte, dass er ihr Schmerz zufügte, und schämte sich sehr.

»Verzeih mir.« Er ließ das Besteck fallen. »Ich bin heute wahrhaftig kein angenehmer Gesellschafter. Mach dir keine Gedanken. Es ist nichts Schlimmes. Wahrscheinlich bin ich nur nervös wegen heute Abend.« Er zog ein paar Scheine aus der Tasche. »Hier, da hast du Geld für die Rechnung. Wir treffen uns dann später im Hotel, einverstanden? Du kommst doch zurecht, oder? Du kommst doch immer sehr gut zurecht …«

Er stieß den Stuhl zurück, die Stuhlbeine schrammten über den Boden, und fast hätte er den Kellner, der mit Tellern beladen hinter ihm vorbeiging, zu Fall gebracht, als er aus dem Bistro flüchtete.

Hanna sah durch die große Scheibe, wie er über die Straße rannte. Ein Wagen bremste scharf, der Fahrer hupte, doch er entging dem Zusammenprall mit seiltänzerischer Geschicklichkeit. Sie fragte sich angstvoll, ob ihr Bruder schlagartig verrückt geworden sei. Noch nie hatte sie ihn in einem solchen Zustand erlebt.

Die seltsamen Blicke der anderen Gäste waren ihr peinlich, sie senkte den Blick und griff nach dem Katalog, den er auf dem Stuhl hatte liegen lassen. Ihre Handflächen waren feucht. Was hatte sie so allein in einem Pariser Bistro zu suchen? Sie war hier nicht am Platze, sie fühlte sich wie ein Eindringling. Man würde sie gewiss verjagen, ihr Vorwürfe machen.

Ihr Nacken war steif, ihr Magen vor Angst verkrampft, sie war Andreas böse, dass er sie in diese unmögliche Situation gebracht hatte.

Der Kellner kam zu ihrem Tisch, die Serviette über dem Arm.

»Alles in Ordnung, Mademoiselle?«

Er neigte sich leicht in ihre Richtung und sah sie freundlich besorgt an.

New York, dachte sie, um sich Mut zu machen. Man will mich in New York … Und dann, als sei plötzlich ein Windstoß durch ihr Herz und durch ihr Leben gegangen, straffte Hanna Wolf die Schultern, hob das Kinn und lächelte den zuvorkommenden jungen Mann an.

»Ja, danke, alles ist völlig in Ordnung«, antwortete sie ihm in dem Schulmädchen-Französisch, das sie einst im Isergebirge gelernt hatte, vor so langer Zeit, fast ein Jahrhundert war es her, in der Dorfschule von Wahrstein, unter dem heiteren Himmel ihrer Kindheit und umgeben von den Wäldern und Bergen Böhmens.

Livia betrachtete sich kritisch im Spiegel und kniff sich in die Wangen, um ein wenig Farbe zu bekommen. Ihre hellen Augen standen riesig in dem Gesicht, dessen Blässe noch betont wurde von den dunklen Augenringen. Mit fliegenden Händen versuchte sie ihre Locken zu bändigen. Er meint bestimmt, ich sähe aus wie eine Wilde, dachte sie.

Versehentlich stieß sie gegen die Puderdose, die auf den Fliesenboden prallte, der Puder stäubte in alle Richtungen.

»Verdammt!«, rief sie.

Wenn sich das Schicksal so gegen sie verschwor, würde sie niemals pünktlich ankommen. Vergeblich versuchte sie den Fußboden zu säubern, dann gab sie es auf, stellte sich wieder vor den Spiegel und trug einen Lippenstift auf, der verführerisch sein sollte, aber eher einer Bewaffnung glich.

Wieder im Zimmer, setzte sie sich aufs Bett und streckte den Fuß aus, um die Nylonstrümpfe hochzurollen. Ein nervöses Lachen stieg ihr in die Kehle. Nachdem sie in Murano allmorgendlich das Erstbeste übergeworfen hatte, um möglichst rasch in die Werkstatt zu kommen, hatte sie nun den Eindruck, in eine mittelalterliche Rüstung zu steigen.

Sie schlüpfte in das hellgraue Rayonkleid. Das eng taillierte Oberteil betonte ihre Brust und ihre Taille, über den wadenlangen engen Rock fiel in Falten ein Wickelrock. Sie hatte den Schnitt sorgfältig ausgesucht, sie wollte schick sein wie eine Pariserin, aber alles Auffällige meiden. Die Schneiderin im Stadtteil Dorsoduro hatte die Augen verdreht über diese Kundin, die mit einem Mal so heikel wurde. Die Frauen Venedigs schwärmten normalerweise für leuchtende Farben, für Seiden- und Brokatstoffe, schlichte Strenge war in ihren Augen eine Beleidigung aller Weiblichkeit.

Die Ohrringe waren in die hinterste Ecke der Nachttischschublade gerutscht, und ihre Finger glitten vom Verschluss der Perlenkette ab. Sie musste sich mit geschlossenen Augen konzentrieren, bis es endlich gelang. Zum Schluss holte sie noch die hochhackigen Pumps aus dem Schrank, die sie zu einem hüftschwingenden Gang zwangen.

Als sie sich ein letztes Mal im Spiegel betrachtete, kam sie sich vor wie ein kleines Mädchen, das Dame spielt. Ihre Kehle war trocken, ihre Knie zitterten, doch es gab nun mal kein Patentrezept für das Verhalten einer Ehefrau, die kurz vor der Wiederbegegnung mit ihrem Mann steht, nachdem sie ihn zehn Monate lang nicht mehr gesehen hat.

Livia blickte zu Boden und holte tief Luft. Ich habe Angst, dachte sie, dann reckte sie das Kinn, schnitt dem Spiegel eine Grimasse, griff nach ihrer Handtasche und warf die Zimmertür schwungvoll hinter sich ins Schloss.

François sah ein letztes Mal nach, ob am Ausstellungsstand der Firma Nagel auch nichts fehlte. Er freute sich, dass die Ausstellungsorganisatoren den Fensterverglasungen wieder einen so wichtigen Platz einräumten. Sein Handwerk war zu neuem Leben erwacht, nachdem sich Künstler wie Fernand Léger und Georges Braque für diese Sakralkunst zu interessieren begonnen hatten. Nicht weit von ihm entfernt stellte Max Ingrand einen sehr schönen farbenfrohen Fensterausschnitt in lebhaft gegenständlichem Stil aus.

Er hatte Blut und Wasser geschwitzt, denn seine Fensterverglasung war in Metz verspätet fertig geworden, und die Arbeiter hatten sie am selben Tag in Rekordzeit eingesetzt. Er trat einige Meter zurück, um zu sehen, ob die Beleuchtung, die dem Tageslicht so weit wie möglich nachempfunden war, richtig positioniert war, dann nickte er dem Werkstattleiter zufrieden zu und machte sich auf den Weg.

Zerstreut betrachtete er den großen Tisch voller Kristall, den Lalique mit Gläser-Serien und Parfümflakons gestaltet hatte.

Über den Sälen lag nervöse Spannung. Ein Mann fegte den roten Teppich. Die Aussteller wischten ein letztes Mal mit einem weichen Tuch über die Kandelaber, die Gläser und Dekorationsstücke für den Esstisch, die mit Schleifscheiben gravierten Vasen und die geschnittenen Kristallkelche. Man verrückte die Glas-Kreationen um wenige Millimeter, um noch mehr Licht einzufangen, überall funkelte es, doch François konnte die Schönheit der zur Schau gestellten Stücke nicht recht würdigen, er dachte an Livia.

Plötzlich drangen aufgeregte italienische Laute an sein Ohr, und er hatte das seltsame Gefühl, wieder auf den Kais der Fondamenta Nuove zu stehen, vom Wind gepeitscht, während ringsum die Schiffe auf den ungestümen Wellen der Lagune tanzten.

Der Mann, der jetzt an ihm vorbeiging, laut sprechend und ärgerlich mit den Händen herumfuchtelnd, war in einen engen Anzug mit schmaler Hose gezwängt, sein schwarzes Haar war mit Frisiercreme nach hinten gekämmt. Der Mann neben ihm war zwar einen Kopf größer, doch seine Schultern waren gebeugt und seine Proteste offensichtlich vergeblich. François erkannte Marco Zanier, den Rivalen der Grandi, der ihn damals in Murano so verächtlich angestarrt hatte.

Ohne jede Vorwarnung schlug ihm die Vergangenheit ins Gesicht. Was war aus dem jungen Mann geworden, der einst ratlos durch die trügerischen Gassen des düsteren und verführerischen Nachkriegs-Venedig geirrt war? Und aus der jungen Frau, die in einer von Glut durchtosten Werkstatt Skulpturen aus Licht schuf? Eine Nacht nur, einige Stunden lang, hatten sich ihre Körper geliebt und einem Kind das Leben geschenkt.

Als er Livia in einer vom Weihrauch durchtränkten Kirche und in Gegenwart seiner Schwester, einer schweigsamen Cousine und des lateinische Gebete murmelnden Priesters geheiratet hatte, hatte er in seiner Einfalt geglaubt, ihre Liebe sei einzigartig und gleiche der in den Heldensagen besungenen Liebe. Er hatte sich sehr gerade gehalten, wie ein Kind, das bestrebt ist, alles richtig zu machen. Die Kerzen hatten Schatten auf die steinernen Säulen geworfen. Nie zuvor war er so stolz gewesen wie in dem Augenblick, als er den Ring auf den Finger seiner Braut geschoben hatte.

An jenem Tag hatte er noch nicht gewusst, dass ihre Geschichte keine Heldensage war, dass zwischen ihnen nur die Angst vor der Einsamkeit und die Zwänge der Konventionen geherrscht hatten, dass es sonst keine Bindung zwischen ihnen gab, nur das Kind. Er hatte den verschwommenen Gedanken gehabt, Livia werde ohne ihn so wieder verschwinden, wie sie auch aufgetaucht war. Carlo war sein Halteseil, sein Schild gewesen. Doch trotz allem war sie fortgegangen. Wie naiv ich gewesen bin!, dachte er, ein kaltes Lächeln auf den Lippen, während Zanier am anderen Ende des Saales aus seinem Gesichtsfeld verschwand.

Er ging hinaus auf die Rue de Rivoli und musste einige Augenblicke warten, bevor er sie überqueren konnte. Die Frühlingsbrise wehte ihm einen Geruch nach frischem Grün und Asphalt ins Gesicht. In einigen Nischen der Fassade schliefen Kriegergestalten ihren steinernen Schlaf. Livia und er hatten vereinbart, sich eine Stunde vor Ausstellungseröffnung in einem Hotel unter den Arkaden zu treffen. Er fühlte sich seltsam heiter.

Nach Carlos Unfall hatte er einige Zeit gebraucht, um sein Gleichgewicht wiederzufinden. Wochenlang war er durch die Räume seines Elternhauses gewandert und hatte nach neuen Anhaltspunkten gesucht. Selbst die Geräusche setzten ihm zu. Er erschrak, wenn das Parkett knarrte, und ein klappernder Fensterladen konnte ihm den Schlaf rauben. Er hatte den Eindruck, das Haus reize ihn, wie ein Hanfgewand eine zu empfindliche Haut reizt.

Er hatte Livia nichts vom Unfall ihres Sohnes gesagt. Er hatte die rechten Worte nicht finden können und eigentlich auch keine Notwendigkeit gesehen. Dieses Schweigen hatte er gebraucht, um mit seinem kleinen Sohn Augenblicke zu erleben, die nur ihnen beiden gehörten. Carlo war der Grundpfeiler seines Lebens geworden, zumal Élise keine Zeit mehr für ihn hatte, denn Vincent war bettlägerig und verlangte ihre ganze Aufmerksamkeit.

Wachsam und mit großem Ernst hatte er beobachtet, wie die Wunden seines Sohnes eine nach der anderen heilten, und so hatte er begonnen, erwachsen zu werden.

Das kleine Häuschen ganz hinten im Garten war sicher verschlossen, die gefährlich dünnen Glasscheiben waren zusammen mit den Säuren und den scharfklingigen Bleimessern in die Manufaktur gebracht worden. Immer wenn er das Häuschen sah, wurde ihm beklommen ums Herz. Das Blut seines Sohnes hatte seinen Boden ein für allemal durchtränkt. Als er aus dem Krankenhaus zurückgekommen war, hatte er darauf bestanden, es allein aufzuwischen. Stundenlang hatte er auf Knien den Boden gescheuert und, indem er das Blut von jeder Glasscherbe wischte, zu sühnen versucht, dass er seinen Sohn nicht hatte beschützen können.

Ich kann nicht weiter in diesem Haus wohnen, hatte er eines Abends zu Élise gesagt, als sie beide zusammen im Salon saßen. Im Lampenlicht waren die weißen Fäden im Haar seiner Schwester und auch die kleinen Sorgenfalten rings um ihre Augen und ihren Mund deutlicher hervorgetreten. Sie hatte keine Einwände erhoben, sie hatte ihn nur gefragt, was er vorhabe. Er hatte in einem Stadtpalais aus dem 17. Jahrhundert eine Wohnung gefunden, es lag an einer der kleinen Gassen auf dem Hügel von Sainte-Croix. Die Wohnung habe keinen Garten, aber sie sei sehr hell, hatte er ihr erklärt, und sie hatte ihn gleichermaßen erstaunt und erleichtert angesehen. Da hatte er begriffen, dass sie befürchtet hatte, er werde ganz und gar fortgehen. Zugleich erriet er, dass sie ihn hätte gehen lassen. Also fing auch Élise, ebenso wie Carlo und er selbst, an, erwachsen zu werden.

Gelassen überquerte er die Straße. Livia erwartete ihn, sie war nicht mehr fern. Er ging zu seiner Frau, von der er nichts mehr erwartete. Er hatte es nicht eilig, sie zu sehen. Trug er sie nicht vom ersten Tag an in seinem Herzen? Sie hatte sich in sein Gedächtnis eingeprägt, in seine Haut, in seine Erinnerungen und Albträume. Er hatte sie mit solcher Kraft geliebt, dass es fast erschreckend war, aber sie hatte ihn nicht verstehen können.

Im Verlauf der schmerzhaften Prüfung und nach langem Nachdenken, das ihm erschienen war wie eine einsame Wanderschaft, hatte François verstanden, dass Liebe nicht etwas war, das geschuldet wurde, dass man einen anderen Menschen nicht an sich fesseln und von ihm die gleiche Leidenschaft erwarten durfte, dass die Empfindungen des Herzens unendlich viele Schattierungen haben konnten. Deshalb konnte er gemessenen Schritts und hoch erhobenen Kopfes zu seiner Frau gehen, denn er war nicht mehr der Gefangene einer quälenden und besitzergreifenden Liebe, er war jetzt endlich frei.

Ein Portier öffnete die Flügeltüren, als er ihn kommen sah. Die mit dicken Teppichen ausgelegte Halle ging in einen breiten Gang über, der sich durchs ganze Gebäude bis zur Rue Saint-Honoré zog. Die Wände waren mit Wandteppichen und Holzvertäfelungen geschmückt, die durch die vielen Spiegel vervielfältigt wurden.

Er entdeckte sie in einer ruhigen Ecke des großen Salons, unter einem wenig inspirierten Gemälde einer bukolischen Landschaft. Auf dem Marmorsims des Kamins thronte ein riesiges Blumengebinde. Sie war allein. Es war die stille Zeit, in der die Hotelgäste sich in ihre Zimmer zurückzogen, um sich fürs abendliche Ausgehen umzukleiden. Auf einem niedrigen Tisch stand ein Glas Wasser, es war noch unberührt. Sie saß auf einem samtbezogenen Sessel, trotz der aufrechten Haltung und der nach hinten gedrückten Schultern wirkte sie verloren. Als er sie sah, ergriff ihn eine leichte Verwirrung.

Sie erhob sich graziös und deutete ein Lächeln an. An der Art, wie sie ihre perlenbesetzte Handtasche umklammerte, erkannte er ihre Anspannung. Er sah ihre Angst, und es tat ihm leid, die Ursache für diesen aufgewühlten Zustand zu sein.

»Guten Abend, Livia.«

Da sie sich nicht rührte, beugte er sich zu ihr hinunter und küsste sie auf die Wange, er roch ihr Parfüm, spürte wieder ihre weiche Haut. Eine widerspenstige Locke streifte sein Gesicht.

»Ich freue mich, dich wiederzusehen.«

Er lächelte sie mit einer Zärtlichkeit an, die völlig ungeheuchelt war. Er hatte zu lange von dieser Frau geträumt, als dass sie ihn unberührt hätte lassen können.

»Verzeih, ich komme zu spät. Wie du weißt, konnte unser Glasfenster erst in letzter Minute aufgebaut werden. Ich hatte schon Angst, wir würden es für heute Abend nicht fertig bekommen, aber zum Glück kam dann doch alles wieder ins Gleis. Es gibt Tage, an denen geht alles schief …«

Er merkte, dass er sinnlos daherredete, und schwieg lieber. Als er sich ihr gegenüber auf einen Sessel setzte, überraschte ihn ihre Eleganz. In seiner Erinnerung konnte Livia schmollen wie ein verwöhntes Kind, ihre Zornausbrüche glichen Unwettern, und ihr Schweigen war von tiefer Rätselhaftigkeit. Immer wirkte ihr Haar wie vom Sturm zerzaust, ihre Kleidung passte schlecht zusammen, sie konnte nicht still sitzen. Schelmisch und verschlossen zugleich, hatte sie ihm unablässig die Orientierung geraubt.

Doch jetzt saß er vor einer schlanker gewordenen Frau von untadeliger Haltung. Sie spielte mit ihrem goldenen Ehering, der zu weit geworden schien, in ihren Augen stand verhaltene Sorge.

»Ich freue mich auch, dich wiederzusehen«, murmelte sie, und er empfand den Klang ihrer tiefen Stimme wie eine Zärtlichkeit. »Ich hatte gehofft, wir hätten den Tag gestern für unser Wiedersehen gehabt.«

»Es tut mir wirklich leid. Dass so viel dazwischen gekommen ist, hat mir ziemlich zu schaffen gemacht … Aber du weißt ja, wie einen die Arbeit in Besitz nehmen kann, nicht wahr?«

Der Vorwurf war unüberhörbar, und mit einem Schlag verhärtete sich ihr Blick. Sie zuckte zusammen und reckte mit einer ihm noch vertrauten Bewegung das Kinn.

»Ja, leider, das weiß ich. Ich habe dir nichts vorgemacht, François. Ich bin nicht aus freien Stücken so lange fortgeblieben. Es war alles sehr … schwierig.« Sie hatte kein besseres Wort finden können. »Ich hoffe, du kommst und schaust dir die Kelche und Gläser der Manufaktur Grandi an. Sie sind herrlich.« Ihre Augen glänzten. »Wir sind sehr stolz darauf. Wir haben die Zusammensetzung für ein *cristallo* wiedergefunden, das seit Jahrhunderten als vergessen galt …«

»Natürlich, das *chiaroscuro.* Wie sollte man das nicht wissen, alle Welt spricht davon«, sagte er und konnte eine winzige Regung von Neid nicht unterdrücken. »Es heißt, derzeit sei euer Stand noch mit einem schwarzen Tuch bedeckt, die Enthüllung finde erst heute Abend statt. Eine etwas theatralische Darbietung, findest du nicht?«

»Willst du wirklich einem Venezianer den Hang zur Theatralik vorwerfen?«, erwiderte sie. »Wir haben es im Blut, wird behauptet.«

»Und das zwischen uns, Livia, war das auch Theater?«

Ein Zittern überlief sie, ihre Züge verkrampften sich. Er empfand eine böse Genugtuung. Woher kam nur plötzlich dieser Wunsch, ihr wehzutun?

»Sei wenigstens einmal ehrlich. Nachdem du fortgegangen bist, hatte ich viel Zeit zum Nachdenken. Ich glaube nicht, dass ich besonders hochmütig war, aber ich muss zugeben, du hast mich wirklich Demut gelehrt. Ich wüsste gern, ob ich dir je wichtig war. Das bezweifle ich nämlich, musst du wissen. Du warst mir dankbar, weil ich dir ein Dach über dem Kopf bot und deinem Kind meinen Namen gab, dennoch frage ich mich, ob du mich nicht vielleicht für schwach gehalten hast, weil ich dir all das gab und auch, weil ich dich liebte.«

Schritte hallten auf dem Parkett des breiten Gangs. Erstickte Stimmen, ein kurzes Gelächter, das aus einer anderen Welt zu kommen schien.

»Mitleid in der Liebe ist etwas Schreckliches, Livia. Es macht nicht nur den klein, dem es gilt, sondern auch den, der es empfindet. Erst während deiner Abwesenheit ist mir klar geworden, dass Mitleid wahrscheinlich das einzige Gefühl ist, das du mir je entgegengebracht hast.«

Sie sah ihn an, sie wirkte fern und unzugänglich mit den fest auf den Knien verschränkten Händen und dem angespannten

Körper. Er wusste nicht, was sie dachte. Eine zornige Faust hielt sein Herz umklammert.

»Wenn du schon keine Liebe geben konntest, hatte ich wenigstens deine Achtung und deine Zuneigung erhofft. Dein Mitleid kannst du behalten, es macht uns beiden keine Ehre.«

Livia konnte ihren Blick nicht von diesem Mann wenden, der ihr gegenüber saß, vorgebeugt und die Ellbogen auf die Knie gestützt. Sie betrachtete ihn so aufmerksam, als wäre er ein Fremder. Er trug eine neue Krawatte, ein weißes Hemd und einen streng geschnittenen Anzug mit breitem Revers. Sein blondes Haar war sehr kurz geschnitten. Sie versuchte herauszufinden, wohin der Mann entschwunden war, den sie geheiratet hatte. Diesen Mann mit dem ernsten Gesicht und dem scharfen Blick erkannte sie nicht wieder. Seine Gestalt schien sich verdichtet zu haben, sein Körper stand im Raum wie nie zuvor. Aber er hatte etwas von dem sonnigen Strahlen verloren, das sie bei ihrer ersten Begegnung so fasziniert hatte.

»Das darfst du nicht sagen«, sagte sie, und die Worte brannten ihr in der Kehle.

Sie musste sich Gewalt antun, sie, die Stumme, die den gefährlichen Worten misstraute und das Schweigen vorzog, in das sie sich in ihrer Verzweiflung so oft geflüchtet hatte.

»Ich gebe zu, dass ich dich nicht liebte, als ich dich kennenlernte. Ich gebe auch zu, dass ich zu dir kam, weil ich von dir schwanger war. Und ich habe dir damals nichts anderes zu verstehen gegeben. Ich hatte nicht den Mut, dieses Kind allein zur Welt zu bringen, und ich wollte ihm seinen Vater nicht vorenthalten. Ich fand, dass ich nicht das Recht dazu hatte. Was immer du mir vorwirfst, ich werde nie bereuen, Carlo den Vater gegeben zu haben, der du ihm bist.«

»Ja, eben, sprechen wir von Carlo«, schrie er plötzlich, sein Gesicht flammte vor Zorn. »Nun sitzen wir schon eine Viertelstunde hier und erzählen uns allerlei, und erst jetzt kommst du auf Carlo zu sprechen. Schämst du dich nicht, Livia?«

Er ballte die Fäuste.

»Nein, ich schäme mich nicht. Ich habe meinen Sohn bei seinem Vater gelassen, wo man, wie ich wusste, mit der nötigen Liebe und Aufmerksamkeit für ihn sorgen würde. Carlo hört nicht auf, mein Sohn zu sein, bloß weil mich die Pflicht vorübergehend an einen anderen Ort ruft. Er existiert nicht nur durch mich. Er ist nicht mein Eigentum, genauso wenig, wie ich sein Eigentum bin. Wir existieren beide, er und ich, auch wenn er noch ein ganz kleiner Junge ist. Ich habe ihn bei vertrauenswürdigen Menschen gelassen, bei seiner Familie, weil ich versuchen musste, das zu retten, was eines Tages sein Erbe sein wird. Wenn ich tatenlos zugesehen hätte, wie mein Bruder die Manufaktur Grandi verkauft, hätte ich nicht nur meine Vorfahren verraten, sondern auch und vor allem meinen Sohn.«

Er starrte sie mit finster verschlossenem Gesicht an, und sie breitete ratlos die Hände aus und warb um sein Verständnis.

»Das Leben ist keine von wohlgeordneten Gefühlen gesäumte schnurgerade Linie, François. Es ist ein Wirrwarr von unklaren und zusammenhangslosen Gefühlen und Empfindungen, manchmal sind sie hehr und schön, aber oft auch brutal und niedrig. Das Leben ist ein wildes Gewimmel, es vibriert, es verbrennt und tut weh … Ich habe mein Kind nicht im Stich gelassen, ich habe es seinem Vater anvertraut.«

»Wie konntest du glauben, ich sei dieses Vertrauens würdig? Wie konntest du dieses Risiko eingehen?«

Da erst begriff Livia, dass er ihr etwas Schlimmes verschwieg. Die Angstschauer liefen über ihren Rücken.

»Er wäre fast gestorben! Er ist in die Werkstatt gegangen und hat das Glasfenster fallen lassen, an dem du gearbeitet hast … Überall war Blut … Er hat zehn Tage lang im Krankenhaus gelegen! Hörst du? Und du warst nicht da!«

François hielt es nicht länger an seinem Platz, er sprang auf und trat ans Fenster. Es bot ihm die Sicht auf eine Statue, eine Frau in Rüstung und auf einem Streitross. Ihm war, als ersticke er in diesen Prunkräumen, zwischen all diesen prächtigen Möbeln, in diesem Grandhotel-Salon, der geradezu greifbar als Durchgangsstation diente, in dem alles vorläufig und kurzlebig wurde, die Menschen nicht weniger als die Gefühle.

»Wann ist das passiert?«, fragte Livia tonlos.

»Vor einem halben Jahr, im Oktober.«

»Wie geht es ihm jetzt?«

»Gut, aber man musste die Wunden im Gesicht und auf den Händen nähen. Er wird Narben zurückbehalten. Wenn du da gewesen wärest, hätte er sich nicht verletzt.«

Er schüttelte verzweifelt den Kopf und stemmte die Hände gegen die Fensterscheibe, als wollte er fliehen. Er schämte sich, dass er seine Gefühle so wenig beherrschte. Dabei hatte er gedacht, seine Frau habe nicht mehr diese Macht über ihn.

Er spürte, wie Livia nach seinem Arm griff, und staunte über ihre Kraft. Sie zwang ihn, sich zu ihr herumzudrehen. Der Schmerz hatte sich in ihr Gesicht eingebrannt. Es war völlig verändert, und er spürte die nervöse Spannung, die durch ihren Körper lief.

»Ich nehme an, du hast mir nichts gesagt, weil du mich bestrafen wolltest, und ich kann es dir nicht verübeln, aber ich bin nicht bereit, mich in dieses Spiel hineinziehen zu lassen, François. Wenn ich recht verstanden habe, war es ein Unfall. Wir sind beide nicht daran schuld, weder du noch ich. Wir können Carlo nicht über ein vernünftiges Maß hinaus beschützen. Es wird immer die Gefahr bestehen, dass ihm etwas zustößt. Das gehört zum Leben. Aber man kann nicht in ständiger Angst leben.«

»Er ist doch noch ein Kind. Er versteht nichts, er kann nichts beherrschen. Es ist unsere Aufgabe, ihn zu beschützen. Du kennst kein Erbarmen, Livia.«

Wie soll ich es ihm erklären?, fragte sie sich beklommen. Sie hatte nicht das Talent, die richtigen Worte zu finden, sie war nur begabt für das Spiel mit Feuer und Licht. Sie dachte an den Friedhof von San Michele, wo sie so früh schon ihre Eltern hatte begraben müssen, an die Männer, die wie Gespenster aus dem Krieg heimgekehrt waren, der ihnen ihre Seele gestohlen hatte, und sie sagte sich, dass aus all diesen Ruinen eines Tages neues Leben sprießen müsse.

»Ich liebe Carlo genauso wie du, François. Von jetzt an muss ich mit dem Wissen leben, dass er gelitten hat und ich nicht da war, um ihn zu trösten und zu pflegen, aber ich hätte ihm nicht mehr geben können als du. Wenn er in deiner Abwesenheit einen Unfall gehabt hätte, glaubst du, ich wäre dir böse gewesen deshalb?«

»Aber du bist immerhin eine Mutter ...«

»Dass ich eine Mutter bin, hast du mir nicht gerade das eben noch vorgeworfen? Dass ich dich nicht als Mann geliebt habe, sondern nur, weil ich einen Vater für mein Kind wollte? Und dennoch habe ich um meines Sohnes willen alles verlassen, was mir auf der Welt das Liebste war, und ich würde es wieder tun.«

Sie verstummte kurz, danach war ihre Stimme noch heiserer.

»Ich verstehe deine Verstörung, denn du bist zu lange von einer Schwester, die dich vor der Welt schützen wollte, in Liebe erstickt worden. Élise ist zugleich schrecklich und wundervoll. Mir ist, als hätte ich mich mein ganzes Leben immer gegen einen Sturm stemmen müssen ...«

Ihr Blick verlor sich kurz in den Tiefen des Raums.

Sie ließ François' Arm los und schwankte. Mein Gott, und wenn Carlo gestorben wäre ... Ein brennender Pfeil durchbohrte sie.

Doch im selben Augenblick erkannte sie, dass sie diese Kraft, die sie immer getragen hatte, nicht leugnen durfte. Es war an der Zeit, es klar und deutlich zu sagen, auch auf die Gefahr hin, nicht verstanden und sogar abgelehnt zu werden. Aber sie hätte nicht gedacht, dass es so schmerzhaft sein würde.

Sie schüttelte den Kopf.

»Ich kann ohne das *cristallo* nicht leben. Carlo braucht keine seelenlose, innerlich leere Mutter. Um als Mutter und Frau lieben zu können, muss man wissen, wer man ist, und ich gehöre nicht zu denen, die sich brav einfügen. Verzeih mir, François, aber du musst mich so nehmen, wie ich bin, und nicht so, wie du dir mich vorstellst.«

Er wandte sich zu ihr um und sah sie an. Sie erschien ihm müde und verletzlich, aber sie war tapfer genug, den Blick nicht zu senken. Sie war so komplex, so ganz, so unendlich anmutig und so völlig anders als alles, was er je erlebt hatte. Ihm wurde klar, dass er zuvor vor allem das Bild geliebt hatte, das er sich von ihrer Beziehung gemacht hatte. In ihrer Ehe hatte er Ruhe, Trost und den Frieden der Gewissheiten gesucht, und er war so vermessen gewesen zu glauben, Livia werde neben Élise einen Platz finden können. Mit einem Mal wurde ihm klar, dass er von seiner Frau denselben Schutz erwartet hatte, den seine Schwester ihm geboten hatte.

Er dachte an die langen Stunden zurück, die er an Carlos Bett gewacht hatte, er hatte dem regelmäßigen Atem seines Sohnes gelauscht und seine Lider zucken sehen. Der Sohn der Venezianerin glich seiner Mutter, auch er würde ein Kind schwindelerregender Unruhe sein. Wenn er sie beide bei sich behalten wollte, musste er ihnen ihre Freiheit und ihre Souveränität lassen. Aber würde er die nötige Kraft dazu finden?

Sie stand vor ihm, so nah, dass er ihre Körperwärme spürte, die Wärme dieser Frau, die die Mutter seines Sohnes war, aber nicht nur.

»Ich glaube, ich würde Sie gern besser kennenlernen, Livia Grandi«, sagte er leise.

Forschend betrachtete sie sein Gesicht, misstrauisch, aber auch voller Neugier, denn seine Reaktion hatte sie überrascht. Dann hob sie die Hand und strich ihm leicht über die Wange.

»Ich Sie auch.«

»Glaubst du nicht, es ist schon zu spät?«, fragte er zögernd.

Und da lächelte sie ihn an, mit dieser überwältigenden, leuchtenden Begeisterung, die ihr Gesicht erhellte und ihre Augen strahlen ließ.

»Ich habe gelernt, dass es nie zu spät ist.«

Élise löste den Verschluss des Uhrarmbands und fand mit einem Mal, dass ihr Handgelenk doch recht dünn war. Sie strich über das leicht gewölbte Glas über dem Ziffernblatt. Sieben Jahre trug sie die Uhr nun schon, sieben lange Jahre, in denen man ins vernünftige Alter kam … Seit dem Tag, an dem sie die Uhr zum ersten Mal angelegt hatte, war das Leder an einer Stelle ein wenig eingerissen. Hoffentlich würde ihr Vincent deshalb nicht böse sein.

Sie legte die Uhr aufs Nachttischchen. Ihr Bruder bewegte den Kopf nicht, aber er schlug die Augen auf. Sein verwirrter Blick erinnerte an den Blick von Neugeborenen, die die Umrisse einer Welt jenseits der Realität zu erblicken scheinen.

»Ich gebe dir deine Uhr zurück, Vincent. Du hattest mich gebeten, sie bis zu deiner Rückkehr aufzubewahren. Ich hoffe, du bist mir deshalb nicht böse, aber ich habe sie lieber getragen als sie in der Schublade liegen zu lassen. Ich glaube, das ist besser für das Uhrwerk. Hier ist die Uhr, neben dir.«

Er antwortete nicht.

Sie legte leicht die Hand auf seine Stirn, um sicher zu sein, dass ihm nicht zu heiß war. Sie achtete zwar darauf, das Zimmer gleichmäßig warm zu halten, doch sein ausgezehrter Körper reagierte völlig seltsam und unvorhersehbar, als wäre sein inneres Uhrwerk aus dem Takt geraten. Nach einem plötzlichen Fieberanfall konnte er übergangslos in zähneklapperndes Frösteln verfallen. Sie wusste nie, wodurch diese Zustände ausgelöst wurden, und stellte sich immer wieder neu auf die veränderte Situation ein. Sie legte zwei Finger an sein Handgelenk, an dem die blauen Adern unter der Haut deutlich sichtbar waren. Sein Herz schlug regelmäßig.

Sie lächelte zufrieden, stand auf und öffnete das Fenster. Der

Tag ging schon zur Neige, die Vögel zwitscherten im zartgrünen Laub, das gerade zu sprießen begann. In einem Winkel des Gartens reckten Alpenveilchen ihre purpurroten und weißen Blüten aus ihren großen, gefleckten Blättern heraus. Es war schon fast Frühling, aber sie wusste, dass man noch mit Spätfrösten rechnen musste.

»Heute ist zwar noch kein Prachttag, aber das schlechte Wetter scheint vorbei!«, kommentierte sie heiter. »Schau nur, kein Wölkchen am Himmel. Wenn es milder wird, können wir uns in den Garten setzen. Dort hat sich einiges geändert, du wirst deinen Spaß daran haben. Anstelle der Rosen habe ich Gemüse anpflanzen müssen. Anfangs habe ich es als vorläufige Maßnahme gedacht, aber inzwischen frage ich mich, ob wir die Gemüsebeete nicht behalten sollten. Was meinst du? Ich hatte mir eine Art Bauerngarten mit Ornamentbeeten und Buchsbaumbordüren vorgestellt. Ich habe schon ein paar Zeichnungen angefertigt, morgen zeige ich sie dir.«

Die Kirchenglocken begannen zu läuten, deshalb hörte sie es nicht sofort, als Colette an die Tür klopfte.

»Herein«, sagte sie und schloss das Fenster.

Das junge Mädchen schlüpfte ins Zimmer und stellte ein Tablett auf den Tisch. An ihren hochgezogenen Schultern und dem ausweichenden Blick merkte man, dass sie sich ein wenig vor dem Kranken fürchtete.

»Bitte sehr, Mademoiselle. Haben Sie noch einen Wunsch?«, murmelte sie. Sie hielt den Kopf gesenkt und wischte sich die Hände nervös an ihrem Spitzenschürzchen ab.

Élise hob den Deckel der Suppenterrine und prüfte die Konsistenz der Gemüsesuppe, in der ein paar Speckwürfel schwammen. Das Brot war frisch, die Kruste goldbraun und knusprig. Neben dem Teller lag eine weiße Serviette, und auch ein Glas Rotwein stand auf dem Tablett.

»Danke, es ist alles sehr gut, Colette.«

Das junge Mädchen begann das Zimmer aufzuräumen, das jedoch schon einwandfrei sauber und ordentlich wirkte. Plötzlich rutschte ihr ein Buch aus der Hand und polterte aufs Parkett. Sie erbleichte und hielt sich erschrocken die Hand vor den Mund.

»Erschrick doch nicht andauernd, Colette«, rügte Élise und sah sie stirnrunzelnd an. »Du darfst durchaus mal ein Geräusch machen. Monsieur Vincent ist auf dem Weg der Besserung und keineswegs tot.«

Das junge Mädchen warf einen flüchtigen Blick aufs Bett, wo der wachsbleiche Mann auf dem dicken Kopfkissen in den Leinenbezügen ruhte.

»Pardon, Mademoiselle«, flüsterte sie.

Hastig griff sie nach der Schüssel mit dem Lavendelwasser und dem Handtuch, mit dem Élise den Kranken während des Nachmittags erfrischt hatte. Dann schlich sie auf Zehenspitzen aus dem Zimmer.

Élise entfaltete die Serviette und legte sie Vincent auf die Brust. Sie gab ein wenig Suppe in den Teller und setzte sich auf den Stuhl an seinem Bett.

»Heute Mittag hast du gut gegessen, das hat mich sehr gefreut. Dann kommst du allmählich zu Kräften und wirst dich bald besser fühlen. Ich hoffe, du hast noch ein wenig Appetit.«

Sie blies auf den Löffel, um die Suppe ein wenig abzukühlen, und führte ihn dann an Vincents Lippen, doch er kniff die Lippen hartnäckig zusammen. Es schmerzte sie. Doch sie drängte ihn nicht, sondern lauschte auf sein Schweigen und betrachtete aufmerksam sein Gesicht. Irgendwo in diesem Körper, der gezeichnet war von Wunden und von den runden Flecken, die von den abgeheilten Furunkeln zurückgeblieben waren, irrte die gefangene Seele ihres Bruders umher. Sie musste nur darauf warten, dass sie zurückkehrte von dem fernen Ort, an den sie sich geflüchtet hatte.

Vincents Blick flog durchs Zimmer, glitt über die Stiche an der Wand, den großen Intarsienschrank und das Weihwasserbecken, das von einem am Bücherregal befestigten Buchsbaumzweig überragt wurde. Élise legte den Löffel in den Teller und wartete geduldig. Flüchtig und unstet taumelte der Blick der blauen Augen weiter durch den Raum.

Sie wusste, er kam aus einer Welt zurück, in der andere Dimensionen geherrscht hatten. Stunde um Stunde, Tag um Tag musste man ihm die nötige Zeit lassen, damit er wieder Anhaltspunkte fand und zu sich selbst finden konnte. Dann erst würde er die Gegenwart anderer akzeptieren können.

Vincent sagte zwar nichts, doch auf den Treffen der *»malgré-nous«* hatten ihr einige der aus den Lagern Entkommenen manches erzählt, und im verlorenen Blick ihres jüngeren Bruders konnte sie die Stacheldrahtzäune sehen und die Baracken, in denen bei Regen oder während der Schneeschmelze das Wasser stand. Sie stellte sich vor, wie er mitten im Winter in dünnen Lumpen Holz fällen und im Frühjahr Torf stechen musste. Wie er die schweren, mühsam zu transportierenden Soden ausstach und zum Trocknen brachte. Sie wusste, dass den von der Krätze befallenen Soldaten Schweiß und Blut über die Arme lief, dass sie ihre Baracken, in denen sie von Wanzen und Läusen geplagt wurden, mit Ratten teilten.

Während des Krieges hatte das freie Frankreich die zwangsrekrutierten Soldaten zur Desertion aufgerufen. Gleich nach ihrer Gefangennahme durch die Rote Armee hatten sich die Elsässer und Mosellaner als französische Staatsangehörige zu erkennen gegeben und ihr Soldbuch vorgelegt, sofern sie es noch hatten. Nach langen Verhandlungen mit den Vertretern De Gaulles hatten sich die Sowjets bereit erklärt, diese Kriegsgefangenen als Alliierte zu behandeln und sie möglichst rasch in ihr Heimatland zu entlassen. Über dem Lagereingang hatte eine Inschrift geprangt: »Seid willkommen, Franzosen, Freunde des großen Russland«.

Dennoch waren sie in Tambow reihenweise gestorben, am Hunger, an Erschöpfung, etwa dreißig am Tag, und ihre am Schenkel mit einer Identifikationsnummer versehenen Leichen waren in den Baracken 22 und 112 aufgestapelt worden, den Leichenkammern, bevor man sie im Frühjahr in einem Massengrab bestattete.

Sie wartete noch einige Augenblicke, dann begann sie zu sprechen, über dies und jenes, ihre gemeinsamen Kindheitserinnerungen, die Radiosendungen, die sie gehört hatte, über die politische Lage und die Erlebnisse der Nachbarn, über das Wetter und über François, der nach Paris gefahren sei, um auf der Ausstellung im Palais du Louvre ein großes Kunstglasfenster der Firma Nagel zu präsentieren.

Sie sprach gelassen, leicht und melodisch, wie damals, als sie dem mit dem Tode ringenden kleinen Vincent Märchen vorgelesen hatte, doch diesmal sprach sie zu einem Erwachsenen. Ihr Bruder war aus der Hölle zurückgekehrt, und sie versuchte ihm auf ihre Weise seine Menschenwürde zurückzugeben.

Wieder hob sie den Löffel, ihre Hand zitterte nicht. Ganz langsam würde sie seinen Geist von jenen fernen, gefährlichen Gestaden zurückholen, dessen war sie sich sicher. Notfalls würde sie in die Küche hinuntergehen und ihm sein Abendessen aufwärmen, damit er wenigstens einige Bissen zu sich nahm. Élise hatte es nicht eilig, sie hatte alle Zeit der Welt.

Freundlich und geduldig legte sie ihm den Löffelrand an die Lippen, Vincents Blick fiel kurz auf ihr Gesicht, glitt ab und kehrte zurück, wie von einem Magneten angezogen, um dann auf ihm zu verweilen. Endlich öffnete der alterslose junge Mann seinen Mund.

Die Ausstellungseröffnung war in vollem Gange. Unter den hohen Decken des Pavillon de Marsan wandelte eine elegant gekleidete Menge über die breiten, mit Grünpflanzen geschmückten Gänge. Weiß behandschuhte Kellner reichten Champagner.

Die Ausstellung feierte die bedeutendsten französischen Glasmanufakturen: Baccarat, Daum, Lalique, Montfaucon und Saint-Louis. Schlichtes Glas war wieder in Mode gekommen, bei den Trinkgefäßen legte man besonderen Wert auf höchste Reinheit und einfachen, aber tiefen Schnitt. Mit seinem Bleigehalt von dreißig und mehr Prozent bestach das französische Kristallglas mit äußerster Reinheit und Raffinesse. Baccarat bot eine Retrospektive seiner schönsten Kreationen des 20. Jahrhunderts, die inspirierten Tierdarstellungen Georges Chevaliers zeugten nicht nur bei den Tafelgläsern, sondern auch bei den Parfümflakons von großem Schöpfertum.

Im Ausstellungsbereich, der Italien vorbehalten war, konnte man hellgrau irisierende Glaslüster sowie Filigrangläser mit farbigem Rand aus dem Hause Seguso bewundern. Ganz in der Nähe drängten sich die Ausstellungsbesucher um Bechergläser, die von der Manufaktur Barovier und Toso mit Glasstäben und Fadenauflagen verziert worden waren. Ercole Barovier konzentrierte sich auf die unendlichen Einsatzmöglichkeiten des fluoreszierenden murrhinischen Glases, und die Pariser waren überwältigt von der intensiven Farbigkeit venezianischer Erzeugnisse. Glaspulver, pulverisiertes Blattgold, schillernde Materialien … Die technisch virtuosen Muraneser Glasmachermeister ließen ihrer Phantasie freien Lauf und verrieten dabei einen kritisch-ironischen Blick auf die Welt.

Doch ganz zweifelsohne nahm die erregte Neugier in der Nähe

des Stands der Grandi noch zu. Die Ausstellungsbesucher standen Schlange, um die *chiaroscuro*-Gläser zu bewundern, über die sogar in den Zeitungen berichtet worden war. Die Redakteure hatten nicht ohne Stolz erwähnt, dass die einzigen bis dato bekannten Kelche im Schloss von Versailles standen.

Livia konnte sich nur mit Mühe einen Weg bahnen. Mit einem Blick über die Schulter wollte sie sich vergewissern, dass François ihr noch folgte, doch der Präsident des Arbeitgeberverbands der Glasbranche hatte ihn aufgehalten. Ein Aktenstück unter dem Arm, redete er ernsthaft auf François ein. Sie überlegte kurz, ob sie auf ihn warten sollte, doch dann beschloss sie weiterzugehen. Er würde gewiss nachkommen, sobald er konnte, und sie wollte endlich ihren Stand sehen.

Das Gespräch mit François hatte so lange gedauert, dass sie die ersten Minuten der Eröffnung verpasst hatten. Sie hatte vorher Anweisung gegeben, den schwarzen Stoff, der die samtbezogenen Sockel mit den Kelchen und Gläsern bedeckte, erst im letzten Augenblick vor der Eröffnung wegzunehmen. Ihre Nerven schienen von einem Fieber befallen. Zwei korpulente Herren versperrten ihr die Sicht. Gereizt stellte sie sich auf die Zehenspitzen.

Und da entstand plötzlich, wie es bei den geheimnisvollen Bewegungsmustern von Menschenmengen manchmal geschieht, ein freier Raum vor ihr. Endlich konnte sie ihre Schöpfungen sehen. Sie hielt den Atem an, bewegter, als sie sich selbst eingestehen mochte.

Die Stimmen ringsum rückten in den Hintergrund, sie stand allein vor den zwei Kelchen mit Fuß und den sechs ätherisch schönen Stielgläsern, die sie erdacht und gezeichnet, die sie im Innersten ihrer Manufaktur zur Welt gebracht hatte. Sie waren die Früchte ihrer Hartnäckigkeit und ihrer Willenskraft, ihres Schweißes und ihrer Selbstzweifel. Sie waren das Erbe der Grandi, eine Hoffnung, drängend wie das Begehren und unbeschränkt wie die Leidenschaft, für die man sein Blut zu vergießen bereit wäre, eine Hoffnung, die in äußerster Ehrerbietung über Generationen vom Vater an den Sohn, vom Großvater an die Enkelin weitergegeben worden war. Alvise Grandi hatte ihr das rote Büchlein auf dem Sterbebett anvertraut, und eines Tages würde sie es an ihren Sohn weiterreichen.

Langsam kehrte sie in die Wirklichkeit der Ausstellungshalle zurück. Es versetzte ihr einen kleinen Stich, die Kommentare der Ausstellungsbesucher zu hören. Zum ersten Mal machte sie die Erfahrung, wie schwer es ist, sein Werk den Blicken anderer auszusetzen. Nach den langen Stunden der Arbeit und inniger Verschworenheit von Geist und Materie war die Trennung zwangsläufig schmerzhaft, doch jeder Künstler muss lernen, die Waffen zu strecken, denn seine Schöpfung ist nicht sein Eigentum. Sie muss in Freiheit entlassen werden, um leben zu können.

Sie wurde von fremden Schultern gestreift, von Neugierigen, die ihre Arbeit aus größerer Nähe bewundern wollten, angerempelt, sie ließ sich einfach hin und her schieben.

»Paul Claudel hat recht, wenn er sagt, Glas sei fest gewordener Atem«, sagte ein Mann, der sich gerade ins Katalogvorwort vertieft hatte.

»Herrlich«, pflichtete ihm eine Frauenstimme bei. »So etwas habe ich noch nie gesehen. Wie hieß die Glashütte nochmal?«

Und so erlebte Livia, die langsam an den Rand des Kreises von Bewunderern geschoben worden war, stolz und verlegen zugleich, wie das *chiaroscuro*-Glas seine geheimnisvolle und zeitlose Magie auf die Betrachter ausübte.

»Hast du's schon gesehen?«, zischte ihr eine wütende Stimme ins Ohr.

Sie schrak zusammen und wirbelte herum.

»Marco! Du hast mir vielleicht einen Schrecken eingejagt! Was ist denn jetzt schon wieder los? Du solltest lieber vor dem Stand der Zanier Hof halten, statt dich hier bei den kleinen Grandi herumzutreiben!«, spottete sie mit einem triumphierenden Funkeln in den Augen.

Er packte sie am Arm und machte Anstalten, sie mitzuziehen, doch sie leistete Widerstand.

»Es ist zur Abwechslung mal ernst gemeint«, sagte er so gewichtig, dass Livia doch unruhig wurde. »Offensichtlich hast du nichts bemerkt. Mach dich auf eine Überraschung gefasst, meine Liebe.«

»Wovon redest du? Du sprichst in Rätseln.«

Sie hatte Marco selten so ernst erlebt. Sie erriet, dass es sich wenigstens dieses Mal nicht um eins seiner lästigen Verführungsspielchen handelte, wie er es noch ausprobiert hatte, als sie im Speisewagen des Nachtzugs nach Paris zusammen zu Abend gegessen hatten. Sie hatte ihn ein weiteres Mal zurechtgewiesen und ihm den guten Rat gegeben, die Intelligenz seiner Ehefrau lieber nicht zu unterschätzen. Sie kannte Marella seit je und wusste, dass ihre Freundin trotz ihrer scheinbaren Unbekümmertheit nicht zu den Frauen gehörte, die ihren Ehemann nach Belieben wildern ließen. Doch jetzt deuteten Marcos düsterer Blick und die gerunzelte Stirn darauf hin, dass er sich wirklich Sorgen machte.

»Ich renne schon seit einer Stunde herum und suche dich überall. Weiß der Himmel, wo du schon wieder gesteckt hast!« Er verdrehte die Augen zur Decke. »Ich hab in aller Ruhe meine Pflicht getan und mich bei den anderen Ausstellern umgetan. Dabei bin ich bei den Bayern vorbeigekommen. Da steht ein zwölffach facettierter Kelch, der in bemerkenswerter Weise alle Eigenschaften deines kostbaren *chiaroscuro* aufweist.«

Livia war so verblüfft, dass sie sich ohne weitere Gegenwehr mitziehen ließ. In ihren Ohren summte es. Wie war das möglich? Sie konnte es einfach nicht verstehen. Niemand konnte auch nur die geringste Vorstellung von der Zusammensetzung haben. Sie war im alleinigen Besitz des roten Büchleins, sie hatte es immer bei sich gehabt, und nur Tino hatte die Formel gemeinsam mit ihr ausprobiert.

»Mi scusi«, entschuldigte sie sich, sie hatte eine Dame mit dunkel umrahmten Augen angerempelt. »Nicht so schnell, Marco«, zischte sie mit zusammengebissenen Zähnen. »Es nützt nichts, wenn wir uns wie Rüpel benehmen. Du bist hier nicht in Murano.«

»Was mir verdammt leid tut, glaub mir! Sonst hätte ich gar nicht erst auf dich gewartet. Ich hätte mir den Kerl gesucht, der das angestellt hat, und ihm eine Abreibung verpasst. Danach hätte er mir die Sache dann erklären dürfen.«

Livia wunderte sich durchaus nicht über Marcos aggressive Reaktion. Er hatte keinerlei Skrupel, sein Recht als Venezianer und als Glasmacher auszuüben. Sein Zorn war umso erklärlicher, als sein Freund Flavio nicht mit nach Paris gekommen war.

Ihr Bruder fand nach und nach seine Lebensfreude wieder und hatte sich an der juristischen Fakultät eingeschrieben. Als Livia ihm vorgeschlagen hatte, sie nach Paris zu begleiten, hatte er ablehnend die Hände gehoben. »Ich fange gerade erst an, mich an Vorlesungssäle zu gewöhnen, und ich fühle mich völlig außerstande, es mit einer Stadt wie Paris aufzunehmen.« Und daher hatte nun Marco Zanier ungebetenerweise die Rolle des Beschützers übernommen. Livia wusste, dass er dies – leider! – nicht nur aus Freundschaft zu Flavio tat. Dieser hypersensible, aufbrausende Mensch würde sich immer eine heimliche Liebe zu ihr bewahren, und Livia graute vor einer Konfrontation zwischen ihm und Andreas Wolf.

Es kann sich nur um Andreas handeln, dachte sie mit einem üblen Vorgefühl. Als sie nach Paris gekommen war, hatte sie keinen Augenblick lang geglaubt, auch er werde da sein. Die Deutschen nahmen noch nicht an internationalen Messen und Ausstellungen teil. Er hatte bestimmt eine Ausnahmegenehmigung erwirken können, was sie in seinem Fall nicht erstaunte. Andreas hatte viel Ehrgeiz, gewiss, aber vor allem war er ein sehr talentierter Graveur. Er würde ohne jeden Zweifel wieder zu den international anerkanntesten Mitgliedern im Kreis der Glaskünstler gehören. Dennoch war sie, als sie den Stand der *Cristalleries de Montfaucon* erblickt hatte, instinktiv ausgewichen.

»Du irrst dich bestimmt, Marco«, beharrte sie, während sie sich mehr schlecht als recht einen Weg bahnten.

Am engen Durchgang zwischen den beiden Sälen mussten sie warten. Ringsum hörte man das lebhafte und abgehackte Französisch der Pariser. Die Luft war schwer von Parfüm. Einige der Frauen hatten sich passend zu ihren eng taillierten schwarzen

Cocktailkleidern Schleier ins ondulierte Haar gesteckt, und alle trugen sie paillettenbestickte Handschuhe.

Marco war so ungeduldig, dass er förmlich auf der Stelle hüpfte.

»Hör bitte auf, mich für blöd zu halten. Ich habe es im Katalog nachgeschlagen. Immerhin waren sie nicht so frech, es unter dem Namen *chiaroscuro* zu präsentieren, aber das macht die Sache auch nicht besser.«

Livia erholte sich langsam von der Überraschung und war wieder zu klaren Überlegungen fähig. Wenn sie Marco gewähren ließ, lief sie Gefahr, plötzlich und unvorbereitet vor Andreas zu stehen. Sie erbebte am ganzen Körper. Sie sah sich nach allen Seiten um, ob sie nicht irgendwohin entfliehen und so ein wenig Zeit gewinnen konnte.

Gleich beim Eintreten in den anderen Saal entdeckte sie zu ihrer Rechten das große Kunstglasfenster, das die Firma Nagel für ein Treppenhaus hergestellt hatte. Vor einem schlichten Hintergrund rankten stilisierte Blumen girlandenförmig in den Himmel. Um die Herstellungsprozesse zu veranschaulichen, hatte François einige Werkzeuge und Glasscheiben auslegen lassen. So konnten die Ausstellungsbesucher die Unterschiede in der Farbe, der Textur und der Dicke sehen, nach denen sich die Glasfenstermacher beim Ausschneiden der für ihre Arbeit nötigen Stücke richteten.

Marco redete immer noch, aber sie hörte ihm nicht mehr zu. Plötzlich und wie aus dem Nichts stand François vor ihnen, Marco hätte ihn fast umgerannt.

»Livia?« François warf ihr einen fragenden Blick zu, bevor er Marcos Hand fixierte, die den Arm seiner Frau umklammert hielt.

»Na, Sie fehlten uns gerade noch!«, rief Marco wütend. »Guten Abend, Monsieur. Verzeihen Sie, aber wir sind in Eile.«

Er machte Anstalten, an ihm vorbeizulaufen, doch François trat einen Schritt vor und verstellte ihm den Weg. Die beiden Männer starrten sich herausfordernd an. Livia fühlte sich wie in einem bösen Traum, sie spürte, dass ihr das Blut in die Wangen stieg.

»Wir werden uns alle noch lächerlich machen bei dieser ganzen Geschichte«, sagte sie gereizt. »Lass mich los, Marco. Du erinnerst dich doch bestimmt noch an meinen Mann? Ihr seid euch damals in Murano begegnet.«

Diese höfliche Vorstellung war absurd, aber sie versuchte nach Kräften, die Situation wieder unter Kontrolle zu bringen, und Konventionen hatten das eine Gute, dass sie von allen ein Mindestmaß an Höflichkeit forderten. Sie warf Marco einen zornigen Blick zu, widerwillig ließ er ihren Arm los und gab François die Hand.

»Certo … Buona sera, signore«, sagte er und fügte hinzu: »Gut, kommst du jetzt?«

»Es ist ein Problem aufgetaucht, um das ich mich kümmern muss«, erklärte Livia ihrem Mann. »Es dauert nicht lange. Würdest du auf mich warten?«

François zögerte und sah vom einem zum anderen. Dann trat er zur Seite und ließ sie wortlos gehen. Livia seufzte erleichtert auf und folgte Marco, der ihr schon einige Schritte voraus war.

Sie war weit beunruhigter, als sie sich anmerken lassen wollte. Wie im Zeitraffer liefen die gemeinsamen Augenblicke mit Andreas vor ihrem inneren Auge ab: die wenigen gestohlenen Stunden, das schäbige Hotelzimmer, ihre nackten Körper, die Gewalt ihrer gegenseitigen Anziehung, die sich anfühlte wie ein Zerreißen.

Einige Wochen lang waren sie wie geblendet gewesen, Seiltänzer auf dem Seil eines Begehrens, das allein fähig war, sie am Leben zu halten. Außer ihnen beiden hatte es nichts und niemanden gegeben. Alles war so einfach gewesen, weil sie beide Entwurzelte gewesen waren und nicht die Zeit gehabt hatten, sich kennenzulernen und gegenseitig zu entdecken. Ob sie sich andernfalls überhaupt gegenseitig schätzen gelernt hätten? Waren sie sich nicht eigentlich zu ähnlich? Der Zorn, der in ihnen gärte, in Andreas glühend, in ihr weniger sichtbar, zeugte vom selben Stolz, von derselben Leidenschaft.

Sie hatten sich ohne jede Erklärung verlassen, den einen hatte es nach Venedig verschlagen, den anderen sicherlich nach Bayern, sie hatten sich getrennt, wie sie sich kennengelernt hatten, von Mächten getrieben, die sie nicht zu beherrschen vermochten. Er war verschwunden und hatte danach nichts von sich hören lassen, doch sie hatte ihn nicht vergessen. Sie wusste, dass sie ihn nie vergessen würde, aber im Laufe der Zeit war die Erinnerung an ihn verschwommener geworden, wie versengt vom Feuer der Öfen, die ihre ganze Aufmerksamkeit beansprucht hatten. Und jetzt tauchte er ein weiteres Mal in ihrem Leben auf, und Livia fühlte sich wehrlos. Würde sie denselben Schwindel erleben? Wäre sie wieder dieser unwiderstehlichen Kraft ausgeliefert? Jetzt musste sie sich darauf gefasst machen, nicht nur dem Mann in ihm entgegenzutreten, sondern vor allem dem Konkurrenten.

Sie begriff einfach nicht, wie Andreas sich das rote Büchlein hatte verschaffen können. Sie war so vorsichtig gewesen, sie hatte mehrmals ein neues Versteck gewählt und sich jedes Mal, wenn sie nach Hause kam, vergewissert, dass niemand es gefunden hatte. Wie hatte sie einen so schweren Fehler begehen können? Sollte Marco wirklich recht behalten und Andreas ihr das Geheimrezept entwendet haben, dann wären all ihre Mühen zunichtegemacht und die Zukunft ihrer Manufaktur düster, denn das *chiaroscuro* war das Fundament des Wiederaufschwungs. Und das Schlimmste von allem: Sie hätte das Vertrauen ihres Großvaters nicht verdient gehabt.

»Da!«, schrie Marco und breitete theatralisch die Arme aus.

Livia heftete ihren Blick auf den auf einem kleinen Tisch stehenden Kelch und ging rücksichtslos an Marco vorbei. Ein Seil zwang die Ausstellungsbesucher dazu, von den Exponaten einen Mindestabstand von einem Meter zu wahren. Ohne das geringste Zögern hakte sie es aus und ging auf den Kristallkelch zu.

»Gib mir dein Einstecktuch«, befahl sie Marco.

Sie hielt das rote Seidentüchlein dicht vor das Glas, dessen Farbe sich leicht veränderte, dann zog sie es jäh weg, und das Glas nahm wieder seine natürliche Färbung an. Mit dem Fingernagel schlug sie gegen das Kristall, das hell und klar erklang wie eine Sopranstimme.

Danke! Gott sei Dank!, dachte sie, plötzlich erleichtert. Andreas hatte sie zu kopieren versucht, aber es war ihm nicht gelungen. Sie hatte gleich gewusst, dass das bayrische Kristall nicht dieselbe Konsistenz haben würde wie das ihre, was erhebliche Änderungen der Zusammensetzung erforderlich machte. Aber die Unterschiede waren noch größer, als sie erhofft hatte. Und vor allem war es ihm nicht gelungen, eine Form zu finden, die das Licht gefangen hielt und die Farbveränderungen ermöglichte, die das Geheimnis des *chiaroscuro* ausmachten.

Endlich erleichtert, konnte sie ihrem Zorn freien Lauf lassen. Wie konnte er es wagen? Hatte er sie von Anfang an nur benutzt? Unmöglich. Er hatte ja nicht einmal von der Existenz des Herstellungsgeheimnisses gewusst. Sie hatte ihm nichts davon gesagt, weil sie nie darüber sprach. Wahrscheinlich hatte er es durch einen dieser Zufälle entdeckt, die ein ganzes Leben aus dem Gleis bringen konnten. Mochte es nun Schicksal sein oder nicht, Andreas Wolf hatte das Geheimnis der Grandi gestohlen, doch er hatte die Gefahr der Verfluchung vergeblich auf sich genommen. Der Schnitt war schön, und Livia wusste die einen Zentimeter hohe Gravur auf einer der Facetten wohl zu würdigen, aber der Glasmacher hatte das Eigentliche verfehlt, sein Kelch hatte nicht das mystische Etwas, das aus einem Gegenstand ein Kunstwerk macht.

Sie hob den Blick und sah in Andreas' Augen, er stand auf der anderen Seite des Tischchens. Es traf sie ins Herz wie ein Faustschlag.

Er hatte sich nicht verändert. In seinem dunklen Anzug trug er denselben Hochmut zur Schau wie damals, als er nur ein deutscher Soldat war, der einen schändlichen Krieg verloren hatte. Reglos, mit bleichem Gesicht, sah er sie ernst an, sie kannte ihn gut genug, um zu wissen, dass er nicht gleichgültig war. Er wusste, dass er schuldig war, dass er verloren hatte, aber er blieb aufrecht. Er erwartete ihr Urteil, und unwillkürlich bewunderte sie seine stolze Haltung.

Neben ihr stand Marco, mit geballten Fäusten, den angespannten Körper leicht nach vorn geneigt.

»Das ist er, der Schweinehund, oder?«, knurrte er. »Ich werde ihn aus der Ausstellung werfen lassen, aber vorher mach ich ihn fertig. Wir werden ihm das Fell …«

»Still, Marco!«, befahl sie leise und streckte den Arm aus, um ihn zurückzuhalten.

»Aber du willst ihn doch nicht einfach gewähren lassen! Dieser Mistkerl hat uns das *chiaroscuro* geklaut!«

Livia machte sich die wenigen Zentimeter Körperlängenvorsprung zunutze und starrte ihn von oben herab wütend an. Sie wollte auf keinen Fall laut werden und nahm sich daher mit aller Kraft zusammen.

»Von ›uns‹ kann hier keine Rede sein, Marco! Wie oft soll ich dich noch daran erinnern? Wir stammen beide aus Murano, aber ich bin eine Grandi, und du bleibst ein Zanier. Ich brauche dich nicht, um meine Angelegenheiten in Ordnung zu bringen. Verstanden?«

Sie erdolchte ihn mit ihrem Blick, und Marco Zanier wusste nicht weiter. Als sie sicher war, dass er nicht eingreifen würde, wandte sie sich wieder Andreas zu. Er hatte sich nicht gerührt, seine Arme hingen am Körper herab, die Hände waren leicht geöffnet.

Sie dachte daran, in welche Leidenschaft es sie versetzt hatte, wenn diese energischen Hände ihren Körper mit unglaublichen Zärtlichkeiten in Besitz genommen hatten. Monatelang hatte dieser scheue, einsame Mann sie die düstere Glut des Begehrens gelehrt und ihr ganzes Wesen durchdrungen.

Noch wenige Minuten zuvor hatte sie sich davor gefürchtet, ihn wiederzusehen, doch nun, da sie vor ihm stand, war sie seltsam gelassen. Während sie ihn ansah, begriff sie, dass es in ihrem Leben immer gefährliche Herzensverwirrungen geben würde, dass es in der Liebe keine endgültigen Siege gab, dass man sich immer wieder in Frage stellen musste. Verlassen konnte sie sich nur auf das *cristallo*, das sie gerettet hatte, als sie ein trauerndes kleines Mädchen gewesen war, und das sie durch alle künftigen Prüfungen und Freuden tragen würde.

Sie fand nicht, dass Andreas sie verraten habe, als er ihr das Geheimnis der Grandi stahl, denn nur ein Muraneser kann einen anderen venezianischen Glasmacher verraten, aber er hatte ihr einen Teil ihrer Seele gestohlen, und das würde sie ihm nie verzeihen können.

Ringsum raunte die Menge, doch sie hörte weder Stimmen noch Flüstern. Ihr war, als stünde sie allein vor ihm. Als sie den Kelch in beide Hände nahm, war sie überrascht von seinem Gewicht, aber echtes Kristall war ja schon immer schwerer gewesen als ihr *cristallo*.

Sie drehte ihn in ihren Händen, strich über die reinen Facetten und berührte mit dem Daumen die Gravur eines Frauenakts, den Andreas Wolf, einer der begabtesten Glaskünstler seiner Generation, vollendet graviert hatte. Sie brauchte ihn nicht zu fragen, sie wusste, dass er an sie gedacht hatte in der Einsamkeit seiner Werkstatt. Sie war nicht besonders stolz darauf, sie war unter Künstlern aufgewachsen und kannte die Trugbilder des schöpferischen Akts, diese Spiegelungen von Wirklichkeit und Erdachtem, bei denen alles zugleich wahr und falsch, wesentlich und flüchtig war. Sie hatte das seltsame Gefühl, die Dichte des Kristalls spiegele das Verlangen, das sie für diesen böhmischen Graveur empfunden hatte, und sie fand sich damit ab, dass dieser Mann immer ein Teil ihres Lebens sein, aber von nun an zu ihrer Vergangenheit gehören würde.

Ihr Zorn war verflogen und hatte nur eine bittersüße Trauer hinterlassen. Sie empfand keinen Groll, weil Andreas diese intelligente Art zu leiden hatte, die einen Menschen gegen seinen Willen prägt. Sie war ihm vor allem dankbar, weil er sie zu einer Zeit ins Leben zurückgeholt hatte, in der sie sich wie gestorben fühlte. Dass sie zu der Frau geworden war, die sie jetzt war und die ohne zu zittern den Kelch in Händen hielt, verdankte sie ihm.

Wieder sah sie ihm in die Augen, langsam hob sie die Hände und ließ los. Auf den Steinplatten zersplitterte der Kelch in tausend funkelnde Stücke.

Man schrie auf, überall. Die Menschen drängten sich heran.

Ein Wachmann, seine Uniform hatte vergoldete Knöpfe, stürzte sich auf Livia und packte sie am Arm, dabei wirkte er jedoch eher verängstigt und sah sich hilfesuchend um.

»Was ist los?«, rief ein kleiner, kahlköpfiger Mann und schob im Näherkommen rücksichtslos die Menge auseinander. »Ist jemand verletzt?«

Offensichtlich gehörte er zum Organisationskomitee. Verstört starrte er auf die Kristallscherben, die unter seinen Schuhen knirschten, und entdeckte dann das ausgehakte Seil auf dem Boden. Sein durchdringender Blick fiel auf Livia, sein Gesicht verhärtete sich.

»Ich fürchte, Sie müssen mir folgen, Madame.«

»Nicht nötig, Monsieur Guinot«, sagte Andreas ruhig. »Es war ein Missgeschick. Signorina Grandi wollte meine Gravur nur näher anschauen.«

Ohne Livia aus den Augen zu lassen, trat er einen Schritt vor.

»Wie Sie wissen, ist Livia Grandi eine Kennerin unseres Metiers, und ich war ganz und gar einverstanden damit, dass sie meine Arbeit begutachtete. Wie sollte man nicht neugierig sein auf die Meinung einer Frau, der das Glas im Blut liegt? Der Kelch ist ihr aus der Hand gerutscht. Dergleichen passiert.«

»Gewiss, aber trotzdem ...« Guinot zögerte und zückte ein Taschentuch, um sich die Stirn zu trocknen. »Sollten wir nicht einen Sachverständigen rufen? Immerhin handelte es sich um ein Unikat. Falls Sie Anzeige erstatten möchten, Monsieur Wolf ...«

»Ich versichere Ihnen, das werde ich nicht tun, werter Herr. Es gibt ihn nicht mehr, den Kelch, und es wird ihn nie wieder geben. Die Formel für seine Zusammensetzung ging nach seiner Fertigstellung verloren. Aber solche Missgeschicke machen das Geheimnis und den Reiz unseres Berufs aus. Wir Glasmacher müssen immer wieder neu lernen, uns neu zu erfinden, nicht wahr, Mademoiselle Grandi?«

In Livias Augen trat ein bewundernder Ausdruck. Sie verstanden sich ohne Worte, und auch wenn ihr Lebensweg sie in entgegengesetzte Richtungen führte, würde ihnen niemand je dieses unbändige Leben nehmen können, das nur ihnen beiden gehörte.

Ein Lächeln glitt über ihre Lippen.

»Ich würde sogar sagen, es ist unser Lebensinhalt, Monsieur Wolf.«

Guinot streckte den Bauch unter dem Croisé-Anzug noch weiter vor, auf seinem rötlichen Gesicht zeichnete sich Erleichterung darüber ab, dass der Zwischenfall den weiteren Verlauf der Ausstellung nicht stören würde.

Er gab dem Wächter einen Wink, sich zu entfernen.

»Na schön, wenn Sie es sagen … Ein sehr bedauerliches Missgeschick, wirklich, aber was geschehen ist, ist geschehen, da haben Sie recht. Ein Glück, dass wir Ihre Gravuren auch bei den *Cristalleries de Montfaucon* bewundern können, Monsieur Wolf.«

Er räusperte sich.

»Meine Damen, meine Herren, wenn Sie Ihren Rundgang bitte fortsetzen möchten …« Er wedelte mit den Händen, um den kleinen Menschenauflauf zu zerstreuen. »Bitte entschuldigen Sie diese Störung, wir werden das hier schnell zusammenkehren, und dann ist alles wieder in Ordnung. Also bitte, meine Damen und Herren …«

Andreas hatte zugesehen, wie Livia sein Werk zerstörte, und seine Liebe zu ihr war in diesem Augenblick von einer Macht gewesen, die ihn überwältigte. Er hatte sie, von einer nervösen Spannung erfasst, mit Blicken verschlungen. Er fragte sich, wie es möglich sei, so unter dem Verlust eines Menschen zu leiden, obwohl man ihn nie besessen hat.

Als er sie zum letzten Mal gesehen hatte, war sie zerzaust und verwirrt aus seinen Armen gekommen. Er konnte sich noch an den Ausdruck von Verlorenheit auf ihrem Gesicht erinnern, als sie ihm damals auf dem Gang des schäbigen Hotels gegenübergestanden hatte. So schäbig, dass er sich geschämt hatte, sie dorthin gebracht zu haben. Damals hatte er sie zu beruhigen versucht, obwohl er selbst sich in nichts sicher gewesen war. In jenen allzu wenigen Momenten, in denen sie sich geliebt hatten, hatte er manchmal befürchtet, er könne sie zerstören, denn sie waren beide nicht in der Lage, ihren Aufruhr zu kontrollieren. Er hatte befürchtet, sie sei zu jung, zu zerbrechlich, um ertragen zu können, was mehr und mehr einer Bestrafung glich. Doch sie war immer wieder zu ihm gekommen, und er hatte darüber einen rein männlichen Stolz empfunden.

In schwachen Augenblicken hatte er sich zuweilen vorgestellt, für immer mit ihr zusammenzubleiben. Tief in der Nacht hatte er sich Luftschlösser gebaut und Eroberungsträume gehegt, doch wenn das erste graue Morgenlicht die ungeschminkte Wirklichkeit vor ihn hingestellt hatte, war die Kälte an seinem Körper emporgestiegen und hatte sein Herz eingeschlossen. Er hatte ihr nichts zu bieten, nur seinen Zorn, nur ein Leben, in dem alles neu aufgebaut werden musste und in dem kein Platz für sie war.

Doch als er sie an diesem Abend sah, auf hohen Absätzen, die zarte Gestalt in ein elegantes Kleid gehüllt, dessen Ausschnitt ihre Schlüsselbeine sehen ließ, herrlich in ihrem Zorn und zugleich von vollendeter Souveränität in dieser Welt des Kristalls, der sie zugehörte, begriff er, dass man sich keine Sorgen um Livia Grandi zu machen brauchte. Sie hatte etwas Unbesiegbares in sich, das ihn an seine Schwester erinnerte.

Als er und die anderen Soldaten zur Front aufgebrochen waren, hatten sie brave, friedfertige junge Mädchen zurückgelassen, die zwar sorglos und manchmal launenhaft sein mochten, die Männer jedoch bewunderten und ihnen gehorchten, weil man ihnen eingeredet hatte, die Herren der Schöpfung wüssten auf alles eine Antwort. Die Fotografien dieser Mädchen hatten sie in den Taschen ihrer Uniformjacken getragen, kleine schwarz-weiße Bilder, die bald eselsohrig und speckig wurden vom ständigen Kontakt mit den schmutzigen Fingern, sich jedoch eigentümlich seidig anfühlten, wenn man sie berührte. Und als sie aus dem Krieg zurückgekehrt waren, hatten sie erwachsene Frauen vorgefunden.

»Warum, Andreas?«

Sie hatte so leise gesprochen, dass er anfangs glaubte, er habe es geträumt. Er drehte sich um und entdeckte sie direkt neben sich. Er war erstaunt, er hatte geglaubt, sie habe sich unter die Menge gemischt. Wieder einmal hatte sie ihn überrascht.

Er sah sie lange an, verärgert, dass ihn so nach ihrer Gegenwart verlangte. Livia war der einzige Mensch, der je durch den Panzer seiner Gewissheiten gedrungen war. Was blieb von ihm noch übrig vor ihren Augen?

»Ich habe diesen Augenblick gefürchtet. Ich habe mich gefragt, was du sagen, wie du reagieren würdest.«

Was er in ihren durchscheinenden Augen zu sehen glaubte, war schlimmer noch als Zorn, als Ärger oder Verachtung, es war eine Art Fürsorglichkeit. Sie schien ihn wirklich verstehen zu wollen. Aber was hätte sie noch davon gehabt? Sie hatte doch gewonnen, oder etwa nicht? Er hatte sich nicht mit ihr messen können. Er verübelte es ihr, dass sie stark genug war, sich noch für ihn zu interessieren, obwohl sie ihn doch eigentlich hätte hassen müssen.

Wenn schon keine Liebe, so bleibt mir vielleicht noch die Freundschaft, dachte er nicht ohne Bitterkeit, und das war seltsamerweise das Schmerzhafteste für ihn.

»Warum, Andreas?«

»Es ist mir nicht gelungen, wie du bemerkt haben dürftest«, sagte er ironisch. »Sie können nur gravieren, weiter nichts«, fügte er hinzu und hielt ihr seine Hände hin.

»In der Tat, es ist dir nicht gelungen, und ich bin heilfroh darüber. Dann muss ich dich weder anzeigen noch mit dir kämpfen. Marco Zanier freute sich schon darauf, dir eine Abreibung zu verpassen. Aber das wäre ohnehin nicht nötig gewesen, deine Arbeit war nur ein schwacher Abklatsch. Ich hoffe, du verstehst, dass man diesen Kelch nicht weiter existieren lassen durfte. Aber ich möchte wissen, warum, Andreas.«

Er beugte sich ihr entgegen, ihre Gesichter waren sich ganz nah, doch sie rührte sich nicht. Das erstaunte ihn nicht, sie war nie auch nur um ein Haar zurückgewichen.

»Was möchtest du hören, Livia? Worüber würdest du dich freuen? Ich habe keine vollständige Erklärung. Vielleicht war es ganz einfach eine Versuchung? Die Versuchung, von der wir im Gebet sagen, wir möchten vor ihr bewahrt werden, diese berüchtigte Versuchung, vor der man sich hüten muss. Die kennst du doch auch, nicht wahr?«

Er starrte sie unverschämt an, er wollte vor ihr verbergen, wie sehr er aus der Fassung war. Sie machte ein skeptisches Gesicht und schüttelte den Kopf, so leicht lasse sie sich nicht täuschen, bedeutete sie ihm damit. Einige Strähnen lösten sich aus ihrer Hochsteckfrisur. Nichts wird sie je zurückhalten, dachte er, kein Netz, nicht einmal ein Haarnetz.

»In diesem Fall hoffe ich, es hat dir Vergnügen bereitet, mit dem *chiaroscuro* zu arbeiten, mindestens so viel Vergnügen, wie ich mit dir hatte.«

Er sah sie noch einen Augenblick an, dann brach er in Lachen aus.

»Du behältst immer das letzte Wort, nicht?«

Doch mit einem Mal, ohne jede Vorwarnung, verhärtete sich Livias Gesicht und nahm einen energischen Ausdruck an, ihre Wangenknochen traten deutlicher hervor.

»Ich scherze nicht, Andreas. Du kannst dir gewiss vorstellen, dass ich sehr zornig bin. Ich weiß nicht, wie du dir das Büchlein verschaffen konntest, wahrscheinlich hast du einmal meine Abwesenheit genutzt und meine Handtasche durchwühlt. Aber ich will es auch gar nicht wissen.«

Sie machte eine lässige Bewegung mit dem Handgelenk. Noch die kleinste ihrer Gesten ist voller Sinnlichkeit, dachte er.

»Jedenfalls war es schändlich von dir, aber ich tröste mich damit, dass Diebstahl schon seit Jahrhunderten eine Waffe ist, mit der sich die Glasmacher gegenseitig bekämpfen. Du hast also gewissermaßen nicht das Kriegsrecht gebrochen. Und ich muss zugeben, dass ich mich mitschuldig fühle, weil ich das rote Büchlein nicht habe schützen können.«

Er zuckte die Achseln. Er schuldete ihr zumindest eine Erklärung.

»Letzten Herbst musste ich für eine Ausstellung in München ein Stück fertigen. Das Werk musste so außergewöhnlich sein, dass ich die Ausstellungsleiter dazu bewegen konnte, mir Zugang zur Pariser Ausstellung zu verschaffen. Deshalb bin ich das Risiko eingegangen. In Bayern haben wir noch kein ausreichend gutes Kristallglas für die Gravuren, die ich machen möchte. Aber ich habe eben die Wahrheit gesagt. Ich habe die Formel verbrannt und dafür gesorgt, dass niemand sonst in der Glashütte die genaue Zusammensetzung erfahren konnte. Keine Angst, das Geheimnis der Grandi gehört wieder ganz dir.«

Er spürte, wie sich ihr Körper entspannte, und begriff, dass sie ihre Nervosität geschickt verborgen hatte. Er nahm ihren Arm, als wolle er sie stützen.

»Und jetzt frage ich dich, warum, Livia. Es hat mich verletzt, dass du meinen Brief nicht beantwortet hast«, flüsterte er. Er war zornig, dass er sich so weit erniedrigte und ihr diese Schwäche offenbarte, aber er wollte es unbedingt wissen. »Ich musste fortgehen, weil meine Schwester in Lebensgefahr war, und ich hoffte, du würdest mir schreiben.«

Sie trat einen Schritt von ihm weg und rieb abwesend über die Stelle, an der er sie berührt hatte. Sie runzelte die Stirn und schien aufrichtig verwirrt.

»Ich habe deinen Brief nie erhalten. Élise hat ihn vermutlich abgefangen. Sie hat mich die ganze Zeit beobachtet … Als ich ins Hotel kam, warst du abgereist. Im ersten Augenblick war ich dir auch böse, weil du mir keine Erklärungen hinterlassen hattest, aber dann dachte ich, es sei besser so und du habest sicher deine Gründe. Danach musste ich nach Venedig. Die Glashütte musste gerettet werden, das war damals das Einzige, was für mich zählte.«

Ihr Blick verlor sich im Leeren, und er fragte sich, ob alle Venezianerinnen so kühl sein konnten. Schon den Männern der Serenissima sagte man nach, sie seien nicht eben sentimental, sondern vor allem tüchtig. Was die Liebe anging, standen ihnen ihre Frauen in nichts nach. Gleichwohl empfand er eine kleinliche Genugtuung bei dem Gedanken, dass kein Mann je den ersten Platz im Herzen Livia Grandis einnehmen würde. Bis zum letzten Atemzug würde sie der Manufaktur treu ergeben bleiben. Er verstand sie, denn es hatte eine Zeit gegeben, in der er ähnlich gewesen war. Wieder schmerzte ihn der Verlust seiner Werkstatt in Böhmen.

»Ja, vielleicht ist es besser so«, sagte er leise.

Mit einem Schlag fühlte er sich erschöpft. Die schrillen Stimmen ringsum, die grellen Lichter, die verzerrten Gesichter dieser unruhigen Menge engten ihn ein wie eine Zwangsjacke. Schweißperlen standen ihm auf der Stirn.

Er fragte sich, wo Hanna sein mochte. War sie unter all den Menschen untergegangen, die sich hier drängten? Er überlegte, dass er sie finden und sich vergewissern müsse, dass ihr nichts fehle. Doch zugleich konnte er den Gedanken nicht unterdrücken, dass weder Livia noch seine Schwester auf ihn angewiesen waren.

Plötzlich fühlte er sich so einsam, dass es ihm den Atem nahm.

»Ich bewundere deine Gläser. Ihr bekommt bestimmt eine Auszeichnung. Die Glashütte Grandi wird aus der Asche wiedererstehen, so viel ist gewiss. Ich gratuliere dir, Livia, ich weiß, wie wichtig es dir ist. Und ich weiß, wie viel Arbeit das bedeutet. Und genau das wird uns vielleicht retten, was meinst du? Verzeih mir, ich muss jetzt gehen. Das verstehst du sicher …«

Sie sah ihn wortlos an. Er betrachtete ihre Züge so intensiv, als wollte er sie sich ein letztes Mal einprägen, dann neigte er den Kopf zu einem Abschiedsgruß. Sie sah seiner hohen Gestalt nach, bis sie im Nachbarsaal verschwunden war.

Sicher, sie verstand ihn, und sie war zornig, dass sie nicht so gleichgültig war, wie sie gewollt hätte. Langsam pulste das Blut durch ihren Körper. Andreas wusste es nicht, aber sie hatte ihm einen Teil ihrer selbst gegeben, es war keine Liebe, es war etwas weniger Greifbares: ihr Wesen.

François lehnte im Schutz einer der allzu grünen Pflanzen an einem Pfeiler und beobachtete Livia, wie sie Andreas Wolf nachsah. Er fragte sich, was der Geliebte seiner Frau gesagt hätte, wenn er erfahren hätte, dass sein Kriegskamerad die sowjetischen Gefangenenlager überlebt hatte.

Livia hatte ihn gebeten, auf sie zu warten, aber er hatte dieser Bitte, ohne zu zögern, zuwidergehandelt. Er hatte einen gewissen Abstand gehalten, aber er hatte alles von ferne verfolgt, um jederzeit eingreifen zu können, sollte seine Frau ihn brauchen.

Woran hatte er erkannt, dass Andreas ihr Geliebter gewesen war? An der Vertrautheit der Körper, die nur zwischen zwei Menschen herrscht, die sich einander hingegeben haben? An der nervösen Spannung, die sie beide während der leisen Unterhaltung erfasst hatte? Es sei denn, er hätte es einfach erkannt, weil man alles über die Frau weiß, die man liebt, weil man eine Intuition entwickelt, eine Dünnhäutigkeit des Herzens.

Damals in Metz war ihm klar gewesen, dass Livia etwas vor ihm verbarg. Sie war merklich anders geworden, ihre Bewegungen hatten wieder Elan bekommen, ihre Augen den alten Glanz, ihre Gesten waren runder geworden, doch auch in ihrem Verhalten ihm gegenüber hatte es winzige Veränderungen gegeben, dem Kreischen eines Fingernagels auf einer Schiefertafel nicht unähnlich. Er hatte es vorgezogen, sich nicht dazu zu äußern. Aus Feigheit? Vielleicht. Vor allem, weil er ihre Antwort gefürchtet hatte. Er glaubte nicht, dass Livia ihm gegeben hätte, was er sich wünschte: eine glatte Lüge, Aug in Aug. Nein, sie war zu mutig, um zu reagieren, wie jeder andere es getan hätte. Sie hätte ihm wahrscheinlich die Wahrheit gesagt, und er hätte sie nicht ertragen. Es gibt Geheimnisse, die muss man für sich behalten. Es gibt Wahrheiten, die nur den erleichtern, der sie ausspricht.

Er brauchte sich nur umzudrehen, um den Stand der *Cristalleries de Montfaucon* zu sehen, die anderthalb Meter hohe Kandelaber voller Perlengirlanden und Prismen präsentierten und vor allem drei Vasen, die einen Ehrenplatz auf drei metallbeschlagenen Säulen mitten im Stand hatten.

Die Menge rings um ihn zischte wie ein Raubtier auf Beutezug. François sah Monsieur Guinot auf sich zukommen. Er wusste, dass verschiedene Auszeichnungen schon am Eröffnungsabend verliehen werden sollten, um noch größere Besucherscharen anzuziehen und auch den Journalisten schon ein wenig Stoff zu bieten.

Der kahlköpfige kleine Herr war äußerst eifrig bei der Sache, schwenkte Papiere und dirigierte seine Mitarbeiter, die einzelne Personen, sichtlich von besonderer Bedeutung, zu platzieren versuchten. Einige Journalisten mit umgehängtem Fotoapparat wurden gebeten, sich an einen Platz zu begeben, der ihnen beste Sicht bot.

Als alles zu seiner Zufriedenheit organisiert war, stieg Monsieur Guinot auf ein kleines Podium, das man vor dem Stand aufgebaut hatte.

»Meine Damen und Herren, darf ich für einige Minuten um Ihre Aufmerksamkeit bitten?«, fragte er und hob nach Dirigentenart die Arme.

»Ich nehme an, Sie hatten ausreichend Zeit, die außerordentliche Qualität der hier zu unserer großen Freude versammelten Werke zu würdigen. Diese Ausstellung versteht sich als Hommage an die bedeutendsten französischen Glashütten, aber auch an unsere ausländischen Gäste, die uns die Ehre gegeben und unsere Einladung angenommen haben. Dafür wissen wir ihnen großen Dank.«

Es gab vereinzelten Höflichkeitsapplaus. Guinot warf sich in die Brust, so stolz, dass er fast die Knöpfe seines Anzugs sprengte. François verschränkte die Arme und lächelte leise. Ganz gleich, ob in der Provinz oder in der Metropole Paris: Es war zu schön, wenn man ein Publikum fesseln durfte.

»Wie Sie unserem Katalog entnehmen konnten, haben wir die Absicht, heute Abend mehrere Auszeichnungen zu vergeben«, sagte Guinot und schob die Brille in die Stirn. »Aber ich will Sie nicht länger schmoren lassen.«

Er räusperte sich und sah auf seine Aufzeichnungen. François war sicher, dass er seinen Text auswendig gelernt hatte.

»Meine Damen, meine Herren«, verkündete er mit Stentorstimme. »Ein erster Preis wird verliehen für diese drei von den *Cristalleries de Montfaucon* ausgestellten und von Andreas Wolf gravierten Vasen.«

In der ersten Reihe der Ehrengäste stieß ein sehr dünner und hoch aufgeschossener junger Mann mit wirrem Blondschopf einen Freudenschrei aus und boxte in die Luft. Die Blitzlichter der Fotografen blendeten die dunkel gewandeten Herren, die sich breit lächelnd die Hände schüttelten. François erkannte in dem Mann, der so eifrig beglückwünscht wurde, den Leiter der *Cristalleries de Montfaucon*.

»Monsieur Simonet, Monsieur Wolf, wenn Sie sich bitte herbemühen würden«, rief Guinot, als sich die Begeisterung langsam legte.

Henri Simonet sah sich suchend um. François fragte sich, ob Andreas Wolf nach der kurzen Unterredung mit Livia noch in der Nähe sein würde. Er bezweifelte es. Eine Diskussion mit seiner Frau war nicht so leicht zu verkraften.

Simonet wirkte leicht irritiert und verhandelte einige Sekunden lang mit dem blonden jungen Mann, der hilflos mit den Achseln zuckte.

Unter den Zuhörern gab es leise Kommentare, ein leichtes Wogen der zusammengedrängten Körper. Die Menge wartete ungeduldig auf die Sieger. Doch die Minuten vergingen. Guinot schob die Brille zurück auf die Nase und blickte in alle Richtungen. Hier und da drehte man sich um. Aha, Andreas Wolf hat sich verdrückt, dachte François mit einer gewissen Befriedigung. Ganz so stark ist er also auch nicht, dieser Deutsche.

Er brauchte sich nicht zu vergewissern, dass sie es war. Er spürte ihre Gegenwart neben seiner Schulter und roch ihr Parfüm.

»Er kommt nicht«, sagte er.

Da sie nicht antwortete, wandte er sich nach ihr um. Livia betrachtete ihn mit undurchdringlicher Miene. In ihrem Blick konnte er zu seiner Belustigung rein gar nichts lesen. Sie war erwachsen geworden, die kleine Venezianerin, deren Verwaisungsschmerz er so deutlich hatte sehen können. Sie hatte gelernt, ihre Gefühle zu verbergen.

»Ich habe seine Vasen eben angeschaut«, fuhr er fort. »Ich muss zugeben, sie sind bemerkenswert gearbeitet. Tadellose Technik, absolute Meisterschaft. Er ist ehrgeizig. Sein Thema ist eine Hymne an die Frau an sich. Übrigens erkennt man auf allen Vasen dieselbe Frau. Die Kritiker behaupten, es sei schon lange niemandem mehr gelungen, ein so tiefes und zartes Gefühl in Kristall zu schneiden.«

Seine Frau erbebte. Sie hatte verstanden, dass er es wusste. Er nahm ihre Hand und strich mit dem Daumen über die zarte Haut ihres Handgelenks.

»Ich bin kein großer Verehrer der mitteleuropäischen Graveure. Ich finde ihre Stücke ein wenig überladen. Man fühlt sich immer wie mitten im Barock mit all den Facetten, Girlanden, Palmenzweigen und dem ganzen Zeug. Sie lassen einem keine Luft zum Atmen, findest du nicht?«

Sie hatte tiefe Augenringe, ihre Züge waren angespannt. In einer

Aufwallung von Zärtlichkeit legte ihr François einen Arm um die Taille. Sie wehrte sich nicht, sondern schmiegte sich an ihn.

»Und es ist eine Hymne an die Liebe«, gestand er heiser. »Die Hymne eines Mannes, der sehr geliebt und sehr gelitten haben muss.«

Jetzt stieg Henri Simonet aufs Podium.

»Meine Damen und Herren, die *Cristalleries de Montfaucon* nehmen diesen Preis sehr bewegt entgegen. Wir möchten dem Organisationskomitee unseren tief empfundenen Dank aussprechen. Jahrhundertelang haben wir die Fahne der französischen Kristallglasherstellung in ihrer reinsten Tradition hochgehalten. Der deutsche Glasmachermeister, der diese drei Vasen gravierte, hat gemeinsam mit uns bereits auf der Weltausstellung 1937 eine Auszeichnung erhalten. Er ist ein Mann von großen Talenten. Wir fanden es nur natürlich, ihn zu bitten, wieder mit uns zusammenzuarbeiten. Jenseits der schrecklichen Leiden, die unsere beiden Länder in den letzten Jahren erdulden mussten, möchte ich darin ein symbolisches Band sehen, ein Versprechen für die Zukunft, für die schöpferische Kraft unseres Handwerks.«

Unter den Zuhörern gab es eine gewisse Unruhe, ersticktes Gemurmel, unwilliges Grollen. Man war nicht erfreut und ließ es merken.

Doch Simonet ließ sich nicht beirren.

»Leider können wir ihn nicht finden, daher habe ich mir erlaubt, seine Schwester, die heute Abend unter uns ist, zu bitten, die Medaille an seiner Stelle entgegenzunehmen. Mademoiselle, würden Sie bitte zu mir kommen?«

Livia spannte ihren ganzen Körper an und stellte sich auf die Zehenspitzen. Das konnte nur Hanna sein … Sie war so begierig, sie endlich zu sehen. Obwohl ihr Andreas nur wenig von seiner Schwester erzählt hatte, war sie sehr betroffen gewesen vom Schicksal dieser jungen Frau, die nur wenig älter war als sie selbst. Wie hatte sie das alles erlebt? Die Vergewaltigung? Das Exil? Und ihr Kind?

Eine junge Frau trat aus dem Kreis. Sie war blond, ihr kurzes

Haar war im Stil der zwanziger Jahre streng nach hinten gekämmt und ließ eine hohe Stirn und leicht vorstehende Backenknochen sehen. Fast ätherisch schlank, hielt sie sich sehr gerade und hob das Kinn, doch an ihren verkrampften Händen erkannte man ihre Scheu. Sie trug ein schwarzes Kleid, dessen äußerste Schlichtheit von den Luxusroben der Pariserinnen abstach, und keinerlei Schmuck, weder an den Ohren noch an den Händen. Unglaublich modern!, dachte Livia erstaunt, sie war auf eine schwerfällige, vom Leben geprüfte Frau gefasst gewesen.

Die junge Frau stellte sich neben Henri Simonet und nahm lächelnd die Medaille entgegen. Dann wandte sie sich zum Publikum und setzte zu einer kurzen Ansprache an. Plötzlich funkelte an ihrer Schulter eine spinnenförmige Brosche auf, ein ganz erstaunliches Stück aus Perlen und Federn, das Livias Aufmerksamkeit fesselte. Unbewusst drückte sie die Hand ihres Mannes, sie sagte sich, dass sie anstelle von Hanna Wolf fürchterliche Angst gehabt hätte, denn die Menschenmenge war ihr nicht wohlgesinnt.

»Meine Damen und Herren«, begann sie mit erstaunlich fester Stimme. »Als mein Bruder diese Vasen gravierte, hatte er den Krieg hinter sich, wie wir alle.«

Die Stille war tief, voller Misstrauen und Aufmerksamkeit. Immerhin wollte man wenigstens höflich sein, schließlich handelte es sich um eine Frau, und ihr Französisch war klar verständlich. Sie schaute in die Gesichter, die sich ihr entgegenhoben, als wollte sie sich diese aneignen, doch als sie Livias Blick begegnete, blieb sie daran hängen und schien den Atem anzuhalten.

Livia erbebte, sie hatte das seltsame Gefühl, dass diese Fremde sie erkannte. Hanna Wolf brauchte einige Sekunden, bis sie sich wieder gefasst hatte und fortfahren konnte.

»Wir stammen aus einer in Böhmen ansässigen alten deutschen Familie von Graveuren, und unser Schicksal hat uns nach Bayern geführt. Heute Abend haben die französischen Organisatoren dieser Ausstellung Grenzen und Ressentiments überwunden. Sie haben ihren Blick auf das Talent eines Menschen gerichtet, auf die Phantasie eines Künstlers und die Kunstfertigkeit eines Glasmachers. Im Namen meines Bruders möchte ich ihnen dafür von Herzen danken. Meine Damen und Herren, glauben Sie mir, wir empfinden es nicht nur als Ehre, diesen Preis zu erhalten, sondern auch als eine Gnade.«

Sie hob stolz das Kinn und hielt die Medaille fest, als wollte sie sie nicht wieder loslassen. Livia sah, dass sie Tränen in den Augen hatte.

Unter den Anwesenden herrschte eine leicht aggressive Ratlosigkeit, weil man Worten oft misstrauen muss und weil die Wunden noch zu frisch waren, doch die junge Deutsche hatte den Mut, nicht davonzulaufen vor der endlos sich dehnenden betäubenden Stille. Sie blieb stehen, aufrecht, würdig und allein in ihrem schwarzen Kleid.

Da trat die Venezianerin einen Schritt vor, dann noch einen, die Menschen mussten ihr Platz machen. Sie hob die Hände hoch in die Luft und begann zu applaudieren, erst gemäßigt, dann immer lauter. Die Blicke der beiden jungen Frauen begegneten sich. Es war, als verstünden sie sich, ganz einfach weil sie Mütter waren und Frauen, ganz gleich unter welchen Umständen, weil sie die Einsamkeit kannten, den Kummer, die Liebe und den Zorn, und weil sie den Krieg überlebt hatten, der nicht nur ein Krieg der Körper gewesen war, sondern auch ein Krieg der Seelen. Dann trat ein Mann mit hellen Augen hinter die Frau mit dem leuchtenden Haar und begann seinerseits zu klatschen, bald schon taten es ihm die anderen nach, der Applaus schwoll an, brach sich im funkelnden Kristall, er hallte wider zwischen den Marmorsäulen und unter den geschwungenen Decken des alten Palais Royal.

Danksagung

Großer Dank für ihre wertvolle Unterstützung und ihre kostbare Zeit gilt Jacopo Barovier und Marie Brandolini in Venedig, Martin Posselt und Eva Haupt in Neugablonz, Jean-Paul Lacroix und Marie-Laure Schuck in Metz, Marie-Claire Precheur in Baccarat sowie Antoine Benoit, Colette de Margerie, Marco Mencacci, René Agogué, Robert Leguèbe und Brunella Gillet in Paris.

Zu danken habe ich auch den Historikern und Schriftstellern, deren Werke fruchtbar waren für diesen Roman, und ich danke neben anderen Giuseppe Cappa, P. M. Pasinetti, Eugenio Corti, Liliana Magrini, Gianfranco Toso, Attilia Dorigato, Rosa Barovier Mentasti, Antonín Langhamer, Olga Drahotová, Peter Glotz, Guido Knopp, K. Erik Franzen, Susanne Rössler, Georges Starcky, Bernard und Gérard Le Marec, Eugène Riedweg und Pierre Rigoulot. Ich hoffe, ich habe ihre Informationen richtig angewandt.

Ich danke dir.
Und schließlich danke ich meinem Vater. Für alles.

Theresa Révay

Das Erbe der Fonteroys

Roman

Aus dem Französischen von Doris Heinemann

Band 16621

Ein europäisches Familienschicksal zwischen
Glanz und Tragik

Die Fonteroys sind eine mächtige Pariser Dynastie von Pelzhändlern. Der Zwist der Brüder André und Léon spaltet die Familie. Aufstieg und Fall, Leidenschaft und Hass prägen über drei Generationen ihre Lebenswege. In den Wirren des Krieges, zwischen Paris, Leipzig und Leningrad, ist es eine verbotene Liebe, die das Schicksal der Fonteroys entscheidet.

Fischer Taschenbuch Verlag

fi 16621 / 1